O RETORNO DO BARÃO DE WENCKHEIM

LÁSZLÓ KRASZNAHORKAI

O retorno do Barão de Wenckheim

Tradução do húngaro
Zsuzsanna Spiry

PRÊMIO NOBEL
COMPANHIA DAS LETRAS

Grafia atualizada segundo o Acordo Ortográfico da Língua Portuguesa de 1990, que entrou em vigor no Brasil em 2009.

Título original
Báró Wenckheim hazatér

Capa
Guilherme Xavier

Imagem de capa
Comendo pomba (da série Fome), de Manuel Messias dos Santos, 1967.
Xilogravura sobre papel, 32 × 40 cm. Reprodução de Jaime Acioli.

Preparação
Lígia Azevedo

Revisão
Huendel Viana
Jane Pessoa

Dados Internacionais de Catalogação na Publicação (CIP)
(Câmara Brasileira do Livro, SP, Brasil)

Krasznahorkai, László
O retorno do Barão de Wenckheim / László Krasznahorkai ; tradução Zsuzsanna Spiry. — 1ª ed. — São Paulo : Companhia das Letras, 2025.

Título original: Báró Wenckheim hazatér
ISBN 978-85-359-4376-4

1. Ficção húngara I. Título.

25-312139.0 CDD-894.511

Índice para catálogo sistemático:
1. Ficção : Literatura húngara 894.511

Cibele Maria Dias – Bibliotecária – CRB-8/9427

EDITORA SCHWARCZ S.A.
Rua Bandeira Paulista, 702, cj. 32
04532-002 — São Paulo — SP
Telefone: (11) 3707-3500
www.companhiadasletras.com.br
www.blogdacompanhia.com.br
facebook.com/companhiadasletras
instagram.com/companhiadasletras
x.com/cialetras

A possível semelhança, ou coincidência, de personagens, nomes e locais do romance com a realidade é obra de um azar maldito e não advém da intenção do autor.

Advertência

Tira uma maçã da fruteira, a esfrega, levanta à luz para examiná-la, ver se brilha por todos os lados, em seguida leva a maçã aos lábios, como se quisesse lhe dar uma mordida, mas não morde, em vez disso, afasta a fruta da boca e começa a girá-la na palma da mão, enquanto lentamente passa a escrutinar as pessoas, de pé, reunidas à sua frente, então deixa cair a mão no colo junto com a maçã, dá um profundo suspiro, inclina-se um pouco para trás e depois de um longo silêncio, que não significa absolutamente nada em lugar nenhum do mundo, diz que poderiam chamá-lo como quisessem, apesar de ele sugerir, aconselha, que não o chamem de nada, pois poderiam chamar assim ou assado, mas isso não teria sentido algum, já que ele, de forma alguma se sentiria chamado, porque vocês, diz com voz metálica, simplesmente nunca vão conseguir me chamar, porque vocês não sabem lidar com as formas de tratamento, para mim é suficiente que consigam lidar com seus instrumentos, porque é disso que vamos tratar daqui para a frente, terão que lidar com seus instrumentos musicais de alguma forma, terão que fazer soar alguma coisa, fazer o instrumento funcionar, ergue o tom de voz e explica, com outras palavras, fazer o instrumento ser ouvido, e para isso acontecer ele tem que saber de tudo, e agora não tocaria no assunto, acrescenta, mas ele naturalmente tem conhecimento total de tudo, e isso implica que eles, ergue a mão que segura a maçã, e, enquanto com quatro dedos mantém a fruta firme na mão, estica o dedo indicador apontado para eles, que vocês, senhores músicos, devem imediatamente me colocar a par de tudo, não podem ter segredos comigo, isso é essencial, quero saber tudo a toda hora, independentemente do fato — vou repetir — de *eu já saber* de tudo, de antemão, com o maior detalhamento possível, não podem ocultar nada de mim, têm que relatar os mínimos pormenores, isto é, a partir de agora, têm a mais ilimitada obrigação de relatar, ou seja, desejo a sua confiança, e começa a explicar o que entende por aquilo, no caso, por confiança entre eles, que, na medida do possível, fosse a mais irrestrita, sem o que nunca chegariam a nada juntos, e queria desde o princípio deixar muito claro para eles, queria enfiar na cabeça deles, que quero saber, diz, como e por que retiram o instrumento de seu estojo, e, para simplificar, explica, agora o termo instrumento musical tem que ser considerado no sentido genérico, ou seja, não especifica quem toca violino, quem toca piano, de quem é o bandoneon, o contrabaixo ou a guitarra, tudo cabe igualmente dentro do nome instrumento musical, porque o mais importante, diz, quero saber que tipo de crina o naipe usa nos arcos, como e por que afinam seus arcos, quantos arcos sobressalentes carregam no estojo antes do concerto, quero saber, e o tom metálico de sua voz se acentua, quanto tempo o bandoneonista e o pianista treinam antes do concerto, quantos minutos, horas, dias, semanas e anos, o que comeram hoje, e o que querem comer amanhã, se gostam da primavera ou do inverno, do sol ou da sombra, tudo, se é que me entendem, também o estilo exato da cadeira em que se sentam para ensaiar, e também a estante de partitura, e exatamente em que ângulo a posicionam, quero saber inclusive a respeito do breu, especificamente dos violinistas, onde compram, e por que justo lá, os pensamentos mais tolos que tiveram devido ao pó da resina, ou quando cortam suas unhas, e por que exatamente daquela maneira, e além disso, também gostaria que entendessem, e inclinou-se para trás na cadeira, que quando diz que quer saber, e não precisam encará-lo com essas caras de assustados, então, isso quer dizer que ele quer conhecer os detalhes aparentemente mais insignificantes, ao passo que eles precisam entender que, em essência, ele pode ser chamado de uma espécie de empresário, só para o caso de alguém perguntar, que ele irá, portanto, observar cada passo deles, observar o menor movimento, e de antemão já sabe perfeitamente qual será aquele menor passo possível, sobre o qual, de todo jeito, são obrigados a prestar contas, afinal eles estão encurralados entre dois fogos e, em resumo, por um lado, a confiança incondicional e ilimitada e a obrigação de reportar, por sinal indiscutível, mas para eles infinitamente confusa, e, ainda por cima, em meio ao paradoxo insolúvel — e isso, roga muitíssimo, não queiram entender —, que sobre tudo aquilo que lhe for relatado, por obrigação, de antemão ele já sabe tudo e profundamente melhor, então, daqui em diante, é entre dois fogos que esta cooperação contratual ocorre e, com relação a isso, gostaria de adicionar, acrescenta, que vocês também têm que saber que isso significa uma dependência necessária e evidentemente unidirecional, unilateral e exclusiva, e vocês, volta a girar a maçã que brilha entre seus dedos, não podem contar para ninguém aquilo que contam para mim, tomem nota, e para sempre, que o que precisam relatar, irão relatar exclusivamente para mim, para mais ninguém, e em paralelo nunca podem, em circunstância alguma, esperar que eu, e aponta para si mesmo com a maçã na mão, em consequência de nossa atual e para vocês decisiva conversa, vá contar qualquer coisa, ou explicar, ou iluminar, ou repetir, ou melhor ainda, se ouvem minhas palavras como se, e agora estou brincando, estivessem ouvindo Deus em pessoa, que simplesmente espera que saibam o que fazer em determinado momento, como ele vai saber, descubram por si mesmos, que, e é isso aí, aqui não dá para se enganar, e aquela voz metálica reverbera ainda mais ameaçadora, simplesmente não existe erro, *não dá* para aceitar isso, diz acreditar que todos aqui são capazes, sem asseverar, evidentemente, que esta cooperação daqui em diante, que uma única vez, isto é, agora, ele comunica de forma clara e detalhada o que exatamente contém em sua essência, isso vai lhes agradar muito… não, não vai servir para agradá-los, será melhor que desde já, a partir deste instante, o encarem como sofrimento, pois assim será melhor para vocês, se, em vez de alegria, desde o início o encarem como sofrimento, um tipo de trabalho extenuante, porque de fato o que os espera é um trabalho sofrido, amargo, exaustivo, agonizante, quando em breve, como a única realização do seu grupo, eles irão, ainda que a contragosto, *inserir* na Criação aquilo para o que foram chamados, portanto aqui não dá para cometer erros, da mesma forma que não tem período de experiência, preparação, não tem "então vamos começar tudo de novo", ou coisa do gênero, não é como a milonga de onde vocês vêm, aqui é necessário saber, imediatamente, tudo o que significa o seu trabalho, e estas palavras, por mais enganosas que possam parecer *de acordo com sua essência*, no caso de uma formulação superficial do que estamos falando aqui, pelo menos não mascaram os mencionados suor e tristeza que serão o seu departamento, não obterão prazer com aquilo que estão fazendo, pois, na verdade, cada um tomado individualmente, senhores músicos, dessa vez urra, não passam de um bando, um amontoado de choramingas, que em separado produzem qualquer coisa desconexa com aqueles instrumentos, e aqueles que simplesmente não serão capazes de fazer o todo, que no seu caso atual é a produção que têm pela frente, simplesmente não serão capazes de fazer, ou seja, não poderão atribuir a si mesmos aquilo que representam no conjunto, mas também pode dizer que devem se conscientizar que não tem nada a ver com o todo, que *de alguma forma acontece*, se aderirem completamente ao acordado, de algum modo, sabe-se lá como, mas *vai acontecer*, desde já ele sabe, e cansado de tanto repetir que é assim que irá acontecer, porque é assim que tem que ser, pois é melhor tolerar e não ficar questionando, isto é, se individualmente essa desgraça pudesse de fato ser verdade, então como é possível que juntos eles sejam completamente diferentes, a isso ele não está a fim de responder, diz com orgulho cansado, não, pois, como não lhes pertence, podem ficar tranquilos, que na verdade, no individual, nenhum deles contribui com essas desgraças, que não lhes ocorra nem ao menos pensar sobre a coisa, que isso seja suficiente, já que só o torturaria se alguém tentasse encontrar alguma resposta com ele, dado que tem ojeriza diante de sua mera lembrança, que você tem que pensar sobre isso de novo e de novo no caso de ser questionado, sobre como eles puxam o arco *daquele jeito* sobre as cordas, como fazem soar as teclas *daquele jeito*, já que não entendem nada da coisa toda, porque o todo supera todos eles, estremece, diz isso com sinceridade, caso pensem nessa infeliz possibilidade do questionamento, ou seja, o quanto esse todo, já citado, os supera quando considerados individualmente, mas vamos deixar disso, sacode a cabeça, se ele deparar com esse fato nem tão triste afinal, ao contrário, até meio engraçado, com quem ele tem mesmo que cooperar, *quem vai chegar* na final, na verdade, já de início vai soar como esperado segundo as expectativas iniciais, porém com relação à rebelião, diz de repente muito baixinho, neste caso, qualquer coisa que porventura seja planejada contra mim, nem que seja em teoria, ou, mesmo que surja o desejo na forma de suposição, de fazerem qualquer coisa diferente do que eu quero, que essa hipótese nem em sonho se lhes ocorra, tirem isso da cabeça, pelo menos tentem tirar, porque terá um fim muito triste, se tentarem, e isto é um aviso, embora não com muita boa vontade, porque aqui só dá para tocar música de um jeito e de uma única maneira, onde sou eu quem determina, e novamente aponta para si mesmo com a maçã na mão, ambos os elementos da atuação conjunta, vocês, meus senhores, vão dançar segundo a minha música, e, acreditem, falo por experiência própria, não vale a pena me enfrentar, simplesmente porque não tem sentido algum, podem usar a imaginação, se eu ficar sabendo, podem sonhar acordados, se me confessarem que um dia será diferente, e se de fato for diferente, porque não vai ser diferente, e nem será outra coisa, será isto e deste modo, enquanto eu for, segundo concordamos, o empresário desta produção, até então o que acontece aqui é o que eu ordeno, e será desta maneira até a eternidade, considerando que eu, em acordo com os senhores, para uma única produção órfã, o que, no que concerne aos senhores, é, ao mesmo tempo, a única produção possível com essa qualidade, no que concerne aos senhores, todas as outras produções deste nível estão excluídas, portanto depois disso não há, antes disso não houve, e além do salário reconhecidamente baixo, também não há recompensa, é evidente, portanto nem alegria nem consolo haverá, quando tivermos finalizado, então estará pronto, e é isso — mas preciso confessar aos senhores, e está confessando agora, como se aquela voz metálica tivesse se suavizado um pouco, para finalizar, eu também não terei, não haverá alegria, e não haverá consolo, e aqui não estou apenas dizendo, diz, que na verdade para ele tanto fazia que fosse alegria ou consolo, ou que, como decorrência do nosso acordo, o que os senhores pensam, o que sentem, ou fazem, e de que forma explicarão a natureza patética de sua participação, quer dizer, o que mentirão para si mesmos, não estou falando só sobre isso, mas que para mim também não há alegria nessa coisa toda, e os meus honorários tampouco são compatíveis com tudo o que aqui está sendo chamado de produção, deve acontecer, diz, *porque vai acontecer*, e isso é tudo, nem gosto e nem odeio os senhores, por mim podem até se ferrar, caso um de vocês caia fora, virá outro no lugar, prevejo o que vai ser, preouço o que vai ser, e vai acontecer, sem alegria e consolo, isso nunca mais deve acontecer, portanto eu também não estou alegre, se junto com vocês, senhores músicos, eu subir ao palco, não ficarei mais feliz, nem um tiquinho sequer, se tudo se concretizar de acordo com o provável planejamento, feito na oportunidade, da mesma forma — e como despedida ainda queria lhes dizer isso — não gosto da música, ou seja, o que nós, agora, vamos produzir juntos, isso, confesso, não gosto de jeito nenhum, porque eu sou aquele que aqui supervisiona, sou aquele que não produz, só está presente diante de todas as vozes, porque eu sou aquele que, de verdade, só está esperando o fim de tudo isso.

Sequência das danças

TRRR...
Vou acabar com você, seu grande lixo, 19

RAM
Pálido, um pouco pálido demais, 85

PAM
Me escreveu, 139

PAM
Vem, porque disse que viria, 197

PAM
Infinitas dificuldades, 259

HMMM
Cuidado, se vier o..., 317

RÁ RI RÁ
Perdedores, 337
/arrepentida/

RI
Para os húngaros, 403

ROM
Quem se escondeu se escondeu, 461

ACERVO DE PARTITURAS, 481

E NA SEQUÊNCIA:
RAM, PAM, PAM, PAM, HMMM, RÁ RI RÁ, RI, ROM
RAM, PAM, PAM, PAM, HMMM, RÁ RI RÁ, RI, ROM
RAM — PÁ RI RÁ, RI RÁ ROM
TRRR
Da capo al fine

Para sempre, dure o que durar

TRRR...

Vou acabar com você, seu grande lixo

Não queria chegar na janela, só olhava a uma distância segura, como se aqueles poucos passos com que se afastou o estivessem protegendo, mas é claro que continuava olhando, para ser mais preciso, não conseguia tirar os olhos dali, pois era assim que tentava filtrar, a partir dos sons que se infiltravam, o que realmente estava em curso lá fora, só que infelizmente não havia sons se infiltrando, então só conseguia deduzir que lá fora havia silêncio, e, por falar nisso, fazia muito tempo que só havia silêncio, ao mesmo tempo, depois daquilo que passava desde ontem, não tinha mesmo muita necessidade de voltar lá para tirar a placa de isopor e olhar pela fresta, porque não foi difícil deduzir, quer dizer, mesmo protegido dos acontecimentos de lá de fora pela placa de isopor, ele sabia com absoluta certeza que a garota ainda não tinha desaparecido, ainda estava parada em frente à choupana, a cerca de vinte e cinco a trinta passos de distância, por isso disse a si mesmo, "não vou lá de novo e não vou olhar lá fora", e por um tempo a coisa ficou assim mesmo, ele parado de pé, a uma distância segura da janela, ouvindo, meio que se encolhendo sob a proteção da placa de isopor, que aliás em circunstâncias normais substituía o vidro no vão usado como janela, e a partir dessa proteção repetia para si mesmo, agora não apenas em silêncio, na mente, mas a meia-voz, que seria inútil tirar novamente a placa de isopor, pois depararia com a mesma visão, para nada, sacudiu a cabeça, mas como alguém que já sabia que ainda assim em breve retiraria de novo e outra vez, mas vamos lá, o que fazer, está confuso, desde ontem à tardezinha, às cinco e três da tarde, portanto desde a hora que escureceu, confiou que a essas alturas tudo estaria terminado, mas não, pois se fez noite, e também já amanheceu, e desde então todas as vezes que retirava a placa de isopor desse vão, durante seus movimentos não tinha dúvidas de que, assim que o fizesse e olhasse para fora, veria a mesma coisa, aquilo que a garota observa lá fora, que, nesse vão chamado de "janela", a placa de isopor está se mexendo, ou seja, terá um vislumbre do seu pai e fará um movimento de desdém com a boca, e *imediatamente* levantará a droga daquela placa acima da cabeça e, ao mesmo tempo, surgirá em seu rosto um sorriso tal que fará um arrepio frio percorrer a espinha dorsal dele, porque esse sorriso anuncia que ele irá perder, de forma que, por mais algum tempo, ele se concentra firmemente, a partir da proteção segura, na imagem lá fora, mas então não aguentou mais, e pelo fato de nenhum barulho se infiltrar de fora para dentro, de novo tirou a placa de isopor do vão, por um segundo, avaliou a situação e rapidamente colocou a placa de volta, mas foi tempo suficiente para avaliar a situação, e por causa disso, e não foi a primeira vez, desde que toda essa bagunça começou, sua mão passou a tremer tanto de nervoso que pequenos pedacinhos da placa de isopor começaram a se desprender, conforme o forçava para dentro do vão, mas não conseguiu fazer a mão parar, só ficou olhando conforme tremia, e devido a isso foi tomado por uma raiva repentina, que o deixou ainda mais nervoso, porque tinha certeza de que aquela raiva repentina não seria boa conselheira, no entanto precisava de uma decisão sensata, e começou a balbuciar para si mesmo, novamente a meia-voz, "acalme-se, acalme-se logo", o que produziu um pouco de sucesso, desta forma só restou o nervoso, o que lhe deu um pouco de coragem, que o nervoso ainda está lá, porém não mais a raiva repentina, de forma que foi neste estado de espírito que voltou para a pergunta, *por que cargas-d'água* acontece lá fora o que está acontecendo, porque *o que* está acontecendo ele naturalmente entendeu, que mais uma vez nada de novo, embora ficasse cada vez mais difícil para ele se controlar, sentia que a raiva repentina em breve iria novamente aflorar, por isso, teria preferido dar um grito para fora, que desaparecessem dali enquanto ainda não fosse tarde, que eles, a equipe de TV local junto com os jornalistas, que a garota foi capaz de atrair até ali, deveriam deixar tudo para trás e se pirulitar, enquanto ainda fosse possível, mas não gritou, e assim, é claro, eles também não pararam e não desapareceram dali, principalmente não ela, essa garota, que nem por um instante deixou sua "posição", do lado oposto dos jornalistas, que de vez em quando davam uma escapada para comer algo, fazer xixi ou simplesmente se aquecer, e afinal, pensou, dar uma dormida à noite, para depois, mesmo que em número bem menor, voltar na madrugada, mas ela NÃO, a garota ficou, pelo menos era a impressão que dava, que a criatura inteira se pregou em determinado lugar de onde tivesse uma boa visão caso na janela da choupana alguma coisa se movesse, dá a entender que dali ela não vai embora enquanto não receber aquilo que desde seu nascimento "esse velho canalha", conforme afirmou em sua primeira entrevista local, lhe deve, o que, do ponto de vista do sr. Professor, claro, era pura impossibilidade, pois o que ele poderia estar devendo a qualquer pessoa, especialmente a essa ratinha pelada cheia de mimos, cuja concepção, chegada ao mundo e permanência nele, além dos truques malignos baratos, atribuiu à sua própria irresponsabilidade, descuido, ingenuidade imperdoável, egoísmo e vaidade sem fim, ou seja, sua estupidez inata, que remete à sua própria impertinência, em consequência do que, já que, além disso, nunca a tinha visto nem em fotografia nem com os próprios olhos, e ainda por cima já quase não se lembrava, aliás, sinceramente falando, da essência da coisa, e falando com total sinceridade, na verdade, a essa altura do campeonato, nem lhe passava mais pela cabeça a ideia de que tinha uma filha, como costumam dizer, esqueceu-se sem querer, melhor dizendo, aprendeu a não pensar nela, pelo menos quando podia — o tempo vindo "daquela direção", ainda que ocasionalmente durasse anos, como agora, o deixou em paz e a apagou de sua mente, da mesma forma como apagou todo o passado em geral, e como eles não o assediavam mais havia anos, se sentia libertado, até ontem à tarde pelo menos, quando vindo do nada, de repente, essa garota apareceu ali, e com um altofalante portátil gritou na sua direção "sou sua filha, seu canalha dos infernos" e "agora você me paga", em seguida empunhou uma placa, e não havia dúvida alguma de que essa "pequena aberração da natureza", que de repente o atacou do nada, havia planejado tudo com bastante antecedência, já que arranjou (ou será que está sempre com ela?!) essa trombeta, improvisou uma placa, convenceu a imprensa local a acompanhá-la e junto com ela chegou aqui, portanto dava para perceber, ele sabe bem, o que ela faz, e foi exatamente por isso que o assustou desde o começo, pois foi obrigado a prometer a si mesmo, de novo esqueceu alguma coisa, alguma coisa que deveria saber, mas não sabe, porque não lembra, porque sem esse acontecimento a coisa toda parecia não ter sentido, que diabos ela quer aqui depois de todos esses anos, isto é, depois de dezenove anos completos, tentou lembrar, mas não conseguiu, apesar da sua avançada experiência anterior, assim, especialmente a memória, principalmente a de longo prazo, já não era mais capaz de lembrar, e isso agora parecia perigoso, pois se não se lembra do que é necessário, então não será capaz nem de se defender, com inquietação, tentou descobrir o que está acontecendo, por que tudo aqui é tão sem sentido, já que nada acontece da forma como era de esperar, por exemplo, "essa garota" não agiu como deveria, bater na porta da choupana e dizer em claro e bom tom qual era o seu problema, não, em vez disso "imediatamente me transformou em alvo de ataque", e já chegou de tal maneira que veio com tudo preparado com antecedência, ou seja, começa como um arauto barulhento, quer dizer, chama a atenção para o que vai proclamar, por isso clama para a multidão, porque, afinal, de que serve uma proclamação sem uma turba, pois é, para nada, portanto, do ponto de vista da garota, todos os acontecimentos foram calculados, pensados e planejados, toda a programação, seu desenrolar, sua coreografia, já do ponto de vista dele é confuso, desde o começo, ontem, a partir do meio-dia e vinte e sete, e agora também, tudo aqui, em meio aos acontecimentos, portanto de um lado estavam a sua confusão e incompreensão e, claro, sua raiva repentina, e do outro lado no entanto está alguém que você não conhece, de jeito nenhum, sua estratégia evidentemente planejada, da qual, até agora, só revelou que a tal coisa existe, que ela tem isso, que chegou com aquilo, com uma estratégia, porque parecia que tornava a coisa real conforme montava tudo, com um passo a passo detalhado e hierarquicamente construído, já vai iniciar esse começo determinado, organizado para que em primeiro lugar, ontem ao meio-dia e vinte e sete, fosse na mesma hora cercada por jornalistas e pessoas das duas equipes de televisão, quando o encontrasse no chamado Roseiral Selvagem, como os moradores locais zombeteiramente chamavam a área selvagem, quase impenetrável e abandonada, ao norte da cidade, era evidente que queria que houvesse testemunhas que anotassem e registrassem, conforme ela começasse a gritar no seu alto-falante portátil, ou o raio que aquilo fosse, "apareça, sua fraude!", mas aquele que era a "fraude" não estava nem entendendo o que queriam dele, no começo não entendia nem quem era ela, quem eram eles e o que estavam gritando e o que queriam ali, só mais tarde começou a lhe ocorrer quem ela poderia ser e quem eram eles, e que aquela garota queria muito alguma coisa, mas daquilo tudo, no começo, ele só conseguia pensar, mas então, o que será que ela poderia estar querendo, o que queria não só pessoalmente, não dinheiro, porque na sua segunda entrevista, a da manhã, ela mencionou algo a respeito, mas de forma vaga, fazendo alusão, mas o problema com isso é que é sério demais, tudo aquilo parecia grandioso demais, e a determinação com que ela o atacou foi muito angustiante, porque era disso que se tratava, ele havia sido atacado, não dá para expressar de outra forma, o sr. Professor concluiu para si mesmo, atacaram-no de surpresa, o alvo, agora começava a suspeitar que talvez o dinheiro não fosse o foco, porque ele, na choupana, não deduziu que toda essa balbúrdia, esse alarido, era apenas mais uma "extorsão de dezenas de milhares de manutenções muitas vezes acumuladas", como aconteceu até agora, naqueles dezenove anos, com o que agora, aliás, ele não seria mais capaz de arcar, e isso a garota deveria saber, se informou-se um pouco sobre a situação dele, e ela obviamente se informou, de outra forma como saberia onde encontrá-lo, portanto, nããão, sacudiu a cabeça várias vezes nas últimas horas, sempre que a pergunta voltava, deve estar acontecendo alguma outra coisa por aqui, a garota parecia determinada a tudo, e com certeza era, deve ter sido moldada do mesmo material que a mãe, de quem relembrar a mera forma e os traços do rosto mil vezes odiado, ainda que por pouco tempo, chega a causar nele, no sr. Professor, uma dor notadamente física, de modo que havia anos ele não evocava sua lembrança, só agora, que foi obrigado a fazer isso, e concluir que, embora ele só tenha visto a garota por alguns instantes, um ou outro momento pela brecha da placa de isopor, que "se parecia muito", pior, se parecia tanto, arregalou os olhos, assustado, na verdade é exatamente igual, e com esse "exatamente igual" ele se voltou para o conteúdo da questão de que sim, essa garota definitivamente se comporta como a mãe, ou ainda pior, muito pior, de qualquer forma à noite, para ser preciso, ontem, ela não desistiu nem quando escureceu, às cinco e três da tarde, não deixou o local junto com os jornalistas quando eles, devido a algum novo escândalo, de repente se escafederam (não tinha ideia de qual escândalo se tratava, lá de dentro até então ele achava que tinham sumido para ir dormir), sim, com quase total certeza ela ficou lá a noite toda, ele concluiu, não passou dessa suposição, porque em vão tirou várias vezes a placa de isopor depois que escureceu, foi em vão que tratou de tirá-la naquela escuridão, estaria lá ainda, ontem à noite a escuridão estava tão densa que não via nada, e não teve coragem de ir lá fora, para que não se tornasse ainda mais vulnerável, sem mencionar que construiu a choupana de tal forma que só dava para abrir a porta pelo lado de dentro, com muita dificuldade, e do lado de fora, por questões de segurança, não dava nem para saber onde ficava a porta, em resumo, parece que na noite passada duas pessoas dormiram muito mal, ele aqui dentro e a garota lá fora, ele só se deixou vencer pelo sono por minutos, com frequência acordava assustado, e certamente deve ter acontecido a mesma coisa com a garota, mas como ela fez, isso ele não conseguiu descobrir, de qualquer forma, desde os primeiros minutos do alvorecer estava alerta, porque quando tirou a placa de isopor e olhou para fora, viu a garota exatamente no mesmo lugar em que a tinha visto na noite anterior pela última vez, não sabia como ela tinha feito aquilo, como tinha aguentado o frio, e de que modo abriu alguma possibilidade de se deitar nesse lugar evidentemente desconfortável, parecia tudo um grande mistério, uma pirralha chorona e o Roseiral Selvagem, isso não entrava em sua cabeça, de modo que já estava considerando, que reconhecia que ele mesmo não teria feito melhor, devido a que, porém, a garota parecia ainda mais assustadora diante de seus olhos, obviamente ela tinha um roteiro pré-escrito que a permitia "se manter sob fogo constante", certamente trouxe umas coisinhas consigo para resistir ao frio, senão como seria possível acontecer o que aconteceu, que pela manhã estivesse lá, tão fresca e de pé, tão guerreira, e olhasse para ele bem de frente, tal como quando chegou aqui, tal como está, exatamente do mesmo jeito agora, na mesma posição, e nem se mexe, e por causa disso, ninguém mais se mexe também, e este já é o segundo dia, e agora já são três e trinta e um da tarde, ele balbuciava, andando de lá pra cá, e não, não, isso não pode continuar desse jeito, o sangue lhe ferveu nos miolos, não precisava olhar para o relógio — apesar de ter olhado — para que soubesse que *já* está atrasado, *já* faz mais de trinta e cinco minutos que deveria ter concluído sua tarefa obrigatória de ausência de pensamentos, não é de admirar que esteja nervoso por causa disso, que a coisa toda vá pro inferno, pois, se ao menos pensasse naquilo, e claro que pensa naquilo incessantemente, que este já é o segundo dia transcorrido dessa forma, o que foi arruinado, e o que acontece lá fora, aquilo não é simplesmente um ataque, mas uma ameaça de ataque, e nada o deixa mais nervoso que uma ameaça, uma ameaça de ação criminosa previamente anunciada, da intimidação colocada no vago futuro próximo, fica ouvindo por trás da placa de isopor, mas lá fora ninguém fala com ninguém, ainda, a garota certamente está no círculo dos jornalistas, posando de heroína, um pouco inclinada para a frente, como a Nice de Samotrácia — a estátua grega — mas não fala, de forma que entre ela e os jornalistas não tem nenhum tipo de comunicação, apesar de que nem teve muito até agora, só ontem à noite, a primeira entrevista curta, então hoje ao meio-dia, apesar dos acontecimentos da noite passada, como uma aferição de para onde a situação tinha evoluído, eles chegaram em alguns poucos carros, teve a segunda entrevista, ainda mais curta, a qual, isto é, a do meio-dia de hoje, o sr. Professor ouviu bem claramente através das tábuas e dos trapos da choupana, mas pronto, depois disso nada mais, em vão ficaram questionando a garota, ela agiu como se nem ao menos estivesse vendo, nem ao menos estivesse ouvindo as pessoas à sua volta, então só puderam entreter o público da cidade — por enquanto — com relatos da situação, porque nada está acontecendo, a cada dez minutos telefonavam para a editoria, a garota está aqui parada, voltada de frente para a cabana do sr. Professor, e quando o sr.

Professor olha para fora, ela levanta a placa com o texto que já se conhece, só isso que os jornalistas puderam relatar desde cedo, e isso não é muito, ao contrário, é quase nada, porque não tem nada de novo acontecendo, porque ainda havia uma parte do público (o restante foi usado na matéria nova, informaram os editores) que exigia mais informações sobre o crescente escândalo, por isso os editores dos dois canais de TV e dos jornais estavam exigindo a chamada "matéria de fundo", mas, com os diabos, onde vão arranjar isso, retrucaram com raiva, estão ali parados, à mercê de um vento congelante, no meio do Roseiral Selvagem, onde a garota não solta mais nem um pio, o que pela manhã eles já informaram para o mundo, dessa forma realmente não havia nenhum contexto, apenas que, parada como uma estaca, de vez em quando ela move "seus maravilhosos lábios carmim" estalando-os com desprezo, e levanta a placa para o alto, exatamente quando a placa de isopor se mexe na janela da choupana do sr. Professor, de forma que os jornalistas, quando as vozes do outro lado dos telefones celulares ficavam mais exigentes, só conseguiam relatar sobre "o casaco da senhorita, comparável com a moda elegante das grandes cidades como Londres e Paris", ou "o grosso xale xadrez, ao que tudo indica feito de algum material nobre", ou, em última instância, sobre as amplas voltas que este xale descreve várias vezes "ao redor do pescoço, por certo gracioso, por cima do pelo grosso, presumivelmente não feito de pelo de animais", pois não tinham outra coisa pra falar, já que sobre a placa eles contaram tudo na véspera, e isso entrou no noticiário noturno local, assim como nos jornais da manhã, a placa cujos dizeres comunicam incessantemente ao interessado, o sr. Professor, que foi feito prisioneiro em sua própria choupana, que "o seu pecado é original", como a garota explicou na primeira entrevista sobre o conteúdo enigmático da placa, quer dizer, as poucas palavras escritas no papel colado sobre as tábuas de pinheiro, que de fato são "Direito e Obrigação de Prestar Contas" — aliás, quer dizer, a garota, acrescentaram os jornalistas em suas primeiras reportagens, se parecia com qualquer outra de sua laia, uma dessas que às vezes sai da capital para vir aqui onde Judas perdeu as botas para levantar a voz sobre alguma causa, principalmente contra o "provincianismo inaceitável, a corrupção desqualificada e os cobradores de impostos da miséria", a qual aqui, longe da capital, é meio incompreensível e assim não se leva muito a sério, de modo que o final dessas vindas da capital para cá sempre terminam da mesma forma, tantas vezes elas ficaram levantando suas vozes, e tantas vezes levantaram suas placas, que mais cedo ou mais tarde aparecem as forças locais, lhes dão uma boa surra, depois as enfiam num trem e mandam de volta para de onde vieram, para que percam a vontade de aprontar esse tipo de confusão, o que, parece evidente, vai acontecer nesse caso aqui também, pelo menos é a esperança tanto dos jornalistas lá fora como do sr. Professor aqui dentro, e todas as chances para que isso acontecesse estavam dadas, porque sobre as ditas autoridades locais pelo menos deve saber que elas não apreciam os eventos que perturbam a paz local, e aqui, é claro, repetiu uma delas com ênfase, o órgão de imprensa da oposição, que sempre expressa algo de forma mais contundente, "de perto, é disso que se trata", pois até hoje cedo, como o novo acontecimento, que foi todo orquestrado pelos editores-chefe, "varre tudo", ainda não foi deflagrado, em toda a cidade o primeiro tópico na lista das discussões foi exatamente o que está acontecendo aqui, o que está rolando no chamado Roseiral Selvagem entre o outrora notável, mas de um tempo para cá completamente pinel sr. Professor, e a filha "que, sem precedente algum, está de visita aqui, vinda da capital" — não havia dúvida de que todo mundo já tinha ouvido falar sobre isso na imprensa local, nos dois jornais concorrentes e nos dois canais de TV da cidade, apesar das informações nunca deixarem claro, disseram à queima-roupa, exatamente do que se trata, porque, afora a garota, ninguém entendia por que ela havia escolhido esse formato de reivindicação, e exatamente do que é feita a reivindicação, de modo que só estava claro que havia um banzé por ali, mais um banzé em torno do sr. Professor, e que, "*de acordo com os fatos*, ele tem uma filha", e que, essa garota, *de acordo com os fatos*, "não recebe o suficiente", mas isso era tudo, porque o essencial, isto é, "quem exatamente é essa belíssima loira de olhos azuis, uma jovem quase fascinante que chegou com batom vermelho-papoula nos lábios carnudos", e qual é a "mancha" no passado deste marco da cidade, que gozou do maior respeito público desde os primeiros tempos, mas que perdeu a cabeça, ao contrário do que dizem não há sete mas há nove meses, de cujo passado obscuro, ora, aí está!, agora saltou de repente um fato que até então estava oculto, que ainda não estava nem um pouco claro para ninguém.

Vestia três casacos diferentes, um de lã marrom com gola de veludo preto, a única peça de suas roupas antigas, além do relógio, a que é apegado, e dois outros mais curtos, embaixo deles dois pulôveres, embaixo daquilo tudo camisas, e já quase grudada à sua pele uma camiseta, sobre suas pernas duas calças, uma colada à perna e outra corta-vento, sobre a cabeça um ushanka e no pescoço um cachecol preto de tricô, ou seja, quase todos vieram daquela van que atende moradores de rua, que há cerca de oito meses, isto é, no final de março deste ano, apareceu nos limites do Roseiral Selvagem, e seus voluntários perguntaram ao único morador do local na época se ele precisava de alguma coisa, uma ação corajosa, já que os dois voluntários não sabiam o que lhes aguardava, já que eles também estavam cientes da famosa ausência, ou seja, que o cérebro do sr. Professor tinha pifado, disso estavam cientes, mas antes deles ninguém havia falado com ele, ou na verdade, com uma única exceção, ninguém havia ousado nem chegar perto dele, porque, um pouco depois de sua saída escandalosa, ele mandou avisar para "a cidade", através do camponês que morava no campo próximo e se tornou seu único confidente, que cuidava de sua água e comida, que, se perguntassem por ele, o camponês deveria avisar a todos que, em qualquer um que ousasse se aproximar dele em sua cabana no Roseiral Selvagem ele atiraria imediatamente e sem aviso prévio.

Decidiu que não iria atirar na filha, quando, sob a pressão de outra onda de raiva repentina, foi lá para trás da choupana e começou a jogar para o lado a pilha de roupas colocadas como camuflagem, bem acima do buraco, mesmo que seja apenas uma fantasma, uma sombra do passado, de quem ele não consegue nem se lembrar, mas, se os outros não zarparem dali, esse monte de escrevinhadores vadios, murmurou para si mesmo, então logo vai ter uma debandada geral, pode apostar, por enquanto só está observando, e espera, ainda vai deixar passar um tempinho, lhes dar uma chance de recuar, e com isso ocupou seu lugar de observador, do lado esquerdo da abertura da janela, deixando uma mão livre para que pudesse agir imediatamente, quando chegasse a hora, mas lá fora eles nem suspeitam de nada, os jornalistas descrevem a situação atual para os seus superiores como "empate", e estavam se preparando para, tal como fizeram ontem desde a tarde até tarde da noite, da mesma forma hoje — ainda que estivessem em número bastante reduzido — passar o dia inteiro no local, pois não vai acontecer nada mesmo, era nisso que todos apostavam, aqui não, balançavam a cabeça, assim, aqueles que ainda não tinham o suficiente foram até o carro buscar alguma coberta quente, e aqueles que já tinham o suficiente se embrulharam ainda mais no frio do entardecer que caía, pois, como disse um dos jornalistas, essa coisa de novo vai longe, até tarde da noite, mas é bem provável, comentou outro jornalista para o cara do seu lado e lhe ofereceu cigarro, que a coisa toda se resolva em uma hora, e então poderemos ir para casa, em seguida, formou-se aquela parte chata e comum do jogo de paciência, com que nesse ramo eles estão muito acostumados, quem está sentado se levanta, para dar uma chacoalhada no esqueleto, e aquele que está andando faz um tempinho, e já cansou de andar, vai se sentar num toco de árvore, ou em algum tipo de assento feito de gravetos e galhos, aos poucos as garrafas térmicas com chá quente vão se esvaziando, e já começaram novamente a fazer comentários, como que seria mesmo bom se aparecesse alguém que pudesse encher as garrafas, e essa pessoa poderia ir, talvez você ali, apontaram para o mais jovem, um estagiário magrelo, cheio de espinhas, você tem essas pernas compridas, quando, vindo da choupana, de repente ouviu-se o som de tiros, mas tão fortes que, no susto, eles debandaram como andorinhas, lhes foi difícil até perceber, nos primeiros instantes, o que estava acontecendo, para, após os estampidos, estancarem como quem criou raízes dentro da terra, quando compreenderam do que se tratava, que não eram seus olhos que estavam faiscando e tendo alucinações, mas que tem alguém realmente atirando neles, e os tiros vinham da direção da choupana, agacharam e se atiraram ao chão, e começaram a gritar e a gesticular e acenar, e num piscar de olhos os celulares estavam em suas mãos, e, primeiro de forma desordenada, gritavam palavras para os do outro lado, depois também começaram a formar frases, quebradas e atormentadas, que na verdade estão atirando da choupana, sim, gritavam pela segunda e pela terceira vez, sim, é o sr. Professor, sim, não há engano, o sr. Professor, não dá para ouvir?! também agora está atirando, sim, sem nenhum aviso, sem nenhuma ameaça, sem nenhum aviso prévio, sim, como, não estão entendendo?! Es-tá a-ti-ran--do, gritavam, soletrando, enquanto levantavam de um pulo, e começaram a rastejar para fugir, em meio aos espinhos do roseiral, sim, e atira, e sabem que não dá pra acreditar, mas ele atira sem parar e atira, explicavam para os editores evidentemente incrédulos do outro lado das linhas, e já começavam a ficar roucos de tanto gritar no meio da barulheira, e os caras da TV pulavam pra tudo quanto é lado no meio dos arbustos espinhentos, e rapidamente ligaram suas câmeras, e em fuga, meio virados para trás como os antigos hunos e ansiosos começaram a mostrar as árvores e os arbustos, já que não conseguiam mostrar outra coisa no meio da correria, apesar de que, de onde chegaram já não se via nada da choupana, só se ouviam os estampidos, e esses estampidos simplesmente não paravam, de forma que corriam para longe cada vez mais espantados e assustados, e não conseguiam se decidir, o que é mais assustador, ele estar atirando afinal, ou com o que está atirando, porque cada tiro fazia tanto barulho que eles quase ficam surdos, teve essa explosão maior, ao mesmo tempo que um eco incrível depois dela, e já outra explosão em seguida e outro eco, mas tão forte que a terra tremeu, e o ar tremeu, continua, continua, gritou um deles, quando entenderam que "soltou o último parafuso que restava" no sr. Professor, vamos dar o fora desse inferno dos diabos, encorajavam os outros, mas ninguém precisou ser encorajado, porque mesmo sem encorajamento já corriam atabalhoados, pernas para que te quero, salve-se quem puder, para fora do Roseiral Selvagem na direção da estrada, para os carros estacionados, e da choupana, com um segundo de intervalo, atiravam e atiravam, mas é claro que ninguém percebeu que os tiros eram dados para o ar, enquanto houvesse carga no cartucho, gritava o prisioneiro encurralado enquanto colocava um novo cartucho, e atirava para o alto, na direção das nuvens cor de chumbo, enquanto houvesse carga, gritou que tinha avisado, tinha dito que esse seria o fim, e enfureceu-se, e despedaçou a placa de isopor jogada no chão, ele foi o primeiro a saber que o fim seria este, engasgou sem fôlego, exatamente isso, até o último cartucho.

Se ela tem estratégia, sibilou com a mente atordoada, então eu tenho o meu bacamarte, e eu não só estou cagando e andando como também atiro no meio da fuça dessa grande estratégia, e esperou mais alguns instantes, apenas para passar em revista os cartuchos ali preparados e supervisionar as reservas naqueles que empurrou de volta pela boca do cano com um movimento seguro, e depois que o tempo já havia sido suficiente, com um único movimento arrancou a placa de isopor, deu uma espiada no relógio, três e um, e, sem mais delonga, puxou o gatilho, mas com tanta rapidez, e em sequência, como se fosse uma metralhadora automática, e atirava e atirava, e triunfantemente gritou "se manda daqui, seu merda fedorento", então conforme os cartuchos foram se esvaziando, o primeiro, depois o segundo, o terceiro e o quarto, e o quinto já indo pela metade, soltou o gatilho, e como um general vitorioso olhou ao redor, para a clareira desordenada e confusa em frente à choupana, mas constatou que ainda não podia falar em vitória, porque os jornalistas ele conseguiu expulsar, mas a garota continuava lá, parada no mesmo lugar, inclinada para a frente, e aqueles olhos azuis brilhantes apenas espalhando faíscas, com determinação, olhando diretamente em seus olhos — também azul-claros —, o que fez sua mente girar ainda mais enfurecida, e gritou para ela, "então você acha que a bala não vai acertar em você?!", e abaixou o cano da arma, que até então ele apontava para o alto, abaixou, se até agora não o tinha feito, agora vai experimentar atirar mais uma carreira na frente dos pés dela, mas já não foi preciso, pois assim que a garota ouviu o que o pai gritava da janela da choupana, e ao mesmo tempo viu que a arma abaixava, ela também não aguentou mais, deixou a placa de lado, se jogou para trás e escapuliu, de volta entre os arbustos, e com isso terminou, foi o fim, não se ouviu nada além da respiração ofegante e esbaforida do sr. Professor, e não se via mais nada, somente a clareira vazia e algumas trilhas ocasionais que o bando havia aberto no meio do Roseiral Selvagem para acessar a choupana, dessa vez no sentido contrário — viu apenas os galhos curvados para baixo, o emaranhado denso e selvagem dos arbustos muito crescidos, conforme um ou outro galho se movia em velocidade decrescente, ainda sacudindo, mostrando o rastro dos fugitivos.

Então, qual cê quer, perguntou a pessoa do sítio próximo, porque cê pode escolher o que quisé, porque pra ele, e do lado de sua boca larga, por causa de uma ferida, seu sorriso lhe entortava o rosto, ainda sobra bastante, essa daqui, e na luz da lanterna ergueu uma PPD-40 — pistola-

-metralhadora Degtyaryov —, tá vendo, então, tem um carregador tipo tambor, vem com uns setenta cartucho de munição, então, o que me diz, olhou para ele sorrindo, mas o sr. Professor não soltou um pio, só ficou olhando as armas arrumadas sobre um casaco do Exército, olhou uma após a outra, e não perguntou nada, e não respondeu absolutamente nada para o camponês, então, qual vai ser, ergueu um fuzil de assalto, o camponês imediatamente começou a falar com uma careta meio incompreensível, é um Sturgevér 44, fabricação alemã, munição média, mas não continuou falando, porque esse home esquisito, da cidade, como na sua cidade natal, no 47 — a taberna — chamou várias vezes, quando *de forma nenhuma* mostrava que *de forma nenhuma* a coisa lhe interessava, nem seu olhar revelava nada, mas ele, o camponês, já reconhecia direitinho aqueles que teve ali até agora, quer dizer, aqueles que ele teve corage de trazer aqui, no barracão, e abriu na frente deles, embaixo do lugar de guardar sabugo de milho, o que chamava, segundo ele era engraçado, de Aladdim, porque era assim que se referia à sua adorada coleção, aliás nem ao menos com dois *d*, mas diretamente com três, Aladddim, apesar de que, não dava para saber, depois de quanta pinga a palavra é com dois e depois de quanta pinga é com três *d*, de qualquer forma, agora ele disse com três, então tá, vem aqui, mostro o que tem, aquela vez que o digníssimo cavalheiro de repente apareceu do nada, numa tarde, na minha casa, o Kuvasz quase mordeu ele, e só preguntou se na coleção tinha algum que eu vendia, ou simplesmente guarda pra si mesmo, no que ele respondeu, como num teria, o que acha, como ele compra as peça pro seu Csepel, alguém conseguia ao meno imaginar quanto é difícil, nos dia de hoje, e é pra todo mundo entender do jeito que ele fala, qualquer coisa, encontrar peça pruma verdadeira moto Csepel, porque ele reconhecia com sinceridade, contava pra Deus e o mundo, só que ninguém se interessava, disse que segundo ele, como ele gostava, porque sim, sempre gostou de suas arma, que foi seu avô que juntou tudinho despois da guerra, e escondeu lá na plantação, que gosta, como não gostar, que ele passa óleo, fica limpano, cuida, dá brilho, o que precisar, mas com relação ao seu sentimento pela moto Csepel, é mais que gostar, porque a moto Csepel ele adora demais, diz com sinceridade, que pode até morrer por ela, se a vida quiser, Deus dá e Deus tira, porque, assim que ouve o som dela, o jeito que ela ronca, o som dos deuses que aqueles pistão faz quando dá partida, ou quando toca as manopla com sua mão, conforme sente, quando muito de vez em quando senta na moto, aquela vibração embaixo da bunda, não consegue comparar a nada, então tá bom, disse aquele senhor da cidade, quando se mudou, ele sabe, para o Roseiral Selvagem, e ele estava exatamente indo pra casa, empurrando sua moto, e eles se cruzaram, e começaram um papo, que no fim, claro, já que ele não coloca cadeado na boca, e depois que ofereceu pálinka cristalina, de ameixa, em vão, a conversa mudou pra sua coleção especial no galpão, então tá, disse aquele senhor da cidade, um dia vai dar um pulo e ver o que ele tem, e aconteceu exatamente assim, não passou nem três dias, contou no boteco da rua Csókos, só que ninguém escutou, exatamente do mesmo jeito, que o Kuvasz quase comeu ele, e ele olhou as coisas, mas era um tipo de cara tão cheio de não-me-toques que só ficou sacando, só ficou olhano, que isso e aquilo, o homem não abria a boca pra falar nada, até o fim, aí de repente apontou para uma e disse que aquela que fazia o maior barulho, que aliás era um rifle AMD-65, o FEG húngaro, um pouco modificado, em que encaixava um tambor com setenta e cinco cartuchos, então disse, então tá, por aquela ali quanto ele cobrava, e até que contou pra ele que aquela era especial, preferida, porque era fabricação exclusiva da fábrica de armas húngaras Keserű, e falou quanto, mas o home não abriu a boca pra dizer nada, tirou a grana, contou, e ainda comprou todos os cartuchos, e até perguntou pra ele se não era um pouco muito, pra que ocê precisa tanta munição, mas ele só ficava murmurando, ainda comprou um pouco de óleo de máquina, que então ele deu por quinhentos, e ainda levou uns trapos e um bastão pra limpeza, diz que era pra limpar, e sumiu de vez, desde então nunca mais viu o home, porque não entra no Roseiral Selvagem, praqueles espinho danado arranhá e rasgá ele de tudo que é jeito, ir lá pra isso, de jeito nenhum, só o dia que a cobra fumar, talvez então, mas já foi bastante ter vendido a carabina pro home, já arrependeu, porque ele sabe muito bem o que acontece se o home fizer alguma coisa e despois eles pergunta onde que ele conseguiu aquilo, quem vai ser procurado, ele, ele vai ser procurado, podem chamar ele de bebum, tal e coisa, mas ele não tem culpa de nada, ele tem essa coleção, verdade, não vai negar, ele nunca negou, mas então podia terminar esse assunto, porque ele fica atormentado que o home vai fazer alguma coisa, como pode isso, esse recado que ele mandou com ele, pro povo da cidade, pra eles não ousarem chegar perto, senão vai ter isso e aquilo, pra que um home diz uma coisa dessa, ele quer saber, aqui na Csókos, que nunca, nem uma mosca, qualquer um pode contar, ninguém conhece home mais da paz que ele, porque ele só tem essas arma por causa da belezura, por mais nada, agora não tá falando do Csepel, porque, claro, o Csepel é outra coisa totalmente diferente.

As placas de isopor ele encontrou dentro do matagal espinhento fechado, e foi por causa delas que decidiu onde montar sua choupana, não pelo fato de poder descobrir ao menos os vestígios de uma clareira, não, onde as placas de isopor foram amontoadas numa pilha e esquecidas por alguém, ali originalmente não havia nenhuma clareira, nem casebre, nem qualquer tipo de vila campestre elegante, porque não havia nem clareira, não poderia haver, já que a maior probabilidade é que as coisas tenham acontecido do contrário, essa clareira não foi formada em meio a uma mata fechada que alguém usou por razões obscuras para ocultar essas coisas, mas primeiro essas coisas foram colocadas ali, esquecidas, deixadas ao léu, por alguém, nesta terra árida, selvagem e pantanosa, e *depois* surgiu o matagal, *depois* surgiram as roseiras e as acácias, ou seja, o famoso Roseiral Selvagem se desenvolveu em torno da pilha de placas de isopor, porque aquilo certamente teve algum objetivo para a pessoa que transportou todas elas até aqui, e uma coisa é certa, o que deve ter acontecido com aquele objetivo, que depois de certo tempo o tornou incompreensível para a pessoa que as transportasse para outro lugar, o importante é que quando elas vieram parar aqui, e foi isso que deduziu o sr. Professor quando preparava a sua mudança para o local e examinou o terreno na medida do possível, na época, ou seja, originalmente, não havia ali nada mais, somente quem trouxe aquelas pilhas de placas de isopor, o que deve ter acontecido, concluiu na época, eles vieram aqui para o pântano ou para o prado ou para o emaranhado ou para o deserto, tanto faz que nome se dê, descarregaram as placas e depois esqueceram, e elas enrijeceram, assim ninguém mais quis usá-las, só ficaram rolando de um lado para outro, que nem o camponês da vizinhança quando à noite tenta chegar em casa, agarrado à sua bicicleta, e é atirado pela tempestade para tudo quanto é lado, o vento não conseguiu soprar as placas para longe, porque estavam atadas juntas, só conseguiu derrubá-las e revirá-las, e realmente derrubou quase todas, e foi assim que elas ficaram e foi assim que o mato à sua volta as envolveu, a roseira selvagem, a acácia, e o mato infinito, e assim foi que surgiu aquilo que hoje o pessoal da cidade chama de Roseiral Selvagem, como se fosse algum bairro, o que na verdade é mesmo, esta deve ter sido a ordem dos acontecimentos, primeiro as placas de isopor, depois o mato, claro, como foi há um milênio a ocupação da pátria, o sr. Professor olhou à sua volta, foi dessa maneira, assim ele reconheceu o lugar em que, a partir daquele momento, queria viver, no princípio graças às placas de isopor, portanto construiu sua choupana no lugar das placas, mais exatamente no meio delas, porque foram cinco as pilhas de placas de isopor que encontrou, dessas uma ainda estava de pé, as outras quatro estavam parcial ou completamente emaranhadas pelo mato, e achou que o correto seria, se agisse de acordo com o espírito do lugar e se erguesse sua morada na presença delas, construir sua própria choupana apoiando as costas dela na pilha de placas de isopor ainda em pé, ou seja, aquela pilha que não caiu, o ponto de partida foram as três torres de placas de isopor com altura de paletes, a partir daí ele começou a erguer sua construção, que, em boa medida, graças à interpretação simbólica das torres de placa de isopor, ele realmente chamou de ocupação da pátria, e isso foi muito mais fácil do que imaginou, porque assim que tomou sua decisão e começou a frequentar o lugar, assim que decidiu pelo lugar e examinou a redondeza com mais atenção, o que usaria para a construção, topou com uma riqueza, um verdadeiro tesouro composto de tábuas achadas nas cercanias, pneus de carro espalhados, construções abandonadas em estado de ruínas, estacas derrubadas que outrora marcavam os limites da freguesia, rolos de papel para forrar telhados, postos de observação caídos e meio podres, espantalhos, relhas enferrujadas, garfos enleiradores e tampas de poços, bebedouros antigos e poços de picota quebrados, oratórios de beira de estrada caídos na grama, imagens de Cristo de latão amassado, e materiais carregados em segredo e largados à própria sorte, portas antigas de geladeira, telas de televisão, destroços de carros e milhares de roupas surradas e puídas, cujo material ainda poderia ser aproveitado, enfim, elementos do lixo disperso, atemporal, portanto o lixo de que somos feitos, observou o sr. Professor enquanto trabalhava.

Era uma pergunta muito ruim, mas em vão tentou tirá-la da cabeça, até agora ainda não tinha conseguido, assim quando lá fora ficou tudo quieto, ou seja, quem tinha que dar no pé já tinha dado no pé, e ele saiu para poder se certificar com seus próprios olhos, ficou remoendo, buscando a razão, tinha que descobrir a intenção verdadeira, o objetivo e o alvo que os levaram ali, pois estava certo de que, se aquilo não tivesse acontecido, teria sido fodido de verdade, teria sido vencido, e aquela ordem relativa que ele tinha tornado realidade havia algum tempo seria derrubada, ela era muito mais difícil de manter do que ele originalmente achava, agora essa era sua tarefa, ele se inclinava de um lado para outro atrás da clareira, mas de fato já não se via nenhum vestígio de ninguém, a turba havia realmente se escafedido, finalmente se enfiado no emaranhado de arbustos e árvores e riachos e galhos através dos quais era difícil até para ele caminhar, e a rede de terrenos pantanosos que outrora mereceram sua admiração, muito provavelmente até a estrada para carros, mais tarde vai voltar, decidiu, e vai naquela direção uns duzentos ou trezentos metros, até onde, de acordo com o camponês, o tiro da arma alcança, para ver, quem sabe, se encontra alguns cartuchos, porque já estava começando a escurecer, especialmente aqui, bem no meio do Roseiral Selvagem, aqui já não se via quase nada, e é bem provável que os guardas não venham procurar por ele logo, mas amanhã, quando clarear de novo, portanto contava com eles, é óbvio, mas hoje não, ainda tem tempo hoje de rever toda a história, por isso retornou para a choupana, colocou de volta as ferragens complicadas da porta, ligou a lanterna, desvestiu o casaco maior e se sentou na desgastada cadeira de braços da cozinha, cuidadosamente forrada com cobertores e jornais, que encontrou logo no início em uma das granjas, e que desde então ocupa um lugar central dentro da choupana, virada para o vão vazio da janela, se sentou sobre os cobertores e jornais, se enrolou nos cobertores, junto com os jornais, desligou a lanterna, e, no escuro repentino, buscou se lembrar da mãe da garota, evocou sua lembrança e estremeceu, pois no instante em que evocou a lembrança, no mesmo instante em que a figura da mulher apareceu diante dele, conforme o rosto daquela mulher apareceu na imagem, assim que viu seus olhos, imediatamente soube que ela estava por trás de toda a história, foi ela que orquestrou tudo aquilo, e continua orquestrando até agora, a garota com certeza já está na cidade e lhe conta por telefone o desenrolar dos fatos, viu o semblante da mulher ouvindo o relato, dá para perceber que ela está quebrando a cabeça, enquanto vai fazendo caretas, cerra os lábios, ela conseguia mexer a boca de uma forma extremamente repulsiva quando, com seu senso de superioridade injustificada, ouvia um relato desfavorável, nessas ocasiões a raiva fervia dentro dela, mesmo quando sorria, mas esse sorriso significava que aquele que provocou a má notícia estava liquidado, ela o eliminaria, e até já sabia como, pois tinha uma habilidade incrível de ver instantaneamente através de uma pessoa que a enfrentava e encontrar o ponto fraco daquela pessoa, todos os caminhos possíveis para atingir as vulnerabilidades do inimigo, por isso aquele sorriso arrogante que apareceu em seu rosto, que lhe fazia arrepiar por inteiro já no curto período que estavam se conhecendo, que dirá durante a fase do término, o sorriso que sabe como vai dar cabo do sacrificado da vez, e o da vez foi ele, de novo ele, porque deu chance para o azar, porque não sabia, mas desafiou o azar para o resto da vida, quando, naquela época, reconhecendo o tipo de armadilha em que havia caído com a mulher, quando foi tomado por um fugitivo, claro, é difícil dizer o que de fato causou esse destino, talvez o mais correto seria contar a partir do momento em que a mulher o examinou melhor numa boate da capital onde ele se embebedou uma noite, devido à chatice de uma recepção da embaixada, e continuou bebendo, foi provavelmente esse primeiro escrutínio mais detalhado que decidiu seu destino, leia-se, para a vida toda, porque depois, quando se livrou dela, muito depressa lhe fizeram ver que nunca mais poderia escapar, essa mulher ficaria no seu encalço para o resto da vida, e o torturaria até o infinito, ficaria no rastro dele com exigências financeiras e o torturaria com essas exigências financeiras que iriam ser avivadas com cartas obscenas, cartas essas que eram ainda mais dolorosas pois se sentia humilhado por ter que ler cartas tão imundas, cartas que o arrastaram para um mundo tal que lhe causava asco, todas as cartas sempre fazendo uso das palavras mais vis para afirmar quão vil ele era, o sr. Professor, por não ser capaz de se preocupar com uma criança que afinal era dele, mas que ele nega, embora fosse óbvio para todos os envolvidos que ele não estava fugindo da criança, mas, sim, da mulher, em vão, e foi isso que ele sentiu agora também, encurvado aqui na cadeira de braços da cozinha, conforme, em meio à escuridão total, encarava fixamente o vão da janela na direção da placa de isopor e procurava adivinhar o que ela estaria matutando, como será que a mulher vai tentar acabar o serviço desta vez.

Na época, pensou muito sobre a solução para a porta, mas nem de longe causou tanta dor de cabeça quanto a janela, porque no início achou que nem precisaria de janela para um tipo de choça, toca, cabana, pardieiro como esse — por um tempo o chamava de tudo que é jeito, só lá pra meados do segundo mês, dia 14 de abril, chegou a um nome — portanto na parede de uma *choupana* desse tipo seria uma solução totalmente equivocada abrir uma janela, esta era a sua opinião, já que no inverno é absolutamente irracional, refletiu, e no verão não ajuda em nada contra o calor sufocante, examinou sob todos os ângulos, mas só aos poucos teve coragem de confessar a si mesmo que o seu problema básico com a janela não eram os prós e os contras deste tipo de solução prática, mas o próprio *princípio* da janela o incomodava muito, nem ao menos devido ao fato de que pela janela sempre se pode olhar para dentro, mas porque por essa mesma janela sempre se pode olhar para fora, e ele não escolheu este tipo de vida que planejou para o Roseiral Selvagem, para ficar olhando para fora, mirando, espiando um mundo lá fora que ele renegou total e completamente, foi assim que encarou o assunto no início, mas o fato de, afinal, haver uma janela, isso aconteceu graças ao seu reconhecimento de que, do ponto de vista da defesa, era muito necessário, para que a qualquer momento pudesse ver lá fora, isto é, para que através do espaço na frente da choupana ele pudesse visualizar o único trecho, a única direção de onde, ou através da qual, ele poderia ser abordado, ou seja, aceitou o argumento de uma voz interior de que se tem janela também tem proteção, quer dizer, só assim tem, porque a essência da defesa é criar condições para prepará-la, e sem janela, sem uma visão desimpedida, qualquer aproximação, a chegada de quem quer que fosse o pegaria despreparado, e isso tinha que ser evitado a todo custo, ele queria se sentir seguro, e foi assim que a janela passou a existir, as escoras resolveram a questão com bastante facilidade, e também fez bom uso das características naturais do local, quando descobriu que se comprasse um serrote usado do camponês, e se ajustasse um pedaço de placa de isopor cortado sob medida para a abertura da janela, então a janela criada desta forma atenderia a todos os critérios, para o inverno, o verão e para o caso de somente deixar que alguém olhasse de fora para dentro se ele permitisse, ou seja, se tirasse a placa de isopor da abertura da janela, e ao mesmo tempo, a qualquer momento, quando ele sentisse que precisava, poderia proceder da mesma forma, para que olhasse para fora para supervisionar o que acontecia lá fora.

No início o Roseiral Selvagem era apenas alvo de boatos sarcásticos, só mais tarde se tornou notícia, mas então o seu tempero não foi dado pelo sabor de assassinatos suculentos ou estupro, antes pelo fato de haver na cidade uma terra de ninguém, completamente abandonada, que ninguém queria, que não tinha nem dono, e não corria nem discussão sobre quem iria se interessar por ela e para que finalidade, portanto totalmente abandonada, e por essa razão, a mera possibilidade de ocorrer algum ato fora da lei, a falta de supervisão decidiu o seu julgamento, de que havia se tornado um lugar onde tudo poderia acontecer, se bem que jamais aconteceu coisa alguma horripilante mesmo, toda região norte do subúrbio, se naturalmente sabiam daquilo, era um assunto que entediava as pessoas da cidade, porque aquela região norte do subúrbio, isto é, todas as áreas que ficavam além da rua Csókos, simplesmente não figuravam no mapa vivo da consciência dos moradores, só seus limites secos, a não ser que se espalhe o rumor de que algum morador de rua tenha se escondido por ali, e ficado preso no lugar, porque roubou um velho gerador do pátio da estação da empresa próxima que faz tratamento de água, ou quando, certa vez, uma família de ciganos recém-chegada da Romênia capinou um trecho dela e armou uma barraca, bem, aí já era demais, virou tema central das conversas por alguns dias, deportação imediata, exigiam os habitantes da cidade e, como um coro bem treinado, eles ficaram resmungando indignados que aí já era demais, que aquilo não era possível, um bando de ciganos se instalar ali, então para que serve a polícia, de mais a mais, por que não fazem alguma coisa com aquele lugar maldito, quase se podia ouvi-los repetindo sílaba por sílaba, de-por-tar, fora com os gatunos, porque se não fizerem alguma coisa imediatamente, daqui a uma semana "todos os ciganos fedorentos" da fronteira romena estarão aqui, então não dá, isso não pode ser permitido, é necessário fazer alguma coisa afinal, exterminar, se ouvia nas rodas sociais pela cidade durante o chá com bolo, quer dizer, exterminar pela raiz, essa é a única solução, diziam aqui e ali, e foram fortemente influenciados por suas próprias palavras inflamadas, inquietação que, tão rápido como surgiu, evaporou durante as reuniões regadas a chá, e com a expulsão das famílias de ciganos também a questão do Roseiral Selvagem "saiu da agenda", ou seja, de novo foi parar na periferia esquecida da consciência, porque na verdade ninguém, ninguém mesmo estava interessado naquilo tudo, no fato de que cerca de quarenta hectares de "terra estéril" estavam lá, conforme observavam entre um e outro gole de chá servido em xícaras de porcelana, já que não estavam muito cientes do significado da coisa, que ali existia um lençol freático e por isso a área era pantanosa, delimitada a oeste pela unidade de transporte de carga da estação, e do lado da cidade pela própria rua Csókos, portanto aquilo sempre esteve ali, e as xícaras de chá baixaram, "a coisa foi deixada lá como estava" desde tempos imemoriais, talvez por causa das enchentes do rio Körös, se entreolharam com cara de idiotas, porque não tinham a mínima ideia do passado, de forma que se serviram de um pouco mais de bolo.

Sua chegada correu bem, deu uma espiada no espelho do lavabo, quando percebeu que o trem entrou na estação da cidade, observou-se por um instante, ficou satisfeita, o contorno vermelho carmim em volta dos lábios tornava intenso o batom vermelho-papoula, e era isso, exatamente isso que queria, que aquele vermelho brilhasse intensamente em seus lábios, apesar de embaixo de seus olhos haver um pouco de sombra, mas isso ainda passava, seus volumosos cabelos loiros presos para trás, em um coque, como sempre, realçavam bem o azul-claro de seus olhos, o cachecol lhe caía bem, o casaco lhe caía bem, as meias lhe caíam bem, as botas também eram bem estilosas, de forma que disse a si mesma, é chegada a hora de ir em frente, e como se estivesse subindo num palco, foi em frente, desceu do trem, e sua chegada na frente da estação já atraiu as atenções para si, achou natural que fosse assim, imediatamente percebeu todos os olhares que se dirigiam a ela, e também já tinha aprendido isso com a mãe, aqueles que não se viravam para ela, porque então, se perguntava, como é que não, quem são eles, e por que é que não se interessam por uma pessoa tão cheia de atributos como ela, mas agora não se ocupou com eles, compreendeu que o número de olhares àquela hora da manhã significava que perceberam que ela chegou, os taxistas começaram a se aproximar, juro, contou um deles naquela noite no abrigo, nem cheguei a pisar no acelerador, o carro foi sozinho em direção a ela, tão bombástica que era, e agora foi, como um verdadeiro bombardeiro, de acordo com o plano elaborado com antecedência, que atravessou a praça diante da estação, na direção da bifurcação da avenida Béke, mas depois deixou que um dos táxis entre os muitos se aproximasse, entrou e disse, para a redação, mas o taxista nem perguntou para qual, sabia que ela pensava na oposição, e soltou a embreagem com cuidado, como se estivesse transportando uma borboleta frágil, apesar da senhorita ser tudo menos uma borboleta frágil, bem rechonchuda, concluíram alguns olhares femininos, que percorreram a sua imagem de cima a baixo, já lá no centro da cidade, quando ela pagou o táxi e a pé começou a seguir a direção indicada pelo taxista, ossos fortes, quadris e ombros largos, feições ligeiramente roliças, eu sei, indicou para aqueles olhares insistentes, estou ciente, faiscaram aqueles olhos azuis, de quem sou, enquanto vocês não estão cientes de nada, um monte de putas do interior, secas e covardes, foi isso que disseram aqueles olhos de neon, conforme passou a galope entre elas, porque tinha esse costume, assim como sua mãe, ela também caminhava a galope, tentou perder esse costume cem vezes, mil vezes, mas isso não era tão fácil, era do tipo explosiva, como se alguma coisa a impelisse o tempo todo para a frente, então ela permaneceu no galope, pelo menos agora, pensou, chegaria lá mais rápido, e foi isso mesmo que aconteceu, em minutos ela encontrou o que tinha vindo procurar seguindo as instruções do taxista, e tocou a campainha num edifício, daí em diante não havia barreira, olharam para aquelas pernas de meias só na superfície, mas os olhares masculinos passaram pelas curvas da jaqueta, chegaram até os lábios vermelhos volumosos, e até o azul dos olhos, que imediatamente os fascinou, e as portas se abriram sozinhas, vieram recebê-la e foram indicando o caminho para dentro, por aqui, mostravam, e em todos os lugares e por toda parte rostos sorridentes, idiotas presunçosos, ela sorria de volta para eles, dizendo bem baixo, obrigada, até que a conduziram para uma sala, que evidentemente era do redator-chefe do jornal, café, perguntou uma voz feminina ligeiramente ofendida à suas costas, sim, ela replicou meio ofegante, sem que tivesse se voltado para trás, mergulhada na poltrona diante da enorme mesa de escritório, de tempos em tempos cruzando aquelas pernas vistosas, e contou a razão de sua vinda, e sinceramente, confessa, é tão inexperiente em questões como essa que nem sabe se foi uma boa ideia passar primeiro ali, mas como não, como não, vibrou alguém do outro lado da mesa do escritório, melhor ideia que aquela era impossível, inimaginável, pois o assunto, no que lhe dizia respeito, indicou apontando para si mesma essa pessoa atrás da mesa, segundo sua própria avaliação, é de tal seriedade que como representante da mídia, e ousa dizer com confiança, representante da mídia com o maior número de leitores possível, ele naturalmente lhe estende a mão amiga, pois então, respondeu a senhorita chegada da capital, agradece muito desde já mas tudo de que precisa é que a sua modesta causa ganhe publicidade, sem o que se sente tão fraca, e é tão complicado, difícil, e para ela, exatamente devido à sua natureza pessoal, tão estressante e, bem, é uma tarefa humilhante que ela tem que realizar naquele lugar, que, se deixada completamente sozinha, se sentiria incapaz de levar o empreendimento adiante, ao que aquela pessoa que tinha à sua frente levantou de um pulo, e dando a volta na enorme mesa de escritório, que naquelas circunstâncias o atrapalhava muito, parou diante de sua visita, inclinou-se o mais próximo possível dela e lhe afirmou que, nele, em sua própria pessoa, ela poderia confiar, e isso foi o suficiente para essa visita, que já havia se levantado da poltrona, colocado cuidadosamente sobre a mesa a xícara com o resto de um café expresso horroroso e já estava se encaminhando para a porta para ir embora, mais ainda, já estava na rua, e já estava perguntando aos jornalistas saltitantes ao seu redor se eles poderiam lhe dizer exatamente onde poderia encontrar — e nesse ponto fez um silêncio significativo, mas tão significativo que chegou a parar e com isso fez os outros também pararem — o seu pai, onde ele se escondeu, pois como acabara de ouvir, ele havia se mudado para uma casa nova, o que fez os jornalistas caírem na gargalhada em reconhecimento ao enorme senso de humor da senhorita, e falando todos juntos, explicaram que sim, talvez se possa afirmar daquela maneira, mas que, na verdade, algo aconteceu com o sr. Professor, a quem eles respeitam profundamente, e que sua filha deve ficar ciente, já que não o vê há um bom tempo, conforme afirmou, de modo que ela precisava saber que parecia que o excelentíssimo ilustre sr. Professor, parece que ele tinha se cansado da vida que tinha levado até então e por causa disso saiu da cidade, e então, como explicar, trocou por esse lugar, como dizer, na região norte da cidade, e nesse ponto acrescentaram, com grande dificuldade usam essa palavra, se mudou para fora, mas que ela mesma irá ver do que se trata, pois com prazer eles lhe mostrarão o caminho, já que, sem eles, ela nunca o encontraria, e por falar nisso, não fica longe, caminhamos por aqui até o final, o jornalista mais entusiasmado acertou o passo do lado dela, e num segundo já estaremos lá.

Pois então, diz num segundo, e a garota se virou para o jornalista, talvez por isso, de repente parou na calçada, não precisa chegar num segundo, já que antes de um segundo ela precisa resolver uma coisa, com o que os entusiasmados jornalistas também interromperam o passo, e se aglomeraram ao seu redor, e quando entenderam do que se tratava, imediatamente lhe ofereceram seus préstimos, se a senhorita prometer que, assim que encerrar seu negócio com sucesso, sem falta irá tomar um café expresso, unzinho só — ou qualquer coisa que quiser, acrescentou com uma piscadela o mais velho do grupo —, na confeitaria mais famosa da cidade, ao que a senhorita arqueou sua belíssima sobrancelha e se virou para esse mais velho do grupo, e o que quer dizer com esse encerrar com sucesso, e sua voz ficou muito baixinha, enquanto mostrou um sorriso suave para as pessoas à sua volta, ao que lhe garantiram que houve um mal-entendido, pois eles só estavam pensando que, quando finalizasse a causa que a havia trazido ali, então naquela confeitaria eles, ou todos juntos, ou mesmo um por um junto com ela, poderiam tomar um excelente expresso, porque para eles essa ajuda não lhes custava nada, e se entenderam direito, a senhorita precisava de uma placa e de algumas coisinhas mais, e naturalmente de um alto-falante portátil que se usa em protestos, que aliás por aqui chamamos de megafone, e ele, apontaram para o mais jovem, já vai correndo, pois nada pode ser mais fácil que isso, que uma placa desse tipo e um megafone desse tipo, mais outras coisinhas, ao que a senhorita só respondeu que caneta hidrográfica ela trouxe, o rapaz já estava correndo de fato, e mal caminharam algumas quadras, viraram do lado do enorme edifício da Justiça, e esse rapaz esperto já estava freando um carro do lado deles e, muito sem jeito, as orelhas em fogo, anunciou que "está tudo arranjado".

Ao mesmo tempo que tentava afastar aquela compulsão estúpida de ficar se perguntando repetidamente o porquê, ao mesmo tempo se permitia, já que nada se encaixava ainda, não dava para condenar seus esforços mentais, da mesma forma que não achava que eram incompreensíveis, estava num caminho bem razoável para alcançar uma de suas principais tarefas, entretanto, naquelas situações extraordinárias, os resultados desse esforço mental ainda não funcionavam em seu cérebro, ainda não era capaz de conter a compulsão doentia do ato de pensar, como a denominava, por isso agora, quando em vão estava sentado curvado para a frente, na cadeira da cozinha, há cerca de duas horas, enquanto lá fora a escuridão ficava cada vez mais densa, ainda estava no mesmo lugar onde estava duas horas antes, não parava de pensar em por que tinha vindo, o que queria, e por que bem agora e coisas assim, e foi ficando tão nervoso por somente estar dando voltas e mais voltas, sem resultado, que nesse nervosismo começou a se dar conta de que deveria realizar todas as tarefas que até então haviam lhe parecido desnecessárias, então de novo ligou a lanterna e reuniu, primeiro do chão, dentro de uma grande sacola plástica, todos os cartuchos vazios, e conforme os jogava lá dentro contou com atenção cada peça, e quando, dos duzentos e vinte e cinco encontrou duzentos e sete, que foi o que usou, jogou lá dentro também os tambores vazios, então novamente desfez os ferrolhos da porta, pegou a lanterna e foi lá fora, na parte de trás da choupana, e escondeu tudo com uma placa de isopor, para que depois, numa ocasião propícia, se livrasse definitivamente deles, e em seguida foi para a frente, na clareira, avançou agora na mata fechada e caminhou uns trezentos metros pela trilha infelizmente já bem pisoteada, naquela direção onde achava que as balas estavam, e começou a examinar o terreno, mas só parou quando finalmente sua mente desanuviou um pouco e reconheceu como era inútil fazer o que fazia, já que a chance de encontrar um único cartucho com uma lanterna balançando na escuridão total era muito pequena, de um para dois milhões e meio, de forma que pegou o caminho de volta, e quando chegou na clareira em frente da choupana ainda não conseguiu entrar, ficou perambulando de um lado para outro, de lá para cá, e conforme perambulava já estava quase voltando para a choupana quando mais ou menos no mesmo lugar onde a garota esteve parada o dia inteiro, mais exatamente uns quatro a cinco metros dali, avistou a sua placa no chão, que ainda não tinha se dado conta, a placa que aquela garota ficava levantando cada vez que percebia a presença dele, uma coisa improvisada, montada sobre tábuas e um cabo de pinheiro, uma moldura com algumas barras transversais, e sobre ela, numa folha de papel grossa, escritas com caneta hidrográfica, as palavras "Direito e Obrigação de Prestar Contas", mais essa agora, disse em voz alta, e olhava a placa por todos os lados, mas não encontrou ali nada de excepcional, nada que lhe desse alguma informação nova, e já estava prestes a jogá-la fora e pisoteá-la com raiva, pro raio que o parta, quando percebeu que do mesmo tipo de papel, uma cartolina grossa igual à que estava grudada na tábua, tinha mais uns pedaços no chão, juntou tudo, havia pedaços menores e maiores, nos menores também encontrou alguma coisa escrita, mas no escuro, com a luz da lanterna, não conseguia entender direito o quê, e como eles ficaram prometendo que iriam revelar um pouco mais sobre as intenções da garota do que aquilo que havia sido revelado até agora, juntou os pedaços e com eles voltou para a choupana, e começou a medir, a observar, depois que terminou de remontar a porta, e se sentou na cadeira da cozinha, ele os apalpou, virou, cheirou, mas não era nada fácil descobrir o que seriam, não eram meros pedaços de papel, um deles, o cartão mais grosso e maior, sopesava, seria mais ou menos do tamanho da placa, provavelmente ela queria grudar ele na placa depois, parecia, sobre o que estava escrito antes, ou talvez, mas que droga é essa aqui, trouxe para perto dos olhos e direcionou a luz da lanterna, o que são essas fendas aqui e ali, foi quando entendeu que tinha em mãos um papel especialmente preparado, que funcionava de tal forma que as palavras podiam ser inseridas paralelas umas às outras, em pequenas tiras, que corriam verticalmente sobre sua superfície, de modo que este quadro, ponderou consigo mesmo, um tanto chocado, era uma peça profissional, estes são usados por organizadores de protestos de verdade, são profissionais, olhou assustado diante de si, e jogou aquele papel grosso no chão, depois se abaixou para pegá-lo, começou a examiná-lo novamente, depois juntou com os pés aquelas outras tiras de papel menores, que pegou na clareira, pedaço por pedaço foi erguendo para perto dos olhos, em todos eles encontrou palavras diferentes, e experimentou um deles numa das tiras da cartolina, e foi esperto, pois ele se encaixou facilmente, depois enfiou outro, ah, então é assim que funciona essa coisa, deu um suspiro, que jogo pervertido essa garota pratica, e de novo estava no mesmo lugar dos acontecimentos, a admirava por sua engenhosidade, enquanto meio que por distração, empurrava alternadamente os pedacinhos de papel sobre o cartão maior, quando por um instante o seu coração parou, pois enquanto empurrava e trocava os pedacinhos entre as tiras do cartão maior, formou as palavras,

PAI VOCÊ É

depois rapidamente trocou o segundo com o terceiro pedacinho, e leu

PAI É VOCÊ

o ponto de interrogação ele mesmo acrescentou naquele instante quando seu coração quase parou, o dele, que achava que havia muito tinha esfriado, e não tem outra tarefa senão bombear sangue dentro de seu organismo — ora colocava uma palavra no lugar da outra, ora colocava a outra no lugar da primeira, mas não conseguia decidir qual a opção que a garota teria escolhido, e enquanto lutava lá dentro da choupana desse jeito, lá fora, na clareira, ainda ficaram no escuro alguns pedacinhos importantes, mas estes ele não encontrou, apesar de que teriam sido úteis, pois se tivesse ordenado os pedaços corretamente, teria juntado as palavras da seguinte forma, "vou-acabar-com-você-seu-grande-lixo".

Na madrugada do dia seguinte já estava lá em sua posição de vigia, atrás da placa de isopor, e ficava ouvindo lá fora, mas não se ouvia nenhum som, nada, que teria lhe dado a entender que haviam voltado, coisa que ele tinha certeza de que fariam, isto é, de que eles iriam voltar, como não ter certeza, em parte porque, devido aos acontecimentos de ontem, os policiais não poderiam deixar de comparecer ao local dos fatos, em parte porque é claro que no que concerne à garota a coisa toda está longe de terminar, de forma que ele estava sentado atrás da placa de isopor, numa situação de caça invertida, quando a caça agachada está espiando para o caso dos caçadores chegarem, só que esperou em vão, porque os caçadores desta caça simplesmente não queriam chegar, passou das seis e dez, depois das dez para as sete, das sete e vinte, e finalmente passou das oito e vinte, lá fora o dia estava completamente claro, e em vão ele ficou na escuta, não tinha ninguém lá, porque fazia tempo seus ouvidos estavam aptos a perceber o menor dos sons não naturais no local, no entanto aqui nada disso surgiu, mas ao mesmo tempo isso é impossível, sacudiu a cabeça incrédulo, não é possível que não venham, isso está completamente fora de cogitação, que não estejam aqui, mas assim era, não estavam ali, não vieram, e ainda não, apesar de ser nove e vinte e na clareira, e em todo Roseiral Selvagem, o silêncio era total, sem considerar o zumbido crescente do vento, só ele sacudia os galhos secos das acácias e os troncos secos e espinhentos dos arbustos, somente esse vento gelado fustigava tudo, de novo e de novo, através dos hectares inúteis do Roseiral Selvagem, e já passava das onze, onze e nove, quando não aguentava mais, e com muito cuidado, com os movimentos mais lentos que podia, tirou a placa nova de isopor da janela, aquela que substituiu a que ele tinha pisoteado ontem, porque agora ele já queria ver com os próprios olhos, quem sabe não prestou atenção direito e lá estão todos eles, no maior silêncio do mundo, e estão olhando para ele, olhando para a placa nova de isopor, para ver quando ela vai se mover, mas se enganou, quando finalmente deixou a janela livre, e se inclinou para fora pela fresta, não viu ninguém na clareira, e não viu ninguém no meio dos arbustos ao redor, uma piscadela não é muito, mas nem isso ele percebeu com seu olhar de raio X no matagal atrás da clareira, esperou um tempo, prestou atenção, sem piscar, mas nada, de forma que colocou a placa de isopor de volta, e se sentou por um minuto na cadeira, queria repensar o que teria acontecido, quando, de repente, barulho de galhos quebrados e som de motocicletas chegaram aos seus ouvidos, vindos de várias direções, concluiu, o barulho dos motores aumentando, e depois já dava para perceber que estavam na clareira, alguns até roncaram mais forte conforme seu dono acelerava várias vezes, finalmente, um após o outro, pararam os motores, e por um tempo somente sons não identificáveis, depois, de repente, o som de folhas e os galhos secos rangendo sob passos pesados, estão aqui, concluiu, e se pôs de pé em frente à porta, mas então, se perguntou, o que vai fazer, talvez bloquear a entrada, ou o quê — era inútil, abaixou a cabeça sob o ushanka, se eles querem pegá-lo, então não tem sentido impor resistência, e já estava prestes a desmanchar a fechadura da porta, quando bem perto do lado de fora uma voz grave, gutural, gritou "somos nós", e um segundo depois, "abra, senhor, não queremos lhe fazer mal", ao que ele parou de repente, porque aquilo não lembrava os policiais, menos ainda o bando de jornalistas de ontem, então tirou os trapos e as tábuas de madeira e os trapos e as placas de ferro e os jornais e as tábuas e a cobertura de placa de isopor, e os trapos, e de repente viu um homem tão grandalhão à sua porta que só conseguiu enxergá-lo até o peito, usava botas enormes, calça e jaqueta de couro preto com tachas, mas em seguida essa figura gigante se abaixou e se curvou para dentro, um cinquentão barbudo, com entradas na testa, cabelo trançado atrás, óculos de motociclista na testa, o capacete em uma das mãos, a outra apoiada na ombreira da porta, ele se inclinou para dentro e naquela voz grave gutural disse amigavelmente, "somos amigos, não precisa ter medo".

Não está totalmente certa, comentou, sentada no sofá, para o editor de notícias da televisão de oposição local, enquanto decisivamente mantinha os joelhos bem juntos e lentamente colocava um copo de água de volta na mesinha de centro à sua frente, se para ela seria melhor buscar ajuda jurídica local ou se seria melhor arranjar isso em casa, sinceramente, no momento não tinha ideia, mas devido o rumo que os acontecimenttos tomaram, e isso eles poderiam compreender, na verdade não esperava que, mas seu pai simplesmente não lhe deixou alternativa, a solução seria passar tudo para a área jurídica, porque algo precisava ser feito, sim, e o editor acenou com a cabeça, em profunda concordância e com um olhar tristonho de empatia, ele mais do que entende, em sua opinião é mesmo uma boa sugestão resolver o assunto no próprio local, em outras palavras, quer dizer que a senhorita dificilmente encontraria pessoas mais capacitadas do que os advogados daqui, e a esse respeito ele talvez possa recomendar um que, segundo sua modesta opinião, sem dúvida é o melhor da categoria, o Géza, que não pode ser acusado de ter sido excessivamente influenciado pelo sr. Professor, isto é, e o editor se inclinou um pouco mais na direção do outro lado da mesa, a incontestável reputação do pai dela, quando ele ainda, como sr. Professor, ganhou a admiração total de parte da cidade com sua, enfim, o que podemos dizer, fama mundial, pois é, as pessoas se confundem facilmente, dizia o editor sem parar de sorrir, e tentam manipulá-las de tantas maneiras que a coisa é simplesmente ridícula, a moral, senhorita, e o editor mudou de tom, é só mais uma palavra agora, e posso afirmar sem exagero que somos seu último baluarte, você sabe, para abraçar uma causa como a sua, isso não é só um dever filantrópico, mas é, é, é simplesmente, e agora a senhorita irá se surpreender, este é o nosso *trabalho*, e nesse ponto o editor fez uma pausa significativa, enquanto, na medida do possível, olhava profundamente para os olhos inocentes e espantados da convidada, de forma que ele, indicando sua própria pessoa após aquela ligeira pausa, paralelamente ao seu apoio irrestrito — a senhorita sabe, basta um telefonema — para que, nesta luta contínua pela verdade, ela, a senhorita, não fique sozinha, de forma alguma, isto é, para que o apoio jurídico adequado seja conseguido, ele consideraria fortuito se o processo fosse facilitado, e fez uma nova pausa, ainda sem tirar os olhos dos olhos da senhorita, então, pergunta, que tal se criassem um tipo de ambiente de comunicação, sim, que já no início do julgamento a opinião pública — por assim dizer — lançaria as bases para que o tribunal compreendesse plenamente os sentimentos dela, digamos, falou o editor ao se inclinar para trás em sua poltrona, de uma triste criança inocente, considerando que é disso que estão tratando ali, segundo sua opinião, esta é uma questão emocional, não acha, senhorita, perguntou no calor de um entusiasmo repentino, se estou entendendo direito, ao que ela respondeu meio indiferente, e empurrou para um pouco mais longe de si o copo d'água sobre a superfície de vidro da mesinha, o senhor entendeu perfeitamente bem, este é de fato um caso extremamente emocional, e eu estou sinceramente agradecida pelo apoio oferecido, mas poderia explicar com um pouco mais de detalhes no que está de fato pensando quando fala de meio de comunicação, ah, então, isso é hipersimples, se alegrou o editor por algum motivo, porque para ele e todos os seus excelentes colegas da TV Körös1, o ponto de partida em questões importantes como esta, eles têm a obrigação de partir das leis jurídicas que se baseiam principalmente nas convicções cívicas, ou seja, o sentido de justiça emerge de cada artigo da lei, se pode colocar desta forma, formulou o editor, se bem que, para desenvolver essa convicção com base na moral é o dever dos funcionários públicos, ah, entendo, a garota acenou com a cabeça junto com uma tentativa de sorriso, estão pensando que eu deveria dar mais uma entrevista, mas nesse caso para a sua televisão, quer dizer, resumidamente dá para formular assim, disse o editor com uma risada, você, senhorita, vai direto ao ponto, agarra a essência no úbere, e da palavra "úbere", o clima alegre que começou com a risada, sem qualquer transição, se transformou em uma risada curta e estridente, então tá, é isso mesmo, senhorita, mas o editor parou de rir de repente diante do olhar frio de sua convidada, algo assim me ocorreu, caso concorde, de forma que nós já preparamos tudo de antemão, o estúdio 1 por acaso está vazio, se concordar podemos ir. Está bem, vamos, respondeu a garota, levantou-se de supetão, arrumou a saia, jogou o casaco no braço, e sem esperar que o editor a alcançasse, saiu galopando da sala. Um safado, sibilou entredentes.

Não gostaria de apresentar seus amigos agora, se o sr. Professor não se incomodar, porque eles não gostam muito de ter seus nomes mencionados, então sem nomes, decidiram ainda na época em que uma dor e um interesse em comum os reuniram, para ser um pouco poético, o seu próprio nome ele pode dizer, é claro, se for relevante, é, talvez seja apropriado, por isso vai dizer, na comunidade ele é chamado de Zezinho, mas isso é o suficiente, com o perdão do sr. Professor, porque o fato de conhecerem o sr. Professor não é surpresa nem mesmo para o sr. Professor, pois todo mundo conhece e respeita o sr. Professor, e eles são os primeiros, por isso estão ali, caso alguém lhe falte com o devido respeito, vão lhe esmagar a cabeça num poste, vai ser um baita acidente, não é, Estrelinha, chamou atrás de si por um dos carinhas no meio do grupo, mais ou menos da mesma altura, mas bem mais gordo que ele, que, por algum motivo e com raiva, estava chutando os pedaços caídos da porta, verdade, Estrelinha, é isso aí, Estrelinha, esbravejou com ele novamente pois não ouviu resposta, tá, tá, o Estrelinha fez um esforço, e continuou chutando os pedaços da porta com sua bota, especialmente uma chapa de ferro que o havia deixado bravo, não dá para saber por quê, e no final foi necessário gritar com ele, Estrelinha, para com isso, assim a gente não ouve o que o outro está dizendo, e ele parou, mas era evidente pelo seu rosto que iria recomeçar assim que pudesse, porque essas coisas, em especial essa placa de ferro, era muito, quer dizer, nós sabemos quem você é, e esperamos sinceramente que o sr. Professor também saiba quem nós somos, porque já fizemos muitas coisas pela cidade, não tanto quanto o sr. Professor, é claro, nem imagino nos comparar com o sr. Professor, mas nós também já fizemos o que se esperava de nós, verdade, Estrelinha, e novamente chamou atrás de si, mas agora também olhou para trás, porque esse Estrelinha não sossegava, e ainda por cima furtivamente recomeçou a chutar alguma coisa, teria preferido a placa de ferro, porque estava claramente muito chateado com alguma coisa, mas acabou parando, e espirrando, soltou todo o ar, deu a volta, avançou sobre os pedaços da porta, se abaixou, e com ambas as mãos se agarrou nos pedaços de poste que serviam de moldura da porta, e de alguma forma, com dificuldade, espremeu seu corpanzil pelo vão, e lá de fora avisou, resmungando, que precisava dar uma fumada, por isso, mas o carinha que estava sentado na cadeira de braço, com as pernas esparramadas, e que, evidentemente, deveria ser uma espécie de líder desse grupo, que já era conhecido por sua reputação, não reagiu, deixou, que fosse, porque se ele precisa fumar, então precisa, e pronto, era isso que estava escrito na careta com que reconheceu que Estrelinha não ficaria sossegado e não lhe obedeceria agora, e então olhou para o cara que estava de pé do seu lado, com aquela cara cheia de espinhas, garoto miúdo, mas não lhe disse nada, só indicou que não valeria a pena armar um barraco naquele momento, deixa ele, é um crianção ainda, era isso que dizia seu olhar, e o garoto das espinhas também entendeu, na verdade, tinha evidentemente o mesmo entendimento, porque acenou com a cabeça várias vezes, quando supunha que era provável que ficasse bem, em vista do que o chefe olhou para ele com muita seriedade, indicando que não tinha gostado daquele último aceno com a cabeça, mas então se voltou para o sr. Professor e perguntou para ele, onde foi mesmo que parou, ah, sim, já lembrou, então como é importante para ele aquele respeito, e que em nome disso eles fariam todo o possível para que ninguém se esquecesse, e repetiu, que sim, sim, e que na verdade é por isso que estão ali, pois ouviram falar sobre o que havia acontecido na tarde anterior, e a novidade se espalhou "pela região", e não quer dizer com isso que eles estão ali para substituir alguém, mas também não se trata de dizer que eles estão ali no lugar de alguém, eles não têm nada a ver com isso, para eles a independência sempre esteve em primeiro lugar, que além do respeito, eles não pertencem a ninguém e não fazem parte de nada, são fiéis apenas a si mesmos e a seus ideais, e neste mundo o que mais vale não é um diamante, se é que o sr. Professor concorda com ele, diz um pouco inclinado na cadeira, mas o sr. Professor só meneou a cabeça meio inseguro, como se não estivesse certo daquilo para o que, de fato, ele acenou, para esse rosto que mais lembrava o do King Kong e parecia estar satisfeito e, após uma breve pausa, cujo objetivo deve ter sido que o outro tivesse uma chance de examinar bem o seu rosto, como se estivesse procurando seu olhar verdadeiro, disse que todos eles ali estavam procurando pelo homem puro, e que este era um caminho, e aqui ele parou novamente, para de novo continuar aquele exame da fisionomia, como quem está em dúvida, se não vão rir dele, se não vão tirar sarro de sua sinceridade, porque foi verdadeiro, e isso ele declarou que seria, que eu realmente sou sincero, diante do sr. Professor não pode haver outra coisa que não a sinceridade, de forma que ele, do lado da sinceridade, considera a retidão o maior valor do homem, vai inclusive contar o que quer, sem rodeios, não vai ficar dando voltas, vai contar abertamente por que estão ali, pois como já mencionou antes, ouviram falar sobre os acontecimentos da tarde do dia anterior, mas quer acrescentar, agora mesmo, que eles ouviram falar não apenas sobre os eventos da tarde da véspera, mas sobre tudo, e por isso eles têm esse respeito, e pessoalmente ele também, esse respeito, pois eles sabem sobre tudo no geral, e aquilo que sabem gostam muito, eles professam os mesmos valores, mas até ontem à tarde eles não tinham certeza de que seus ideais seriam os mesmos, mas agora, isto é, desde ontem à tarde, eles têm certeza, e esta é a base do respeito, e daqui para a frente é isso que esperam de todas as pessoas que porventura entrarem na cidade, e de todos que possam se declarar moradores locais, que de agora em diante o sr. Professor seja cercado de um respeito ainda maior do que antes, porque o sr. Professor é alguém que vive de acordo com cento e dez por cento de seus ideais, e isso é uma coisa que poucas pessoas podem declarar sobre si mesmas, em uma palavra, o que ele queria ali, como porta-voz dessa, bem, digamos, digo, associação de defesa, com todo respeito eu gostaria de lhe perguntar se o sr. Professor não se oporia se esse bando sem nome, como era conhecido faz tempo, se esse seu grupo de defensores da cidade, que sempre evitou ser nomeado, como mencionou no começo, se a partir dali começasse a usar um nome, para sob sua bandeira continuar realizando sua responsabilidade, que por essa cidade, pela nossa cidade, tem a responsabilidade de zelar dia após dia, e todas as noites, então ele, o sr. Professor, não precisa se preocupar nem por um instante por causa da tarde de ontem, porque aquilo já está resolvido faz tempo, aqui ninguém vai colocar os pés para importunar, nem por acaso questionar, pois eles, no devido lugar, hoje pela manhã já esclareceram tudo, já disseram tudo que era necessário que aqueles oficiais da lei, e aqui gostaria de sublinhar que eles precisam saber do lado *oficial*, sem dúvida só o essencial, que os eventos da tarde de ontem diante dos guardiões da ordem receberam a devida explicação, portanto está tudo resolvido, como disse, e com isso todo o caso está encerrado, então ele, o sr. Professor, não precisa temer, absolutamente, que qualquer pessoa venha perturbá-lo aqui, em seu isolamento silencioso, para ser de novo poético, pois este recôndito silencioso, olhou de novo no fundo dos olhos do sr. Professor, representa muito para eles, pois assim, em sua bandeira, será escrito um nome, claro, no sentido figurado, só no sentido figurado, e somente se o sr. Professor concordar com a ideia, assim para eles o caminho será ainda mais claro, no qual eles procuram o homem puro, sem subterfúgios, pois ali eles sentem, é só olhar para eles, que com esse nome em sua bandeira eles vão encontrar esse homem puro em breve.

Lá fora ouviu-se um motor sendo ligado, depois mais um, e outro mais, teve quem ficasse aquecendo o motor, acelerando por um tempo, outros aceleraram de uma vez, e ele ouviu lá de dentro quando um motor partiu, depois mais um partiu, e mais um, e mais um, e a mudança da marcha para a segunda e para a terceira, depois voltou para a segunda, depois começaram a se distanciar, e depois de alguns minutos lá longe ouviu os motores acelerarem, aparentemente todos juntos, como se naquele momento tivessem saído do Roseiral Selvagem para a estrada com calçamento, do mesmo jeito que vieram, de várias direções, como se fossem um exército praticando a tática de cercar o inimigo, só que agora na direção oposta, deixaram seus domínios pelas mesmas trilhas que doravante já não serão o que foram, foi isso que lhe passou pela mente num primeiro instante, quando se deu conta de que ainda estava de pé em sua própria choupana, de frente ao seu próprio lugar, e de que modo eles sabiam, se não existem tais coisas aqui, não somente do reboliço da manada nos últimos dois dias quando usaram trilhas ocasionais, mas obviamente mais que isso, ou seja, abriram novas trilhas, para se achegarem através delas, quando fizeram isso, fez essa pergunta tão inquietante para si mesmo, mas em seguida a afastou da mente, considerando que tinha coisa mais importante para fazer do que perder tempo com isso, mas mesmo assim ele não ficou sossegado, e a ideia voltou a torturá-lo, já que até então nunca houve trilhas no Roseiral Selvagem que levassem até a choupana, então como é que passaram a existir de repente, do nada, numa única direção, porque nesse caso, ontem à noite, provavelmente na segunda metade da noite, quando ele não aguentou mais e deixou o sono dominá-lo por algumas horas, só pode ter sido nesse momento que eles vieram aqui e abriram caminhos, enquanto ele dormia, mas então, se foi assim, como é que não acordou, certamente usaram algum tipo de facão de abrir picada na selva, passou por sua mente, é evidente que gente desse tipo adora essas coisas, sim, vai ver foi isso, a madrugada e alguma espécie de facão ou coisa do gênero, e deu um suspiro profundo, o silêncio lá fora já era total, só se ouvia o vento incessante, ele então virou sua cadeira na direção da janela, de volta para a posição habitual, arrumou os cobertores e os jornais dentro dela, e se sentou, melhor dizendo, deixou-se cair nela, para pensar no que tinha acontecido, quem eram aquelas pessoas, e sobre que diabos esse tal de King Kong ficava mugindo, não é que não soubesse quem eram esses caras, ainda lembrava de quando, numa ocasião, talvez há um ano, alguém lá na cidade começou a xingá-los no meio de uma conversa e ele meio que saiu em defesa deles, dizendo que agora que o governo central na capital é meramente formal, quando todas as localidades estão chafurdando na miséria, que este país miserável foi abandonado por completo, quando estamos à mercê de trapaceiros, ladrões, assaltantes e assassinos, nesse caso é melhor dar as boas-vindas ao surgimento e aos feitos de um grupo como esse, lhe ocorreu dizer exatamente isso, coisa de que já se arrependeu exatas sete vezes, mas depois já não tinha o que fazer, além disso, também teve que aguentar, quando a notícia de suas palavras se espalhou depressa, que um dia mais tarde, para sua enorme surpresa, diante da sua casa na época, no bairro de Németváros, alguém deixou um pacote de presente na frente do portão, aliás, a seu ver, o pacote de presente mais inútil, mais confuso e estúpido que podia existir porque, com tudo misturado de qualquer jeito, havia xampu masculino, chocolate, um mapa da Grande Hungria, conhaque contrabandeado, um relógio de quartzo barato, um maço de fósforos e alguns jornais antigos de 1944 com frases sublinhadas em vermelho, e por cima de tudo uma única rosa vermelha, ainda se lembrava perfeitamente daquilo, porém não imaginava que esses caras o tinham em alta conta, e que fosse tratado por eles como algum tipo de ponto de referência espiritual, pelo menos até os acontecimentos da véspera, o que, era evidente, os ludibriou por completo, pois as palavras confusas desse caipirão do King Kong deixaram claro que seu desempenho foi exaltado aos olhos deles de uma forma absolutamente insana, e, não importava de que ponto de vista analisava a situação, não conseguia explicar de outro modo a não ser que eram todos completamente loucos, portanto não valeria a pena abordá-los com elementos lógicos, porque esses caras, o sr. Professor olhava com os olhos arregalados para a placa de isopor, simplesmente são doentes, psicopatas e naquele nível de vilania do qual só se pode esperar o pior, e como ele espera pelo pior, exatamente por isso, tem que fazer alguma coisa, porque o papel que esses caras lhe atribuíram pode se tornar fatal, o que ele, levantou-se de um pulo da cadeira, tem que dar um jeito de impedir, mas então já estava fora de sua choupana, ainda parou por um momento ponderando o que faria com a entrada, e decidiu que a partir daí não se incomodaria com ela, porque tinha que partir, tem que discutir o assunto, tem que chegar até os finalmentes, deixou tudo para trás e partiu.

Vai deixar a cidade, disse abrindo os olhos bem abertos, e os telespectadores lá no bar BIKER olhavam esses dois olhos arregalados sem ao menos piscar, está deixando, disse, e já não se dirigia mais para os repórteres, mas falava diretamente para a câmera, porque daqui para a frente este já não é um caso particular, porém o trabalho dos órgãos oficiais, ela fez a denúncia, com o que espera que de sua parte o caso se encerre, pelo menos no que diz respeito aos deveres oficiais, mas, em todo caso, gostaria de insistir mais uma vez naquilo que começou, que o objetivo de sua vinda era finalizar um assunto particular na presença do público, de uma vez por todas, e assim não gostaria de partir sem resolver a questão, de modo que, e aqui ela fez uma pausa significativa, com os lábios bem cerrados, em seguida virou o corpo inteiro na direção da câmera, mas não continuou a frase, porém, depois de uma pausa breve e comovente, disse, mudando seu tom até então suave para uma voz mais dura e incisiva, que ela tinha sido uma criança traída, abandonada, que veio aqui para revelar a verdade, para chamar a atenção para o fato de que não se deve acreditar nas aparências, porque aquele que aqui é reverenciado como um professor e cientista, mundialmente famoso e reconhecido internacionalmente por suas pesquisas sobre musgos, sobre quem ela própria, apesar de tudo, até o dia de ontem pensava como sendo seu pai, não merece, e seus lábios se contraíram, nem a devoção dos senhores, nem o direito de se denominar meu pai, confesso, e aqueles olhos azul-claros, neon, que já se conhecia do telejornal anterior, soltaram faíscas, entrei nesta televisão de primeira linha para denunciá-lo, ainda por cima exatamente nesta cidade em que sua figura é tão reverenciada, que esse homem não é mais meu pai, é para isso que estou aqui, para comunicar diante do público, que a esse homem que durante vinte anos negou a minha existência, agora sou eu quem nego a existência e não o reconheço mais como meu pai, nem estou mais disposta a usar o seu nome, e declaro que a partir de agora ele não tem o direito de, em nenhuma ocasião e circunstância, se referir a mim como sua filha, um criminoso ordinário, armado, um hipócrita, um vigarista aproveitador de sua própria fama, um caçador de musgo insignificante, sussurrou ela para a câmera, e no rosto dos espectadores do bar BIKER dava para ver que estavam arrebatados pela sua beleza, a espuma parou no topo da cerveja, a caneca em suas mãos, que por sua vez estava a meio caminho, no ar, tão intensamente prestavam atenção naquela garota, a TV ficava pendurada no alto, ao lado da entrada, onde o forro se encontrava com as paredes, dentro de uma gaiola de metal, e seus pescoços endureceram, já fazia uns dez minutos que esses pescoços não se moviam, pois todos percebiam que alguma coisa importante pairava no ar, ou seja, descobriu-se que mais cedo ou mais tarde as coisas importantes os afetavam fortemente, por isso prestaram atenção o máximo que puderam, mas já se cansaram desse estado de atenção intenso, e daí em diante só tratavam de pescar a essência das palavras da garota, por exemplo, que pedia castigo exemplar por tudo aquilo que ele fez, e que ela não iria visitá-lo na prisão, para onde certamente ele será levado, e que gostaria que ele mofasse ali, pois é o lugar que merece, e que espera que nas imundas celas da prisão definhe num catre fedorento, *e que no final o musgo o cubra inteiro*, mas diante dessa declaração a atenção concentrada desmoronou de repente, e, como a enchente faz com uma represa, essa piada simplesmente rompeu a atenção e a gargalhada foi geral, simplesmente não aguentavam mais a tensão, e gargalharam com vontade, batendo com suas canecas no balcão, e se dobraram de tanto rir, àquela altura precisavam muito rir, só o chefe ficou em silêncio entre eles, o cotovelo direito apoiado no balcão, em seu rosto só uma concentração sombria, e enquanto seus companheiros ainda estavam sem fôlego de tanto rir, ele olhava fixamente para a TV pendurada no alto, como quem não entende de fato, não percebe direito o que foi dito ali, ou como se já estivesse remoendo, em sua cabeça, as palavras com que poderia comunicar aos outros que, embora as coisas ainda não estivessem bem claras, o erro é grave, o que se ouviu ali não foi uma piada, eles não foram confrontados com a verdade, ao contrário, a desonra mais imperdoável foi cometida, e certamente eles, como comunidade, têm que responder à altura, em uníssono, de acordo com a tradição.

Coração puro e um caráter ético, forte, sólido, se você tem isso dentro de si, dizia o anúncio, o discurso festivo de recrutamento no site, pode se juntar a nós, aliás, você é um dos nossos, porque quem tem esse coração e esse tipo de caráter moral deve sentir que é sua obrigação se juntar a nós, não importa que tipo de motocicleta você tenha, pode se juntar a nós com uma MZ alemã, ou até mesmo com uma antiga Berva, aqui não importa a idade da sua Kawasaki ou da sua Honda, porque no nosso grupo só uma coisa importa, a retidão de caráter e o ideal, se você sente que tem esses dois elementos, dizia o alto-falante da motocicleta, então conosco você encontrará seu lugar, venha pois se juntar a nós, com uma Kawasaki ou uma Berva, dá na mesma, mas nem tudo era a mesma coisa, porque é claro que quase todo mundo vinha de Kawasaki e Honda, e Kawasaki e Yamaha, e Suzuki e com Kawasaki e Honda junto, o modelo mais popular e mais frequente era a Kawasaki 636 de cerca de oito a dez anos, também tinha, com mais ou menos a mesma idade, a T2R da Yamaha, mas também não era incomum uma Honda Varadero e, claro, os modelos GSF Bandit e Hayabusa da Suzuki, mas isso não queria dizer, explicava o chefe, como era chamado pela rapaziada, que você só pode ter esse tipo, apesar de que podemos ajudar você a ter esse tipo, porque tem essa loja aqui, mas só para sócios, onde se pode encontrar de tudo, desde equipamentos de couro a cintas lombares, de luvas Sixgear e Difi Viking até botas Forma Ice, você encontra de tudo, e não precisa pagar na hora, os membros automaticamente têm um empréstimo, mas esse empréstimo significa que deve ser pago, numa boa, aos poucos se você quiser, mas tem que pagar, porque se não o fizer, será expulso da comunidade, e quem sai da comunidade tem que pagar um preço alto pela sua decisão, tome nota disso desde já, porque se pertence ao grupo tem que assumir responsabilidades também, enquanto não canso de dizer que a consciência dessa responsabilidade tem que surgir de dentro, e ao mesmo tempo é melhor ter consciência de que isto não é um parque de diversões ou um jardim de infância, esta é uma comunidade que espera a força, ou se preferir, tem que saber demonstrar força, você entendeu direito, e você tem mesmo que entender direito, porque aqui não se trata de uns passeios de motoca de final de semana, em que apenas ficamos desfilando de um lado para outro, fazendo curvinhas para a esquerda e para a direita como um bando de gansos, aqui as pessoas têm tarefas a cumprir, para que alcancemos o nosso objetivo, o caminho tem que ser desimpedido, é nele que buscamos a humanidade pura e a honestidade, porque é isso que estamos buscando, o homem puro, e também o caminho, por isso você faz bem em refletir bastante antes de se juntar a nós, ou não, porque depois não vai ter dizquemedizqueissoouaquilo, e até lá, enquanto reflete, pratique o hino, porque aquele que entra no nosso grupo, ele tem um hino, e o hino é este, de forma que é melhor você aprender o texto, caso você não saiba cantar, aprende da mesma forma, enfia na cabeça, porque senão nós mesmos vamos enfiá-lo, e nesse caso vai doer, então aprende que

Ronca a minha máquina, estou rodando pela minha bela pátria
A distância vai diminuindo, terá encolhido?
O inquilino me odeia, minha cara é feia,
Mesmo que a verdade sagrada more no meu coração.

O asfalto acabou, chegamos na fronteira,
Do outro lado da pista, me aguarda minha pátria vilipendiada.
Não tenho mais nada a ver com a velha pátria
Em casa virei visita, grande lástima.

A revolução ainda vai acontecer, a verdade irá vencer
Nosso falcão dourado está planando na luz.
Em suas asas a luz do sol tudo ilumina
Na minha linda pátria milenar, reencontrarei meu lar.

Explicou que era um instrumento perigoso, ainda por cima de novo sentado em sua cadeira, porque ao voltar, desta vez vestindo um longo casaco de couro, e entrar na choupana, imediatamente desvirou a poltrona, afastou-a da abertura da janela, e se sentou, enquanto ele mesmo de novo teve que ficar de pé e ouvir que o sujeito estava ali, sr. Professor, imagine tudo aquilo, e veja, aqui está o corpo do instrumento, estou evitando de propósito, acrescentou sorrindo, apesar de que seria melhor não sorrir, evitando que as coisas sejam nomeadas com os próprios nomes, se é que me entende, porque, quer dizer, está aqui no centro, como vê, apesar de que isso aqui já conhece, já que o senhor lida com ele com habilidade, então, mas está vendo aqui, perguntou, e tirou o carregador imaginário e, do carregador, com um peteleco tirou uma bala imaginária, bem no meio da sua outra palma, veja, aqui está esse cartucho, e estendeu em minha direção para que o visse bem, está aqui, o que o senhor conhece bem, mas, então, será que sabe que a coisa aqui é de um jeito que aqui embaixo tem uma espécie de pó de pólvora, que tem duas funções, uma delas, virou para cima e apontou para o cartucho, para sua parte de baixo, para que a partir daqui, com grande energia, ele dispare a munição através do cano, mas a outra, é necessário dispor de um pouco de energia para puxar a próxima bala do cartucho, entende, né?, entende, não é?, com certeza entende, e agora que isso ficou claro, entenderá que esta não é uma nova espécie de musgo do Pacífico, daquele tipo que o sr. Professor descobriu, esta é uma arma perigosa, e uma arma tão perigosa como esta, AMD-65, não pode ficar ali, porque talvez eles voltem a procurá-lo e nesse caso será melhor que o assunto seja resolvido de outra forma, e foi combinado, ele pede muito, na verdade, roga, sentado na cadeira da cozinha, coçando a barba, para que memorize bem todas as suas palavras, pois tudo deve acontecer com base no que acabam de combinar, portanto quando vierem e perguntarem, o senhor vai mencionar uma pistola de pressão, e vai mostrar para eles, e vai lhes contar que foi com ela que ficou atirando, e com nada mais, pois o senhor não tem culpa que aqueles borra-botas se assustaram dessa maneira, então, diga que essa pistola serve exatamente para assustar alguém, mas que ela não provoca nenhum dano maior, e pode ser mantida em seu poder mesmo sem licença, está claro, né, perguntou a visita pacientemente, para tirar de dentro do bolso interno do casaco comprido de couro, porque desta vez era isso que vestia, de algum lugar lá embaixo, algo com o formato de uma pistola e disse, aqui está, esta é a sua pistola de pressão, é só puxar o gatilho, e pronto, ela funciona, em seguida se levantou, mas claro, manteve as costas encurvadas pois a choupana era baixa para ele, e em seguida perguntou onde foi parar aquela AMD-65, e não teve remédio, deu pra ver bem pelo jeitão do cara que não iria perguntar pela segunda vez, considerações à parte, a melhor opção naquele momento era não discutir, o melhor seria dar a volta na choupara, tirar a arma de debaixo da pilha de roupas e entregá-la junto com o que sobrou do pente e os cartuchos que ficaram dentro dela, coisas que imediatamente sumiram embaixo do longo casaco de couro, e foi melhor também não esperar pela pergunta sobre os cartuchos vazios, só fez um sinal sem emitir palavra, para que o seguisse, e assim saíram da choupana e foram até a coluna de placas de isopor, onde ele tirou a grande sacola de seu esconderijo, que o outro pegou, levou até sua motocicleta, e jogou para dentro do baú, montado sobre a roda traseira, e ficou um tempo parado do lado da moto, e de maneira penetrante fitou seus olhos com esse olhar que da outra vez já o congelou, ou pelo menos teria que ter lhe congelado o sangue nas veias, e disse que em breve voltariam a se encontrar, porque desde que se falaram ocorreram grandes transformações na cidade, porque estão dizendo que alguém vai chegar, uma pessoa que é esperada há muito tempo, de forma que tudo foi modificado, disse, hoje está tudo diferente do que estava ontem, ou seja, todos estão voltados para o futuro, e com isso prendeu o fecho do capacete, passou a perna sobre o assento, arrumou em torno de si o longo casaco de couro junto com o AMD-65, sem grande cuidado deu partida na sua Kawasaki e foi embora, e desse arranque inicial imediatamente mudou a marcha para uma velocidade mais alta, e sumiu, desapareceu como se nunca tivesse estado ali, e deslizou com tanta habilidade entre os roseirais selvagens que foi como se nem mesmo os galhos se movessem atrás dele.

Esse cachorro já devia estar amarrado, resmungou para o cachorro gigante, enquanto lutava com ele, mas, como sempre acontecia quando vinha, o cachorro só se interessava pelo recém-chegado por um tempinho, não demorava muito e ele parava de ficar puxando e rosnando, e como alguém que se cansa da tarefa, deixava o recém-chegado, no caso ele, lhe virava as costas, já era velho, doente, seu pelo estava caindo, era cego de um olho, largava tudo e ia se recostar no banco, e ele por sua vez, atravessou a calçada feita de pedaços de concreto dispostos desordenadamente, até a entrada da casa do camponês, e tocou a sineta uma, duas, três vezes, mas em vão esperou que o camponês aparecesse, de forma que bateu mais uma vez na porta, agora com força total, e gritou chamando, o que está acontecendo, por acaso estaria dormindo, por que não abre de vez, mas mesmo assim não abriu, e nesse momento sem querer abaixou a maçaneta da porta e descobriu que a casa estava aberta, o que era muito estranho porque o camponês, desde que o conhecia, nunca deixava a casa aberta, mesmo quando estava totalmente bêbado, não entendia o que estava acontecendo, terá enlouquecido com toda essa desordem ou o quê, perguntou, como se estivesse falando com o homem, para que desse um sinal de que estava na cozinha, mas ninguém respondeu, porque na cozinha também não havia vivalma, toda situação era muito inusitada, pois o que sabia dele era que bem cedinho de manhã, sete e dezoito, não era costumeiro que deixasse a casa, fazia tempo que ele não tinha animais para serem alimentados nem consertava ferramentas, e nunca se ocupava da casa, além disso, o fato de frequentar o bar da cidade não era devido à falta de bebidas em casa, já que, conforme espalhava para os sete ventos, se está em casa ele bebe a sua própria, não precisa de nenhuma pinguinha barata, então, que diabos está acontecendo aqui, o sr. Professor perguntou mais uma vez e ficou pigarreando, e chamando, aqui e ali, olá, onde estará, apareça, homem, mas nada, espiou na sala de visita, nada, abriu a porta da despensa, nada, aliás, quando estava prestes a fechar a porta, ouviu uma espécie de gemido, entrou novamente, mas de novo nada, porém, quando estava prestes a fechar a porta outra vez, pareceu ouvir o tal gemido, por isso voltou, e foi assim que encontrou aquela portinhola que havia sido recortada, lá no fundo da despensa, atrás de tábuas de uns bons três metros de altura encostadas na parede, e quando a abriu, encontrou o camponês caído no chão de terra batida, coberto de sangue, com a cabeça completamente esmagada, nem se viam seus olhos, nem o nariz, metade da boca pendendo para baixo, e estava todo encolhido em posição fetal, e gemia, porque ainda havia alguma vida nele, mas esse era o único sinal de vida, os gemidos, ajoelhou-se do lado dele, em meio a uma poça de sangue, e para que não se afogasse no próprio sangue, o sr. Professor tentou essa manobra, mas não sabia bem como tocar no homem, tinha receio de pegar nele, e depois, quando apesar de tudo tocou, teve receio de lhe virar a cabeça e provocar um mal ainda maior, então ficou de pé, o que fazer se não podia fazer nada, foi até a cozinha, rapidamente procurou por uma bacia e encheu com água do jarro, pegou um trapo qualquer e voltou rapidamente à despensa, que talvez fosse um local para defumar coisas, na época em que ainda havia coisas para serem defumadas, começou a lavar a cabeça do camponês, com muito cuidado, e o resultado foi que agora já dava para ver seus olhos, seu nariz, sua orelha, lavou também seu cabelo, com cuidado, e nesse momento tentou novamente lhe virar a cabeça, e mesmo não tendo conseguido virar totalmente pelo menos agora a boca dele já não estava dentro da poça de sangue, o que fazer, o que fazer, não estava desesperado, nesse tipo de situação difícil sempre conseguia manter o autocontrole, mas não teve nenhuma ideia nova, e foi nesse instante que o homem se mexeu pela primeira vez, não muito, mas já era alguma coisa, quer dizer, ele piscou, depois piscou de novo, então isso lhe deu a ideia de limpar o sangue em torno do corpo, quem sabe com isso ele melhora, mas quem sabe com isso só estava ganhando tempo, pois tinha esperança de que o camponês fosse voltar a si sozinho, e de alguma forma foi isso mesmo que aconteceu, primeiro só aquelas piscadelas, depois mexeu a boca, como quem quer dizer algo, depois sua mão se mexeu, primeiro uma, depois a outra, e assim por diante, ele só ficou esperando, completamente incapaz de agir, já não sabia o que inventar, nem sabia onde ele estava ferido, e se ao menos eram feridas, pois a cabeça estava tão deformada que parecia que aquela cabeça tinha quebrado, afundado de um lado, era uma visão terrível, mas agora, de repente, disse uma palavra, mas tão baixinho que ajoelhou novamente do lado dele e ficou escutando de perto, ele disse, beber, que fez passar pela cabeça do sr. Professor, de forma bastante inadequada, a ideia de que mesmo neste estado é nisso que ele está pensando, estupefato sua mente parou, mas em seguida percebeu que agora não era esse o caso, e correu novamente para a cozinha, e trouxe um copo de água que deu para ele beber, foi difícil, porque parecia que sua garganta também estava quebrada, conforme bebia um gole d'água ele arrotava na hora, mas esse arrotar de alguma forma lhe fez bem, pois assinalava que o corpo já reagia um pouco mais, e assim, aos poucos, passo a passo, de movimento em movimento, pelo menos dez, vinte ou pode até ser trinta minutos depois, simplesmente não conseguia sentir o tempo, e durante todos aqueles minutos em que seu autocontrole oscilou, acabou sofrendo sua influência, e não lembrava mais a que horas tinha vindo, quando havia chegado, o camponês disse água, e lhe deu de beber novamente, e assim algo já ficou dentro dele, deu mais, e assim por diante, até o momento em que conseguiu deitá-lo de lado, porque se lembrou de que o sangue, em determinado lugar na boca, poderia sufocá-lo, de modo que assim é melhor, se estiver deitado de lado, e essa posição de fato ajudou um pouco o camponês, o sr. Professor perguntou o que havia acontecido, e foi só então que conseguiu ao menos pensar no assunto, o que teria acontecido, se bem que essa teria sido a primeira pergunta para qualquer pessoa normal, pode ser, lhe ocorreu de repente, que talvez já estivesse ali há meia hora, e só agora lhe ocorreu perguntar, mas é claro que não recebeu resposta, o camponês não conseguia falar, pelo menos por enquanto não, e isso aconteceu cerca de um quarto de hora mais tarde, quando já tinha conseguido se sentar, você tem um organismo de aço, disse o sr. Professor, apoiou o camponês contra a parede e tentou lhe endireitar a cabeça, com muito cuidado, é claro, com muito cuidado, ficou se repetindo mentalmente, depois conseguiu, a cabeça parou ereta, o corpo estava sentado, isto é, como se estivesse sentado, precisava de uma ambulância, pensou o sr. Professor, mas até que a ambulância chegue aqui este homem estará acabado, melhor não chamá nenhuma ambulança, disse o camponês com voz fraca como quem está seguindo exatamente o que está ocorrendo dentro dele, ficou balbuciando, ambulança não, e foi só então que o sr. Professor descobriu que na frente ele não tinha absolutamente nenhum dente, o camponês novamente pediu para beber e desta vez já conseguiu engolir a água sozinho, e conseguiu abrir um dos olhos, com o qual o olhava, ali de pé, ou seja, conforme se ajoelhou na frente dele, e não sabia o que fazer, não faça nada, disse, quer dizer, com a falta dos dentes o camponês só balbuciava, e agora começava a ficar assustador, parecia que o camponês realmente estivesse seguindo seus pensamentos, o que estava acontecendo dentro dele, bem, está tudo bem, disse para ele, não vou chamar ambulância, e não vou fazer nada, mas me diga afinal, se conseguir, o que aconteceu, mas ao ouvir isso o camponês só abaixou o olhar, como quem estivesse totalmente esgotado, depois abriu os olhos de novo e pediu mais um gole de água, no final, quase incompreensivelmente, balbuciando e catando as palavras, e compondo as palavras muito devagarinho, começou a dizer, e dentro de si, conforme ouvia, aos poucos o quadro foi se formando, porque disseram para ele que podia escolher, ou eles destroçava o Csepel em pedacinho, ou então fazia isso com ele, e, balbuciou o camponês, o pobre homem, eles bateram muito porque vendi pro senhor o que era deles, mas é que precisava di comprá alguma coisa pro Csepel, precisava di bateria, e di novo trocá di pistão e pedal da embriage, um, o que você vendeu para mim, interrompeu o sr. Professor, espantado, mas talvez não ouviu, pois só disse que o que tinha ali num era bem uma coleção, que num sabia nem quem foi seu vô, num conheceu nem o pai, muito menos o vô, e que ninguém juntô ninhum tipo de arma durante a guerra, que foi tudo história que eles tinha combinado, e eles tinha pago, porque ali é que eles guarda suas arma, porque eles tinha combinado que ele tem qui contá a história toda hora lá no bar da rua Csókos, e em otros lugar também, porque ninguém acredita mesmo nas palavra dele, e eles viu sua segurança nessa história, que se eles for desmascarado por algum motivo, então só ele vai sê preso, e só porque escondeu essas coisa, coisa pequena, ou se ele tem que ir cumpri pena, onde, eles prometeu, vão cuidá do seu caso, vão dá dinhero, um pouco de bebida, tudo, qualquer coisa que precisá, enquanto isso ele ia pagá a conta todo mês lá no boteco da rua Csókos, e ia também bastá para o seu Csepel, e para ele esse Csepel é o Deus vivo, diz, esse Csepel, foi isso que eles prometeu, e até certo ponto tudo ia bem, mas ontem de madrugada eles bateu na sua porta, eles tava tudo doido, invadiram, com que direito ele teve a ousadia de vendê o AMD-65 e começaram a batê nele, primero na cabeça com uma caneca d'água, depois o Estrelinha bateu com uma tábua, porque ele era o mais ruim, e ele não conseguia pará, e num queria pará, disseram pra ele que assim ia matá, e pode sê que eles acha que mataram ele, porque chegou uma hora que ele tinha perdido os sentido, só lembra que o senhor aqui, o cavalhero, queria jogá água na boca dele, então, foi mais ou menos desse jeito, foi isso que conseguiu tirar do homem, e o deixou quando ele já conseguia se mexer um pouco, só estava chorando, e lhe disse, o camponês, enquanto chorava, que agora ia ficá bem, que agora era melhó ele ir embora, vai que eles volta e encontra ele ali, pode ir, eles não pode achar ele ali, porque eles, disse o camponês, não são gente, são animal. O sr. Professor acenou afirmativamente com a cabeça, saiu, foi para a parte de trás, na direção do galpão, abriu o Aladdin, puxou para fora a primeira arma que tocou com as mãos junto com o saco de munições amarrado a ela, a primeira que tocou com as mãos do topo do monte, e mesmo sem escondê-la embaixo do casaco, só pendurada em suas mãos pela cinta da arma, balançando de lá para cá, conforme andava, saiu do sítio e partiu na direção do Roseiral Selvagem.

Vamos ajudar a senhorita, responderam, quando a garota se voltou para trás pela segunda vez para saber o que queriam dela, eles estão ali para que corra tudo bem, disseram, ou se a senhorita quiser saber com mais precisão, para que a jovem não sofra nenhum mal, naquela hora, para chegar à estação, já que ela optou por caminhar a pé nesta hora quente da manhã, não haverá nenhum problema, retrucou a garota pelo canto da boca, mas vai haver, lhe informaram agora atrás dela, e assim foram seguindo pela avenida Béke na direção da estação, por um tempo agora em silêncio, a garota não podia fazer outra coisa senão aturar os acompanhantes indesejados, e o tempo todo se virava para trás, será que não aparece um táxi vazio, mas não aparecia nenhum táxi, e de alguma forma nada corria tão bem como quando ela chegou no lugar, eram uns carinhas de merda, com roupas de couro, foi a sua impressão deles quando os viu pela primeira vez, eram uns cinco ou seis, um pequeno bando, e ela não entendia o que era tudo aquilo, e quem havia mandado esses caras, mas de alguma forma lhe pareceu que ninguém mandou esses carinhas, que eles surgiram por si mesmos, como em tantos outros lugares similares neste país meio destruído, ela já conhecia bem esse tipo, eles eram denominados, ou talvez eles mesmos se denominassem daquele jeito, Guarda Local, no caos total, quando mais nada estava funcionando na capital e no Parlamento e nos departamentos de justiça e nas polícias e nos escritórios administrativos e nada mais funcionava em lugar algum deste país, porque tudo apodreceu, por isso ela decidiu se juntar à sociedade Algo Tem Que Ser Feito

— ATSF, e mais ainda, todo mundo logo pensou que ela havia fundado a ATSF, tão claramente desempenhou o papel de liderança desde a sua entrada, e começaram a percorrer o país, e percorreram com coragem, de forma que ela conhecia bem essas figuras, e tinha nojo delas, não medo, observou, caso esse fosse o assunto, e de repente seu olhar ficou afiado como uma gilete, não, ela tem asco desses tipos, e era assim que se sentia também agora que eles estavam na sua sombra, mas não sabia o que eles queriam, talvez quisessem bater nela, estuprá-la, não seria um caso sem precedentes, porque ultimamente esse tipo de ataque virou rotina, em muitos lugares eles nem eram condenados, caso aquilo pudesse ser chamado de condenação, começavam a investigá-los, investigar aqueles que todo mundo conhecia bem, portanto a própria polícia também, então, era assim que acontecia, e por isso mesmo ela achava que ao contrário do monte de covarde de merda, que era como se referia aos cidadãos do país, ela Faz Algo, não fica só assistindo aos acontecimentos sentada de braços cruzados, por isso mesmo estava pensando sobre com o que iria se defender se acontecesse alguma atrocidade, mas não aconteceu nenhuma atrocidade, talvez só a acompanhassem mesmo, talvez para que ela deixasse a cidade em segurança, e nos diga, se isto não for incômodo, soou a voz de um deles às suas costas, conforme caminhavam com suas botas de cano alto e a seguiam pari passu, diga de vez por que veio aqui, o que queria afinal, mas ela evidentemente não respondeu nada, só depois de alguns passos se pronunciou, e o que vocês têm a ver com isso, indagou, bem, não temos nada a ver com isso, quer dizer, temos, pois incomodar o sr. Professor, aqui no nosso pedaço, não é uma coisa correta a ser feita, sabe, bonequinha, não sou uma bonequinha, sibilou a garota entredentes, e continuou adiante com seu passo apertado, e conforme acelerou um tiquinho começou a pensar, ah, então é isso, mas ora vejam só, então foi o meu pai que mandou esses caras, que apodreça, mafioso de uma figa, então, senhorita, diga de uma vez, você não perde nada com isso, não vamos contar para ninguém, continuou ouvindo a ladainha atrás de si, e nesse instante se virou, ficou de frente para eles e lhes jogou na cara, para que não pensassem que era covarde, justo quem, já que querem que eu diga, então vou dizer, quero tornar a vida dele insuportável, quero tornar insuportável para ele até mesmo aquele lugar onde vive, pode passar esse recado para ele, e bufou com força na direção deles, em seguida continuou seu caminho, os caras atrás dela, e então ouviu um falando com o outro, então você entende, não, o outro respondeu, eu não entendo, e se para você também não está claro, pra mim também não, ficou ouvindo esse tipo de conversinha, de forma que de novo o sangue lhe subiu à cabeça, e de novo virou para trás e disse na cara deles que falassem para a digníssima persona de seu comandante de merda que, no que dizia respeito a ela, não teria a mínima importância se o trancassem num instituto psiquiátrico, ou que apodrecesse numa prisão, digam para ele que esteja preparado, porque é isso que vai acontecer, ou um ou outro, no instituto psiquiátrico o braço dele será amarrado numa camisa de força, na prisão ele vai apodrecer num catre, digam para ele, vão dizer?! — vamos dizer, os membros da comitiva concordaram com a cabeça, é como se tivesse conseguido derrubá-los, é como se transparecesse alguma culpa em suas vozes, a garota pensou, neste caso, e novamente se pôs em marcha, parece que a ordem dele não foi para que batessem nela, e continuou no seu passo acelerado, e quando chegou na estação nem parou em frente à bilheteria, para quê?, pode ser que nem tenha caixa, apesar de ter ficado definitivamente feliz quando viu uma composição nos trilhos, porque isso significava que haveria um trem saindo, apesar de não haver um horário predeterminado fazia tempo, de forma que provavelmente teria que esperar horas, mas pelo menos trem tem, pensou, e parecia que os vagões também sugeriam a mesma coisa, pois eles estavam ali parados totalmente vazios, olhava através das janelas do comboio, lá de baixo, para decidir em qual entrar, quando de repente todo o comboio deu um tranco, e lentamente começou a se mover, mas então já não dava para ficar enrolando, teve que pular no degrau mais próximo, com sucesso, e bateu a porta atrás de si, e, quando se deixou cair num dos assentos verde-escuros e olhou para fora pela janela e viu aquela gangue repulsiva parada ali na plataforma observando o trem, entendeu que para ela a coisa tinha acabado, só lamentou que quando saltou para a escada do trem seu batom caiu do bolsinho lateral da bolsa, bem aquele batom que era seu preferido, e agora sentia muito.

Não gostava de ninguém, e ninguém gostava dele, e estava muito satisfeito com isso, o respeito era outra coisa, isso acontecia por si só, infelizmente, a própria estupidez humana, diante da qual se sentia impotente, não que se importasse muito com ela, não se importava muito com ela, mas se deparasse com ela então ela o fazia sofrer muito, portanto foi isso que o levou à primeira decisão, embora não se possa chamar de decisão se a desistência foi decidida com base na ciência, na operação científica, na chamada pesquisa científica, foi uma consequência natural de sua perda de interesse pelos musgos com os quais tinha trabalhado ao longo da vida e que lhe deu fama mundial, mas um dia, quando olhou para fora pela janela e viu o letreiro do Penny Market do outro lado da rua, onde alguns minutos antes de abrir já se formava uma longa fila serpenteante, certamente devido ao fato de aquele dia o preço do tomate e da Coca de meio litro ser mais baixo, percebeu e perdeu o gosto pela pesquisa científica, e lhe veio à mente a ideia de que tudo o que sabia sobre os musgos, coisas que apenas ele sabia em todo esse mundão de Deus, aquilo tudo era completamente inútil, para que cargas-d'água ele se ocupa dos musgos, ainda por cima por toda uma vida, pior, para que cargas-d'água ele se ocupa de qualquer coisa, pois a essa altura que lhe interessava, como a revista *Nature* destacou, ser um dos três especialistas mais importantes na pesquisa com musgos, que vão cagar, declarou para si mesmo com sua conhecida franqueza, que vão cagar, repetiu, que vão cagar, ficou repetindo, porque estou cagando para isso tudo, nunca mais vou nem olhar para musgos, talvez olhe para eles devido à *Nature*, ou talvez para que neste lugar miserável, nesta cidade estagnada, esses cabeças-ocas e presunçosos, nessa penúria desgraçada, tirem seus chapéus quando me virem, ou talvez por causa dos musgos é que olho para eles, aliás aos musgos não lhes interessam em nada se olho para eles ou não, ou o que eu sei, ou o que penso sobre eles, os musgos simplesmente existem, também eu simplesmente existo, e isso é suficiente, foi assim que começou, mas aquilo ainda não era uma decisão, de alguma forma se encontrou naquela circunstância, talvez se não estivesse acontecendo a liquidação do tomate e da Coca de meio litro no Penny Market, talvez tivesse sido diferente, mas os dois estavam em liquidação, e ele viu a fila serpentear em frente ao Penny Market, e por isso sua vida não poderia ter ocorrido de outro modo, diferente do que foi, porque no dia em que reconheceu que não iria fazer diferença se configurasse seu iPhone de modo que a cada hora uma voz masculina *chorando* anunciasse a hora certa, e estava de saco cheio daquilo também, que no seu espaço tudo fosse arrumado como em um laboratório de virologia, que ficasse doido se não encontrasse alguma coisa no seu devido lugar, e estava cansado de querer estar ciente de tudo e devido a isso se ocupava não somente dos musgos mas de absolutamente tudo, com seu iPhone, seu Twitter, seu Facebook e sua caixa de e-mails, e é claro que o LinkedIn estava sempre em seu bolso, e que tinha um rádio no quarto de banho e outro no lavabo, que tinha três aparelhos de TV, e afora as revistas especializadas tinha assinatura de quatro jornais húngaros, e pensava que ele sempre ouvia todos, assistia e lia, isto é, sempre prestava atenção parcial em todos, e no que diziam no noticiário, no que declarava esse ou aquele, onde explodiram um ônibus, e onde bateram em uma mãe até a morte, onde surgiu a última epidemia, e onde foi inaugurada a mais recente exposição de Gregor Schneider, então um dia chegou a hora de tomar a primeira decisão, e percorreu todos os ambientes de sua casa e antes de mais nada desligou todos os aparelhos de rádio e de televisão, e levou todos para o hall de entrada, jogou por cima deles todos os jornais que encontrou pela casa, os livros e cartas, tudo junto com o iPhone, e falou com a arrumadeira pelo telefone fixo que ainda funcionava, comunicou a situação, e no final também esse telefone fixo foi jogado no alto da pilha e ele mandou levar tudo embora, pois bem, quando essa primeira decisão ocorreu, então já sabia que haveria uma segunda e uma terceira, e assim por diante, porque foi muito difícil se livrar daquele ambiente e daquela vulnerabilidade, tudo aquilo que de repente o fazia sofrer, teria gostado muito de se livrar deles, de uma vez, com um único gesto, pois gostava desses gestos únicos e definitivos, declarar que chega, e com isso seria o fim, que terminasse de fato, só que nunca chegava ao fim, sempre restava um monte de obstáculos, que ainda ficava pelo seu caminho, foi assim que eliminou toda a sua roda de conhecidos, o que não foi tão fácil como jogar fora jornais e rádios e que tais, porque esses conhecidos, em vão ele os jogava fora, frequentemente eles voltavam, como se não tivessem ouvido direito, vão se foder, dizia, a seu modo — experimentando a confusão que em decorrência muitas vezes surgia — e na época esses ainda eram só conhecidos, porque mais tarde lá estavam também os não conhecidos, os admiradores, os que o cumprimentavam com o chapéu, os que o cercavam no seu aniversário, e os políticos e os jornalistas, de jornais nacionais, estrangeiros e locais, e os da TV da região e de outras redações mais comuns, sempre tinha que se livrar de todos eles, coisa que só funcionou aos poucos, devagar, a duras penas, e tudo isso o tornava cada vez mais impaciente, e foi se tornando cada vez mais agressivo e mais rude, para no final essa pessoa agressiva e rude também encerrar a sua conta bancária, todos os seus bens transformados em dinheiro vivo, quase tudo trocado por euro — uma parte pequena mantida em moeda nacional —, e já não era somente agressivo e duro, mas apenas louco quando cancelou todas as suas possíveis relações contratuais, à exceção da água e do aquecimento e do gás, esses deixou por conta da arrumadeira, esses ela resolvia para ele, rigorosamente em cada vencimento, isto é, mensalmente, e só com dinheiro vivo, de forma que conseguiu chegar a um ponto em que só ficava sentado o dia inteiro dentro de uma casa vazia, e não fazia nada, e ninguém se atrevia a ir vê-lo, ninguém se atrevia a bater em sua porta, e só de uma boa distância as pessoas ousavam cumprimentá-lo com o chapéu, quando ousavam, ficava ali sentado sem objetos, notícias, informações, responsabilidades pessoais ou oficiais — em geral, acrescentou, nervoso, quando às vezes fazia um balanço de onde estava, e nessas ocasiões a imagem da sra. Ibolyka, a faxineira, sempre lhe aparecia na mente, ele a enxotou para longe, só que a sra. Ibolyka não podia ser enxotada, porque ele precisava dessa pessoinha gorducha, de ancas largas, boa índole, que caminhava lentamente, com movimentos firmes e fortes, não podia prescindir dessa boa alma, ele e a sra. Ibolyka, então esse caso acabou durando alguns meses, ou, com mais precisão, talvez um par de anos, mas foi então que aquelas três pessoas — a sra. Ibolyka tinha que estar metida nisso, apesar de sua negativa veemente — de repente, uma tarde, quando ele tinha acabado de terminar o seu exercício de libertação de pensamentos, de uma forma sorrateira, entraram e pararam na frente dele, na porta da sala de visita, sem se atrever a dar nem sequer um pio, por um tempo, amassando os chapéus nas mãos, tensos e nervosos, e a surpresa daquela visão o emudeceu, mas quando voltou a si e já ia lhes pedir que se retirassem, queria expulsá-los da casa, os caras começaram a falar e lhe disseram que lastimavam profundamente ter entrado na sua casa daquela maneira, cuja responsabilidade eles assumiam plenamente, mas o assunto que os trouxera ali era tão importante que de todo modo exigia o sacrifício deles, que precisam conversar, disseram com os lábios trêmulos, prontos para começar a chorar, sr. Professor, simplesmente precisamos, pois a nossa cidade, o seu local de nascimento, este ano celebra duzentos anos de fundação, e nesta ocasião indescritivelmente festiva e grandiosa o município solicitou a eles que imprescindivelmente transmitissem ao excelentíssimo sr. Professor a mensagem de que, de acordo com os moradores locais, eles gostariam de eleger o senhor como cidadão honorário... cidadão honorário?!, o atônito dono da casa perguntou, espantado, quando conseguiu falar, mas estava tão fora de si que não pôde dizer mais nada, e aproveitando o momento, os três parados à porta de imediato continuaram, ou seja, a festa iria naturalmente começar com a apresentação do famoso grupo de dança folclórica local com o seu dir-se-ia sucesso mundial sátántangó, em seguida uma palestra de abertura da parte do sr. prefeito, na qual em primeiro lugar ele faria uma saudação à sua pessoa... portanto, gritou o sr. Professor, pois foi esse o tempo que levou para recobrar o fôlego necessário para expressar a primeira indignação, vão abrir com o sátántangó, com o sátántangó, e agora ele já conseguia gritar, com o que os três mensageiros se assustaram de tal maneira que começaram a dar passos para trás para que, caso fosse necessário, pudessem imediatamente se mandar dali, digam de novo que será sátántangó, o sr. Professor a essas alturas estertorava com um som gutural, à vista do que eles já não ousavam dizer palavra, porque sentiram que havia chegado a hora daquela saída estratégica, no entanto ele, ao se dar conta de que haviam se mandado escada abaixo, que abriam o portão lá embaixo, e corriam pela rua como o diabo foge da cruz, como quem tem medo que a qualquer instante algum objeto mais pesado voe por uma janela em sua direção, conforme assistiu a tudo aquilo, quase desmoronando caiu de volta na cadeira, porque compreendeu que desse jeito o lugar nunca será um porto seguro, sacudiu a cabeça, exasperado, afinal qualquer um pode forçar a entrada a qualquer momento, e pode me dizer que sátántangó, então, não, sacudiu a cabeça de novo, aqui não vai ter sátántangó, desse jeito não vai funcionar, se vestiu imediatamente, colocou o casaco, queria procurar a sra. Ibolyka, em seguida estava sentado na cozinha da sra. Ibolyka, e enquanto afastava o prato de torta de geleia que sistematicamente lhe era oferecido, descreveu os acontecimentos uma vez, depois descreveu pela segunda vez, e já estava quase começando a explicar para a sra. Ibolyka, que lhe encarava do outro lado da mesa com um olhar de quem não estava entendendo nada, pela terceira vez o que tinha que ser feito, quando ela, inesperadamente, com ares de sensatez, disse, ora, deixe pra lá, sr. Professor, eu entendo, o senhor quer vender a casa e quer ir embora daqui, e tudo isso sou eu quem vai resolver, é isso que quer, sim, e desta vez foi ela quem assentiu com a cabeça — precisava deixar, e o sr. Professor deixou, que a sra. Ibolyka administrasse tudo a contento, vendeu a casa no mesmo dia em que foi anunciada, ainda por cima em euros, com exceção de um milhão e meio em moeda local, como ele solicitou devido aos contornos vagos dos seus planos para o momento, do jeitinho que ele queria devido à incerteza momentânea de seus planos futuros, mesmo que o comprador sortudo, por aquele valor, pudesse ter adquirido um imóvel no melhor local da cidade, de dois andares, com terraço, bem conservado, e ele finalmente poderia partir numa manhã, dia 22 de março, vestindo nada mais que um casaco, com sua bagagem, aliás sem bagagem alguma, deixando ordens expressas para que a sra. Ibolyka não revelasse a ninguém, nem ao menos em que direção ele partiu, numa palavra, ele se lançou e começou a grande ocupação, semelhante à ocupação da pátria, nessa terra de ninguém, bem no meio do infame Roseiral Selvagem, com que havia deparado nos meses anteriores durante suas andanças, na busca pelo esconderijo ideal, depois que a primeira coisa que lhe surgiu como uma possível opção, a gigante Caixa-d'Água de concreto, na periferia da cidade, na rua Doboz, por vários motivos, mas sobretudo porque era necessário subir um número extremamente grande de degraus para se chegar ao topo, onde funcionava o antigo observatório, foi descartada. Pois então, aqui, pensou o sr. Professor, quando chegou no Roseiral Selvagem, aqui não haverá problema, aqui já não serei interessante para mais ninguém.

A minha torta de geleia, sem dúvida, respondia se perguntassem a ela qual sobremesa a deixava mais orgulhosa, pois então, a torta de geleia, e nem se discute, pois não era somente no seu edifício que todo mundo conhecia a torta, sem exagero, e a sra. Ibolyka exagerava, mas na rua toda, na cidade inteira as pessoas conheciam a torta de geleia da sra. Ibolyka, pois se lhe perguntavam, e sempre perguntavam, e ela sempre sorria quando tocavam no assunto, qual era o segredo da sra. Ibolyka, ela respondia de pronto que ali não havia nenhum segredo, minha filha, segredo nenhum, e eu lhe digo, dizia, que sobremesa mais fácil que esta não existe, e olha que conheço um bom número de sobremesas simples, pois veja só, explicava, e gesticulava, mostrando em que era necessário prestar atenção, você pega esse tanto de farinha, trabalha com esse tanto de manteiga, só esses gramas, mas não me pergunte quanto vai de cada um, minha filha, pois comigo é tudo no olho, então, trabalha a farinha com a manteiga, junta um pouco de noz moída, mas pode ser avelã também, se é avelã que você tem, e, claro, ovo, fermento em pó e açúcar de confeiteiro, então amassa tudo isso junto, direitinho, do jeito que precisa, mas na mão, minha querida, porque só dá para amassar direito com as mãos, depois você separa em dois terços e um terço, e a parte maior você coloca na tábua, depois pega um pau de macarrão, mas não uma porcaria chinesa, tem que ser um dos bons, desses que você encontra em todas as grandes feiras, até na feira semanal, daí você abre bem a massa na tábua grande, cuide para que esteja bem amarelinha, mas isso você precisa sentir, sabe, qual está amarela, qual está boa, e qual ainda não está no ponto, precisa sentir, querida, então, o principal é que a massa esteja bem amarelinha, aí é a hora de abrir sobre a assadeira por toda a largura e comprimento, e deixa ela descansar por uma boa meia hora, e aí chega o momento de separar como eu falei, dois terços e um terço, os dois terços vão para a assadeira, e o outro terço você amassa mais um pouco e faz umas bolinhas assim pequenas, em seguida, minha filha, preste atenção, com a mão você faz rolinhos e obtém essas tirinhas de massa, bem do tamanho que precisa, e, ai, meu Deus, esqueci de dizer, quando a meia hora tiver terminado, naqueles dois terços de massa você passa uma camada de geleia não muito doce, pode ser de framboesa, de groselha, de ameixa, ou algo do tipo, tanto faz, só não pode ser doce demais, porque eu não gosto de muito doce, porque o bom é quando o gosto é meio azedinho, e nessa hora você arruma as tirinhas de massa paralelas, uma do lado da outra, e depois outra camada do lado contrário, para que se forme a grade, de atravessado, e coloca no forno, então é isso, vê que é fácil, como eu disse, só que ninguém acredita, agora mesmo estou assando essa torta, a sra. Ibolyka explicava para uma vizinha, mas ela não pôde contar para quem estava preparando, porque não era para si mesma que preparava, mas para... alguém, e sobre isso ela não pode falar, disse baixinho ao pé do ouvido da vizinha, nenhuma palavra, pois o infeliz desse homem, a mim não me importa, mas não vai morrer de fome ali, que não tenha nem ao menos um pouco de torta de geleia, porque a preferida dele era a torta de geleia, por isso essa torta vai para ele, rendeu três assadeiras, mas é claro, sobre isso não pode falar, olhou com ar travesso para a vizinha, depois ficou sentada do lado do forno durante uma meia hora, tirou as assadeiras, e deixou que esfriassem um pouco antes de cortar em pedaços menores, como se deve, e arrumou tudo numa cesta, cobriu com uma toalha xadrez, e já estava levando, lá fora soprava um vento frio, mas ela não poderia deixar que o senhor ficasse sem saber da boa notícia, e de qualquer maneira já fazia uma semana que não levava nada para ele, de modo que já não era sem tempo, mas tomara que ele não a mande embora como da última vez, porque o temperamento dele era imprevisível, fazer o quê, ela não poderia deixá-lo, e já estava caminhando pela rua Csókos, daí a pouco já percorreu a curva na direção do Roseiral Selvagem, e surpresa viu que havia um grande movimento na direção do Roseiral Selvagem, marcas de pneus bem fundas para tudo que é lado, de qualquer jeito, e isso agora, o que será que está acontecendo aqui, e logo depois encontrou uma picada que levava para dentro da mata e que da última vez não existia, isso entretanto deixou a sra. Ibolyka bem contente porque não é a melhor coisa do mundo se rasgar toda se quiser entrar no Roseiral Selvagem, e desse jeito, vejam só, é bem mais fácil já que a trilha está bem pisoteada, e foi caminhando, caminhando com a cesta nos braços, com a torta de geleia bem coberta com uma toalha xadrez, e quando já estava perto, de repente quem vem em sua direção — ele, o sr. Professor em pessoa, o que será que vai acontecer, já que ele está furioso, como é seu costume quando algo o deixa nervoso, porque ele tem uma natureza bem nervosa, um tipo tão sensível, fazer o quê, é assim e pronto, e lhe diz, Deus abençoe, sr. Professor, estava agora mesmo indo na sua casa, pensei em lhe trazer um pouco de torta de geleia, não vou deixar que, e também, tenho grandes notícias, e vim o mais depressa que pude, para que o sr. Professor saiba, porque ouvi falar do que aconteceu aqui, mas eu não acredito naquilo que andam dizendo, que o senhor andou atirando e coisas assim, na sua filha e no povo da TV, para mim não adianta eles dizerem, imagina se vou acreditar, até parece, o que estão dizendo a torto e a direita, justo o sr. Professor, e levantou a cesta, ainda está quente, e afastando a toalha mostrando ao seu patrão de outrora, a quem ela ainda considerava como tal, e chegou a lhe dizer isto, que ela nunca o deixaria porque na família dela não é assim que funciona, porque é coisa para a vida toda se alguém serve alguém, mas seja como for sua vinda agora não foi para isso, mas para dizer para o sr. Professor não ficar atirando, para ele parar com aquela vida de ficar atirando, porque tem uma coisa grandiosa para acontecer, pois corre a notícia de que o sr. Barão, o senhor sabe, o sr. Barão, segundo dizem, ele está voltando para casa, imagine só, o sr. Barão voltando da América, eu conheci o velho Barão, e toda a família "Wenkhejm", já que todo mundo da minha família servia na casa deles naquela época, claro, naquela época, bons tempos aqueles quando o velho Barão de "Wenkhejm", mas agora tanto faz, sr. Professor, porque o importante é o senhor vir para casa, deixe para lá essa vida no matagal, e venha para casa, ninguém assinou ainda os papéis da venda, porque todo mundo está dizendo que daqui para a frente a nossa vida por aqui vai mudar, porque o sr. Barão vai voltar, e todo mundo está dizendo que tudo será diferente, se o sr. Barão estiver aqui, e segundo dizem ele já está no trem, dizem que o viram em Budapeste, acho, e que é certeza que já está no trem, o Barão em carne e osso, sr. Professor, está me ouvindo?!, o sr. Barão está vindo para casa, para casa, e novamente vai tomar posse do castelo, da propriedade, e tudo mais, sr. Professor, será que está entendendo o que digo, mas aonde está indo, gritou atrás dele, pois o homem de repente lhe deu as costas e começou a andar de volta para a choupana, contou a sra. Ibolyka naquela noite para seus vizinhos, simplesmente deu meia-volta e retornou àquele arremedo de cabana, e justamente ele, o sr. Professor, que me castigava caso não tivesse limpado direito o espelho do interruptor de luz, mas eu disse para ele, fiquei dizendo e dizendo, conforme se afastava, que levasse pelo menos a cesta e que deixasse de coisa, deixe disso, ele se comporta como uma criança levada, não está entendendo que o sr. Barão está a caminho de casa?

Não percebeu que tinha alguém se aproximando, e mesmo que as provações dos últimos dias tivessem sido suficientes para explicar o porquê, mas não era disso que se tratava, era sobre o choque, pois ainda se encontrava totalmente mergulhado no efeito dele, o choque do que pudesse ter acontecido no local, do que aconteceu, de modo que precisava de tempo, tempo e mais um pouco de tempo para que de alguma forma, pelo menos de alguma forma se acalmasse, e pudesse se concentrar e rever a situação com clareza, para que pudesse decidir o que precisava ser feito, mas não foi capaz de fazer nada com a mente clara, estava sentado todo encolhido na cadeira da cozinha, tão cansado que até a porta só conseguiu refazer meio improvisadamente quando chegou em casa, por isso quando com um único chute a porta foi arrebentada, em parte foi devido a ele mesmo, em parte, pois o chute foi tão forte que provavelmente nem se a porta tivesse sido bem recolocada teria aguentado o baque, no máximo talvez atenuasse o baque, mas também tanto fazia, pois em seguida viria o segundo chute, para ele era absolutamente indiferente o que encontrava pela frente quando se decidia a entrar em algum lugar, apenas entrava, isso ficou claro quando ele entrou atropelando tudo através dos escombros, espremendo seu corpanzil enorme e gordo para atravessar, e de repente lá estava ele, dentro da choupana, bem na sua frente, e ele nem teve tempo de dar um salto, dessa posição encolhida não se consegue simplesmente dar um salto repentino e agir, enquanto sabia, isso deduziu num instante, que aqui já não tinha tempo para pensar, aqui alguma coisa tinha que ser feita, mas seu corpo não se movia, estava preso à cadeira, mas o cara se engrandecia na sua frente, e não emitiu palavra, só ficou olhando para ele, isto é, olhando para baixo, onde supunha que ele estaria, mas seus olhos de alguma forma não o focavam, ou melhor, não focavam de forma nenhuma, isto é, não estavam simplesmente confusos, os globos oculares pareciam virar para fora, como se quisessem de novo encontrar seu devido lugar mas não conseguissem, e de alguma forma ficaram presos na parte de cima da cavidade ocular, e era dessa forma que ele dirigia seu olhar para baixo, vestido na sua costumeira roupa de couro, e usando a mesma bota militar de solado grosso que usou a primeira vez, só que agora não ficava chutando nada com essa bota, só estava parado, de pé, por enquanto sem se mexer, e respirava com dificuldade, só seu braço direito tremia, o sr. Professor percebeu isso logo de cara, que seu braço direito tremia, não tinha nada na mão enluvada, mas seu punho estava cerrado, e todo o braço estava tremendo, na verdade, seu corpo também vibrava, como se forças atrozes estivessem lutando dentro dele, e só então percebeu que a luva estava suja de sangue, quer dizer o sangue ainda estava lá, o sr. Professor pensou, e rapidamente falou, ali tinha uma coisa que vai lhe interessar, ao que o brutamontes, como se o tivessem desequilibrado, como se tivesse perdido o prumo, pois estava prestes a fazer outra coisa, mas essa frase o perturbou, de fato o tirou do eixo, virou a cabeça para trás de forma brusca, os globos oculares ainda freneticamente buscando focar nele, sem sucesso, pelo menos por ora, ou cada vez menos, só ficavam perambulando de lá para cá dentro da cavidade ocular, virados para cima, para em seguida ficarem presos de novo no canto direito, o sr. Professor começou a falar em um tom de voz calmo, na minha opinião isso vai lhe interessar, encontrei com o camponês na casa dele, acrescentou, mas este não é o que eu comprei dele, este é um outro, mas não sei como lidar com ele, e para você vai ter mais utilidade, quer?!, olhou para ele, para cima, com o que ficou evidente que tinha conseguido desencorajar completamente o brutamontes, porque era óbvio, quando apareceu aqui, que ele não tinha vindo para conversar, porque não era hora de conversa, porque aqui ele queria fazer alguma coisa, mas seu intento foi desestabilizado, isto é, puxaram seu tapete, de forma que lentamente começou a falar, e com dificuldade para formular as palavras disse que era o Estrelinha, mas eu não vou brilhar para o senhor, na verdade o senhor não verá muita coisa depois disso, e isso deve ter sido alguma piada antiga que, no passado, talvez quando foi proferida a primeira vez, provavelmente lhe rendeu algum reconhecimento entre a turma e desde então ele a dispara com frequência, mas agora parecia apenas uma frase dita mecanicamente, por hábito, como uma máquina ao soltar uma lata de Coca, ou como um projétil, além disso ele parecia não ter a mínima consciência da coisa, estava chapado, foi quando o sr. Professor entendeu num lampejo, ele estava totalmente bêbado, reconheceu, porque só então sentiu aquele hálito nojento e fedorento que saiu dele junto com sua fala, então, se quiser eu lhe mostro, e talvez o bom seria que levasse consigo, eu não sei o que fazer com ele, está bem?!, vou me levantar e lhe mostrar, está ali, olhe, o sr. Professor mostrou o canto lá no fundo da choupana, onde a luz da lanterna não alcançava, e sem esperar por um sinal de acordo, pôs-se de pé e passou do lado do mastodonte, que ficou visivelmente perturbado com tudo aquilo, sua mente alcoolizada funcionava devagar demais para que entendesse o que estava acontecendo, ele tinha vindo ali para bater, isso era evidente, e não para ficar conversando, o que, de qualquer forma, ele não parecia particularmente capaz de fazer, e agora esse indivíduo com seus cobertores quer dar alguma coisa para ele, mas enquanto tudo isso passou pela sua mente devagarinho, como se estivesse arrastando pesos de chumbo, o sr. Professor já estava lá atrás, no canto escuro, e em vão o outro reagiu ao ouvir o som, em vão ouviu o clique da trava de segurança, e em vão sua mente despertou de repente para o que estava acontecendo, não foi rápido o suficiente, apesar disso não foi rápido o suficiente, pois não conseguiu evitar que a figura se virasse de frente para ele e desse um passo adiante, pois naquele momento tudo o que pôde ver foi o cano brilhando e a fumaça sendo expelida, quando já não havia nada a fazer, suas pernas já não lhe obedeciam, queria dar um passo para o lado, mas seus músculos não respondiam, só ficou olhando o indivíduo, e naquele último instante os globos oculares parece que encontraram seu lugar e viu o fogo do novo projétil com a respectiva fumaça e ainda ouviu como aquela figura gritava, sem tirar o dedo do gatilho, está vendo, esta é uma PPD-40, seu animal.

Estourou completamente a parede, porque por um longo tempo simplesmente não conseguiu tirar o dedo do gatilho, pois não tinha muita certeza se as balas teriam atravessado aquela massa de gordura do mesmo jeito que atravessariam um corpo normal, mas quando finalmente soltou a arma e a jogou longe, melhor dizendo, a deixou cair, teve receio até de se mexer, pois sentia como se alguma coisa horrível estivesse lhe aguardando, apesar de já ter superado a coisa horrível, foi ele que a provocou e a vítima estava estatelada no chão na sua frente, foi inconcebível, mas já não havia tempo, de novo não havia tempo para pensar, nem ao menos para entender o que tinha feito, estendeu as mãos diante de si e saiu cambaleando da choupana, mais tarde se deu conta da maneira imprudente como o fez, naquele momento não conseguia se concentrar de fato, cambaleava aqui e acolá, pois não sabia para que lado ir, em princípio não poderia ir para lugar nenhum, isso seus instintos lhe assopraram, ainda quando cambaleava pela clareira, finalmente partiu, primeiro devagar, em uma direção, tanto fazia qual fosse, a única coisa que parecia ser importante era não ir na direção da cidade, e nem na direção da casa do camponês, não que tivesse esperanças de que haveria uma direção que se revelasse correta, mas na direção da cidade de forma nenhuma, e na direção do camponês também não, uma voz latejava dentro dele, para a cidade não, e no camponês também não, em algum outro lugar, mas lá e lá não, e foi andando, cada vez mais assustado, enquanto isso começou a chover, quer dizer era mais uma nevasca misturada com chuva, e o vento não parava, não poderia haver nada mais cruel, ele se inclinou neste vento gelado com neve, caminhando de frente para o vento, não conseguia pensar, só andar, e apenas uma frase começou a se formar na sua mente, apenas uma frase, que dali em diante ficou se repetindo em sua mente, incontrolavelmente, seus nazistas nojentos, vocês não vão me pegar, não vão, jamais.

Enquanto o trem não chega, vamos resolver isso, organizar as coisas, disse, não podemos deixar nada desarrumado aqui diante do sr. Barão, não podemos deixar nenhuma ponta solta, não podemos deixar um monte de esterco, deve haver ordem aqui, porque a nossa responsabilidade é que exista ordem, de forma que, meus irmãos, e o chefe ergueu a caneca de cerveja no BIKER, temos que limpar a sujeira, porque nesta cidade, na nossa cidade não vai ter lixo, e isso aqui é uma montanha de lixo, isso não representa apenas uma imensa decepção quanto a uma pessoa em quem acreditávamos, é como se você tivesse limpado a rua de ponta a ponta e deixado o lixo na frente de uma casa, isso não pode ser, o chefe ergueu a voz, portanto, vamos recolher o lixo, no estilo antigo, vamos nos dividir em três grupos, Meninão, Dzsé-Ti, Totó, vocês lideram as frentes, sim, exatamente como até agora, aqui não tem lugar para sentimentalismo, ainda não chegou a hora, digo, agora tem que se preparar para acabar com o desgraçado, estraçalhá-lo, esmagá-lo como um inseto, e então que vire fumaça como o plano, entendem, pois então, e espero mesmo que todo mundo esteja de acordo, o trem vai chegar, nós estaremos lá, pois se alguém tem que estar lá esse alguém somos nós, temos que estar lá quando o sr. Barão chegar, e só depois, estão entendendo, só depois que terminarmos o que vamos fazer na estação, ou seja, quando chegar a hora, isto é, na hora que eu der o sinal é que vamos abrir nossos corações e dar vazão às emoções, pois estaremos de luto por ele, mas não se preocupem, vamos providenciar uma despedida honrosa, porque ele não somente foi o meu irmão caçula, mas foi irmão de vocês também, por isso todos juntos, como uma única família unida, vamos lhe oferecer uma despedida honrada, não se preocupem, isso também vai acontecer, pois se alguém merece esse alguém é ele, já que fez todo o possível, deu a vida para que nós encontrássemos o caminho da retidão, ele é o nosso herói, o nosso mártir, e o herói e o mártir nunca serão esquecidos por nós, ele foi nosso irmão, vamos nos despedir dele, só esperem eu dar o sinal, e então nos despedimos. Mas antes temos que dar cabo dele.

RAM

Pálido, um pouco pálido demais

Um cavalheiro excepcionalmente elegante foi até ele, que estava parado ao pé da escada, e aquele cavalheiro era de uma elegância tão rara como ele nunca tinha visto em sua vida, e principalmente ali ele não contava com esse tipo de coisa, na estação Westbahnhof, o expresso internacional ET 463 Huszka Jenő fazia muitas conexões na viagem para o Leste, havia trinta e um anos que trabalhava na ferrovia, quando de repente, trinta e um anos depois, uma pessoa tão elegante se aproxima dele, se alguém tivesse lhe contado isso naquela manhã, não teria acreditado, pois como poderia acreditar em tal coisa, que no expresso internacional do meio-dia haveria um viajante como aquele, de quem até o lacaio já era tão, mas tão elegante, que não saberia descrever por exemplo de que tecido o sobretudo do homem era feito, como se ao mesmo tempo fosse de seda e, digamos, de lã merino, mas tanto faz do que é feito, porque não somente o tecido era incrivelmente elegante como também o seu corte, longo, até o chão, mostrou na sala dos plantonistas, é sério, o casaco era longo, que casaco que nada, o que estou dizendo, era um sobretudo, disse, chegava até o chão, estou falando sério, disse sério, e tocava o chão, não estou brincando com as palavras, e também não estou exagerando, chegava mesmo ao chão, e tocava o chão, e tudo isso no Westbahnhof, e por enquanto só falei do sobretudo, pois o sapato dele era tão exclusivo quanto o resto, não se tratava de nunca ter visto, mas de nunca ter imaginado um par de sapatos feitos com um couro daqueles, com aquele tipo de costura e com o formato da ponta e do salto tão singulares, ainda por cima só apareciam de vez em quando, um ou outro pé, quando o movimento das bordas do sobretudo os deixava à mostra, uma leveza de movimento, sacudiu a cabeça em arrebatamento lá na sala dos plantonistas, onde aguardava pelo trem que iria retornar do outro lado da fronteira, conta com sinceridade, conforme a barra do sobretudo se movia suavemente quando aquele jovem cavalheiro chegou perto dele, isto é, parou do seu lado, e essa barra na borda do sobretudo começou a perder o ímpeto e devagar se acomodou, cobrindo de novo aquele par de sapatos maravilhosamente finos, quase surta, disse, quando olhou para a sua escala e viu que naqueles horários determinados teria que de novo servir na linha 463 Huszka Jenő, não sabe como os outros se sentem com relação a isso, mas ele terminantemente detesta aquela linha, de tal maneira que não dá nem para descrever, durante seus trinta e um anos de serviço, e ao dizer isso passou os olhos por aqueles quatro homens que na sala dos plantonistas, apesar de meio distraídos, ouviam o que ele estava dizendo, aqueles trinta e um anos... trinta e um anos, prestem bem atenção, nem durante todo aquele tempo ele conseguiu se acostumar, porque não é possível que sejam sempre apenas essas figuras orientais desleixadas, esta linha é desse jeito, esta é a linha Oriental Huszka Jenő, nela a gente não espera surpresas, quer dizer, é claro que sempre acontece alguma coisa, porque afinal de contas são trinta e um anos, bem, mas ele não poderia esperar uma coisa assim, não esperava nada disso quando assumiu o seu plantão, cumprimentou os companheiros e foi se posicionar no seu posto, do lado dos degraus do carro nº 9, mesmo sendo inspetor, e mesmo tendo uma experiência de trinta e um anos no cargo, não dá para estar preparado para que, do meio da multidão, carregando uma mala de couro, de repente um homem como aquele aparecesse, de repente se destaca no meio da multidão um... um... um..., não dá para dizer de outra forma, *a própria* elegância personificada, enfim, para encurtar a história, o importante é que ele gostaria de pedir a minha atenção para o seu parente, falando com seriedade, diz sério agora, exatamente assim, que "gostaria de pedir a sua atenção", e ele fala isso discretamente, observou, embora fosse evidente que era estrangeiro, consegue avaliar, apesar de falar alemão perfeitamente, conforme dizem, disse, fiquei de queixo caído, porque de repente não conseguia nem assobiar nem chupar cana, achei que não estava ouvindo bem, e aquele sobretudo e aquele par de sapatos excepcionais desviaram um pouco a minha atenção, por isso perguntei de volta o que havia dito, por favor, ao que aquele senhor não respondeu em tom mais alto, não, ele se inclinou um pouco mais para perto, e falou um pouco mais baixo, ligeiramente mais baixo, tinha isso também, mais baixinho!, que gostaria de pedir a minha atenção para um parente seu, e com isso quer dizer que seria necessário ficar de olho nessa pessoa, já que raramente viaja sozinho, melhor dizendo, nunca na vida tinha viajado sozinho, o que fez o inspetor deduzir que se trataria de uma criança, o que lhe induziu a perguntar educadamente que idade teria o pequeno viajante, ao que o mordomo, porque certamente era o mordomo, respondeu que não era parente, porque do jeito que esse homem acompanhou o seu "parente" para dentro do vagão, do jeito que o foi amparando pelo corredor, para evitar que trombasse com alguma coisa, conforme o sentou, conforme pegou a mala dele para colocar no compartimento das malas, e enquanto tentava deixar o senhor na posição mais confortável possível no assento, porque como dizer isso, ele era um cavalheiro, testou os braços do assento para cima e para baixo, então, considerando tudo isso, ele podia afirmar que não eram parentes, senão que indubitavelmente se tratava de seu patrão, portanto sorriu, e respondeu que então certamente ele já está em certa faixa etária, então, pensei, contou, vai ver é um velho pangaré, por volta dos seus noventa e diante da morte eminente ainda o colocam no trem, mas conforme tudo isso passava pela minha mente, perdi a vontade, quer dizer, perdi o interesse pelo assunto, ou seja, lidar com ele até em pensamento, é difícil explicar isso, vocês sabem, esse mordomo tinha uma influência, uma atitude, e se agora os colegas não dessem risada, eu diria, disse, que tinha uma aura, que lhe fez sentir naquele momento, que ali haveria um caso de fato, mas chega dessa enrolação, quanto você ganhou pra isso, cortou-o um dos colegas na hora do intervalo, dando uma risadinha marota para os outros, mas o inspetor fez uma careta, como quem não gostaria de lidar com o aspecto prático dessa história, já que ali não era disso que se tratava, por isso mesmo ele começou a contar a história desde o princípio, e o ponto alto não tinha nada a ver com quanto ganhou ou deixou de ganhar, como eles, e enquanto isso passava o olhar pelos presentes, estavam resumindo a questão, tratava-se de algo superior, ainda que ele seja motivo de chacota novamente devido à palavra, mas é a única palavra que descreve a situação, reconheceu, ficou surpreso com a aparição que aquele mordomo representou ali, no meio da multidão, enquanto ele estava parado ao lado dos degraus do vagão nº 9, e só conseguiu perguntar se o bilhete era para o vagão nº 9, ao que o mordomo respondeu com um aceno da cabeça, mostrou os bilhetes, entregou a mala, depois lentamente se virou, deu um passo para o lado, e parou do outro lado dos degraus, para que ele pudesse entrar no vagão entre dois recém-chegados, parou ali, olhou na direção do começo do comboio, onde estava esperando, mas no meio da multidão já tinha percebido qual deles seria.

Daqui para a frente o senhor terá que viajar sozinho, meu senhor, o mais jovem inclinou-se para ele, depois de ter organizado tudo na cabine, acredite, não precisa se preocupar, falei com o inspetor e ele estará à sua disposição o tempo todo, mais precisamente, corrigiu, agora mudando de seu espanhol meio torto para o alemão, até Strass-Sommerein, isto é Hegyeshalom, porque lá os inspetores austríacos e húngaros se revezam, como de costume os austríacos descem e viajam de volta para Viena em outro trem, e os húngaros embarcam, passam a cuidar do trem, e até a capital estarão com o senhor, isto é, estará com o senhor aquele a quem o inspetor austríaco terá delegado o seu caso, combinei com ele, meu senhor, ele vai instruir seu colega húngaro sobre tudo, isto é, vai inclusive pedir para que ele o auxilie na hora da baldeação, acredite, não haverá problema algum, ficou parado na porta e observou o parente distante com considerável preocupação, porque ele o encarou tão assustado que por enquanto não se atreveu a sair da cabine, o senhor não terá nenhuma dificuldade no momento da baldeação, eu lhe peço, meu senhor, acredite em mim, repetiu, e já estava se preparando para explicar de novo por que não poderia acompanhá-lo, pois, por pertencer ao ramo, mesmo que distante, do Barão, deve impreterivelmente ser o representante no funeral do último membro do ramo algeriano, já que foi ele, o senhor, que fez questão de lhe pedir isso, porém não é possível estar em dois lugares ao mesmo tempo, teria explicado, e atender ao seu pedido é justo, ou seja, ainda que a causa seja única, ele não consegue viajar para a sua terra natal ao mesmo tempo que comparece ao funeral da família e à cerimônia subsequente, em seu nome, mas nem começou a explicação, pois a expressão do rosto do viajante, seu protegido, mostrava cada vez mais como ele havia se tornado indeciso e que, com essa muda expressão indecisa, estava agora tentando fazer com que seu jovem acompanhante soubesse como ele se sentia, mas ao mesmo tempo, que já era hora dele ir, tinha que sair do trem, que se apurasse, lhe rogo, disse, favor descer, pois já estamos de partida, mas esse "já estamos de partida" saiu de sua boca num tom ríspido totalmente incomum, como alguém que se resignou ao seu destino, mas ainda estremecia com as possibilidades que lhe aguardavam dali para a frente, estremeceu de fato, no entanto sua atenção se estreitou cada vez mais nesse estremecimento, e de repente só se interessava por uma única coisa, a possibilidade de o trem partir, por isso ainda repetiu que naquele momento ele deveria partir tranquilamente e deixá-lo ali, para que um problema ainda maior fosse evitado, isto é, que o outro ficasse no trem, e então o que vai ser, e ao mesmo tempo não era capaz de disfarçar o quanto ficou inseguro com a forma como as coisas estavam acontecendo, assim só olhava para ele com aquele ar confuso, e esse olhar estava pedindo ao seu acompanhante que se fosse embora de uma vez, e também que não se fosse, mas naquele momento o outro deu um basta, fez uma mesura, saiu da cabine, fechou a porta atrás de si, acenou em adeus e, visivelmente cuidadoso, acaso o outro ainda tenha uma última ideia para, de alguma forma, mudar o curso dos eventos, mas com passos rápidos atravessou o corredor e deixou o trem, e ele ficou ali sozinho, sem se mexer no assento, sentado sobre o casaco que não havia arrumado desde que chegou, passando assim a ficar todo amarrotado e desconfortável, nem isso tinha resolvido por enquanto, nem o chapéu havia tirado ainda, nem abriu os botões, nem desfez o nó do xale, só virou a cabeça na direção da janela e ficou olhando pelo vidro embaçado para as pessoas paradas na plataforma da estação, e todos os rostos lhe eram muito desconhecidos, em nenhum deles conseguia ver nada encorajador, pois em cada um só via tensão ou alguma determinação sombria para que fosse de vez, quem precisava ir com esse trem que fosse, eles, graças a Deus, ficavam, como se esse trem estivesse partindo para um lugar escuro e nefasto, e nem eram muitos, na verdade, sem considerar todos que ali pareciam sem-teto, as muitas pessoas, mulheres, crianças e homens jovens que estavam deitados ao longo das paredes, era surpreendente o relativamente pequeno número de pessoas de pé na plataforma, porém mais desconfortável ainda foi a sensação quando a plataforma se moveu, e com isso percebeu que haviam partido, e que não, além dele, ninguém mais havia subido no trem, não havia nenhum outro passageiro, então está bem, pelo menos neste vagão não tem mais ninguém, mais um motivo portanto para que seu estado de espírito piore, pelo fato de estar sozinho, absolutamente sozinho, e a partir dali mergulhar nesta aventura sem nenhuma ajuda, pois mesmo que quisesse, até aquele momento ainda não tinha acontecido, só agora, naqueles instantes, em sua mente surgiu a pergunta, o que será que vai acontecer se sua determinação se concretizar e tudo se tornar realidade, sobre isso não havia pensado quando, devido às circunstâncias infelizes, o persuadiram a deixar a América do Sul, e ele decidiu que, se devido ao falecimento de um dos últimos membros da família teria que inevitavelmente voar para a Europa, aproveitaria a situação não para comparecer ao funeral, pois isso foi apenas um pretexto para sair de lá, mas para concretizar o que vinha martelando na cabeça havia muito tempo, que no final de sua vida deixaria Buenos Aires, ali não tinha mais nada para fazer, e voltaria para o lugar onde tudo começou, para buscar a origem daquilo que parecia tão bonito, mas a partir do que tudo se configurou tão, tão errado.

Foi obra do acaso ficarem sabendo que ele estava em apuros, quer dizer, em grandíssimos apuros, já que eles não liam, de forma alguma, nenhum jornal sensacionalista como o *KRONEN ZEITUNG* ou o *KURIER*, ou algo do tipo, era simplesmente proibido que coisas dessa categoria entrassem na casa, nem na cozinha nem na ala dos empregados, era expressamente proibido, de modo que foi obra de um milagre quando um deles apareceu por lá, e um milagre maior ainda que uma das empregadas tenha descoberto um artigo que falava sobre o famoso aristocrata argentino que, por causa de dívidas de jogo não honradas, é ameaçado com a vingança do cassino ou com a prisão, e a história chamou a atenção dessa empregada, porque gostou do sujeito de quem o artigo tratava, quer dizer, era bem-vestido, explicou mais tarde, quando mostrou o jornal com o artigo e a foto para a governanta, que leu o texto, só que esta contou o caso também para a família pelo fato do nome, que lhe despertou a atenção, lhe soar familiar, afinal quantos Wenckheim poderiam existir no mundo que não seriam membros da família, e quando isso lhe ocorreu e lhe chamou a atenção, já estava a caminho de sua senhora, e a partir daí a notícia virou uma questão, a criadagem não pode mais seguir o assunto, o que estava acontecendo, a partir daí o tema já não lhes pertencia, mas é claro que quando estavam só entre eles, o jardineiro e o criado, a cozinheira e o motorista, ficavam cochichando que uma operação de resgate está sendo preparada e aquele cavalheiro citado nos jornais *KRONEN ZEITUNG* e *KURIER* já estava a caminho da Europa, que o jovem conde com seus amigos já foram buscá-lo no aeroporto, mas não importa quão bem eles planejaram as coisas, nenhum membro da criadagem conseguiu estar presente para presenciar quando o parente distante, que era como eles o chamariam daí em diante, esteve presente, apesar dos boatos rolarem soltos que esse parente distante apenas se tornou um jogador de cartas inútil, então que ele é um trapaceiro, que pertence ao grupo de figuras depravadas da família, a versão final dizia que não era nem inútil nem trapaceiro, mas provavelmente um idiota, o mais recente idiota da família, resmungou sugestivamente o jardineiro, conhecido por sua maledicência, não tem problema, deu de ombros, vamos lidar com esse também, já tivemos tantos desse tipo por aqui, já andaram por aqui tantos desse tipo de cretino que um a mais não faz diferença, aqui é a Áustria, e isso é tudo que chegou nos ouvidos da criadagem da propriedade, e o jardineiro, sabendo que o assunto estava encerrado, voltou para suas floreiras e meticulosamente apertou o solo ao redor da fileira de begônias.

A batida na porta foi tão suave quanto possível, mas ele ouviu imediatamente, e se endireitou no assento, então mais uma batida, e depois a terceira, em seguida já dava para ver que a maçaneta esquisita estava se movendo para baixo, alguém puxa a porta para o lado e entra, enquanto ele vira rápido o rosto, e como quem está totalmente mergulhado na vista, se vira para a paisagem que passava depressa pela janela, e só ergueu e lhe dirigiu o olhar quando o gentil tossicar de advertência já não podia mais ficar sem resposta, olhou para ele, mas por um tempinho não entendeu nenhuma palavra do que lhe dizia, porque seu ouvido começou a zumbir, em seguida a coisa amainou um pouco, e acreditava que o inspetor era aquele que, quem sabe quantas vezes, começou a repetir as palavras lentamente, já que não tinha ideia se o viajante conhecia a língua, que as passagens estão em ordem, e que ele, o inspetor, vai ficar com elas, e do outro lado da fronteira vai passar para o seu colega húngaro que irá assumir a função de inspetor do comboio, esse assunto não deve incomodar o cavalheiro, e não deve se incomodar com absolutamente nada, porque o trem está dentro do horário, por isso já é certeza que a fronteira, e a primeira cidade onde a mencionada baldeação vai acontecer, será alcançada no horário, mas como será daí para a frente, o inspetor ergueu o tom da voz com um meio-sorriso pretendendo ser engraçado e se inclinou ligeiramente para a frente, ele não pode garantir, mas nenhum tipo de reclamação mais relevante tem chegado ao conhecimento deles nesta linha, já faz um tempo agora que "aqueles também", e fez um sinal na direção em que o trem ia, estão tentando se adaptar às normas europeias, de forma que o cavalheiro não precisa se preocupar com nada, e mesmo agora só ousa incomodá-lo mais um pouco para lhe perguntar se poderia ser útil em alguma coisa que o cavalheiro necessitava, talvez um refresco ou um café, ou se por acaso estiver com fome, um sanduíche, ele, e o inspetor apontou para a sua jaqueta, pode resolver o assunto em minutos, o vagão-restaurante não está longe, nem tem outro passageiro neste carro, e já que não tem outros assuntos para cuidar, está totalmente à disposição, o que lhe dá muito prazer, por isso aguarda que o cavalheiro o informe sobre seu pedido, e já está prestes a se virar, mas oh, não, agradecido, foi interrompido pela voz débil do viajante, não estou precisando de nada, e com isso voltou a cabeça na direção da janela, o que pegou o inspetor de surpresa e o embaraçou, pois estava claramente se preparando para uma conversa bastante mais duradoura do que aquilo, e, se entabulasse uma conversa com o cavalheiro, estava pensando com que assuntos iria acalmá-lo, se ele realmente tem uma natureza tão inquieta, de modo que perdeu o prumo, e sem esconder sua decepção apenas assentiu, se virou, saiu para o corredor, e ainda olhou de volta, quem sabe o cavalheiro mudou de ideia, não, não mudou, concluiu, e com isso ele ficou sozinho, um tanto aliviado por ter superado a primeira dificuldade, o que evidentemente não durou muito, pois sua mente perturbada logo voltou para aquelas frases que se revolviam dentro dele havia um tempo, que este trem está acelerando demais, a velocidade é muito alta, está praticamente deslizando sobre os trilhos, como se não estivesse nem andando sobre trilhos, mas no ar, nunca sacode, não desacelera, é só essa carreira desenfreada, essa pressa, essa corrida louca na direção do leste. A fronteira se aproximava.

Foi difícil, o cassino não queria nem ouvir falar em liberar o bom parente em troca de um adiantamento, então a família precisou recorrer não somente ao seu dinheiro, mas à sua influência para conseguir o que queria, pois de forma alguma podiam deixar as coisas seguirem seu rumo natural, segundo o proprietário do cassino lhes comunicou por meio de um advogado, porque o triste fim daquilo seria um sanatório ou a prisão, não, o conselho da família decidiu, o nome Wenckheim não poderia ser coberto com lama — no máximo com um pouco do brilho de bons resultados, brincou o chefe da família —, por isso, explicou à família horrorizada com a extraordinária quantia de dinheiro envolvida, o barão precisava ser salvo, pois, segundo suas palavras, precisamos lhe dar a mão em sua velhice, já que nunca lhe estendemos a mão ao longo de sua vida, assim pois foi com resistência e ressentimento que eles pagaram a dívida na sua totalidade, graças às excelentes relações mantidas na Argentina desde 1944, conseguiram que a denúncia formal apresentada pelo cassino desaparecesse nas gavetas dos escritórios dos juízes de Buenos Aires e, finalmente, com a ajuda de um serviço intermediário, colocaram o barão no primeiro avião para Madri, de lá fizeram ele viajar até Viena, mas a bem da verdade eles não sabiam absolutamente nada sobre o barão, apenas sua paixão escandalosa era conhecida, o que nos leva a questionar quem ele realmente era, que tipo de pessoa era aquele último membro vivo do ramo baronial que usava o nome, sobre isso nada, nem ao menos qual era a sua aparência, uma desconfiança desagradável entretanto só começou a despertar em nós, alguma coisa não vai bem com o visitante, quando o aguardávamos no lado do desembarque da cidade de Schwechat, a dezoito quilômetros de Viena, e contávamos que ele surgiria do meio dos passageiros, e o esperamos, esperamos, mas ele não veio, e não vinha, e a sala de desembarque já estava se esvaziando, quando perceberam um homem grisalho, de camisa e calça amarela, um chapéu de aba larga, magro, bastante alto, parado, com olhar de quem estava perdido, e era ele, mas ele parecia tão perturbado, e da mesma forma eles, a comitiva de recepção da família, quer dizer, alguns membros jovens da família que também ficaram totalmente embaraçados pois que a recepção tinha dado tão errado, nem um aperto de mão, muito menos um abraço, considerando a reação hesitante do visitante à aproximação deles e à sua pergunta se por acaso seria ele o Barão de Wenckheim, sim, sou, e seu sim foi tão baixinho, baixinho e em espanhol, que depois da tradicional pergunta, isto é, se havia feito uma boa viagem, só ousaram lhe perguntar onde estavam suas malas e depois quase nada, principalmente porque, descobriram, não havia malas, fato que foi difícil para os jovens acreditarem, mas depois, refletindo que talvez ele tenha despachado as malas, e que provavelmente seriam entregues no endereço por algum serviço de transporte, não insistiram no assunto, nem lhe perguntaram por que não vestia um casaco sequer, só lhe mostraram o caminho até o carro, ele caminhava com muita insegurança, como se estivesse tonto, mas eles não tiveram coragem nem de lhe oferecer o braço, embora os dois que caminhavam ao seu lado tenham se aproximado um pouco mais, ao que o barão reagiu quase aterrorizado, de forma que os dois se afastaram, ele não gosta que se aproximem dele, informaram mais tarde, quando ao chegarem à mansão o conduziram ao seu quarto, e à noite, se sentaram todos para jantar, ocasião para a qual aguardavam que ele se aprontasse, e claro, o assunto era ele, sua vestimenta inexplicavelmente incompleta, a camisa e a calça amarelas, seu embaraço, sua sensibilidade ao toque, e que praticamente o assustaram quando quiseram lhe oferecer o braço, e assim por diante, os jovens já se permitiram uma piadinha ou outra, mas os mais velhos estavam só aguardando, de cabeça inclinada, que servissem o primeiro prato, e não diziam palavra, e após um tempo os jovens também ficaram sem assunto, o jantar começou, mas sem ele, pois não apareceu nem meia hora depois do horário combinado, assim por um bom tempo só se ouviu o som dos talheres ou de um copo colocado sobre a mesa com um pouco mais de ímpeto, tudo isso até que a mais velha entre eles, que era uma moradora tolerada na casa, a prima Christiane, de repente declarou, com sua voz estridente e com sua franqueza descarada, não vou dizer que não seja um homem bonito, mas o seu rosto, este sim, é meio pálido, um pouco pálido demais.

Não queria ficar esticando a pergunta sobre onde teriam ido parar suas roupas, isto é, por que tem uma única camisa amarela, uma única calça amarela, um único par de sapatos amarelos e um chapéu esquisito, como se não estivesse curioso também sobre onde foram parar suas malas, se existiam malas afinal, então chamou o secretário e ordenou que mantivesse os jornalistas à distância, e lhe confiou a missão de arrumar o barão, e como ele entendia do riscado imediatamente conversou com o mordomo, que imediatamente pegou o telefone e ligou para o hotel Sacher para se informar sobre quando era esperado o pessoal da Alfaiataria Savile Row, e quando ficou sabendo que desde o ano anterior eles não vêm mais a Viena, imediatamente entrou em contato com o secretário, que por sua vez fez contato pessoal com a loja da Savile Row, e atendendo à "relação especial" e cedendo excepcionalmente ao pedido impossível, de resolver o caso sem nenhuma prova de roupa, dois dias mais tarde chegou o vice-alfaiate do sr. Darren Beaman, e este foi o início do seu suplício, pois tinha que fazer o sr. Barão entender que era necessária a sua cooperação, sem a qual não conseguiriam nada, e o barão, de maneira completamente incompreensível para os envolvidos no caso, vestindo sua camisa e sua calça amarelas — havia rejeitado logo no início a muda de roupa que lhe foi oferecida — rejeitou com veemência o plano de "tirar-lhe as medidas", transformando desde o início a operação em uma missão impossível, por exemplo, lá na sala para fumantes, do lado do salão principal, em meio à insistente persuasão, de repente ele pedia desculpas e subia apressado e se trancava em seu quarto, onde não os deixava entrar caso subissem para buscá-lo, e a conversa acontecia através da porta, não imediatamente, mas depois de certo tempo, quando o secretário o informou que ele deveria levar a coisa a sério a partir dali, e lhe contou mais uma vez, embora tão gentilmente quanto possível, do que se tratava, pois seu comportamento deixava evidente que a resistência não seria apenas feroz, mas duradoura, então eles se moviam ao redor dele, o secretário, o mordomo e o alfaiate de Londres, e o encaravam de forma bem estranha, pois não entendiam aonde ele queria chegar com aquela resistência, mas nem queriam muito, pois acreditavam que, respeitando sua sensibilidade especial, eles iriam ser capazes de persuadi-lo de que sua cooperação se resumiria apenas a permitir que suas medidas fossem tomadas com uma fita métrica, nenhuma coisa impossível do outro mundo, qual seria sua altura, seu crânio, a medida de seu pescoço, seu ombro, tórax, cintura, quadril, seu tronco e assim por diante, descendo pelos membros, apenas alguns dias, disse o alfaiate irlandês, eventualmente só um par de horas, acrescentou o secretário, quando percebeu a expressão do barão, que, ao ouvir isso, se deixou cair na poltrona mais próxima, como se tivessem lhe comunicado que seria torturado, não vai sentir nada, o alfaiate tentou tranquilizá-lo, mas ele não queria ficar de pé como um varal, e dali em diante não permitiu que o alfaiate chegasse perto dele, tinha que parar à porta, de forma que passado um tempo ele meneou a cabeça, que não era capaz, que falassem com o barão, que ele aguardaria em algum lugar, e sumiu da vista deles, com o que o secretário acenou para o mordomo, e ficando sozinho com o barão explicou para ele que não se tratava de outra coisa, mas que daqui em diante *parece necessário* mudar seu guarda-roupa, porque aqui na Áustria, e no lugar para onde o senhor deseja ir, não se pode usar só calça e camisa, pois, veja bem, lá ainda é inverno, não verão, como em Buenos Aires, mas inverno, frio, ventos gelados e congelantes, pronunciou cada palavra com grande ênfase, ao que o barão em sua voz apagada simplesmente perguntou se tudo aquilo não era evitável, o secretário meneou a cabeça devagar, à vista do que ele esfregou as mãos mais um pouco, depois deu um suspiro e declarou que, claro, se era inevitável, então ele entendia e que lamentava infinitamente as preocupações que estava causando a todos ali, já que eram exatamente essas preocupações que ele não queria causar, muito menos para eles, de forma nenhuma, chamem de volta o alfaiate, abaixou a cabeça, só pede uma única coisa, que quando o alfaiate lhe tirar as medidas não toque nele, de jeito nenhum, sabe que isso dificulta o trabalho, mas ele não consegue, infelizmente, nunca aguentou, nem na infância, muito menos agora que já está..., tudo bem, respondeu o secretário, sorrindo, vai falar com o sr. O'Donoghue e combinar com ele como tem que proceder para tirar as medidas, mas isso é impossível, gritou o alfaiate, transtornado, quando começaram, e sem querer, já na primeira medição, das costas, tocou na nuca do barão, isso não vai funcionar desse jeito, lhe peço, por favor, tenha paciência conosco, simplesmente não consigo fazer de forma a não lhe tocar, isto daqui é apenas uma fita métrica, uma simples e inocente fita métrica de um alfaiate, e a ergueu para lhe mostrar quão inocente era, ah, claro, respondeu o barão com o rosto mais pálido ainda que o normal, que faça o seu trabalho, fique sossegado e termine seu trabalho, de forma que o alfaiate novamente começou, e daí em diante só dava para perceber que aquilo tudo era terrivelmente angustiante para o barão quando ele estremecia ao lhe tocarem a pele, o alfaiate, no entanto, a cada medição, ainda por cima anunciava o resultado, mas a partir dali ele se disciplinou, seu rosto se contorcia quando a fita métrica do alfaiate trabalhava mas permaneceu disciplinado, embora estremecesse todo a cada toque, o suor escorria da testa do alfaiate, e seu rosto estava afogueado de tão nervoso que ficou devido à tortura continuada, então finalmente escureceu lá fora e chegaram ao ponto em que todas as medidas do terno já estavam anotadas num caderno, deixaram o resto para o dia seguinte, porque o secretário julgou que o barão chegara aos limites de suas forças, agradeceu ao sr. O'Donoghue pelo trabalho do dia e indicando o caminho levou o convidado até o seu quarto, que ele trancou a porta por dentro, deitou na cama e não se mexeu até a manhã seguinte, quando com um olhar vazio e sem emitir palavra seguiu um dos criados da casa até a sala de jogos ao lado do salão, e o alfaiate veio e com um cumprimento educado começou tudo de novo, ele tinha que ficar de pé, tinha que enfrentar os ataques infindáveis da fita métrica fria, e nas anotações do alfaiate começaram a surgir os contornos que usariam para começar a trabalhar na oficina da Savile Row, porque ele precisava de tudo, e a empresa não só assumiu, considerando os longos anos de relacionamento entre eles, que iria realizar o próprio trabalho, como também garantiu que, além dos dois ternos de lã, trespassados, risca de giz azul-marinho, os dois ternos Donegal de tweed trespassados e seus respectivos coletes, além do casaco de cashmere, quando o pedido da Savile Row fosse entregue, devem chegar com excepcional urgência por conta das conexões de Savile Row, e fora dos prazos normais de entrega, as doze gravatas de seda, os doze lenços de paletó, as doze camisas e as abotoaduras, doze lenços de bolso, as meias, os chapéus, três roupões, as luvas, quer dizer, um paletó informal para fumar, e também se ocuparam com seus pés, já que em meio às torturas incomensuráveis também foram tomadas as medidas dos pés, assim garantiram que os calçados fossem feitos a tempo na Schneider, entre eles um par de sapatos de couro de crocodilo, com os quais agora tentava de alguma forma caminhar pelo piso encerado, mas escorregou, e assim foi tudo, com o paletó da Chesterfield por cima, que ele agora não ousava nem mesmo desabotoar, sentado sobre o assento forrado de plástico, e claro que para tudo isso foi necessário tempo, porque a empresa não deu nenhum tipo de prazo, não era costume, nem dispunha de meios para tanto, e a consequência foi que o parente distante passou várias semanas na mansão, é verdade que não atrapalhou muito, porque em geral — com a desculpa de escrever cartas — quase não saía de seu quarto, não aparecia para nenhuma refeição em família, almoçava e jantava lá em cima mesmo, e só deixava a casa — por curtas meias horas — vestindo um casaco emprestado, quando a prima Christiane, com toda sua energia, ordenava que fosse dar um passeio no parque que pertencia à mansão, e assim se passaram dias e semanas, quando, numa segunda-feira, logo ao terminar a primeira e única conversa de uma hora com o chefe da família na sala de fumar, de onde, como aprenderam pelas palavras da prima Christiane, que foi forçada a passar, por acaso, várias vezes em frente da porta fechada, essencialmente só se ouvia a voz forte do chefe da família, em uma palavra, finalmente chegou o momento da redenção, e com um transporte especial, diretamente da Savile Row, chegou até a última peça, e seu guarda-roupa ficou completo, e com isso, a partir daí os acontecimentos se aceleraram, o secretário ficou estudando os horários dos transportes, comprou passagens, e depois que silenciosamente fizeram sumir a camisa amarela, a calça amarela e o sapato amarelo — não foi possível fazer o mesmo com o chapéu, por alguma razão o barão era apegado a ele com unhas e dentes —, começaram a vesti-lo com as peças selecionadas para a viagem e o restante foi cuidadosamente embrulhado nas malas adquiridas especificamente para este fim, mas de um jeito que durante o empacotamento lhe contaram sobre cada item, para que servia, de que tecido era feito, e em que ocasião deveria ser usado, assim como a maneira de vesti-los, abotoá-los, amarrá-los, colocá-los, e novamente amarrá-los, mas nesse momento ele já não pronunciou palavra, não confessou que estava totalmente a par de tudo, o que era cada coisa, de que tecido era feito, para que ocasião servia, como devia vestir, abotoar, amarrar, colocar e novamente amarrar, estava ciente de que o tratavam como se ele fosse uma criança, mas atribuiu o fato à ilimitada boa vontade deles, não desejava aproveitar a possibilidade de se explicar, e estava infinitamente grato pela inestimável gentileza da família para com ele, pelo cuidado e atenção que recebeu, tudo isso agradeceu a cada um deles individualmente, depois agradeceu os ternos, os chapéus, e depois em especial o casaco da Chesterfield, em separado os lenços de seda, sem esquecer dos lenços de bolso, as meias, os roupões e o paletó informal para fumar, as luvas e os sapatos, só pedia que lhe permitissem usar seu próprio chapéu, com o que todo mundo concordou imediatamente, que depois continuassem a ouvir o barão, que em poucas palavras mais uma vez citou cada um dos presentes recebidos, e exaltou longamente a beleza e a nobreza de todos, mas em especial daqueles a quem ele devia tudo aquilo, de forma que, quando após mais de dois meses, ao mesmo tempo que despacharam as malas, com exceção de uma que levava consigo, que partiram na direção do destino final através de um serviço postal de confiança, chegara o momento da despedida, e ele disse tudo o que disse, sua fala foi recebida com uma surpresa verdadeiramente agradável, e suas palavras foram interpretadas como uma manifestação tão impecável que deixou o chefe da família quase emocionado no final, e ele quase se aproximou e quase lhe deu uns tapinhas no ombro, mas se lembrou do que o esperaria se o fizesse, de modo que apenas inclinou a cabeça e lhe desejou boa viagem, e foi conduzido à Westbahnhof por um empresário, membro do ramo argelino da família que tinha ido para o funeral, e que, ao retornar de sua missão, contou os detalhes para os membros da família de sua idade, em meio a muitas risadas, enquanto eles nem suspeitavam que o barão, olhando assustado pela janela e esperando a chegada da fronteira, pensava neles, em todos eles na mansão, com amor e gratidão, e com a consciência de que nunca mais os veria.

Vai falar com ele sem rodeios, de homem para homem, mesmo se for difícil para ele decidir se isso tem algum valor, isto é, se a pessoa diante dele é capaz de compreender o que lhe será dito, mas agora, antes que ele deixe a proteção que lhe ofereceram, precisamos falar abertamente, pois certas condições devem ser atendidas quando ele deixar a casa e eles soltarem a sua mão, disse o chefe da família em seu estilo brincalhão, na primeira sala, que, apesar de ser chamada de biblioteca, nas prateleiras, em vez de livros, fazia tempo se expunham troféus de tamanhos variados, que a família conquistara com o fruto do trabalho de gerações, na notável empresa da família, isto é, como bem observou certa vez o irmão mais novo, pela luta implacável para o bom desempenho da empresa da família que lhes rendeu resultados louváveis, pois ele o fez sentar numa poltrona em que só se podia sentar encolhido, e por sua vez ele tinha ambas as mãos apoiadas sobre a imensa mesa de trabalho, atrás da qual se sentou, meio inclinado, e continuou dizendo que na verdade não deseja nada em troca, espera não ser mal interpretado, e que também não haja ilusão, pois não foi para isso que o resgataram da Argentina, porque tiveram dó dele, porque não era bom para a família que a questão não se resolvesse lá na América do Sul, tanto faz, disse o chefe da família com seu vozeirão, o desfecho final, fizeram o que puderam fazer, e agora, segundo a sua vontade expressa, vão permitir que vá, mas precisamos deixar algumas coisas bem claras, e antes de mais nada, que ele não está curioso para saber aonde vai, e por quê, mas precisa prometer que onde quer que esteja, e por qualquer motivo que seja, ele nunca mais vai trazer vergonha para a família, e lhe pede encarecidamente que agora não apenas acene com a cabeça, mas que compreenda o que querem dele, isto é, querem que ele nunca mais se transforme em escândalo, que vá com Deus para onde quer que deseja ir, mas nunca mais quer ver o nome Wenckheim em nenhum jornal, quer dizer, este nome é também o nome da família, e não gostaria de ver esse nome novamente enxovalhado, que ele não suou tanto a camisa quando jovem, não trabalhou duro, por assim dizer, e eles não acalentaram a vida toda a nobre origem do nome da família, o que continuará fazendo até o fim dos tempos, para que um velhaco malandro como você, Adalberto, e a essa altura o chefe da família se inclinou para mais perto através da mesa, o leve para a imundície dos tabloides e das sarjetas, isso ele precisa prometer, gritou em seu tom mais duro, e agora, voltou a se sentar em sua poltrona, e agora, não fique simplesmente meneando a cabeça, entenda o que querem dele, quando o outro, todo enfiado e encolhido na poltrona, por causa dos braços laterais altos, já não aguentava mais, e entusiasmadíssimo lhe comunicou que está completamente claro para ele que é um idiota, mas mesmo estando naquele estado é sempre capaz de compreender o que lhe é dito, como não iria compreender agora e justamente esta reprimenda, recebida daqueles a quem deve a vida, ou, melhor dizendo, uma morte mais digna, porque nunca poderá agradecer-lhes o suficiente por não terem permitido que o internassem no El Borda, o maior e mais conhecido hospital psiquiátrico da Argentina, porque esta era a ameaça, que então seu futuro era o El Borda, foi isso que lhe informou o procurador da República, e também o guarda e os advogados, que ficavam indo toda hora visitá-lo na cela, o El Borda representaria o seu fim, disse o barão sentado na poltrona, caindo em si mesmo, no entanto nos últimos anos ele sonhava com um fim semelhante ao que todo mundo sonha, e ele, como Deus teve misericórdia através da sua própria família, vai poder realizar seu sonho, então, nesse caso, como é que não vai compreender tudo, e como não ser capaz de não somente prometer mas também cumprir sua promessa, e por isso pede que transmita a todos os membros da família, com consideração especial à prima Christiane, que foi extremamente gentil com ele, que vai deixar aquela mansão magnífica e nunca mais irão ouvir falar dele, já que sabem que ele pediu uma passagem só de ida, só até lá, fato que chamou a atenção da prima Christiane, que de modo algum ele queria uma passagem de ida e volta, e não tem nem palavras para agradecer tudo que a família fez por ele, mas provará por suas ações que podem contar com ele, até mesmo quando, e isso ele admite, porque os médicos já lhe avisaram quando tinha quarenta anos que isso iria acontecer, que ele ficaria assim, que ficaria idiota, portanto ele é idiota, mas, graças a Deus, ele entende o que lhe é dito, e principal e naturalmente entende aquilo que ouve sendo dito do outro lado da mesa do escritório, e podem contar que ele vai fazer tudo para que as coisas ocorram, então que assim seja, o chefe da família levantou-se com um rosto mais alegre, e com isso considerou a discussão encerrada, e quando acompanhou o barão para fora da biblioteca, já estava quase cedendo ao seu instinto natural e lhe conduzindo pelo braço, porque desde o primeiro instante nutria uma simpatia por ele, já estava quase, já estava erguendo o braço, mas no meio do caminho se deu conta, e rapidamente recolheu o braço, por isso também foi tão surpreendente quando ao passar pela porta aberta, em seu ímpeto de despedida, o barão, com um movimento repentino, agarrou aquela mesma mão e a beijou, mas então, embaraçado, se retirou rapidamente na direção das escadas.

Não percebeu quando atravessou a fronteira, porque não aconteceu nada, o comboio deslizava sobre os trilhos, até que começou a frear, e a partir daí foi perdendo velocidade, e começou a andar em solavancos, como se depois de determinado ponto não existissem mais trilhos e eles tivessem chegado a algum terreno mais acidentado, em que um trem expresso internacional por si só naturalmente se transformava em um trem expresso regional, em seguida chegou em determinado ponto onde o trem parou, mas parou de um jeito como se tivesse parado definitivamente, para sempre, em frente de um prédio de estação vazio, onde apenas algumas almas de uniforme circulavam, mas assim que eles se dirigiram para o trem e subiram, outros, evidentemente a equipe de uniforme austríaco, desceram, portas abriram e fecharam com grande alarido, ele ouviu som de passadas, depois alguns entre os uniformizados passaram ligeiros pelo corredor, então isto já é a Hungria, pensou, rapidamente procurou o próprio chapéu, e tirou aquele que havia ganho, e sentindo um frio no estômago contraído, mãos trêmulas, procurou pelo seu passaporte, mas depois ficou segurando-o apertado nas mãos, porque por um tempo ninguém veio ter com ele, só aquele barulho de passadas e o barulho das portas das cabines sendo abertas e fechadas, e conforme chegavam mais perto finalmente sua porta se abriu, o tipo uniformizado olhou para ele de cima a baixo, depois no compartimento das bagagens, com uma perna ficou segurando a porta aberta, porque nesse meio-tempo o trem começou a se mover, e com o impulso a porta queria porque queria fechar, a escorou, e também encostou as costas, e naquela posição perguntou, lemão, não, o viajante engoliu seco, sou húngaro, e tudo isso já foi dito em húngaro, ao que o fiscal aduaneiro, porque ele achou que só poderia ser isso, olhou para ele visivelmente surpreso, quer dizer que é húngaro, ficou repetindo, ao que ele, a essas alturas, teria preferido não ter dito o que disse, mas já era tarde, o fiscal aduaneiro enxugou a testa brilhando de oleosidade, em seguida ficou folheando seu passaporte, para ser mais preciso não estava de fato folheando mas girando as folhas só com uma das mãos, mas não estava olhando para o seu conteúdo, era para ele que olhava, vestindo um casaco e um chapéu de aba esquisitamente larga, e o barão sentado em um estado de visível tensão nervosa, com a mala acima da cabeça, e então, este não é um passaporte húngaro, disse, pois é, não é, respondeu o barão naquela voz quase inaudível, não ouvi o que disse, gritou com ele o funcionário da alfândega, pois é, não é, naturalmente, porque sou cidadão argentino, respondeu em um tom um pouquinho mais alto, *naturalmente* argentino, repetiu o funcionário da alfândega com um misto de suspeita e escárnio e de novo olhou para o passaporte, ficou girando mais um tempo, então encontrou uma página onde se via o visto, quer dizer então que isso se aplicava a ele, ficou olhando, ora virando o passaporte, ora inclinando a cabeça para o lado, em seguida, da bolsa que estava pendurada no seu pescoço tirou um carimbo enorme, sorriu para o viajante, esticou sobre a bolsa a página correspondente e, com firmeza, pressionou o carimbo nela, então está bem, e o funcionário fechou o passaporte e começou a bater sobre a outra mão com o passaporte, então está bem, repetiu e depois parou de repetir, só ficou olhando para ele, e o surpreendeu com um esboço de meio-sorriso, então, então é possível que o senhor seja aquele homem importante sobre quem eu li no jornal *BLIKK* de hoje, não é verdade?, neste caso o senhor seria, é isso mesmo, mudou de repente de um tom formal para um tom civilizado, o senhor deve ser aquele conde que perdeu um pequeno império nas cartas, não é isso, e ficou rindo e brincando de bater o passaporte na palma da mão, depois ainda sorrindo balançou a cabeça por um tempo, enquanto seus olhos — com um brilho meio zombeteiro — se mantinham fixos no viajante, estendeu devagar o passaporte para ele, depois lhe desejou um bom retorno para casa e acrescentou que esperava que aqui, e com o seu braço desenhou um grande semicírculo no sentido em que o trem viajava, ele não perdesse nas cartas, e quando saiu para o corredor, encostou a porta que insistia em querer fechar por si só, e a título de despedida ainda fez uma brincadeira através do vidro ameaçando-o com o dedo indicador, mas agora não era suspeita ou curiosidade, eram ares de cumplicidade reconhecida que brilhavam no rosto oleoso — e também por um momento o suave reflexo de um raio de sol que entrava no corredor, que parecia fazer surgir uma estrelinha na sua testa, com certeza por ser lá que a pele é mais gordurosa.

Não permitiu que eu o ajudasse, uma vez cheguei a entrar na sua cabine, mas me mandou embora, que lhe trouxesse algo do bufê do vagão-restaurante, ainda por cima era visível que tinha medo de alguma coisa, de forma que me incomodava um pouco que não podia fazer nada por ele, que não podia acalmá-lo, porém o teria feito de bom grado, afinal a gente quer corresponder às expectativas, ainda por cima neste caso a expectativa era alta, que alta que nada, imensa, considerando a gorda gorjeta que o criado lhe forçou a pagar e que excedeu o valor total de gorjetas recebidas nos últimos tempos, mas enfim, não era por causa do dinheiro, teria feito algo simplesmente pelo senso do dever cumprido, mas o viajante simplesmente não permitia, várias vezes — devagar, para que ele tivesse tempo de pensar no assunto e lhe fazer algum sinal — passou na frente de sua cabine, mas nada, o cavalheiro nem se mexia, e por falar nisso, acaba de lhe ocorrer, continuou contando para a atenção ainda pouca de seus ouvintes, ele simplesmente não se mexeu de Viena até Hegyeshalom, ficou na mesmíssima posição até o fim, do jeito que grudou no assento quando embarcou ficou, e sentado sobre o casaco, todo abotoado, na cabeça o seu chapéu de aba larga enfeitado com uma fita vermelha, e com as pernas fechadas, ficou olhando para fora pela janela, mas através desta não poderia ver nada extraordinário já que a paisagem não se modificava, sob um céu encoberto e pesado, sempre a mesma plantação, só algumas guaritas ferroviárias sujas, caindo aos pedaços, ou pequenas estações, mas esses também só por instantes, portanto, não podia ver nada, ou talvez estivesse observando a si mesmo no reflexo da janela, isso não sabia afirmar, não teve tempo suficiente para observá-lo com detalhes quando de vez em quando passava pela porta de sua cabine, agora, ao se lembrar, só podia contar com impressões fugazes, mas uma coisa é certa, disse, e naquele ponto enfatizou cada palavra pronunciada na sala dos plantonistas, aquela não era uma pessoa qualquer, e o que o incomodava nessa história, que não teve e até agora não tem ninguém a quem perguntar, era quem ele seria, mas então um de seus colegas daquela audiência distraída, um jovem da região sul do Tirol, uma figura grandona com aparência de camponês, que, um tanto irritado, o observava havia algum tempo, comentou, com certa dose de indignação, pois visivelmente não considerava o relato grande coisa, e nem a pessoa que estava fazendo o relato, mas alguma coisa a essa altura do relato o fez ficar com muita raiva, que ele desconfia quem poderia ser o tal viajante, porque veja só, pegou e sacudiu o polegar, indicando que iria resumir o que tinha a dizer, lá estava o acompanhante, depois lá estava a aparência do viajante, e nesse ponto agarrou o seu dedo indicador, e também tem o fato de um cavalheiro tão refinado viajar justamente na linha Huszka Jenő, na direção leste, agora já estava no dedo do meio, finalmente aí estão suas excentricidades, tudo bem, e aí ele levantou a voz e começou a balançar o dedinho de tal forma que até quem estava meio cochilando levantou a cabeça, um excêntrico, e se inclinou para ele e olhou para o inspetor com ares de desconfiado, e então, estou começando a não entender, o que eu deveria entender que não estou, perguntou de volta, não, nada, o colega sacudiu a cabeça sem muita convicção, e no final soltou o próprio dedo mindinho, você não lê jornal, isso já ficou claro, disse, porque se lesse saberia que ele não poderia ser outra pessoa senão aquele nobre do Peru, agora não me lembro do nome, a quem a sua família, os Ottaringer, salvaram das garras da máfia local da cocaína, porque seria preso, e foi de fato preso, porque queriam dar cabo dele, e, do jeito que o jornal descreve, o acusaram de uma dívida de jogo, para assim executá-lo, porque de acordo com as suspeitas, segundo o jornal, esse homem sabia de algo que não deveria saber, então aí está, esse foi o seu passageiro excêntrico do Huszka Jenő, espertalhão, e sobre aqueles cem euros, bufou com raiva na direção do inspetor, eu simplesmente não acredito.

Só tinha consigo uma de cinquenta e outra de dez, e isso o chateava, pois desde o comecinho daquela história ficou ponderando sobre como iria dividir a nota de cem que o mordomo lhe confiou ainda na estação Westbahnhof para que entregasse ao inspetor húngaro, porque estava totalmente fora de questão lhe entregar tudo, já que até cinquenta ele já achava demais, e a de dez seria pouco, o que fazer, durante o curto trajeto foi umas três vezes no vagão-restaurante, para perguntar ao pessoal de lá se não teriam troco, mas eles não tinham, pois não havia quase ninguém no trem, o movimento estava fraco, homem, disse para ele com amargura o funcionário húngaro do vagão-restaurante num alemão esquisito, quando ele foi lá pela terceira vez perguntar se tinha troco, mas então, nesse caso não tem jeito, tem mesmo que entregar a nota de cinquenta, e mesmo assim consegue reunir a gorjeta de uma década, porque cento e cinquenta euros são cento e cinquenta euros, de qualquer ponto de vista, se consolava, mas em seguida lhe ocorreu, mas e o que vai acontecer se ele não der absolutamente nada para o colega húngaro, pode ser que fosse suficiente se despertasse o interesse dele, e essa ideia lhe agradou, despertar o interesse dele, sim, será o suficiente para ele, de forma que, quando o trem parou na vazia estação de Hegyeshalom, e ele se encontrou com aquele inspetor que entre outros vagões também era responsável pelo nº 9, contou para ele que gostaria de lhe recomendar um viajante em especial que lhe foi recomendado ainda na estação Westbahnhof, e lhe fizeram prometer que passaria a ele a responsabilidade, que tanto quanto possível ele, quer dizer, que ele fizesse o colega húngaro compreender como era importante estender toda a assistência possível ao passageiro até a capital, qualquer coisa que ele necessitasse, e que o ajudasse na estação Keleti a localizar a conexão, então poderia esperar uma recompensa considerável, e com todo o direito, explicava o colega austríaco para o seriamente interessado colega húngaro, naquele espaço de tempo limitado de que dispunham, em seguida lhe passou o bilhete do passageiro, o deixou ali e entrou junto com os outros na sala dos plantonistas, para, a salvo do frio, ali aguardar aquele trem que os levaria de volta, e se por um tempo conseguiu ficar calado sobre o acontecido, aquelas duas notas de cem o fizeram tão contente que não se aguentava dentro de si, e não demorou muito para que começasse a contar a história, o tempo todo astutamente evitando mostrar o menor sinal de alegria, quando duas vezes, durante a história, chega perto de mencionar quanto dinheiro tem — apenas por causa de sua habilidade.

Sabia exatamente do que se tratava, há dias era notícia no *BLIKK* que o barão jogador de cartas está a caminho de casa, vindo das ilhas do Havaí, de trem, via Viena, chegou até a ver a foto do homem, então para ele não precisava ser dito duas vezes o que tinha que ser feito, só passou na frente da porta do vagão nº 9, deu uma olhada no viajante que estava lá dentro e já sabia que aquela era a pessoa, sabia que iria conseguir, quer dizer, confiava que iria conseguir, já que com certeza não dava para saber, só confiava que ele viria naquela viagem em que ele iria trabalhar, oh, santodeus, você até existe, ergueu o olhar em silêncio quando o colega austríaco lhe comunicou o negócio, você existe, e existe, e existe, e já estava no vagão-restaurante e dizia para o pessoal conhecido do bufê que ia pedir um sanduíche de queijo e outro de salame, uma garrafa pequena de vinho tinto e uma garrafa de Coca-Cola, um café, tá, espera, o que mais, claro, ficou pensando, o que vocês têm de doce, um dos funcionários fez um muxoxo, como quem diz que nunca comeria um pedaço daquilo, porque não saberia dizer nem quando venceu o prazo de validade, tem fatias de Balaton, tem fatias de Balaton extra, e tem os bombons de cereja com nozes e rum, qual vai ser?, me dê um de cada, o inspetor respondeu, entusiasmado, e coloca tudo numa bandeja, vou dar uma volta e já venho pagar, mas naquele instante a mão do garçom, que já estava pegando o segundo sanduíche, parou no ar, como é que é, olhou para ele com cara de interrogação, escuta aqui, o garçom chamou o inspetor para mais perto, vai ser *para ele*, portanto, *para ele*, o garçom repetiu e olhou no fundo dos olhos do outro, mas depois a sua mão continuou no movimento em direção ao sanduíche, porque, em um piscar de olhos, decidiu que iria confiar no malandro, conhecia ele de vista, que nem dinheiro falso, e não vai fazer caso com esse único cliente, mas não vai deixar de me aparecer aqui com o dinheiro, claro, só preciso que seja rapidinho, explicou o inspetor, e de pronto saiu cambaleando com a bandeja na direção das cabines, bateu uma vez, bateu a segunda e a terceira vez, e como não ouviu nenhuma resposta, pode ser porque bem naquele momento o trem estava passando por chaves de mudança de trilho, com um movimento abriu a porta para o lado, e cambaleou para dentro da cabine com a bandeja, e só disse, bem-vindo, cavalheiro, ao seu velho país, mas o viajante estremeceu tanto diante daquela visão que deslizou sobre o assento na direção oposta, a da janela, o máximo que o casaco apertado lhe permitiu, e olhou para aquela figura desconhecida com os olhos esbugalhados que, com a mão livre, já estava quase coroando sua saudação solene com uns tapinhas no ombro do cavalheiro, mas aqueles olhos o desencorajaram, deu um passo na direção da janela e com um único movimento abriu a mesa e com habilidade — só a garrafa de vinho bateu um pouquinho na garrafa de Coca — colocou a bandeja sobre ela, depois desejou bom apetite e que o cavalheiro comesse de bom grado a comida da casa, e que tomasse o café ainda quente, disse da porta, não o deixe esfriar, e com isso desapareceu. Volto daqui a pouco, acrescentou, mas pode ser que o viajante já não tenha ouvido essa última parte.

Garante que ninguém vai incomodá-lo, continuou, quando voltou uns bons vinte minutos depois, e com um "valha-me-deus" se deixou cair no assento oposto, tirou a bolsa de inspetor e começou a fazer massagem na própria perna, acima dos joelhos, sem tirar os olhos do viajante nem por um segundo, e repetiu não precisa se preocupar, que esse trem agora é um "mar de tranquilidade", já que, imagine o senhor, disse, neste vagão, tirando nós dois, não tem mais ninguém, infelizmente é isso que acontece com essas linhas nas manhãs dos dias de semana, abriu os braços e depois exalou de um jeito que o viajante sentado à sua frente foi atingido por um cheiro de linguiça com alho, é sempre assim, se não é fim de semana, sabe, ou se não tem algum feriado importante, como Natal ou Páscoa, quando todo mundo vai correndo para Viena comprar o que não consegue na cidade, mas imagine o cavalheiro essas coisas de luxo, porque as pessoas são capazes de viajar só por um perfume, ou por uma camisola, mas ele, e o inspetor indicou a própria pessoa, já não entende as pessoas, para que aquele ímpeto de ficar acumulando, sempre pensando numa liquidação disso ou daquilo, para que cargas-d'água, me diga, para ele é suficiente o que tem, não é muito, mas é suficiente, dá para se virar com o que tem, seus filhos já criaram asas e tomaram seu rumo, e ele e a mulher se viram bem com o que têm, ela não quer nem perfume nem esses balangandãs fajutos ou a última moda, esse tal de não-sei-que-lá-*fone*, ou sei lá como se diz, não sei direito o nome, então, quer dizer, para que caiba como uma bela decoração na sala de visitas, agora por exemplo o presente de Natal vai ser um cabideiro, combinaram isso faz um bom tempo, porque graças a Deus a sua esposa não é do tipo ambiciosa, o cabideiro é necessário, eles concordaram, então será o presente, já escolheram, o dinheiro para comprar já está quase todo economizado, então vai ter cabideiro, e o Natal vai ser bonito, o cavalheiro pode acreditar em mim, eles são felizes, têm o que precisam, uma bela TV, móveis, tudo, só lhe faltam mais quatro anos e meio para se aposentar, então, quando chegar a hora vai dizer muito obrigado, isso é tudo, terminou, acabou o estresse, pois isso vem junto com o trabalho, sempre acontece alguma coisa, ora isso, ora aquilo, que nem a última terça-feira, nesta mesma linha, só que na direção contrária, aquela gangue de albaneses começou a brigar, fizeram uma baita balbúrdia, mal conseguiu se esconder lá no vagão-restaurante, até que o trem conseguisse parar e a polícia conseguisse subir no trem, sempre tem alguma coisa que faz com que, ao chegar em casa, a gente sinta que está com os nervos à flor da pele, ele mesmo, quando termina o plantão e finalmente pode se sentar na poltrona, em casa, diante da TV, sente que os nervos das pernas estão tremendo, aqui em cima, indicou a musculatura das coxas acima dos joelhos, é sério, o estresse, os nervos, é nessa hora que a coisa se manifesta, na poltrona, mas só faltam quatro anos e meio e acabou, como dizem, vai adentrar a velhice tranquilo, coisa que ele precisa bastante, porque a gente nunca pode ficar sossegado, agora mesmo, aqui está este trem praticamente vazio, não tem quase ninguém nele, mas espere e veja quando chegarmos em Keleti, lá eles o tomam de assalto, porque os imigrantes entram com tudo, garrafas PET, sacos de comida, garrafinhas, garrafões, eles carregam de tudo e, não sei como explicar, tudo coisa de mendigo, esses caras não têm nem uma pátria nem um teto sobre suas cabeças, e eles ficam vindo, e vindo, faz anos, e se deitam em tudo quanto é lugar, não é dizer que não tem pena deles, é claro, tem pena, mas só de longe, pois quando chegam perto dele, aquele fedor, uma coisa que o cavalheiro não imagina, não dá para imaginar, esses tipos não se lavam, são sarnentos e fedem a xixi, a gente bota os bofes para fora, e a cidade inteira está cheia deles, principalmente as estações ferroviárias, principalmente os metrôs e principalmente Keleti, ele não consegue nem imaginar como aparecem tantos deles semana após semana, com certeza no governo Kádár nem em sonho uma coisa assim acontecia, ele não afirma, ah, mas aquele Kádár, ele dava trabalho para todo mundo, moradia, pão, não quer com isso dizer que era bom se ele voltasse, ou coisa que o valha, mas é preciso reconhecer que naquela época havia de tudo, só que pouco, mas era suficiente, não havia toda essa tecnologia, e nas lojas as prateleiras ficavam vazias, mas a gente conseguia viver, e não havia essa enorme diferença entre as pessoas, sabe, aquela pobreza que principalmente no norte e no Oriente existe, pois é, e aquele monte de cigano, o cavalheiro não consegue nem imaginar, porque esse é o maior problema neste país, que o diabo os carregue, os ciganos, porque eles não trabalham, mas acredite, é assim também que o cigano cresce, o trabalho para ele fede, porque para ele só vale roubar e furtar, passa metade da vida na prisão, depois quando sai rouba de novo, depois de novo xilindró, se eles sobem aqui no trem, tanto faz onde, a gente só fica se escondendo deles, onde consegue, porque para eles nada é sagrado, ele mesmo já apanhou daqueles caras um monte de vezes por causa do bilhete, mas fazer o quê, é o que temos para hoje, em todos os lugares só tem reclamação, miséria e insatisfação e, é claro, aqueles poderosos que estão por cima da carne-seca só se preocupam uns com os outros, agora mesmo um presidente brigou com o outro, brigaram por causa de uma tal Lammorgini vermelha, deve estar dizendo o nome errado, mas imagine só, foram capazes de brigar para ver com quem ia ficar aquela Lammorgini, o país que se ferre, porque, é claro, os refugiados mesmo nenhum deles quer, querem mais é empurrar os pobres adiante, de um para o outro, que nem batata quente, o cavalheiro vai ver, no fim isso aqui tudo vai ferver, mas bem, tanto faz, não quer chateá-lo, não foi por isso que disse o que disse, quem sabe o tempo passa mais rápido com uma boa conversa, quer dizer, não, perguntou, em seguida se inclinou sobre a bandeja, pegou o copo de plástico, fez um sinal de desaprovação com a cabeça e disse que, nesse meio-tempo, essa coisa acabou esfriando totalmente, vou levar de volta para o refeitório, se não se incomodar, lá eles podem requentar para o cavalheiro.

Sentou-se mais perto da janela, prensou a testa contra o vidro, assim observava o que passava correndo lá fora, e aquilo que passava correndo lá fora ele já tinha visto mais ou menos lá onde devia ser a fronteira, mas agora estava tudo diferente, era a mesma coisa, mas diferente, talvez por causa das palavras do inspetor, as intermináveis plantações áridas, e nessas plantações, bem lá dentro, onde de vez em quando aparecia o vulto de uma ou outra construção em ruínas, às vezes uma árvore solitária, às vezes não muito longe dos trilhos, um bando de coelhos encolhidos, conforme eles se contraíam no meio dos campos arados por causa do barulho do trem, tudo isso fez seu coração disparar, nada havia mudado, seu coração se espantou, está tudo como era, só o céu, e isto o surpreendeu, pois a imensa massa escura, pesada e contínua agora se dividia em faixas, e assim a luz atravessava por algumas brechas aqui e ali, formando feixes luminosos descendo do céu até a terra, em ângulos ligeiramente distantes uns dos outros, muitos feixes de luz grossos e brilhantes — como se formassem uma auréola elaborada, pensou, como os santinhos baratos vendidos na feira de Matadero, perto do santuário de são Pantaleão, apertava a testa contra o vidro frio e ficava vendo o jeito como aquelas verdadeiras caudas de estrela cadente brincavam lá fora com a paisagem, ficava só olhando, e não se cansava da visão, estava feliz que a estivesse vendo, aquilo que já não imaginava que veria, feliz que pudesse novamente estar feliz, assombrado, e admirava, e seus olhos se encheram de lágrimas, e concluiu que agora havia chegado em casa. Talvez as lágrimas fossem o que o impedia de perceber que são Pantaleão não estava presente, e porque aquilo que via era assustadoramente belo, portanto, por que cargas-d'água ele iria se lembrar que de forma nenhuma, em lugar algum deste mundo, existe algo merecedor de ter uma auréola como a dele.

No vagão nº 10 havia uma senhora idosa que não tinha bilhete com lugar marcado, e também quatro pessoas que nem sequer tinham bilhete, de modo que gastou cerca de três quartos de hora com eles até que se decidisse a, só que não sabia como, lhe informar que o pessoal do refeitório não iria lhe dar mais crédito, disseram, também que não iriam esquentar novamente o café, e que já estava na hora dele pagar, então entrou novamente na cabine dele, novamente se sentou na sua frente, e apesar de ficar ainda um tempinho dando voltas, no final das contas teve que lhe informar que precisava levar a bandeja de volta, e apesar de ele compreender, conforme o cavalheiro lhe diz, que não tem nenhuma fome nem sede, se ele levar de volta do mesmo jeito vai precisar do dinheiro, porque tem que pagar pelos sanduíches e pelas bebidas, a que ele respondeu que evidentemente vai pagar por essas "maravilhas caseiras", e tirou do bolso uma carteira novinha em folha, levantou duas notas de duzentos euros e perguntou se seria suficiente, ao que o inspetor rapidamente consentiu com a cabeça, afugentando até mesmo o pensamento daquilo que, opa, passou pela sua mente, não, não, menos, bem menos, gaguejou, então o viajante guardou uma das notas e mostrou a outra, mas este também é muito, indicou o inspetor veementemente, então esta daqui, ah, está bem, esta vai dar, está certo que sim, assentiu o inspetor com a cabeça, esta cobre tudo, mas e os vossos serviços, perguntou, interrompendo o viajante, também está incluído, é mais do que suficiente, disse o inspetor ruborizando, e rapidamente guardou o dinheiro, pediu licença ao cavalheiro, foi ligeiro até o refeitório, pagou a conta com o próprio dinheiro e quando chegou no compartimento onde ninguém poderia vê-lo novamente examinou a nota do viajante, pois precisava acreditar no que seus olhos viam, porque pela segunda vez o que tinha em mãos era uma nota de cem euros verdadeira, não falsificada, guardou bem guardada no bolso interno, tirou a mão com cuidado para que um movimento descuidado não fizesse a nota cair, e enquanto alisava pela segunda ou terceira vez a sua jaqueta do uniforme naquele lugar, só conseguia se lembrar que "já tenho para o cabideiro", em seguida retornou para a cabine, e nem se deu conta de que o viajante já não queria sua companhia novamente, apesar disso ele, mas não podia demonstrar isso, gostaria imensamente de ficar sozinho e continuar a observar aquilo que lá fora estava acontecendo com o céu e a terra, só que dessa vez nem ocorreu ao inspetor, pelo contrário, definitivamente não lhe ocorreu, perguntar se o cavalheiro desejava que, se lhe aprazia que o distraísse mais uma vez, e com um novo suspiro de "valha-me-deus" se deixou cair no assento de frente a ele, sem pensar em nada, só matutando sobre como vai dar conta do recado, mas não lhe ocorria nada, ficou buscando um assunto, enrugou a testa, mas nada, nadica de nada, só se via nele o esforço, não conseguia nem balbuciar uma única frase que fosse, porque estava o tempo todo com o pensamento voltado para o bolso interno, por isso não e não, nem por Deus, nenhuma palavrinha sequer por algum tempo, apesar de sentir que seria justo já que havia uma expectativa na frente dele, e ele queria deixar de ficar concentrado no bolso interno e corresponder a essa expectativa, mas só e só aquele maldito bolso de dentro e o cabideiro, só isso ficava rodando na sua cabeça, mas nenhuma ideia de como quebrar o silêncio, de forma que esse silêncio só fazia crescer, o que, por outro lado, agradava sobremaneira o cavalheiro sentado à sua frente, que lhe lançou vários olhares gratos, pois era exatamente daquele silêncio que ele precisava, já que o inspetor, na maior boa-fé, obviamente acreditava que o correto seria não o deixar sozinho, enquanto para ele o correto seria que pudesse ficar sossegado olhando para fora da janela, desta forma a confusão do inspetor só fazia crescer, porque ele via um sinal de ressentimento, um ressentimento legítimo, diga-se de passagem, naquele ato dele se virar, em suma, o mal-entendido na cabine era total, e só terminou quando o trem, de repente, começou a brecar e com um grande tranco parou, vou verificar o que aconteceu, cavalheiro, disse o inspetor, mais aliviado, e rapidamente desapareceu da cabine, então ele por sua vez pôde se voltar para a janela, outra vez apertou a testa contra o vidro frio, e estava grato, verdadeiramente grato ao inspetor, por ele se comportar com tanto tato, porque acreditava que tudo isso era um sinal de que o outro enfim entendera que esse silêncio era bom, mas que o que ele mais queria era ficar de fato sozinho nesse silêncio.

Não tinha ideia de por que havia dito tal coisa, que "vou ver o que aconteceu", ele sabia muito bem o que era, haviam chegado na entrada da capital, e esperavam pelo sinal de aviso que os liberaria para entrar no espaço que conduziria o trem pela cidade até seu destino intermediário, isto é, a estação ferroviária Keleti, então ficaram parados, aguardando o sinal de liberação, e ele também estava parado, entre os vagões 9 e 10, o que vou fazer agora, mas naquele instante sua mente não se dava conta, continuava a não se lembrar de nada, mas de repente, sim, o que foi mesmo que o colega austríaco disse, que ele precisava ser ajudado na baldeação, mas é isso, claro, e sua cara se iluminou de repente, vou carregar a sua mala, vou sim, como não carregaria, e vou embarcá-lo na baldeação, sim, esta é a solução, uma solução que considero que ele necessita, porque, para ser sincero, a todo momento receia que, a forma imprudente como aquele senhor deveras singular havia pago a conta do bufê, com a mesma imprudência ele pudesse exigir de volta, mas *isso não*, se assustou e seu coração bateu mais forte, o cabideiro já estava garantido, é dele, já não pode desistir daquilo que tão felizmente acaba de obter, o cabideiro é necessário, sacudiu a cabeça, como alguém que diz não a qualquer argumento que outra pessoa pudesse lhe apresentar, mas é claro que ninguém tentou convencê-lo de nada, e com as pernas um pouco separadas porque nesse meio-tempo lentamente o trem começou a se mover, sacudindo para os lados quando passava pelas alavancas, ele ficou lá com os músculos tensionados até conseguir reconhecer onde estavam, pelo barulho que a composição fazia ao passar pelas alavancas, quando finalmente saiu da passagem entre os vagões e entrou no 9, bateu na porta da cabine para avisar o cavalheiro que ele poderia se aprontar pois em breve estariam chegando no Keleti, mas que não se preocupasse, disse para ele nervosamente, que ficasse tranquilo, e tentava de alguma maneira fazer as pernas pararem de tremer, pois ele, e sinalizou a sua própria pessoa, vai ajudá-lo, vai levar a mala, e com isso desceu aquela que estava acima, vai levar, lhe informou, e por vontade própria vai ajudá-lo com a baldeação, que ali estavam a sua passagem e o número do assento, dali até a parada final, e agora era melhor que ficasse com ele, guarde bem, cuide para não perdê-lo, e simplesmente o siga, e a partir daquele momento repetiu a última frase pelo menos umas três vezes por minuto, para que o seguisse, siga-me, siga-me, porque foi bem difícil para o cavalheiro sair do trem, e só conseguia acompanhar o passo dele com dificuldade, de alguma forma a cada metro do trecho que fizeram juntos ele só conseguia pensar que não se podia confiar no cavalheiro, já que tudo o que dizia respeito a ele era tão fora do esperado, além do quê, pois é, caminhava com tanta dificuldade, e tudo foi bem complicado, e podia ser, no entanto, que ele também estivesse um pouco apressado, pode ser que tenha ido na frente carregando a mala rápido demais, mas o que poderia fazer, já que estava abrindo caminho em meio à multidão, cuja maioria não era de novos viajantes, mas as costumeiras gangues entre os refugiados, que estão sempre prontas para assaltar, e foi nessa bagunça que ele teve que seguir na frente e abrir caminho com a mala na mão até quando pôde, já que mais tarde também vai ter que explicar por que sumiu durante a operação de transferir e receber passageiros, mais tarde ele explica tudo, mas agora isso é prioritário, agora queria se ver livre do viajante, o quanto antes, se livrar dele e se ver livre da carga que significava aquele velhote magrela, a sua mera presença, essa presença realmente incômoda até o último minuto, embora ele estivesse absolutamente emocionado com a eminente tomada do trem por aquela horda de mendigos, com o fedor do pátio da estação do trem, com a cacofonia de sons, desde a voz masculina ecoando lentamente e reverberando no alto-falante muito alto e o sinal musical eletrônico que prenunciava cada nova informação que viria, que muito obedientemente se agarrava atrás dele à sua sombra, mais ainda, teria de bom grado se agarrado nele e se deixado conduzir, porque ali, no chão asfaltado da estação, tudo parecia muito selvagem, como se estivessem atravessando uma selva, só ficava virando a cabeça, mas não via nada de verdade, de forma que se ateve firmemente àquilo que havia prometido, que não ficaria distraído olhando ao redor, olhando para os lados, pois ele sabe, entende, que não tem muito tempo para fazer a baldeação, apressava-se e seguia o seu condutor, ao mesmo tempo que às vezes se forçava a olhar para trás, porque de vez em quando tinha que espiar aqui e ali para um ponto ou outro deste mundo desconhecido girando ao seu redor, apesar de ter entendido, quando o inspetor lhe passou as últimas instruções antes de descerem do trem, que em primeiro lugar era necessário segui-lo e nada mais que segui-lo, não podia parar, só segui-lo, não ficar para trás, porque nesse mundo desconhecido qualquer vacilo representa algum perigo, mas então já haviam chegado ao primeiro vagão do trem parado na única via externa, o inspetor pediu o bilhete de reserva de lugar, examinou para ver o número do vagão e do assento, depois devolveu e continuaram andando até o início da composição, onde de repente parou, o conduziram por uma escada acima, chegaram a um vagão totalmente diferente e o sentaram num assento totalmente diferente daquele em que ele tinha chegado, e o inspetor lhe recomendou que não soltasse a mala de forma nenhuma, o melhor seria que mantivesse seu braço em volta da mala, e lhe mostrou como, e com isso ele passou o braço em volta da mala, e não conseguiu nem acenar, só com o olhar, quando o inspetor fechou a porta atrás dele, e lhe lançou um último olhar, que vai desaparecer de sua vida para sempre, porque imediatamente começou a segurar um lado da mala com força, de modo que aquela mão não estava livre, e com a outra tinha que se agarrar com toda a sua força àquela mesinha que saía do parapeito da janela, e tinha uma espessa tira de alumínio à sua volta, uma armação, que poderia até ser confundida com uma decoração, se não fosse óbvio que não era, aquela canaleta de alumínio tinha sido feita para proteger a mesinha, evitando que quebrassem sua borda — já que não dá para evitar que qualquer um se sentasse sobre ela, e só de brincadeira arrancasse dali a peça toda.

A mulher usava uma calça de couro, uma jaqueta de couro e tinha um piercing no lábio, porque queria mostrar que pertencia à escola antiga, segurava a criança firmemente com a mão esquerda, para que não a perdesse no meio da multidão em movimento, mas depois chegaram na saída do mercado e caminharam do lado de um trem, porque ela, que conhecia todos os recantos do labirinto da estação, e de qualquer forma se baseava no instinto, procurava um lugar onde pudesse fazer a foto sem que ninguém atrapalhasse, e dali já dava para começar a ver os primeiros semáforos, os postes espalhados por tudo quanto é lugar, e passando por cima de tudo aquilo, o terrível caos do espesso sistema de cabos aéreos, viu até onde vai a plataforma do lado do trem, de modo que foram até onde a plataforma permitia, mas ali já não precisava continuar, chamou a criança, que era muito dócil, pois não ficava fazendo manha, nem choramingando pela babá, nem de sede, ou fome, ou porque queria fazer xixi, ou cocô, nada, essa criança é um anjo, você é um anjinho, lhe disse quando pararam na parte da plataforma que se estreitava, e ela ficou de cócoras pertinho da criança e lhe explicou que agora iria fazer uma ou duas fotografias dele, e que ele não tinha que fazer nada, só ficar paradinho, só ficar paradinho, olhar para ela, para a câmera, e é só isso, tudo bem, a criança respondeu séria, e obedientemente seguia a jovem mulher, ele era muito sério, sério até demais, o que ela, a mulher, já tinha percebido desde o momento que o viu, no momento que o escolheu, não, não, esta criança não era apenas séria, mas essa criança é naturalmente séria, como se costuma dizer, triste, e com isso imediatamente se destacou entre as outras crianças do jardim de infância do instituto, onde aconteceu a escolha, para ela a tristeza da criança imediatamente sobressaiu junto com seus dois olhos pretos enormes, fato que absolutamente não combinava com um garoto de quatro anos, que ficasse ali parado entre os outros com tamanho ar de tristeza, estavam todos brincando, ou pelo menos tentando brincar ao redor dele, em vão as professoras tentavam juntar as crianças, reuni-las em um pequeno grupo, para que fosse mais fácil escolher, não se podia manter as crianças juntas, naqueles pequenos grupos, porque nesses grupos elas só teriam que ficar paradas, e nenhuma delas tinha vontade de fazer isso, muito menos paciência, só ele, o menino rapidamente escolhido, não queria correr de volta para alguma peça de boliche de plástico, ou blocos de montar, e só ficava ali parado, como se não tivesse nenhuma vontade de discutir com a professora, para ele tanto fazia, sugeriam seus dois olhos, era indiferente que estivesse de pé, e por quê, por isso ficou decidido dentro dela, da mulher, que seria ele que ela pediria para o jardim de infância do instituto, onde já a ajudaram antes, quando precisou de uma criança para uma ou outra foto, e conforme segurou sua mão e saiu com ele para a rua, depois subiu com ele no bonde, em seguida no metrô e de lá até o Keleti, ia ficando cada vez mais espantada com o quanto era indiferente para essa pequena criança o que lhe acontecia, veio embora com ela, uma estranha, e seu rosto não mostrava nenhum tipo de sentimento, obedientemente segurava a mão da mulher, e não perguntou por que iam e nem para onde, só ia para onde a mulher o levava, segurava a mão dela porque a mulher havia dito que segurasse a sua mão, e assim chegaram na estação Keleti na muvuca do início da tarde, e foi assim que atravessaram a multidão de refugiados e a multidão de viajantes, e alcançaram essa plataforma exterior, e quando ela mandou ele ficar em determinada posição em determinado lugar, onde os raios do sol acabavam de furar o bloqueio das nuvens, foi com o mesmo par de olhos grandes e tristes, que não piscavam, que ele olhou para ela, tal como no instituto, um par de olhos tristes que a olhavam a partir de um garotinho de quatro anos, e tanto fazia que roupa vestia, aquela jaqueta marrom esfarrapada e na cabeça o gorro de tricô marrom com um pompom, nada lhe parecia importar, somente aquele par de olhos, o jeito que olhava para ela, para dentro da câmera, e agora ela também olhava, de alguma forma aqueles dois olhos tristes não a deixavam feliz, não conseguiu ajustar o foco, a tampa protetora caiu de sua mão, então a alça ficou presa no lenço em volta do cabelo curto, e azares desse tipo aconteceram várias vezes, além disso, quando de alguma forma conseguiu preparar a câmera, aquele feixe de luz ensolarado em que havia posicionado a criança de repente apagou, de modo que teve que procurar um novo lugar.

Não tem vida nas suas fotos, essa era a impressão que havia se espalhado sobre ela nos últimos anos, o que não lhe interessou por um tempo, mas depois essas frases soltas aqui e ali, superficiais e maliciosas, começaram a deixá-la irritada, que faltava vida nas suas fotos, diziam ainda por cima durante algumas exposições para que ela também ouvisse, e isso foi acontecendo até que um crítico vestiu-se de coragem e publicou aquilo tudo sobre aquela artista muito celebrada, e a fez ficar possessa, ela disse para si mesma, então está bem, haverá vida nelas, e foi lá no distrito 17, onde uma conhecida sua era professora, para escolher uma criança, pensou numa criança entre três a quatro anos, e aí estava ela, e foi caro, e aí estavam os dois olhos de que ela precisava muito, e lá estava a luz do sol, onde posicionou o foco, e atrás estavam os trilhos, à medida que se separavam num pátio sujo que se expandia, e acima deles o sistema de cabeamento elétrico, e até mesmo um pedaço da cabine de controle, serão visíveis na foto, assim provavelmente ficará bom, a mulher levantou a câmera, mas naquele instante o sol sumiu, a criança ficou na sombra, então foi até ela, olhou ao redor, e como não viu nenhum trem no pátio, nem no sentido contrário, enfiou-se junto com a criança num lugar no meio dos trilhos, onde novamente havia luz, um feixe que atravessava um rasgo nas nuvens acima deles, posicionou a criança, mas fazia com cuidado, pois o tempo todo prestava atenção se estaria vindo algum trem de um lado ou de outro, mas não vinha, levantou a câmera, olhou dentro dela, muito bom, disse para o menino, fique assim, e olhe para a câmera, você é muito esperto, mas naquele momento de novo a luz do sol empalideceu bem naquele lugar, então disse para a criança, espera, vamos procurar outro lugar, subiram novamente para o lugar de onde tinham vindo, para a plataforma do lado do trem parado, ela ficava olhando para todos os lados para ver onde o sol voltaria a brilhar, o problema era que lá em cima as nuvens poderiam se movimentar, é claro, pois começou a ventar forte, em parte isso era bom pois o vento rasgava trechos entre as nuvens que permitiam ao sol brilhar de novo lá embaixo, por outro lado esses trechos se abriam muito rapidamente mas também se fechavam muito rápido, era impossível ficar seguindo onde haveria um novo foco de luz e quando iria desaparecer, às vezes colocava a criança num lugar, depois em outro, depois de certo tempo começou a ficar realmente nervosa, pois não tinha tempo suficiente para fazer a foto, ora tinha problema com a velocidade do obturador, ora com a abertura, ora com a profundidade do campo, e quando tudo parecia estar em ordem, a luz sobre a criança desaparecia, e ele ficou apenas sentado no vagão atrás da locomotiva, ainda sozinho na primeira classe, com uma das mãos segurando a mala com firmeza e com a outra agarrado na mesinha lateral, só os observando, uma mulher e uma criancinha, conforme andavam para lá e para cá, porque era perceptível que a mulher queria fazer uma fotografia da criança, e para isso ela precisava que a criança ficasse num lugar onde houvesse um feixe de sol, só que o sol estava o tempo todo pregando uma peça neles, ficava o tempo todo mudando de lugar, aparecia um feixe de luz aqui, mas quando os preparativos para a foto estavam prontos, a criança já estava na sombra, então eles iam para outro lugar adequado, mas lá também a luz do sol desaparecia antes que pudessem terminar a tarefa, o barão não conseguia parar de assistir à cena, olhava a criança, que ia obedientemente daqui pra lá, de lá pra cá, de vez em quando desciam até entre os trilhos, a criança era colocada na luz, mas não demorava e a luz se apagava sobre ela, mas naquele instante o trem deu um tranco brusco, apesar de não ter partido, ainda estava parado, como se esse tranco indicasse que havia acontecido algum problema técnico, apesar de não ter acontecido nenhum problema técnico, pois não se passou um minuto e com uma barulheira danada e um baita tranco e rangidos e estalidos e chiadeira, muito devagar o trem mostrou que era capaz de partir, e ele largou a mala, e soltou a mesinha, pois gradualmente tinha que se virar se quisesse continuar olhando para eles, até o último instante, a criança com a mulher, mas em vão os largou, em vão se virou, pois logo os perdeu de vista, de qualquer forma não veria muita coisa, pois naquele momento seus olhos se encheram de lágrimas, e naquela hora o trem passou do lado da cabine de controle todo coberto de fuligem, assim limpou as lágrimas dos olhos, novamente pegou a mala e a mesinha, se já não os apertava com tanta força e se não olhava para fora pela janela, porque olhava para o chão imundo e cheio de óleo diante de si, para o par de sapatos de couro de crocodilo em seus pés tentando de novo se firmar no chão.

A sua atenção tinha sido totalmente absorvida pela mulher e a criança que via pela janela do trem que partia devagar, e por isso não se deu conta, quando poderia ter se dado conta, de que um bando de homens corria do lado do trem que se movia lentamente, um grupo de homens e mulheres que num esforço aflitivo olhava pelas janelas das cabines, dando pulinhos para ver melhor, e era evidente que procuravam muito por alguém, mas não conseguiam encontrar, por isso corriam de um vagão para outro, de uma janela para a seguinte, e assim por diante, até o fim, na direção do começo da composição, e em parte eles tinham sorte, pois o trem ainda estava andando bem lentamente para que pudessem fazer aquilo, e por um bom tempo não acelerou, só sacolejava devagar, quase parando, de forma que as pernas deles conseguiam acompanhar o ritmo, só que não encontraram quem eles procuravam, só no último instante, porque estava sentado no último, quer dizer, no primeiro vagão, os mais sortudos e mais rápidos perceberam antes dos outros que conseguiram alcançar o cara com seu chapéu de aba larga, sua marca registrada, seus grossos cabelos grisalhos escapando espetados para os dois lados, nós o pegamos, conseguimos, foi aquela gritaria, está ali, e com isso queriam dizer que o homem estava no trem, enquanto ele enxugava as lágrimas dos olhos e não percebia nada daquilo, mas mesmo que tivesse percebido não teria pensado outra coisa a não ser que eles eram viajantes que se atrasaram para o trem e talvez agora estejam tentando pular para dentro, só que não conseguem, pois a parte dianteira da composição já estava fora da plataforma, em meio ao complicado sistema de conexões de trilhos, ramais e cruzamentos, aparelhos de mudança de via e triângulos ferroviários, plataformas giratórias, sinais ferroviários, pátios de manobra e cabeamento aéreo, a plataforma na qual poderiam seguir o trem tinha acabado, de qualquer forma eles tiveram azar, pois o encontraram no último, isto é, no primeiro vagão, que deixou os derradeiros metros da plataforma quase no mesmo momento da descoberta, então não havia muito mais que pudessem fazer, a não ser começar a fotografar o próprio trem, pelo menos terão documentado que está aqui, está no trem, e exatamente do jeito que a agência de notícias austríaca informou naquela manhã, isto é, a caminho de seu destino, e correram com a notícia e as fotos insignificantes, assim os editores do *BLIKK* e do *ESTI HIRLAP* e do *METRO*, depois de expulsarem da redação os fotógrafos considerados imprestáveis, só puderam escrever sobre o fato de que o riquíssimo barão sul-americano havia deixado a capital e, com um dia de atraso, se considerados os planos originais, está a caminho de sua terra natal, em seguida repetiram a descrição exata de sua aparência, mesmo não tendo muito mais a acrescentar, além de aproveitar as informações e as imagens austríacas, além de repetir que está viajando para casa, pois, no fim de sua vida, desejava fazer uma doação excepcional a sua terra natal, parte de sua imensa riqueza acumulada das minas de cobre na Colômbia, um patriota fiel, escreveram, um verdadeiro exemplo, porque era mentira, uma mentira vil, tudo o que os tabloides sedentos por escândalo estão divulgando, que a máfia isso, que a prisão aquilo, uma vez que agora todos podem conhecer a "realidade dos fatos", informada por eles, em sua cobertura noticiosa, que ele está voltando devido a uma doação, como um húngaro verdadeiro, porque, como declarou durante a sua estadia em Viena, gostaria de agradecer à terra onde foi gerado, como filho dela, e de lá poder espalhar pelo mundo a fama daquela terra, pois, certamente, se lia no editorial do *BLIKK*, pessoa assim existe, isto é, uma tal pessoa que no exterior não vilipendia a imagem de seu país, mas a enche de glória, um verdadeiro patriota, essa denominação lhe serve bem, escreveram no artigo da primeira página que acompanhava a foto que foi feita em Viena, ou pelo menos publicada lá, não se pode compará-lo a ninguém menos que ao grande Széchenyi, o benfeitor, que, como é bem sabido pelos leitores, deixou tudo à sua pátria amada, e este é o ponto da história em que o autor do artigo deve deixar de lado a sua caneta, exaurido, sob o peso das emoções, tinha chegado ao final do artigo, emoções, com o texto terminado, ainda nem eles, no *BLIKK*, conseguem de fato colocar aquilo em palavras.

Não somo animal, que merda, não somo filho de chocadeira, mas gente, intão, fala sério, intão, não fica empurrano, gritou uma velha impaciente, de lenço preto na cabeça, quando se atirou no meio da multidão que cercava um dos vagões de segunda classe, ela se atirou literalmente, e isso significava que abria caminho no meio da multidão, ora com o cesto que carregava na mão esquerda, ora com um golpe adequado quando deslocava o peso do corpo para o outro lado, e era uma batalha de verdade, até chegar na escada, de modo que também precisou de sua longa experiência acumulada ao longo dos anos, só que os outros também haviam acumulado aquela experiência, e eles também tinham outra cesta, mala, sacola de compras na mão e um pouco de transferência de peso do corpo, mas tanto faz, ela alcançou a escada, só que foi ali que a dificuldade de verdade começou, pois ali, é claro, de acordo com a natureza de cada um, as forças que lutavam para ter acesso ao primeiro degrau vinham ao mesmo tempo de direções diferentes, e ali se erguiam juntas, espremidas daqui, espremidas dali, mas ela era osso duro de roer, se manteve de pé, firme, com uma força que desmentia sua idade, enquanto continuava dizendo e dizendo, então tá, agora já deu mesmo, o que acontece cocês, pessoal, intão, porque se comportá desse jeito, como se não fosse gente, mais pareci gado fedorento, mas então já estava com o pé esquerdo no primeiro degrau, só que veio um empurrão e ela quase caiu do lado oposto, por pouco não perdendo a posição já conquistada, a sorte porém foi que naquele meio-tempo, com a mão livre, conseguiu se agarrar no corrimão, e com isso voltar a se equilibrar, mas então juntou todas as suas forças e impiedosamente abriu espaço também para o pé direito no primeiro degrau, e isso já significava uma vitória, pois dali pra frente só precisava, se conseguisse aguentar a pressão de ambos os lados, e ela conseguiu, e já estava de pé no segundo, isto é, no penúltimo degrau, ainda conseguiu empurrar para trás com seu traseiro um homem gordo de gorro de pele, que pisava no primeiro degrau numa proximidade perigosa com ela, e chegou o último instante, aquele em que a pressão era máxima, na porta do trem, ali já era uma questão só de resistência, e dentro dela o que não faltava era resistência, o que teria sido dela se lhe faltasse resiliência, de forma que entrou, e dentro do trem, sabia perfeitamente, com um único olhar tipo raio X avaliou qual *seria o dela*, e foi isso mesmo, e se deixou cair de tal forma, passando na frente de duas outras pessoas que estavam se dirigindo para o mesmo assento, como quem ocupa seu próprio lugar, não o de outrem, quando colocou no colo a cesta que ainda estava na sua mão, ainda lutou com sua vizinha, meio que por hábito, por mais alguns milímetros do assento, chegou a comentar com ela, enquanto — movimentando a boca desdentada e o queixo caído — ajustava o nó do lenço embaixo do queixo, que não gostava dessa linha das duas e dez, porque era sempre assim, é aquele empurra-empurra, o jeito que eles quase atropelam uns aos outros, fala sério, que nem uns animal quando eles entra no curral, intão, num podia ser um por um, um atrás do outro, dava mais certo, diga lá se não é verdade.

Certamente não causava nenhum desconforto, mas a partir daí cada assento era ocupado por um passageiro, mesmo que não conversassem, seus companheiros de viagem na cabine 6 da primeira classe ou folheavam alguma revista colorida, ou, a maioria, se ocupavam com seus celulares, as cabeças abaixadas, era como se todos os viajantes estivessem sentados em uma redoma inquebrável, de forma que não lhe causou grandes preocupações, descontados os minutos agitados do embarque e da acomodação, e pôde voltar àquilo que fez no primeiro trem, ficar observando a paisagem lá fora, e a paisagem aqui era radicalmente diferente daquela que viu a caminho da capital, apesar de existirem aqui também as terras planas, plantadas a perder de vista, aqui também se veem os lugarejos em ruínas, aqui também se veem pés de acácias solitárias no meio da plantação, os coelhos, assustados com o barulho do trem, agachados, e os veados saltitantes em fuga, mesmo assim tudo parecia diferente, as plantações infindáveis eram infindáveis de outra forma, as ruínas dos lugarejos eram outros tipos de ruínas, e as acácias isoladas e os coelhos agachados e os veados fugitivos, as ruínas eram diferentes, o isolamento era diferente, o jeito que agachavam era diferente e os fugitivos, aqui é a planície de Alföld, e o barão pressionava a testa contra o vidro, o céu é mais baixo, a terra é mais desolada, as plantações, os lugarejos, os coelhos e os veados, as sinuosas estradas dos vinhedos e em meio a tudo isso aqui o nada parecia mais abandonado do que em qualquer outro lugar neste país, não importava esse abandono, esse torpor infinito em todos os lugares, para ele era agradável, aquilo que se lhe apresentava através da janela, tudo retornava para o seu consciente, as lembranças dessa região, as viagens da infância, a familiaridade do calor abrasador do verão e das tempestades de neve do inverno, como se fosse a força de atração de um ímã, era o modo como ficava grudado na janela, e ficava admirando as visões áridas lá de fora, porque lhe eram muito caras, e comoventes, e à medida que avançavam, cada vez mais e mais para dentro deste descampado sombrio, austero e desolado, ele disse para si mesmo, oh meudeus, aqui estou de novo, aqui, a caminho de Viharsarok, a caminho de casa — onde, no entanto, tudo está como antes, como antigamente, porque aqui nada mudou.

Não tinha a mínima ideia de quem era o cara na sua frente, no assento da janela, uma figura bem estranha, isto eu reconheci, contou em casa, quando lhe foi servido seu prato preferido, uma fumegante sopa azeda de batata com folha de louro, e com isso demos chance para o azar, para ser sincero, a figura era tão alta, respondeu às perguntas, uns braços estupidamente compridos, corpo longilíneo, pés enormes, até o pescoço dele era comprido, e a cabeça também era, o cara é todo esticado para cima, estreito, começa no queixo e salta para o alto, pois é, nunca tinha visto uma testa tão alta, apesar de já ter visto um par de figuras desengonçadas, e digo mais, era magro que nem um varapau, um verdadeiro poste, sim, mas vestindo as melhores roupas que se possa imaginar, e deve ter em torno de oitenta anos já mais pra lá do que pra cá, mas tem uma aparência ótima, seus olhos são pretos, sobrancelhas espessas, um nariz bem grande, alongado, queixo estreito, e seus cabelos são tão vastos e espessos, perto dos cinquenta eu nem ousava sonhar em ter cabelos assim, só que totalmente brancos, bem, tanto faz, um velhote varapau, em compensação, meus camaradas, um tonto, porque dava para ver que sonhava acordado, se é que me faço entender, ele olha, mas de alguma forma não está olhando para nada, que nem os bastardos, eis porque não prestei atenção especial nele, só minha memória que é boa, certamente, e alguns olhares rápidos para mim são suficientes para eu memorizar esses detalhes, afinal de contas esta é a minha profissão, vivo disso, e é disso que também vocês vivem, e nada, percebam, nada faz lembrar dele, eu devia tê-lo identificado, mas de alguma forma, Deus sabe por quê, nada nele me fez lembrar daquele barão voltando para casa, nem que aquela figura do lado da janela, que não tirava os olhos de lá, era interessante, eu estava sentado de frente para ele, na diagonal, poderia ter conversado com ele, percebem, trocado umas ideias com ele, quem sabe eu teria descoberto que ele se interessa por tecnologia de segurança, por que não, uma pessoa que tem tanto, não é realmente inconcebível que esteja interessado em um ou dois novos sistemas de alarme e, ainda por cima, eu estava com a minha bolsa de trabalho, poderia ter mostrado um ou dois protótipos, mas está bem, agora tanto faz, rapazes, deixei escapar a chance, mas nem se incomodem mais com isso, terminou finalmente, vai acontecer de alguma forma sem ele, pode abaixar o volume pois acabou o noticiário, e aqui está esta sopa de batatas maravilhosa, vamos comer, rapazes, vamos comer, para não esfriar.

De acordo com suas memórias, a estação de Szolnok era parecida a tantas outras estações da planície de Alföld, evidentemente não se lembrava exatamente de como era em detalhes, mas um típico prédio de dois andares pintado de amarelo, com a moradia do gerente da estação no andar de cima, no de baixo a bilheteria, a sala do chefe da estação e a sala de espera, e na frente duas ou três belas castanheiras antigas, mas agora ficou muito surpreso quando, após uma longa espera, eles finalmente chegaram, porque no lugar do antigo havia um enorme pátio ferroviário, um monstro de concreto armado desumanizado, só não era mais assustador que o sistema de linhas férreas que se estendia na frente do edifício, o que será que aconteceu com Szolnok para que se transformasse em um lugar tão imponente, se perguntava o barão enquanto olhava pela janela, e começou a contar os trilhos, mas parou no vinte, porque naquele momento a aproximação de alguns viajantes que subiam no trem começou a chamar a sua atenção, e depois o jeito com que um deles abre a porta e com seu capuz estofado, jogado para trás, após lançar um rápido olhar para o único lugar vago, de onde alguém tinha acabado de se levantar, não perde tempo para entrar, e se deixa cair junto com um "valha-me-deus" do lado oposto, em frente a ele, em seguida gemendo como quem tinha se cansado muito com a longa espera, começou a massagear seus membros, opa, como está quentinho aqui, observou em seguida em um tom mais alegre, e também tirou seu chapéu de aba, sua voz tinha um tom grave e ele era tão forte que todo mundo parou de fazer o que fazia até então, e como não conseguiam se decidir logo de cara se tinham que ter medo ou se divertir com ele, não tiveram outra saída a não ser voltar a atenção para o homem, quem era esse cara, e nesse caso do que ter medo ou com que se divertir, então está bem, sim, imediatamente ele percebeu toda a atenção voltada para ele, vocês certamente já se acostumaram, mas eu venho de fora, e aqui, quer dizer, lá fora, vocês nem imaginam porque Pest é Pest, mas está um frio tão terrível e úmido que isso só é possível em Szolnok, neste lado amaldiçoado do globo terrestre, porque, ouçam bem, e naquele momento todos os olhares já estavam voltados para ele, pois já tinha ficado evidente que o novo passageiro pertencia à região, o tipo de pessoa que ao chegar a um novo local não precisa de um período de adaptação, mas continua de onde parou, isto é, uma pessoa imediatamente aceita como ela é, isto é, alguém que gosta muito de representar, e isso nem chega a ser uma questão, ele de fato se divertia com a ideia de poder divertir os outros, como deixou escapar com algumas palavras, um pouco mais tarde, porque um novembro como este vocês não encontram em lugar nenhum, continuou com uma alegria estridente, como se não estivesse falando uma coisa negativa, mas positiva, porque um clima tão miserável, sacudiu sua vasta cabeleira, só se encontra aqui, isto é o famoso "novembro de Szolnok", igual a esse não tem em lugar nenhum, olhou com ares de zombaria para o viajante diante dele, o dia inteiro tem alguma coisa pingando, e não digo, preste bem atenção, que esteja chovendo, mas que alguma coisa go-te-ja, fi-ca go-te-jan-do, e com o dedo indicador direito marcava cada sílaba com uma batida na palma da mão esquerda, e atravessa os ossos da gente até o tutano, de qualquer forma eu não suporto, tento de tudo, um casaco assim, um cachecol assado, um par de luvas daquele jeito, umas botas de um tipo tal, agora coloquei a minha esperança nesse ushanka, e mostrou seu gorro para a pessoa sentada à sua frente, para proteger pelo menos as minhas orelhas, porque está ventando desde de manhã, sabem, e olhou ao redor para sua audiência, que ainda não estava cem por cento certa sobre se devia sentir medo ou se divertir, e esse é daquele tipo de vento que num instante te pega, mas você se lembra dele por uma semana inteira, a gente congela com ele, em vão a gente senta num trem tão bem aquecido, está bem, tanto faz, e a senhorita, por acaso gosta, perguntou para a mocinha com jeito de estudante do seu lado, que tentava mergulhar nas suas anotações, e colocou na mão dela seu chapéu de orelhas, bem que está precisando de um, não é mesmo, perguntou com um sorrisinho galhofeiro, acredito, mas está bem, pode sentir a textura, isto é feito de verdadeiro pelo de coelho, pode experimentar, não precisa se sentir tão envergonhada, e enfiou o chapéu na cabeça da garota, o que a fez enrubescer imediatamente, e enquanto ela tentava resistir, ora, não se faça de rogada, eu sei bem como é boa a sensação quando a gente o coloca na cabeça, veja, não é imitação, não é chinês, nem búlgaro, nem romeno, não precisa ter medo, pode apalpar, não precisa ter medo, pode apalpar, e a garota não conseguiu se esquivar, teve que apalpar, para depois devolver um "bem, é mesmo" baixinho, então é isso aí, e o novo viajante colocou o chapéu do seu lado, se a pessoa tem um chapéu de orelha verdadeiro, o que todos sabem, por aqui só chamamos de chapéu de orelha aquilo que não é falsificado, mas diga lá, e se voltou novamente para a estudante, sentiu que não é falsificado, claro, claro, assentiu com a cabeça e um meio-sorriso agoniado, com a cara enfiada em seus cadernos, senti, e então o forasteiro se virou para os outros, esta é a prova, porque se a opinião de uma jovem mocinha tão elegante é esta, então não tem necessidade de continuar discutindo, isto é uma verdade inconteste, e com isso encerramos a questão do chapéu de orelha, se inclinou para trás e deu um suspiro de satisfação, seguido de vários minutos de silêncio, coisa que ninguém esperava muito depois dessa entrada teatral, mas por vários minutos nem ele disse palavra, e o viajante não motivou os outros a fazerem o mesmo, o trem sacolejava e os viajantes sacolejavam, de modo que ele também tentou sacolejar com os outros, e esse trem sacolejava a uma velocidade de cerca de sessenta quilômetros, o que era suficiente para a sua classificação, isto é, que esta linha entre Budapeste e Viharsarok é intermunicipal, mas a tentativa era em vão, pois dessa classificação só era verdadeiro que ela interligava o caminho entre as localidades, mesmo que nunca alcançasse a velocidade padrão das linhas intermunicipais, nem por um minuto, nem por acaso, mas a classificação não foi um equívoco, devido a questões técnicas complicadas que, de fato, nunca foram devidamente divulgadas, de modo que os viajantes da linha já não discutiam a questão, já nem faziam piada a respeito, só aceitavam, como tudo neste país, pois principalmente nesta região, no recôndito sudeste do país, as pessoas eram inclinadas a analisar os acontecimentos como sendo assim ou assado, um tipo de dom natural, isto é, alguma coisa que acontece, como resultado de quem sabe que conexões complicadas, é melhor não ficar procurando pelo em ovo, além do mais, de qualquer forma era novembro, e o vento já soprava forte, e a chuva já batia forte, e no frio gelado todos os lugarejos e cidades congelavam, e as alavancas de mudança de linha começavam a se mover com dificuldade, então quem quer saber de ficar polemizando num clima como aquele e piorar a situação com perguntas sem sentido.

Tenho exatamente trinta e quatro anos, e com esse meu cabelo preto, volumoso e encaracolado, consigo todas as mulheres que quero, com essa minha sobrancelha escura e densa, e com esses olhos de águia posso ver até o menor erro aqui no setor de declaração de bens, e meu nariz também é grande e comprido, e com esse nariz tenho um faro semelhante ao de um cão de caça, e por causa da minha boca larga diziam que eu poderia ser cantor de ópera, e tenho um queixo robusto, e, com esse queixo, comigo só tem nocaute quando eu dou, além disso, vou mostrar, olha, tenho vinte e nove dentes bons e três coroas aqui embaixo, e cerca de um metro e sessenta e sete de altura e oitenta e oito quilos, mas se me pedir eu posso emagrecer, e gosto que esse grande tufo de cabelo na minha cabeça fique do jeito que está, porque não gosto de pentear o cabelo, e se isso ainda não for suficiente, então ainda lhe conto, contou, que antes eu lidava com refino de petróleo, mas já fui juiz de futebol, fiscal de prova de língua e também gerente de fábrica de tijolos, no momento sou proprietário de máquinas de jogos, e a minha base é em Nagyvárad, ou como eles chamam aqui, Arad, mas está nos meus planos expandir meus negócios até o rio Tisza, do mesmo jeito que os romenos antigamente gostariam de ter conseguido ir, todo território até além do Tisza será meu, é o meu plano, mas para você só custa uma única palavra, e eu deixo tudo para trás, diga, implorou ao barão, diga que sim, e deixarei crescer meu bigode, perderei dezoito quilos e aprenderei espanhol em duas semanas, diga sim, peço, implorava, sem nem ao menos considerar que estava entre viajantes, que agora tendiam mais que antes a rir dele, mas estavam inclinados ao medo, sem emitir som, porque estava ajoelhado no chão da cabine, e de joelhos, tentava convencer o velho cavalheiro a contratá-lo para qualquer coisa, serei seu encarregado de estrebaria, seu secretário, seu contador, carregarei seu penico, tiro o pó da cadeira em que queira se sentar, pode me ditar suas cartas oficiais ou pessoais até mesmo a vinte e cinco metros de distância, farei qualquer coisa pela sua pessoa, meu senhor, só diga que sim, pois para mim basta olhar para alguém para saber do que precisa, e eu olhei para a sua pessoa e imediatamente vi que tem tudo de que precisa a não ser a minha pessoa, porque para mim está claro que para o senhor *eu sou necessário*, sem mim o senhor terá problemas, mais que isso, já está com um problema, conforme ouvi dizer, o senhor precisa de um apoio, uma sombra, um braço direito invisível com quem pode sempre contar, e eu estou aqui, veja, meu senhor, não vou vender gato por lebre, confesso, também preciso do senhor, porque acredito que Deus nos fez um para o outro, e nesse momento parou, isto é, interrompeu o seu monólogo, já que sentia que agora era a hora do silêncio, seria suficiente agora só olhar, só olhar para ele, sobre quem já leu tudo o que foi possível, tudo o que foi publicado, desde o jornal *BLIKK* até o *METRO*, já leu tudo, e foi por isso mesmo que subiu em um dos trens, porque queria estar lá quando o mundialmente famoso barão chegasse à sua cidade natal, e aí está, conseguiu exatamente aquele trem, e aquela cabine, isso não pode ser verdade, ele precisa contar isso, contou, que sua vida pode ser caracterizada por um movimento pendular entre a boa e a má sorte, e o que quer dizer com isso é que nunca se esquivou das coisas, nunca se escondeu, sempre enfrentou o risco em sua vida, não é uma pessoa morna que faz até Deus querer vomitar, mas corajoso, porque ele se aventurou quando todo mundo estava cochilando, mas ele não, nunca seguiu a manada, sempre defendeu seus próprios princípios, por assim dizer, foi assim que começou a falar com todo mundo na cabine, para saber com quem estava viajando, e chegou no barão, que por um longo tempo não lhe deu nenhuma resposta, que continuava olhando sem parar pela janela, e dava para notar que não percebia muito bem o que acontecia na cabine, porque a visão lá fora absorvia completamente a sua atenção, isso pareceu irritar o cara sentado do lado oposto, que não parava de falar, e falava e falava, mas o cavalheiro na janela parecia não se dar conta de que era com ele que falava, por isso, por um momento, levantou do assento, esticou o braço e deu um leve empurrão no ombro do velho cavalheiro, que por sua vez, no susto, chegou mais perto da janela, e o olhou assustado, mas não disse palavra, quase não conseguiu acalmá-lo, os outros soltaram risadinhas com aquele dramalhão, porque era preciso reconhecer, contou a estudante no ônibus em Mezőtúr, a caminho de casa, que o gorducho baixinho que subiu no trem em Szolnok deu um baita empurrão, que os outros ficaram rolando de rir, ficou perguntando para todo mundo quem eles eram, e depois, quando chegou perto do espanhol, como se tivesse sido ligado no duzentos e vinte, se empertigou todo, ou, melhor dizendo, deu um salto para o alto, depois se atirou no chão, como um acrobata, e ficou ali ajoelhado, e começou o assédio, porque não dava para descrever aquilo de outra forma, só como assédio, o cara juntou todas as bobagens possíveis e imagináveis, e a gente se mijava de tanto rir, porque era *tão* engraçado, o cara falava tanta abobrinha, como eu nunca tinha ouvido em toda a minha vida, era muito papo-furado, e então o que ele queria era que o espanhol o contratasse para alguma coisa, não sei bem para quê, e aquele senhor estava bastante assustado, pode ser também que não compreendesse o que aquele palhaço estava cacarejando para ele, ajoelhado ali no chão, pode ser que nem soubesse húngaro direito, mas o cara só falava e falava sem parar, e as palavras simplesmente brotavam de dentro dele, graças a Deus que, depois de um tempo, aquele senhor olhou ao redor e percebeu que todo mundo estava se divertindo com tudo aquilo, já perdera um pouco o ar assustado diante da figura ajoelhada à sua frente, só ficou ouvindo, mas de alguma forma parecia levar a sério o que ouvia, e como se estivesse ponderando a coisa toda, mas eu acho, disse a garota, e se agarrou com um pouco mais de força na alça do ônibus, pois o veículo estava fazendo uma grande curva na direção de Puskin-Bajcsy, que ele estava mesmo assustado, porque no final disse para o cara que iria considerar o assunto, estou falando sério, foi isso que o senhor disse para ele, que iria considerar, mas infelizmente não tenho a mínima ideia do que aconteceu no final, porque precisei descer, apesar de eu achar que aquele palhaço não desistiu, e tenho certeza de que ele conseguiu o que queria, porque o cara literalmente passou como um furacão por cima do velho.

Quase todo mundo desceu na capital do município, só um engenheiro da central de água e aquecimento quis ficar, dizendo que também ia viajar para mais longe, mas o secretário, como ele se autodenominou, com muita determinação pediu que encontrasse lugar para si em outro local, porque, como podia ver, ali estava ocorrendo uma negociação séria, onde sua presença poderia ser apenas temporária, mas não essencial, então foi empurrando o cara porta afora e, com uma piscadela, sussurrou baixinho no ouvido dele que não achava inconcebível que um dia eles precisem de um engenheiro da central de água e aquecimento, portanto era impreterível que lhe desse o número do celular, o que de fato foi feito, e foi embora pelo corredor, assim eles ficaram sozinhos, os dois, o cavalheiro e o secretário, que cruzou suas pernas atarracadas, recostou-se confortavelmente, e agora, mudando de assunto, comentou que não sabia se seria apropriado, mas para ele o título do sr. Barão era quase evidente, e, no que dizia respeito à forma como o sr. Barão deveria chamá-lo, gostaria de sugerir a forma como era tratado até então em seus relacionamentos comerciais, porque ninguém o chama pelo seu nome de batismo, mas simplesmente Dante, e de fato, não está exagerando, todos os seus amigos, inimigos, parceiros de negócios e funcionários conhecem ele desta maneira, desde os Cárpatos até os montes gelados de Zala, e por causa desse seu black power enorme, dizem que, sorriu modestamente, se parece muito com o famoso jogador brasileiro do Bayern de Munique, o Dante, que também tem um black power enorme, então, foi assim que ele virou Dante, se isso for apropriado, então pode chamá-lo por esse nome a partir de agora, ao que, para sua grande surpresa, o barão, embora muito baixinho, disse que não estava claro para ele quem era aquela pessoa que havia sido mencionada como membro da sociedade de Munique, mas segundo sua opinião, o nome Dante não parece adequado a um secretário, quer dizer, já que é *muito* marcado, já que, no passado, como se sabe, o grande poeta italiano o usava, de forma que ele prefere chamá-lo pelo seu nome de batismo, e se fosse possível ele estaria curioso para conhecer esse nome, que seria naturalmente ainda mais apropriado, mas a essa altura o secretário conseguiu se refazer da surpresa de ter ouvido aquele senhor de idade falar e o interrompeu, para que o sr. Barão não pense que estava se referindo a um joão-ninguém, o Bayern de Munique é uma das melhores, se não a melhor equipe do mundo, certamente ouviu falar dele, pois não, lamentavelmente não, o barão balançou a cabeça diante dele, então está bem, tanto faz, não é importante, voltou a falar o autodenominado secretário, o importante é que eu uso o nome Dante com orgulho, porque aquele que pode ser jogador do Bayern de Munique, esse, por assim dizer, chegou no topo, e para a sua pessoa, indicando a si mesmo, tal comparação, ressaltou, só poderia ser motivo de orgulho, ressaltou que em seu campo de atuação, quer dizer no campo atual, mas apenas até hoje, o mundo colorido das máquinas de jogos, ele próprio era uma autoridade reconhecida, de outra forma nem lhe ocorreria se candidatar ao cargo de secretário, só que conhece o seu valor, e é isso que coloca à disposição do sr. Barão, e esse valor vem sendo construído sob o nome de Dante há mais de duas décadas, de modo que..., mas o barão novamente balançou a cabeça, e esboçou um semissorriso, há aqui algum mal-entendido, porque a pessoa sobre quem fala não é de Munique, mas de Florença, mais precisamente, é o grande exilado de Florença, o autor da *Divina comédia*, um dos maiores de toda a literatura universal, se não o maior, ao que o secretário respondeu de bom grado, mas um pouco indignado, que o seu Dante é o melhor zagueiro na opinião de muitos, e a isso só se pode acrescentar que é o melhor zagueiro *do mundo*, segundo a opinião de muitos, como diz, embora reconheça, diz, estendendo as mãos, se defendendo, que teve um desempenho um pouco mais fraco nas últimas duas temporadas, ninguém duvida de sua habilidade com a bola, mesmo se por causa dele um atacante do outro time entra na grande área, todo mundo, entende, sr. Barão, todo mundo sabe que Dante é Dante, e segundo sua humilde opinião sempre será, portanto está entre os melhores, e ter esse nome significa status social, e..., não, não, o barão continuava a balançar a cabeça, ele não queria questionar o fato do seu companheiro de viagem ter em tão alta conta alguém com esse nome, apenas tentava ajudar com algumas informações, mas que isso não crie nenhuma animosidade entre eles, de sua parte cede plenamente ao seu desejo de ele usar o nome Dante como seu próprio, que use, mas se pudesse sugerir algo, apenas por uma questão de precisão, seria que Dante não era um jogador, pelo que saiba, ele só praticou esportes na juventude, mesmo assim tratava-se de caçada com cães e falcões, e pode-se dizer que não tinha nenhuma relação com a Alemanha, sabe, o barão contava para o seu companheiro de viagem agora de bom grado, sobre isso nem sabemos muitas coisas, mas que seja, sorriu, vamos concordar com uma coisa, admitindo-se que aqui ele é o Dante, então que seja o Dante Szolnok, se estiver de acordo, já que ele, o barão, conheceu cinco companheiros de viagem muito agradáveis por causa de Szolnok, se não tiver Szolnok, então não tem, mesmo que diga Dante Szolnok ainda assim não tem, é assim que o nome acontece, se ele concordar, então, e foi neste momento que o recém-nomeado secretário não queria passar do limite do razoável, pois concluiu que ali não havia um mal-entendido, mas sim, estava se falando de outra coisa, que, dentro de si, por enquanto considerou que o barão é meio perdido em matéria de esporte, e de que lhe serviria continuar a convencer a outra pessoa das informações corretas se ela não as aceita, está bem, acenou com a cabeça, vamos ficar com o nome Dante Szolnok, para ele tanto faz, mais cedo ou mais tarde vai virar simplesmente Dante, porque na língua viva ninguém chama ninguém, o tempo todo, pelo seu nome completo, ah, sim, e o barão arqueou sua densa sobrancelha, isso é muito interessante, sabe, e aproximou-se um pouco mais dele, agora mais confiante, eu deixei a Hungria faz muito tempo, não estou bem familiarizado com os novos costumes, principalmente com a língua, depois você vai me ajudar, ao que os olhos do Dante brilharam, afinal de contas para que se tornou um secretário se não para prestar auxílio em qualquer assunto, portanto pode muito bem ajudar o cavalheiro nesse quesito também, ao que o barão observou, talvez pela primeira vez desde que começou a entusiástica batalha de seu companheiro de viagem pelo título de secretário, que de sua parte ainda não entende muito bem essa história de secretário, porque ele não tem necessidade de um secretário, no entanto, já se sente extremamente grato por estar recebendo ajuda para se inteirar melhor das coisas aqui, ao que o secretário deu um pulo e, como se tivesse recebido a melhor notícia do mundo, declarou com uma expressão entusiasmada que, sim, era exatamente por isso que ele estava ali, e com isso quer dizer que é por isso que está nesta Terra, pois toda a sua vida se resumia em ser útil aos seus semelhantes, ora lhes fornecendo petróleo barato, embora essa atividade não fosse exatamente isenta de riscos, ora com programas de construção de lares, ora os apoiando em suas atividades de lazer, ou seja, na sua promoção, então, o que mais poderia ser agora a sua tarefa senão oferecer tudo isso ao sr. Barão, e sim, sim, e foi se entusiasmando cada vez mais no assento ao lado, e começou a bater ritmado no apoio de braço, encaminhar seu rumo nas novas condições, era isso que estivera esperando, mesmo que não tivesse ficado à toa, fazia duas décadas, porque Deus o criou para essa tarefa, de forma que o sr. Barão pode ficar totalmente sossegado, daqui para a frente seu destino está em boas mãos, porque daí para a frente o Dante vai cuidar de todos os passos, certo, está bem, e esboçou um sorriso indulgente, um faz-tudo de nome Dante Szolnok, se não for falta de modéstia falar daquilo de forma tão aberta, aliás, era necessário se abrirem um com o outro, porque ele, e apontou para si mesmo, só consegue ajudar com sinceridade, se sabe de tudo o que precisa saber.

Nos últimos tempos as coisas ao seu redor se embaralharam, reconhece, o barão reconheceu na cabine, de um tempo para cá começou a não entender muito bem o que estava acontecendo consigo e por que apareciam pessoas à sua volta que ele não conhecia, eram pessoas estranhas e talvez um pouco excêntricas demais, sempre queriam algo dele, no entanto ele não poderia estar a serviço delas de nenhuma forma, pois confessa, confessou diante de um Dante tenso, que de um tempo para cá ele não se importava com nada além de voltar para casa, sentia que seu tempo estava se esvaindo, e ansiava por, em paralelo a um assunto de natureza privada particularmente importante, mais uma vez ver o lugar de suas origens, o país que teve de abandonar quando ainda era quase uma criança, há cerca de cinquenta e cinco anos, agora olhava para fora pela janela, onde agora já estava totalmente escuro fazia tempo, assim ele não poderia estar vendo nada, somente sua própria imagem refletida como num espelho, mas isso ele não queria, então voltou-se para dentro, uma oportunidade de ouro, olhou sensibilizado para seu companheiro de viagem, recebi uma oportunidade de ouro de voltar, porque aqui tudo é tão, mas tão fantástico, sabe, prezado amigo, estou viajando há longas horas, e observo a paisagem, o seu país mágico, e não me canso de admirar sua terra, o horizonte e a luz, não sei se consegue me entender, mas tudo isso representa muito para um homem velho como eu, e se devido à minha doença não pude dedicar todos os instantes a essa observação, porque em meio aos muitos homens originários e devido aos muitos eventos desconhecidos eu naturalmente e com frequência estive, como poderei me expressar sobre isso em húngaro, estive confuso, e também por causa do idioma não consigo compreender tudo com clareza, mas consigo ver que a Hungria, minha terra natal, é um lugar encantador, do jeito exato como eu a imaginava, de modo que aguardo com uma emoção fora do normal também rever a minha cidade natal e, principalmente, um rosto antigo, sabe, lá onde é costume alguém da minha idade passear sob a folhagem dos chorões na rua Köröspart, depois passar por toda a rua Jókai, atravessar o belo parque da praça Maróti, e ir até o castelo dos Almássy, e o jardim Csiga, sabe, meu senhor, e o castelo, entendo, entendo, acenava Dante um pouco impaciente, estamos falando de um programa de aposentado, entendo, e de fato ele entendia, só que o entediava, porque àquela altura já estava começando a perceber que esse barão era um poço de infelicidade, em um instante vislumbrou tudo isso e lhe passou pela mente que talvez aposte no cavalo errado se mantiver o seu plano e se envolver naquele assunto, mas em seguida afastou o pensamento, pois ainda sentia os sabores misteriosos de um caso meio confuso, e ele gostava muito desse gosto, de qualquer forma, não prestou atenção nas reviravoltas cada vez mais sensíveis, na verdade, em alguns casos a coisa literalmente lhe dava calafrios porque tinha dificuldade de aguentar banalidades aleatórias e sentimentalismos baratos, mas isso era tudo que o velho barão deixava transparecer, enquanto ele queria mesmo era saber quanta grana o homem tinha na conta, e onde, e estava curioso sobre o nome dos bancos, e o número das contas, planos concretos, ou seja, que diabos esse velho esqueleto está procurando aqui nesse lixão que é este país, porque antes de cada negócio ele queria ter uma ideia do lucro presumido, ou, como ele chamava, as estimativas e as probabilidades, mas sobre essas coisas o barão não revelou nada, desse ponto de vista ele era ou muito discreto, ou muito desconfiado, ou não sabe nada sobre esse assunto, e talvez tenha outra pessoa na sua retaguarda, Dante se questionava nervoso, portanto, por enquanto está tudo errado, concluiu, a não ser que, opa, ele está com o royal flush, com licença, senhoras e senhores, pois quem está com o barão no trem? — ele; com quem o barão está viajando na cabine? — com ele; quem foi feito secretário do famoso argentino voltando para casa, entre Szolnok e Békéscsaba? — ele, que mal se lembra do próprio nome, e seu verdadeiro pseudônimo é Cosmin Contra, em homenagem ao famoso jogador da seleção romena, e, de qualquer forma, em todos os sentidos, ele é um reconhecido artesão do refinamento de petróleo, portanto um artista, o que mais ele poderia se considerar se não um artista, a quem o destino está sempre tentando derrubar, mas que continua dando a volta por cima, depois respira novamente, para novamente afundar. Chegamos, sr. Barão, e Dante Szolnok se levantou e apontou para fora através da janela do trem. Me parece que estão nos aguardando.

PAM

Me escreveu

Sou romântica, não nego, disse Marika para a nova funcionária da agência de turismo, gosto de jantares à luz de vela, de longos passeios nos jardins do castelo e de sensações sutis, nem isso eu nego, e tudo o mais, mesmo assim me surpreendeu que me chame de Marietta, já que nunca fui Marietta, não me lembro de alguém, alguma vez, ter me chamado assim, realmente não, o que, claro, não o impede de se lembrar e de a chamar de Marietta, de qualquer forma este jeito de chamá-la foi tão inusitado que, no começo, pensei que a carta nem era para mim, só não conhecia ninguém que se chamasse assim, então continuei lendo, e percebi que, apesar do nome, a carta era para mim mesma, e foi ficando cada vez mais claro, conforme fui avançando na leitura, sabe, a letra com que a carta estava escrita era muito bonita, a caligrafia é maravilhosa, se não por outra razão, devido a isso eu deveria ter percebido que, sem dúvida, era ele, meu jovem namorado de antigamente, porque de repente se lembrou que ele de fato tinha uma caligrafia tão bonita, aimeudeus, suspirou, e se endireitou na escrivaninha diante da qual estava sentada, de modo jovial cruzou as pernas, alisou as dobras da saia com a mão esquerda, o que significava que começou a puxar a saia para baixo, pois com o movimento de se endireitar para cima, ela começou a subir também, aimeudeus, eu devia ter uns dezesseis ou dezessete anos e nem percebi que ele se interessava por mim, porque na época estava num relacionamento complicado com o Ádám Dobos, sim, com o Dobos, não se admire, com ele mesmo, sim, e tudo mais, ainda éramos crianças, provavelmente eu tinha uns dezessete e ele, o Béla com certeza era um pouco mais novo ainda, poderia ter uns quinze anos talvez, ou quem sabe dezesseis, não sei, realmente não me lembro desse detalhe, mas uma coisa é certa, era um rapaz interessante, muito gentil, e fiquei muito surpresa quando se aproximou de mim certa vez, sabe, ele estava tão embaraçado, que quase não conseguia falar, e disse que gostaria de me encontrar, e por dentro eu era toda sorriso, porque ele era tão gentil, mas ainda rapazinho moço, percebi isso também, e eu já tinha aquele relacionamento complicado com o Ádám, sabe, mas ele, esse rapazola magricela está ali, diante de mim, com suas grandes orelhas de abano vermelhas, mas seus olhos eram maravilhosos, eram de um verde tão vivo que chegavam a brilhar, e talvez por isso eu concordei com ele, está bem, depois vamos nos encontrar, e com isso, se bem me lembro, a conversa terminou, ele com certeza ficou contente de ter conseguido ficar livre da situação claramente torturante para ele, e de minha parte, para ser sincera, havia me esquecido de toda essa história completamente, até quando recebi uma carta horrível pelo correio, já vou dizer, espere, me assustou tanto, estou falando sério, pois imagine só, ele enviou a carta dentro de um envelope com moldura de luto, e era uma carta comprida, que ele era tão apaixonado por mim, que não suportava a ideia de que eu nem o percebia, e claro, levei o maior susto, de modo que imediatamente me vesti, corri para a cidade, porque naquela época, você sabe, uns dez anos depois da revolução nós morávamos lá na rua Csókos, bem longe daqueles que moravam aqui no parque da praça principal, e toquei a campainha e contei, para a mãe dele, que havia me assustado muito, que queria falar com ele, ao que, a mãe dele, que não me conhecia, também se assustou um pouco, porque não entendia o que estava acontecendo, mas então me inteirei de que ele não tinha nenhum problema, e não havia cometido nenhuma loucura, coisa que eu havia pensado que ele havia cometido, e sim, não só ele saiu, e foi um pouco diferente, ali, na frente da porta da sua própria casa, de alguma forma ele deu a impressão de ser um rapaz mais sério, mas novamente ficou muito envergonhado, não conseguiu nem me convidar para entrar, e eu nem queria entrar, porque vou dizer com sinceridade, estava chateada com aquilo, que ele tinha me ludibriado com aquele envelope com moldura de luto, sabe, ele só bolou tudo aquilo para, sei lá, nem sei explicar por quê, mas era verdade que ele era *muito* apaixonado por mim, eu, ao contrário, o que posso lhe dizer, disse para a nova funcionária da agência de turismo, e parou de falar, deu uma risadinha sapeca para a sua colega, a quem recomendou ao escritório para ficar no seu lugar, devido à sua idade avançada, dizer o que agora, disse, e sacudiu levemente os ombros, olhando no fundo dos olhos da outra, lá estava o meu relacionamento complicado com o Ádám e tudo mais, não conhecia meus próprios sentimentos, eu tinha dezessete anos, cheia de desejos e anseios, e via tudo meio cor-de-rosa, você sabe como é isso, você também já teve dezessete anos, e eu fui uma garota de dezessete aqui, em nossa cidadezinha encantada, e sonhava acordada, que ia acontecer isto ou aquilo, então está bem, tanto faz, de forma que era tudo bem confuso, por um tempo não aconteceu nada, o Béla não apareceu, mas você sabe, ele era tão magrela, e superalto e encurvado, e usava cabelo comprido, e se vestia tão desajeitadamente, porque eu estava certa de que até então era a mãe dele que o vestia, apesar de estar numa idade em que os rapazes já são capazes de comprar calça jeans e botas italianas bem bacanas, mas ele não, ele continuava usando pulôver de lã tricotado e sempre usava calça social com pregas, tão horrível e absurdo, calças que não eram longas o suficiente para ele, a bainha mal chegava nos tornozelos, e não entendo por que eles o faziam usar aquelas roupas ou porque ele aceitava as coisas daquela maneira, já estávamos numa época moderna, você sabe, em casa cantarolávamos Rita Pavone e o Adamo, até eu, me lembro, costurava minhas próprias coisas junto com minha mãe e minha irmã, e sempre procurava usar roupas, você sabe, daqueles modelos que víamos nos festivais de dança e música de San Remo, e tudo o mais, principalmente a minha irmã, ela era boa nesse assunto, mas você a conhece, ela tinha uma butique aqui perto da estátua do Petőfi, sim, é ela mesma que era a proprietária da butique, sim, sim, então, onde mesmo eu estava, ah, que por um tempo ele não apareceu, porém mais tarde, sim, e dava para ver nele que nada havia mudado, dava para perceber que eu continuava significando alguma coisa para ele, de modo que eu disse, está bem, vamos nos encontrar, e nos encontramos, o que, é claro, o Ádám não gostou nem um pouquinho, e por causa disso, você pode imaginar, aconteceu a maior briga, mas então esse relacionamento já não era o mesmo que antes, e eu fui passear com o Béla no jardim Csiga só por causa disso, porque me agradava que o rapaz dos olhos bonitos era tão, mas tão, você sabe, dizer o quê, pare de rir, para uma mulher, mesmo aos dezessete, pois é, e fomos passear no jardim Csiga, ele caminhava do meu lado, mas nunca me tocou, e falava de coisas tão estranhas, eu pouco entendia daquilo, já que lia livros muito estranhos, mas sobre isso, veja, isso aconteceu há tanto tempo que já não tenho ideia do que tratavam aqueles livros, só que eram de filosofia, e depois, quando viu que eu não entendia o que dizia, passamos para a literatura russa, e isso me tocou, porque foi naquela época que descobri Turguêniev, que simplesmente adorava, e esse garoto sabia muito sobre Turguêniev, na verdade, quando nos encontramos pela segunda vez no passeio Köröspart e caminhamos juntos desde o centro da cidade até o Castelo, ele já sabia *tudo* sobre Turguêniev, e ficou falando sem parar, falou muito, as palavras jorravam dele, disso me lembro bem, e de alguma forma, sabe, gostei daquilo, não digo que foi como a gente gosta de um homem, mas ele me agradava, seus olhos verdes, e tudo mais, e com esses passeios dei um belo troco ao Ádám, porque até então ele agia como se da parte dele estivesse tudo acabado entre nós, mas quando começaram esses passeios, de repente, voltei a ficar interessante para ele, e ele começou a ficar me rodeando de novo, e eu, é claro, porque estava completamente caída por ele, imediatamente voltei com ele, porque na época, para mim, o Ádám era o meu preferido, pois o Ádám já era um homem, um ano mais velho que eu, e tinha um porte tão bom, sabe, por isso acabei esquecendo Béla, mas as coisas não deram muito certo com o Ádám, tanto que acabamos terminando para sempre, mas então já era a quarta ou quinta vez que a gente terminava para sempre, não ria, porque ainda éramos jovenzinhos, pelo menos eu, criançola, cheia de sonhos, que as coisas seriam assim e assado, para você eu não tenho medo de contar, você é minha parente, você me entende, mas o Ádám se interessava por outras mulheres, principalmente tinha aquela peituda da Zsazsa, sabe, que depois se casou com o dr. Ikos, pois é, e eu não tolerava aquilo, e sabia tudo sobre as intrigas dela, porque aquela mulher era uma baita de uma encrenqueira, sabe, e tinha uns vinte e três ou vinte e quatro anos, *naquela época*, e o Ádám dançava miudinho nas mãos dela, mas tanto faz, acabei perdendo totalmente o interesse por ele, porque o que ele queria eram essas peitudas vagabundas, então que seja, pode ficar com ela, e acabou, e foi quando, num domingo à tarde, eu estava chegando da estação, no sentido oposto ao do Béla, e eu caminhava bem na direção dele, indo para algum lugar, e passamos um do lado do outro, e ele estava tão solto, relaxado, me deu um oi tranquilo, como quem já tinha superado tudo, e naquela ocasião senti que, ora vejam só, eu estava apaixonada por ele, que por sua vez já estava um ano mais velho, e já tinha algum estofo, que não consegui perceber muito bem o que seria, mas senti que o Béla já não era aquele rapazola que havia sido um ano antes, assim o chamei para um encontro, escrevi uma carta e joguei na caixa de correio dele, claro, em segredo, só escrevi o nome dele no envelope, e pronto, tanto faz, e o Béla estava ali, sentado na minha frente, num café, sabe, na esquina da antiga rua Jókai, ainda tinha esse café pequenino, bonitinho, então, lá, eu contei para ele, e acho que ele ficou muito surpreso, e ele contou para mim que nunca tinha deixado de gostar de mim, no entanto tinha se conformado com a existência do Ádám, mas eu disse para ele que o Ádám não existia mais, só ele existia, claro que isso, dito assim, é um pouco exagerado, eu não sabia o que estava acontecendo comigo, mas eu disse isso ou algo do tipo pelo estilo, porque a partir daí nós namoramos, você sabe, mas mesmo assim esse rapaz tinha receio de tocar em mim, a minha mão, isso mesmo, nem a minha mão ele pegava, e depois, em um dos encontros, fiquei sabendo que até então ele nunca tinha beijado, estávamos sentados sozinhos perto do Körös, sabe, no Casino, na época era chamado assim, e era uma confeitaria térrea, com uma varanda que ficava por cima da água, e nós estávamos sozinhos no terraço, e resolvi fazer uma brincadeira, e comecei a pedir que ele me beijasse, a tarde estava tão maravilhosa, a visão daqueles chorões se inclinando sobre a água era tão emocionante, e ele me beijou, mas não sabia como tinha que fazer, e eu, mas agora não ria de mim, comecei a ensinar como ele tinha que beijar, e ficamos nos beijando ali, mas não foi um beijo normal, porque o Béla continuava sendo um garotinho, portanto, não sabia nada, e não estou falando somente de beijar, ele não tinha a mínima ideia do que significava o amor, só tinha o sentimento dentro dele, em compensação, naquela época, eu descobri um amor arrebatador, com A maiúsculo, o Laci, lá do posto de gasolina, e então terminou, não nos encontramos mais, ele ainda ficou me seguindo por um tempo, ficava me mandando versos e cartas cada vez mais estranhas sobre Turguêniev, mas depois ele parou, e para dizer a verdade, eu também me esqueci de tudo, que nem a gente esquece os sonhos, os devaneios, e balançou a cabeça, esquece quantas e quantas noites ficou olhando com saudade na direção da cidade, porque lembrava, explicou para a colega, que ainda morava em casa na época e demorava pelo menos meia hora para chegar ao centro pela avenida Béke, e ela só estava sonhando e devaneando, mas, falando sério, ela ainda era uma garotinha que nem sabia direito o que queria, ou quem queria, o Ádám representou a juventude, seguiu pensativa, para ela pode confessar que foi desta forma, já que são parentes e entre as primas, apontou para a nova funcionária, sempre foi com ela que compartilhou seus segredos mais íntimos, e mesmo agora é com ela que está se abrindo, por isso também que fica tão contente que há um ano voltaram a morar na cidade com o pai, porque era necessário que alguém nesta cidade soubesse que nada daqueles rumores que estavam circulando eram verdadeiros, era tão repugnante para ela, apontou para si mesma, todas aquelas fofocas maliciosas, porque cada uma delas é totalmente mentirosa, pode acreditar nela, porque para ela o Ádám foi realmente o primeiro, pois aquele garotinho, o Béla, tinha caído no esquecimento, os anos se passaram, anos se passaram e vieram os difíceis anos do crescimento, como direi, ela deixou o ginásio italiano e arranjou um emprego no posto de gasolina, mas, é claro, sempre teve planos, graaaaandes plaaaaanos, esticou as palavras, chegou até a aparecer uma nota no jornal sobre ela, mas, aqui entre nós, comentou, o cara que a tinha escrito era um patife, só se aproveitou da ingenuidade dela, porque era daquele tipo que prometia de um tudo, mas só queria *aquilo*, e nada mais, e depois a jogou fora como se fosse um trapo, de modo que ela se manteve firme, contou para sua sobrinha, firme, do lado do Laci até o fim, mesmo não precisando, e na época ele já estava seriamente envolvido com o futebol, e conseguiu entrar para a segunda divisão do condado, e foram acontecendo os jogos nos fins de semana, e ela tinha que estar sempre lá, na arquibancada, é verdade que sempre num lugar bom, o Laci cuidava disso, mesmo assim, ela nunca havia desejado aquilo, às vezes, quando tinha campeonato e ela ficava sozinha, pegava as caixas antigas onde guardava sua correspondência e examinava também aquelas cartas que o Béla havia escrito para ela no passado, confessa que chegou a chorar, contava agora sentada à mesa do escritório da agência de turismo, e já que não havia movimento elas conversavam calmamente, não tinham nada para fazer, esses não eram tempos em que alguém entra numa agência de turismo, infelizmente, contou a nova funcionária aquela noite em casa, durante o jantar, não tinha ninguém, já não aparecem turistas por essas bandas, e aqui também ninguém quer ser turista, assim, ela não entende, voltou-se acusadoramente para o pai, por que ele forçou tanto esse negócio com a agência de turismo, já que todo mundo sabe que este já não é aquele mundo em que turistas chegavam na cidade às centenas, vindos da Sérvia, da Croácia e da Romênia, já que de lá, agora, só chegam refugiados, é isso, e chega uma onda tão grande, e para que diga algo para encerrar o assunto, observa que mesmo essa onda não chega ali, na-na-ni-na-não, mas agora tanto faz, reconhece, balançou a cabeça amargurada, aqueles foram bons tempos, o tempo de ouro, mas para ela, e isso o pai também poderia ter reconhecido, aquilo era só passado, não tem mais futuro, mesmo assim ele falou com aquela velha mexeriqueira, com aquela Marika, que agora quer que os outros a chamem de Marietta, é isso mesmo, do jeitinho que está dizendo, Ma-ri-e-tta, um absurdo total, maaaaas, acredita em mim, ficou uma hora explicando como foi a história dela com o tal Béla, assim e assado, porque ela já o chama assim, pelo primeiro nome, não é brincadeira, é de morrer de rir, que a Marika e o barão, o povo daqui ficou totalmente maluco, e que o sr. Barão teria escrito para ela, e que na época que ainda eram adolescentes teriam tido algo, até mesmo esse algo, vomitou seu veneno com raiva, quando a Marika era adolescente, na época o pessoal da dona Julika ainda morava na rua Csókos, e a Marika com eles, e ainda por cima que o barão e a Marika, os Wenckheim, e comunismo pra lá e comunismo pra cá, eles nem teriam deixado ela chegar perto do barão, todo mundo sabe disso, então, quando ficou ouvindo toda aquela lenga-lenga da Marika, é sério, várias vezes ela achou que eu ia ficar de queixo caído, verdade, pai, quem a Marika acha que eu sou, que vou acreditar naquela baboseira toda, e claro foi para mim que ela contou toda aquela patacoada, talvez achando que eu ia passar adiante tudo aquilo, está maluco quem pensa que vou espalhar fofocas tão estúpidas, quando nada é verdade, mas tanto faz, inclinou-se sobre o seu prato e cutucou a comida com o garfo, *para ela* era indiferente, o importante é que esse emprego não vai dar em nada, diz ela de antemão para o pai, nada, entende, pai?!, não é que não entre nenhum turista ali, depois de um dia ela já pode afirmar com certeza que ali não entra vivalma, os bons tempos não voltam mais, uma pena colocar esperança naquilo, e fazer de tolos eles mesmos, em vez disso, e essa é sua opinião, a mesma que já tinha, acha que deveriam tentar alguma coisa no Matadouro, por acaso será que o pai não teria algum conhecido lá, arqueou a sobrancelha, ali tem uma vaga de secretária da diretoria, então, ela imaginava que, e isto o pai não pode lhe negar, pelo menos, e cutucou a comida mais uma vez com o garfo como alguém que está sem fome, ela tem muitas esperanças.

Nem seria necessário se trancar, pois, na realidade, só tentavam atrapalhá-lo na hora do almoço ou do jantar, mas eles subiam as escadas com tanto alarido que, pelo barulho, já podia atinar que vinham vindo, e tinha tempo para se preparar para a batida na porta, assim só precisava falar através da porta fechada, que não, obrigado, ou que sim, que preferia no seu quarto, e depois os passos se afastavam, e ele podia voltar para a escrivaninha onde escrevia suas cartas, enquanto a criadagem avisava a família, então ele fica sentado junto à escrivaninha e escreve, e escreve as cartas, uma atrás da outra, e realmente poderia parecer que era assim, mas na verdade ele ficava escrevendo e reescrevendo a mesma carta durante uma semana, e depois de entregá-la para o criado encarregado do correio era a vez da próxima, na qual buscava revisar tudo aquilo que tinha escrito na anterior, segundo seu julgamento, e agora já reconhece que não havia conseguido articular adequadamente, pois a memória lhe falhava, encarou a triste situação, ou seja, é altamente provável que com o passar do tempo algo tenha acontecido com sua memória, que tenha enferrujado, sim, deve ser isso mesmo, tem muitas coisas de que já não lembra, já não consegue evocar muitas coisas do passado, não se lembra de nomes, parece, para sempre, busca por nomes de ruas em sua memória, sem sucesso, tenta descobrir como era o nome daquele poço artesiano no sopé do Nagy-Románváros e também daquela ponte na rua que levava para o hospital, mas aquele poço não existe, nem aquela ponte, certamente se perderam, do mesmo jeito que, escreveu para a Hungria, já não existe quase nada dele mesmo, pois tem problemas não somente com a memória, mas como consequência do envelhecimento natural suas pernas também estão fracas, e está um pouco inseguro sobre o rumo a tomar, sem falar da vista fraca, de seu estômago sensível, das juntas doloridas, da dor nas costas e nos pulmões, mas não gostaria de continuar, pois terá um fim miserável, e ainda receia que ela, Marietta, crie uma imagem dele ainda pior do que a realidade, mas creia-me, continuou, depois de amassar e jogar a versão anterior na cesta de papel ao lado da escrivaninha, já que nela escreveu errado a palavra "creia-me", tenho uma única capacidade ainda "inquebrantável", qual seja, aquela dor com que penso na cidade e na sua pessoa, Marietta, dentro dela, agora que já passei dos sessenta e cinco anos, talvez já possa confessar que minha vida foi sustentada por esses dois fatos, que conheci uma cidade e dentro dela conheci a sua pessoa, e também posso confessar que o significado disso é que nesta vida nunca gostei de nada mais do que dessa cidade em que a sua pessoa está, pois, você sabe, com isso não estou revelando nenhum grande segredo, pois disso ainda consigo lembrar, que apesar de todos os esforços do destino, que apesar de um constrangimento intransponível, devorou a confissão que havia dentro de mim, e finalmente lhe confessei que a amava, sei que acabou, e sei que já não sou mais o mesmo, que sou apenas um farrapo, mas saiba, Marietta, que você me ajudou nos momentos mais difíceis, quando pude pensar na cidade que tem a sua pessoa dentro, e só por isso eu gostaria de, mais uma vez, pela última, encontrá-la, para que possa lhe dizer isso também pessoalmente, gostaria de vê-la, querida Marietta, porque a sua pessoa, escreveu, mas o papel praticamente sozinho já estava escorrendo para o cesto ao lado da escrivaninha, o seu rosto, o seu sorriso, e, neste sorriso, as duas covinhas em sua face, são, acima de qualquer coisa, qualquer mesmo, o mais importante para mim.

Já faz mais de dez anos que ele entrega correspondência no segundo distrito, por isso não foi difícil reconhecer que se tratava de uma carta especial, e não somente o selo, e não somente o carimbo, e não somente o endereçamento à mão, em letra cursiva, mas o próprio formato do envelope é diferente daquilo que as pessoas usam hoje em dia, contou para os jornalistas, a proporção era diferente, sabe, seu comprimento e sua largura não eram do padrão que a gente está acostumado, e aqui não se tratava do envelope ser comprido demais, ou largo demais, apesar da dimensão do envelope como um todo ser menor, bem menor, que o padrão, mas a proporção dessas duas medidas era desconhecida para ele, conforme o pegou, conforme o apalpou, quando começou a fazer a separação, de madrugada, no setor de distribuição, porque no setor dele, depois que sai da máquina de separação automática, a título de inspeção, eles literalmente viram, mas viram de verdade as cartas, e todo mundo à sua própria maneira coloca na ordem do percurso que costuma percorrer, por exemplo, ele vai de A para B, portanto as cartas também devem seguir a mesma ordem, para que, quando estiver no setor, só tenha que dar um pulo até ali, porque da calçada ele praticamente só dá um pulo até as caixas de correio e joga as cartas lá dentro, e naquele momento ele não tem tempo para ficar lendo o endereçamento, isso ele consegue só com uma olhadela rápida, como se fosse um computador vivo, e já sai da calçada de um pulo, e aquela carta já está no seu devido lugar, então, de alguma forma, se me faço entender, e a ideia era que isso fosse uma piada, porque não tem ninguém que possa manter o ritmo dele, já que é o mais rápido entre os colegas, vários até chamam ele de Toni Veloz, é que o apelido ainda não se espalhou, e ele não vê nenhum tipo de zombaria nisso, porque com esse apelido só querem destacar quão rápido ele é, então, tão rápido como o vento, por isso, já entenderam?, e os jornalistas acenam com a cabeça, com ares de impaciência, por isso não vai mais ficar torturando eles, e continuou dali de onde esse pequeno atalho o levou, o envelope, pois é, ah, isso mesmo, ele era menor, e não era tão comprido quanto a maioria, e era mais largo que a maioria, por isso mesmo o examinou de madrugada quando fazem a separação pelas ruas, as casas e, se for o caso, pelos andares, e por isso mesmo examinou o nome do remetente, em circunstâncias normais ele nunca teria feito isso, não porque não lhe interessasse, interessava, só que não tem tempo para esse tipo de coisa, e a natureza do trabalho, vocês sabem, explicava para os jornalistas, também exige que, como uma máquina, ele se conecte com as cartas, então, o endereçamento, bom, mas isso não era o que interessava, ah, sim, o remetente, o endereçamento, por causa da letra cursiva, ele moveu os olhos, por assim dizer, para o canto superior esquerdo, mas ali não havia nada, no canto superior esquerdo não havia *nenhum* remetente, apesar de que deveria estar ali, de forma que se espantou, e, segundo o comportamento natural da pessoa quando se espanta, virou o envelope que tinha nas mãos, e viu que tinha, sim, remetente, mas à moda antiga, fora escrito no verso do envelope, no alto, na borda, barão Béla Wenckheim, e não quer dizer que consegue ler qualquer tipo de letra cursiva, mas consegue mais do que a grande maioria das pessoas, que em geral não são obrigadas a desvendar a caligrafia de ninguém, ele consegue decifrar todo tipo de letra manuscrita, mas naquela ocasião ele já sabia do que se tratava, do que tinha em mãos, pois já tinha lido no *BLIKK* sobre o barão, fazia dias, que ele estava vindo, que tinha uma fortuna incomensurável, a qual iria distribuir, provavelmente, afinal que outro motivo teria para vir, se não esse, mas esta não é a sua opinião, isso ele leu no *BLIKK*, e tirou seu iPhone do bolso, colocou o envelope no foco da luz, e tirou a foto, pronto, a foto já estava na sua galeria do iPhone, aí está, podem ver, não vai cobrar nada por isso, por enquanto, mas isso é só uma piada, pois, quem sabe, ainda pode acontecer de ganhar um dinheiro com ela, dependendo de como as coisas se configurem, e essa porcariazinha de foto aqui do famoso envelope, quem sabe, os senhores podem ver por si mesmos, quem sabe ainda terá algum valor.

Nem sei como lhe dirigir a palavra, senhorita, disse o prefeito, e olhou à sua volta no escritório, para ver onde poderia encontrar uma cadeira para se sentar, então, querida, como é mesmo, ah, sim, querida Dóóóra, a senhorita chegou aqui num dia excepcionalmente importante, é evidente que teria milhares de coisas para fazer, como costuma ter, mas agora, deste momento em diante, deixe tudo isso de lado, se é que me entende, e esqueça, porque precisa esquecer, e finalmente se sentou numa cadeira de plástico amarelo moderna, de braços, arrumou sua gravata-borboleta, que esse escritório até então era muito ocupado, todos os assuntos têm que ser imediatamente interrompidos, porque uma tarefa imensa aguarda o seu escritório, eu não sei mesmo por onde começar, nem sei onde ando com a cabeça, bem, tanto faz, e deu um suspiro, e, enquanto abria os botões do casaco, o funcionário público atormentado com tantas preocupações, de cara amarrada, escrutinava o semblante da mulher à sua frente, quem, evidentemente, sem ter a mínima ideia de por que o prefeito estava ali, sem jeito, esperando que alguma coisa lhe fosse revelada, porque a sua tarefa, de fato, o prefeito disse, é imensa, querida Nóra, Dóra, ah, sim, claro, o prefeito se corrigiu, srta. Dóra, me desculpe, mas isso tanto faz, porque a tarefa que a aguarda é tamanha que nem sei se está preparada para tanto, mas sei que realiza o trabalho diário aqui com muita confiança e responsabilidade, porém o que vai acontecer agora, porém o que vai se seguir agora se sobrepõe a esse amontoado de tarefas cotidianas, veja, e inclinou-se para a frente, a senhorita está liberada de assuntos da agência de turismo a partir deste momento, porque a partir de agora aqui não há mais assuntos relacionados ao turismo, se é que me entende, a senhorita vai trabalhar para mim, mas o que estou dizendo, se levantou nervoso, e de novo começou a afrouxar a gravata-borboleta, pois era nova, era a primeira vez que a usava e ainda não se acostumara, e não tinha certeza se sua esposa havia arrumado corretamente o colarinho, mas onde estava com a cabeça, bateu com ambas as mãos de uma só vez no braço da cadeira de plástico moderna, para dar um efeito ainda mais grave ao que tinha para dizer, não para mim exatamente, mas a partir desse momento vai trabalhar para a cidade, srta. Dóra, e peço desculpas se não pronuncio corretamente o seu nome, mas tenho muita coisa para fazer, e tudo me é exigido, devido à minha função de prefeito, de uma só vez, e agora tenho que realizar um trabalho do modo mais impecável possível, também para mim, se é que me entende, um assunto que demanda a maior concentração, porque, preste bem atenção, srta. Nóra, a partir de agora você vai assumir a parte de coordenação de toda a organização, se é que me entende, vai garantir que as celebrações ocorram da maneira mais tranquila possível, para satisfazer o ilustre convidado, veja, e se aproximou dela um pouco mais, e abaixou a voz num tom de confidencialidade, o maior sucesso possível, se é que me entende, mas devem ser muito alegres, imagine programas bem alegres, devo fazer o quê?, perguntou bem baixinho a nova funcionária, que a essa altura também já estava bem nervosa, pois não entendia nada, por isso já estava torcendo as mãos de nervoso, você será a agente de coordenação, respondeu o prefeito, e por um instante fez uma cara de quem estava distribuindo uma condecoração, mas só por um instante mesmo, porque em seguida seu rosto assumiu de novo todo o conjunto de sinais de preocupação sombria, que já estavam de novo visíveis em seu rosto, o melhor seria se começasse a pensar imediatamente, srta. Nóra, descubra que competições pode imaginar, e a senhorita tem que ser rápida que nem um raio, pois, não esqueça, não temos, meudeus, não temos nem um dia sequer para a organização, então, o que lhe vem à mente, perguntou, ansioso, e parou de falar, mas a funcionária diante dele não conseguia nem balbuciar que não estava entendendo nada daquela conversa, assim o prefeito afrouxou mais um pouco a gravata-borboleta, deu uma coçada na careca, naquele ponto que costumava coçar sempre que estava pensando, e procurou lhe lançar o olhar complacente de quem entende as dificuldades e tenta ajudar, pois, disse, veja, srta. Nóra, em primeiro lugar lá está o bairro residencial de Budrió, lá, por exemplo, pode organizar um concurso de televisão divertido, ao que a mulher, com muito cuidado, assentiu com a cabeça, que sim, então, está vendo, e o prefeito deu um suspiro de alívio, como vê, srta. Dóra, vai dar tudo certo, pois, imagine só, lá no Budrió por exemplo, reunir uns cinco a seis jovens que tomem parte em um "concurso de espirrar com gritos", se é que me entende, que certa vez, no ano passado, quando vocês ainda não tinham se mudado para cá, durante a inauguração do jardim de infância do castelo, fez o maior sucesso, todo mundo gostou, então, não é uma sugestão original, perguntou o prefeito sem esperar resposta, então, veja, sente-se de uma vez, e indicou a escrivaninha que estava ali do lado, e a funcionária, como uma sonâmbula, lentamente deu a volta e se sentou atrás da escrivaninha, lá está aquele papel, pegue a caneta e anote: um: concurso de espirrar com gritos, certo, do outro lado da linha anote Budrió, se é que me entende, e assim por diante, depois a segunda linha, anote o segundo item, e escreva que, sei lá, o que mais foi feito, a senhorita também poderia ajudar com algum palpite, mas a senhorita continuava visivelmente incapaz de fazê-lo, pelo menos não daquele jeito, só ficava olhando para o prefeito, como se ele tivesse perdido o juízo, uma ideia que a assustava pois afinal de contas ele era o prefeito, e pelo que sabia, já estava no cargo havia doze anos, quer dizer, ele realmente é, e ela, pensava a mulher aterrorizada, precisava entender que raios ele queria dela, o que significa toda aquela loucura, de qualquer forma anotou do lado esquerdo, conforme indicado, número um, concurso de espirrar com gritos e no canto direito anotou Budrió, depois na próxima linha anotou o número dois, e ficou esperando o prefeito dizer alguma coisa, mas esse só ficava olhando para ela com ares de reprovação, e por um longo tempo, e ela já não sabia para onde desviar o olhar, contou naquela noite novamente durante o jantar, porque o prefeito enlouqueceu, e naquele momento já não tinha mais dúvidas, estou falando sério, disse à mesa, ficou totalmente doido, gesticulava para tudo quanto é lado, que assim e assado, que eu havia sido nomeada para coordenar alguma coisa, que eu tinha que fazer isso e aquilo, que eu mandasse tudo para o inferno, mas eu lhe pergunto, e olhou para o senhor idoso sentado na frente dela do outro lado da mesa, olhando para o prato, meu pai, será que está prestando atenção, perguntou, que droga é essa que eu tinha que ter parado de fazer se eu não comecei nada, foi pura loucura, estou falando sério, e quando o prefeito viu que eu não dizia nada ele começou a ditar, então anotei na segunda linha, depois do número dois, "concurso de arremesso de rabo de galo", com participação dos membros do clube dos aposentados, e do lado anotei "clube dos aposentados", depois veio a terceira linha, e lá, depois do número três, eu tive que anotar: "tiro ao alvo do terceiro andar, num entregador de pizza andando de um lado para outro, com munição de confeitos coloridos", e, no lado direito, o poço do Lenon, e então o prefeito se deu por satisfeito, e olhou para a funcionária com ares de interrogação, questionando, e, então, será que não consegue lembrar de nada mais, pois é, não muito, ela respondeu, e com a caneta anotou o número quatro na quarta linha, mas depois nada, pois ficou esperando que o prefeito continuasse, mas ele não continuou, ao contrário, olhou de repente para o relógio, se levantou num pulo da cadeira de plástico moderna, de braços, deu uma sacudida e depois soltou sua gravata-borboleta, alisou-a, depois abotoou o casaco, e acrescentou que continuasse daquele jeito, dali para a frente ela poderia dar continuidade, e até o meio-dia quero o planejamento na minha mesa, venha até a prefeitura, diga que é a coordenadora de negócios extraordinários e as secretárias vão permitir a sua entrada, então, e o prefeito abriu a porta da agência de turismo, até o meio-dia, srta. Nóra, disse, em tom de brincadeira, mas ameaçando-a com o dedo indicador, com ar preocupado, e saiu rapidamente, ela, por sua vez, conforme contava durante o jantar, só ficou ali sentada, congelada, era uma idiotice brutal, disse, lá estava a folha de papel diante de mim, com o que ele tinha ditado, só fiquei olhando para aquilo, olhando e me perguntado que raios poderia ser aquilo, e depois meu primeiro pensamento foi, papai, preste atenção, que vou chamar a ambulância, já que o nosso prefeito, pensei que era isso que diria no telefone, havia sido acometido por uma gravíssima pressão psicológica, muito séria.

Leu uma vez, leu duas vezes, mas de repente não sabia quem era esse barão Béla Wenckheim, então olhou de novo o endereçamento, e estava certo, era realmente o seu endereço, não havia engano algum, disse para si mesma, e, estranhando a situação, ficou olhando o envelope a certa distância, então leu, mas agora só cada terceira linha, e de novo, então começou lentamente a se dar conta de quem seria aquela pessoa, a imagem de um rapaz lhe veio à mente, mas aquele, sacudiu a cabeça, parece que não era esse o nome dele, o nome daquele era diferente, parece, mas como, e não se lembrava, apesar de tê-lo visto diante de si, sim, naquela época quando teve aquele relacionamento complicado com o Ádám Dobos na época do ginásio, naquela época se encontrou algumas vezes com outro rapaz, não conseguia lembrar o nome dele, de jeito nenhum, meudeus, pensou, quantos anos será que eu tinha, dezoito, dezessete, algo assim, e aquele garoto ainda era bem novinho, quer dizer, comprido, ah, é verdade, ele surgiu em sua lembrança, era muito alto, muito magrela, chegava a andar encurvado, e usava umas roupas tão impossíveis, esquisitas, e o pior, tinha mau hálito, mas o nome, revirou novamente o envelope de formato inusitado, e o nome ali estava, de qualquer forma, não, e foi isso, não se lembrava de mais nada, só que era muito alto e muito magro, e encurvado e o mau hálito, e nada aconteceu entre eles, porque se tivesse acontecido ela se lembraria, mas não, por isso enfiou a carta de volta no envelope, e guardou o envelope na mesinha, inclinou-se para trás no sofá-cama, fechou os olhos, ai, esses sessenta e sete anos, todos os meus ossos doem, mesmo não tendo feito nada, por que a gente tem que envelhecer, pensou com os olhos fechados, e por que ainda não se sente *realmente* velha, Wenckheim, Wenckheim, saboreava a palavra na mente, e, se devido à sua péssima memória o nome ainda não queria dizer nada, uma imagem surgiu, nossa, que maluco que era aquele rapaz, e surgiu na sua mente a imagem da casa, no parque da praça principal, e a mãe do rapaz, uma mulher elegante de roupão de seda, que abriu a porta quando ela tocou a campainha e lhe lançou um olhar tão frio, e lhe perguntou, sem rodeio algum, o que ela queria, só queria falar com ele, ela respondeu, ou só balbuciou, pois estava bem impressionada de estar falando com uma senhora tão elegante, apesar dos olhos inchados de chorar, e dava para ver como estava transtornada, de forma que a senhora à porta ficou ainda mais fria, e perguntou o que eu realmente queria dele, e eu perguntei, espantada, muito bem, se ele estava em casa, e com isso ela queria perguntar se ele estava vivo, em seguida o rapaz saiu, mas dentro dela na verdade a raiva era mais forte que o alívio, pois por que ele teve que mandar aquele envelope e aquela carta, ela acreditou mesmo que aquilo indicava que ele havia feito alguma bobagem, e agora estava ali, parado diante dela, só queria saber, disse para ele, se não tinha cometido algum atentado, mas estou vendo que não, só estava zombando dela, mas não precisava, deu meia-volta e se foi rapidinho, Wenckheim, Wenckheim, continuou revirando a palavra, mas não teve sucesso pois esse nome e aquele rapaz, em sua cabeça-oca, não se encaixavam, puxa vida, tinha que conversar com alguém, o pensamento tomou conta dela, e abaixou o som da TV com o controle remoto, e imediatamente ligou para sua única amiga, que ela sabia como tinha memória fraca para nomes, mas talvez você, preste bem atenção, esse nome Wenckheim diz alguma coisa para você, que por sua vez respondeu que assim, de imediato, não, ninguém, mas depois a voz dela se avivou, mas é *claro que sim*, já sei, li a respeito dele, por quê, para que você precisa desse nome, agora ainda não posso lhe contar, mais tarde, sim, só me conte o que você sabe, então lhe contou toda a história, e ela ficou dura ali sentada, na beirada da poltrona reclinável, sentia como o suor começava a tomar conta de sua mão que segurava o gancho do telefone, e certamente deve ter ficado ruborizada, sentia que estava com calor, depois sentiu um pouco de frio, depois sentiu calor novamente, e tinha certeza de que seu rosto ainda ardia, mas é claro, acenava com a cabeça, enquanto ouvia a voz tagarela da amiga, que continuava a repetir o que já tinha contado no começo, então lhe disse, mais tarde volto a ligar, e silenciosamente desligou o aparelho, pegou de novo o envelope, e olhou para o nome, sim, é ele, pensou, e uma vibração percorreu todo seu corpo, ah, é sempre assim com ela, quando um evento transformador acontece em sua vida, *alguma coisa* percorre todo o seu ser, como um raio, e seu coração dispara, ai, não fosse eu tão velha, pois o que vai acontecer se ele realmente vier, ah, não, sacudiu a cabeça de novo e se recostou mais uma vez no encosto da poltrona reclinável, outra vez cerrou os olhos, e, depois, deixou essa posição sentada e lentamente se virou para o lado, a cabeça sobre o travesseiro, tirou os chinelos e ergueu também os pés, mas não esticou as pernas, ao contrário, as encolheu um pouco, pois essa poltrona reclinável não é comprida o suficiente para a pessoa poder se deitar direito, e por acaso nem estava bem reclinada, e ficou deitada sem se mover, sobre o lado, a cabeça no travesseiro, as duas mãos entrelaçadas na altura do peito, como se estivesse rezando, mas não, só estava deitada imóvel, e ainda não tinha aberto os olhos quando disse para si mesma, ah, não, nunca, Marika, você não fique sonhando de novo, porque isso não vai acontecer, esse cara jamais vai vir aqui, jamais. Esticou o braço para pegar o controle remoto e ligou a televisão. Estava passando seu programa favorito, *O Poema*. Mas não conseguia prestar atenção.

O plano é bom, declarou o prefeito na reunião das nove e meia, na qual também estavam os membros do comitê social ampliado e todas as forças civis da cidade que ele julgou serem úteis, não vamos levar em consideração cargos e áreas de atuação, por mim podem até ser amadores, podem ser profissionais, tanto faz, o importante é que possamos confiar a eles algumas tarefas, então vou resumir, um, e pegou seu polegar esquerdo com a mão direita e mostrou, tem que ser anunciado que em sua homenagem estão acontecendo programas alegres por toda a cidade, dois, e agarrou e mostrou o seu dedo indicador, tudo vai começar na estação, e três, hoje à tarde o orfanato vai sair do castelo Almássy, e quatro, foi a vez do dedo do meio, porque o anterior ele deixou de fora, o trânsito será totalmente paralisado em todo o centro da cidade, pois o que é que nós sabemos, perguntou em voz bem alta, e novamente levantou seu polegar no ar, que um, o sr. Barão costuma ficar de mau humor, portanto apenas eventos com tom alegre podem ser permitidos durante toda a sua estadia, se é que me entendem, e dois, evidentemente, a recepção na estação deve ser a mais grandiosa possível, porque não devem esquecer, não estamos falando de um conde qualquer, mas de um barão, e três, o dedo do meio de novo foi erguido para o alto, um barão não pode morar em qualquer lugar, pessoal, não podemos jogá-lo num hotel, vamos pensar, de verdade, em que estado estão a estância Komló ou o Szot, senhores, e lançou um olhar cheio de animosidade para aqueles ali reunidos em torno da longa mesa, como se eles tivessem culpa pelo estado da estância Komló e do Szot, é necessário o castelo Almássy, indiscutivelmente, e agora, inclinou-se de repente para trás em sua cadeira, peço sugestões, peço comentários, peço pensamentos, peço ideias, deixem-nas despertar, senhores, peloamordedeus, deixem-nas despertar e brilhar, porque aqui está a nossa cidade em jogo, ao que, durante um longo minuto um silêncio insuportável se abateu sobre as pessoas presentes, que foi rompido pela primeira vez pelo vice-prefeito da oposição, sentado à direita do prefeito, dizendo que concorda em grande parte com a proposta e só pode aderir, mas, levantou a voz, deveríamos considerar o que fazer com as horríveis pilhas de lixo que cobrem as ruas, os sem-teto e especialmente as crianças que ficam pedindo esmola, então o prefeito retrucou, dizendo, vamos lá, senhor vice-prefeito, pedi ideias brilhantes, não quero ouvir coisas que sejam evidentes, senhores, então, não tem ninguém que tenha uma ideia sensata, quando a secretária-executiva, de olhar cândido, que tirava bom proveito de seus ricos atributos e que estava sentada do outro lado do prefeito, começou a falar que era claro que o vice-prefeito estava certo e o lixo e os sem-teto e as crianças pedintes têm que ser recolhidos com urgência e espera que o representante do Serviço Urbano ali presente já saiba o que tem que ser feito, ao que o atual representante do Serviço Urbano, aliás o cunhado do vice-prefeito, levantou-se, mas quase não se podia ouvi-lo, pois estava sentado muito longe, bem no canto da mesa, de modo que tanto o prefeito como o vice-prefeito gritaram com ele em uníssono, que falasse mais alto, bem, só quero dizer, ergueu sua voz, um pouco contrariado, que para uma quantidade de ações daquelas proporções era necessário haver um plano de ação, nããããão, gritou a secretária-executiva, e aquele sorriso cândido de repente começou a soltar faíscas, aqui é necessário ação e não intenção, ainda por cima, concordou um homem baixinho atarracado, sentado à esquerda, e começou a bater na mesa com seus dedos, ações imediatas, por obséquio, e foi assim que continuou, a partir de então, na reunião extraordinária convocada às pressas na sala principal da Prefeitura, os convidados ora falavam que conheciam a síndrome de jogatina "grave" do convidado, e por isso precisavam trancar, durante a sua estadia, todos os dispositivos que possam ser usados para apostas on-line, por assim dizer, tais como, e listaram, computadores, smartphones, e naquele instante uma voz feminina gritou de algum lugar da esquerda, e o que vai acontecer com as máquinas de jogo, ao que houve um grunhido de concordância, embora um pouco confuso, porque, é claro, está certo, mas a pergunta é como, levantou a questão o diretor do ginásio, pois como vão transportar as máquinas, já que todo mundo ali presente sabe muito bem que em cada bar, e ele só está falando dos bares, tem pelo menos uma, mas tem bar que tem duas máquinas de jogo, e por acaso os senhores sabem, perguntou, exaltado, e aqui ele se apoiou fortemente em sua conhecida habilidade retórica, quantos bares funcionam nesta cidade, ao que alguém, e nunca se esclareceu quem exatamente, pelo menos não para o diretor, que por meses depois da reunião só ficou suspeitando quem aquela pessoa poderia ser, observou baixinho que se alguém sabe a resposta esta pessoa será você mesmo, sr. diretor, que gritou acima do burburinho alegre que surgiu com o comentário malicioso que acabara de ser feito, existem setenta e nove bares funcionando na cidade, de acordo com as estatísticas, setenta e nove, e por favor, estou perguntando, perguntou, quantos caminhões são necessários para dar conta desta tarefa, então, o que me dizem, quantos, e o prefeito olhou para um lugar mais próximo da mesa, e o responsável, um jovem funcionário que por um tempo só ficou limpando a garganta, ao que o prefeito lhe lançou um olhar mais ríspido ainda, e observou que gostaria muito de poder agradecer o responsável por muito mais do que fez durante a época da mudança de sistema, quando tiveram que trocar os nomes antigos das ruas, e não haviam encontrado uma alternativa adequada para o até então poço do Lênin, quando acertou em cheio com sua proposta de trocar o nome por poço do Lenon, e então, continuou olhando para ele com cara de interrogação, ao que a pessoa questionada só respondeu, baixinho, que pelo menos vinte, que negócio é esse de pelo menos, gritou prontamente o prefeito, sim, sim, gaguejou o funcionário, mas também posso dizer, com certeza, quinze, e nós temos quinze caminhões, o prefeito lhe perguntou com um olhar fulminante, temos sim, sr. prefeito, mas nem todos funcionam, tá, e quantos funcionam, pelo espírito santo, não me deixe mais nervoso, sr. Hruznyik, então, quatro, respondeu prontamente, mas de imediato acrescentou que mesmo nesses não tem mais gasolina, ah, gasolina, o prefeito continuou rosnando, e olhou para o outro lado da mesa, quem aqui é o responsável pela gasolina, vai ter gasolina se tiver caminhão, observou alguém que estava presente, então vai ter caminhão, gritou o prefeito, não é mesmo, sr. Hruznyik, vai ter tanto caminhão quanto precisa, bem, vamos ver o que podemos fazer, e a coisa continuou assim, no grande salão de conferências, por mais umas três horas, enquanto todos sabiam que não haveria tempo para tudo aquilo, que tinham que agir se não quisessem que a secretária-executiva, em sua tentativa de seduzir com aquele sorriso cândido, a cada dez minutos comente com uma cutucada "queimem vergonhosamente" na frente do barão, e nós não queremos, isso mesmo, senhores, disse o prefeito no final da reunião, e suspirou, cansado, disse que quem ainda não tinha a gravata-borboleta obrigatória deveria ir no gabinete da secretária colocar urgentemente a sua gravata-borboleta, depois se levantou e saiu furioso do ar viciado do salão de conferências.

Só podia ser a Irén, concluiu, conforme passou diante da loja de tecidos, e sentiu que os vendedores a observavam lá de dentro, porque era isso que acontecia desde então, assim que colocava os pés para fora de casa, sentia que era olhada, mas por que está surpresa, se perguntou, bem, se é isso que eles querem, então que olhem à vontade, ela não se incomoda, o único problema é que, sim, a incomodava, porque ainda não sabia o que fazer a respeito da situação, dessa nova situação, só a Irén, ela deve ter aberto a boca, aquela língua de trapo de uma figa não consegue ficar quieta por um minuto, não guarda nada para si, e estava irritada, pois, de fato, agora todo mundo fica olhando para ela, pois agora, se a olham, é porque têm inveja dela, ou talvez porque estão zombando de mim, ou o quê, e continuou andando, apesar de o tempo não estar muito bom, na verdade o clima estava uma droga, e esse vento gelado e essa droga de garoa, mas continuou, de uma rua para outra, desde o jardim Göndöcs pela avenida Béke até a rua Hétvezér, seguiu nela até o fim, até a rua principal, ali até a ponte, depois na altura da farmácia Aranykereszt voltou até a Köröspart, ali caminhou embaixo dos chorões por um tempo, no final atravessou a ruela para chegar na rua principal até a Catedral católica, e seguiu em frente até o parque da praça principal, mas não foi até o castelo, deu meia-volta, pois não queria ser vista ali, preferiu voltar, e se apressou a retornar, ninguém poderia deduzir que *estava só caminhando*, e não indo a um lugar em especial, por algum motivo, nessas ocasiões sempre acontece isso comigo, contou para a Irén, se alguma coisa me ocupa muito a mente, se algo me incomoda demais, se esse diabinho está correndo solto dentro de mim, como eu chamo esse estado quando estou pensando, fico caminhando até que essa coisa saia de mim, você sabe, minha querida, não consigo ficar parada, andar, só andar, é isso que preciso nesses casos, e no final eu consigo o que preciso, quer dizer, no final consigo a solução, a decisão, por exemplo, que, sim, vai comprar aquele sapatinho de verniz preto, sem salto, que viu na vitrine da loja Divatbutik não faz muito tempo, ou o que quer que seja, entende, minha querida, tanto faz o que esteja me ocupando a mente, se me movimento, depois de um tempo me acalmo, o diabinho some, e eu já sei o que devo fazer, ou não fazer, e agora também era assim que a coisa teria que acontecer, simplesmente caminhar, e o faz até que se acalme, mas justo agora, quando tinha que esclarecer uma coisa tão importante, não funcionou, já que ela não só caminha, mas nesses casos costuma caminhar muito mais rápido que o normal, apesar de seu ritmo normal já ser tal que de longe dava para reconhecê-la, desde quando era uma garota, sua mãe reconhecia que era ela que estava vindo, da escola para casa, agora preciso tomar um café, pensou, assim caminhou de volta pela rua principal e entrou na primeira cafeteria, quero um cafezinho, disse, enquanto desabotoava seu casaco e desenrolava o longo cachecol de tricô que estava enrolado em seu pescoço, nossa, falou com a barista que agora estava de costas, que tempinho, bem, para quem gosta, respondeu a mulher e bateu o filtro removível para tirar a borra da máquina de café, o dia está bom, mas em sua voz não havia nenhum sinal de gentileza, assim ela também não deu mais corda para a conversa, o que não foi muito agradável, pois o lugar era bem pequeno, no total havia quatro mesinhas juntas, e o balcão, e logo ali a barista, a menos de um braço de distância, tomou um golinho do café, e se arrepiou toda com o calor, depois do frio lá de fora, olhou para um lado, para o outro, em seguida, sentindo o silêncio atormentador, pois ali não havia um jornal, ou uma revista de moda, qualquer coisa a que pudesse recorrer para se ocupar, acabou juntando forças e voltou a falar, dizendo, estão prevendo um longo inverno, ao que a barista respondeu, carrancuda, pois é, o que tornou impossível qualquer esforço para entabular uma conversa, mas ficou muito surpresa quando, de repente, a barista carrancuda inesperadamente saiu de detrás do balcão, foi até ela e sem mais nem menos sentou à sua mesa e falou, você provavelmente já não se lembra, não é, Marika, mas nós frequentamos juntas o jardim de infância, e no silêncio que se seguiu, pois ela ficou tão encabulada que não conseguiu responder nada, a outra continuou, ela se lembrava bem dela, já naquela época você já era loirinha e nunca queria comer o ensopado de couve-rábano, quem eu, tentou uma resposta, e tratou de tomar um gole da xícara, o ensopado de couve-rábano, isso mesmo, é isso, acenou a barista, e produziu um som com a garganta que provavelmente era uma tentativa de risada, você estava sempre fazendo palhaçada, disse em um tom que provavelmente se pretendia alegre, minha Marika, depois pegou a sua mão, aquela em que ela segurava a xícara, logo acima do pulso, porque eu não esqueço, nunca esqueço nada, e sei de tudo, tudo, minha Marika, continuou, e olhou lá para fora, para a rua, através do vidro da porta, assim ela também olhou, e talvez ambas estivessem esperando que alguém fosse entrar por ali, mas não entrou, agora chega disso, ela pensou, e soltou o braço, sinalizando que gostaria novamente de beber seu café, só que na xícara já não havia mais nada, talvez uma ou duas gotas, mas já estavam frias, tanto faz, ficou segurando a xícara na frente da boca até que as duas gotinhas rolassem para fora, e depressa disse que iria pagar, pois não, assentiu a barista, mas não fez nenhuma menção de se mover, só ficou olhando para ela, o que a fez ficar totalmente encabulada, se isso não tivesse acontecido aqui, em nossa cidadezinha mágica, contou mais tarde para a sua amiga, eu acrescentaria que fiquei com medo, fiquei com medo daquela mulher, do jeito com que ela de repente se sentou ali, sem uma palavra, sem conversa, imagine só, aquela cafeteria totalmente vazia, lá fora aquele vento congelante, e a chuva, e lá dentro essa mulher horrorosa, pois estou falando sério, falou, até conseguir forçá-la a receber o pagamento pelo café, porque disse que eu não precisava pagar já que estivemos juntas no jardim de infância, quer dizer, até que essa coisa toda não tivesse um fim e eu não estivesse de novo lá fora, na rua, estou falando sério, minha Irén, o sangue quase congelou nas minhas veias, sim, claro, comentou Irén, consigo imaginar, querida, aquela cafeteria, aquela barista, e depois seus nervos e o sangue — e deram muita risada.

Se me for permitido chamá-la assim, disse o prefeito, então me permita chamá-la assim, claro, pode me chamar assim, agora de qualquer forma praticamente todo mundo me chama de Mariettazinha, e havia ali um gostinho de amargura, sentiu o prefeito, de modo que depois de ficar tentando, sem sucesso, por meia hora, que lhe desse a carta, e agora, o tanto quanto a poltrona concha lhe permitia, virou-se totalmente para ela, segurou suas mãos nas dele e olhou profundamente em seus olhos, veja, Marietta, é nisto que consiste o futuro da cidade, e eu sei, explicou para ela, enquanto deixava que ela lentamente tirasse suas mãos das dele, que você gosta da cidade, verdade, ela gosta muito, mas o que ela tem a ver com tudo isso, ao que ele explicou, veja, minha senhora, cortou-a o prefeito, agora não temos tempo para isto, peço, peço encarecidamente, que preste atenção em mim, porque aqui todas as palavras importam, para nós, para todos nós, se é que me entende, e aqui eu, e o prefeito apontou para si mesmo, realmente penso em todo mundo, todos os que se importam com esta cidade, quer dizer, em poucas horas todos nós teremos que resolver mil e uma coisas, pense nisso, Marietta, esta cidade nunca esteve numa situação como essa, considerando que, por um lado, e segurando sua mão direita levantou o polegar, um, é necessário reorganizar o coral das senhoras, que nos últimos anos foi se extinguindo, e absolutamente todo o programa deve ser organizado na estação, e dois, e levantou também seu dedo indicador, temos que retirar, Marietta querida, todo o orfanato do castelo Almássy, que por sinal daqui para a frente será chamado de castelo Wenckheim, e, que droga, quase esqueci, isso significa que trinta e sete, talvez mais, ou menos, pessoas têm que ser retiradas de lá, e é preciso remobiliar, se é que me entende, re-mo-bi-li-ar, e o prefeito enfatizou cada sílaba, um castelo que há sessenta anos não funciona como tal, e aqui está o terceiro item, e o prefeito ergueu o dedo do meio e começou a sacudir, com sofreguidão, temos que dar início ao festival em toda a cidade, um festival inteiro, pois, só para que entenda, inclinou-se mais para perto, pois o humor do sr. Barão, não sei se sabe, mas, de acordo com as notícias, não é lá muito bom, de forma que a cidade tem que transmitir alegria, portanto, esta cidade deve ser divertida, plena de alegria, colorida, rica e um verdadeiro palco de atividades culturais, Marietta, e se achegou ainda para mais perto dela na poltrona, de forma que a essa altura só estava sentado na beiradinha, preste bem atenção em cada uma das minhas palavras, peço, tenho que providenciar que retirem todo o lixo e os mendigos, que vão pro raio que o parta, ainda não tenho a mínima ideia de para onde serão levados, mas têm que ser retirados, tenho que mandar retirar todas as máquinas de jogo da cidade, pois, como deve evidentemente saber, o seu famoso amigo sofre de uma síndrome de jogador, veja, não estou fazendo rodeios, o prefeito anunciou com a voz mais grave, trata-se de reformular toda esta cidade em questão de horas, se é que me entende, isso é impossível, esbravejou, e se deixou afundar na poltrona, as costas apoiadas, o olhar voltado para o teto, e isso é muito mais, disse agora num tom de voz confidencial, do que um prefeito é capaz, embora melhor prefeito do que eu esta cidade ainda não teve, nem vai ter, isso todo mundo sabe, e espero que você concorde, é claro, acenou a mulher, mas não concordou muito, pois era impossível fazer o que ele queria, contou mais tarde para a Irén, porque queria, imagine só, que eu desse para ele as cartas, para ele, o prefeito, para que ele, imagine só, mandasse fazer cópias impressas delas, citou algo como mil cópias, para serem distribuídas entre a população da cidade, esse homem endoidou, comentou a amiga, e incrédula só ficava balançando a cabeça, pois é assim, é como se tivesse estourado uma epidemia, retomou a palavra, nem me atrevo mais a sair, sério, está bem, a Irén a interrompeu para que não voltasse ao mesmo assunto, pois ela já tinha ouvido, em vez disso que contasse como se livrou do homem afinal, ao que ela contou que eles concordaram que ela somente falaria sobre a carta no noticiário das quatro horas, por isso mesmo estou aqui, minha querida, para que você me ajude, disse Marika, esfregando as mãos, agoniada, porque não tenho maquiagem, meu cabelo não está em ordem, não tenho um trapo descente para vestir, nada, peço, minha querida Irén, olhou desesperada para a amiga, que faça alguma coisa, não posso aparecer assim na frente da câmera, e não precisou dizer mais nada, porque das duas Irén é a mais esperta, era ela quem sempre ajudava, com seu senso prático, a sua amiga doce, romântica e melancólica, era assim que se apoiavam mutuamente desde a época em que se separaram de seus respectivos maridos, para o que ambas precisaram ficar extremamente desapontadas, e esse desapontamento gigantesco aconteceu quase ao mesmo tempo, e se separaram e ficaram sozinhas, como duas florzinhas órfãs, como Marika certa vez concluiu com sua sensibilidade feminina, duas frágeis florzinhas órfãs, que nunca abandonam uma à outra, não é mesmo, minha querida Irén, você me ajuda, pediu, olhando para ela com seus grandes olhos azuis, ao que Irén olhou para o relógio da parede, deu um salto e começou a organizar as cadeiras, para que sua amiga, que realmente não estava em seus melhores dias, tivesse onde se sentar, enquanto ficava repetindo, não tenha medo, minha querida, vai dar tudo certo, você vai brilhar como uma estrela.

A questão é, ficaram parados diante dele como uma espécie de destacamento, o que você, como a pessoa responsável por este estábulo, o que você sugere, que consideremos uma carruagem de quatro ou de seis cavalos, ao que ele hesitou em abrir a boca por um momento, porque não sabia o que responder, ou não responder, de modo que, no final, decidiu dizer que ele não era a pessoa responsável pelo lugar, e apontou na direção dos estábulos, só o chefe da estrebaria, ele tem três criados ali, mas quem me dera não tivesse, pois eles só sabem aborrecer a gente, não conseguem nem escovar direito a crina de uma égua, quer dizer, não é bem assim, explicou, não se trata de não saber, eles não *querem* nada com o trabalho, porque esses vagabundos inúteis simplesmente não gostam de trabalhar, mas nós pedimos encarecidamente ao senhor cavalariço, interrompeu nesse momento uma das pessoas da comitiva, aliás, um dos médicos de família do consultório, sem necessidade de entrar em detalhes, que responda diretamente, consegue organizar essa carruagem de quatro, ou de seis cavalos, ou não, mas não brinque com os nossos nervos, estamos esperando uma resposta direta, está bem, então vou dar uma resposta direta, prezado senhor, e o sangue ferveu nas veias do cavalariço, porque aquilo já era um pouco demais, não bastasse eles terem baixado ali e ficarem dando ordens para ele, o jeito que eles baixaram ali e ficaram dando ordens fazia parecer que eles é que mandavam ali, pois eles não eram chefe coisa nenhuma, não sabe nem que pito eles tocam, vão chegando aqui e falando com esse ar de superioridade, aí não dá, e ficou roxo de raiva, e falou para eles, visivelmente contrariado, porque a conversa estava rolando já fazia um tempo, não falavam a mesma língua, eles não conseguiram se explicar, e ele não entendia patavina daquela coisa toda, mas o sr. patrãozinho não devia falar com ele desse jeito, porque com ele não pode usar toda essa soberba, seria melhor se eles enfiassem na cabeça, de uma vez por todas, mas um senhor mais velho, que fazia parte da comitiva, avisou o médico de família que ele iria cuidar do assunto naquele momento, e se virou para o rapaz da estrebaria e disse que eles estavam curiosos se poderia, talvez se ele pudesse dar um conselho para eles, pois a pedido do sr. Prefeito, um de quatro cavalos, ah, conselho, interrompeu o rapaz da estrebaria, sem dúvida isso ele pode dar, se pedirem com jeito, porque, se entendeu direito, e fez um muxoxo enquanto parecia estar pensando, o sr. Prefeito está precisando de uma charrete mais luxuosa — mas não de carruagem, por favor!, aqui não tem carruagem, aqui só tem charrete —, portanto ele está precisando de uma charrete adequada, é isso, e sobre isso o que eu posso lhes dizer é que, se eu pensar sobre o assunto, direitinho, então minha resposta curta será, tem, santodeus, escapou da boca do médico de família, e na raiva, olhou para o céu, tem charrete na cooperativa, ele repetiu ainda mais alto, para abafar esse "santodeus" do médico de família, a quem já estava visivelmente odiando, mas então, continuou com aquele jeito maroto, para o desespero da comitiva que estava no limite da paciência, o que vem junto com a charrete, pois é, boa pergunta, ele acha, segundo sua opinião, e aqui ele parou a frase no meio e com a bota começou a brincar com uma pedrinha no chão enlameado, segundo sua opinião ele acha que para essa charrete seriam suficientes quatro cavalos, santodeus, finalmente, suspirou o médico de família ainda com os olhos voltados para os céus, e diga, continuou sorrindo o membro mais experiente da comitiva, que dava para ver que estava convencido de ser ele o único que entendia a linguagem do cavalariço, e apenas diga se esses quatro cavalos estão disponíveis, se você pode arreá-los adequadamente, porque vai ser uma celebração importante, sei, o cavalariço interrompeu a conversa com esta palavra curta, e para a surpresa de todos deu meia-volta e entrou no estábulo que ficava atrás dele, assim, a comitiva se viu forçada a ir atrás, no meio daquele lamaçal pós-chuva, mas eles só chegaram até a soleira, porque ali o cavalariço perguntou, gritando, o que mais que eles queriam e que ali a entrada era proibida, o que fez os homens estancarem, e lhe dizer que estava bem, está bem, não vamos continuar, só precisamos que nos diga se pode levar essa charrete com quatro cavalos até a estação às quatro horas, por causa de quê, perguntou o cavalariço sem ao menos se virar para eles, porque tinha acabado de começar a arrumar a palha de uma das éguas, enquanto xingava entredentes os criados do estábulo, porque eles não estavam em lugar algum bem naquele momento, por que exatamente às quatro, resmungava, e com raiva enfiou a forquilha no monte de palha sujo de bosta, mas essa parte o comitê já não ouviu, pois eles haviam deixado o estábulo e voltavam pela lama para o carro oficial que tinham usado para ir até ali, tentaram limpar a lama dos sapatos da melhor forma possível, depois deram o fora do terreno da cooperativa equestre, enquanto ele ficou lá sozinho com a palha cheia de bosta, ruminando e ruminando, como é que pode, eles foram capazes de largar esses pobres animais no meio da merda, que coisa, esses caras não têm um pingo de consideração, porque se pelo menos tivessem um tiquinho de consideração por essas pobres parelhas, mas eles não têm consideração por ninguém e por nada, vou trucidar vocês, seus fracotes mimados que não servem pra nada, vou pegar e torcer o pescoço de vocês, um por um, vocês estão pensando que estou brincando, mas não estou, não.

Não funcionou, de jeito nenhum, mesmo a gente tendo dado o máximo de si, a gente não estava acostumado com aquilo, a gente só conseguia cantarolar músicas tradicionais, como Ciranda, cirandinha, vamos todos cirandar, ou então, O sapo não lava o pé, não lava porque não quer, ou mesmo Escravos de Jó jogavam caxangá, pois então, essas daqui todas nós sabíamos direitinho, mas essa música nova, ela deu uma rasteira na gente, não queria entrar nos nossos ouvidos, de jeito maneira, também porque não tinha gente suficiente, porque teve gente que não apareceu, a Jucika, a Horgosné também não, e a Rózsika e a sra. Kati, e mais, então, de fato, a sra. Mariska e a vizinha dela, como é mesmo o nome dela, não consigo lembrar, está bem, tanto faz, mas o senhor maestro ficou forçando, ele botou para tocar a fita pelo menos umas vinte ou trinta vezes, para ver se a melodia entrava nos nossos ouvidos, mas não funcionou, não queria entrar nas nossas mentes, de jeito nenhum, e não se podia dizer que a gente não queria, pois a gente queria, e no final a gente se juntou em torno daquele toca-fitas, ou vai saber como chama, como se fosse a manjedoura do menino Jesus, e a gente tentou, e se esforçou, e procurou cantarolar imitando ele, Não chore por mim, Arne, ai, de novo, essa palavra é difícil, ela já não entrava na nossa cabeça, Arginta, não, como é que era, de novo eu esqueci, Ar, Ar, Ar, ai não, estou falando errado, Ar-gen-ti-na, ah, é isso, é só uma palavra, mas foi tão estrangeira para nós, como se tivesse sido trazida da Lua, e a gente tivesse que seguir aqui, mas continuamos tentando, porque depois o prefeito também veio, bom, ele ficou muito chateado quando ouviu como não estava funcionando, e então diz para a gente, pois então, senhoras, aqui trata-se simplesmente de quatro palavras, ou o quê, quatro linhas, e daí tem essa pequena melodia, vamos lá, não me digam que ela vai fazer vocês passarem vergonha, mas vai, sr. Prefeito, a gente disse para ele, estamos aqui nos matando, ensaiando há mais de uma hora, mas não pode ser alguma outra coisa, a gente podia cantar alguma coisa bonita para esse senhor tão importante, disse para ele a Horgosné, porque ela é sempre faladeira, e as brincadeiras dela transbordam, então, ela pergunta o que o sr. Prefeito acha se a gente cantasse A barata diz que tem sete saias de filó, mas o homem só ficava balançando a cabeça, se assim ou assado, que não tem história, tem que ser aquela, essa Arnin, ah, tanto faz, dá para ver que agora a palavra nem sai direito da minha boca, apesar de que naquela hora a gente finalmente tinha aprendido, o nosso maestro, por fim, de alguma forma conseguiu enfiar a coisa na nossa cabeça, e conseguimos cantar, Por que você precisa chorar, Armengíta, aí está, assim, e depois, à tarde, as que faltaram acabaram chegando, então assim foi com a gente, e já estávamos nos arrumando para ir para a estação quando chegou um cara da Prefeitura e disse que alguma coisa tinha sido mal calculada lá, pois o tal trem não ia chegar agora, mas só no dia seguinte, amanhã, ou seja, ainda temos tempo, então a gente disse para o sr. maestro que foi uma grande lástima, pois amanhã já teremos esquecido toda essa trapalhada dos diabos, tal como o vento, daí podemos começar tudo de novo, mas o nosso maestro, ele é, ele é um homem tão querido e gentil que só disse para nós, minhas senhoras, vão para casa, daí todo mundo fica cantarolando sozinha, mas fica cantarolando mesmo, para que a coisa grude nos ouvidos, só a melodia em si, o sr. maestro disse, e ele ficou cantarolando pra gente, até que todo mundo já soubesse, e foi assim que fomos para casa, cantarolando, e cantarolamos para que a música não se perdesse nos nossos ouvidos até o outro dia, e a partir daí, minha querida, fiquei cantarolando também, mais tarde quando comecei a preparar uma torta de geleia simples, pois aprendi com a sra. Ibolyka, sabe, aquela que fazia limpeza lá no sr. Professor, antes dele ficar lelé da cuca, ela tem uma torta de geleia que deixa as outras no chinelo, as outras não chegam nem perto, nem a minha, é claro, mesmo assim ficou boa, eles comeram, a família sempre fica contente quando faço uma torta assim, mas eu sempre digo que essa é só uma simplesinha, porque a de verdade é só a sra. Ibolyka que sabe, mais ninguém, só a sra. Ibolyka, para comer a verdadeira tem que ir na casa dela.

Oras, o que poderia dizer, disse diante da câmera, ela é só a amiga, mas é verdade, acrescentou, que já faz uns quinze anos que são amigas e têm sido inseparáveis desde então, vocês sabem, a Marika está sempre com a cabeça na lua, em algum lugar acima das nuvens, e eu sou do tipo que tem dois pés bem fincados no chão, como dizem, quer dizer, não nega que sejam inseparáveis como unha e carne, mesmo assim não sabe de nada, esse assunto tem que perguntar para ela, que já vai chegar, apontou atrás de si, mas naquele momento a repórter começou a acenar vivamente para ela, para que parasse com aquilo, que não precisava ficar apontando, era desnecessário, tanto faz, dirigiu-se para o câmera, depois a gente corta, portanto, em vez disso nos conte, virou-se novamente para ela, aquilo que sabe, não sobre aquilo que não sabe, o que fez ela ficar um pouco ressentida e, sem de fato sair do seu papel, chamou a atenção da mocinha, que ela não estava acostumada que lhe chamassem a atenção, pois com ou sem câmera, com ou sem TV, ela, para ser direta e franca, está cagando e andando para aquela gravação, não é ela que eles estão querendo, mas a Marika, então que dali em diante a deixem em paz e saiu de frente da luz que alguém estava voltando para ela, e deixou para trás toda aquela corja, segundo contou para sua amiga mais tarde, só me faltava, a essa altura da vida, uma velha como eu, ser intimidada por esses canalhas pretensiosos, pois você sabe que essas coisas não me interessam, por mim podem vir com essa história, disse, de aparecer na TV, e daí, o que vai ser se sim, e o que vai ser se não, em todo caso o meu cabelo estava todo desalinhado, se bem que essa TV é um grande lixo, para ser curta e grossa, contou naquela noite, quando se encontraram na casa dela para uma xícara de chá, para examinarem o que aconteceu, porque era necessário conversarem, dizia Marika, ofegante ao telefone, tantas coisas aconteceram nos últimos dias que elas simplesmente precisam, minha querida Irén, preciso conversar com alguém, então está bem, se você precisa então venha até aqui, nesse caso não fica enrolando, se veste e eu vou fazer um chá bem gostoso para você. Marika gostava muito de tomar chá.

Estava num estado de espírito terrível, aquele acontecimento o perturbava muito, o fato de ter mandado postar, e agora já não tinha nada que pudesse fazer, perguntou ao serviçal se tinha certeza de que a carta havia sido despachada, mas já era a segunda vez que o inqueria, então ele apenas assentiu silenciosamente com um olhar simpático, e abriu os braços, ficou dando voltas no quarto, e por um dia inteiro de novo não conseguiu nem tocar em alimento, tudo o que lhe trouxeram foi devolvido, não, pois o equívoco que havia cometido o deprimia demais, por que escreveu irrefletidamente, mas, mesmo tendo escrito, por que teve que mandar colocar no correio de maneira tão atabalhoada, não poderia ter esperado um pouco, até que a coisa se assentasse dentro dele, poderia ter relido mais uma vez, com calma, pois então teria percebido, na hora, que havia sido um engano, que havia sido um engano terrível ter escrito daquela forma, com certeza, com isso só a assustou, pois ela é tão sensível, com certeza a carta só teve o efeito de assustá-la, só o fato de lhe escrever já foi tão irresponsável, mas, pior ainda, do jeito que ele a atropelou, isso é imperdoável, e ela com certeza não vai perdoá-lo, tem que fazer alguma coisa, e depois de descartar a ideia de avisá-la por telegrama, para que a carta que iria chegar fosse mantida fechada, sem ler, pois descobriu que o serviço de telegrama, como tal, fazia tempo não existia, sentou-se à escrivaninha, pegou uma nova folha de papel de carta, depois ficou só sentado ali, olhando o papel, e se perguntando como iria começar, porque não poderia ser apenas um simples pedido de desculpas, teria que ser um pedido de desculpas em que Marietta pudesse reconhecer um arrependimento sincero, por isso começou explicando que estava muito arrependido por ter se precipitado na carta anterior, que pode imaginar a comoção emocional que aquela atitude causou nela, mas, creia, ele já está tão chateado com sua própria imprudência que, se pudesse, daqui, à distância, com algum feitiço mágico, queimaria aquela carta terrível, gostaria de transformar o feito em desfeito, mas, como isso não é possível, agora, ele só tomou coragem para procurá-la com esta nova carta, para lhe pedir que esquecesse, para que considerasse aquela primeira carta como a declaração de um homem estúpido, infame, egoísta e cruel, uma declaração que não deveria ter sido emitida, de forma nenhuma, já que aquela, aquela declaração evidentemente só a aborreceu, Marietta, é claro que a perturbou, mas creia-me, isso estava muito longe da minha verdadeira intenção, não somente não gostaria de tê-la perturbado, como nem de ir até lá e vê-la novamente, me conformo em mantê-la em meus pensamentos, por isso lhe peço, esqueça de mim, lhe peço, peço muito, mais ainda, rogo que Marietta queime a carta anterior, e que apague, realmente lhe roga que a apague de sua mente, lhe pede, pede muito, mais ainda, implora que Marietta considere aquela declaração tão dura como se nunca tivesse sido verbalizada, e não, não deve nem perdoá-lo, pois lesar o espírito de alguém de forma tão grosseira, ainda mais um espírito tão delicado como o dela, é pecado, e ele sente com intensidade que cometeu esse pecado, e sabe que não consegue consertar seu ato, até o fato de incomodá-la novamente já é imperdoável, não é suficiente ter atentado contra seus sentimentos, que ardem na mesma medida que ardiam quando tinha quinze anos, pois desde então esse sentimento arde dentro dele, pois esse, sim, ele preservou, mas agora chega, escreveu o barão, depois de gastar umas vinte folhas de papel, pois era suficiente para ele não ficar satisfeito com o formato de uma única letra, e imediatamente pegava uma nova folha, copiava o que havia escrito até então e corrigia aquela letra, mas acontecia o mesmo quando se sentia inseguro sobre a grafia de alguma coisa, ou quando — e isso acontecia a cada duas linhas — não considerava adequada uma ou outra palavra, no caso se aquela palavra não era compassiva o suficiente imediatamente pegava uma nova folha de papel e copiava de novo o que havia escrito até então, e corrigia, e corrigia, até que uma noite concluía a carta, e embora tivesse gostado de tocar a campainha de imediato para o serviçal despachar a carta por correio expresso, porque queria que sua amada da juventude a lesse o mais rápido possível, foi capaz de reunir forças para não chamar o serviçal, não tocar a campainha, em vez disso deitou-se, ficou olhando o teto e esperou que amanhecesse, e quando amanheceu, e releu, depois a releu outra vez, em seguida dizia para si mesmo, não tem que rever correndo, mas rever palavra por palavra, com concentração máxima, e assim o fazia, e depois, umas três vezes estendeu a mão na direção da campainha, até que ousou tocá-la, e pôs a carta sobre a bandeja, e deixou que a levassem, e a colocassem no correio, mas a partir daí as horas e os dias passaram a correr numa agonia infernal ainda pior, pois não tinha ideia se teria conseguido consertar aquilo que havia estragado. Duas semanas mais tarde, o serviçal bateu à sua porta, e na bandeja lhe estendeu um envelope comum, que, segundo informou baixinho, havia acabado de chegar. Dentro do envelope havia um cartão-postal, na imagem se via um castelo, com um lago e alguns salgueiros, no verso do qual se liam apenas três palavras. Aguardo Vossa Senhoria.

Gostaria muito que prestassem bem atenção em cada palavra minha, disse para o bando que havia se reunido ao redor do balcão do BIKER, Totó, conte as pessoas que estão presentes, pois tenho esperança de que nesses novos tempos que estão surgindo no horizonte, para ser um pouco poético, todo mundo veio, vinte e sete, mas Totó, você tem certeza disso, tem certeza, então está bem, disse, fechou seu casaco de couro longo, ele praticamente só usava esse casaco, não mais a jaqueta de couro, como os outros, sentou na banqueta alta do bar e começou a girar a caneca de cerveja sobre o balcão, como quem está concentrado, pensando em como começar, então deu uma olhada ao redor e disse que estávamos prontos para ir, porque já tínhamos tudo de que precisávamos, assim, a tarefa agora é todo mundo ir lá para o Seu Béla, mas não pela frente, pelo quintal de trás, entendem, né, não esqueçam, e não se preocupem com o cachorro, aí então, disse, o Seu Béla vai instalar para vocês, um por um, porque o Seu Béla é um dos nossos, e ontem ele trabalhou a tarde toda e depois a noite toda, ele vai instalar as buzinas musicais, porque ele fez trinta buzinas de compressão, oito buzinas tipo corneta, eu mandei a melodia para ele no formato WAV, e esse homem é um verdadeiro mestre húngaro, um gênio, que porra, mas o Seu Béla, aquele Seu Béla, está merecendo uma salva de palmas daqui mesmo, à distância, e os presentes, como que por obediência ao comando, começaram a aplaudir, o Totó chegou a erguer sua caneca de cerveja para o alto e lançou um grito de viva ao Seu Béla, mas os outros não o acompanharam, de modo que sua voz rapidamente silenciou, tal como sua mão com a caneca, que abaixou, no quintal atrás, digo, ele disse, porque, se não conseguimos resolver aquele outro assunto antes do sr. Barão, então que pelo menos esta parte do plano esteja em ordem, assim, numa fila organizada, o Seu Béla vai instalar a nova buzina na moto de todo mundo, em todas as motos, sem distinção, porque, se é irmão, então nos mantemos juntos, certo?!, isso aí, os outros responderam resmungando, então tá, continuou, e deu um gole na cerveja, tira a velha e instala a nova, é só isso, e agora não vamos ficar enchendo o saco do cara com conversinha sobre o cabo de aterramento, o relé de fechamento, os contatos, as baterias, os transformadores, as placas eletrônicas, os transistores FET e combustão, não é para ninguém dar uma de espertinho lá no Seu Béla, que ele tem tantos decibéis e tantos hertz, não, todo mundo pianinho, e deixa que o Seu Béla empurre sua máquina para dentro da oficina dele, e espera lá fora, ou vão até o Metál enquanto esperam, e dão uma passadinha lá no Seu Béla depois de uma hora, porque não dá para pedir para ele ficar ligando pra vocês, então a cada hora você dá uma passada lá, vê se a sua máquina já está pronta e se manda para casa, mas, e aqui ergueu alto o dedo indicador esquerdo, mas todo mundo que é irmão às cinco horas em ponto vai estar lá na estação, já que nós temos uma chance, pois estamos em um número razoável, então vamos nos alinhar do lado direito do prédio da estação entre, entre a rampa e a plataforma, do jeito que a gente costuma fazer, em fileiras de três, esse foi o combinado com a Prefeitura, então nos encontramos lá, e mais uma coisa, ergueu novamente o dedo indicador que estava no bolso do casaco de couro longo, eu, e baixou o dedo indicador apontando para a própria pessoa, quando eu, estão me entendendo, levantar esta minha mão, e mostrou qual seria a tal mão, eu grito para vocês, bem alto, um-dois-três, e no quatro, irmãos, e de repente inclinou o corpo para a frente, indicando quando aquele quatro chegará, todos apertam o botão da buzina na partida do volante, porque o botão estará lá, mas tem que ser todo mundo ao mesmo tempo, senão não vai dar certo, se ficarem apertando de qualquer jeito, temos que apertar ao mesmo tempo, e vocês vão ficar segurando e só vão tirar a mão dali quando a buzina tiver tocado três vezes, porque a verdade húngara é representada pelo número três, quando tiver tocado a Madonna três vezes, está tudo entendido, espero, e agora não tem mais cerveja, todo mundo chispa lá para o Seu Béla, e com paciência, estou dizendo, com paciência, espera pela sua vez, até que o Seu Béla leve a sua máquina para a oficina, e depois dali, como foi combinado, e agora eu só gostaria de dizer para vocês que o sacrifício do Estrelinha foi muito grande, todos nós sabemos disso, mas vamos honrar esse sacrifício, eu lhes digo, não vamos apertar aquela buzina à toa, irmãos, acreditem em mim, aqui vai ter prosperidade, uma nova vida húngara sobre a qual até agora a gente só sonhou, mas agora está aqui, quer dizer, vai estar aqui, só precisamos apertar direito aquela maldita buzina, na hora certa e ao mesmo tempo, como um só corpo, uma só alma, você aperta e fica segurando, aperta e segura, a prosperidade e a nova vida húngara, espero que todos tenham entendido o que está em jogo aqui.

Ergueu a caneca de cerveja para tomar o último gole, mas a meio caminho parou, assim como os outros também, do Totó até o Dzsé, os vinte e sete ficaram petrificados no meio do movimento que realizavam, mas também parou o programa que estava passando na televisão instalada ali em cima, no canto, parou a imagem e parou o som, porque todo o BIKER congelou por um instante, e a imagem que era apresentada congelou, parou a mão do cara que servia no balcão conforme chegava perto da gaveta da caixa registradora com uma nota de mil na mão, nas canecas parou a espuma da cerveja, e na espuma da cerveja pararam as bolhas que estavam subindo para estourar na superfície, mas também congelaram todos os pontos brilhantes nas manchas de cerveja sobre o balcão, porque tudo parou, enrijeceu e congelou, por um instante a vida parou no BIKER, porque aquele instante de alguma forma se rompeu — como se um medo grave, escuro, tenebroso tivesse tomado conta, desnorteando tudo o que existe, e todo mundo lançou um olhar em diagonal para cima, para cima em diagonal, para a tela da TV, como se ali tivesse alguma explicação para a causa daquele medo grave, escuro e tenebroso dentro deles, mas lá em cima não havia nada, pois também na TV a imagem estava congelada, e todo mundo só ficou olhando em diagonal para cima, e ninguém sabia como continuar. E, ao mesmo tempo, alguma coisa aconteceu com a Marika, com a Irén, com o Prefeito e o Vice-Prefeito, e também com a secretária-executiva, com o chefe do Serviço Municipal, com o médico de família e a srta. Dóra, também com a barista, com todo o coral das senhoras e o maestro, e toda a equipe de TV e a repórter, e até mesmo com os vendedores da Métarárubolt e a sra. Ibolyka, com o cavalariço principal e os quatro cavalos parcialmente aparelhados, e até mesmo com os criados da estrebaria, mais ainda, com o sr. Professor em meio à sua fuga, sem falar que nas tortas de geleia também aconteceu alguma coisa, e foi absolutamente no mesmo instante que aconteceu, porque aquele instante se rompeu em todos os lugares da cidade, as coisas pararam, pararam devido ao medo, pararam por causa de um medo que varreu toda a cidade, e embora ninguém tenha perdido o juízo, esse medo que se apoderou deles era insuperável, e todos olhavam para cima em diagonal, buscando alguma explicação, o que seria aquilo, mas não havia explicação, só existia o medo, o puro medo de alguma coisa desconhecida, e ninguém e nada sabia como continuar.

Quem viu qualquer coisa também não descobriu nada, não entendeu, pois houve uma ruptura no conhecimento elementar e na interpretação dele que permitisse entender, quem são essas pessoas, e o que querem ali, porque teve quem viu o início do comboio quando este chegou na fronteira da cidade, vindo de Békéscsaba, e a cruzou, houve quem foi pego pela visão no poço do Lenon, e, claro, houve quem, apesar do frio, estava lá quando, em meio a uma multidão de homens, ele desceu na praça principal e lançou uma olhadela à sua volta, e houve quem vislumbrou o comboio dos muros do hospital, e outros quando ele passou na altura do cemitério do Espírito Santo, e passou pela placa que indicava os limites da cidade a sudeste e seguiu em direção à passagem da fronteira, enfim, teve muita gente também que se encontrou com a impressionante caravana de carros, que viu aquela quantidade incrível de homens e talvez até ele, mas ninguém entendeu nada, porque ninguém tinha ideia do que aquilo podia ser, e de onde teria vindo, e para onde iria, e por que, afinal, tão fantasmagórica era essa procissão que se deslocava pela cidade, e todas as histórias que se dão aqui, que era como se não se deslocasse pela cidade, apesar de ninguém poder pensar que não tivessem estado ali, mas também não poder pensar que tivessem, porque não podiam pensar, e principalmente, não podiam contar que viram o que viram, pois pode ser que não tivessem visto nada, ao mesmo tempo que era impossível não ver, e talvez nem mesmo quem por acaso estava lá fora nas ruas reconheceria um único carro, tivesse coragem de reconhecer que os viu, ao menos por um instante, porque não se podiam identificar esses carros, porque não se podia dizer que não eram Mercedes, nem BMW, nem Rolls-Royce, ou Bentley, porque só se poderia talvez afirmar que essa quantidade infinita de automóveis, sem exceção, estava mais perto de se parecer com um exército de extraterrestres do que com uma verdadeira caravana de carros, e que atravessaram a cidade com uma velocidade incomum, mas ninguém disse, todo mundo guardou aquilo para si, inclusive que viu descer de um deles aquele ser em volta de quem havia um bando de homens que, antes mesmo que ele descesse, começou a tomar providências, e a fazer alguma coisa em volta dele, ao redor dele, que não se moveu, e enquanto esteve ali parado todo mundo realizava algo com rosto severo e inexpressivo, e com uma precisão impecável, mas nada tinha o mínimo *sentido*, nem em partes nem no todo, para ser mais preciso, certamente tinha, era muito necessário que tivesse, só que ninguém foi capaz de compreender qual seria o sentido da coisa, que negócio era aquele que o primeiro e o segundo e o terceiro e assim por diante até o centésimo estavam realizando, mas, no entanto, aquele em volta de quem toda essa movimentação estava acontecendo, ele mesmo não fazia nada, quem o viu, que também não foram muitos, só conseguiu ver que o rosto era imperturbável, e era muito *sério*, muito *severo* e... muito *impaciente*, para esses, que mais tarde negaram para todo o sempre tê-lo visto na praça principal, esses tiveram a impressão de que ele viajava com esse bando enorme, com algum propósito extraordinário, pois, sim, no meio daquilo tudo, parecia que no início daquele instante um exército inteiro estava passando por ali e no final daquele instante desapareceu, e permaneceu completamente oculto, mas por causa de um assunto imensamente importante aqueles que viram alguma coisa poderiam ter pensado, e aqueles que, desde o momento que aconteceu, nunca falaram sobre o assunto, na verdade, os mais afortunados realmente esqueceram aquilo para sempre, coisa que era possível fazer, pois quando terminou era como se não tivesse acontecido, como se tudo não passasse de um delírio, delírio esse, um espasmo nervoso, um instante de ausência mental, essa teria sido a interpretação dos fatos, caso não tivessem esquecido, mas foi tudo esquecido, pois foram surpreendidos por essa terrível procissão, e embora presumissem que essas coisas eram insignificantes, mas as maiores dificuldades foram apresentadas pelas mudanças nas coisas, porque não acreditavam nem em si mesmos, como poderiam, já que aquele momento de ruptura em que a vida parou realmente aconteceu, mas de tal modo que de fato não há e de fato não houve, pois não existe explicação, com o que, por exemplo, se numa cozinha havia uma torneira aberta bem naquele instante, então a água simplesmente parou enquanto escorria, e se bem naquele momento, de raiva por parecer exagerada, uma conta de água estava sendo rasgada, então aquele rasgo parou no meio do papel, mas o que mais chocou aqueles que estavam lá fora foi o chuvisco que caía, pois ele também parou, a chuva parou no meio da chuva, as gotas ficaram onde estavam, no ar, um pouco abaixo ou um pouco acima, tanto faz, milhares e dezenas de milhares e centenas de milhares de gotas pararam entre o céu e a terra, não continuaram caindo, e ficaram assim, pois o vento também parou, e não se tratava de ter acabado, ele simplesmente parou em determinado ponto, simplesmente não soprava para onde tinha que soprar, foi exasperador, e evidentemente ninguém queria crer no que via, e se *depois* restou dentro deles algo de tudo que aconteceu não foi nada mais do que medo, só medo, um medo tal que fazia relembrar o medo de agora há pouco, medo e lembrança do medo, um é tão perturbador quanto o outro, mas igual ao primeiro, ninguém nunca experienciou, e nem podia experienciar, pois sua profundidade é desconhecida, era um medo elementar e avassalador, e não se parecia com nenhum tipo de medo anterior, nada que pessoas e coisas tivessem imaginado e suportado antes, pois não era esse tipo de pavor mortal que tem como objeto uma causa nomeada ou inominável, pois nesse caso não houve motivo, e não havia palavra para denominar, e não projetou o mal puro por excelência, mas uma espécie de terror em que as criaturas e coisas afetadas pelo terror são tomadas por admiração, arrebatamento, ao mesmo tempo humilhante para elas, uma admiração por aquele que ficou em meio a tudo isso, pois qualquer pessoa que o tenha visto na praça principal, ou qualquer pessoa que percebeu que estava lá, não podia fazer outra coisa senão admirá-lo e admirá-lo, pois ele era inominavelmente assustador, mas de tal modo que as pessoas e as coisas de bom grado se lançariam diante dele, o que de fato fizeram, impactadas pela admiração e pelo pasmo, porque cada ser e cada coisa, cada processo e tudo o que estava prestes a existir foi cativado pela grandiosidade monumental, pela incrível, incompreensível grandeza que irradiava de si mesmo, porque naquele instante — e isso é o que eles mais queriam e conseguiram apagar, até mesmo as lembranças mais distantes da memória —, qualquer um e qualquer coisa se entregaria a ele, e essa devoção era a mesma, tanto para as pessoas e as coisas mais intoleráveis, já que o objeto dessa admiração, desse arrebatamento, dessa devoção, o centro desse objeto, ou seja, seu ponto central, sua profundidade, a essência daquele que desceu na praça principal e olhou em volta com seu olhar morto e um tédio gélido, finalmente, com rapidez, como quem está com pressa, voltou para dentro, porque esta cidade não lhe interessava, nem essas histórias, era ruim — ruim, doente e onipotente.

Depois que aquele minuto acabou, começou outro, e Marika entrou no estúdio de televisão, depois saiu de lá, e a partir daí nada mais poderia frear a grosseria insolente dos curiosos, como ela os chamava, já que, suspirou, num piscar de olhos ficou famosa, ou seja, a partir de agora eles também sabem quem ela é, queixou-se para a sua substituta na agência de turismo, onde novamente entrou, todos aqueles que até então não sabiam, pois imagine você, disse para a mulher, não se consegue andar pela cidade sem que eles fiquem me encarando, e sem que se aproximem de você para perguntar alguma coisa para a qual você não tem resposta, o que eles perguntam, perguntou Marika para sua sobrinha no escritório vazio, certamente sobre *aquilo*, mas ela não sabe de nada, nada mais do que aquilo que já contou na TV uma vez, e já repetiu um bom par de vezes desde então, se eram conhecidos que a paravam, e faziam a mesma pergunta, se coloque um pouco no meu lugar, explicou, enquanto gesticulava enfaticamente, você vai até a mercearia para comprar pães e frios, e o atendente já começa a perguntar, depois o estoquista, por fim o caixa, claro, Marika balançou a cabeça de um lado para outro, por que ele vai ficar de fora, o caixa, e, de fato, tem até dois caixas na loja do lado da pequena igreja reformada que ela costuma frequentar, mas para ela ambos são muito desagradáveis, porque às vezes dão respostas tão secas que a gente perde o gosto por tudo, mas tanto faz, e desceu da mesa sobre a qual tinha se sentado para trocar algumas palavras com a nova funcionária, e para saber se ela se adaptou ao novo ambiente e se houve alguma mudança, e se tem novos clientes, ou o quê, ah, claro que não tem, disse a parente com uma leve careta, e ela também desceu de sua mesa, ninguém põe o pé aqui dentro, já não existem turistas, mas por que existiriam, e sua voz ficou ainda mais lamurienta, conforme acompanhou a visita até a porta, o trem a gente não sabe se sai ou não, e depois, se ele partir, se para ou não, e, se sim, então quando é a parada, quanto aos ônibus eles só saem se tiver gasolina, e em geral não tem, então, assim, como alguém vai sair de qualquer lugar para vir aqui passear, ou fazer turismo ou algo assim, dona Marika, aqui o país inteiro já entrou em colapso total, disse com amargura, pois veja só, dona Marika, como podemos mostrar qualquer coisa aqui, me fale, o que aconteceu com essa cidade, as ruas estão cheias de pilhas de lixo, não tem iluminação porque roubam as lâmpadas, e essas centenas e centenas de sacos plásticos que estão sempre sendo levados pelo vento para todos os lados, e estão por aqui esses mendigos albaneses, e aquelas crianças que ficam pedindo esmola, uma máfia, todo mundo sabe, mas ninguém faz nada a respeito, tem esse prefeito e o comissário, mas eles também, disse com um beicinho, o que eles fazem, que o barão isso, o barão aquilo, eu digo para a dona Marika, já não tenho mais nenhuma esperança, porque o barão pode vir aqui, pode vir até mesmo um rei, aqui não vai ter nada, essa é a minha opinião, então, querida Dóra, ela interrompeu, em primeiro lugar já lhe disse para não me chamar de dona Marika, já que todo mundo está me chamando assim, você também pode me chamar de Marietta, mas nada de formalidades, afinal temos essa conexão, então, você não acha, quer dizer, na minha opinião você está sendo um pouco pessimista demais, uma mulher assim jovem não pode falar desse jeito, mas por que não poderia falar assim, por acaso não é isso que está acontecendo, dona Marika, e desculpa pois não estou conseguindo mudar assim de repente para Marietta, de alguma forma esse nome não me vem à mente, e esse tratamento informal, por outro lado, me faz bem ouvir que me acha jovem e tudo mais, mas ao mesmo tempo, eu, balançou a cabeça com tristeza, não sou tão jovem, de jeito nenhum, tenho quarenta e um anos, e sou solteira, e já não tenho ilusão, e não tenho um bom trabalho, porque em vão digo para o meu pai que era preferível eu achar um emprego na indústria alimentícia, ele só fica teimando que nem uma égua, que por exemplo aqui, no lugar da dona Marika, vai ser muito melhor, e ela reconhece, reconheceu, que a dona Marika com certeza fez um excelente trabalho naquele lugar, a única coisa é que não existe mais trabalho a ser feito, não tem trabalho, o dia inteiro só fica coçando o saco, depois que começou a trabalhar no lugar da dona Marika, só o sr. Prefeito entrou no escritório antes de ontem, mas ele está maluco, ficou falando um monte de coisa sem sentido, pois ele também acredita que aquele barão isso e aquilo, mas eu, apontou para si mesma na porta do escritório da agência de turismo, eu digo para a dona Marika que, do meu ponto de vista, aquele barão só vem por causa da dona Marika, e não vai nem passar pela cabeça dele fazer qualquer coisa por aqui, tenho ouvido tanta besteira, a dona Marika não consegue nem imaginar, mas é até melhor que a dona Marika nem pense nessas coisas, e com isso se despediu dela, e ainda ficou observando por um tempo enquanto ela se distanciava, e somente naquela noite, à mesa do jantar, pôde continuar a conversa com o pai, imagine só, ela foi capaz de ir lá no escritório mais uma vez, mas ela sabe o porquê, não é idiota, não foi uma visita de parente, como disse, simplesmente queria ver com os próprios olhos se estava acontecendo alguma coisa, se ela não estava fazendo alguma coisa melhor, isto é, se um dia ela não trará um ônibus cheio de chineses, por exemplo, coisa que ela no máximo só poderia ter sonhado, e fora isso ela só fica andando pela cidade, e fica espalhando por aí como ela agora é famosa desde que apareceu na TV, lá no escritório ela apareceu por esse motivo também, e marcava cada palavra sua com uma batida na mesa com a colher, teve a cara de pau de entrar para ficar se vangloriando, ficou repetindo a mesma ladainha, fico pasma, meu pai, como o senhor se deixa enganar com facilidade, talvez o senhor até acredite que o barão de fato vai doar a fortuna enorme dele para nós, que nada, coloco minha mão no fogo, ele só vem por causa da dona Marika, eu até disse isso para ela, só não sei bem a razão, pois todo mundo tem certeza de que aquele barão vai de fato fazer alguma coisa, pois acredite ou não, meu pai, já estão gastando, estou falando sério, as pessoas já estão gastando toda aquela dinheirama suja, e foi acometida por uma gargalhada, e pôs a mão diante da boca, porque bem naquele momento sua boca estava cheia de comida, perguntou se o pai estava entendendo, que eles já estavam gastando por conta da grana do barão, que ainda não havia nem chegado, assim, quem é capaz de realizar tamanha asneira, se não a gente, dizem, que vai acontecer isso e aquilo, como se a merda toda já estivesse acontecendo, pois eles ficam sonhando que ele vai mandar arrumar o castelo, bem, até aí dá para acreditar, mas eles também dizem que ele vai mandar construir doze piscinas novas, e quatro hotéis, mas, pergunto eu, para que a gente aqui precisa de uma piscina, pois quem está na piscina além dos funcionários, ninguém, e só isso, e para que quatro hotéis, alguém pode me explicar, e olhou para o pai que estava debruçado sobre seu prato e misturava a comida, mas não comia, por que exatamente quatro, por que não três ou cinco, ou doze de uma vez, é um belo número, a mulher deixou a colher novamente no prato, naquela noite havia picadinho de carne para o jantar, só que nenhum deles estava com fome de verdade, por que então haveria exatamente, continuou, irônica, tantas piscinas novas, pois então, mas não, balançou a cabeça, e baixou o tom de voz, agora me diga, papai, mas com sinceridade, se tudo isso aqui não é um verdadeiro hospício.

Guardava as duas cartas junto do coração, se saía de casa guardava no bolso de dentro do casaco, e, se estava em casa e vestia o roupão, então guardava no bolso lateral, verdade, nesse caso não era junto ao coração, senão do lado, mas não era isso que contava, pensou, senão o sentimento, que em pensamento estava junto de seu coração, e sempre, e nunca se separar delas, pois fazia dias, aliás podia até afirmar que fazia semanas, ficava andando para tudo quanto é lugar com essas duas cartas perto do coração, e tentava compartilhar aquela felicidade infinita que sentia, compartilhar com os parentes e conhecidos, mas não conseguiu, pois não encontrava ninguém, não, nem com a Dóra, com quem tentou duas vezes, mas nem com a Irén poderia se abrir sobre seu único segredo, pois até ela, a Irén, que era realmente sua melhor amiga, nas horas boas e nas más, nem com ela poderia falar sobre aquilo que para ela era o mais importante, pois a Irén tem um espírito tão prático que ela esfria tudo, todos os sentimentos e todo o entusiasmo, que ela, ao contrário, sempre teve, e agora, com duas cartas como essas junto do coração, de mais a mais, considerando o jeito da Irén, no final era capaz de zombar dela, a transformaria num gafanhotozinho romântico, como ela sempre a considerava, mas agora iria quebrar seu coração, pois sentia que esse coração é dela própria, junto das duas cartas, é tão frágil que não somente uma grosseria, mas um simples raciocínio do tipo que a Irén normalmente faz seria suficiente para fazê-la desmoronar, assim, só andava pela cidade com muito cuidado, e sempre levava consigo essas duas cartas, e carregava esse frágil coração para tudo quanto é lugar, e não podia abrir nenhuma das duas na frente de ninguém, pois não podia falar com ninguém sobre o que sentia, que sente que está novamente feliz, a sua felicidade, pensou, feliz, cabe em palavras tão simples, pois não se tratava de agora ficar elaborando planos, ou coisa do gênero, mas tem essas suas duas cartas das quais emanavam sentimentos tão deliciosos para ela, sentimentos que já não esperava ter, de jeito nenhum, pois já não esperava por palavras tão delicadas, e não imaginava que mais uma vez aconteceria com ela nesta vida, uma vez que a vida tinha sido tão, mas tão decepcionante que não esperava que um dia o milagre iria acontecer de fato, que sempre esperou, mas que sempre acabou em frustração, pois por um lado, pensou agora, e entrou na loja que ficava do lado da igreja Kisreformátus para comprar alguma coisa para o jantar, porque estava sem nada em casa, por um lado ali estava esta contínua decepção com os seres humanos, um termo que para Marika, na verdade, sempre dizia respeito aos homens, que invariavelmente vinham, ficavam fazendo promessas, lhe faziam a corte, mas depois, da forma mais abjeta possível e por motivos vis, a descartavam, por outro lado, estava a sua própria pessoa, essa mulher romântica, como ela se considerava, que tem um coração tão, mas tão frágil, e toda a sua vida foi assim, em que de um lado havia toda essa decepção e, do outro, o seu próprio coração, e quando considerava que não teria outra chance, que para ela estava encerrado, então certo dia o carteiro traz uma carta, e o milagre acontece, que alguém, em algum lugar, pensa nela desta forma, escolhia entre os frios, observava os vencimentos, e tentava se decidir através da embalagem plástica em qual data acreditar e em qual não, só quando era bem jovenzinha é que teve esse tipo de sonho, que havia alguém lá longe que pensava nela, e pensava daquele jeito, com um amor tão puro, com isso ela escolheu um salsichão, que ainda estava com uma aparência razoável, colocou na cesta e foi na direção do caixa.

Todo mundo está ocupado escrevendo seus discursos, avisaram ainda de manhã, mas essa notícia não produziu nenhuma reação em suas feições, só fez um leve movimento com a cabeça e indicou que o portador da notícia poderia sair, em seguida tirou o chapéu, enxugou a testa e arrumou a risca do cabelo no topo da cabeça, puxou novamente a gaveta da escrivaninha e tirou a folha de papel na qual escreveria seu próprio discurso, mas não avançou, não avançou direito, aliás poderia dizer que não avançou de jeito nenhum, porque ficou inseguro ao escrever uma frase clichê, será que isso está bom desse jeito, sem falar na correção, pois a gramática também tinha que estar correta, pois não está eliminada a hipótese de aparecer nos jornais, ou que o citem, quem sabe, se ficar bom, então, certamente, só que lá estava essa insegurança dentro dele, fazer o quê, não era um palestrante experiente, e todas as suas palestras até então haviam sido lidas, não é o prefeito, de quem jorra uma frase melhor que a outra, está decidido, esta também será lida, mas desta vez ele não deveria envolver ninguém, nem mesmo seu secretário, que sempre revisava seus textos, quer dizer, para que negar, sempre escrevia para ele, visto que até agora quase sempre foi assim, isto é, não quase sempre, mas sempre, já que esse sargento graduado trabalhava na secretaria e sempre lhe foi útil, mas como fazer agora já que não se tratava de uma coisa qualquer, agora não se tratava de encher linguiça numa aula na escola sobre transporte, ou dar uma palestra na reunião de final de ano no Comissariado, não, desta vez precisa de algo que impressione, e isso não pode confiar para outra pessoa, mas já passou das dez horas e a coisa não progredia de jeito nenhum, e continuava a não progredir, por isso acabou mandando chamar o sargento, um magrela alto, graduado, que usava um par de óculos tão grandes quanto dos políticos chineses, uma lente grossa naquela também grossa armação SZTK preta, e agora o estava encarando com eles, como quem não entende do que se trata, apesar de ele ter dito com clareza, já que falava com clareza, não, lhe chamou a atenção, com rigor, ao que, é evidente, o que ele poderia responder a não ser, sim, senhor, e que estava claro, e que havia entendido, e às duas da tarde o discurso estaria pronto, então está bem, respondeu em um tom mais calmo, chegue mais perto, sargento, e o sargento chegou mais perto, veja bem, disse para ele com uma voz não tão oficial, quase confidencialmente, teria que improvisar alguma coisa que fizesse sombra para os outros, do prefeito até o diretor da escola, porque com certeza, disse, eles também vão discursar, e ele, fala com sinceridade, quer sobrepujá-los, se é que entende, sargento, sobrepuje-os, é chegado o seu grande momento em que pode produzir tal discurso que fará todos presentes lá na estação baterem palmas entusiasticamente, e nesse momento você atrás de mim saberá que parte daqueles aplausos é para você, pois você moldará em palavras o meu pensamento, já que isso, sem dúvida, não está em questão, as ideias têm que se originar de mim, você me conhece, como o capitão que é seu superior, e como seu chefe, o homem, sou um livro aberto para você, de modo que tem material suficiente para trabalhar até as duas, pois nesse livro que está aberto tem tudo, você só precisa encontrar a forma, eu me ocupo do resto, e como ali não há erro, então a única questão é como dará voz ao assunto, pois espero que com isso você também concorde que, se existe alguém que sabe fazer um discurso, então esse alguém sou eu, sim, sr. capitão, o sargento inclinou a cabeça, não de acordo com os regulamentos, como se o peso dos óculos tivesse puxado sua cabeça para baixo, e ainda queria dizer algo, pois ainda tinha um pequeno pedido sobre uma licença não remunerada relativa a umas férias, mas não teve chance, pois o capitão indicou com a cabeça que podia ir, e isso significava que tinha que deixar o local e descer para o cheiro de mofo penetrante, para o subsolo, que era a coisa que ele mais odiava neste mundo, descer ali todas as manhãs, para ele era como descer para o inferno, pois não suportava o cheiro de mofo que emanava dos documentos ali embaixo e a luz fluorescente no teto, aquela infinidade de luzes fluorescentes alinhadas acima de sua cabeça, a observá-lo, ali embaixo, sozinho, curvado sobre sua mesa, e as horas pareciam dias, e os dias, semanas, e as semanas pareciam meses e os meses, anos, no final os próprios minutos pareciam anos naquelas ocasiões, e em vão ele tinha um montão de tempo para tirar da gaveta da escrivaninha seus autores clássicos latinos, em vão estavam ali com ele, Cícero e Tácito e César estavam lá com ele, todo o material de sua tese de graduação, todos os onze, porque certa vez, num ano glorioso, confessou a um amigo, que acabou ficando impressionado, que ele, seu amigo, simplesmente *sabe* latim, mas ao mesmo tempo era policial, que fora o único que escolheu o latim como a quarta disciplina optativa no ensino médio, de modo que ele recebeu tão poucas tarefas para o exame final que sabia todas elas de cor e, assim, deslumbrou a banca examinadora, e se quisesse, até hoje poderia deslumbrar todo mundo que encontrasse, pois nunca esqueceu aquelas onze teses, só não tem vontade de ficar deslumbrado, pois nunca teve vontade para a coisa, já que não é um acrobata de circo, pensava sobre si mesmo mais como uma vítima de um erro grave, que não deveria estar ali sentado como um sargento, nesse depósito gelado no subsolo, e não deveria estar escrevendo os discursos do chefe, em segredo, mas algo à altura de todos esses grandes feitos que o mantiveram entusiasmado com Cícero e Tácito e César até os dias atuais, levou o olhar até as luzes e sabia que as luzes o observavam, assim deu um suspiro profundo, que ele não deveria estar ali, não, e tirou uma folha de papel, enfiou na sua máquina de escrever Continental, de que ele pode pelo menos fazer questão, em vez daqueles computadores sofisticados, e começou, Excelentíssimo sr. Barão, e esse cheiro podre que vinha dos documentos, ficava fechado das oito da manhã até as cinco da tarde, com um intervalo de uma hora para o almoço, mas então, e aquelas luzes lá em cima e esse cheiro, em vão, não dá para suportar essa situação.

Havia tamanha movimentação popular na biblioteca, era assim que de maneira espirituosa ele chamava, segundo ele, uma movimentação popular sem precedentes nas últimas décadas, desde que a biblioteca da cidade foi finalmente transferida do jardim Göndöcs para um lugar mais adequado, isto é, desde que a biblioteca ocupou o imenso prédio da antiga Prefeitura, e ele ocupa seu digno lugar na cadeira de diretor, entre os dignitários da cidade, desde então nunca havia tido tamanha movimentação, como desde quando as pessoas, "tanto as pequenas como as grandes", informou sua subordinada, Eszter, da recepção, que literalmente voava nas nuvens de felicidade, sr. diretor, sacudia a cabeça incrédula, de tanta alegria, queriam saber tudo, e "se possível, imediatamente" sobre Buenos Aires, mas, imagine, sr. diretor, a Eszter contou ao seu superior, de trás da mesa, para aquele homem satisfeito e atento, imagine que eles querem saber tudo sobre a Argentina, sobre todos, sr. diretor, os livros de viagem, roteiros, livros de memórias, o livro de Gilbert Adair, da Angelika Taschen, a história do futebol, o livro do Ladislau Kurucz, qualquer coisa que tenhamos, e estamos emprestando tudo para leitura no salão em vez de estar emprestando para retirada, pois espero que o sr. diretor seja da mesma opinião, não podemos nem pensar em estar emprestando para retirada, nessas circunstâncias, só para o salão de leitura, concordo Eszter, e estou muito contente com tudo isso, mas lhe peço, não use esse tipo de linguajar, pelo menos não aqui na biblioteca, "estar emprestando", a senhora é uma pessoa estudada, Eszter, e sabe que não usamos estrangeirismos no húngaro, espero que me entenda, não quero ofendê-la, e o diretor ofendeu profundamente a Eszter, mas eu já tinha chamado a sua atenção, que a senhora tem a tendência de usar esse tipo de gerundismo, "estar emprestando", inadequado e alheio à língua húngara, e eu lhe peço, não faça uso desse tipo de expressão, já que nós temos, nós os húngaros, uma bela forma para expressar isso, se é que concorda comigo, é claro, sr. diretor, ela balbuciou em resposta, lá está o simples tempo verbal que expressa o passado, espero que concorde, de modo que, da próxima vez, diga que "todos os livros foram disponibilizados no salão de leitura" e pronto, a língua estará cintilando, Eszter, sim, ela baixou o olhar, e se até aquele instante estava como que flutuando no espaço sideral de tanta alegria, agora, no caminho de volta para a realidade, já arrastava suas chinelas, as que ela usava ali dentro, arrastava, isto é, voltava para a realidade, e nesse retorno arrastava os pés, como um cachorro com o rabo entre as pernas, com que direito, ela se revoltava dentro de si, enquanto abria caminho entre a multidão e ficava novamente atrás do balcão da recepção, como ele ousa querer me dar lição, eu que durante vinte e três anos dei aulas de húngaro na escola II, isso doeu, confessou para a sua colega do lado, mas ela nem ouviu, pois estava ocupada fazendo o empréstimo de mais um livro da Anikó Sándor, *Borboleta no ombro: Uma aventura em Buenos Aires*, mas não tinha ideia sobre o que fazer com aquela fila que se avolumava, o que poderia oferecer àquela gente, onde será que tem mais alguma coisa, se perguntava, até que preencheu a ficha de leitor, alguma coisa, qualquer coisa, o que quer que tivesse alguma informação sobre essa maldita Argentina, e naquele momento não podia perguntar para a sua colega, pois sabia que ela esteve na sala do chefe, e em geral ela sai de lá derrubada, pois, apesar dos seus cinquenta e oito anos, ali na biblioteca todo mundo sabe que ela é irremediavelmente apaixonada por ele, lhe ocorreu de repente, com um sorriso furtivo, quando bateu um olho na expressão que carregava no rosto, e viu que "sim, mais uma vez está ofendida", todo mundo sabe, e a paixão tinha que ser pelo chefe, aquele gordão, que com aqueles óculos fundo de garrafa se parece mais com um hipopótamo, e quem, por sinal, não se ocupa com outra coisa que não com a sua própria magnificência, e continuou seu relato em casa, depois que finalmente conseguiram fechar a biblioteca, e ela chegou em casa para ficar junto aos seus na sala, na frente da TV, e, aqui entre nós, o nosso chefe é, na verdade, um baita brutamontes presunçoso que esta cidade tem lutado para bancar nas últimas duas décadas, desde que eu, apontou para si mesma, o conheço.

Querida Marietta, agora realmente só falta uma hora, e você irá fazer um discurso, disse o prefeito em tom autoritário, eu, na verdade, eu não, objetou Marika, sentada na poltrona reclinável, prometo que estarei lá, mas não vou falar, sacudiu a cabeça decidida, como assim estará lá, gritou desesperado o prefeito, você é a personagem principal, eu lhe rogo, é por sua causa que a coisa toda existe, se você não existisse, talvez o barão nem viesse aqui, lhe rogo, entenda, objetou Marika da maneira mais decidida possível, eu não vou falar, isso de falar é coisa de vocês, não me peçam isso, não vou abrir a minha boca, me entenda, pare de me torturar, não foi o suficiente, até agora fiz tudo o que me pediu, falei na TV, falei sobre a carta, a minha resposta, e cheguei a falar até do passado, nos mínimos detalhes, embora esse seja um assunto totalmente confidencial, um assunto pessoal, lhe peço, e totalmente desolada ergueu sua xícara da mesinha e tomou um gole de chá, mas não é disso que se trata, o prefeito continuava tentando persuadi-la, nós não queremos que o assunto deixe de ser pessoal, mas que, sim, que seja pessoal, e por isso mesmo você precisaria estar na frente de todos nós, e ser a primeira a cumprimentar o grande homem, ele continuou pressionando, tentava convencer Marika, minuto após minuto, mas quando percebeu que não teria sucesso começou a fazer uma careta de resignação, depois acenou com a cabeça sabe-se lá o quê, e finalmente sugeriu para a anfitriã que saíssem juntos, pois era chegada a hora, àquela altura as pessoas já estarão todas na estação, observou, agitado, só estão esperando por você e por mim, para que então juntos esperemos o trem, espero, meudeusdocéu, que não se atrase muito, e se levantou de um pulo da poltrona, e começou a abotoar o casaco, e depois desabotoou rapidamente quando viu que Marika estava indo na direção do cabideiro para vestir o dela, nesse instante acudiu depressa e pegou o casaco, com educação a ajudou a vesti-lo, ainda deu um tapinha bem de leve nas costas da Marika, ao que ela se arrepiou ligeiramente, e logo ele parou, e já estava na porta, segurou-a aberta para a senhora passar e saíram juntos, desceram as escadas e alcançaram o vento gelado ao atravessar o portão, agora por sorte não chovia, mas em questão de segundos ficaram gelados, assim que o vento os atingiu, apesar de só terem que percorrer cinquenta passos até o carro oficial, depois as coisas ficaram um pouco mais fáceis, dispararam no carro oficial pela avenida Béke, voaram, porque estou voando até você, pensou Marika no banco de trás, e não havia nada dentro dela além dessas palavras, era como se um sino suave batesse em sua alma, enquanto via que o prefeito não parava de falar, e não entendia patavina do que ele dizia, não lhe interessava nem um pouco, sua atenção estava fixa nos dois limpadores do para-brisa, como eles tentavam lutar com os sacos plásticos sujos que o vento de alguma forma soprava para cima deles, só ouvia o rangido dos limpadores e dos sacos plásticos deslizando sobre o para-brisa, e enquanto isso ela voava, e tudo voava com ela, e somente aquelas duas palavras cantavam dentro dela, nada mais.

De repente só encontrou duas canetas esferográficas e um pacote de caneta hidrográfica de ponta fina, mas ela queria a caneta-tinteiro, lembrava que tinha uma caneta-tinteiro, a cor podia ser meio azulada ou esverdeada, pensou, tem que estar por aqui, e começou a fuçar na bolsa de guardar linhas, onde guardava não somente linha, mas todo tipo de coisas miúdas que não queria jogar fora, mas que também não conseguia usar, fuçou, fuçou, mas não encontrou, então colocou o dedo indicador no queixo e tentou pensar com calma e olhar ao redor na sala de estar, ah, talvez na gaveta de baixo da escrivaninha, talvez lá, e abriu a gaveta, puxa vida, ali realmente muitas coisas se juntaram com o passar do tempo, ali tinha desde borracha até bola de vidro com a indefectível neve dentro, desde uma manjedoura até a tesoura de cortar papel, tudo, levantou uma foto, que de alguma forma tinha ido parar ali, estava um pouco enrugada, alisou, e vejam só, lá estava ela na foto com a mãe, parecia, mergulhou em seus pensamentos, parecia ter uns quinze anos de idade, talvez catorze, meudeus, isso foi há tanto tempo, suspirou fundo, e por um tempo só ficou olhando para si mesma, que havia sido uma bela moça, gostava daquela foto, pois estava sorrindo e dava para ver bem suas duas covinhas que sempre apareciam quando sorria, e sabia o poder delas sobre os homens, ah, os bons e velhos tempos, suspirou de novo, e recolocou a foto na gaveta, com cuidado, e continuou procurando, mas não achou, mais uma vez deu um passo para trás, mais uma vez colocou o dedo indicador no queixo, e olhou ao redor, onde poderia estar, será que na cozinha, perguntou-se diante de uma nova ideia, pode ser, respondeu para si mesma, e abriu o armário da cozinha, podia estar em qualquer lugar, foi abrindo gavetas, portas, mas nada, foi quando de repente se lembrou de onde poderia estar, voltou para a sala e abriu o armário grande, aquele que tem o cabideiro, era onde guardava as bolsas, e procurou pela bege-clara, com fivela dourada, que só usava na primavera, e lá estava, finalmente, pensou satisfeita, mas foi quando se lembrou que também precisava de tinta, embora isso não fosse tão difícil, achou facilmente na escrivaninha, na segunda gaveta de baixo para cima, aí está, é claro, e afinal se sentou à escrivaninha, arrumou tudo o que tinha que ser guardado e que naquele momento não se faria necessário, alinhou os dois vasos de flor com ramos de algodão, em seguida alinhou no meio a folha de papel, inclinou-se sobre ela, então tá, mas escrever o quê, tirou do envelope esquisito a primeira carta do Béla, na qual, mais cedo, já tinha anotado bem clarinho, com uma ponta de grafite, o número um, assim como no outro, da mesma forma, o número dois, e novamente leu do começo ao fim, depois leu de novo a segunda carta, esta também, do começo ao fim, mas isso não a ajudou, sua mão tremia, então agora o que fazer, no fim deixou tudo de lado, e da gaveta superior do lado direito pegou sua coleção de cartões-postais, separou três, e então escolheu um, e foi assim que finalmente, segurando a caneta, na qual, a essas alturas, ela já tinha colocado tinta, com a ponta voltada ligeiramente para cima, se debruçou um pouco sobre a mesa, inclinou a cabeça para a esquerda e depois de pensar um pouco escreveu duas palavras, então só ficou ali sentada, inclinada sobre o cartão-postal, com as costas encurvadas, chegou a sentir que estava sentada toda torta, mas por um tempinho não fez nada a respeito, apesar de só muito raramente se permitir fazer isso, ou seja, relaxar a postura, como dizia, sempre manteve as costas eretas, a cintura, mas agora, de alguma forma, tudo estava difícil, de repente tudo ficou pesado, olhava para as duas palavras no verso do cartão-postal e sentia que estava envelhecendo, que estava velha, mas, também, o que mais ela queria, balançou um pouco a cabeça, como se tivesse sido pega pensando com imprudência, afinal, o que ela espera, o Béla é um ancião, e ela, uma senhora velha, aqui não dá para dourar a pílula, afinal o que mais podem esperar da vida, e continuava sentada, inclinada sobre o cartão-postal, olhava para as duas palavras, seus olhos se encheram de lágrimas, suas costas vergaram um pouco mais, os ombros caídos para a frente, eram as costas de uma mulher velha, alquebradas, as cadeiras doloridas, mas nesse instante de repente se alinhou, depressa guardou o cartão dentro do envelope já preparado, colou e depois de ler letra por letra as linhas dos dois maravilhosos envelopes, começou a endereçar o seu próprio. Depois, de um salto, se levantou, foi até a porta, vestiu casaco, cachecol, chapéu, e já estava lá fora, no vento congelante, embaixo de chuva, e quando chegou no correio, empurrou a porta e entrou, seu rosto já estava estampando um sorriso, porque a essa altura uma voz cantarolava em seu coração, como se alguém estivesse tocando um violoncelo, que estou pronta, sim, pronta para o amor.

A multidão superou todas as expectativas e não espantou somente o prefeito, mas os próprios participantes, que por um tempo ficaram apenas olhando de um lado para outro, admirados por serem tantos, não que ali alguém estivesse esperando por qualquer outra pessoa, só que agora que estavam todos juntos na plataforma e à direita da plataforma e à esquerda da plataforma, e dentro do edifício da estação, e atrás do edifício da estação, e na frente do edifício da estação, cobrindo todo o espaço até a segunda linha férrea, e apesar de enregelados, ao mesmo tempo foi com certo orgulho que concluíram que já que são tantos, ainda bem que vieram, que não ficaram em casa, é claro que ninguém considerou essa hipótese a sério, só que as notícias eram confusas, alguns deles até agora olhavam em volta incertos, será que receberam a informação correta, será que é hoje que ele chega, afinal ontem a chegada dele já tinha sido anunciada, e acabou não acontecendo, essa era a única dúvida entre alguns participantes, porque para todo o resto, fosse aquela minoria ou a maioria, numa coisa eles concordavam, mesmo que não soubessem exatamente como seria, se este trem iria realmente chegar, se este trem finalmente vier de Csaba, se aquele de quem já viram tantas, mas tantas fotos, de quem tanto, mas tanto se falou, finalmente descer do trem, então afinal de contas eles já não tinham outra coisa a fazer a não ser celebrar o homem e depois esperar para ver o que ia acontecer — essa era afinal a grande pergunta, pois quase todos os habitantes da cidade estavam lá, apenas os detalhes permaneceram compreensivelmente obscuros, já que ninguém sabia por onde o barão iria começar, seria com o castelo, a sua reconstrução, ou com as pequenas fontes com que havia muito sonhavam em Körös, ou começará a construção dos sete hotéis, e a lista, que circulava desde que a história veio a público, só fazia crescer e se modificar, ficaram discutindo por dias a fio até os casos mais estranhos, entre as paredes dos quartos de dormir até as barbearias, das lojas até os escritórios, e as crianças já falavam sobre isso no jardim de infância, simplesmente em tudo quanto é lugar e sempre o assunto era esse, o que vai acontecer e como vai acontecer, pois seu entendimento parecia ser que não precisavam mais se preocupar com o essencial, isso eles já têm, a chegada do barão, a aproximação do trem, essa não era a questão, aquele trem estava se aproximando, porque no centro dos acontecimentos naquele momento estava o chefe da estação, que não autorizou que o serviço fosse prestado por nenhum dos dois agentes de trânsito, que se ofenderam terrivelmente com isso, aparecia no meio da multidão a cada três minutos, abria caminho entre os presentes, e foi até o terceiro trilho, e olhou para a esquerda, na direção de Békéscsaba e do mundo inteiro, porque o mundo inteiro era naquela direção, aos olhos da população local o mundo das possibilidades incomensuráveis ficava à esquerda do prédio da estação, mas ali só dava para ver a guarita do vigia com as cancelas, e mais adiante o monstro de concreto da Caixa-d'Água imensa, nada mais, e o próprio chefe da estação só poderia estar vendo aquilo, apesar de agir como se fosse capaz de ver alguma coisa totalmente diferente, por exemplo, onde o trem está naquele momento, a raquete de sinalização estava sempre na sua mão, e isso era uma demonstração indubitável de autoridade e impunha respeito, seu uniforme impecável, um grãozinho de pó não é muito, nem isso se via na roupa dele, os botões tinham sido lustrados, a costura das condecorações e suas insígnias foram reforçadas, mas mesmo assim, pensava a multidão, ele não poderia ver mais, só aquilo que também eles viam, ou seja, até agora nada, apesar disso, era dele, da fisionomia séria e perscrutadora do chefe da estação, que esperavam o grande aviso, e ele nem fazia segredo de que estava ciente daquela espera, e ficou se demorando no terceiro trilho o quanto pôde, mas depois, sem demonstrar o mínimo indício de que "ainda não", ou coisa que o valha, com a mesmíssima cara que tinha ao sair do escritório, deu meia-volta no meio da multidão e voltou para o escritório, daí a pouco, exatos três minutos, reapareceu, para fazer a mesma encenação, só que chegou uma hora que esse teatro também acabou, e o chefe da estação voltou do terceiro trilho com um rosto *diferente*, seria difícil dizer o que havia mudado naquele rosto, mas estava diferente, todo mundo que conseguiu um bom lugar viu, e não restava nenhuma dúvida de que algo havia mudado, que agora algo iria acontecer, pois o chefe da estação voltou para o escritório com passadas completamente diferentes daquelas com que saiu de lá, apressado, dava até mesmo para dizer que ele voltou correndo, ainda por cima não se passaram outros três minutos, pois assim que entrou de imediato saiu, todo mundo que viu, olhava o sinalizador na sua mão, porque agora ele, claramente, embora de modo sutil, começou a batucar na própria perna, conforme passou entre as pessoas, e continuou batucando quando ficou parado entre elas, a excitação crescente, e embora ninguém falasse, começou a surgir uma espécie de murmúrio na multidão, então o chefe da estação ajeitou o uniforme, e com isso todo mundo que podia vê-lo sabia que o trem estava se aproximando, ao que começou algo que não estava combinado, sem querer o prefeito se lembrou, pois foi ele quem começou a acenar, virou-se para a esquerda, para o lado de onde se esperava que o trem chegasse, e de repente começou a acenar, com movimentos amplos e entusiasmados, e num primeiro instante só as pessoas que estavam próximas dele começaram a imitá-lo, mas rapidamente esse aceno se espalhou, como uma epidemia, e não levou nem um minuto e estava todo mundo, quase sem exceção, todo mundo estava acenando, quase, porque, por exemplo, os motociclistas das forças locais, que foram alocados à direita da plataforma em torno da rampa de carregamento, eles não, eles ficaram sentados com o rosto muito concentrado, corajoso, e traziam nas orelhas os brincos que só usavam nas festas mais solenes, e com ambas as mãos seguravam o guidão, de modo que não poderiam acenar, de jeito nenhum, e da mesma forma o chefe da estação também não participou dos acenos, e evidentemente tampouco os quatro cavalos que estavam na frente da charrete, aguardando do lado esquerdo do prédio da estação, mas quase todo o resto sim, só que de uma maneira completamente diferente, todo mundo seguia o próprio estado de espírito e temperamento e erguia as mãos de acordo com ele, e o coro das senhoras também começou a acenar, mas no início meio desordenadamente, mas logo uma delas disse alguma coisa para as outras, e então optaram por algumas delas acenarem as mãos para a direita, depois para a esquerda, todas elas juntas, num movimento coordenado, puxa vida, isso é impressionante, pensou o prefeito, corado de entusiasmo e nervosismo, enquanto participava daquela explosão espontânea de saudações em massa, acenando, ao contrário da Irén, que só fazia o mínimo para manter as aparências, com uma careta que dizia que tudo bem, ela não tira o corpo fora, mas acha tudo muito precipitado, porque ainda não estão vendo nada, mas, por exemplo, o carteiro, cuja reputação foi crescendo desde que ficaram sabendo que foi ele quem entregou nas mãos da Marietta as duas famosas cartas, com tanto entusiasmo como quem já está vendo que vem vindo, mas não veio, apesar disso a multidão não parava, as mãos não baixavam, apesar de alguém já ter ouvido algo, depois cada vez mais gente, sim, pensaram uns e outros, como se fosse um tipo de trepidação, sim, como se fosse, e continuaram os acenos, alguns com mais vigor do que antes, outros persistiram tenazmente no ritmo que começaram, todos os beberrões saíram do bar da estação, só que dentro deles alguma coisa devia estar ligada do contrário para sempre, porque acenavam como se aquele trem não estivesse se aproximando, mas se afastando, e em seus rostos havia felicidade, assim como no rosto da nova funcionária da agência de turismo, que se juntou à multidão com uma alegria incomum, pois apesar de ter decidido, no início, que só iria por causa do pai, isto é, só para empurrar a sua cadeira de rodas, para que ele não ficasse de fora do grande espetáculo, que era possível que acontecesse, mas então, gradualmente, de alguma forma, ela foi contaminada pelo frisson geral e, sem perceber, já estava com os braços levantados, e acenava com os outros, e até mesmo o cavalariço, apesar de definitivamente ninguém poder vê-lo de dentro do trem, pois estava do lado do edifício da estação, também acenava com o chicote na mão, e a sra. Ibolyka, sacudindo uma cesta no ar, dentro da qual, segundo as pessoas que estavam ao redor, só podia ter a famosa torta de geleia, de modo que nem chamou a atenção o fato de alguns não fazerem nada, só manterem as mãos bem fundo nos bolsos, entre eles o antigo amor da tão esperada visita, como a chamavam, Marietta era a mais surpreendente, não entendiam o que havia com ela, por que ela não acenava, pois não parecia, já que não confessou nada, é claro que ela não ficou de fora dessa explosão involuntária de alvoroço, só que tudo aquilo reverberava dentro dela, nos dois bolsos do casaco, onde escondia as mãos, pois ali aquelas duas mãos pequenas não conseguiam resistir, e ambas se moveram um pouquinho, acompanhando o ritmo da multidão, mas as duas mãos latejavam, dentro do bolso quente, enquanto que o coração, um pouco distante das duas mãos atormentadas, embaixo do casaco, só palpitava, e batia cada vez mais forte, e pulsava, e pulsava cada vez mais alto, e batia e batia, pois aquele coração sentia que estava se aproximando, chacoalhando, que já estava freando e lentamente parando.

PAM

Vem, porque disse que viria

A locomotiva, uma M41 de número 2115, conhecida como Hörgő, como quem está inseguro, quando será mesmo aquela linha onde tem que parar, e como se quisesse ser muito precisa, depois de parar ainda fez mais um pequeno movimento de um metro para a frente, ou seja, se ajeitou um pouco melhor, o que fez o comboio inteiro dar um baita tranco, e foi só então que os freios de ar comprimido soltaram um assobio, mas de um jeito que dava a entender que o trajeto até ali tinha sido tão cansativo, por isso agora estava botando os bofes para fora, até ali, mais adiante não, indicavam os gemidos cansados da locomotiva, e os vagões aparelhados a ela, mas o maquinista parecia satisfeito quando abriu a janela de sua cabine e apoiou os cotovelos para olhar para fora, pois, por um lado, mesmo em marcha lenta, como lhe disseram, parecia bastante alegre ao olhar da janela da locomotiva para tudo de *cima para baixo*, e os outros diziam, e daí que é de cima para baixo, você fica trancado aí a vida toda, então, não é aborrecido ver tudo, sempre, da cabine da locomotiva, mas eles, e daí que é sempre de cima e tudo mais, se é sempre a mesma coisa, pois o que acontece é que é sempre tudo igual, mesmo eles tentando convencê-lo ele só dava risada e continuava olhando ao redor, entusiasmado, caso parasse em algum lugar e pudesse olhar para fora, assim como agora, pois agora sua cara estava ainda mais alegre hoje que de costume, pois a multidão era tão grande, a última vez que viu algo semelhante foi quando, antigamente, durante o verão, chegava na estação da capital e os viajantes de férias literalmente assaltavam as portas, de modo que primeiro percorreu a multidão com seu olhar alegre, e em seguida começou a observar as portas dos vagões tal como todo mundo que estava ali embaixo, em volta do prédio da estação, para ver quando elas iriam abrir, e principalmente quando iria aparecer a pessoa que eles tanto esperavam, ele não lia o *BLIKK* nem assistia à TV, ou estava trabalhando ou, em casa, na cama, não tinha tempo para esse tipo de coisa, mas visivelmente se divertia com o que estava acontecendo ali, chegou até a se ajeitar melhor no parapeito da janela para poder ficar olhando mais confortavelmente, e se inclinou um pouco para fora a fim de enxergar melhor, pois ali tinha o que ver, contou mais tarde, quando voltou à estação de Csaba e, há tempo demais sem seguir o regulamento, entregou o trabalho para o próximo do turno, já que as portas, por algum motivo, passaram um momento sem abrir, mas na multidão realmente havia algo para se ver pois ali havia de tudo, contou, e sorriu para seu substituto, imagina só, caralho, tinha uma charrete com quatro cavalos enfeitados, estou falando sério, e essa charrete toda enfeitada com esses quatro cavalos estava ali parada no meio da multidão, e do outro lado uns cinquenta motoqueiros, sabe, todos com aquelas roupas de couro, tatuagens, e um monte de caras com o capacete da Segunda Guerra Mundial e, no meio disso tudo, no último andar da estação, eles estenderam uma faixa que dizia BEM-VINDO!, tinha bandeirinha nacional pendurada em todos os cantos, não estou inventando, foi assim mesmo que aconteceu, assegurou para seu substituto, e depois a porta se abriu, mas ele não sabe dizer qual passageiro era que tanto esperavam, porque a rádio começou a tocar, e entrou uma chamada prioritária tipo dois, e ele teve que se ocupar dela por um tempo, mas quando voltou o caos era total, dali da sua posição na cabine já não conseguia entender o que estava acontecendo, mas que aconteceu alguma coisa inesperada, isso é certeza, senão por que cargas-d'água as pessoas teriam começado a correr de um lado para outro, olhou para seu substituto, mas este não respondeu, não se interessava por aquilo tudo, porque estava limpando e desocupando o espaço, arrumando-o à direita, embaixo, próximo à posição de controle A, porque ele, ao contrário desse suposto colega, sempre guardava sua pasta e a comida no mesmo lugar, então começou a empurrar para o lado as coisas que estavam ali, porque não suportava o fato de não levarem em consideração que ele não largava sua pasta em qualquer lugar, mas colocava seu marmiteiro no devido lugar, por isso aquele lugar ali tinha que estar vazio quando ele vinha, todo mundo sabia disso, só esse palhaço é que não, esse camarada fica rindo à toa o tempo todo, sem dar a mínima, e fica gesticulando a torto e a direito, que se foda, era melhor que, pelo menos uma vez na vida, ele se ocupasse de entregar o seu turno com as coisas todas em ordem, porque isso é uma locomotiva, esta é uma M41 número 2115, seu merda, apertou os lábios com raiva, e de ambos os lados de seu rosto, na frente dos lóbulos das orelhas, os músculos começaram a saltar, mas não disse palavra, aqui as coisas têm que estar em ordem, aqui estamos lidando com vidas e com horário e valores que chegam a milhões, e respeito pela companhia ferroviária e pelos passageiros, essa era a sua opinião, e era isso que suas feições transmitiam agora, quando olhava para o colega estabanado, que parasse com aquilo, por exemplo, a pasta, e depois se virou para o outro lado, fuzilando com os olhos, a pasta é um objeto tal que tem um lugar certo, e em seguida arrumou a sua ao lado, com precisão, e se acomodou confortavelmente na posição do condutor, na cabine, depois pôs as mãos na manivela da direção, examinou as luzes de controle, o freio automático, o freio auxiliar, o controle da reversão, o de velocidade, os disjuntores automáticos, e assim por diante, ordenadamente um após o outro, depois os espelhos do lado de fora, se lá embaixo está tudo em ordem, e lá embaixo encontrou tudo em ordem, e continuou a não prestar atenção no colega, porque o cara só falava e falava e falava, cada vez mais animado, e não parava nunca, no final ele foi perdendo a paciência e resmungou para que calasse a boca, peloamordedeus, e continuou para si mesmo, por isso que as coisas vão mal desse jeito, porque eles confiam um trem inteiro a um cara como esse, enquanto ele, e fez uma manobra brusca para testar os freios, não colocaria nas suas mãos nem um trem de brinquedo, um palhaço como aquele, fala sério, nem um trem de brinquedo.

Tinha uma boa visão geral, pois havia conseguido encontrar um lugar perto do corrimão da plataforma, que simultaneamente a expunha ao perigo de ser esmagada pela multidão, mas confiava em si mesma, iria se aguentar ali, porque o essencial era que pudesse ver tudo, já que não pôde ficar do lado de sua amiga, não puderam nem vir juntas para a estação, porque o próprio prefeito a trouxe em carro particular, como se fosse uma joia da coroa, sorriu Irén do lado do corrimão, mas está bem assim, disse para si mesma, aquela pessoa querida merecia continuar sonhando acordada, porque é lá que ela vive, nas nuvens, por isso mesmo que gostava tanto dela, mesmo que ela ficasse muito distante de tais coisas, outra pessoa assim não poderia aturar, mas a Marika era uma exceção, ela era uma santa, uma romântica de verdade, continua vivendo de sonhos, mesmo tendo sessenta e sete anos, e continua entre as nuvens, sonhando, não é de estranhar que tenha se afastado até dela, não é de estranhar, pensou, e pela primeira vez se orgulhou, pois naquele instante se deu conta da posição que sua amiga estava ocupando, e não poderia reclamar, de verdade, o prefeito não largou a mão dela, e a mantinha ali, do lado do microfone principal, pois, como percebeu, os organizadores deixaram vários microfones à disposição, tinha um ali, na saída da plataforma, depois tinha um outro à esquerda, do lado do primeiro trilho, não longe da charrete, depois tinha mais um, onde mesmo, ah, sim, tinha um à direita, numa tribuna, com certeza além do prefeito é ali que mais alguém vai falar, só não conseguiu atinar para quem seria, mas tanto faz, o importante é que, e isso ela teve que reconhecer, estava gostando daquilo tudo, mesmo que achasse um pouco exagerado, para que um banzé de tamanha proporção, contava para seus conhecidos, não teria sido suficiente se a Marika e o prefeito fossem recebê-lo, depois voltariam juntos na charrete e lhe mostrariam a cidade, mas a ostentação já atingiu uma proporção tal que eles precisavam até de charrete, que seja, afinal é um conde, quer dizer, pestanejou para aquele que ela distratou nos últimos dias, barão, e zombeteiramente sorriu para o indivíduo, como se estivesse querendo acertar um alvo, no caso se era conde ou barão, mas o cara evidentemente não entendeu o motivo da zombaria, se não é conde então era barão, e é isso, mas para ela não tinha a mínima importância, e foi isso que tentou explicar várias vezes a Marika, que não importava qual era a posição dele, só que fosse um bom homem, só isso importava, Marika, minha querida, disse para ela, você não se preocupe com mais nada, título, de que serve isso, mas se for uma pessoa correta, honesta, se não enganar você, como todos os outros fizeram até hoje, Marika querida, então eu lhes dou a minha bênção, e Marika, com vergonha, sempre dava risada nessa hora, em compensação ela, por que negar, simplesmente admirava essa risada de garotinha, porque gostava de sua amiga, nunca tinha gostado tanto de alguém, porque era tão ingênua, tão doce e de bom coração, encontrou seu lugar ao lado dela desde que se conheceram e ficaram amigas, já que, definitivamente, estava convencida de que uma alma tão gentil, tão inocente como ela precisava de uma amiga de bom senso, que estivesse sempre do seu lado, quando mais precisasse, e a protegesse, caso contrário, e deu um suspiro de verdadeiro orgulho de si mesma e de felicidade, já que uma das portas do trem se abriu, o que aconteceria com ela, o quê, o que seria da amiga sem ela?

A porta se abriu e viram um homem, que segurava um chapéu de aba larga numa das mãos, encurvado, pois a porta era muito baixa para ele, primeiro colocar a cabeça para fora, para olhar ao redor, mas aqueles que estavam mais próximos da cena, ou seja, aqueles das forças locais que esperavam ansiosamente na primeira fila porque iriam tocar a corneta, viram que no rosto do velho apareceu algo mais parecido com repulsa, mas os outros também perceberam que algo não estava acontecendo como deveria, também viram a porta se abrindo no segundo vagão, e alguém já estava prestes a descer, já se via sua cabeça e o tal chapéu em sua mão, e também que ele se agarrou ao corrimão da escada, mas ao ver a multidão e a estação toda embandeirada, e como alguém que recua diante de tudo que vê, rapidamente recolheu a cabeça e o chapéu, e mais ainda, puxou a porta atrás de si em meio ao murmúrio decepcionado da multidão, pois é, isso ninguém esperava, ficaram lá parados, com sua charrete, seu coral de senhoras, o prefeito e os microfones e as bandeiras e a faixa de BEM-VINDO!, isso foi um tamanho tapa na cara, contaram mais tarde para aquelas poucas pessoas da cidade que não puderam ir, jamais poderiam imaginar, porque, pense só, lá está a grande multidão, o trem chega, a porta se abre, eles já veem o barão enfiar a cabeça para fora, e então o que acontece?!, ele recolhe a cabeça de volta e fecha a porta, isso deixou todo mundo boquiaberto, sem entender nada, contaram a história, quase se gabando de si mesmos com malícia, mas principalmente dos organizadores, especialmente o prefeito, que olhava tudo petrificado, com o coração na mão, enquanto a cena toda, com certeza, só atrapalhava o chefe da estação, pois ele só estava ali parado, com os calcanhares em posição de sentido, a mão direita levantada até o chapéu, fazendo continência, e viu como a porta se abriu, e o viajante apareceu, a propósito o único por enquanto, que se aprontava para descer, mas a coisa não acontece, porque o indivíduo acabou não descendo, continuou dentro do trem, e fechou a porta atrás de si, mas então nesse caso o que ele deve fazer, pensava ali parado em posição de sentido e fazendo continência, e na janela da locomotiva o maquinista só ficava rindo para ele lá de cima, enquanto ele ficava só ali, parado, sem ter a mínima ideia do que iria acontecer, se o homem iria descer, ou não, e principalmente qual é a função dele nessa situação já que a instrução que recebeu pelo rádio dizia que, depois que as pessoas desembarcassem e outras embarcassem, o trem precisava partir imediatamente de volta para Csaba, pois havia poucas locomotivas, sobretudo, informaram pelo rádio, tem poucos desse Hörgő, pois eles quase não funcionam mais, talvez um ou dois, com os demais não se pode nem pensar em partir para Battonya, Oros ou Kétegyháza, imagine, nem mesmo para Battonya, mas ele não seria chefe da estação se numa situação como aquela não tivesse um plano B, ele dizia para si mesmo, sempre tinha um plano B escondido na manga, tal como agora, pois, de repente, conforme estava ali parado em posição de sentido e fazendo continência, ficou cansado daquilo, e recorreu ao seu plano B, e foi até o vagão que atraía todas as atenções, subiu no degrau, e abriu a porta e, pelo vão que se abriu, disse para aquele homem que ali era o ponto final, tem que desembarcar, o senhor chegou, cavalheiro, o qual, por sua vez, prontamente se abaixou para pegar sua mala e, segurando-a diante de si, desceu o primeiro degrau, mas naquele instante o imediato e intenso clamor da multidão o assustou tanto que o viajante estacou no degrau, o que o chefe da estação entendeu como um sinal de que ele queria voltar de novo para dentro do trem, mas isso ele não permitiu, e mesmo sabendo claramente de quem se tratava, quem era aquele forasteiro, naquele momento ele teria que ser tratado como um viajante, por isso falou com ele com polidez, mas sem vacilar, o cavalheiro precisa decidir se desembarca ou fica no vagão, ao que o viajante respondeu que quer desembarcar *naturalmente*, por isso mais uma vez empunhou a mala diante de si, a qual, desta vez o chefe da estação, prestativo mas não tolerando vacilação, imediatamente tirou dele para facilitar seu deslocamento, porque até o chapéu estava ali para atrapalhar, em seguida o ajudou a terminar de descer os degraus, mas naquele ínterim a multidão já estava dando vivas a plenos pulmões, e fez tamanha barulheira que o viajante outra vez olhou à sua volta tremendo, porque ouviu que algumas pessoas começaram a buzinar a torto e a direito, mas, ao mesmo tempo, também ouviu que um coro começara a cantar, e praticamente ao mesmo tempo, com um volume muito potente, todos os microfones oficiais começaram a funcionar, e, por alguma razão desconhecida para ele, uma voz grita três vezes, BEM-VINDO, e se via pela figura do homem que não foi por alegria mas sim por desespero que ele não conseguiu dar nenhum passo adiante, então o chefe da estação assumiu novamente seu papel e estendeu o braço para o forasteiro, e por sua vez, o prefeito também recobrou a sanidade e rápido como um raio se apresentou ao lado do homem e lhe disse, sr. Barão, por aqui por favor, eu lhe mostro o caminho, tomou a mala das mãos do decepcionado chefe da estação, saltou entre os dormentes da segunda linha, e lá foi saltitando para a frente, equilibrando a mala em uma das mãos, e com a outra mostrava para o barão o caminho, pois era conduzido para algum lugar, e de sua parte perdeu completamente a vontade própria, e seguia a direção que lhe indicavam, caminhando, com aquele homem baixinho, meio gordinho, à sua frente, andava inseguro, e chegavam cada vez mais para perto da multidão na frente do edifício, apesar dele ter preferido se afastar cada vez mais, mas dessa multidão não dava para se afastar, só se aproximar, pior, de repente se encontrou ali, bem no meio da multidão, e naquele instante o chefe da estação saiu de detrás dele e parou na sua frente, e antes que alguém o impedisse de novo bateu continência e falou, Rabitz Aladár, chefe da estação, e ele só ficou olhando e não conseguiu responder nada, pois o que dizer para alguém que pula na sua frente em uma situação tão difícil, e diz Rabitz

Aladár, não sabia o que dizer, só ficou olhando para ele com um sorriso forçado, mas nesse instante aquele gordo baixinho empurrou o chefe da estação para o lado, enquanto o conduzia gentilmente para a direita, para que chegassem ainda mais perto do microfone, e começou aquilo que nem em sonho esperava, pois não era assim que imaginava sua chegada, pordeus, não foi assim que imaginou.

Em vão o planejamento minucioso, e o prefeito balançou a cabeça em reprovação, em vão os detalhes, a distribuição impecável das tarefas, em vão todo o esforço para evitar que alguma coisa ficasse bagunçada, não conseguiu evitar porque — e isso, desde então, o prefeito já explicou umas cem vezes nas mais variadas circunstâncias para os mais variados cidadãos —, quando o trem parou, de repente as pessoas perderam a cabeça e começaram a misturar tudo, porque não foi suficiente que a mera chegada do convidado, já nos primeiros instantes, como dizer, disse, foi um pouco desorganizada, mas sobre isso prefere não falar, o trem também não parou direito, num primeiro instante ele não quis desembarcar por alguma razão, mas está bem, tanto faz, uma coisa é certa, quando finalmente se afastaram do trem na direção do microfone principal, de repente ele ouve que os motoqueiros começaram a buzinar a Madonna, de tudo quanto é jeito, tudo desencontrado, e, como se esse fosse um sinal, o coro das senhoras começou a cantar a mesma música, ao que a multidão passou a gritar tudo quanto é coisa, menos o que ele os havia instruído um pouco antes, com um alto-falante na mão, foi cada um gritando o que bem entendia, uns gritavam vivas, outros gritavam bem-vindo, e bravo, e depois, me digam, como saudamos, alguém me diga, comentou a questão por dias a fio, o que significa nossa saudação, é assim que um convidado dessa envergadura tem que ser recebido, pergunta, não, responde, não é assim que se recepciona, mas nada tinha que ter acontecido daquela maneira, e isso todo mundo sentiu, até o coral das senhoras, pois de alguma forma a barulheira era tão grande que foi inútil elas gritarem a mais não poder

Por que choras, Argentina?
Meu destino é viver por você!
Abandonaria tudo, só para que você sentisse:
Abençoado é meu destino, sofrer por você!

em vão elas reforçaram seu ensaio e continuaram tentando ver se poderiam melhorar sua performance, mas não ajudou em nada, pois aqueles malditos, aqueles desgraçados motoqueiros do outro lado, a quem as mulheres do coro odeiam faz tempo, porque inúmeras vezes, mas muitas mesmo, tiveram o ensaio no salão do jardim Göndöncs arruinado por eles, acelerando as motos bem embaixo das janelas, que os urubus arranquem os olhos de todos eles, aqueles lá do outro lado, e isso não foi combinado, pelo menos para eles ninguém avisou, então foram capazes, com suas buzinas, de tocar *a mesma coisa*, mal podia acreditar em seus ouvidos quando ouviram, mas sem dúvida era a mesma coisa, aquela Argemia, prosdiabos, pois então, a melodia que aquelas desgraças foram capazes de tocar, e com isso confundiram completamente o coral, pois que alguém lhe explique, como poderiam manter o tom da voz e a melodia correta daquele jeito, naquelas circunstâncias, pois, quando elas cantavam "por que choras", ouviam a mesma coisa, mas berrado, como de vacas, e isso não havia sido combinado, de acordo com elas ninguém sabia disso, havia sido uma provocação, era o que diziam entre si, quando tudo já tinha terminado, e então, por que negar, elas fracassaram, mas jogaram a culpa neles, porque foram eles de fato, todas, desde a Julcsi até dona Ibolyka, estavam convencidas de que essa droga de gangue era a culpada, apesar de que não somente eles deveriam ser culpados, já que a guarda local só combinou com os organizadores, é verdade, mas de alguma forma incompreensível eles também foram atrapalhados por algo, ou seja, eles não conseguiram decidir quando considerar que o grande convidado *já* tinha desembarcado, porque, quando abriu a porta e pôs a cabeça para fora, alguns deles, e é preciso admitir, não de modo infundado, consideraram aquilo o sinal que estavam esperando, e deram início, enquanto outros ficaram esperando, em parte porque, com o barulho que se fez, não tiveram certeza se haviam realmente ouvido o sinal de um-dois-três do maestro, o que deveriam ter ouvido, e em parte também porque alguns acharam que o sinal devia ser aquele, o momento em que o convidado desembarca, mas ele não desembarcou, voltou para o trem, portanto, concluíram por si mesmos, e com raiva bateram no balcão e na mesa com as canecas lá no BIKER, alguns de pé, outros sentados, porque realmente acharam injusta a acusação de que "a comunidade agiu de acordo com ele", pois ainda não podia ser considerado que ele desembarcara, ele não desembarcou, ficaram repetindo, eles achavam que só mais tarde, durante o desembarque, explicaram enquanto brandiam suas canecas, quando alguém alcança a terra firme, portanto, desce os degraus e começa a se dirigir para o microfone do lado do prefeito, quando isso aconteceu é que eles apertaram as buzinas, mas isso se transformou num tremendo banzé, eles reconhecem, pois as buzinas não começaram todas juntas, mas separadas, e assim também terminaram separadas, e eles ficaram só apertando, e daquele hino da Madonna, que "deveria ser motivo de alegria" para o convidado, conforme seu líder previu em conversa com o prefeito e o capitão, essa "grande obra-prima argentina" se transformou numa cacofonia, uma colcha de retalhos, Totó tentou amenizar o caso, mas sem muito sucesso, porém, embora eles próprios tenham ouvido que aquilo não estava bom, não ousaram parar, continuaram apertando, até que o prefeito começou a falar no microfone, e nem ao menos agradeceu, de modo enfático, aos colaboradores pelo seu desempenho, e não fez as saudações verbalmente, o que traria alguma ordem à cerimônia.

Evidentemente os quatro cavalos se assustaram tanto quando a multidão começou a gritar, quando as buzinas começaram a tocar e quando aquelas mulheres começaram a gritar nos alto-falantes que foi um milagre, eu digo, disse o cavalariço-chefe, foi um milagre que não tenham enlouquecido completamente, mas em parte enlouqueceram, só que ele conseguiu de alguma forma controlá-los, então, mas qualquer um pode imaginar, contou mais tarde para os três aprendizes de cavalariço, porque ele não tinha outro público além dos rapazes no estábulo, que quatro cavalos aparelhados, que desconheciam uma situação como aquela, quando ficaram os quatro juntos, ainda por cima cercados por uma multidão tão grande, no meio de uma barulheira daquelas, e só mantê-los juntos com as rédeas já era um grande feito, mas enfim, como explicar qualquer coisa lá na Prefeitura, que não dava para simplesmente pegar quatro cavalos, inclusive animais que não se suportam mutuamente, junte eles, disseram, e pronto, é claro, o cavalariço-chefe agora xingava o mandachuva da Prefeitura, é fácil dizer aparelhe os quatro juntos, e se esses quatro nunca antes ficaram assim juntos, um do lado do outro?, e se o Ábránd não se dá bem com o Mágus?!, e se o Fagyöngy nunca antes ficou aparelhado com a Aída?!, então vai acontecer o quê, que merda ele vai fazer, perguntou, e com uma cinta começou a bater na cerca do curral, mas não somente os três aprendizes de cavalariço não responderam como não teve resposta de mais ninguém, nunca mais, e nem lhe agradeceram, porque ninguém se ocupou da charrete, pois todo mundo ainda estava ocupado com o discurso do prefeito, no qual, segundo a maioria, o prefeito havia passado dos limites, claramente querendo se exibir, e acabou virando uma exibição barata, em que ele desfilou um rosário inteiro, que a família Harruckern isso, os Almásy aquilo, mas principalmente os Wenckheim, bom, esses ele colocou nas alturas, mas misturou os condes com os barões, a Krisztina com o Jean-Marie, o Frigyes com o József, as pessoas faziam uma cara de espanto após a outra, sem mencionar o próprio homenageado, pois esse estava com uma cara do lado dele, ficava virando os olhos de um lado para outro, como quem está prestes a fugir dali, mas isso não é de admirar porque o prefeito realmente, de verdade, passou dos limites no seu discurso de recepção, segundo a opinião geral, pois que necessidade havia, por que precisava imediatamente se atirar sobre aquele pobre barão, a cidade precisa tanto daquele dinheiro, como a pessoa que está se afogando precisa de oxigênio, pois então, e que raio de estilo vulgar é esse, será que é isso que um cidadão espera de um homem culto, não, não é isso que ele espera, não um ataque daqueles, mas isso não é tudo, as pessoas que participaram contavam em casa naquela noite para quem não tinha ido, mas o pior, o pega pra capar ainda estava por vir, porque depois dele, não longe da guarda local, o Comissário começou a falar, ele chegou a mandar erguer um pódio e leu um discurso, já que não é capaz de dizer coisa alguma de cor, o que choca qualquer pessoa sensata, porque ele nem disfarçou, foi logo sugerindo ao barão que investisse o dinheiro, todo ele, na segurança pública, e foi capaz, nesse mesmo discurso, de agradecer e contar como iria gastá-lo, que a unidade da velocidade para cá, o tempo de desdobramento para lá, que os equipamentos, que pelo menos dois helicópteros, quatro veículos anfíbios, aí ele listou o nome das armas, ninguém conseguiu memorizar tudo aquilo, estávamos ali parados, completamente congelados, a barista relatou os eventos para um freguês habitual, que dobrou a perna esquerda da calça deixando à mostra a sua prótese, para justificar por que não pôde estar presente no grande evento, o que a barista não entendeu, para que ficar puxando a calça se já faz pelo menos dez anos que ela sabe que ele usa prótese, e já contou a história pelo menos mil vezes para todo mundo que entrava para tomar um café ou um *unikum*, ou os dois juntos, de qualquer forma continuou contando, que estava falando sério, por causa do Comissário ficamos congelados, e o homem ficava só falando e falando, o prefeito pelo menos teve coragem de fazer ele parar, pois todo mundo tem um limite, afinal, chega daquela pouca-vergonha, como assim tudo tem que ser destinado para a segurança pública, parece uma piada pedir dinheiro para uma coisa que nem existe, pois me diga, e a barista piscou para o perneta, com raiva por causa de alguma coisa, o que vai acontecer com as calçadas, pois é só olhar lá fora pela porta, aqui, olhe bem, e foi até a entrada, e mostrou lá fora, então, a gente quebra o pé, tamanhos são os buracos e as rachaduras que tem ao longo das calçadas, em todos os lugares, uma hora dessas a gente vem andando e quebra o pescoço por causa deles, pois imagine só, o que lhe aconteceu, então, hoje à tarde, conforme estava apressada indo para a estação, quase quebrou o pescoço num desses buracos na calçada, mas o que estou falando aqui sobre buracos, voltou para trás do balcão, apoiando os cotovelos sobre ele, era um verdadeiro poço bem no meio da calçada, e com tudo isso aquele cara ainda ousa ficar falando que tudo tem que ser para ele, pois preste atenção, acenou para que o freguês habitual da prótese se aproximasse, e ele, evidentemente, não se mexeu, porque aquele sinal ele entendeu como devia, isto é, em sentido figurado, é evidente que só em sentido figurado, aquele cara quer tudo para ele, pois claro que não quer uma espingarda desse ou daquele tipo, helicóptero e essas drogas, ele quer é enfiar tudo no próprio bolso, o dinheiro, e a cidade que continue chupando o dedo, porque é para isso que serve esse jogo, eles vão roubar esse dinheiro, você vai ver, comentou no final, com amargura, não importa se é o comissário ou o prefeito ou o fabricante de leite em pó, estou lhe dizendo, e disse, no final eles vão roubar tudo.

Escândalo na estação, escrevam isso, disse o editor-chefe para os jornalistas sentados à sua frente, o verdadeiro escândalo não é, e é claro que vocês poderiam dedicar um pouco de tempo a isto também, se é que me entendem, não faria mal ao prefeito se finalmente aprendesse algo com o que a oposição pensa dele, mas prestem atenção aqui, disse, o escândalo é aquela pobre Marika, porque o que aconteceu, e abriu os braços, aconteceu que o sr. Barão nem percebeu seu suposto grande amor, eu, e apontou para si mesmo, estava ali perto, e vi tudo muito bem, porque fizeram aquela pobre mulher ficar ali esperando até o final, quando todo aquele falatório terminou, e quando o prefeito falou pelo microfone com o barão, para que se dirigir ao barão pelo microfone, pelamordedeus, já que ele estava parado do seu lado, mas agora tanto faz, se naquele momento ele for levado até o castelo de charrete, foi só então que se deu conta, mas já tinha acabado tudo, e só então se lembrou da Marika, que a Marika estava lá e nem tinha sido apresentada, e só então disse, e isso eu memorizei bem, anotem, exmo. sr. Barão, esta aqui é a Marika, ao que o barão, o editor-chefe ergueu o dedo indicador em sinal de advertência, depois usou esse dedo indicador para, por tédio, limpar uma hipotética sujeira, simplesmente reagiu acenando uma vez com a cabeça, mas nem sequer passou os olhos por aquela pobre mulher, simplesmente passou por ela como um sonâmbulo, e o prefeito só ficava pululando na frente dele, e afastando as pessoas até chegarem à carruagem, se é que vocês entendem, meus camaradas, escândalo, embora ela mesma não tenha formulado a coisa dessa forma, quando já tinha recuperado a capacidade de pensar e havia se sentado numa das poltronas concha, sozinha, pois desta vez até a Irén ela tinha mandado para casa, pois não estava conseguindo raciocinar, ainda se encontrava sem condições de fazer isso, só sentiu, e o que sentia era se haveria uma tristeza mais torturante que a dela naquele momento, porque doía, de verdade doía muito para ela que tudo aquilo pudesse ter acontecido, escancaradamente, diante de toda cidade, tocou o rosto com as duas mãos e ainda estava ardendo, mas o que é isso comparado, ocorreu-lhe de súbito, ao que teve que suportar internamente, ali, diante de toda a cidade, aquela comédia, confessou para si mesma, aquela situação humilhante, que toda essa dita celebração representou, e não somente para ela, mas para todo mundo que tinha um pingo de bons sentimentos, será que realmente as coisas tinham que ter acontecido daquela maneira, perguntou-se com tristeza infinita, então, será que aquele buzinaço horrível foi necessário e aquele canto horroroso da Evita, que aquelas pobres camponesas ficaram gritando nos microfones, precisava de todos aqueles discursos, todas aquelas demandas indecorosas, afinal a que eles atribuíram tudo aquilo, por que o atacaram daquela maneira, ele que só está acostumado aos sentimentos mais elevados, afinal ela sabe, já no primeiro instante em que o viu na porta do trem, percebeu imediatamente que para o Béla teria que ser só o mais refinado, não um tipo de, então, de fato, uma organização tão miserável, será que era isso mesmo que queriam?, esse prefeito horrível e esse seu comissário de polícia pior ainda, e todo o resto que se seguiu?, porque até o diretor do ginásio estava lá com aquele falatório, santodeus, e Marika enfiou o rosto nas duas mãos, agora se inclinando para a frente na poltrona concha, as coisas que aquele cara disse, peloamordedeus, que ele sentia muita vergonha pois quando jovem deu aula na faculdade do partido sobre os *Manuscritos econômico-filosóficos* de Marx, mas que ele na verdade pertencia à pequena nobreza, que manteve o tempo todo seu título de nobreza num esconderijo, santodeus, como ela sentia vergonha por ele, de ouvir o que dizia, quando, ainda por cima, ficou repetindo no final que era um pequeno nobre do mais baixo escalão, que sempre foi um pequeno nobre do mais baixo escalão e assim permaneceria, e para ser sincera ela também sentia vergonha, apesar de tudo ter sido terrivelmente horrível, ela nem se surpreendeu, pois no final de tudo já nem queria mais falar com ele, ela não nega que se sentiu mal com aquilo tudo, não lhe caiu bem, mas entendeu por que e para quê, em seu lugar ela teria feito o mesmo, teria subido rapidamente na charrete e saído dali, um lugar em que o recebem dessa maneira, então, depois de tudo aquilo o que ele vai pensar sobre a cidade para a qual havia desejado voltar, e afinal como será dali para a frente, e foi nesse ponto que a Marika precisou parar, frear seus pensamentos, pois era uma questão bem sensível, mas ela teria que seguir o trem de seus pensamentos em alguma direção, mas não se atreveu a seguir em nenhuma, pois ela não iria aguentar se não, e também não conseguia imaginar se sim, e foi assim que a noite a alcançou, já tinha escurecido e ela nem percebeu, ficou sentada no escuro, olhando o vazio diante de si, tentando não pensar naquilo que estava pensando e estava a ponto de não aguentar dizer não aos pensamentos no meio da escuridão que tomava conta, quando permitiu que as lágrimas inundassem seu rosto, rolassem por todo esse rosto extenuado, não chegou nem a pegar um lenço, apenas deixou que escorressem, pois não lhe restaram forças nem para estender o braço para pegar um lenço, nem para um lenço, nem isso.

Sentava-se na charrete como quem tem medo de que no próximo instante aquilo fosse explodir com ele dentro, ou que o cocheiro iria bater em alguma coisa sem querer, pois havia escurecido, e nem o homenzinho sentado ao seu lado o havia deixado mais calmo, ele que, com entusiasmo, ficava mostrando coisas às vezes à direita, às vezes à esquerda, mesmo naquela escuridão, enquanto as palavras não paravam de jorrar de sua boca, e até o elástico de sua gravata-borboleta havia se rompido, mas ele nem percebeu, e não percebeu que seu smoking, se é que aquilo era um smoking, estava todo sujo de um lado, talvez tenha encostado numa parede em algum lugar, talvez seja mesmo um smoking, pensou o barão, mas deve ter vindo de alguma alfaiataria que ele nunca tinha visto, pois a gola larga não era feita do tecido brilhante que se costumava usar, mas muito provavelmente, e por incrível que pareça, era feita de plástico, bem, tanto faz, o barão disse para si mesmo, só quero chegar lá o quanto antes, qualquer que seja o lugar para onde estamos indo, e continuou se agarrando com as duas mãos à borda da charrete, ainda por cima foi só nesse instante que se deu conta de que o tal secretário chamado de Dante, lá mesmo no trem, simplesmente sumiu de repente, ainda se lembrava de vê-lo observando bastante o ambiente do lado de fora pela janela do vagão, e depois pareceu ter visto algo que o deixou nervoso, olhou para fora também pela porta, conforme o trem começou a desacelerar, mas, desde que pararam e ele desembarcou depois de alguma hesitação, esse jovem de nome Dante não foi mais visto em lugar algum, não tem a mínima ideia de quando o perdeu de vista, e não tinha explicação para o sumiço, pois, como imaginou depois de se conhecerem, o seu novo parceiro assumiria as tarefas práticas associadas à sua chegada, porque, para ser sincero, ele não era particularmente bom nestas questões práticas, em compensação, aquele gordinho, aquele Dante Szolnok de qualquer forma parecia ser um homem a quem essas tarefas práticas assentavam particularmente bem, de forma que ainda no trem ele concordou que tudo bem, aceitaria o reconhecimento, e na medida do possível aproveitaria a oportunidade oferecida, que resolveria o que fosse necessário naquela circunstância, mas em vez disso ele simplesmente evaporou, como dizem na língua húngara moderna, e agora ele está ali, sentado junto com um homenzinho nitidamente confuso, e isso o barão avaliou bem, já que o prefeito estava de fato totalmente fora de si, como quem sente que está metido no meio de uma catástrofe, mas já era tarde para se desvencilhar dela, e acaba se afundando ainda mais na confusão, por isso não parava de falar, e falava, e apontava para um lado, e apontava para o outro lado, e era bastante óbvio que ele não estava no seu juízo perfeito já que, numa cidade às escuras, ficar mostrando coisas aqui e acolá, que aqui estão os famosos casarões da avenida Béke, e que essa rua principal leva o nome de um de seus ancestrais, ao lado da qual, na sua infância, corria outra pequena ferrovia graciosa, porque imagine o sr. Barão que essa pequena ferrovia era ligada a Arad, sabe-se lá com o quê, gesticulava com as mãos, mas então, veja aquilo ali, e apontava para o outro lado, ali é o antigo Matadouro, mas infelizmente hoje em dia ele se tornou inoperante, pois, por assim dizer, seus diretores erraram a mão na contabilidade, mas, veja isto, e agarrou o braço do grande convidado, que por sua vez estremeceu tanto que o guia turístico casual foi obrigado a imediatamente soltá-lo, esses dois edifícios, ali é a polícia, se faz o favor, e o do lado é uma das nossas escolas primárias, e aqui, voltou a atenção novamente para o outro lado, não é nada menos que a casa do nosso famoso ex-diretor da escola de música, que, imagine só, sr. Barão, chegou a ser o personagem principal de um filme, pois então, assim é a nossa pequena cidade, e se inclinou para trás por um instante, para em seguida, porque foi atingido pelo cheiro um tanto mofado dos tapetes que cobriam o assento, inclinar-se novamente para a frente, e em sua alegria gritou, apontando para a esquerda, aí está o Stréber, e não acrescentou nenhum tipo de explicação a esta informação, como se o edifício e a referência ao nome falassem por si, mas para o barão nem o nome nem o edifício falavam nada por si, já que nem o enxergava, porém o homenzinho não percebeu nada disso, mas verdade seja dita, ele já não discernia a realidade, tão esgotados estavam seus nervos, estava nada menos que num transe, e ficava se jogando de um lado para outro no assento, do lado do convidado, e falava sem parar, pois sentia que, se parasse de falar, desmoronaria imediatamente, por isso não parava, e não podia se ocupar de verificar se suas palavras estavam fazendo sentido para o barão, nem lhe chamou a atenção o fato de o convidado estar o tempo todo agarrado à charrete, mesmo que ela estivesse seguindo numa velocidade baixa pela rua que já não tinha o nome de seus antepassados e onde quase não havia transeuntes, mas aqueles poucos que havia, assim que avistavam a charrete sob a luz fraca das poucas lâmpadas que estavam funcionando, imediatamente paravam, e enquanto a charrete não sumia de suas vistas ficavam boquiabertos olhando ela passar, então aí está, aqui vai a charrete, e lá está o barão, então aquele é ele, e o assombro era tamanho, pois já tinham ouvido falar muita coisa, que assim e assado, que ele era desse e daquele jeito, mas o que agora eles viam, isto é, o que era possível ver sob aquela luz fraca das poucas lâmpadas que eventualmente funcionavam, superou todas as expectativas, pois foi unanimemente afirmado que o barão era sem dúvida um fenômeno extraordinário, é preciso dizer, segundo eles contaram, dá para perceber que ele é um barão, bem, e eles tentaram entender o significado desse baronato de todas as formas possíveis, mas não tiveram muito sucesso na tentativa, e acabaram criando uma imagem meio confusa, disforme, apesar de estarem com a atenção totalmente focada naqueles que não tiveram a sorte — mesmo merecendo — de ir à celebração, ainda assim, puderam vê-lo de pertinho, e ouviam seus relatos com a respiração suspensa, ao mesmo tempo, é necessário admitir, foi realmente difícil compreender no que consistia esse tal baronato, a coisa toda pode ter começado já com a charrete, pois, de antemão, era algo que parecia ter vindo de outro mundo, disseram, que ele aparece em uma charrete na avenida Béke, ou, simplesmente, que na sua avenida Béke apareça uma charrete no escuro, toda decorada, puxada por quatro cavalos, não parece um conto de fadas?, exclamaram os que relatavam os fatos, e ainda acrescentaram que o barão era tão alto que a sua cabeça e o famoso chapéu ficavam balançando lá em cima, no ritmo em que a charrete rangia e sacolejava para um lado e para o outro, porque rangia e sacolejava, o conjunto todo rangia e sacolejava constantemente conforme seguia, com certeza porque o cocheiro não lubrificou bem as rodas, ou para aquelas rodas já tanto fazia, disseram, e não adiantaria nada que fossem lubrificadas, e lançaram olhares sugestivos para seus ouvintes, mesmo não sabendo nada sobre rodas ou lubrificação, mas lançaram olhares sugestivos, e disseram que, assim e assado, e foram inventando comentários bastante inconsistentes, exceto que seus ouvintes já estavam de saco cheio de ouvir como ele era franzino, e como seu rosto era pálido, e como eram o seu chapéu e o seu casaco e a sua lapela, porque a eles só interessava aquilo e nada mais, em vão tentaram falar de sua elegância especial, não, foi unanimemente contestada pelos diversos grupos de ouvintes, conte quão alto ele era, então, pois é, respondiam, muito, e ainda acrescentavam que uma elegância especial emanava dele, está bem, mas isso pode deixar de lado, cortavam a palavra deles, conte sobre a altura dele, é isso, está bem, e eles deixam de lado, bom, e o que você quer dizer com isso, perguntaram, bom, quer dizer, diziam os que narravam, que poderiam mencionar muitas dessas características, mas havia uma que, se contassem, eles teriam uma visão imediata do barão, isto é, a altura dele, mas diante dessa informação ficaram todos incrédulos, quer dizer, você está dizendo que ele é alto, olharam para o narrador inquisitivamente, sim, estou dizendo, você é surdo, quantas vezes tenho que dizer que é, porque ele tem pelo menos dois metros de altura, eu acho, disse, e com isso terminaram as perguntas e começaram a falar em Barão de Dois Metros quando queriam se referir a ele, até o momento em que a dona Ibolyka apresentou a sua própria versão, porque ela, com sua simplicidade despretensiosa, mas sempre direto ao ponto, condensou a essência do barão em apenas uma palavra, então, homens, não é preciso ficar enrolando aqui, nem ficar medindo, para ver se tem isso ou aquilo, o que eu digo é que podem guardar suas fitas métricas, pois aqui se trata de dizer que esse homem é um varapau, e pronto, e que o Senhor Todo-Poderoso deixe cair o céu na minha cabeça, e olhou para o céu, enquanto os outros ficavam rindo, se não for a mais pura verdade.

A cidade era tão pequena, e escura, e as ruas tão estreitas, e as casas tão mirradas e degradadas, e o céu sobre elas era tão baixo, que, de preferência, ele gostaria de dizer que *esta não é a mesma cidade*, mas, ao mesmo tempo, tinha que reconhecer que na verdade esta cidade é exatamente aquela, mas de alguma forma era como se fosse uma cópia, como se ela só fosse uma lembrança, mas uma lembrança cem por cento fiel ao original, apesar de ser somente uma cópia, não é a verdadeira, já que, e era nisso que tinha esperanças, a verdadeira viria após esta, estava sentado num quarto enorme e frio, numa poltrona também enorme e extremamente desconfortável, tentando organizar os pensamentos, segundo lhe ensinaram, mas não estava funcionando, pois a única coisa que conseguia era chegar sempre no mesmo lugar, aqui, que esta não é ela, e ao mesmo tempo é, e na hora empacava, pois teria sido só com muita dificuldade que poderia formular a distinção entre as duas, de jeito nenhum, já que não somente a tarefa era difícil, como sua mente também não alcançava mais longe, olhava o fogo crepitando numa lareira, tentava não dar atenção ao terrível cheiro de cal virgem, pois se misturava tragicamente ao cheiro de mofo, e só desejava que aquele jovem estivesse ali com ele, e ao mesmo tempo, oxalá que ele mesmo não estivesse ali, enquanto outra voz ficava dizendo dentro dele que havia chegado ao seu destino, portanto, aqui também havia um quebra-cabeça aparentemente insolúvel, que ele não sabia como resolver, pois como diferenciar entre a necessidade de ir embora de imediato daquele lugar do fato de finalmente estar ali, onde tanto desejou estar, onde gostaria de rever tudo aquilo que certa vez a história e sua má sorte pessoal roubaram dele, o que fazer, olhava fixamente para o fogo, e nem saberia para qual outro lugar, pois a poltrona, que estava com as molas completamente quebradas e incomodava suas nádegas, encontrava-se posicionada de um jeito que só lhe permitia olhar para o fogo e nada mais, o que — rápido se revelou — acabou sendo uma vantagem para ele, pois o enorme quarto com seu cheiro próprio, peculiar, ainda não era nada se comparado com o que teve que constatar quando por fim se levantou para mover um pouco os ossos, depois das inúmeras provações pelas quais havia passado, pois, e olhou ao redor para ver para que lado poderia ir, se deveria começar seu passeio pela esquerda ou pela direita, mas não conseguiu começar por lado nenhum, já que o quarto estava todo decorado, mas de tal maneira que aquela visão o fez perder o fôlego, pois no momento em que ele fora introduzido, quando aquilo aconteceu, ainda estava tão fora de si que não percebeu nada disso, porém agora, sim, percebeu que o lugar estava totalmente tomado, transversalmente em todas as direções, por guirlandas coloridas, ou talvez nem sejam guirlandas, enrugou a testa, ao tentar adivinhar, o que seriam aquelas coisas entrecruzadas para todas as direções, lá no alto perto do teto, não, não são guirlandas, mas, talvez, é bem provável que sejam festões prateados e dourados usados para decorar árvores de Natal, mas então isso quer dizer que o Natal está tão próximo, o barão se perguntou hesitante, não, não, não, tão perto não está, e baixou o olhar, mas ainda não se moveu do lado da poltrona, porque percebeu que havia uma mesa comprida, uma espécie de trabalho de carpintaria toscamente esculpido, com pernas de coluna e repleta de teias de aranha, e essa mesa estava abarrotada de jarros de Miska de vários tamanhos, aqueles jarros de hussardos provenientes da mesma oficina e ali deixados na maior desordem, e quando desviou o olhar, o que percebeu do outro lado foi que na parede, de onde vinha o cheiro de cal, o teto não tinha sido pintado, e de alguma forma a obscuridade o encobria, uma vez que a claridade só era fornecida pelo fogo da lareira, então, naquela parede haviam sido dispostos muitos bordados folclóricos, mas se assustar de verdade ele só se assustou quando descobriu que essas tapeçarias folclóricas, também dispostas de forma bem bagunçada na parede, penduradas com pregos enormes, foram simplesmente marteladas na parede, e as cabeças dos pregos eram perceptíveis, o seguro morreu de velho, provavelmente para que fixassem bem, que costume mais bizarro, o barão fixou o olhar neles, e começou a andar para a esquerda, deu uma volta, depois a segunda, e foi quando se deu conta de como suas pernas estavam fracas, mas também seu corpo estava sem energia, em parte nenhuma dele, de modo que seria melhor se deitar, pensou, olhou ao redor mas não viu nenhuma cama, assim, saiu do quarto para o corredor para chamar a criadagem, mas não havia criadagem, não havia ninguém, então decidiu procurar ele mesmo os aposentos de dormir, mas todas as portas que tentou abrir estavam trancadas, em geral com cadeado, então não havia outro jeito, tinha que continuar procurando, quando ouviu que alguém, longe, estava furando alguma coisa, bem baixinho, então foi naquela direção, virando à direita num corredor lateral, o som da furadeira foi ficando mais forte, então ele virou a maçaneta, que desta vez funcionou, entrou pela porta, e um homem vestido de trabalhador levantou de repente de sua posição ajoelhada, segurando nas mãos, diante de si, uma pequena furadeira numa posição defensiva e disse, seja bem-vindo, sua excelência, mas não disse mais nada, ficaram se olhando, ambos bem embaraçados, e o barão acabou resolvendo com uma pergunta, já que não se aguentava mais de cansaço, se por acaso ele não saberia onde ficavam os aposentos para dormir, ao que o homem, numa das mãos a furadeira e na outra muitos parafusos, e no cinto uma bolsa de ferramentas de couro, começou a pedir um monte de desculpas e fazer acusações, mas não dava para entender por que ficava se desculpando, e com quem estava tão bravo, em todo caso ele não parava de falar, e falar, que para ele foi dito que tinha que terminar até dez horas da noite, e que então ele estava ali tranquilo trabalhando, porém não lhe foi comunicado que não seria às dez, mas que seria assim, valhamesantodeus, na mesma hora, mas os culpados por aquilo, que ele não vai nomear, mas contra quem apontou para o alto, ameaçadoramente, a chave de fenda que tinha nas mãos, aqueles, repetiu mais algumas vezes, e sacudiu a chave de fenda ameaçadoramente, enquanto ele permanecia estático na entrada, sentindo que não ia aguentar ficar de pé por muito tempo, tenho que deitar, balbuciou, com o que deve ter causado uma impressão bastante infeliz, pois aquele homem com aparência de operário de repente começou a dizer que ele estava no lugar certo, porque aquele era o seu quarto, isto é, acrescentou, corando, vai ser, em vista do quê, o barão, sem forças, pediu que lhe mostrasse qual era a sua cama, mas a resposta foi perturbadora, pois o que o homem fez foi repetir *vai ser* e deu um passo para o lado, e indicou uma cama atrás de si, mas ainda não está pronta, acrescentou, e engoliu em seco, então o barão se aproximou da cama e perguntou se o homem permitia que ele se deitasse um pouco naquele momento, bem, deitar sobre ela, bem, quer dizer, respondeu ele indeciso, em princípio já poderia, neste caso, sabe, eu vou me deitar nela, respondeu o barão, e com uma mão apalpou a cama para ver se não iria se quebrar, ou coisa parecida, pois, verdade seja dita, a cama realmente não estava pronta, já que era nisso que aquele homem vinha trabalhando, mas o barão já não tinha mais forças nem para continuar a conversa nem para o que vai acontecer com a cama, simplesmente se sentou sobre ela, em seguida se abaixou, enquanto o trabalhador ficava olhando espantado, sem saber o que fazia, lentamente soltou o cadarço do sapato, tirou o sobretudo, e depois de apalpar seu bolso interno e de dentro dele tirar um envelope, jogou no pé da cama, mas, espere só um pouco, senhor, e nesse instante o homem foi até a cama, tentou limpar a cabeceira da cama, tentou alisar o colchão até então meio jogado de qualquer jeito, mas o barão já estava deitando nesse colchão, e o homem ficou furioso, e tentou alisar o colchão, pois ninguém havia mencionado para ele que a coisa ia ser assim, que o sr. barão iria simplesmente aparecer no meio do trabalho, a ele foi dito que teria tempo de terminar o trabalho até as dez da noite, pois só o trouxeram do castelo até ali agora, e ele precisava daquele tempo até as dez horas, de modo que se sentou na beira da cama e começou a dizer para ele que ainda precisava reforçar os parafusos, pois tinha combinado que iria deixá-la em ordem, mas daquele jeito ainda não estava em ordem, e ele, sentado encurvado, com seu macacão sujo, na beira da cama, soltou a chave de fenda no colo, não costuma aceitar trabalhos que não seja capaz de terminar, e este daqui, se o cavalheiro está deitado nela, ele não consegue terminar, ainda por cima, acrescentou com raiva, sobre esta cama, desse jeito, do modo como está fazendo, ele não aconselhava que o cavalheiro se deitasse, porque naquela cama, ele vai contar com todas as letras para o cavalheiro, até aquele dia somente ciganos e mais ciganos dormiram, porque aquela cama estava encostada num canto sujo lá no castelo, foi de lá que a carregaram até ali naquela tarde, e foi só então que ele foi encarregado de trabalhar nela até as dez da noite, mas naquele momento não passava das sete e meia, e ele ainda precisava fixar os parafusos, se o cavalheiro permitisse, disse olhando nos olhos fechados do barão, cada vez mais desesperado, e foi ficando evidente que ele, desta cama, não iria conseguir fazer o grande senhor acordar, ele se deitou ali e não quer, de jeito nenhum, se levantar, mas ele aceitou trabalhar até as dez horas, resmungava o homem sentado encurvado na beira da cama, e o barão ali do lado, sem se mexer, deitado de costas, com os olhos fechados, e o que ele pode dizer sobre a situação, é sempre assim, o trabalhador nesse lugar não tem futuro, todo mundo pensa que sou podre de rico, e que os pedidos entram de monte, que pedidos?!, o carpinteiro soltou uma exclamação em tom acusatório, na beira da cama, o que eles estão pensando, tudo bem se num mês entram uns oito ou dez pedidos, mesmo assim são uns trabalhos chinfrins, e mostrou com sua mão livre quão chinfrim, pois o cavalheiro sabe o quanto ele ganha com aquele trabalho?, claro que não sabe, mas eu lhe conto, eu pedi oitenta, nós pagamos cinquenta e cinco, me disseram, mas imagine só, nesse valor está a despesa com a gasolina, mas se ele quiser trabalhar tem que vir lá do Krinolin, hoje também veio do Krinolin, e isso significa um gasto de no mínimo dez de gasolina, considerando que consegue comprar gasolina, pois agora, por exemplo, continuou contando com tristeza para o barão imóvel, faz dias não tem, vou até o posto de gasolina, bem aqui, atrás do castelo, e lá está a placa com os dizeres não tem gasolina, então eu pergunto, isso quer dizer o quê, pois várias vezes já tive vontade de pendurar outra placa ali, perguntando então tem o quê?, se não tem gasolina, o que mais poderia haver num posto de gasolina, pergunto, esses caras aí em cima, e apontou para o teto, para eles é totalmente indiferente, se ele, um pobretão qualquer, tem gasolina ou não, eles têm, curvou-se mais ainda para a frente, e apoiou os cotovelos sobre os joelhos e a cabeça nas duas mãos, o resto não interessa para aqueles caras, pois ali está ele, tirou seu diploma técnico, mas o cavalheiro imagina só, que, sim, o mundo está de um jeito que a pessoa tem que se virar nos trinta, de modo que ele, disse, também faz serviço de hidráulica e aquecimento, serviços de elétrica, até mesmo aos domingos, claro que no inverno, só no inverno, ele também faz abate de porcos como abatedor, uma profissão que também aprendeu, tem até o certificado, e mesmo assim o cavalheiro sabe quanto consegue tirar num mês, pois é, quase nada, porque ainda tem o imposto para pagar, sem falar numa taxa aqui, outra contribuição ali, mas também já tanto faz, não quer ficar chateando o cavalheiro, pode ficar sossegado aí, disse resignado, e levantou da beira da cama, o barão continuou sem se mexer, e os olhos fechados também permaneceram iguais, do jeito que fechou há pouco, mas e agora, o que vai fazer, o sr.

barão está deitado nessa… coisa, um pedaço de pau, agora como vai deixá-lo só, é melhor ir embora?, e se acontecer alguma coisa com ele, de quem vai ser a culpa, é claro que sua, mas com os diabos, fazer o quê?, a bagunça ali era tão grande, desde que na véspera fizeram as crianças órfãs se mudarem dali, e ali não tem vivalma, deixaram ele lá sozinho, por sua conta, balançou a cabeça, impotente, então, falando sério, que diabos ele vai fazer, porque não tem um cobertor nem um travesseiro para colocar embaixo da cabeça dele, nada, em lugar algum, ele é um carpinteiro, não uma empregada doméstica ou uma camareira de hotel, onde estão os responsáveis que zelam por este lugar, largou a parafusadeira do lado da cama, dirigiu-se na ponta dos pés até a porta e olhou pelo corredor, mas este estava tão vazio quanto ele imaginava que estaria, com isso a raiva tomou conta dele novamente, de raiva deu um soco no batente da porta e perguntou a si mesmo, esse homem por acaso é da minha família, então por que estou aqui me preocupando com ele, vou para casa, com os diabos, e deu a volta para pegar sua parafusadeira e sua caixa de ferramentas, quando, para seu próprio infortúnio, olhou de novo para ele, que estava ali deitado, e viu que na verdade suas pernas estavam penduradas para fora da cama, mas tanto que na verdade estirado como estava, a cama só chegava até os joelhos dele, toda parte de baixo das pernas estava pendurada e os pés encostados no chão, olhou para aquelas duas pernas penduradas e simplesmente não conseguiu deixá-lo ali, contou em casa à noite, quando regressou ao Krinolin, teve pena de deixá-lo ali sozinho, e a verdade, pois então, como poderia deixar ali aquele velho, sem um cobertor, um travesseiro, sem nada, por isso saiu pelo corredor e tentou encontrar alguma coisa, mas lá em cima todas as portas estavam fechadas com cadeado, e quando desceu pela escadaria para o térreo encontrou bastante coisa lá, já que um dos cômodos estava cheio de roupas de cama, certamente esqueceram ali ontem, quando levaram os órfãos embora de caminhão, então ele pegou um jogo de cama, contou em casa, e subiu de volta para junto do senhor, e o cobriu com o edredom, e enfiou um travesseiro embaixo da cabeça dele, e — não à toa ele é chamado de homem das mil e uma habilidades! — rapidamente montou com cadeiras e cobertores um apoio de pernas, e com jeitinho colocou ali as pernas esqueléticas do velho, pois elas eram muito esguias, explicou para sua mulher, então decidiu que era hora de dar o fora, terminou de contar, e cheirou o ar para descobrir o que tinha para o jantar, fechou a porta em silêncio atrás de si e deixou que aquele pobre homem dormisse, já que lhe davam tão pouca importância a ponto de deixá-lo sozinho, mais precisamente com ele, para que resolvesse a coisa como pudesse, enquanto eles, vai saber onde, estão numa boa, curtindo, já que não precisavam se preocupar, lá estava o maluco do Markevic, e este seria eu, o carpinteiro indicou a própria pessoa, pois nem o meu nome eles sabem direito, porque esse povo, claroné?!, escreveram no pedido com a letra *c*, com certeza depois ele inventa alguma coisa, vai ver é isso que estão falando em algum bar, deixa que ele resolve, já que é um mestre das mil e uma habilidades.

O resultado não foi muito brilhante, disse no BIKER, e com uma pausa bem longa mostrou o quanto estava insatisfeito com o andamento das coisas, não estou, ergueu lentamente a cabeça que ostentava uma cabeleira já calva e grisalha, e com isso moveu também a trança que ficava atrás, não estou satisfeito com as coisas, e novamente um longo silêncio se seguiu, durante o qual os outros só ficaram coçando suas tatuagens, porque não tinham a mínima ideia de aonde ele queria chegar, não foi isso que combinamos, continuou, e nem tocou na cerveja, que já fazia um tempo tinham colocado na sua frente, o colarinho já estava começando a diminuir, por exemplo você, Dzsé-Ti, qual foi a merda que eu disse, quando era para apertar a buzina, responde, se não quebro a tua cara, mas nem esperou que o Dzsé-Ti dissesse alguma coisa, mesmo que soubesse a resposta, porque do jeito que agarrou a caneca, com cerveja e tudo, enfiou na cara dele com tamanha força que a cara do Dzsé-Ti ficou lavada de sangue na hora e caiu para trás que nem um pedaço de pau, mesmo assim só fez uma careta, se virou de volta para o balcão e olhou para o garçom, com ares de comoéqueé, então o cara, de um salto, já estava tirando a próxima cerveja pra ele, porque o que nós fizemos aqui, continuou, enquanto ninguém ousava se mexer para ajudar o Dzsé-Ti, ou olhar como estava, enquanto ele continuou ali caído, como se tivesse sido espancado até a morte, aquilo envergonhou a mim e a todos vocês e envergonhou até o sr. Béla, porque o que ele está pensando agora, então, o que acham, não foi suficiente que naquela época ele arranjasse uma cópia do *Mein Kampf* para cada um, ele ainda fez o tal milagre com as máquinas de vocês numa única tarde e noite, o que vocês acham, o que o sr. Béla está pensando agora da gente, porque ele também estava lá, infelizmente, estava, vi ele parado do lado do Comissário, e ele viu, quer dizer, ouviu toda aquela merda de buzinaço, ou sei lá como chamar aquilo, e você não fica dando risadinha, se virou lentamente na cadeira e olhou para o Totó, não começa a dar risadinha, meu Totozinho, e como um raio já estava do lado dele, e pegou a caneca que tinha rolado para o lado de Dzsé-Ti e jogou nele com tanta força, aquela mesma que tinha derrubado o Dzsé-Ti ainda há pouco, que o Totó também caiu para trás, apesar de ser do tamanho do Estrelinha, e ele também não se levantou, mas aí todos já estavam bem convencidos de que tinham que levar a sério o que estavam ouvindo, já que a partir daí ninguém pode cometer nenhum deslize, pois quem quiser pertencer à tribo, disse sério, dali para a frente não pode cometer erros, porque agora nós temos que apagar, se preciso com sangue, se preciso com suor, aquela vergonha que fizemos na estação, eu não quero, disse, e fez um sinal para o garçom para que lhe passasse a caneca de cerveja que acabara de chegar, não eu, que nesta cidade, que para nós é um lugar sagrado, pois aqui é a nossa central, nascemos aqui, e é também aqui que queremos morrer pela pátria, pelo caminho e pelo ideal, se preciso for, não estou a fim de aguentar que aqui, se nos virem, comecem a rir de nós, porque é isso que vai acontecer agora, gritou tão forte que todo mundo estremeceu, vão rir de nós se nos virem, então temos que organizar as coisas, meus irmãos, e temos que resolver as nossas tarefas, aquelas que aceitamos, que esta cidade vai ficar limpa, porque vocês lembram qual era antigamente o nosso slogan, QUINTAL LIMPO, CASA EM ORDEM, ouvir isso fez eles gritarem, porque antigamente essa era a palavra de ordem, e ainda não haviam esquecido como tinham que responder, ou seja, QUANTO MAIS, MELHOR, bom, disse ele lá no balcão, e como se a harmonia daquela resposta que gritaram em uníssono, QUANTO MAIS, MELHOR, tivesse começado a entrar de novo nos eixos, como antigamente, e o líder, já que desde a véspera, entre eles, já não o chamavam de chefe, mas preferiram chamá-lo assim, deu um gole na sua cerveja, deu uma coçada na barba, e parou de falar, mas eles ainda ficaram por um tempo parados com a caneca na mão e aos poucos começaram a conversar, mas baixinho, pois não sabiam se a tempestade já havia passado ou ainda não, sim, tinha passado, pois o comandante não falou mais nada, só deu sinal para que o Joegyerek se aproximasse, comentou alguma coisa com ele, depois só ficou bebericando quieto no seu canto, e olhou para a TV lá em cima, estava passando a segunda temporada de *Na Real*, ficou bebericando, mas percebiam nele que não estava realmente interessado na segunda temporada de *Na Real*, que estava matutando seriamente sobre alguma coisa, ao mesmo tempo era como se alguma coisa o estivesse corroendo, apesar do rosto dele não revelar mais nada, de modo que ficou tudo igual, eles ficaram jogando conversa fora com o parceiro do lado, e ele só bebericava sua cerveja, tomava goles pequenos, lá em cima, na armação de ferro lá do canto, continuava a segunda temporada de *Na Real*. Todo mundo esperava uma ordem.

Planejou pegar um táxi e imediatamente mandar seguir para aquele endereço tão caro ao seu coração, considerando que ainda em Viena o atendente do quarto foi tão eficiente, pois, quando lhe confiou a tarefa de tentar encontrar um endereço postal húngaro para tal e tal nome, dentro de uma hora o tal endereço já estava ali, diante dele, sobre a escrivaninha, anotado em um cartão, no meio de uma travessa de prata, é claro que ele havia pensado que, qualquer que fosse o seu horário de chegada, a primeira coisa que faria seria ir nesse endereço, pois a cidade podia esperar para ser visitada, o hotel podia esperar para ser encontrado, a única coisa que não poderia esperar é que fosse procurá-la, mas aquilo não só não aconteceu como ficou tão fora de seu alcance que agora, deitado em um edifício desconhecido e deserto, em um quarto desconhecido e deserto, em uma cama terrivelmente desconfortável apesar de original, com lençóis fedidos, e segurando nas mãos, dentro do papel fino do envelope, a única foto que lhe restou, estava se sentindo como alguém cujo sonho se tornou realidade, mas que não imaginou que seu sonho viraria um pesadelo, pois se alguém lhe dissesse que tamanha multidão fosse recepcioná-lo, que pessoas desconhecidas iriam ficar falando baboseiras de tudo quanto é jeito, a torto e a direito, e depois o enfiariam em uma charrete e o trariam ali, neste edifício deprimente e abandonado, e iriam deixá-lo ali sozinho, então agora lhe responderia que não lhe disse o suficiente, pois em nenhuma hipótese esperava que uma recepção daquele tipo pudesse acontecer, como não esperava que nenhum tipo de recepção acontecesse, pois em hipótese alguma imaginava que soubessem de sua vinda, como souberam que vinha, perguntava-se agora com cara de desespero debaixo daquela colcha fedorenta, de onde tiraram a informação, quem lhes deu a saber, e por que não tinha forças suficientes para afastar de si tudo aquilo com os homens junto, que fizesse calar os palestrantes, e em vez daquela charrete de circo por que não pediu um táxi, como de costume, de acordo com seus planos, e se é tão incapaz de resolver tudo por si mesmo, até mesmo aquela pessoa que tanto se ofereceu, aquele Dante Szolnok, ele também não está em lugar algum, então vai visitar a pessoa por quem, afinal, viajou até ali, por que não fez isso desde o início, por que se comportou mais uma vez como um verdadeiro idiota, era isso que o torturava, e estava com frio, e só ficava apertando o envelope nas mãos, depois tirou a foto de dentro dele e a olhou novamente, quem sabe quantas vezes já, em sua longa vida, porque aquela foto ficou com ele o tempo todo, nunca se separou dela, ficou com ela até o final, acontecesse o que acontecesse nunca a deixou de lado, não chegou nem a ficar amassada ao longo desses mais de quarenta anos, tirou o edredom de cima, e se sentou na cama, pôs o envelope sobre o joelho, voltou a guardar a foto, e se inclinou para pegar o sobretudo, mas naquele instante ouviu o som de passos, e de algumas pessoas gritando bem alto, em seguida já estavam ali dentro, e um bando de homens parou de repente na frente da cama, e como quem não consegue acreditar em seus próprios olhos ficaram encarando-o, e só depois um deles perguntou, de novo aquele baixinho e gordinho, como assim, sr. Barão, o que faz aqui, que resposta poderia dar, que algum acidente sinistro havia perturbado seus cálculos e que nada aconteceu como havia imaginado, mas o envolveram numa celebração horrorosa e ficaram falando um monte de asneira para ele?, era isso que teria que ter respondido agora?, olhou para eles sem abrir a boca, pois não emitiu som algum, já que ele mesmo ficou bem aliviado, conforme essas pessoas irromperam naquele lugar e o questionaram, mas depois terminou, porque aquele baixinho, que deveria ser algum dirigente da cidade e que esteve ao seu lado durante todo aquele dia desastrado, que, por sinal, também é o responsável pelo lugar onde está, este edifício deserto, o ajudou a vestir seu casaco e rapidamente o conduziu para fora daquele lugar, e depois, no corredor, alguém lhe vestiu o sobretudo, o cachecol e o chapéu, os quais nem lembrava onde teria deixado, e com isso o conduziram para fora do edifício, e a coisa toda já ia recomeçar, porque aquele homem, saltitando à sua volta, lhe perguntou se faz questão da charrete ou se para ele é suficiente um carro para irem ao local onde vai acontecer o banquete, e naquele momento fez um sinal para esse homem, para que desse um tempo, para que se acalmasse, puxou-o de lado e lhe informou que não estava entendendo muita coisa, melhor dizendo, não entendeu nada daquilo tudo o que aconteceu naquele dia, mas o que é absolutamente certo é que, qualquer tipo de banquete para a sua pessoa está fora de cogitação, estava esgotado depois da longa jornada, disse, e então percebeu que aquele homem cada vez se inclinava mais para perto dele, pois talvez não tenha ouvido direito o que lhe dizia, de modo que repetiu que não, de forma alguma, que é uma grande honra para ele receber tanta deferência, mas que sejam compreensivos e deixem-no à vontade, ao que o homenzinho bateu palmas e respondeu que a palavra do barão para nós é uma ordem, que não pense que contra a sua vontade eles querem forçá-lo a encarar qualquer tipo de banquete, além do mais, apenas entre eles, e se inclinou para mais perto ainda, ele tem que confessar, confidencialmente, que o Otthon, embora fosse excelente em todos os aspectos e adequado, com todo o seu significado histórico, para um banquete, lamentavelmente *não cozinham bem* lá, e, por algum motivo, riu muito com essa revelação, e com toda a força de expressão do seu rosto o encorajava a fazer o mesmo, mas o barão não conseguia rir com ele, até mesmo um sorriso educado lhe foi muito difícil esboçar, pois sentia que agora tudo o esgotava, até uma conversa daquele tipo, por isso pediu ao baixinho que, se quisesse lhe fazer um favor, que o mandasse para o hotel mais próximo, pois ansiava descansar, este era seu único desejo, o que, aquele homem o interrompeu entusiasmado, lhe será concedido "em um minuto", e a partir dali de fato tudo aconteceu segundo a sua vontade, porque o baixinho chamou um carro e o levaram para algum lugar onde, em condições relativamente civilizadas, foi conduzido para a chamada "suíte" local, mas ali já não conseguiu ficar ouvindo o gerente do hotel falar sobre quão famoso era o seu hotel e o que as paredes daquela suíte em particular "poderiam dizer", ele apenas agradeceu à aparente excelência do serviço e fechou a porta diante do gerente que fazia uma reverência e do homem baixinho atrás dele, que fazia o mesmo, e finalmente pôde tirar o chapéu, o casaco, o sobretudo, a camisa, a roupa de baixo, pôde enfim tirar tudo, e depois de um banho de chuveiro se estirou numa cama visivelmente mais confortável do que a anterior, deitado de costas fechou os olhos e o sono tomou conta dele num instante.

Sabe perfeitamente, não é necessário lhe chamar a atenção para o fato, ele também tem tudo muito claro, como uma ou outra coisa aconteceu, que talvez não fosse necessário ter sido do jeito que foi, mas então, declarou aos jornalistas reunidos no lobby do hotel, ninguém pode duvidar que a recepção na estação possa ser considerada de grande envergadura, podem anotar isso em separado, disse, encarando os jornalistas, e se possível que anotem ao pé da letra, de grande envergadura, pois quem poderia imaginar que, diante das atuais circunstâncias, seria possível mobilizar uma multidão daquele tamanho, e o que ninguém pode negar, evidentemente isso inclui todos os seus colegas de trabalho, é que de fato foi ele que moveu essa multidão, foi ele que atraiu toda essa gente para ir até a estação, e a esperança, pois isso também ele reconhece satisfeito, mais ainda, sublinha, e a esperança, que será diferente, que pode ser melhor do que é hoje, e pede encarecidamente que, em seu noticiário, não critiquem o coral de senhoras, a quem ele só pode tirar o chapéu para homenagear, você nem usa chapéu, ouviu-se o grito de alguém, que não se identificou, de modo que o prefeito continuou impassível, porque elas se dedicaram de corpo e alma, isso não se pode negar, nem que os oradores foram excelentes e igualmente merecem reconhecimento, antes de mais nada o sr. comissário de polícia e o diretor da escola, que, de certa forma, emprestaram à cerimônia o seu próprio caráter elevado, podem anotar isso também com essas palavras, o prefeito advertiu os jornalistas, e no que concerne à chegada do trem, e a tentativa dos membros da associação de motociclistas esportivos, que queriam desde o início oferecer uma atmosfera alegre para a recepção do sr. Barão, pede encarecidamente, pediu encarecidamente, para que não zombem deles além do necessário, é melhor serem objetivos, olhou fundo nos olhos de cada um dos jornalistas presentes, e usem seu tempo e espaço para lidar com a coisa essencial, que ele está aqui, que ele chegou, que não é simplesmente um diz que me diz, fruto da imaginação, tampouco falatório infundado, mas realidade, o barão Béla Wenckheim voltou para casa, considerando que isso é o essencial, roga encarecidamente, em comparação ao, vamoooosssss lááá, que as buzinas estavam meio desencontradas e o coral folclórico um pouco fora do esperado, bem, e daí, ele poderia continuar, mas que diferença faria, ergueu o tom de voz interrogativamente, o importante não foi que, cada um à sua maneira, deu o seu melhor e o sr. Barão viu que sua amada cidade natal, não é a cidade natal dele, lembrou um dos jornalistas barulhentos, está bem, então anotem que é sua cidade do coração, mal podia esperar por aquele momento, e ora, vejam só, esta hora chegou hoje, às cinco e quarenta desta tarde, às seis e dez, ouviu-se de algum lugar do grupo, que seja, o trem parou e dele desceu, o barão Béla Wenckheim, que agora está descansando, pois não, sim, neste hotel, mas lhes rogo, rogou de novo, não ousem perturbar o sono dele, pois imaginem só o estado físico dele, segundo me consta o barão tem sessenta e quatro anos, e está viajando desde cedo esta manhã, então dá para imaginar quanto a viagem desgastou o organismo dele, então lhes peço compreensão, senhores, empatia, repetiu ele, e que pelo menos até amanhã ao meio-dia o deixem em paz e não o assediem com suas perguntas nem com sua presença, o que quero dizer, explicou o prefeito, assumindo uma postura um pouco mais séria, é que, em nome da cidade, eu espero que nenhum jornalista fique fuçando por aqui até amanhã à tarde, mas disse meio-dia, alguém o interrompeu, então até amanhã após o meio-dia, o prefeito corrigiu, então vamos ver, tudo depende do sr. Barão, o que ele deseja fazer primeiro, visitar o antigo castelo, no que ele está pensando, ouviu-se alguém observar num tom de voz desafiador, ou talvez, o prefeito continuou sem perder o prumo, possamos ir com ele até a propriedade em Gyíkos, não sei bem, também pode ser que ele queira fazer um passeio de reconhecimento pela cidade, é ele quem vai decidir, pois é ele quem decide tudo, tomem nota disso, de agora em diante, nada nem ninguém poderá impor restrições a ele, e pode ser que isto soe incomum para os senhores, que estão acostumados à chamada "democracia", mas fiquem sabendo que de agora em diante é ele quem manda aqui, no que for capaz, baixou a voz e com a palma da mão enxugou a careca, não tem a mínima importância o que vocês pensam, o que escrevem, pois se não escreverem a verdade, ou seja, não escreverem o que foi dito aqui, então vão se ver em apuros e os seus jornais também, porque isso que está aqui, graçasaosantíssimoqueestánocéu, não é mais "democracia", de agora em diante, e fez um gesto amplo com a mão, abrangendo todo o mundo e as terras ao redor, e se inclinou para a frente, é uma *herdade*, cujo dono, depois de tantas décadas, mais uma vez enxugou o suor no topo da careca com a palma da mão, finalmente retornou.

Explicar como consegui entrar, isso ocuparia um romance inteiro, Irén disse, e eu não gostaria de cansá-lo com essa história, foi só descobrir onde o senhor estava, depois subornar, porque subornei, disse para o barão, o gerente do hotel e o porteiro-chefe, e tive que subornar até duas camareiras, pois senão, creia-me, eu não poderia estar aqui, é todo um romance, um romance ruim, sr. Barão, rogo, não fique bravo comigo, e não chame a criadagem, era necessário eu me encontrar com o senhor, era necessário que alguém desse um basta nesta infeliz reviravolta dos acontecimentos, porque é necessário que haja alguém que remova os obstáculos do grande encontro de vocês, se alguma vez eu o tivesse encontrado, agora poderia dizer que afinal me conhece, eu nunca faria isso, somente no caso de um problema enorme, e agora o problema é muito grande, sr. Barão, a Marika está sentada em casa, não se move para nada, não atende o telefone, e eu não sou do tipo que se assusta à toa, mas, confesso, agora estou assustada, sr. Barão, lhe rogo, me ouça, só lhe peço um minuto de atenção, em seguida sumo do mapa para sempre, pois de qualquer forma não tenho lugar na fantástica história de vocês, lhe rogo, lhe rogo muito, mas do que se trata, senhora, o barão olhou para ela, de dentro dos travesseiros empilhados, e nem ousava se mover embaixo do edredom, e sentia muita vergonha porque suas duas pernas apareciam fora do edredom, mas não tinha outra coisa a fazer senão as puxar bem devagarinho para debaixo das cobertas, apesar de o edredom ter se enroscado em algum lugar, e amassado, e foi subindo com as pernas até onde pôde, e conforme fazia isso, tentando segurar uma das bordas do edredom com uma das pernas, a outra ele rapidamente puxou para baixo da primeira, e com isso esta também já estava coberta, e afinal todo encolhido, ele estava embaixo do edredom por completo, pelo menos isso, e olhou aliviado para o teto, pelo menos conseguiu isso, porque quando virou a cabeça na direção da mulher ficou evidente que não se livraria dela em menos de alguns minutos, pois vocês já não devem prorrogar mais, ela continuou, tudo conspirou contra vocês, admito, mas se rompermos os obstáculos e esclarecermos tudo, então nada poderá ficar no caminho de vocês, e nesse caso, e na porta Irén indicou a própria pessoa, tenho plena certeza, só me permita falar diretamente, sem rodeios, o que acontece, pois acontece que aquela alma gentil que é minha amiga há mais de dezenove anos *estava lá*, sr. Barão, não acredite que ela não foi ao seu encontro, o senhor é tudo para ela, eu sei, participei com ela de tudo o que aconteceu nas últimas semanas, eu estava com ela, quando ela recebeu sua primeira carta, nesse instante um brilho se acendeu nos olhos do barão, em um segundo percebeu do que essa mulher estava falando, mas o reconhecimento fez seu coração bater mais forte, esse coração que ainda não conseguiu dar uma ordem para que agisse, pois não iria pular da cama na frente da mulher, apesar de que teria feito isso de bom grado, de modo que ainda ficou ouvindo a mulher parada na porta enquanto ela falava, mas era inútil falar para ele, pois havia sido suficiente que entendesse que ela falava de Marietta, o resto não lhe interessava, são Pantaleão, me ajude, leve essa mulher embora daqui, leve-a embora daqui de algum jeito, mas a mulher não foi afetada por são Pantaleão, talvez nunca tivesse ouvido falar dele, por isso não fez efeito, pois ela continuava falando que a Marika isso, que a Marika aquilo, e ele só estava esperando o momento em que finalmente terminasse, só que parecia que não terminaria logo, porque ela tinha se preparado para uma resistência maior, e queria se certificar, quando se decidiu naquela manhã, e desligou o telefone, e teve certeza de que a sua Marika não queria falar com ela, vou descobrir, ficou de pé ao lado da mesinha do telefone, decidida, onde eles o esconderam, porque de mim ninguém esconde nada, vou encontrá-lo, e já estava vestindo o casaco, no minuto seguinte estava na rua, e correu na direção da Prefeitura, para começar a batalha, a qual, agora que está ali parada na entrada, pensou, provavelmente ainda não chegou ao fim, porque o barão só fica esparramado naquela cama, nem se mexe, não dá nenhum sinal de que ao menos está entendendo o que lhe digo, até quando tenho que ficar falando, questionou-se, quando o velhinho finalmente vai entender o que estou falando, mas ela não precisava ficar agoniada, porque ali, entre os travesseiros, deitado totalmente rijo, o barão conseguiu reunir toda a sua coragem e disse, senhora, por favor, eu lhe peço, permita que eu me vista, foi tudo, disse só isso e mais nada, e com isso Irén se deu conta de que não precisava mais ficar discursando, de modo que fez uma reverência com a cabeça, abriu a porta e se virou para observar que o cavalheiro sabe o endereço dela, é claro, e com isso puxou a porta atrás de si, e só na escada, conforme descia correndo, desprendeu-se dela a tensão que desde ontem lá pelo fim da celebração havia se avolumado em seu interior, e ficou insuportável com aquilo que lá aconteceu entre a Marika e o barão, isto é, o que não aconteceu, quer dizer, só ali, conforme descia apressada as escadas do hotel, irrompeu de dentro dela um grito guerreiro, que sim, pois dentro dela essa voz continuou a gritar, e cada vez mais feliz, e ficou repetindo isso até o fim, até chegar em casa, que entende, que entende, entende, entende!

Ouviu algum barulho vindo do lado da porta, e só se deu conta do que seria quando foi até o hall de entrada, chegou mais perto e ouviu uma batida suave na porta, é novamente a Irén, suspirou, e parou do lado da porta, pegou a chave na fechadura, mas não a virou, que coisa, por que não é capaz de entender que agora não consigo falar com ninguém, por que ela é tão insistente, por que não entende que estou sem forças para ela, que não funciona, que preciso de um tempinho para me recompor, e de qualquer modo apoiou-se de costas na porta, como, de fato, a Irén poderia me ajudar, eu não digo que ela não quer o meu bem, quer o meu bem, só que sempre quer esse bem de uma forma tão agressiva, que..., mas nesse momento novamente ouviu baterem de novo na porta, o que a fez reagir um pouco irritada, que entendesse que naquele momento não estava em condições de receber, só que então um homem falou lá fora, na escadaria, mas provavelmente muito perto da porta, "não... sou eu", e ela soube, no mesmo instante, de quem se tratava, mas isso não é possível, mas é, sim, não, não pode ser, mas pode, sim, irrompeu dentro dela, então saiu de perto da porta como se a porta estivesse pegando fogo, pois de repente ficou fervendo, mas isso é impossível, pensou, e esfregou o rosto, quem sabe assim pode avaliar a situação com mais sensatez, e então por um tempo não aconteceu nada, não bateram na porta de novo, mas já nem era muito necessário, pois já tinha *quase* certeza, correu de volta para a sala de estar, primeiro vestiu correndo o roupão, olhou no espelho, rapidamente o tirou, correu até o armário e começou a revirar as roupas no cabideiro, e então outra vez bateram na porta, tão baixinho quanto possível, mesmo assim ela ouviu lá de dentro, aquilo já não era um barulho qualquer, mas era ele, agora tinha certeza, então enfiou o vestido escarlate, olhou no espelho, mas uma olhadela foi o suficiente, e arrancou aquele vestido também, pegou um conjuntinho marrom e o vestiu num piscar de olhos com uma blusa lilás, mas não calçou os chinelos de volta, não era sapato fechado, já que está em casa, pensou, e os pensamentos se quebraram em pedaços na mente dela, olhou no espelho e pensou, está bem, e tudo isso, evidentemente, só estava em pedaços dentro dela, pois naquela cabeça, naquele momento, não havia frases, só palavras, mas nem elas estavam inteiras, pululavam de um lado para outro dentro dessa cabeça, e seu coração começou a palpitar tão forte que foi necessário apertá-lo com ambas as mãos e depois fazia tudo meio instintivamente, ainda por cima o tempo todo só tinha uma sensação, que era muito lenta, que talvez ele se vá, ou talvez, pôs-se a ouvir, talvez já tenha até ido embora, não, sacudiu a cabeça, não foi embora, um último olhar no espelho, e saiu da sala de estar, mas ainda bem, graçasaobomdeus, deu uma olhada para trás e percebeu o roupão caído e as diversas peças de roupa que havia considerado inadequadas jogadas na beira da poltrona e da cama, correu de volta e juntou tudo correndo, e num só movimento jogou tudo dentro do armário, então rapidamente fechou a porta do armário, e então mais uma última, mas realmente última olhadela no espelho, e já estava no hall de entrada, e perguntou baixinho, numa voz trêmula, de quem se tratava, e a mesma voz de antes respondeu lentamente, e esse lentamente durou uma eternidade, virou a chave na fechadura, e abaixou a maçaneta, e sem tirar a corrente de segurança abriu uma fresta. Ele estava parado ali fora, segurava o chapéu nas mãos, totalmente inclinado para a frente, para que sua cabeça ficasse na altura da dela, e disse: "Bom dia, senhora. Procuro pela Marietta".

Não aguento, disse o prefeito, simplesmente não aguento mais, e depois deu um gemido alto, tão bem lhe fazia, o que sua esposa fazia, sua esposa, que tinha mãos de fada, aliás sempre lhe dizia isso, você, minha Jucika, você é uma fada mágica, pois o que você é capaz de fazer com as suas mãos ninguém mais sabe fazer, só você, você, minha fada, aí, isso mesmo, ajustou aquelas duas mãos conforme fazia massagem nas suas costas, um pouquinho mais para cima, oh, ui, muito bom, gemeu o prefeito, e virou a cabeça para o outro lado no canapé onde estava deitado, pois já tinha amassado completamente um dos lados do rosto, esta era sua grande preocupação durante a massagem, deitar de bruços, tudo bem, mas fazer o que com a cabeça, pois sempre começava como todo mundo, deitava-se de bruços sobre o canapé e enfiava a cara no tecido, aguentava por um tempo, mas não infinitamente, já que sua esposa começava cada massagem como se fosse durar para sempre, pelo menos era o que ele esperava toda vez, é claro que não durava até a eternidade, já que o tempo que ele aguentava com a cara enfiada no canapé era mais curto que a eternidade, por isso virava a cabeça para um lado, depois para o outro, mas na verdade nunca estava bom, e perguntava para a esposa como os outros faziam, mas ela não entendia a pergunta, como poderia entender se estava ocupada com seus músculos cansados, pois usava ambas as mãos, evidentemente, e isso a mantinha focada, enquanto o marido só ficava gemendo, e era tão bom ouvir aquilo, ela nem tinha outro prazer nisso, exceto quando eles estavam juntos assim, o marido gemendo no canapé, e ela sentada sobre a bunda dele, suas mãos começavam dos dois lados dos ombros, sempre dizia, para que não esperasse que ela fosse como uma profissional, porque afinal ela não tem a mínima ideia de como uma profissional faz, ela só sabe fazer desse jeito, explicava-se ao seu modo, e apertava os músculos, esticava os músculos, deslizando para os dois lados até as articulações dos ombros, depois continuava descendo até os braços, ela ia até os cotovelos, e ali só às vezes ia mais para baixo, pelo antebraço até os punhos, e finalmente até as articulações dos dedos, pois em geral ia só até o cotovelo, dali voltava para os ombros, porque só sabia improvisar, sempre dizia para o marido quando ele começava a implorar para que ela o massageasse, que tudo bem, mas eu só sei improvisar, e do ombro começa a ir para dentro, através do trapézio até o pescoço, e dali sobe pela nuca, apesar de não gostar muito dessa parte, apenas se acostumou, não gostava dessa parte do marido, coisa que evidentemente nunca teria confessado, mas sinceramente: não gostava da nuca dele e de toda aquela parte de trás da cabeça, pois enquanto isso o que o seu marido queria era que ela puxasse para cima, desde o pescoço até o topo da cabeça, pode ser, é claro, é possível que tudo tenha acontecido assim por causa de seu crânio calvo, pois pelo menos se toda a sua cabeça fosse calva ela não se importaria, mas se ficou calvo no topo da cabeça e na frente, mais embaixo, atrás, mais abaixo, na parte de trás, na parte inferior do crânio, tem um pouco de cabelo até o pescoço, que depois vira pelo ao olhar para baixo, bom, essa parte não lhe agradava, sem dizer que ela não havia se acostumado, a gente se acostuma a tudo depois de trinta anos, isto é, quase trinta anos, mas gostar, isso não, de modo que agora de novo eles estavam sobre o canapé, quer dizer, o marido de bruços e ela sentada sobre a bunda dele, porque era mais prático, já que isso também foi tema de grande discussão, onde deveria se posicionar para fazer massagem nele, em geral ficavam nessa posição, mas de vez em quando o marido lhe pedia que se sentasse atrás das costas dele, ela na frente dele, sentada numa cadeira, ele de costas para ela, mas essa posição para ela, e está sendo sincera, não era muito prática, de modo que em geral usavam o canapé, como agora, até que seu marido começou a sentir que ela estava cansada, e começou cada vez mais a elogiá-la, quão mágicas, incrivelmente mágicas, eram suas mãos, palavras que antigamente ainda lhe elevavam o moral, e ficou firme por um tempo, mas já não adianta ele dizer essas coisas para ela, não adianta ficar bajulando, suas mãos estão simplesmente cansadas, e não dava para incutir mais energia nelas com palavras, então começou a apertar menos, e começou a só alisar suas costas, e cada vez alisava com mais suavidade, no final deu um belo tapa naquelas costas e disse, então tá, é isso aí, não tenho mais forças, não me leve a mal, mas não consigo continuar.

Se tivesse conseguido, teria saltado os degraus de dois em dois, mas já estava satisfeito que podia descer do andar, queria voar, mas, comparado a voar, só estava se arrastando, sabia muito bem, estava apenas se arrastando, e foi durante a descida que arrumou o xale no pescoço, o chapéu na cabeça, e no final começou a abotoar o casaco, mas, quando chegou no hall, uma visão um pouco surpreendente o esperava, pois o porteiro que estava atrás do balcão folheando o *BLIKK*, deu um tamanho pulo quando o viu que bateu a canela com tudo numa das quinas das prateleiras que tinha embaixo do balcão, mas bateu com tanta força que chegou a ficar vesgo de dor, e não sabia nem como se esconder, mas não era para se esconder, e sim sair de detrás do balcão e se colocar à disposição do hóspede, só que sua canela doía tanto que não conseguia obedecer à própria mente, que passasse à frente do balcão, só conseguiu obedecer ao próprio instinto, para que se agachasse e o hóspede alto não visse de jeito nenhum sua cara vesga de tanta dor, e por causa disso ficou numa posição tão esquisita no balcão, pois o que o barão via por cima era apenas a cabeça do porteiro, com uma cara muito esquisita, de modo que durou um tempo até que ele pudesse pedir para aquele rosto que lhe chamasse um táxi imediatamente, sim, gemeu aquele rosto sobre o balcão, depois aos poucos a dor na canela começou a diminuir e com isso conseguiu agarrar o telefone em cima do balcão e puxá-lo para perto de si, e o taxista deve ter ficado espantado, quando foi a última vez que lhe pediram um táxi naquele tom de voz, há muito, disse a si mesmo, enquanto respondia, em três minutos, e ligava o motor, e de sua parte o barão de novo pensou naquele companheiro de viagem solícito, em onde ele poderia estar, o que tinha acontecido com ele, porque havia alguma ligação entre seu estranho desaparecimento e as provações que o aguardavam na estação, mas como poderia saber do que se tratava, afastou o pensamento da mente e só então se lembrou de novo, quando era necessário que se lembrasse, pois o táxi chegou e ele informou o endereço, e partiram pela avenida Béke na direção de Németváros, e quando fizeram a curva para entrar na rua Jókai, e continuariam entre as casas térreas da rua Schérer Ferenc, de repente, bem ali, no cruzamento da rua Jókai com a Schérer, lá estava, de pé, meio de lado, seu companheiro de viagem desaparecido do trem, e o taxista, como se alguma coisa tivesse sido combinada, parou no meio-fio na frente do companheiro de viagem em questão, conforme ele fez sinal, ou o teria descoberto no banco de trás, pararam, Dante abriu a porta do passageiro e simplesmente entrou, só disse, pode continuar, e depois, por um tempo, não abriu a boca, como que esperando que o barão falasse alguma coisa antes, mas este estava tão surpreso com a aparição que por um minuto não conseguiu dizer palavra, então Dante assumiu o controle da situação, ou talvez nunca o tenha perdido, algo assim passou pela mente do barão, pois ele se virou para trás, apoiou o cotovelo sobre o encosto do banco, deu um sorriso para o barão e disse, então, já estava seriamente pensando que nunca fosse pedir um táxi.

Estavam sentados um de frente para o outro, e o embaraço só fazia crescer na sala de estar, Marika não podia crer no que estava acontecendo, por isso só prestava atenção na cozinha, para ouvir quando o café estivesse pronto, e o barão por sua vez entendia cada vez menos, por que a senhora não lhe responde diretamente, considerando que assim que lhe foi permitida a entrada, assim que foi convidado a entrar na sala de estar, ele começou a contar o motivo de sua vinda, que estava vindo de Buenos Aires e que confessa à senhora que tudo que esperava era que, o mais rapidamente possível, pudesse ver a Marietta, pois sua primeira visita, o barão disse com sua típica voz baixa, era para a Marietta, todo o resto só poderá acontecer depois, e eles só ficaram sentados sem dizer nada, até que a cafeteira deu o sinal lá na cozinha, então Marika gentilmente pediu licença, saiu e serviu o café nas xícaras de porcelana que havia separado, levou para dentro, e não estava tremendo, apesar de saber que em breve iria começar a tremer, mas por enquanto ainda estava naquele estado em que se compreende o que acontece ao mesmo tempo que se rejeita, o cafezinho soltava uma fumaça agradável, e ora um ora o outro bebericava de sua xícara, mas agora o barão estava em silêncio, depois começou a pigarrear, e começou a tentar adivinhar qual seria a relação daquela mulher com a Marietta, e de qualquer ângulo que examinasse a questão sempre chegava à mesma conclusão, que provavelmente é a sua mãe, ou talvez uma tia, e o barão ali sentado na poltrona concha deu um suspiro, e diante dele lá estava sentada a mãe de Marietta, ou talvez uma tia, que ele nunca tinha visto, mas sempre imaginou daquela maneira, de fisionomia amável, pessoas gentis, tão tímidas, e como nunca as tinha visto em sua época a imaginação poderia brincar com as semelhanças e os traços comportamentais, sim, pensou, a semelhança está ali, em algum lugar, apesar de que não poderia dizer que a Marietta teria herdado os traços dessa mulher em certa medida, apesar de ter no rosto e na postura alguns pequenos sinais que as relacionavam, enquanto isso a Marika bebia goles tão mínimos quanto possível, pois se refugiou nesses goles, pois sentia que somente aqueles goles minúsculos poderiam salvá-la, santodeus, estremeceu naquele instante pela primeira vez, e agora mais forte aquela mão que segurava a xícara, aí está o Béla, sentado na minha frente, o mundialmente famoso, a personalidade da primeira página dos jornais, cruzou o mundo por ela, e está ali sentado à sua frente, o lustre acima deles estava diferente, e a poltrona em que ele estava sentado parecia diferente, toda a sala de estar, na verdade o apartamento inteiro com ele ali não era o mesmo de antes, Béla, cujos traços da juventude ela descobriu claramente naquele rosto mais idoso, Béla, que escreveu do outro lado do oceano aquelas linhas infinitamente amáveis, esse Béla está ali sentado à sua frente, e está contando o que sentia por ela, porque depois de certo tempo, o barão não teve outra saída para se livrar do embaraço que a situação gerou, pois a mulher visivelmente não queria falar, e, com a maior sinceridade possível, ele começara a lhe relevar seus sentimentos mais preciosos, antes havia dito que ele mesmo estava surpreso, que num assunto tão sensível e notadamente pessoal, quanto o amor de uma pessoa, parece ser capaz de se manifestar, mas ali naquele lugar, de alguma forma, e deu uma olhada ao redor da sala de estar, se sente em casa, pelo que encarecidamente lhe pede perdão, já que faz poucos minutos que chegou, e a dama foi tão generosa, e lhe permitiu a entrada sem o conhecer, e agora poder estar ali sentado diante dela, na sala de estar, porque nunca, creia-me, senhora, nunca, nem por um minuto pude esquecer, quando aos dezenove anos de idade tive que deixar a cidade e este país, a única referência que restou na minha vida, à qual me apeguei, foi a Marietta, viajamos o mundo de ponta a ponta, até que finalmente nos estabelecemos na Argentina, mas eu nunca me esqueci do seu rosto, todos os traços daquele rosto sempre estiveram diante de mim, sempre que podia me lembrar, e não houve um dia em que eu não me lembrasse dela, nesse ínterim, minha família ou morreu ou se espalhou por aí, somente eu fiquei em Buenos Aires, disse, mas não se passou nem um dia sem que eu a visualizasse, como sorria para mim, foi isso, e agora certamente vai rir de mim, minha senhora, mas de fato foi a única coisa, aquele sorriso que me manteve vivo, pois afora o sentimento, o amor que nutria pela Marietta, eu não tinha mais nada, e nem queria ter, os negócios não me interessavam, nenhum tipo de conhecimento me interessava mais, e principalmente a arte não me interessava mais, pois era o que mais me fazia lembrar dela, por isso naturalmente evitava até ouvir o nome de Dostoiévski ou de Tolstói, mas principalmente o nome de Turguêniev, li a *Divina comédia* e não aguentei continuar depois das primeiras vinte páginas, li Catulo e joguei o livro fora, peguei Vajda János nas mãos e chorei, mas eu não queria chorar, pois, sabe, minha senhora, chorar foi, aliás, um dos sintomas da minha doença, que me obrigou a internar-me em instituições e sanatórios desde muito jovem, mas sobretudo a partir da segunda metade da minha vida, e não vai nem me acreditar, e o barão ficava rodando a xícara vazia nos dedos, mas da Marietta tenho apenas uma única foto, é verdade que a guardo desde que me apaixonei por ela, veja, até hoje está comigo, pois está sempre comigo, e enfiou a mão no bolso interno do sobretudo e tirou de lá a foto dentro do envelope, e estendeu para ela, aí está, pode olhar, quão linda ela é, e Marika abaixou a cabeça e olhou para a fotografia, e olhou e olhou, depois não aguentou mais e correu para a cozinha, só teve forças para dizer em voz alta, santodeus, nem ofereci açúcar com o café, me perdoe, e se apoiou no armário da cozinha, e tentou controlar o turbilhão de seus sentimentos turbulentos, e começou a duvidar, será que o barão perdeu a sanidade, aquela bela mente que ele tinha, pois ela já tinha ouvido falar tanta coisa sobre ele, que sua doença isso, que sua doença aquilo, mas acreditar que ele não a reconhece, isso simplesmente ela não conseguia acreditar, mas então será verdade mesmo?, e se agarrou com mais força ainda ao armário da cozinha, é possível que de fato alguma coisa tenha acontecido com a mente do barão?!, pois não é possível que ele venha até aqui, fique sentado de frente para ela, olhe para ela, e não se lembre dela, isso simplesmente não é possível, se afastou do armário e voltou para a sala de estar, opa, que cabeça a minha, acabei esquecendo o açúcar mais uma vez, e com isso já estava novamente na cozinha, abriu a porta do armário, tirou o açucareiro, voltou para a sala, sentou-se no sofá-cama, mas o barão não tocou no açúcar que ela lhe oferecia, ele não se serviu, pois a olhava, e com isso Marika de novo foi tomada pela tremedeira, e agora já não conseguia mais resistir, não conseguia mais controlar a tremedeira, inclinou-se para trás no sofá-cama e seu corpo inteiro tremia, e o barão continuava a observá-la, e a observava com tanta profundidade que Marika simplesmente não aguentou mais que a olhasse, devagar abaixou a cabeça e começou a chorar baixinho, mas o barão continuava a encará-la daquele jeito espantado, e apenas a olhava e olhava, e ficaram ali sentados, um diante do outro, longos minutos se passaram e nenhum dos dois emitiu palavra, não havia o que dizer, então devagar o barão abaixou a xícara que tinha nas mãos, depositou-a na mesinha, levantou-se, recolheu a foto do sofá-cama e, como um sonâmbulo, seguiu para o hall, abriu a porta e saiu do apartamento para o corredor.

O mundo das máquinas caça-níqueis, Dante no banco da frente se virou para trás, é um dos mais coloridos que se possa imaginar, porque para poder enxergar uma rede diante de si, sr. Barão, que estende seus fios por toda a parte, são fios minúsculos, muito minúsculos mesmo, mas, se quiser, vou chamá-los de fiozinhos, mesmo assim conectamos tudo com eles, para que as pessoas, e aqui pense na humanidade em seu senso mais amplo, para que cada indivíduo possa se divertir a qualquer momento, em qualquer lugar, de qualquer hora até qualquer hora, de qualquer forma e com qualquer ganho, não importa se grande ou pequeno, se é que o sr. Barão me entende, olhou de novo para trás, mas o barão estava em um estado assustador, de modo que se virou de volta, e enquanto olhava o caminho sentiu que precisava continuar, pois dá para tirar muita coisa das pessoas, disse, e de fato tiram muitas coisas da gente, mas a dignidade, ah, isso não podem, e faz parte da dignidade do homem que às vezes se sinta livre, e é essa liberdade que eu desejo, e todo mundo que tem alguma participação no mundo das máquinas caça-níqueis também deseja, pois o jogo é parte natural da configuração da liberdade, por assim dizer, por isso construí meu próprio império de jogos há alguns anos, para que todos se sentissem em casa, quem assim o quisesse, e isso eu já lhe contei lá no trem, tenho muita capacitação independente, porque, com esse tipo de império que é o negócio dos jogos, a situação é meio parecida com a do nosso Senhor lá do Céu, porque ele começou a criar o seu próprio mundo e depois deu partida, o que está bem, a coisa funciona por si só, disse, quando se observa do ponto de vista da criação, e ele já teve capacitação independente, e a coisa está mais ou menos no mesmo pé com ele também, porque criou e fez funcionar, foi a primeira coisa, mas agora já deu, se verifico como vão as coisas e as coisas vão bem, apesar de que tenho que confessar, e com isso eu gostaria de abordar a pergunta completamente legítima do sr. Barão, que aliás ainda não a fez, mas sei que fará, já que não nego que espera uma explicação sobre o repentino negócio urgente que exigiu a minha atenção lá na estação de trem e que não permitiu a minha participação nas celebrações, mas estou informado sobre tudo, ele tranquilizou o barão, ouvi falar dos tipos de discursos que foram proferidos, de excelentes a razoáveis, aliás, sei até que o surpreenderam com programas culturais extraordinários, bem, espero que tenha se divertido, mas o meu desejo é de fato sincero, pois eu, que já fui ativo em tantas áreas profissionais, entre outras coisas, também tenho conhecimento de quão complicadas são as questões organizacionais, e sei quão complexa é essa tarefa, sr. Barão, organizar uma recepção de tamanhas proporções, de modo que eu, se tivesse, tiraria o chapéu para os organizadores, mas também posso tirar meu chapéu de orelhas, mas, infelizmente, de repente tive que cuidar dos meus próprios negócios, pois, confesso, meu pequeno império também está sendo atingido por tempestades, e foi alguma coisa bem semelhante a isso que aconteceu aqui também, recebi essa notícia por SMS ainda no trem, mas eu não queria incomodá-lo com isso, de forma nenhuma, porque não queria estragar os momentos sagrados da sua recepção com meus aborrecimentos, pois como o senhor poderia ter se inteirado de outra forma, considerando os altos padrões intelectuais em que vive, relacionar-se com meus problemas insignificantes certamente o aborreceriam, e isso é compreensível, além do quê, como secretário, percebi, e eu tinha o dever de supervisionar isso cuidadosamente, que o senhor estava nas melhores mãos possíveis, de modo que corri aqui, corri ali, resolvi tudo o que foi possível, aliás também tenho que lhe confessar que tenho inimigos, e de novo se virou para trás, para que pudesse olhar no fundo dos olhos do barão, mas em vão tentou olhar no fundo deles, pois os olhos do barão não tinham profundidade na qual pudesse mergulhar, assim, virou-se novamente, e continuou desta vez olhando para a frente, que tem inimigos, pois assim é o seu campo de atuação, de um lado está ele, cem por cento compromissado com o entretenimento do povo, e, do outro, está a turma do contra, os rivais, os pretensiosos e os vira-casacas, sobre quem o senhor não precisa ficar sabendo, mas é claro que, se desejar, eu lhe transmitirei todos os detalhes, mas, por ora, basta dizer que há algumas pessoas nessas cidades e vilarejos de Viharsark que não posso chamar de meus simpatizantes, para dizer o mínimo, e por causa deles nem sempre consigo me apresentar como seria o ideal, e foi isso que aconteceu ontem, e hoje de manhã também, infelizmente tive que me manter incógnito por causa deles, e se puder perdoar essa inconveniência de seu novo secretário, pois é isso, sr. Barão, isto é só uma pequena inconveniência, o fato de eu estar aqui incógnito e me manter desta forma, enquanto asseguro que sempre, em tudo, estarei do seu lado, o senhor sempre sentirá que estou por perto, se não estiver sempre fisicamente presente, preste atenção, chamou a atenção do motorista, não dirija tão perigosamente, você, hein?, quase quebramos o pescoço por sua causa, mas não adiantava falar com ele, pois a essas alturas ele dava socos na direção, de tanto rir, e fazia um tempo vinha sacudindo os ombros, até que não aguentou mais segurar a risada, e não parava de socar a direção, e o táxi ficava fazendo zigue-zague no meio do trânsito, por sorte não muito intenso, pois não conseguia mais controlar a vontade de gargalhar, já que, até então, sacudia a cabeça, incrédulo, nunca tinha ouvido tamanho papo-furado em toda a sua vida, que safado, gargalhava o motorista, enquanto fazia "uau", "uau", sem acreditar que alguém pudesse ser tão enrolão, quase perdendo o fôlego, e se inclinou para a frente no assento, você não existe, seu calhorda, seu Contra safado, não mesmo, olhou para ele, agora ofegante, já que riu tudo o que tinha que rir, você é o rei dos safados, já te conheço, tal como dinheiro falso, faz uns vinte anos, e nessas ocasiões só fico me perguntando, como diabos você veio parar aqui, seu, seu rei dos pilantras? E acrescentou, desta vez se dirigindo a ambos, então, agora seria bom que alguém o informasse para onde deve ir, pois não pode ficar dando voltas o dia inteiro, porque não sei se você reparou, disse a Dante, mas já faz cerca de uma hora que estamos dando volta atrás de volta, e você só fica fazendo sinal para eu continuar, siga em frente, o que está bem, mas agora eu já gostaria de saber qual é a direção a tomar, meu amigo, para onde querem ir.

O que dizem sobre a gente é que somos órfãos, mas como poderia ser órfão alguém que nunca foi abandonado, para começar ninguém se interessou por nós, de repente aparecemos em algum lugar e pronto, não tem mãezinha, não tem paizinho, não tem nada, só essa coisa chamada Orfanato, por isso deixem o arroz para a gente, disse aquele que entre os dois deixou um rabicho de cabelo, o outro raspou completamente careca, apesar de ambos já terem a ponta da cauda de um dragão em volta do pescoço, pois os dois eram fãs da yakuza, e em suas costas o dragão aparecia por inteiro, porque, desde que me lembro, sempre foram yakuza, ora dizia um, ora o outro, e agora estavam sentados no quintal de trás do jardim de infância do castelo, pois não queriam ficar lá dentro, na sala que foi designada, que apodreçam lá dentro, diziam para as educadoras, a quem, por sinal, naquele momento nada interessava, desde que foram de repente postas num caminhão e obrigadas a se mudarem para o jardim de infância do castelo, neste edifício trancado fazia anos, que estava em condições piores do que o próprio orfanato, certamente não tem mais criança, disse um deles com a voz arrastada, e desceu de um pulo, e fez um sinal para que o outro também descesse, e vamos lutar um pouco, bate-bate, não está mais, desapareceram com a criança, batiam um no outro em postura de lutadores de boxe, as mãezinhas não produzem mais filhinhos, perguntou um deles, e mandou uma esquerda, o outro se abaixou, e mandou uma no estômago, então agora somos de novo do jardim de infância, né?, esse perguntou, e se colocou em posição de defesa, e saltitava para todos os lados no quintal de trás, sobre as placas de cimento soltas, o importante é que não somos órfãos, porra, somos bandidos, tá legal, o outro respondeu, depois levantou as mãos, chega, e ainda enxotaram o Zé Bobinho, que, sempre que os via, se aproximava para que eles lutassem com ele também, mas ele não sabia falar, só gaguejava, o que, às vezes, se não tinham mais nada para fazer, servia para se divertirem, mas agora não, com isso mandaram ele embora, antes que os tocasse, voltaram lentamente para o pátio de cimento, e por um tempo só ficaram balançando a cabeça e fungando o nariz, como se estivessem acompanhando alguma música e marcando o ritmo do tambor com a cabeça, mas não havia música, isso era apenas por hábito, como uma lembrança das faixas de happy hardcore que às vezes eram tocadas na rádio do instituto, porque só o Hixxy, nãããão, só o Gammer, ah, tá, tá bom, entrem num acordo, mas em primeiro lugar o Scotty Brown, disseram, como uma espécie de hino ritual, o que, de certa forma, era mesmo para eles, às vezes só diziam os nomes e o ritmo acontecia, como agora, conforme estavam sentados remexiam as pernas o tempo todo, mas agora as coisas não podiam ser mudadas, pois não tinham grana, e não tinha nenhum tipo de droga que pudesse resolver a coisa, assim ambos estavam meio nervosos, só balançavam as pernas, e gingavam, e uma hora um, depois o outro, pulava sobre as placas de concreto, e começava, mesmo sem bola, a correr pelo pátio coberto de placas de concreto na direção de uma cesta de basquete imaginária, depois voltava, em silêncio, sem bola, só assim, pelo prazer da bagunça, fazendo o objeto invisível correr entre as pernas, foi assim até a noite, quando, se não quisessem problema, tinham que voltar a ficar no meio dos companheiros, como chamavam os outros, bem mais jovens, pois eles eram a dupla de líderes, já que, fora eles, mais ninguém tinha treze anos, só eles dois, de modo que voltaram, bem a tempo, pois a distribuição do jantar estava começando e conseguiram se atirar num lugar à mesa, assim escaparam da privação, pois sabiam que valia a pena evitar, ficaram sabendo que podia se esperar uma refeição melhor devido àquela grande balbúrdia, com o que não se importaram nem um pouco, pois eles podem ser levados para onde quiserem, faltam apenas alguns dias e já era, repetiam quase todas as noites, depois do horário obrigatório de apagar das luzes, e quando pela última vez algum educador de miolo de galinha grita pela última vez, e no escuro finalmente poderiam começar algo que achavam que se parecia com vida real, cartas, sexo, ou celular e fones de ouvido, aí era a vez de Scotty Brown ou Dougal, tanto fazia, contanto que fosse happy hardcore, porque isso que era legal, e claro o pó, só que agora, por causa daquela agitação, não tinham nem um grama sequer, então a única coisa que rolou naquela noite foi papo, quando apagaram as luzes, e só ficaram falando, pelo menos os dois, que um dia iam dar o fora dali, pois não tinham dúvida de que iam vazar, e os dois rostos ficaram devidamente sérios, no escuro, isso é tão certo quanto a morte yakuza.

Imediatamente sacou a presença do Comissário ali embaixo, mesmo assim foi até a porta do trem, e ali também olhou para fora, apesar de não ter dúvidas de que era ele, e ainda por cima aquela multidão imensa, não tinha a mínima ideia de quem mais poderia reconhecê-lo, mas assumiu que teria uma meia dúzia que seria melhor evitar, sem mencionar o próprio Comissário, o alcaguete, como o chamava quando estava entre amigos, com quem, durante algum tempo, no início, tudo correu muito bem, entre eles se referiam à coisa como cooperação, ao que, ele, Dante, sempre acrescentava, caso o clima estivesse um pouco mais relaxado, uma cooperação mutuamente benéfica, mas aquilo tudo já são águas passadas, observava atentamente lá fora através da janela da porta do trem, e refletia sobre a solução de uma tarefa realmente complicada, já que agora, uma vez que tirou a sorte grande, não queria dar chance para o azar, ao mesmo tempo teria que estar ali, e não estar, coisa que mais tarde se tornou bem mais simples, quando ficou esperando finalmente o barão descer, ele abriu a porta do outro lado, e saltou para os trilhos, vestiu seu chapéu de orelha e correu até não poder mais, e isso significou que foi andando pelos trilhos do lado do trem, aos trancos e barrancos, e com muita dificuldade deixou a estação, pois não era um corredor exemplar, o que se devia, além de suas pernas curtas e sua natureza ligeiramente preguiçosa, tal como lhe diziam suas eventuais amigas, a ele ter engordado muito nos últimos tempos, mais ainda, Contra, diziam para ele em tom de brincadeira, se não fizer alguma coisa a respeito não demora muito e você vai estar rolando por aí, ao que ele sempre fazia um tipo de promessa chamado de voto imediatista, pois é, não, isso realmente não pode continuar, tem que emagrecer, mas não emagrecia, ao contrário, continuava a engordar, e essa agora, tinha que correr, e isso não facilitou as coisas, pois não havia outra saída da ratoeira em que se metera, o Comissário e sua turma não podiam vê-lo, mais ainda, não poderiam ficar sabendo que ele voltou, que está novamente na cidade, mas, então, onde poderia ir, ficou pensando, quando se afastou dos trilhos em curva e alcançou a rua Csókos, depois escolheu a única solução razoavelmente segura, e entrou no 47, pediu aquele digestivo *hubertus* com cerveja, virou de costas para o balcão, e enquanto olhava fixamente para a janela suja, pela qual não se enxergava nada lá fora porque tinha escurecido, ficou encarando esse vidro sujo da janela e pensando onde poderia passar a noite, já que não poderia aparecer nos lugares de costume, repassou seus homens, não podia confiar em nenhum deles de fato, então tratou de voltar até o balcão para pagar a conta com o rosto meio oculto, e mesmo relutante decidiu pela mesma coisa, e, para dizer a verdade, não foi particularmente difícil para ele, e em questão de minutos estava no começo da rua Nagyvárad, ficou batendo no portão até que afinal alguém o abriu, e lá estava a Dzsenifer, com os nervos à flor da pele, mas com tanto sono que ele não conseguiu de jeito nenhum fazê-la acordar, assim no final ela se soltou dele e os dois adormeceram um ao lado do outro, abraçados como um velho casal.

Desde que virou secretário do barão, está com a língua solta, um verdadeiro falastrão, o taxista contou quando parou para se aquecer, ficava o tempo todo só dizendo para ele, mas com ares de superioridade, continua dirigindo e, principalmente, não fica fazendo perguntas, mas esse carinha não mudou nada, disse, é o mesmo patife de sempre, só um pouquinho mais nervoso, sorriu para os outros, claro que sim, quando recolheram todas as máquinas, e ele nem sabe onde tem que ir buscá-las, ou se deve ou não ir buscá-las, assim, só ficamos rodando, o barão, se é que aquele cara é realmente um barão, não achei que fosse, porque à parte a roupa dele eu poderia imaginar aquele cara como qualquer coisa menos o nosso barão, porque ele parecia estar bem pinel da cabeça, só ficou sentado com cara de bobo, nem ao menos piscava, e a cara dele é tão branca como se tivessem passado cal, não soltou um pio sequer, falando sério, uma palavra não é muito, nem isso ele disse, só no final, chegou até a me ocorrer, o que há, será que esse safado do Contra drogou o velho para ele só ficar ali sentado em silêncio, daquele cara se espera qualquer coisa, para que pudesse pensar com calma, e dava para ver que ele estava quebrando aquela cabeça cabeluda com alguma coisa, e com certeza tinha com o que se preocupar, pois era um grande idiota, na minha opinião, por ter voltado, por causa do Comissário ele só tem alguns minutos ali, estou dizendo, só alguns minutos, porque o homem pega ele em minutos e joga no calabouço, e vamos ficar mais uns cinco anos sem ver o nosso Contra, pois isso não pode, e todo mundo sabe disso com relação ao Comissário, que é um homem esperto, e não dá para enganar ele com esses truques baratos que o Contra tentou, como roubar metade... ou quem sabe quanto dinheiro, pois é, o cara é idiota, e o taxista abriu os braços, depois se levantou, foi até o bule de chá e se serviu de uma xícara, como ousou pensar que ele, o Contra, esse cigano de uma figa, vai chegando aqui e tirando uma com a cara do Comissário, simplesmente não entendo, como ele ousou ao menos tentar, mas acho que já estava convencido demais, por isso pensou, mas não deveria, pois o Comissário faz picadinho de sujeitinhos como ele, mas agora não, mesmo a gente, se dia 5 não pagar a taxa de proteção, estou dizendo a verdade, é assim que é, assim mesmo, então podemos tirar a chave de ignição do carro e ele pode ser guardado na garagem, porque para a gente é tanto, e é aí que esse canalha começa a dar uma de espertinho, quando ele sabe com certeza que o Comissário tem tudo nas mãos, nós os taxistas, os bares, o posto de gasolina, a fiscalização de fronteira, as estradas, o bonde, a Fábrica de Leite em Pó, o Matadouro, querem que eu faça a lista, perguntou e deu um gole no chá quente, e não vou nem citar coisas como a Prefeitura, esse pessoal se caga todo com ele, que nem os esquilos, e novamente deu uma risadinha para os outros, que só estavam sentados com sua paciência infinita de motorista de táxi, só escutavam e acenavam com a cabeça, mas nem tanto pelo interesse que despertava neles tudo aquilo que ele contou, mas por gratidão que alguém, pelo menos, estava contando qualquer coisa sobre qualquer assunto, porque eles não tinham vontade, e assim o tempo passava mais rápido, se alguém, enfim, tanto faz, nós, dizia, e os outros o olhavam, e cada vez se afundavam mais nas cadeiras, continue falando, amigo Alika, não para, é mais legal quando você fala.

Sei de um bom lugar no Krinolin, dirigiu-se para o barão atrás, eles preparam muito bem o guisado de porco, o senhor vai lamber todos os dez dedos, pois sabe, disse, e tentou de alguma forma atrair o olhar meio morto do barão para a sua pessoa, o que a gente tem vontade, quando volta para casa, já que o senhor, sr. Barão, voltou para casa, é isso mesmo, e nessas ocasiões o que é mais importante, o sabor de casa, se me faço entender, perguntou se remexendo para tudo quanto é lado no assento, mas não conseguia despertar o barão, desde que se recostou de volta dentro do táxi, ficava sentado no assento de trás como quem está fora de si, de seu rosto já naturalmente pálido sumiu todo o vestígio de vida, apesar de seus olhos estarem abertos, podia-se perceber que seu olhar era vazio, coisa que percebeu de cara, e tentava despertá-lo para a vida, pois aqueles aromas, quando a gente os percebe em um restaurante tão bom, disse para ele, e estalou a língua, enfim essas são as coisas mais importantes, será que não tenho razão, porque qualquer argumento que se use, quando a gente atravessa a fronteira, as coisas se simplificam e se descobre que a base do grande patriotismo é a base do guisado, eu já, e indicou a própria pessoa com ambas as mãos segurando a jaqueta e a sacudindo, eu já chorei sobre um prato de guisado de frango com páprica, sr. Barão, eu sei o que a gente sente numa hora como essa, os sabores do lar, isso não tem preço, quer dizer, no que diz respeito a esse assunto, vamos ter que pagar algo depois, por sinal, não seria uma má ideia se o senhor deixasse algum dinheiro comigo, para que não precise sujar suas mãos com isso, e este foi o momento em que Dante fez uma pequena pausa, e não ficou se ocupando do taxista, que novamente se segurava para não sufocar com a vontade de rir, tanto que ele estava curtindo o discurso, o ponto onde Dante testou, e esta era uma de suas habilidades profissionais mais conhecidas, como um pescador experiente na margem do Körös, ele lança a isca, antes de qualquer coisa acontecer, para sentir se é chegada a hora, e onde há chances, mas o barão não demonstrou nenhum interesse pela pergunta, de forma que Dante decidiu deixar o assunto para mais tarde, quando descerem do carro, e se dirigiu ao taxista, então está claro, não é, meu Alika, para onde você vai nos levar, não é mesmo, e tinha alguma coisa na voz dele que fez o taxista parar de rir, entrar na rua Szent László, pois estavam exatamente na avenida principal voltando do castelo, seguiu direto até a ponte, depois até a rua Semmelweis, ali à esquerda, e direto pela Mátyás király, na direção do Krinolin, pois já conhecia o suficiente esse Contra e sabia que apesar de ele aparentemente ser um perfeito palhaço, de pretender ser o artista mais inocente do mundo, era necessário ter cuidado, quando a voz dele soava daquele jeito, e isso o taxista sentiu direitinho, pois aquele foi o momento exato em que Dante pegou seu celular e avidamente começou a mandar mensagem, por um tempo nenhum deles disse palavra dentro do carro, só se ouvia o bipe-bipe conforme Dante digitava uma mensagem atrás da outra, depois esperava que o telefone avisasse que havia uma resposta, e de novo o bipe-bipe, de novo o silêncio, de novo o bipe-bipe, apesar de que, na realidade, esse foi o momento em que Dante compreendeu que a coisa não podia continuar daquela maneira, tinha que encarar a situação, por isso se ofereceu, qualquer momento que estivesse pronto para se encontrar, pois reconhece, escreveu, que se equivocou, mas o erro é um erro para que pudesse se transformar em acerto, e o motivo de ele ter vindo, o motivo de ele ter *ousado* voltar ali era para que transformasse o erro em acerto, e pede que lhe seja permitida uma oportunidade para que a coisa aconteça, aliás, e com sua técnica ultrarrápida digitou a nova mensagem, por acaso o barão está com ele, pois ele está com vontade de comer guisado de porco, e ele, como secretário do barão, não pode fazer outra coisa senão levá-lo ao melhor lugar, onde a vontade do sr. Barão poderá ser satisfeita, depois esperou um pouco, chegou uma mensagem no celular, então Dante fechou de vez o aparelho, inclinou-se para trás satisfeito e por um tempo não disse palavra, nem o taxista tinha muita vontade de falar, de modo que foi um veículo silencioso que chegou na rua Sinka nº 23, onde aqueles aromas deliciosos já podiam ser sentidos, quando os três desceram do carro e se dirigiram para a porta do restaurante.

Mas, sr. Comissário, e o prefeito arqueou a sobrancelha, faz horas que toda a cidade está procurando por ele, e agora o senhor está me dizendo que tinha informações sobre o barão desde o momento de manhã cedo em que ele deixou o Otthon de táxi, e isso é uma loucura total, se me dá licença, mas nesta cidade o prefeito era ele, por isso mesmo deveria ter sido informado imediatamente, o Comissário deveria ter pensado na comoção que esse desaparecimento repentino causaria, na preocupação com que todo mundo estava aqui pensando, mas principalmente ele, que sente uma responsabilidade excepcional pelo convidado, que sem nenhum tipo de proteção o sr. barão simplesmente, puff, sai por aí a esmo, onde será que ele foi parar, ficou indagando um por um os seus colegas de trabalho, mas ninguém tinha a mínima ideia, e naquele momento o sr. Comissário, do nada, joga na cara do prefeito que o tempo todo sabia onde tinham que ter procurado, não acha que isso passou dos limites do descaramento, não, o Comissário respondeu recostado em sua cadeira, e passou o telefone oficial para o outro ouvido, aqui, e sua voz soou afiada como uma lâmina, pode ser que você, meu carequinha, seja o Prefeito, mas eu sou o Comissário, e você fica sabendo aquilo que eu quiser que você saiba, se é que me entende, porque concordei que você receba, e você vai receber a sua cadeira, até quando eu quiser, mas não é a primeira vez que digo para você se valorizar naquela cadeira porque não me custa nada, e você já era, adeus, cadeira, se é que me entende, meu caro Tibi, e cortando qualquer possibilidade de continuar aquela conversa, ainda disse ao telefone, você terá seu barão de volta em breve, não precisa se cagar de medo, mas pare com esse papo, e bateu o aparelho, enquanto na outra linha ligou para a sala de arquivos para que o sargento subisse imediatamente.

Infelizmente, dois dias atrás eles entraram aqui e, sem mais nem menos, levaram as duas máquinas que estavam ali no canto, de modo que, o dono do restaurante disse com ar de tristeza, sente muitíssimo, mas não tem como dispor do serviço das máquinas para o sr. Barão, ele sabia, abaixou a cabeça com um sentimento de culpa, pois havia lido e ouvido tudo sobre como o sr. Barão adorava jogar, mas, para seu imenso pesar, não pode estar a seu serviço com as máquinas, mesmo sendo umas máquinas simples que só tilintavam, e sua voz se ouvia chorosa, enquanto ficava amassando um pano de prato xadrez, afinal que mal elas haviam feito para que tivessem que ser arrancadas de seus lugares naturais, pois, imagine só, sr. Barão, disse o dono do restaurante ainda com aquela voz trêmula e chorosa, ele tinha somente uma simples Fanki Manki e outra Ultra Hot Deluxe, você sabe, disse dirigindo o olhar para Dante, que não estava nem prestando atenção, pois estava mergulhado, estudando o cardápio todo engordurado, naquele canto ali elas pareciam duas árvores ou arbustos com flores, este era o lugar natural delas, por assim dizer, então não diga de modo algum, Dante lhe chamou a atenção baixinho, e perguntou em seguida, de quando era o nhoque que ele servia junto com o guisado, bem, podemos fazer fresco, veio a resposta a essa pergunta, está bem, então vamos querer três guisados, e traga um bom picles, mas não aqueles enlatados, está vendo quem está aqui, sim, sim, respondeu o dono do restaurante com um ar vivaz, estou vendo, vendo direitinho, só é difícil de acreditar, está bem, o Dante cortou o fio da conversa, devolveu os três cardápios, depois se inclinou um pouco mais para perto do barão, que continuava sentado do mesmo jeito como no carro, só que agora em algum outro lugar, mas isso tanto fazia para ele, pois não se deu conta de nenhum deles, continua desligado, concluiu Dante, e só com o olhar, mas ameaçou o taxista para que nem lhe ocorresse imaginar ficar tirando uma, fazer piada, brincar com a situação, pois não está ali sentado com eles para desempenhar nenhum tipo de papel, mas para que houvesse uma turma, pois simplesmente não conseguia decidir com o que tirar o barão daquele estado catatônico, ele não se interessava pelo motivo, o que tinha acontecido naquela casa, ou o que não, a ele só interessava recuperar o barão o quanto antes, aquele barão que no trem, a caminho dali, o aceitou como secretário, que ele se recuperasse e pudessem conversar sobre os assuntos importantes, como por exemplo o gerenciamento de contas e outros assuntos administrativos, que ele natural e imediatamente tirará dos ombros dele, antes que algum outro se apresente para a função, e ainda tinha um tempo para isso, pois na última mensagem passou o endereço mais distante possível e lá, o restaurante mais distante possível deste lugar, mas assim mesmo quanto tempo teria ainda, se preocupava, no máximo um quarto de hora, se eles ficarem, se os outros derem muito azar, então talvez tenha meia hora, fitou os olhos do barão, mas ainda não viu nada que pudesse usar para dar início a algo, trouxeram três Cocas Light em copos de champanhe, e de repente não tinha a mínima ideia de como tirar o homem daquele estado, então começou a dizer que o dono do restaurante naturalmente não tinha a mínima ideia de que tipo de máquina de jogos havia ali, pois elas também pertenciam ao seu pequeno domínio, diz para o barão que na realidade são duas máquinas adequadas para este bairro, porque este bairro está se desenvolvendo, sabe disso de uma fonte segura, bem, então são duas peças, uma máquina de entretenimento perfeitamente adequada para as necessidades dos moradores deste bairro, que ele instalou aqui anos atrás, e numa das máquinas, disse Dante olhando fundo naqueles olhos sem vida, era possível jogar pôquer, e como tinha total certeza de que ao mencionar pôquer, não, ainda não é certeza que está indo pelo caminho certo, ele ficou sinceramente surpreso quando percebeu, naqueles olhos sem vida do barão, de repente surgir vida, e começou a falar, dizendo que aconteceu de não permitirem mais ele chegar perto da mesa, e só podia jogar nas máquinas, mas aquilo não lhe interessava de forma nenhuma, disse numa voz apagada, e tão baixo que ambos, tanto o Dante quanto o taxista, automaticamente se inclinaram para mais perto dele, cada vez mais perto, para ouvir o que dizia, porque naquele tempo, ele só começou a frequentar o lugar, pois seu nome era Casino, mas nunca lhe permitiram ficar somente sentado e tomar um café, ou um mate, lhe informaram que ali precisava jogar, por isso passou a jogar, e não pode negar que às vezes era prazeroso, pois ele gosta das regras, e seguir as regras proporciona uma sensação boa, mas sempre que queria parar eles não deixavam, e assim ele tinha que jogar sempre, é claro, perdeu, mas isso não lhe interessava de modo algum, para ele o importante era que o deixavam entrar, porque até aquele localizado na avenida Elvira Rawson de Dellepianén também era chamado de Casino, e a coisa continuou assim durante anos, mas não era, evidentemente está falando de décadas, ergueu a taça de champanhe e tomou um gole da Coca Light, e naquele instante provavelmente percebeu que estava com muita sede, e bebeu tudo depressa, viva, gritou Dante, serviu o que ainda tinha na garrafa e fez sinal para o dono do restaurante, que não tirava os olhos deles, para que trouxesse logo mais uma, e o barão gentilmente inclinou a cabeça para o dono do restaurante, quando ele chegou com a nova Coca Light e encheu a taça, e de um só gole ele bebeu aquela também, assim trouxeram mais uma, e então ele disse que já não queria outra coisa, só o Casino, ao qual ele está ligado por eventos decisivos, sempre teve desejo de, no final de sua vida, se tivesse a sorte de mais uma vez entrar no Casino, gostaria, disse na rua Sinka nº 23 enquanto esperava pelo guisado de porco, se pudesse sair para o terraço, que dá para a rua Körös, mas gostaria de ficar ali sozinho, por uma meia hora, se possível, isso é tudo, olhou para o Dante, cujo rosto imediatamente se iluminou, porque entender ainda não entendia, que raios o barão está falando, mas sabia que estava na melhor pista, já que chegaram no terreno onde ele se sentia em casa, máquinas, pôquer, cassino, desse mato vai sair algum coelho, passou pela cabeça dele, e em seus olhos o brilho, e respondeu para o barão que dava para resolver, aliás, se faz questão, logo depois do almoço podemos ir até lá, e por baixo da mesa deu um beliscão na perna do taxista, que por sua vez com o olhar perguntou onde diabos haveria algo por ali que se chamava Casino, não tinha a mínima ideia, informou o taxista, também sem dizer palavra, aqui não existe tal coisa, sacudiu a cabeça, mas Dante só beliscava, e beliscava, e voltou-se para ele, agora em voz alta, e lhe disse que quando enfrentava problemas desse tipo sempre ligava para a central, e olhou para o barão, como se quisesse a aprovação dele, quem atendia na sua central era uma mulher muito esperta, ela se chamava, mas não pôde revelar, porque o Dante lhe deu um chute na canela por baixo da mesa, portanto, ela certamente tem alguma sugestão sobre esse Casino, no entanto, e o barão olhou para ele, e não tinha a mínima ideia de quem seria essa pessoa do lado dele, o Casino não precisa ser procurado, fica lá na ponte, sabem, na ponte grande, ah, claro, e Dante fez sim com a cabeça rapidamente, claro, sem dúvida, é lá, e mais uma vez chutou o taxista, para que não abrisse a boca, porque se o barão diz que está lá, então está lá, não vale a pena discutir o assunto, e agora o único problema remanescente é como vão chegar com ele até lá, antes que os homens do Comissário, ou qualquer outra pessoa que ele tenha acionado, encontrem eles ali, por isso sugeriu, já que parece que ninguém está com fome, ele por exemplo só costuma almoçar lá pelas duas horas da tarde, esse guisado pode esperar, não, olhou para o barão, que não estava entendendo sobre o que aquele jovem falava, e não entendia onde estavam agora, só vagamente que poderia sentar de volta no carro e o levariam ao Casino, portanto achou desnecessário esclarecer qualquer outra coisa, afinal de contas nada mais o interessava senão o Casino, que um quarto de hora depois se revelou não ser outra coisa mas o salão de bilhar chinês junto à ponte grande da margem Körös, e o taxista só reclamava porque não tinham deixado ele ligar para a central, porque lá saberiam, num piscar de olhos, onde ficava o verdadeiro, mas por causa do Dante ele não pôde insistir, só reclamou, ficou na direção, e agora só estava interessado em saber quando chegaria o momento do pagamento da conta, porque de toda aquela história já deduziu que estava num terreno bem pantanoso, enquanto eles ficavam sentados no seu carro, tal como agora, vão pagar?, não pagaram, só entraram no salão de bilhar chinês, e quem sabe a que horas aquilo teria um fim, e ficou calculando os quilômetros de cabeça, quanto tinha rodado com eles desde a manhã, a depreciação, o combustível, o imposto, a parcela e a taxa de mão de obra, e tudo isso ele começou a multiplicar de um lado para outro, e finalmente chegou numa quantia que deixou até ele mesmo surpreso.

Só me deixou entrar à noite, mas eu já tinha tentado três vezes, estive lá às onze horas da manhã, quando não se ouvia nem um sussurro de lá de dentro, estive lá depois das duas da tarde, também nada, e tentei novamente lá pelas cinco da tarde, só à noite, quando já nem toquei a campainha, mas fiquei dando murros na porta, então finalmente ouço que ela soltou a corrente de segurança, e a chave virou lentamente na fechadura, mas ela parecia ter envelhecido dez anos, tão alquebrada que estava, por um minuto eu não sabia se assobiava ou chupava cana, nada, só fiquei parada na porta, ela não pronunciou palavra, só voltou para a sala de estar, assim, quando entrei atrás dela e sentei do seu lado no sofá-cama, nem me surpreendi quando ela empurrou minha mão para longe quando peguei na dela, nem fiquei ofendida, não entendi nada, só consegui deduzir que alguma coisa de muito ruim havia acontecido, assim, por um tempo só ficamos ali sentadas uma do lado da outra, comecei a falar sobre alguma coisa, mas nem ousei tocar no assunto, perguntar o que havia acontecido, como foi, nem sei que bobagens falei, só fiquei falando, falava para evitar o silêncio, e fiquei seriamente assustada, mas vocês sabem, eu não sou do tipo de pessoa que se assusta, mas a aparência daquela pobre coitada, não estou brincando, contou na casa do filho, onde deu uma passada ainda aquela noite, antes de ir para casa, porque precisava desabafar, foi assim que começou, e se sentou à mesa da cozinha, era com essa nora que ela se dava melhor, a Zsuzsánka, mas seu filho também estava em casa, aliás, o neto mais velho também queria ficar na cozinha para ouvir sobre aquela grande história que havia trazido a vovó num horário tão inusitado, já era quase tarde da noite, mas não permitiram, a Zsuzsánka o levou de volta para o seu quarto e deixou que ficasse lendo mais meia hora, mas depois luz apagada, vai ficar de olho, disse para ele, arrumando-lhe o cobertor, com isso voltou para a cozinha e se sentou do lado da sogra, deseja para todo mundo, tinha contado para seus conhecidos lá do Matadouro, que tivessem uma sogra como ela, pois a Irén é a melhor sogra do mundo, pessoal, tanto de coração como de cabeça ela é exatamente do jeito que uma nora pode desejar que uma sogra seja, assim estavam eles ali sentados juntos e ouviram toda a história do que aconteceu com a Marika, o único problema é que não entenderam o quê, pois a própria Irén também não atinou, e não podiam adivinhar, só uma coisa era certa, que o barão esteve lá na casa dela, mas o que aconteceu então, e a nora bateu palmas uma vez lá no escritório do Matadouro, uma tragédia, com certeza, porque aquela senhora, a Marika, foi isso que a sogra lhe contou, não estava nem viva nem morta, simplesmente não conseguia imaginar, disse Irén para os jovens, não conseguia nem imaginar o que teria transtornado tanto aquela pobre criatura, perguntar não ousou, nada, pois conforme estavam ali sentadas, e ela só ficava falando a torto e a direito, qualquer coisa que lhe vinha à mente, a Marika parecia ter perdido dez quilos, o rosto fundo, os olhos vermelhos de tanto chorar, e seu coração sentiu tanta, mas tanta pena dela, e não poderia fazer nada, nem ao menos soube o que havia acontecido entre eles, pois quando ela decidiu que obstáculos e mal-entendidos fossem removidos, e contou para os jovens que ela mesma irrompeu lá no Otthon, onde ele estava hospedado, e que ela o havia tirado da cama, literalmente, naquele momento as coisas não sugeriam, de forma alguma, que poderiam se transformar em algo ruim, definitivamente não, que no final a coisa se transformaria em tamanho desgosto, ao contrário, estava convencida de que o grande encontro iria acontecer, o encontro que a querida Marika tanto aguardava, e segundo consta o barão também, mas ela vai lhes dizer uma coisa, e se inclinou para mais perto do filho e da nora, juntos à mesa da cozinha, para ela tem algo errado com o barão, não quer falar no diabo senão aparece o rabo, mas tem um sentimento desagradável com relação a esse barão, quando aconteceu todo aquele circo na estação de trem, quer dizer, não está falando que ele não se pareça com um barão, não, ela imagina que um barão seja bem daquele jeito mesmo, mas que com esse barão, pode ser que com os outros nada a ver, mas com esse, bem com esse barão alguma coisa não bate, só consegue repetir que esse sentimento estava dentro dela, é só uma impressão, balançou a cabeça, e imaginar, conscientemente, que esse grande encontro se transformaria em tamanho drama, nem em sonho poderia imaginar, senão não teria interferido na história, de jeito nenhum, claro que não, vai botar esse barão para correr a vassouradas, porque quem é capaz, disse, de ocasionar tamanha dor na sua querida Marika, é uma pessoa má, pode crer, disse para os jovens, para ela a coisa toda não cheira bem, aqui tem coisa, que foi mantida em segredo, mas principalmente não revelaram o segredo para a Marika, que, evidentemente, ao descobrir, desmoronou, então como não haveria de desmoronar, já que aquele homem era tudo para ela, pensou tanto nele, tantas vezes imaginou o que seria e como seria, e no final, tamanho horror, se pudesse saber o porquê, por que a coisa teve que acontecer dessa forma, pelo menos saber o que realmente aconteceu, me digam, o quê?!

Tem tudo, disse para eles o velho comerciante chinês, no salão de bilhar, quando entraram, apesar de ter dito o contrário, quando saiu a primeira vez, fazendo sinais enfáticos de que estava fechado, estava fechado, mas então Dante disse para ele que sim, que estava aberto, e perguntou onde era o terraço, oh, respondeu o velho chinês, e balançou a cabeça de um lado para outro, não tem terraço, nenhum terraço, nada, mas tem terraço, sim, respondeu Dante, enquanto o rosto do barão foi se suavizando por completo e a vida começou a voltar dentro dele, só ficava falando, sim, é isso mesmo, esse é o Casino, e foi seguindo em frente, tanto quanto possível entre as colunas confusas de fardos de roupas empilhadas, meu jovem, gritou para Dante que tinha ficado para trás, que imediatamente correu ao seu alcance, imagine só, aqui havia um piano, e em geral tocavam música de bar, mas às vezes a orquestra Lélu tocava, na época eles eram os top de linha, como dizíamos na gíria da época, ao que o senhor chinês fez uma cara assustadíssima, e correu atrás deles, que vai ficar tudo em ordem, ainda não estava aberto, não está aberto, mas vai ficar arrumado, de modo que tiveram que apaziguar o homem e lhe explicar que não eram inspetores da receita federal, nem da polícia, não eram nem oficiais, mas estavam ali por questões particulares, coisa que o chinês não entendeu de forma alguma, então Dante chamou ele mais para perto, enfiou uma nota de cem na mão dele e segredou confidencialmente que aquilo era uma coisa de família, ao que a cara do comerciante se iluminou, família, isso é bom, e o dinheiro já havia desaparecido, como se nunca tivesse existido, e correu na frente deles, passou pelo barão também, na direção do fundo do salão, e do lado direito começou a recolher uma montanha de jeans da qual se livrou rapidamente através de uma porta, e o senhorzinho lá estava, rindo, riu para o barão e ficava inclinando a cabeça, terraço, bom, terraço pequeno, mas bom, e abriu a porta, e a porta realmente abria para um terraço, concluiu Dante um tanto surpreso, já que não tinha acreditado em quase nada das histórias que o barão havia contado antes, mas realmente encontraram ali um terraço, então começou a acreditar nele, que alguma coisa é verdadeira, e que ali era realmente aquele Casino, apesar de que num primeiro momento nem ele nem o barão puderam sair para o terraço, pois estava completamente lotado, de um lado com fardos de roupa, cadarços e pilhas de camisetas e cuecas e chaleiras e todo tipo de bugiganga imaginável, mas tão apertado que era impossível passar entre eles, e por outro lado o velho bloqueou a saída e disse, terraço, família, é bom, mas tem que pagar, vá se foder, resmungou Dante e o empurrou dali, depois começou a separar os fardos de roupa e conseguiu abrir uma passagem em L no meio deles, e em seguida falou para o chinês, que agora piscava sem parar, assustado, que precisa de uma mesa, e precisa de cadeira, e enfiou na mão dele mais uma nota de cinquenta, mas o senhorzinho chinês não se moveu, ficou olhando a nota em suas mãos, como quem não entende do que se trata, ficou balançando a cabeça, ao que Dante deu uma risada e enfiou mais uma nota de cinquenta, que fez surgir mesa e algumas cadeiras, duas são suficientes, o barão disse para o Dante, assim aquela mesa e as duas cadeiras foram ajeitadas ali no terraço e depois fez sinal para que agora eles deixassem o barão sossegado, voltou com ele para o salão da entrada, ali o velho o fez se sentar num canto e gentilmente lhe ofereceu chá, assim ficaram ali bebericando, de gole em gole, enquanto no terraço o barão se sentou na cadeira, levantou a gola do casaco, pois estava com frio, além disso, do terraço com vista para o Körös, sentiu que novamente começava a chover devagarinho, mesmo assim ficou sentado imóvel na cadeira, ao lado dele a cadeira vazia, que agora puxou para um pouco mais perto de si, e estava com frio e tremendo, mas não se moveu, apenas ficou sentado perto da cadeira vazia, e olhava do alto do terraço para os salgueiros desfolhados na beira do Körös, depois de um tempo só observava o vento, como soprava os inúmeros galhos longos e nus dos salgueiros para a frente e para trás, o modo como os galhos penteavam a água gelada do riozinho.

PAM

Infinitas dificuldades

Desde a incompreensibilidade da essência da superfície da água ao significado eternamente oculto da vida vegetal e animal, às tempestades de graves erros cometidos em relação às dimensões, pode-se começar em qualquer lugar, o decisivo, pensou o sr. Professor, pois eram exatamente três e quarenta e um e não poderia deixar de fazer sua prática de libertação de pensamentos, mesmo sob tais circunstâncias, posso abordar as questões desde quase qualquer perspectiva, porque posso abordar a gravidade, abordar a completa impossibilidade da percepção do tempo e, se quiser, abordar até mesmo essa droga de mercado de sucata dos nossos conceitos, e jogar fora as coisas que só parecem valiosas, mas na verdade são inúteis neste mercado de sucatas, estão em fardos, pensou ele lá na antiga Central de Água da Cidade, abandonada, dezenas de milhares de mal-entendidos em enormes fardos, mas nem todos são interessantes o suficiente, apenas aqueles que se espalham na base do nosso pensamento e sorriem para nós, depois que tiverem certeza de que os elaboramos tão bem que não existe chance de libertação, portanto vamos desmanchar esses fardos e descer até a base e ver o que resta do essencial lá e desta forma chegar ao significado dos mal-entendidos na catastrófica história mundial dos mal-entendidos, e ao mesmo tempo também à sua utilidade, ao significado e a utilidade dos mal-

-entendidos, pensou o sr. Professor, o último livro poderia ser publicado também com este título, antes que a única pessoa digna disso o jogasse na privada, finalmente incluiria a pressuposição do único pensamento válido, considerando que não existe um pensamento válido único, uma vez que não temos nenhum pensamento válido, já que os nossos pensamentos são meras manifestações do funcionamento da estrutura geral humana que só pode ser interpretada do ponto de vista da bioquímica revolucionária com uma forte base genética, pensar é a mesma coisa que agir instintivamente, pode-se fazer ambos bem ou mal, ou seja, zero e um, ou seja, útil se considerado a partir da perspectiva do resultado exigido pelo momento, e inútil se observado a partir da mesma perspectiva, e assim por diante, pois agir instintivamente é a mesma coisa que não agir de nenhum jeito quando necessário, ou seja, deixar de agir no momento desejado, e arriscar-se nesse caminho a ponto de abandonar a ação em um momento desejado e que é o mesmo que abandonar o pensamento a qualquer momento, com o que só quero dizer, pensou o sr. Professor, que pode atacar a questão de uma vez só, ao mesmo tempo, de todas as direções, e é isso que entendemos quando o chamamos de intuição, e claro, fez uma cara meio fastidiosa, depende da intuição de quem estamos falando, se trata-se da intuição da dona Ibolyka, ou da intuição de Buda, pois faz diferença, verdade, e também não, se nesse momento queremos torta de geleia ou queremos passar da borda do precipício para a queda livre, faz diferença, e nesse campo não é mera brincadeira ou piada quando dizemos que a torta de geleia, pelo menos a torta de geleia feita no estilo da dona Ibolyka, e no que diz respeito ao incentivo para dar o passo para a queda livre, em determinado caso, podem ser considerados fatos de igual importância, mas há um problema com o significado em geral, um grande problema, pensou, porque se puxarmos demais o tapete de debaixo de nossos conceitos em breve estaremos num estágio em que não saberemos dizer nada, no máximo ficar jogando palavras uns nos outros, e depois lançar e lançar e lançar, apesar de que poderíamos conseguir isso sem tanto esforço, por exemplo, nem sequer começar a pensar em pensar, antes, deixarmo-nos flutuar na existência, deixar passar determinado tempo como uma pedra rolada na margem de um riacho, do jeito que ela permite que o musgo se assente e se espalhe sobre ela, digamos, e fez uma careta significativa, se de fato queremos nos livrar do ato de pensar, e quisermos alcançar isso usando o pensamento para erradicar o pensamento, então provavelmente não seja o método mais adequado destruir as ferramentas de imediato, se no mesmo momento lançarmos um rajada abrangente de perguntas, porque é importante de alguma forma chegar à base do campo do problema, e isso só pode ser alcançado com extrema cautela inicial, há perigo em todos os lugares, em todos os lugares, e o sr. Professor fungou no terreno da Central de Água, a grande preocupação é com a abordagem, presumivelmente, que na abordagem há uma chance de, isto é, uma boa chance de, no meio da correria, queimarmos a torta, ou seja, deixarmos de dar a devida atenção para alguma coisa, que será importante quando teorizarmos as medidas adicionais, considerando que não é que as questões têm que ser abordadas, mas desacelerar tanto, o máximo que a mente pensante for capaz, melhor ainda, desacelerar a ponto de nem nos movermos, e assim não poderemos cometer aquele erro de deixar uma etapa de fora, ou que não percebamos alguma coisa durante o processo, portanto, a maneira correta de parar de pensar é ficar de pé, esta é a postura básica, a atenção imóvel, pois somente a partir daí, dessa postura, temos a possibilidade de, talvez, torceu os lábios, e digo mais uma vez, talvez, temos a chance de não perder de vista nada que seja absolutamente essencial levar em consideração, e isso não quer dizer que vamos levar tudo em consideração, não quero dizer isso de forma alguma, que tudo é importante na mesma medida, pois na eliminação do pensamento pelo pensamento a direção dessa ação já está dada, mesmo que possa não ter um objetivo, não é assim?, então certamente existem eventos no universo, do nosso ponto de vista, é claro, que não precisamos considerar, é claro que, mais uma vez, isso não é o mesmo que desconhecê-los, pois tudo tem que estar em algum lugar em nosso campo de visão, no limite de nosso campo de visão, como nos pontos cegos, os pontos cegos desempenham um papel extremamente importante em todo esse processo, porque a única certeza que temos é que, se for necessário, podemos abordá-lo e obter um fato, um fato de aparência única, ou a aparência de um fato de que eventualmente tenhamos necessidade, portanto, não se esquecer dos pontos cegos, o sr. Professor lembrou a si mesmo, e retornou ao ponto em que se perguntou como é possível que a existência humana, em oposição à existência vegetal e animal, independentemente de qualquer coisa, ocorra e com precisão, quer enriqueçamos essa existência com o pensamento, ou não, como podemos dizer isso com uma mente sã, e nossa mente é sã, já que qualquer coisa que façamos ela continua sã, se não continuar, então perecemos, saímos da fila, e outro vem ocupar o nosso lugar, no universo a quem interessa se é você ou outro, não faz a mínima diferença, portanto, como podemos dar sentido a essa dificuldade, que, com pensamento, a existência humana é a mesma que sem pensamento, porque podemos dizer isso, já que é óbvio que é assim, se observarmos entre os grandes agentes, e elegermos um, por exemplo o imperador Augusto, mas só porque em sua época um império global podia ser associado a uma única pessoa, o que hoje evidentemente não é possível, portanto digamos, disse para si mesmo o sr. Professor, lá está o Augusto, afinal, como costumam dizer, não é pouca coisa o que ele foi capaz de realizar, nem aconteceu da noite para o dia, mas a partir de condições preexistentes, é claro, a partir de condições preexistentes, mas lá está ele, e lá está o imenso Império romano, e se agora nós examinarmos com profundidade essa droga desse Império romano, então o que vamos perceber é que ele existiu, mas não mais do que isso, falando francamente, e essa condição preexistente aqui é muito importante, de fato é, para ser franco, porque essas são as armadilhas mais mortais, e aqui chegamos, a partir de certa direção arbitrária, à questão, se houve de fato, ou não, um Império romano, pois sobre o resto, por que existiu, é claro, é uma pergunta estúpida, ou de quando até quando existiu, e o que o sustentou, e a que se deveu, mas aqui, a que se deveu, só podemos dar uma grande risada, sem dizer uma palavra sobre essas coisas, como náufragos nesse oceano de perigos vamos nos agarrar em um tronco, então, em primeiro lugar, o que é que tornou sua existência ao menos possível, mas então, aqui no entanto tem um problema, pensou, porque o que estamos fazendo é lançar dúvidas sobre a existência do grande Império romano, porque é isso que realmente devemos fazer se quisermos manter a consistência, mas como podemos fazer isso, para manter um equilíbrio, se estivermos convencidos de que o grande Império romano de fato existiu, bem, ao dizer que estamos mais uma vez lidando com uma mudança pura, ou seja, um deslocamento proporcional de uma abstração da realidade ou, mais precisamente, um deslocamento da abstração em direção à realidade, como uma grande métrica humana, pois é assim que tem que ser chamado, o campo de julgamentos errôneos, seja uma grande métrica humana ou uma grande teoria do deslocamento humano, sim, acenou o sr. Professor com a cabeça, na guarita do local, isso parece engraçado, mas é exatamente assim, é isso que temos que criar em nós mesmos, todas as pessoas pensantes, que têm coragem de pensar, e não são estúpidas diletantes, olhar de frente, o que é exatamente o nosso verdadeiro problema com toda a história da humanidade, por que não a entendemos, porque aquele que não a encara, ou seja, a mente inquiridora, que não afirma com convicção que a história humana está aqui, de um lado, enquanto do outro lado está o fato de que não entendemos essa história humana, e percebe porque acontece desta maneira, que fique sossegado empilhando seus conceitos, correndo para lá e para cá em seu espaço, como um homem do Vale do Silício, como um Dostoiévski perdido em San Francisco com seus chás malucos e noites enlouquecidas, que fique correndo de árvore em árvore, ou dando voltas e mais voltas, e fique agrupando, e experimentando, e verificando, e dando início ao que foi verificado antes, tanto faz, ele nunca chegará a lugar algum, fica apenas construindo algo, mas só para logo em seguida destruir, ou alguém outro, que ele poderá maldizer por isso, ou de quem passará a gostar, isso também tanto faz, o importante é nunca perdê-lo de vista, levantou-se de sua posição casualmente reclinada, no canto escuro do terreno, para movimentar os membros, e os olhos com que olhamos. Dezesseis e cinquenta e nove. Essa era a hora exata.

E você, qual é seu nome, perguntou ao cachorro quando percebeu que se encontrava ali de novo, por acaso estava fechando o portão do terreno, e estava pendurando o cadeado de volta, ajeitando de um modo que ninguém o percebesse, alguma coisa não estava em ordem por ali, estava prestes a fechar quando, atrás da porta, percebeu o bicho, desde ontem quando encontrou aquele refúgio, e caso saísse, caso entrasse, o animalzinho estava sempre à espreita, seus pelos muito bagunçados, como uma escova desgrenhada, sempre encharcado, e tremia de um jeito que só um cachorrinho que está procurando um dono conseguia, era um vira-lata pequeno, magro e de pelos escuros, obviamente, pensou o sr. Professor, deve pertencer à pessoa que vem aqui lá da Estação de Tratamento de Água, mas o problema deve ser que o seu dono não vem porque está chovendo, mas as grandes enchentes ainda estão longe, quando este terreno provavelmente também será usado e, se não, como agora, então estará vazio, apenas com um simples cadeado, que ele conseguiu derrubar com uma pedra grande, assim pôde se manter em relativa segurança quando chegou ali vindo da cidade, seguindo ao longo da estrada que leva para Sarkad, mas não muito distante dela para não se perder, também não perto demais, para que ninguém o visse da estrada, e as condições que um abrigo tinha que ter eram praticamente as mesmas que havia ali, foi assim que, quando chegou à ponte Fehér-Körös, lá onde a estrada atravessa a ponte e desaparece em direção a Sarkad, ele subiu na barragem à esquerda, quer dizer, ao lado dela, porque lá em cima havia muita lama, foi andando ao longo do rio, e foi assim que encontrou a guarita, porque a guarita inteira era feita de chapas de ferro corrugado, momentaneamente abandonada, pois provavelmente foi construída para o período das enchentes, de modo que parecia um bom esconderijo, pelo menos por um tempo, sobretudo se esse cachorrinho não criar algum problema, por isso não queria criar laços mais estreitos com ele, por isso ontem também e de novo agora, quando abriu e depois fechou a porta da guarita, e o encontrou ali, sempre dava um chute na direção dele, para que soubesse que não era bem-vindo, se fosse dali, que o deixasse em paz, pois quer ficar sozinho, e a coisa aconteceu assim mesmo, só que o cachorro não foi embora, ele nunca foi bom nisso, não conseguia espantar cachorros, mesmo não gostando deles, e eles em geral percebiam isso e regularmente rosnavam para ele, mas não esse, que os diabos te mordam, chamou a atenção dele com raiva, e deu mais um chute na sua direção, mas o bicho era muito inteligente, com os muitos desafios que deve ter enfrentado ali no campo aberto, e sabia perfeitamente que só estão chutando na direção dele, mas não o chutando de fato, assim, quando saiu pelo lado da barragem de volta para a ponte, para procurar comida, e principalmente água potável, e percebeu que o cachorro o estava seguindo, naquele momento foi tomado por uma raiva tão grande que já não questionou se iria chutá-lo ou não, tentou acertá-lo, mas errou o alvo, depois de novo, mas errou de novo, o cachorro era muito esperto, o salto que deu para o lado não foi nem grande nem assustado, apenas o suficiente para evitar ser atingido pelo pé, mais ainda, conforme tentou repetidas vezes, ele já deixava que o pelo fosse alcançado pelo pé, que espertinho você é, lhe disse o sr. Professor, e assim caminhavam pela paisagem enquanto alvorecia, chovia calmamente e o vento soprava bem forte, e nem era possível decidir o que era pior, a chuva ou o vento, pergunta estúpida, o sr. Professor discutia consigo mesmo, contrariado, os dois juntos é pior, merda, desse jeito vou ficar ensopado, enxugou a água do rosto, em vão encontrou uma capa de chuva na guarita, e agora cobria com ela seu casaco, a princípio a arma ficava melhor guardada embaixo dela, mas agora a usava também para se proteger da chuva, só que a umidade começou a passar por ela, ou pelo menos começou a ficar pesada, e só lhe faltava ficar resfriado naquele lugar, quando ainda vai levar dias para encontrar uma solução definitiva, mas foi necessário dar uma saída, assim ele andava e com o cachorro no seu calcanhar, era uma criaturinha pequena, e jovem, é ainda um filhote, por isso conseguia caminhar lampeiro, mantinha o ritmo do homem que andava na sua frente, de vez em quando escorregando na lateral da represa, pois o terreno estava bem molhado, encharcado mesmo, ainda restava um pouco de grama, de modo que decidiu caminhar onde havia grama em vez de lá em cima, na barragem, onde a caminhada seria na lama e deixaria suas pegadas, bem, o que é que há, às vezes ele dava uma paradinha e chutava para trás, e foi assim que eles chegaram até a ponte, e depois entraram um pouco mais para dentro, para a Floresta da Cidade, pois se lembrou que não muito longe da ponte deve haver uma cabana de caçador, e se os cachorros não estiverem soltos e ele for cuidadoso talvez consiga arranjar comida e água, pois principalmente a água era seu maior problema, sem água a coisa não funciona, repetia para si ainda na guarita, arranjar água é imprescindível.

E você, qual é seu nome, o Joegyerek perguntou ao outro rapaz, que tinha a crista de galo no alto da cabeça, eu?, ele perguntou, e ficou trocando o peso de uma perna para a outra, e suas duas mãos ficavam pulando nervosas do seu lado e os dedos se moviam tão rápido como se estivesse contando alguma coisa, tá legal, tanto faz, o Joegyerek disse, então vamos pular essa parte, mas vocês têm que pelo menos dizer quantos anos têm, então, como assim quantos, catorze, o crista de galo respondeu de má vontade, tá, tá legal, disse o Joegyerek torcendo o nariz, aqui não se pode mentir, vou fazer, acrescentou o crista de galo, portanto treze, portanto ambos têm treze anos, então vocês fugiram, só não estou entendendo o que é que vocês querem, vocês têm pelo menos uma moto, ou algo assim, perguntou ele, mesmo já sabendo a resposta, esses aí não têm é nada, dava para ver na aparência deles de que buraco saíram, eles simplesmente escaparam do instituto, que, para piorar, agora nem estava funcionando, o caos provocado pela mudança deve ser grande, Joegyerek pensou, por isso eles conseguiram bater em retirada, tá legal, o que é que nós vamos fazer com vocês, com a gente, perguntou o mais careca, com a gente nada, então que merda vocês vieram fazer aqui, aqui é um bar, não estão vendo, e ao mesmo tempo o lugar, a sede, onde pessoas como vocês não têm nada a fazer, a gente quer entrar, fazer parte, o careca cuspiu e rapidamente baixou a cabeça, então, se esse é o caso, então podem ir picando a mula, porra, porque aqui não dá para ficar entrando, porque não tem onde entrar, rapazes, parecia que um absurdo total fora dito, virou para o lado do balcão, enquanto não tirava os olhos deles, você ouviu, porra, estão dizendo que querem entrar, pô, fala sério, só rindo mesmo, estão no meio de uma escapada, não têm nada, o que é que nós somos, pode dizer para eles, o que é que nós somos, por acaso jardim de infância, aqui ninguém vai trocar a fralda de vocês, aqui todo mudo limpa a própria sujeira, tá legal, então não, disse nesse momento o crista de galo, e fez um sinal com a cabeça para o outro, vamo cair fora, então o Joegyerek se virou na banqueta, suspirou e disse, bem, vocês podem ficar ofendidinhos, seus santinhos de meia-tigela, mas o jogo aqui não é com feijões, porra, e, para piorar, vocês nem sabem o que querem, aposto que só alguma coisinha, disse novamente para o cara do balcão, no BIKER vazio, só estão atirando no escuro, tá, resmungou de volta o crista de galo, e de novo fez sinal para o outro, vazando, e começou a andar na direção da porta, mas o Joegyerek os chamou de volta, calminha aí, seus marrentos, voltem aqui, ao que os dois rapazes pararam, como quem está avaliando a situação, depois se viraram, e com ares de quem não se importa, e passos lentos, voltaram até ficar de frente para o Joegyerek, estamos dentro de tudo, qualquer coisa, disse o careca, e novamente inclinou a cabeça, de tudo, perguntou Joegyerek, ahã, e quase simultaneamente os dois rapazes inclinaram a cabeça, então tá, se é tudo, então sentem ali atrás, lá está o laptop, vocês ao menos sabem usar uma coisa daquelas, ao que os dois rapazes fizeram uma careta com o lábio para o lado, o que significava que sabiam, então digita aí, PENSAMENTO PURO ponto HU, e leiam, sabem ler?, sabemos, então leiam a introdução três vezes, estamos entendidos, três vezes, porra, e se vocês concordarem com tudo o que ele diz voltem a falar comigo e vamos ver, mas então não conseguiu mais se ocupar dos garotos, porque as portas se abriram de supetão e os outros entraram, mas só para uma cervejinha rápida, porque tem correnteza, diziam, e quando todos tinham sua cerveja e viraram suas canecas só com um sinal com a cabeça perguntaram ao Joegyerek quem era o idiota na frente da porta lá fora, e quem eram aqueles dois, reposição, disse Joegyerek com uma piscadela, assim eles ainda deram mais uma olhada ali atrás, onde a cabeça dos dois rapazes estava mergulhada no laptop, foi assim que leram todas as palavras do PENSAMENTO PURO, os caras terminaram de esvaziar as canecas de cerveja, e assim como chegaram se mandaram do BIKER como uma manada, o Joegyerek só teve tempo para fazer um sinal para os dois lá atrás, agora chega, acabou a aula de leitura, mais tarde continuam, estava na hora da ação, e já que querem tanto, e se não forem atrapalhar, vai ser melhor que venham. Lá fora ainda tiveram que espantar o Zé Bobinho porque ele novamente os seguiu, e depois foram atrás do Joegyerek. Sentem lá atrás, vocês, ele disse, e depois se agarrem, que nem os do jardim de infância.

Cachorro tinha, dois até, dobermanns enormes, mas estavam trancados numa parte cercada do quintal, de modo que, depois de observar a casa longamente, deu a volta por trás e de lá passou por cima da cerca, embora, na verdade, quase com certeza poderia ter ido pela frente, pois não tinha nenhum tipo de veículo nem na frente da casa nem no quintal, o que quer dizer que não estão em casa, concluiu, as crianças, se tem, certamente estão na escola, a esposa, se tem, certamente foi fazer compras, o guarda-florestal obviamente está fazendo sua ronda na floresta, em todo caso não tem ninguém em casa, assumiu isso como quase certo, mesmo assim, por precaução, e aquela droga de cachorrinho no pé dele, achou melhor se aproximar por trás, e estavam lá dentro sem maiores dificuldades, claro que os dois dobermanns notaram sua presença, e no começo apenas começaram a andar pelo canil, de um lado para outro, inquietos, mas depois, quando viram que ele e o cachorrinho queriam entrar pelos fundos, começou a latição, a pergunta, a que distância foram, e seu cálculo foi que, a menos que tivesse algum azar maldito, como não deixaram os cães soltos, não poderiam estar muito longe, mas mesmo contando assim ele tinha pelo menos dez ou quinze minutos, e apesar de saber que não podia confiar nessas coisas abriu a porta que dava para a parede de trás, para depois ir até o poço que viu que havia no quintal, mas a porta não estava trancada, o que o deixou tão surpreso que imediatamente a fechou, e abriu outra vez, mas mesmo a segunda vez estava aberta, assim com muita cautela, agora segurando a arma embaixo da capa de chuva, entrou furtivamente na casa e não levou dez ou quinze minutos, não se passaram nem cinco minutos quando já estava no quintal do lado do poço, e gastou um minuto para encher de água do poço um balde que encontrou ali do lado, assim, não somente saiu da casa em menos de dez minutos como também deixou o lugar e tão rapidamente quanto conseguiu caminhar com o peso do balde apressou-se pela trilha na direção da ponte, o tempo todo fazendo pausas para ver se ouvia algum barulho de motor, para que pudesse no mesmo instante pular para dentro dos arbustos.

Distribuiu-os em grupos de três, tal como em todas as ocasiões em que se tratava de caçar uma presa, porque gostava de chamar aquilo de caça, e ficava cheio de uma alegria especial porque sentia como eram fortes, e aquele que estavam caçando não tinha chances, e essa falta de chance lhe dava uma felicidade infinita, foi por isso que valeu a pena toda a trabalheira que essa turma deu, porque subir no assento da moto, colocar o capacete, calçar e fechar as luvas, depois dar a partida no motor, sair e se virar para a direção planejada, tudo isso ele curtia sobremaneira, assim como agora, quando separou a turma em grupos, designou os líderes de cada grupo, verificaram se os rádios comunicadores Tetra estavam funcionando, supervisão final de todos, e já podiam sair do pátio do BIKER, e gostava, gostava muito, do jeito como as máquinas rugiam, quase trinta de uma só vez, pensou agora, e foi o último a deixar o pátio, isso é alguma coisa, como dizem, e ele sempre pensava com o cérebro da presa, em algum momento por isso foi decidido que ele seria o líder, porque o cérebro dele era o que melhor funcionava quando se tratava de pensar com o cérebro da presa, para sentir como pensava aquele que queriam caçar, e ele sempre o sentia, sem falhar, nunca aconteceu de não terem sucesso em pegar quem eles tivessem saído daquele jeito para pegar, mais ainda um imbecil arrogante, um porco traidor, uma escória imunda daquelas, que abusou de seus sentimentos mais nobres de maneira tão infame, posicionou-se na ponta de seu grupo e acelerou fundo, porque novamente foi tomado por uma raiva assassina repentina, pelo fato de um rato como aquele tê-lo humilhado de tal maneira no seu próprio território, numa das curvas da saída da estrada Nagyvárad, a imagem do Estrelinha lhe surgiu de repente, e aquele rosto o fazia sentir tanta dor mesmo agora que teve que desacelerar, ergueu a mão para fazer pararem também os outros, que se enfileiraram atrás dele, e ficaram esperando enquanto ele se acalmava, pois viram que estava arrasado, nem o chamaram no comunicador Tetra, só ficaram esperando com os pés apoiados no chão, o momento em que ele se recompusesse, sabiam o que podia estar acontecendo, e eles também sentiam da mesma forma, e estavam igualmente furiosos com o bastardo, claro, o que eles sabem, pensou o líder na frente deles, o que eles sabem sobre seu verdadeiro sentimento, já que para os outros ele era apenas um parceiro, mas para ele era seu irmão, o único, o verdadeiro, mesmo não sendo filhos do mesmo pai, ainda assim, e doía muito que ele não estivesse mais com eles, e nunca mais estará, fechou os olhos, limpou a garganta, depois outra vez ergueu a mão e fez o sinal, para a frente, com isso estavam novamente lá onde Deus os havia criado, na estrada, divididos em grupos de três, para finalizar aquilo que ninguém poderia fazer a não ser eles mesmos, pois essas motos, todo mundo com a sua própria, estavam mais próximas deles do que a própria mãe, essas Kawasakis e Hondas e Yamahas e Hondas e Kawasakis não eram movidas a gasolina, como diziam, como repetiam com frequência as palavras do líder, mas movidas pela honra, que era o que movia o pistão dentro deles, e era isso que os movia pela estrada para a ponte Körös. Não havia a menor dúvida de que eles o encontrariam.

Estava fora de cogitação que ele permanecesse no Roseiral Selvagem, pois sabia que estava enfrentando um inimigo que não podia ser subestimado, por isso, tinha que repensar as rotas de fuga possíveis, portanto, somente levaria em conta direções em que pudesse ter alguma chance, é evidente, pensou o líder, tem que evitar as estradas, por isso a estrada de Sarkad, a de Csaba, e a de Elek, assim como a de Gyíkos, além da estrada de Doboz, estavam fora de cogitação, estava sentado no BIKER, e, como sabiam no que ele estava pensando ali no balcão, só estava rolando um papo baixinho, e até a TV ali em cima, no canto, estava ligada sem som, só imagens, mas agora até sentir que tantos o observavam, desassossegados, pareciam sentados em pregos, estava incomodando, pois aguardavam que lhes contasse tudo, assim pois, saiu para o pátio, pegou seu Tetra e chamou aquela pessoa com quem fazia um acordo antes de qualquer ação importante, que lhe aconselhou que ficassem espertos e da parte dele tudo bem, não via a ideia com maus olhos, aliás, da parte dele, não acharia inútil se a própria polícia tomasse uma iniciativa, melhor não, interrompeu o líder e lhe disse, entenda, sr. Comissário, que nesse caso a coisa era um assunto pessoal, está bem, então ele lhes dá três dias, e a voz do outro lado ficou severa, e isso significava que no mais tardar em três dias queria ter resultados, quando então discutiriam a "causa e o efeito", então está bem, e com isso a linha foi cortada, então voltou para o BIKER, se sentou no seu lugar, abriu o laptop na página de mapas e começou a examinar as condições no mapa, como ele chamava o panorama local, depois decidiram as direções, e ele explicou quem teria que fazer o quê, e para ele mesmo escolheria a rota menos provável, a estrada de Sarkad, principalmente por causa da Floresta da Cidade, porque se aquele animal imundo tinha virado um morador de toca então pode ser que não consiga ficar sem uma, e com base nisso, esteja pensando em procurar outra toca no meio do mato, e onde havia mato, o líder olhava no mapa, infelizmente em tudo quanto é lugar ao redor da cidade, e em um dos casos viu a Floresta da Cidade, não acreditava, aliás, era no que menos acreditava, mas queria descartar a possibilidade, por isso a escolheu em primeiro lugar, porque ninguém consegue descartar algo com a velocidade com que ele consegue, nisso também ele era o melhor de todos, assim foram até a Floresta da Cidade, examinaram a situação na ponte, mas nada, foram até a casa do guarda-florestal, mas ele não estava em casa, assim começaram a procurar, o encontraram do outro lado dos trilhos da ferrovia que levavam ao sanatório, estava lá arrancando uns galhos, ou algo do gênero, para liberar uma armadilha para raposas e ter acesso à presa, porque a armadilha havia capturado algo durante a noite, então eles lhe contaram qual era a situação, que qualquer coisa, por mais banal que fosse, mas que não fosse usual, para que ele chamasse aquele número, lhe disse o líder, e tirou uma papeleta e uma caneta, anotou o número e lhe deu, está bem, respondeu o guarda-florestal, que aliás estava um tanto assustado por causa deles, então só foi isso que conseguiu dizer, que está bem, guardou a papeleta no colete, depois já não disse palavra, só ficou olhando como eles se afastavam na direção dos trilhos, ouviu como diminuíram a velocidade quando passaram para o outro lado dos trilhos, e só então foi capaz de se inclinar novamente com a serra de poda na direção da moita, quando já não ouviu nenhum som vindo daqueles malfeitores desgraçados. A raposa ainda estava viva, matou-a com um tiro à queima-roupa.

O que eles menos acreditam que vou fazer, perguntou-se lá na guarita, fingiu que ia se levantar e bateu os pés duas ou três vezes, mas o cachorrinho apenas se mexeu um pouco, como se soubesse muito bem que não era sério, que bicho é esse, ele simplesmente não desiste, mas o que pode esperar, de mim certamente nada, o sr. Professor balançou a cabeça, não gostava nem de pensar que tinha sido ele a permitir que ficasse lá dentro, melhor dizendo, que ele mesmo se resignou, já que não dava para fechar a porta direito do lado de dentro, e ele estava ficando cansado de toda hora ouvir o rangido dela durante a noite, conforme o pequeno fedelho a empurrava várias vezes e entrava na guarita para se deitar do lado da soleira, mas ele estava de saco cheio daquilo, assim foi obrigado a deixá-lo ali, para poder dormir, precisava descansar, as caminhadas forçadas o desgastaram muito, primeiro do Roseiral Selvagem até ali, e antes mesmo de descansar daquela caminhada, ontem a ida até a casa do guarda-florestal e a volta, o balde cheio de água estava tão pesado que quase lhe arrebentou os dois braços, e ele quase não deixou cair nenhuma gota, é verdade que por causa do esforço seus braços doeram a noite toda, quando, é claro, acordou por causa do cachorrinho e conseguiu perceber o que havia de errado com seus braços, pois doíam e continuavam a doer ainda pela manhã, e mesmo agora, quando já eram duas e cinquenta e um da tarde, olhava o pestinha deitado do lado da soleira, e teve que reconhecer que o safadinho tinha olhos maravilhosos, com os quais o observava, mas só deitado, não se aproximou nem um centímetro, quando viu que de novo ele pegou uma caixa de biscoitos que havia surrupiado na casa do guarda-florestal, abriu e começou a mastigar um, ora vejam só, não faltava mais nada, resmungou deitado na cama improvisada que fez para si mesmo a partir de uma cama velha que havia ali, mastigou, mastigou, e o olhou, mas depois de alguns minutos ficou bravo, pegou um biscoito do saco, e dali mesmo, da cama, jogou para o bicho, que evidentemente mal conseguiu se esgueirar do golpe, depois o cheirou e lentamente ele também começou a mastigar, apesar de ao mesmo tempo não tirar os dois olhos dele, porra, isso não está acontecendo, você é muito atrevido, e jogou outro biscoito nele, desta vez o cãozinho abanou o rabo e comeu aquele também, quando o sr. Professor com raiva se virou na cama, deu as costas para ele e disse em voz bem alta, seu Pirralho, esse é o seu nome, de agora em diante esse é o seu nome, e vai atender por ele ou te jogarei no rio Körös.

Todos os ciclos conceituais que levam a nenhum têm a mais alta probabilidade de estarem errados, portanto, com isso quero dizer que, disse para si mesmo, nem vale a pena se preocupar com essas bobagens, os sins, os demonstráveis, as afirmações positivas, a sinalização, a extensão, a prorrogação, o espelhamento, as complementações de significado, com a transferência, mas de maneira minuciosa, pois *este* é o nosso campo de estudos, este é o cenário que pode levar à invalidação da suposição correta mas erroneamente afirmada sobre a questão, se é que há algo, excluir os nãos, a negação, o falso que se pensa ter sido comprovado, a destruição, a arrogância de destruir o que já foi reconhecido, e o alívio sentido com a libertação de todas as suspeitas, portanto você só precisa se preocupar com os sins, caso valha a pena se ocupar com sins e nãos, porque a certa vez sábia e sensata afirmação não pode nos desviar, que sem seus opostos não há nada, ou seja, que seria mero equívoco tratar qualquer coisa sem, concomitantemente, tratar com atenção o seu contraditório, mas a abordagem também tem que ser rejeitada, isto é, não vale a pena se ocupar, e com isso desperdiçar o precioso tempo quando surgem com isso ou aquilo, não posso crer, a unidade ou a ambiguidade são conceitos que podemos abordar com confiança na equação a ser resolvida, não, qualquer sugestão desse tipo é primitiva, uma criança sente mais do que um adulto sabe, e uma criança significa mais do que ela sente, e assim por diante, essas divisões durante a observação das coisas, para constatar se estou vendo uma ou duas, ou mais, ou mais ainda, sem reconhecer, ou sem descobrir, de forma alguma, o vírus da abordagem quantitativa, apenas por zombaria, sem ser digno do valioso tráfego de ideias, uma depuração permanente e contínua, essa é a nossa tarefa, um tipo de trabalho de depuração que nunca termina, pois não pode terminar, porque cada experiência e afirmação deve ser purificada, temos que eliminar todas as pressuposições de nossas mentes, e não poderia enfatizar isso o suficiente se tivesse alguém me ouvindo, disse o sr. Professor sentado no fundo da guarita no meio de um monte de casacos amassados e restos de roupas formando uma espécie de flor de retalhos, que a premissa em si é uma dose tão letal para a bateria da ignorância que minha mente para quando a descubro, talvez em mim mesmo, porque nesses casos o chamado homem pensante condena a si mesmo à aniquilação, já que não basta que o próprio caminho de onde ele parte esteja errado, mas a partir do próprio ponto de partida, a preliminar, a preparação, o pressuposto, o preconceito, tudo isso é o próprio inferno, de onde não parte nenhum caminho, apenas nas direções erradas, uma certa organização e depuração que devem ser abrangentes, mas não, não simplesmente abrangentes, isso nem é necessário dizer, mas devem ser contínuas, a depuração contínua significa sem pausa, sem deixar um instante para o cérebro encontrar uma escapatória, escapar do olhar questionador deste cérebro, ou seja, o cérebro observa a si mesmo, e seu observar é de pura suspeita, enquanto tudo isso não pode nos levar à incapacidade total ou parcial de agir, pois neste caso não se trata de algum tipo de aconselhamento sobre como se comportar nesta ou naquela situação, de qualquer forma agimos como temos que agir, não temos possibilidade de escolha, é desnecessário, é infrutífero até profundezas insondáveis, se fizermos uma tentativa com uma opção, a partir da qual, segundo a nossa opinião, e tem isso também, segundo a nossa opinião!, ainda podemos decidir qualquer coisa, na verdade não podemos decidir nada, o que, apesar de tudo tentarmos, é simplesmente, a coisa toda simplesmente *não interessa*, não importa, sua significância é zero, porque só tem um significado, uma atmosfera, porque nesses casos só podemos tocar numa escala de modulação, mas apenas para nosso próprio entretenimento, porque o essencial estamos realizando o tempo todo, ou seja, fazemos e assim por diante, o que significa que essa constante purificação também está numa fórmula onde os outros fatores não estão, ou seja, na realidade, não é um fator de fato, não existe, independente do fato de essa não ser a mesma não existência que foi discutida inicialmente, esta não é uma negação, mas uma resposta afirmativa a essa equação, ou seja, que existe uma equação, naturalmente, se não num sentido quantitativo, numa forma geométrica, não, mas dispersa numa forma extraordinária, divino-dimensional, onde nada mais nos foi dado a não ser observar a constante purificação, pois se não observarmos direito, mas observamos direito, essa purificação constante reluz, não importa se é dia ou noite, ela ilumina, brilha, fosforesce, ou seja, é visível, e é só isso, nada mais desta equação, de modo que é nesse ponto que estamos agora, diversas abordagens, quando o conteúdo das abordagens não é importante, qualquer uma delas pode ser correta, qualquer uma pode estar correta porque sua correção está incorreta, porque o seu acerto está oculto no seu erro, imagine-se uma formação de cristais que não tenha uma estrutura, novamente as quantidades, as quantidades!, mas qualquer base presumida, eixo, plano espelhado e plano basal e membrana e célula e toda a sua reserva de energia e o buraco negro de onde se originou, sem impedimentos ondulam através do nosso cérebro, ou pelo menos é isso que deveria acontecer com elas, já que esse cérebro, o nosso, só se concentra numa única coisa, em purificar imediatamente qualquer coisa que possa passar por ele, ou seja, com a purificação também destruí-la, porque o que podemos entender aqui por purificação ou o que é estar purificado, o que mais senão que algo está purificado quando já não existe mais, já que o perfeitamente purificado é a dimensão da Não Existência, que deveria estar lá, mas não está, e, de novo, isto não é uma transição para o reino da negação, nós nunca avançaremos até lá, porque começar algo com uma pergunta você só pode fazer aqui, onde tudo reluz, desde a aprovação, a afirmação, a preposição positiva, o poder da Existência, então, em última análise, estamos aqui novamente porque, sim, chegamos à energia avassaladora do Sim, e *quod erat demonstrandum*, porque reluz, digo repetidamente, pensou afinal o sr. Professor, esse Sim reluz e brilha com intensidade tremenda no universo nunca completo. Bem, por que não, cinco da tarde.

O guarda-florestal pendurou a raposa no quintal de trás, e antes que sua esposa chegasse em casa com as crianças, esfolou-a, depois enterrou o cadáver no meio dos carvalhos, e quando ia voltando viu que talvez o mesmo javali com que vinha tendo problemas nas últimas semanas empurrara a cerca de novo, e enquanto foi fiscalizar as armadilhas rapidamente verificou o galinheiro, mas os pintinhos estavam todos ali, então voltou para o lugar onde o arame farpado estava afastado e, enquanto arrumava com um arame um pouco mais grosso, decidiu que na semana seguinte, se for até a cidade, sem falta vai conversar com o seu compadre, a quem costuma delegar essas coisas, e vão pagar aquele pedreiro que uma vez já esteve nos planos do orçamento familiar, mas quando viram que o preço era muito alto, adiaram o assunto, porque isso não pode ficar assim, aqui é necessário ter uma cerca de concreto, não pode deixar os cachorros soltos o tempo todo, principalmente durante o dia, e esse, ponderou o guarda-florestal, é tão sabido que observou quando não havia movimentação na casa e entrou, e com isso voltou para sua casa e se sentou na cozinha, para tomar o café da manhã que sua esposa costuma deixar pronto para ele, quando percebeu que, na prateleira acima do fogão a gás, os potes de tempero e as sopas em pó estavam todos revirados, e quando se ergueu para observar melhor, imediatamente percebeu que, embaixo, a porta do armário onde guardam os mantimentos de prazo de duração mais longo, como arroz, farinha e coisas assim, estava aberta, minha esposa nunca deixa essa porta aberta, o guarda-florestal pensou, levantou-se da mesa, foi até o armário e sem exatamente tocar nele empurrou a porta e olhou lá dentro, nesse momento não teve dúvidas de que alguém estivera na cozinha nas últimas duas horas, seu primeiro pensamento foi chamar a polícia para denunciar o fato, pois não foi a primeira vez que ciganos errantes ou outro tipo de vagabundo entraram, mas nunca sumiu nada realmente importante, por isso, como até então, agora também abandonou a ideia da denúncia, mas ele também se lembrou do que aquele líder de gangue com cabeça de macaco lhe disse há pouco perto da armadilha, sobre quem eles procuravam, assim tirou do colete o bilhete com o número do telefone e, com alguns movimentos firmes, rasgou-o, porque a pessoa que aqueles caras procuram precisava mais de proteção do que de traição, caso se trate realmente daquele homem, aquele cientista famoso da cidade, aquele, vamos, como é mesmo o nome dele, começou a quebrar a cabeça, porque o cara do bando não falou o nome de quem estavam procurando, só deu uma descrição da pessoa, não o conhecia, só de vista, mas sabia, quando o chefe do bando o descreveu, que devia ser ele, mas não consegue nem imaginar a razão daquela horda de nazistas estar procurando justamente ele, por isso subiu depressa ao andar de cima e examinou por alto os quartos e lá embaixo no térreo, mas, independentemente de quem esteve ali, não levou nada, talvez procurasse alguma coisa e não encontrou, quem sabe, o guarda-florestal pensou, enfim, decidiu que se por acaso deparasse com ele, em algum lugar, vai lhe dizer que definitivamente pode contar com a sua pessoa.

Disse para ele que teria três dias, e nada mais, o Comissário olhava para a frente quando voltou da autópsia, onde foi examinar o cadáver, e esse já é o segundo dia, está passando devagar, é isso que eles têm, nenhum minuto a mais, pois não é o caso de lhe darem um tiro no peito, ou na perna, na barriga, ou de lhe darem um tiro no coração, não, atiraram em todos os lugares, e o que foi mais inimaginável ainda, atiraram até na cara do cadáver, simplesmente estouraram seus miolos, foi uma visão muito pesada, não gostou, assim, três dias, nenhum minuto a mais, pois para ele, suspirou e se inclinou para trás em sua cadeira do escritório, pois tem que dar conta do assunto no mais tardar no quarto dia, só lhe faltava que alguém, algum jornalista, queira Deus que não, ou que alguma emissora de TV entre no caso, pois então ele vai ter muito o que explicar, bem quando não gostava de dar explicações, e o que não gostava ele não fazia, ao contrário, fazia de tudo para nunca ter que dar explicações, e depois de pensar um pouco, que para ele não significava mais do que um minuto, ou melhor, em menos de um minuto, ele chamou um dos comandantes de pelotão, perguntou quem eram os homens que estavam agora em patrulha e, ao ouvir os nomes, fez uma careta de desgosto com os lábios e deu ordens para chamar fulano e sicrano e beltrano, e que eles indicassem outros nomes, para formarem um grupo de reconhecimento de uns vinte membros, que se dirijam ao local, sim, ao Roseiral Selvagem, e que examinem o local mais uma vez, não foi isso que perguntei, interrompeu imediatamente o comandante de pelotão, o que aconteceu até agora, mas o que vai acontecer agora, portanto, sentido, e o comandante de pelotão fez sentido, e começou, ele ficou no edifício, esperando notícias pelo rádio, e não lhe interessava nem um pouco, realmente não tinha o mínimo interesse no fato de que a associação de lazer de motociclismo também pudesse ouvir o que foi dito, e se por acaso eles ouviram, o aparelho do líder nem estava desligado e estava piscando, então ele ouviu tudo o que era essencial, então, pensou, deveriam ser ainda mais eficientes, só não entendeu uma coisa, por que eles não entendem que um assunto pessoal é um assunto pessoal, eles tinham entrado num acordo, ou será que não, perguntou-se, e a raiva tomou conta dele, que nem na palavra do Comissário se podia mais confiar, pois até então tinha sido mais ou menos possível, embora, na verdade, nunca confiou nele de fato, em parte porque ele usava óculos para ler, e em parte porque, por trás de seu comportamento militar, sempre lembrava que o Comissário nunca havia sido um soldado, portanto, estava diante de um indivíduo que era seu aliado, mas que estava apenas brincando de soldado, de modo que não sentia que o homem estava realmente do seu lado em sua responsabilidade para com a cidade, e principalmente não sentia que deveria se submeter a ele em nada, vá à merda, rosnou com raiva, e de novo fez um sinal de avançar, vamos atravessar a ponte, e por enquanto vamos seguir a estrada de Sarkad, mas depois de alguns quilômetros de novo fez um sinal, vamos virar, e voltaram até o Reformatório, mas não acreditava que aquele porco dos infernos tivesse se escondido ali, assim só mandou um dos irmãos entrar, e depois seguiram adiante, e eles seguiram, o líder rangia os dentes, e eles vão continuar seguindo até que o desgraçado apareça em algum lugar, e ele vai aparecer, tantos homens estão sendo mobilizados nesse momento, pelos outros, que todas as informações serão imediatamente transmitidas para ele, em todos os meios de abordagem, todos os prédios vazios, a antiga casa do porco imundo, o hospital, a Prefeitura, o tribunal, a Caixa-d'Água, ou seja, todos os complexos de edifícios imagináveis, já que seus homens estavam espalhados em todos os lugares, que avisariam, se fosse necessário, o que quer que fosse, e agora era necessário, pois cada vez mais ele achava que a presa não seria tão fácil de cair como as outras em geral, pois era inteligente, tinha imaginação para encontrar um modo de fugir, só que não iria escapar, porque nunca ninguém que eles tivessem começado a caçar tinha escapado, e essa não era realmente uma verdadeira caçada, porque aqui, no caso deles, sempre, sempre derrubam a caça, aqui não tem provavelmente, não tem talvez, aqui não tem como alguém se esgueirar, entrar sorrateiramente em outro espaço que esteja fora da visão deles, já que de um lado eles têm uma visão de tudo, sem isso a coisa toda não funcionaria, por outro lado todo mundo sabe, pelo menos no condado, que com eles ninguém pode medir forças, de modo que os avisos também nesse momento estavam entrando e entrando, disso ele tinha certeza, acelerou fundo e em minutos eles estavam de novo na periferia da cidade, e ele estava olhando o balde vazio, que se esvaziou muito rápido, isso era um problema, estava com sede demais, certamente seu organismo não estava acostumado a ficar tanto tempo sem receber água, e agora precisava repor, então teve que pensar sobre a opção de continuar, o que era contraditório com a sensação de que esse lugar lhe parecia bastante seguro, era muito longe de tudo, e essa guarita provavelmente era apenas uma de muitas, devido às inundações regulares, muitos desses locais foram construídos nos velhos tempos, quando a Estação de Tratamento de Água ainda estava em operação, portanto, as chances de essa guarita em especial ser descoberta eram muito pequenas, portanto, na realidade, seria melhor se permanecesse, refletia, o único problema era que havia questões de curto prazo difíceis de lidar, como água e alimentos, por outro lado, havia também uma questão estratégica que ainda não tinha decidido dentro de si, ou seja, qual seria uma boa solução para essa situação, estão procurando por ele, como assassino, estão procurando por ele como atacante armado, estão procurando por ele como o assassino daquela besta humana, ou aquele que sabe tudo sobre o depósito de armas, portanto, é uma ameaça à vida deles, portanto, pode ter certeza de que a polícia será mobilizada, caso ainda não tenha sido, que os militares serão mobilizados, caso ainda não tenham sido, e possivelmente até mesmo a polícia de fronteira envie equipes de patrulha, porém o mais perigoso era, obviamente, a corja de motoqueiros fascistas, de quem tinha que se afastar para o mais longe possível, pois é, e por enquanto isso era o mais difícil, porque por enquanto não tinha ideia de como resolveria essa questão, onde poderia encontrar um lugar em que desaparecesse sem deixar rastros, pois sabia que uma fuga, mesmo que bem-sucedida, seria inútil caso eles pudessem presumir que o indivíduo *está em algum lugar*, porque nesse caso, não importa quão bom tenha sido o plano, terá falhado igual, porque então eles não vão desistir da busca, pelo menos não aquela gangue, eles vão continuar a perseguição até encontrá-lo, e para essa questão ele não tinha ideias úteis, apenas migalhas, que imediatamente descartava, pois às vezes estavam erradas por um motivo, às vezes por outro, por exemplo, a Caixa-d'Água, do lado da estrada de Doboz, que já havia rejeitado bem no início, porque no topo dela ficava o antigo Observatório que estava vazio fazia anos, porque, além do fato de haver degraus em demasia, ele soube que o professor de física da escola secundária às vezes levava até lá as meninas que demonstravam interesse para um suposto "jogo de xadrez", portanto, não, o mais importante é tratar de quebrar a cabeça, sentou-se na cama, porque algum plano perfeito tem que aparecer, e vai aparecer, ficava dizendo para si mesmo, enquanto via o Pirralho virar o balde e lamber os últimos goles de dentro dele, mas isso não é possível, resmungou bravo, que ele saiba até o que estou pensando, preste atenção, e se esticou na cama, seu Pirralho, atenção, ao que o cãozinho ergueu a cabeça e olhou para ele, você realmente sabe o que ando pensando? Então me ajude, e se recostou contra o travesseiro mal-ajambrado em que apoiava as costas, então me diga o que fazer, e olhou diretamente nos olhos tagarelas que o observavam incessantemente, então, me diga, já que você tanto quer me dizer algo, que diabos eu poderia fazer e que salvaria a minha pele. Seu Pirralho, está me ouvindo? Estou falando com você.

Era meia-noite, nesse horário já estou fechado, contou Laci, o frentista do posto de gasolina, para o seu colega, lá no 47, porque era sempre ali que eles se cruzavam, não era uma amizade, nem companheirismo era de fato, o cara era apenas um cupincha, o único, porque já se passaram tantos anos e eles se cruzaram tantas vezes ali, que uma vez começaram, e já não conseguiam parar, porque aquilo não era outra coisa senão pura falação, o que aconteceu com um, o que aconteceu com o outro, se aconteceu alguma coisa interessante, é claro que nunca havia nada de interessante, e nunca aconteceu nada nem com um nem com o outro, mesmo assim ficavam falando, que isso, que aquilo, e assim se passaram anos, não, décadas, pois já se passou tanto tempo, disse um deles certa vez, você entende isso, perguntou, e mergulhou o olhar na caneca de chope, por que o tempo passa tão rápido, ô meu, eu já estou com quarenta e três anos, mas sinto como se os últimos dez anos, pelo menos esses últimos dez anos, simplesmente tivessem voado, de tão rápido que passaram, porra, daqui a pouco vou virar presunto, e ainda nem aconteceu nada, bem, até agora não, respondeu o cara do posto de gasolina, até agora, repetiu, e tentou atrair o olhar do outro, mas aquele olhar estava muito distante, já que apenas se preparava, em todo caso bem no fundo, lá onde um olhar tinha que nascer, só que não queria nascer nem com reza brava, apenas se preparava, queriam, mas não e não, procuravam juntos, ele próprio com a caneca de chope vazia e o Laci, mas fazer o que agora, o olhar simplesmente não queria, mas para o Laci agora tanto fazia, só queria contar para alguém, então, para ele, na época, porque não conseguiu se segurar sem contar para alguém, antes de se mandar, por isso deu uma passada no 47 para tomar um gole, para se despedir, pois ficava ali do lado para ele, e é claro que o seu cupincha, com seu habitual estado tristonho e jeito de olhar, já estava por ali do lado do balcão, sozinho, os que tinham chegado cedo já haviam ido embora, e os que costumavam chegar mais tarde ainda não haviam chegado, assim, estavam sozinhos, então contou para ele, que devia ser meia-noite passada, não olhou a hora exata, mas era por aí, quando de repente ouço que alguém está mexendo na porta automática, que evidentemente nesse horário em que não costuma aparecer ninguém está trancada, e era um marginal velhaco, barbado, sujo, até a cara dele estava imunda, estou dizendo, faço um sinal para ele que estamos fechados, mas ele continuou mexendo na porta, e ele tinha uns olhos azul-claros tão estranhos, me pareceram conhecidos, não consegui me lembrar de onde, mas já os tinha visto, por isso abri a porta com a chave, e lhe perguntei qual era o problema, ao que o cara respondeu que precisava de óleo diesel e alguma gasolina, ao que respondi, pois não tinha nem vontade de rir, pois estava com muito sono, já estava quase dormindo, só estava com a TV ligada, disse, homem, se quer óleo diesel, então atravesse a fronteira, pois diesel, como ele obviamente deve ter ficado sabendo, neste país não tem há anos, mas se tiver não será seu, mas meu, disse o cara, e me pediu para entrar para que pudesse explicar, ele tinha uma puta capa de chuva amarela, e parado do lado de um vira-lata, ou sei lá o quê, então eu disse, você pode entrar, mas o cachorro não, e antes que eu pudesse terminar de dizer isso, aquele vira-latinha já estava lá dentro fazia tempo, e eu não comecei a persegui-lo porque queria encerrar logo aquele assunto, então perguntei, o que quer, pois pensei que poderia fechar algum negócio, por menor que fosse, dava para ver no indivíduo que ele queria, eu já consigo perceber de longe quem realmente tem e quem não tem a intenção, e nele se via que tinha a intenção, só que, está ouvindo, parceiro, ao que o outro ergueu a cabeça de supetão, pois tinha dado uma cochiladinha dentro da caneca de chope, só que, lhe disse, ele não queria uma coisa pequena, mas grande, pois disse que precisava de uma quantidade maior de diesel, bem agora, e um pouco de gasolina, e de alguma forma dava para sentir na conversa dele que não tinha vindo do mundo dos vagabundos, era alguma outra coisa, mas, pordeus, não consegui lembrar onde já tinha visto ele, só os olhos dele me eram conhecidos, mas não me ajudou a lembrar, então eu disse, por acaso está pensando no quê, ao que me disse que precisava de três mil litros de diesel, homem, eu lhe disse, há muito tempo esse posto não vê três mil litros, só lá pelos anos 1990, ei, homem, em que mundo você vive, ao que ele me diz, dinheiro vivo, mas não mostrou nada, o casaco dele estava fechado e uma das mãos estava dentro do casaco, pensei, porra, você é um ladrão de banco ou o quê, mas aí olhei para ele e perguntei se havia trazido um galão vazio para levar, queria fazer disso uma brincadeira porque estava interessado no assunto e pensei em aliviar o clima antes que a negociação ficasse mais séria, mas para ele não teve graça, e usou sua mão livre para começar a desabotoar o casaco, e naquele instante vejo que ele tem uma puta d'uma arma enorme embaixo do casaco, daí o cara colocou aquilo no meu balcão, porque naquele momento a negociação já tinha se deslocado até a minha casa, lá dentro, e em nome da segurança eu imediatamente tranquei a porta automática com aquele interruptor, você sabe, embaixo do meu balcão tem aquele interruptor, e estico a mão para pegar o telefone, ao que o cara diz, melhor não fazer isso, por quê, quer me roubar?, ao que ele respondeu sacudindo a cabeça e puxou para fora um maço enorme de euros, não era nosso dinheiro, você pegou o lance, meu chapa, em euros, tá entendendo, eu tô, o amigo dele fez um sinal cansado com a cabeça, nem passou pela sua mente me roubar, mas quer diesel em dinheiro vivo, sabe, e desacelerou tanto as palavras, como se estivesse falado com um idiota, então digo para o cara que não sou idiota, não fale assim comigo, depois pergunto mas onde estão seus galões, não ouvi barulho de caminhão quando você chegou, então o camarada chegou mais perto de mim e disse que tinha mais esse detalhe, que aqueles três mil litros de diesel e aqueles quinze a vinte galões de gasolina teriam que ser transportados, e para onde seria, se os tivesse, eu lhe perguntei, ao que ele disse, para o Roseiral Selvagem, então naquele instante soube de quem se tratava, era aquele figurão, a celebridade que apareceu pra burro na TV, você conhece, conheço, seu parceiro assentiu com a cabeça sem muita convicção e perguntou se não iria trazer mais algum, não, o Laci respondeu, e naquele momento foram lá para fora, no depósito, você sabe, onde está escondida a reserva, que é como eu e meu substituto chamamos, isto é, você sabe, a reserva que mantemos oculta, sobre a qual ninguém sabe, porque ela está bem escondida e passa por uma reserva oculta, trancada para os funcionários do governo, por assim dizer, na sombra, algo que graçasadeus, não ocorre a ninguém, mas a gente também tem que viver de alguma coisa, então, você lembra, mas não teve resposta, tá, tanto faz, continuou, e lhe diz que três mil litros, ele sabe quanto é, sim, sei, e o cara já estava impaciente, eu lhe digo, uma coisa de cada vez, posso cuidar disso para você, porque naquele momento já estava tratando ele de você, porque já sei quem é o cara, na semana que vem, agora!, ele respondeu, e começou a perder a paciência, dava para ver que ele precisava imediatamente, ainda naquela noite, ao que lhe respondi, veja, eu não sei quem é a sua pessoa, mas esse negócio vai ficar por um determinado preço, tá, ele me disse, quanto é o valor total, e de cabeça lhe digo, é tanto, ao que ele responde, está bem, é seu, ele se sentou no ambiente aquecido lá dentro, porque deixei ele entrar, naquele momento eu já sabia que não precisava ter medo dele, e resolvi os três mil litros lá fora, enchi cada um dos tanques do caminhão ZIL e peguei quinze galões de gasolina, depois ele pagou, se sentou do meu lado, e partimos, porra, na madrugada escura, cara, mas estava tão escuro, quando de vez em quando eu olhava para trás, via que, uma vela não é muita coisa, mas nem isso estava aceso na cidade, ainda por cima de repente ele me disse para desligar os faróis, fazer o quê?, perguntei, que eu desligasse os faróis e enfiou mais grana na minha mão, e imagina só, porra, você está andando com seu reboque ZIL, porque é tudo o que você tem, numa puta de uma noite escura, e de repente ele diz para eu parar, para descarregar os galões de gasolina ali, no meio do nada, e depois para abrir as torneiras dos tanques, e que em seguida eu desse partida e saísse com o caminhão devagar, juropordeus, para eu descarregar devagar toda a carga dos tanques, e eu descarreguei, e abri e deixei escorrer, para fora, porra, tudo, seguimos bem devagar, em algum lugar atrás da Csókos, do lado do Roseiral Selvagem, e mandou eu esvaziar todo material que havia comprado, enquanto ficava o tempo todo dizendo para prestar atenção, se visse em algum lugar, fosse atrás, na frente, qualquer tipo de luz, que parasse imediatamente, porque nesse caso vamos nos agachar, e eu fico quebrando a cabeça, que o negócio é grande, está certo, mas como vou me sair dessa, porque com esse cara, do jeito que está aí, com essa puta carabina, nos seus pés esse vira-latinha, e do jeito que esparramamos o líquido do reboque e dos galões, pô, se por causa disso eles me pegarem, isso vai me custar tanto, meu posto de gasolina é outro tanto, e tudo isso junto é tanto, entendo, disse o amigo tristonho, ao que Laci foi até o balcão e pediu mais dois chopes, deu um gole no seu e empurrou o outro devagar para o amigo, que seja bom para você, porra, você está ganhando esse para depois ficar de bico calado, tá me entendendo, e também porque você é um bom garoto, e também porque hoje é feriado, sim, e o amigo levantou a cabeça devagar, surpreso, e olhou para ele com esse olhar caído, que feriado, Páscoa?, não, seu porra, não é Páscoa, ele respondeu, deu um gole no seu copo, e depois parou de falar, pois viu que era inútil falar com o seu cupincha, provavelmente ele tinha esticado a noite passada e agora ainda era a mesma noite, então preferiu não forçar a barra, deu uns goles novamente, depois olhou para o relógio, terminou sua bebida, checou os dois bolsos do casaco com a palma das mãos e disse ao sair, então tá, estou tirando o corpo fora, e você, seu porra, anime-se, não fique se lamentando por aí, não vale a pena.

Vasculharam sua casa na cidade, do porão até o sótão, nada, percorreram todas as possíveis estradas de terra em todas as direções da rosa dos ventos, visitaram todos os vilarejos e sítios, passaram por Máriafalva, Gyulavár, Farkashalom e Szentbenedekpuszta, a estrada Lencsés, a de Bicere, a região de Veszelycsárda e o castelo em ruínas de Póstelek, de Doboz foram também até Szanazug, onde botavam muita fé, pois Szanazug, segundo palpite do líder, era a mais promissora, já que as casas de veraneio de lá estavam abandonadas havia anos e deviam aparentar ser um excelente esconderijo para o perseguido, mas não, e então foi a vez das florestas, dos roçados, qualquer tipo de mato onde ele pudesse se esconder, então foi a vez de Remete, Pikó, o estreito de Ebédleső e a região de Vígtanya, depois foi a vez de Fövenyes, a floresta de Makkoshát, depois Gyíkos, Törökhalom e Julipuszta, mas nada e nada em lugar algum, nenhuma pista, a mínima que fosse, de onde poderiam ter sido tiradas conclusões, mandou o Dzsé-Ti até a choupana original do porco, também nada, Dzsé-Ti voltou, as coisas pessoais ele deixou lá, mas nada útil, estava sentado no BIKER, ele mesmo já não saía com o resto do bando, só mantinha contato através do rádio comunicador Tetra, ele ficava sentado no seu lugar no BIKER, e ficava só olhando diante de si, e cofiava muito a barba, pois havia pensado que não seria uma jornada fácil, mas tanto assim também não, que o porco seria capaz de sumir daquela maneira, vou esmigalhar a cabeça dele com minha bota, arregalava os olhos com o rosto tomado pelo ódio, assim o garçom não ousava colocar, nem mesmo em silêncio, uma nova caneca na frente dele, desde que aquela confusão danada começou o som da TV já estava no silencioso, e já estava pensando até em desligar a imagem também, só que não ousava tentar pegar o controle remoto, para não perturbar sem querer os pensamentos dele, pois era evidente que ele estava pensando, e dava para deduzir que, pelo menos para ele, o garçom, achava que, de alguma forma, ele não estava conseguindo pensar naquele momento, pois ouvia conforme entravam as notícias pelo rádio comunicador, que nada aqui, ali também não, nem acolá, já nem esperava terminar de ouvir no rádio que não tinha nada, desligava o Tetra antes do fim, depois saiu, sozinho, até a estação, e se sentou com o chefe da estação, olhou no fundo dos olhos dele e o interrogou tão minuciosamente que depois daquilo o chefe da estação, talvez devido ao vinho tinto que bebeu, para combater o cansaço e o medo daquilo, teve de passar o resto do dia na cama, depois ele continuou e interrogou a central do ponto de ônibus, a central dos taxistas, começou a percorrer os prédios públicos, desde o gordo diretor da biblioteca, que foi o mais solícito, até o encarregado de compras da Pousada do Pescador, e o professor de física da escola secundária, cujo esconderijo favorito era o antigo Observatório no topo da Caixa-d'Água, todo mundo, submeteu simplesmente todo mundo ao interrogatório, exceto o frentista do posto de gasolina, porque, ao que parece, ele foi visitar parentes em Sarkadkereszt, então teria que esperar até que ele voltasse, mas interrogou, pois não dava para chamar de outra coisa o que ele fez, interrogou todos, demonstrou curiosidade por tudo, o diretor da biblioteca contou para a Eszter, no balcão da recepção, que ele quis saber até quando durou o frenesi pela leitura, e quando terminou, perguntou se havia algum edifício de depósito separado, onde armazenamos livros, perguntou, perguntou se temos uma rede de filiais e se alguma delas é mantida trancada, Eszter, relatou o diretor da biblioteca, que também parecia bastante desgastado pelo interrogatório, quis saber até se havia entre as bibliotecárias alguém com parentes distantes, e ouve só essa, se qualquer um de nós tinha parentesco com o sr. Professor, pois estão procurando por ele, imagine só, por causa de alguma coisa, e neste momento lançou um olhar desconfiado para a Eszter, eles estão procurando pelo sr. Professor, eu me pergunto, o diretor da biblioteca balançou a cabeça ainda mais desconfiado, por que será, e sorriu para Eszter com aquele seu sorriso onisciente contra o qual Eszter sempre se sentia impotente, e a coisa continuou assim, pois o líder não se dava por vencido, e contava com qualquer eventualidade, e também com seus opostos, não era um marinheiro de primeira viagem, como se dizia antigamente, mas agora já não chamava de nada, pois não dizia nada nem para os seus homens, quando esses retornavam de uma ou outra empreitada só fazia uma careta com a boca, mas muito sério, com isso os outros sabiam perfeitamente que aquele desgraçado iria acabar de tal maneira como ninguém antes, pois o seu líder iria escangalhar a cabeça dele bem devagar, pois era essa a especialidade dele quando se tratava de vermes, nunca usava arma, e não batia neles, como o Estrelinha, o pobre, mas os jogava no chão, e os pisoteava, e simplesmente esmigalhava a cara dos desgraçados, completamente, como uma bituca de cigarro.

Relatando, descobrimos bastante coisa, disse o sargento, ao que o Comissário se ajeitou na cadeira, pois tendia a deslizar cada vez mais e mais para baixo enquanto trabalhava, tão absorto que ficava, em geral, enquanto trabalhava, sim, e tirou os óculos guardando-os cuidadosamente no estojo, indicando com isso que estava pronto para um relatório detalhado, pois, começou o sargento, como não tinha nada consigo, encontramos suas roupas, seus pertences pessoais, anotações em sua mesa, ou o que pode ser chamado de mesa naquele lugar, continua, o Comissário o apressou com um gesto impaciente, e ele deixou lá sua carteira de identidade, seu passaporte, a certidão de nascimento, o cartão de endereço, e lá estavam todos os seus certificados, que era membro disso e daquilo, como você sabe que eram todos, o Comissário perguntou irritado, bem, sr. Comissário, pelo fato de que tudo isso estava em sua pasta de documentos, e não, nela não encontramos um único espaço em branco que nos levasse a concluir que ele havia tirado alguma coisa daquele espaço em branco, mas quero informar que essa foi a primeira impressão que todos tivemos, que não havia nada faltando naquela pasta, mais ainda, todos os membros do pelotão tiveram a impressão, a primeira impressão, de que não só a pessoa procurada não levou nada com ela como também não foi a lugar algum, que mora ali até hoje, e isso foi deduzido a partir de quê, o Comissário perguntou muito sério, a primeira impressão, sr. Comissário, repetiu o comandante do pelotão especial, porque ele sabia, já tinha ouvido falar muitas vezes, que o Comissário apreciava muito que no decorrer de uma investigação se prestasse muita atenção nas primeiras impressões, explicava sempre, que a primeira impressão era importante, o resto era trabalho profissional, foi isso que ouviram todas as manhãs em certa época, durante todo o mês em que pesquisaram um caso, que a primeira impressão isso, a primeira impressão aquilo, de modo que desde então ele mesmo, assim como qualquer outra pessoa daquele comissariado, sempre que possível, inseria esse texto, porque sempre funcionava, e, de modo geral, eles aprenderam muito bem como tinham que lidar com o Comissário, bastava lembrar bem o que ele dizia e, nos relatórios, quer escritos ou orais, eles repetiam, usavam e destacavam com intensidade essas expressões, como se fossem suas próprias, por isso desta vez também o sargento não esperava outra coisa que não o sinal de reconhecimento, pois isso era o máximo que poderiam receber, caso ele estivesse satisfeito com eles, e foi assim também desta vez, pois o Comissário olhou diante de si sobre a escrivaninha, não para ele, acenando com a cabeça, ajustando a risca no meio da cabeça, que compreendia, que sim, que certo, portanto, disse, de acordo com vocês, o elemento procurado nunca deixou aquele chiqueiro, ou o que quer que seja aquilo, exatamente assim, respondeu, e o sargento se colocou em posição de sentido, nada mau, o Comissário fez uma careta com o lábio, e embora o líder do pelotão tenha entendido que sua suposição não era uma má ideia, na verdade o Comissário entendeu que a ideia da pessoa procurada não foi nada má, mas viu que o sargento tinha seriamente entendido o que entendeu, mas no momento não teve vontade de esclarecê-lo, deixou que ficasse feliz, porque, além disso, pode ser que ele tenha acertado "o cerne da questão", pensou, e fez saltar um cigarro do estojo, acendeu, está servido, perguntou para o sargento, sim, agradeço, sr. Comissário, com isso ele também acendeu um cigarro, e esta foi uma gentileza especial, pois era muito raro ver uma atitude dessas vindas do Comissário, que ele desse um daqueles especiais para alguém, porque além do costumeiro Marlboro de uso diário, ele às vezes fumava esse cigarro especial, essa marca egípcia, a Cleópatra, que se tornou uma lenda no comissariado, que todo mundo gostaria de experimentar, mas ninguém tinha a sorte para tanto, só o Comissário, que, obviamente, ele, assim como muitos outros e muitas outras coisas, conseguia lá da Romênia, ou, mais perto, com os guardas de fronteira na passagem, assopravam a fumaça, o sargento de pé, o Comissário sentado, porque isso, afinal, não dava para alterar, e por um tempo ficaram em silêncio, então o Comissário de repente se levantou e saiu apressado do escritório, fez sinal para três patrulheiros em serviço, sentaram no jipe do Comissário e saíram na direção da estação, e tal como o sargento presumiu, quando foi questionado pelos outros para onde estava indo, que provavelmente ele mesmo queria ver a cena de novo, portanto que estava indo para a estrada Csókos e de lá, segundo ele, para o Roseiral Selvagem.

O buraco, pelo que se lembrava, não era largo o suficiente, não era longo o suficiente, e não era fundo o suficiente, mas, ao mesmo tempo, não poderia pedir ajuda, pelo menos na primeira vez afastou a ideia com um gesto, só quando reconheceu que ele mesmo não daria conta do recado foi que decidiu que partiria antes do amanhecer e iria à rua Nagyvárad, pois o camponês que — há uma eternidade atrás, pareceu-lhe agora — de vez em quando mencionava o boteco que frequentava, sempre falava no 47, então o nome do boteco devia ser esse, e mesmo não tendo certeza, tinha uma vaga ideia sobre a direção que deveria tomar, já que as palavras do camponês meio que indicavam a direção a seguir, então seguiu, já que, se não se enganasse e encontrasse o lugar, era bem na periferia da cidade, portanto adequado, e mesmo que o plano como um todo não fosse totalmente isento de riscos, não tinha escolha, pelo menos não muitas, por isso, quando chegou no cruzamento da rua Nagyvárad com a rua Sarkad, e do lado do antigo Moinho viu os três degraus que levavam a uma entrada que agora estava com a porta aberta, de alguma forma soube, imediatamente, que aquele era o boteco do camponês, embora esse fosse o tipo de boteco cuja tabuleta o tempo já tinha carcomido, ou seja, não tinha mais nome nem sinalização na porta, os dois lados da entrada não tinham publicidade alguma, nem a imagem da garrafa de Unikum boiando na frente do náufrago feliz nem do outro lado as três palavras que antigamente emocionaram muita gente, BEBIDA REFRIGERANTE CAFÉ, a publicidade que os proprietários usavam para decorar esse tipo de entrada nos velhos tempos, mas nada disso havia ali que indicasse que lá dentro era um bar, já que para aqueles a quem servia era desnecessário, eles sabiam, e lá dentro não esperavam por outros, nem a ele, assim, quando subiu os três degraus até a porta de vidro e olhou lá dentro e viu que não havia se enganado, estava realmente no lugar que procurava, o pessoal que servia, uma adolescente cheia de espinhas levantou da cadeira, onde estava folheando uma revista *Sztármagazin*, número antigo, de modo que estava de saco cheio dela e só ficava virando as páginas, quando viu que um cliente novo em folha entrou pela porta àquela hora da manhã, seu rosto imediatamente revelou que havia ficado contente, assim poderia deixar a *Sztármagazin* de lado, e alguma coisa estava acontecendo, e o susto de que esse cliente talvez não fosse um cliente afinal, só um oficial qualquer, que num lugar como aquele não era nada bem-vindo, mas ele não deu nem tempo para a garota abrir a boca, imediatamente disse que precisava de um homem que pudesse cavar no jardim por algumas horas, mas precisava naquele momento, não mais tarde, nem no dia seguinte, e assim por diante, pois então, isso aqui não tem, a garota respondeu, mostrando o ambiente praticamente vazio e lançou um olhar gelado para o recém-chegado, já que ficou imediatamente claro que ele não tinha vindo consumir nenhuma bebida, então conhece alguém assim ou não, perguntou ele, apontando para um camarada meio cambaleante diante do balcão, ao que ela sacudiu a cabeça e disse que aquele cara não iria servir para ele, ao que ele perguntou se poderia perguntar ele mesmo, para ela tanto fazia, a garota deu de ombros e voltou a se sentar atrás do balcão e a folhear a *Sztármagazin*, por ela ele poderia perguntar a quem quisesse, resmungou, e parou naquela página onde havia um artigo sobre a Claudia Schiffer, como ela era quando estava sem maquiagem, assim ele foi até o cara cambaleante e perguntou, ao que o outro, sem muito entusiasmo, mas com determinação disse sim, e quando percebeu que o sujeito em segundos comprou uma garrafa inteira de Rizling já estava com ele na rua, ainda era cedo, mas para ele não era cedo o suficiente, porque já estava praticamente clareando, e ele, por razões óbvias não gostava da claridade, assim tentou apressar aquele homem, que disse se chamar Feri, e depois, para ele, tudo continuou com uma dificuldade incompreensível, porque ir com esse homem, que mal conseguia andar, para a casa de seu amigo na rua Ernyő nº 3, esperar que saísse de lá com uma enxada e uma pá e depois fazer o Feri ir até o Roseiral Selvagem e convencê-lo a segui-lo no meio dos arbustos espinhentos foi uma verdadeira tormenta, mas no final lá estavam eles, a cerca de um quilômetro de sua antiga choupana, mais ou menos no centro do Roseiral Selvagem, do lado do buraco, e o sr. Professor explicava para o Feri, então, preste atenção, Feri, se escavar esse buraco direitinho, dentro de uma hora, se ampliar aqui até chegar a dois metros, e ali, mostrou no terreno encharcado, se abrir até aqui, e esticar o comprimento até aqui, e enfiou um galho para marcar o local que queria, então essa garrafa de vinho é sua, mas uma hora é pouco, o Feri respondeu, e o sr. Professor olhou surpreso para ele, pois agora, quem sabe devido ao ar fresco sua voz estava praticamente sóbria, e se sentindo numa espécie de posição de negociação privilegiada, por algum motivo ele começou a balançar a cabeça, e depois a balançou mais uma vez, dizendo que uma hora não era suficiente, e depois, junto com aquele vinho ele merecia mais alguma coisa, pois acha que é um trabalho bem maior do que cavar no cemitério Újreformátus, onde isso levaria metade de um dia, pois ultimamente é lá que consegue trabalho, porque eles o estão desmantelando inteiro por causa de uma disputa de propriedade, e estão desenterrando os túmulos, e qualquer pessoa que ainda tenha parentes ali pode mover os esqueletos dali para o cemitério Szentlélek, mas quem não tem eles só espalham os esqueletos atrás do velório, lá estão as ossadas amontoadas, imagine só o cavalheiro, então tá, tanto faz, não quer ficar enrolando, só quer que o cavalheiro veja que ele tem noção, como é o terreno lá no Újreformátus, e é igual aqui, já que não fica muito longe daqui, e com a sua noção, ele diria, bem, é ótimo que você tenha uma noção, e o sr. Professor gritou com ele severamente, porque assim pelo menos agora você tem uma noção desse buraco, porque esse daqui já é um buraco quase todo cavado, e ainda por cima estou eu aqui, e comigo não dá para ficar enrolando, Feri, pare de falar comigo como se você não quisesse ganhar uma grana extra, faça o favor de ir direto para essa droga desse buraco e comece a cavar, com isso se afastou um pouco do buraco, afastou um monte de folhas secas, tirou algumas ripas de cima de alguma coisa, e essa coisa era uma arma, assim o Feri começou a trabalhar rapidinho, e só uma vez se pronunciou, sim, claro, esse terreno aqui é muito melhor que aquele que tem no Újreformátus, mais nada depois disso, e nem ousou parar, ficou cavando, cavou, não importava quão úmida a terra estava, não disse mais palavra, estava ofegante e gemendo, mas continuava a cavar e a escavar e não interrompia o trabalho, porque o cliente ficou ao lado do buraco, observando todos os seus movimentos, sentado num pedaço de tronco, pensando muito em algo, enquanto aquela arma não saía do seu colo, e também não tirava os olhos dele, deixou a garrafa de vinho à mostra, sobre uma pedra, bem de frente do Feri, que cada vez que jogava para fora uma pá de terra, e estava prestes a falar de sua dificuldade cada vez maior que no transcurso do trabalho aquela terra proporcionava, que na verdade não é igual ao Újreformátus, que na verdade tinha pedregulho misturado, quando ele via a garrafa de vinho, sem falar da arma no colo, engolia o que ia dizer, e se agachava de novo para pegar a enxada, e a pá, então se não dentro de uma hora, mas de três, ele recebeu o vinho, e esse homem esquisito com sua arma lhe deu mais dinheiro, e acabou que no final ele se revelou bastante benevolente, chegou até a conversar com ele sobre como era o trabalho no Újreformátus, como eram as condições de trabalho lá, o que acontecia com os ossos atrás do velório e coisas assim, e se despediu dele dizendo que tomasse cuidado para que aquela garota no boteco não o enganasse, porque eu, lhe disse o homem estranho, não vi nada de bom nos olhos dela, acredite em mim, não havia nada de bom naqueles olhos, então fique ligado, Feri, quando for fazer um pedido.

Está tudo queimando, informou pelo rádio de dentro do carro, quando deram a volta, dentro do jipe do comissariado, no local, a mata inteirinha pegou fogo por algum motivo, e estava soltando uma fumaça dos infernos, e o fedor é terrível e as chamas são imensas, é melhor eles virem com todos os quatro carros e pedirem ajuda de Csaba, porque esses quatro que temos não serão suficientes, e precisa ter água suficiente, porque pelo menos essas labaredas, seufilhodumaégua, gritou para o motorista, volta, e em um segundo ele deu marcha a ré, acelerou a toda a velocidade e recuou uns vinte metros, porque as chamas se lançaram na direção deles e quase alcançou o jipe com todos que estavam dentro dele, preste atenção, gritou o Comissário para o motorista, se quer comer pururuca vai num restaurante, sim, senhor, sr. Comissário, o motorista respondeu, mas os outros praticamente não ouviram nada, pois estavam chocados com o fogo, primeiro, porque como algo pode pegar fogo quando havia poucos dias estava chovendo regularmente, e, segundo, como que um mato como aquele pode pegar fogo, quando todo mundo sabe que não há nada nem ninguém ali, porque quem esteve ali está sendo procurado, portanto, se tiver cabeça, certamente não voltará ali para ser pego, e principalmente não vai botar fogo em todo aquele mato, pois para quê, e terceiro, e este foi o Comissário que mencionou, só para si mesmo, mas em voz alta, para que todos ouvissem, na verdade estava um fedor de diesel, mas putamerda, não poderia ser diesel, pois, segundo consta, não tem na cidade, então o que pode estar queimando daquele jeito, que material é aquele que é capaz de produzir tamanhas labaredas, além disso, sr. Comissário, disse o motorista, um cabo da unidade especial, no começo bem cauteloso, diga, o Comissário acenou para ele, para que dissesse, bem, estava pensando que aquilo não está apenas queimando, quero dizer, esse fogo é diferente daquele incêndio que teve na Casa Alemã há quatro anos, aquele também foi um incêndio grande, então, qual é a sua ideia, o Comissário perguntou, bem, estas labaredas estão queimando de novo e de novo, é isso, o Comissário exclamou gritando, você tem razão, era nisso que eu estava pensando, onde foi que eu já tinha visto labaredas assim, quando estava assistindo àqueles documentários no Discovery Channel sobre o grande bombardeio incendiário de Dresden e o grande bombardeio de saturação no Vietnã, foi lá que vi algo semelhante a isso, então, foi lá que eu vi isso, do mesmo jeito que aqui, as chamas explodindo em labaredas, isto não é um incêndio, disse o Comissário, ao que se fez um grande silêncio no jipe, porque eles entenderam mais ou menos o que ele quis dizer, mas que outra merda poderia ser, comentaram para si mesmos, que não um incêndio, melhor ainda, um puta dum incêndio, aqui no matagal, mas então ouviram as sirenes, e a uma velocidade muito mais irregular do que a velocidade padrão, ou seja, bem devagar, finalmente apareceu o primeiro carro de bombeiros, depois o segundo, o terceiro e, por fim, o quarto, dava para ver como estavam tendo dificuldade no terreno enlameado, mas essa profissão é assim mesmo, observou o Comissário dentro do jipe, sem solidariedade, eles devem ser capazes de acessar qualquer lugar, não estou certo, sim, sim, sr. Comissário, responderam para ele dentro do jipe, mas eles já vêm vindo, acalmaram-no, e realmente vieram, alinharam-se um após o outro, a cerca de sessenta ou oitenta metros do Matagal, como eles o chamavam, e então iriam começar a apagar o fogo, mas primeiro o chefe dos bombeiros ou quem quer que fosse o mais graduado, que estava de plantão na posição de comando, o Comissário não reconheceu quem seria, no meio de toda aquela confusão, primeiro foi inspecionar a cena, tentou se aproximar com cuidado para ver que tipo de fogo estavam enfrentando, mas uma enorme labareda surgiu perto dele, então recuou e depois se aproximou com um galho, no qual se acenderam pequenas labaredas aqui e ali, e ele o examinou bem, com atenção, mais ainda, chegou a cheirá-lo, depois o jogou fora, então voltou até o primeiro veículo e emitiu um comando, para *não* começarem a desmontar as mangueiras e retirá-las, era necessário pedir reforços e o máximo possível de jatos de areia e espuma extintora, enquanto isso o pessoal da água deveria recuar, que venham os extintores manuais e só os veículos que lançam espuma devem ficar, mas devem ser posicionados de forma que possam realizar lentamente a "operação periférica", afinal voltou ao jipe, fez sinal para que a janela fosse baixada e simplesmente disse, é diesel, sr. Comissário, diesel sujo, mas é diesel, e misturado junto, em parte, talvez tenha também algum tipo de gasolina, o outro só ficou olhando para ele e não disse palavra, depois ordenou que dessem a volta, para poder verificar o tamanho do terreno que estava pegando fogo, e se as chamas poderiam colocar a cidade em perigo caso algo desfavorável acontecesse, ou seja, se poderiam chegar até a rua Csókos ou não, disse aos seus subordinados, e mandou que o seu veículo seguisse até a rua Csókos, desceu, pôs as duas mãos na cintura, colocou um pé sobre uma pedra, apoiou o cotovelo sobre o joelho, e ficou observando como toda aquela área estava em chamas, o cabo aproximou-se dele por trás e parou para aguardar ordens, esperou um tempo, mas não recebeu nenhum comando, eles só observavam as chamas, e como, a partir de onde estavam, parecia haver pequenos seres correndo de um lado para outro, quando o Comissário só disse em voz alta, para si mesmo, que é inteligente, do jeito dele é inteligente, porque botou fogo na mata com ele dentro, pois sabia o que o esperava, por isso arranjou óleo diesel em algum lugar na Romênia, ou algo parecido, e simplesmente botou fogo em si mesmo, depois novamente ficaram em silêncio, porque sobre aquilo o cabo não tinha nada a comentar, ficaram observando as chamas, como, ora aqui ora acolá, elas reapareciam de novo e de novo, e viram como cada vez mais elas se espalhavam, e todo o local já estava queimando quando o Comissário finalmente tirou o pé da pedra, endireitou as costas, arrumou o uniforme, lançou um último olhar para a catástrofe e só disse para o cabo que já poderia avisar os jornalistas e acionar o povo da TV, porque esse tema é assunto deles, pois que prestasse atenção na manchete do dia seguinte na primeira página, o Comissário disse para o cabo, ROSEIRAL SELVAGEM EM CHAMAS.

A questão é a seguinte, aqui não vendemos gato por lebre, e para ser sincero, entre amigos, estamos falando de no mínimo oito anos de pena, disse o Comissário para ele na sala de interrogatório, que ali eles chamavam de "incubadora", para mim tanto faz se você fala ou não, isso vai ser uma grande duma merda, meu amigo, e o Feri ficava só sentado na outra ponta da mesa, literalmente tremendo, o frio sacudia todo o seu corpo, principalmente as mãos e a cabeça, porque a ideia da confusão em que tinha se metido o sacudia, e que a punição era totalmente justificada, ele se rendeu fazia tempo, já quando o agarraram pelos dois lados lá no 47 e o empurraram para dentro do carro de patrulha da polícia, já havia se rendido quando ouviu a garçonete, aquela dos olhos frios, dizendo aquelas coisas baixinho ao telefone para a polícia, ele se rendeu totalmente, era o que aqueles olhos remelentos e vermelhos diziam, mas falar não conseguia, simplesmente emudeceu, tão assustado estava, por isso o próprio Comissário assumiu o interrogatório, porque os outros saíram da sala, um atrás do outro, incapazes, abriam os braços e encolhiam os ombros, indicando que os métodos mais astutos eram inúteis, que nenhuma ameaça de qualquer tipo funcionava, nada dava resultado, de modo que não tinham o que fazer, é ele que tem que lidar até mesmo com o último dos beberrões, então está bem, disse, e apagou o cigarro, levantou-se e foi até a "incubadora", se sentou na frente do suspeito e disse para ele, oito, mas pode ser mais, se não abrir o bico, mas se falar, pode ser que não vai acontecer absolutamente nada, ou seja, deu uma guinada na coisa, porque, de certo modo instintivo, percebeu que aquele miserável só não estava falando porque estava intimidado, pois nunca havia passado por uma situação assim em sua vida, ele não é um criminoso, apenas um verme insignificante, o Comissário olhou para Feri com indiferença, que àquela altura já nem tentava mais fazer parar a tremedeira de sua mão, ou de sua cabeça, tá bem, tanto faz, e ergueu a mão direita, você está fazendo o quê, o Comissário rosnou para ele, porque não entendeu a coisa, eu gostaria de dizer uma coisa, finalmente saíram duas palavras do Feri, e foi por isso que você levantou a mão, sim, acenou com a cabeça, do jeito que sabia, e rapidamente baixou a mão, virgemsantíssima, preste atenção, me conte tudo o que sabe, e depois eu deixarei você ir para casa, não precisa ter medo, só comece a falar, porque nosso tempo é precioso, ao que o Feri começou, e falou e falou, cada vez com mais entusiasmo, de modo que no fim as palavras já estavam jorrando dele, e esfregava as mãos, e tremia ainda mais, porque sacou que naquele lugar, se falar bastante, no final eles o soltam, por isso se tivessem pedido que lambesse o chão daquele lugar, ou que bebesse o próprio mijo, ele teria feito, chegou a dizer para aquele grande comandante que faria qualquer coisa, tudo o que vocês quiserem, só me deixem sair daqui, e não passou nem um quarto de hora o grande comandante se levantou e disse, está bem, já chega, foi o suficiente, estou entendendo, agora os colegas vão levar você ao local, você vai explicar tudo direitinho para eles e depois pode ir embora, emnomededeus, ao que o Feri deu um pulo, correu até ele, agarrou sua mão e a beijou uma vez, e a beijou uma segunda vez também, mas o grande comandante no final conseguiu se desvencilhar, e disse para ele, está bem, não precisa ficar agradecendo, mas tome bastante cuidado com a sua pessoa, rapaz, porque, se novamente, está me entendendo?, se novamente pegarmos você num negócio como esse, nunca mais vamos te soltar, mas dele, o Feri gaguejou, o senhor grande comandante nunca mais terá notícias, porque ele vai ficar quieto no seu canto, assim como tem ficado quieto até hoje, ele nunca machucou nem uma mosca, tá falando sério, uma mosca não é muito, mas nem isso ele machucou em toda a sua vida, agora é outra coisa, que a vida estava difícil, e havia muita tragédia, mas está bem, tanto faz, e a partir dali ele vai ficar de bico calado, já que percebeu que agora não estava mais agradando ao grande comandante ouvi-lo falar tanto, o importante é que talvez todo aquele horror acabe bem, aquilo que acabou de lhe ocorrer, e tudo aconteceu assim, enfiaram ele num carro, rapidinho foram com ele até o Roseiral Selvagem, uma vez lá, com facilidade encontraram o lugar, porque tudo tinha virado carvão e dava para ver direitinho, apontou para o lugar exato do buraco, depois já nem perguntaram mais nada para ele, só o mandaram lá para trás, disseram que ele fosse embora, que parasse de rondar o lugar, ao que ele recuou alguns passos, mas como ainda não teve coragem de ir embora de vez tiveram que gritar com ele, que sumisse de vez, pois só assim ele entendeu que estava livre, santodeus, no que fui me meter por causa de uma garrafa de vinho, eu deveria saber que não é legal dar trela para criminosos tão estranhos, como pude ser tão idiota, e foi andando, e por um tempo ainda ficava prestando atenção para ver se não ouvia algum barulho de motor, pois não confiava em nada naquela situação, mas então chegou à rua Nagyvárad, ali rapidamente tomou o caminho da sua própria rua, entrou rapidamente pela porta, depois passou o ferrolho, porque a fechadura não funcionava fazia tempo, rapidamente se deixou cair numa cadeira, e não se mexeu, ficou sentado assim, sem se mexer, pelo menos meia hora, e prestava atenção no seu coração, pois palpitava tanto que por um tempo teve certeza de que teria um infarto, mas não teve, por sorte, porque depois de meia hora aquela palpitação foi diminuindo e também conseguiu respirar normalmente, então foi até o fogareiro, e da prateleira que tinha ali em cima pegou uma lata de conserva, colocou água para ferver, largou a lata lá dentro, e depois, jogando a lata fervente de uma mão para a outra, conseguiu abrir a lata de conserva, voltou a se sentar na cadeira, pegou a lata no colo entre as duas mãos, para aquecê-las, e depois assim, sem pão nem nada, apesar de que não gostava sem pão, só que nesse dia não tinha pão em casa, devorou tudo, não deixou um único grão de feijão naquela lata de conserva, pois era isso que tinha na prateleira, tinha ainda umas quatro ou cinco latas da mesma coisa, cozido de feijão com linguiça, era o que gostava, poderia comer duas daquelas de uma só vez, mas pode ser que até três, só que tinha que distribuir adequadamente, portanto sempre comia uma só a cada refeição, porque aquela pensão por invalidez não era suficiente para nada, às vezes, como ultimamente, nem mesmo para comprar pão para comer junto, então só tinha a conserva de feijão, porque com aquilo sempre conseguia ficar satisfeito, e claro, algum vinho, essa era a sua fraqueza, reconhecia por si mesmo, ninguém precisava convencê-lo para que reconhecesse, porque não era muito ambicioso, um dia uma conserva de feijão com linguiça, e um pouco de vinho, um dia, e pronto.

A investigação oficial foi encerrada, o Comissário o comunicou pelo Tetra, e seu tom de voz era tal que dava a entender que não havia mais nada a ser feito, o caso estava encerrado, e do ponto de vista de vocês, disse o Comissário, isso significa que têm que parar, você me entendeu, lhe perguntou, mas ele não respondeu, porque o nível de adrenalina na sua cabeça está muito alto, ele está totalmente tomado pela adrenalina, para ser mais preciso, tem tanta adrenalina que agora que foi informado sobre aquilo que, em princípio, era uma boa notícia, para ele foi, na verdade, um golpe, e, segundo ele, para todos que estão junto com ele, era um golpe, um fracasso, aliás não é bem essa a palavra correta, mais ainda não sabe qual seria a palavra correta para descrever, porque essa notícia elevou o nível de adrenalina dentro dele, a tensão, o alerta, a sede de vingança, para se expressar de modo poético, de tornar a vingança realidade, ficou relatando os eventos no BIKER, se tornou ainda maior dentro dele, e diz honestamente, disse, de alguma forma não consegue acreditar, o que é bom, compreender o que aconteceu e observar os fatos do ponto de vista oficial, e agora ele destacaria que a partir do ponto de vista deles pode estar de fato fechado, mas ele de alguma forma não gosta da coisa toda, e ele agora não está dizendo, disse, que não estava esperando por isso, ou algo parecido, porque só estava esperando por um resultado inesperado, conhecendo o sacana, mas isso de ele incendiar o Roseiral Selvagem, com ele lá dentro, e com ele dentro daquele buraco imundo onde se escondeu, isso, de alguma forma, para ele, dadas as circunstâncias, parece simples demais, mas pode ser que o que está acontecendo com ele é que a adrenalina ainda não desacelerou, porque reconhece, com sinceridade, disse novamente, ele não consegue sossegar com a ideia de que o miserável assassino do Estrelinha tenha conseguido se safar com tanta facilidade, pois esteve enfrentando ele, enfrentando eles, uma irmandade, onde a vingança tem uma importância central, e que tipo de vingança é essa que não é realizada por eles contra a vítima, mas pela vítima contra si mesma, de alguma forma isso é simples demais, o líder repetiu suas palavras, embora seja um pouco estranho, pois eu imaginava, explicou em parte para os outros, em parte para si mesmo, que ele estava procurando alguma solução que não pudéssemos suspeitar, e o ocorrido é realmente algo assim, só tem um detalhezinho na coisa, olhou para os dois novatos que visivelmente não entendiam muito da coisa toda, mas prestavam muita atenção, e o detalhezinho é que o bastardo tenha escolhido exatamente o que ele esperava, isto é, algo inesperado, que o surpreenderia, ao que ele diria depois, ohseufilhodumaégua, o cara me superou, porque não tinha pensado nisso, pensei, e agora estava olhando para o Totó, que acenou com a cabeça, que estava entendendo, seguindo, bebendo cada palavra dele, mas eu pensei na coisa, e é exatamente essa coisa que agora me incomoda, pois, meus irmãos, elevou a energia de sua voz, espero que todos estejam ouvindo, o caso é, já que não podemos fazer mais nada, porque temos que aceitar o fato de que o bastardo está acabado, mas com isso o caso ainda não está acabado, porque, seja quais foram as circunstâncias, temos que fazer algo pelo Estrelinha, eu pessoalmente não suporto não fazer nada, não extirpar pelo menos o que restou dele, entendem, entendemos, os outros resmungaram, principalmente Dzsé-Ti, que estava ardendo em brasa, como o carvão, pois estava com muita raiva, por não terem sido eles a encontrarem o cara, e que aquela tarefa que lhe tinha sido delegada, que voltasse até a choupana e mais uma vez revistasse cuidadosamente tudo, não foi o suficiente, já que não encontrou o segredo para abrir a choupana, como o jogo dele funciona, por isso ele vai ficar com a fama de incapaz para descobertas, ninguém disse isso diretamente, nem o próprio líder, mas o Dzsé-Ti sabia que essa condenação ele já tinha, por isso ele foi o que mais concordou quando o líder disse que agora vamos sair, que todos deveriam ter algo, entendido?, e até que chegassem no lugar, o tempo todo ficou só pensando se as coisas todas estavam realmente nos seus devidos lugares na história, imprimiu um ritmo lento na frente, porque queria dar alguma dignidade para a coisa, e ao mesmo tempo porque queria revisar mais uma vez a versão completa, que de fato o desgraçado deve ter voltado à sua choupana depois que a turma do Dzsé-Ti esteve lá e vindo embora, e só depois levou suas coisas para o buraco, aquilo que afinal caberia ali, ele poderia ter construído tudo com tranquilidade após ter escapado, porque até então ele não foi procurado ali, por isso poderia muito bem afixar as placas de vedação no buraco, e pode ter levado sua mesa e cama, quando, perguntou-se o líder, na frente da formação, quando viraram em uma formação tripla perto do hospital na rua Szent László, ele pode ter organizado tudo em uma ou duas horas, e claro, deve ter sempre esperado escurecer, quantas noites ele teve, duas, talvez três, se teve cara de pau o suficiente para passar já a primeira noite por lá, mas o cara não teve muito tempo a perder, com certeza, porque construir aquela cloaca, fazer aquele bêbado filho da puta escavar, que ele ainda vai apanhar com alguma desculpa e vai dar um apertão nele, apesar do Comissário ter feito ele prometer que não iam incomodar o sujeito, mas uma pequena lição nunca faz mal, portanto, e alcançaram o parque Marót, em seguida viraram à direita, na direção do castelo, fez tudo em no máximo três noites, tá legal, pode ser, pensou, isso ainda dá para engolir, mandou escavar, levou suas tralhas para lá, tá legal, dá para engolir, porque, além dos ossos, os tiras ainda encontraram algumas coisas na cloaca, a partir do que conseguiram concluir que ele tinha um documento de identidade, uma certidão de nascimento e coisas do gênero, coisas que foram vistas pela turma do Dzsé-Ti na sua choupana original, tá certo, mas não parece que essas coisas foram deixadas na choupana, só estou perguntando, perguntou a si mesmo, para que elas pudessem ser identificadas depois como os objetos pessoais no buraco, depois que ele botou fogo em tudo e em si mesmo?, por que ele deixou dinheiro lá, numa caixa de plástico, será que não foi porque sabia que não queimaria demais e poderia ser identificado depois, mais ainda, se alguém deixa tanta grana em algum lugar, então todo mundo vai pensar que realmente foi ele quem virou carvão naquela latrina, tá legal, seguiu num ritmo lento ao longo do parque, os outros atrás dele, isso tudo é uma reflexão meio sinuosa, reconheço, mas eu só estou perguntando, disse para si mesmo, só estou levantando questões, afinal de contas, o que posso fazer, rejeitar perguntas como estas, por exemplo, porque é realmente muito ardiloso, muito diabólico, essa nem eu teria conseguido imaginar, porque ninguém pensa assim, não quem está sendo perseguido por um bando como o deles, com o apoio da polícia, um cara desses nem pensaria, ninguém tem tanto tutano como aquele rato teve, pois isso ele reconhece, que o rato teve tutano, pois reconhece, sinceramente, que se tudo aconteceu do jeito que o Comissário imagina, que ele estava escondido a menos de uma cusparada de distância durante a perseguição, isso indica que ele tem muito tutano, reconhece, pois nisso nem ele pensou de verdade, isto é, de forma nenhuma, que ele voltaria ao local onde a cena do crime estava isolada, isto é, que não muito longe dali mandaria cavar uma fossa para si mesmo, e se esconderia ali, só que de novo tem alguma coisa ali, um detalhe, e no poço da Prekup fez a curva para entrar no caminho do castelo, de novo um detalhe, mesmo assim, como aquele bosta insignificante imaginou que, se ele fizesse aquele buraco e se escondesse deles, por quanto tempo conseguiria ficar lá, por quanto tempo, e quando já não pudesse, então o que faria, o que aconteceria então, mais uma vez essa é só uma pergunta, ele não está objetivando nada, continuou suas reflexões, só está propondo questões, e espera que sua mente lhe responda, depois, e esse depois, do jeito que imaginou, pois não podia acreditar que a coisa seria simples, e que eles esqueceriam tudo, e ele poderia simplesmente sair de cena, ele não poderia ter pensado nisso seriamente, para isso teria que ter alguma visão sobre quem eles eram e do que eram capazes, e depois, quando ele se deu conta de que daquele buraco de ratazanas não haveria escapatória, que o melhor seria que ele mesmo desse um fim nele mesmo, porque o que ele usou para botar fogo, isso não o interessava, pois era claro que qualquer coisa que fosse só poderia ter conseguido na Romênia, poderia ter feito o percurso com um caminhão durante uma noite, se tinha dinheiro suficiente para pagar os guardas da fronteira, e digamos, disse, que ele tinha, mas tanto faz, em todo caso continuou, parar com isso não é possível, mesmo que não tenha muito mais para fazer por enquanto do que esperar que o frentista do posto de gasolina retorne de sua viagem a Sarkadkereszt, para onde ele foi, aparentemente visitar alguns parentes, cutucou a própria barba, quando voltar, vai dar um jeito nele, pois se alguém sabe alguma coisa é esse frentista, ele vai saber de onde veio aquele óleo diesel, e como veio, por que de onde seria o caminhão se não dele, é claro que era dele, e é claro que de alguma fonte romena, mas isso não é uma questão, pensou, isso não tem relevância, porque a partir daí já não conseguia pensar, pois se tanto fazia então o que é que não tanto faz, pois não estava mais aguentando aquela disciplina que ele mesmo se impôs, para que pudesse pensar, porque o rosto do Estrelinha apareceu na sua frente, e algumas cenas da época de sua infância, quando ainda eram pequenos, e pela primeira vez atiraram em sapos com um estilingue farpado lá no Köröszsilip, um irmão, para ele era a família, sem mencionar seus atuais irmãos do BIKER, é claro, mas o Estrelinha era diferente, eles realmente pertenciam um ao outro, estava sempre do seu lado, sempre apoiando, tirando-o dos apuros pesados, se necessário, deu-lhe um objetivo e o incutiu em sua mente, e o colocou numa Honda depenada, e aos poucos começou a resolver a vida do Estrelinha, e então aparece esse bosta, esse porco, esse alcaguete, essa ratazana, porque uma coisa dessas não passa de uma ratazana, entra na cena e simplesmente o executa, aquele de quem ele mais gostava, a raiva tomou conta dele, e deu uma acelerada funda, os outros atrás dele, assim quando passaram pelas casas da rua Nagyvárad e os moradores cautelosamente puxaram as cortinas para ver o que era aquele barulho infernal lá fora, então puderam ver que as forças locais estavam novamente passando, porque cuidavam das noites, pois a tranquilidade está nas mãos deles, eles são a garantia, pensou o líder, e conduziu o bando para aquela trilha do lado do cemitério da rua Sarkad e que levava para o Roseiral Selvagem, e derrapando aqui e ali com a roda traseira, dirigiu os outros no meio das árvores carbonizadas até onde o local dos eventos deveria ser, mas não o encontrou, pois não tinha certeza de onde ficava exatamente, já que só se lembrava da choupana original do bastardo, por isso fez sinal para o Dzsé-Ti, para que ficasse na frente e guiasse a turma, e depois já não restava mais nada além de rodear aquela cloaca dos infernos, como eles fizeram segurando suas armas com o cano apontado para baixo, e ficaram olhando o líder, que no primeiro minuto fez sinal para que ficassem em silêncio, em seguida deu sinal com os olhos, ele foi o primeiro a apertar o gatilho, os outros só seguiram seu movimento, e então começaram, mas não tiraram o dedo do gatilho, só ficaram atirando na porcaria daquele buraco, atiraram e atiraram, até que não houvesse mais balas, pois queriam estraçalhar o desgraçado, e estraçalharam mesmo, porque achavam que depois que os policiais examinaram tudo certamente devia ter ficado pelo menos um punhado de cinzas para trás, e foi isso que eles estraçalharam terrivelmente, ele só focou no bastardo, ficou vendo aquela ratazana na cloaca, encurvando-se como um feto, deitado ali, e apontava sua arma bem no alvo, bem na cabeça, e ficou atirando sem parar, atirando e atirando, até ele também ficar sem munição.

Quando comecei, disse para alguém na pequena sala de espera da estação de Bicere, tinha que pensar durante duas horas por dia, para que não precisasse ficar pensando o dia inteiro, já que ficar o dia inteiro pensando consome o meu organismo, é um vício que não leva a lugar algum, porque um vício não leva a lugar nenhum por sua própria natureza, de modo que não paro, e está tudo bem assim, visto que o que ainda necessito em termos de função cerebral, para isso ainda sou capaz, de modo que mesmo condições extraordinárias não podem me impedir de continuar os exercícios de liberação de pensamentos e como a condensação para duas horas por dia funcionou, ou seja, está indo muito bem, e já que há meses nem me ocorre pensar em outro horário que não seja entre três e cinco da tarde, e como daqui a dez segundos será três, em vão essa indubitável exaustão que sofro, devo começar hoje também, pois podemos falar sobre Cantor, e devemos falar sobre ele, pois ele é o foco do problema, por assim dizer, disse para aquele alguém na sala de espera vazia, como ele já foi um dia, em vão se esqueceram dele, pois o que surgiu novamente com Cantor, e para o que Cantor deu suas próprias respostas, significa algo como tudo girando em loop novamente, igual como esse infeliz cometa Halley previsto por Pétervári, retornamos para o mesmo lugar de onde já partirmos tantas vezes, e para onde também já retornamos tantas vezes, mas resposta como essa foi ele quem deu primeiro, já que estava intensamente influenciado por esse messianismo, e não poderia haver a mínima dúvida de que ele acreditava tão profundamente em um Ser monoteísta, como só poderia ter surgido, e de fato surgiu, de um ardor pelo Tanach, profundamente compartilhada com o seu próprio, Cantor, saboreava a palavra, pois onde ele errou, naturalmente nas raízes do Tanach, é claro, já que o problema está sempre na raiz, ou pelo menos é bem provável que quase sempre ele parte de lá, e se expande para todas as direções, uma vez que ele não presumiu que não havia infinito, ele sabia ab ovo, desde o princípio, que havia, e só sentiu uma vocação, ou talvez se sentiu chamado para tal missão, para criar, à sua maneira, uma nomeada base científica para essa crença, que estava profundamente arraigada nele, pois não estava satisfeito com aquilo que havia acontecido até então com relação a essa temática, pobre Cantor, esse gênio esquisito, em que a genialidade e o charlatanismo poderiam conduzir a exatamente o mesmo lugar, que ele estava doente com a fé, porque é sempre a mesma coisa, sempre chegamos no mesmo lugar, porque não é verdade que No Início era Assim e Assado, porque deveria estar lá, que No Início era FÉ, e a MATEMÁTICA, explicava para alguém, e não havia aquecimento na pequena sala de espera da estação de Bicere, pois ali ninguém ficava esperando por trem, embora há alguns anos, restabeleceram, pelo menos oficialmente, aqueles trens de passageiros que de novo parariam em Bicere, quer dizer, de novo após duas décadas, durante as quais eles não paravam, de modo que não havia aquecimento, pois ali não havia nem mesmo um ferroviário, ou um sinaleiro, nenhum vigia, nem mesmo um passageiro, ninguém, como se não lhes interessasse o que iria acontecer caso o trem viesse, ou talvez sabiam que não viria trem algum, ou eles sabiam quando viria e por isso não estavam lá, de todo modo não aqueciam o ambiente, apesar de que havia ali na sala de espera um aquecedor de ferro, e que tal se, perguntou para aquele alguém na sala de espera vazia, que tal se procurássemos um pouco de lenha, e esfregou os membros gelados, saiu do pequeno edifício e para sua grande surpresa perto da parede dos fundos encontrou tudo de que precisava, tinha ali uma grande pilha de lenha, bem cortada e arrumada, encontrou jornal seco, fósforo ele mesmo tinha, desnecessário mencionar, de modo que rapidamente aqueceu o pequeno ambiente, só que o aquecedor fez muita fumaça, apenas por um tempinho, pois assim que o calor finalmente empurrou para fora da chaminé o que a estava obstruindo, ou o que quer que estivesse lá dentro, folhas secas talvez, sabe-se lá o que havia ali, a fumaça cessou, e ele começou a tremer, pois tremia conforme o frio saía de dentro dele, e pensou que o aparecimento do próprio pensamento lembrava assustadoramente a maneira como a gente pensa, o próprio conceito de infinito é, vejam só, que entre os muitos, mas é bem verdade, deveria ter suspeitado, e vejam só, sempre houve quem suspeitasse, mas esses nunca foram levados a sério por ninguém, e falando sinceramente nem poderiam ser levados tão a sério, porque a corrente principal era forte e lançou esses renitentes à margem, onde ficaram nadando em meio aos outros galhos descartados, com os quais ficaram enredados nos padrões da margem, na história da grande inundação da torrente de ideias, ou seja, exatamente o infinito, que verte luz sobre o funcionamento do cérebro, a maneira astuta com que ele apresenta como sendo real o que é mera abstração, portanto ele introduziu, ou utilizou muito bem, os métodos do deslocamento, na teoria dos conjuntos, por assim dizer, disse, e se afastou um pouquinho do aquecedor, e se virou, pois um de seus lados já estava literalmente queimando enquanto o outro ainda estava gelado, pois o que foi dito antes de Cantor, claro, apenas na ciência, no nosso caso, notadamente após o fim do chamado pensamento filosófico antigo, mas não na filosofia ou na lírica, lá eles só inventaram infinitos ruins e coisas assim, nããããão, estamos falando apenas sobre a história do pensamento das ciências naturais, o que, bem, até mesmo na formulação mais primitiva é possível: o infinito é parte da realidade, o infinito é real, mas em que se baseavam essas coisas, embora não demonstráveis, na percepção, embora fosse necessário perceber e pudesse ter sido, que o infinito é apenas um axioma para o problema, mas tem outro, e esse se refere à incapacidade dos seres humanos de julgarem com algum peso real que existem *dimensões*, só precisava "acreditar" na teoria, que as coisas, tal como surgem como entidades, até mesmo a palavra "en-ti-da-de!", difícil de acreditar, somente podem ocorrer no caso de quantidades finitas, mas não, não, não é isso que acontece, é a mente humana que mede as dimensões, e estamos nos referindo a dimensões muito grandes e a dimensões muito pequenas, se é que me entende, para que ele realmente tratasse as dimensões como realidade, mesmo que fossem imperceptíveis, porque do jeito que a coisa está a teoria dos conjuntos de Cantor afirma alguma coisa, e ainda por cima é bastante espirituoso, devo dizer, afirmar o fato de que não apenas o infinito existe como também existem muitos infinitos, então com essa ideia é claro que imediatamente recebeu de Berlim o que merecia, de pessoas como Kronecker, e as derivações eram tão precisamente lógicas e comprováveis quanto lógicas e comprováveis deveriam ser, com a ajuda de uma pitada do Hilbert, e, bem, aí está o pulo do gato, porque a comprovação, a conformidade necessária da experiência empírica, é o que é sagrado para o chamado pensamento científico, e com isso, é claro, para que negar, consegue-se realizar muita coisa, no entanto, nos distanciamos demasiadamente do problema, se seguirmos esse caminho, fica tão, mas tão evidente que o que estamos comprovando é que ninguém lidou com isso, quer dizer, ninguém quis encarar honestamente a comprovação como a comprovação da sua natureza profundamente problemática, ou aquele que o fez enlouquecer, ou surgiu como um diletante básico, ou pior, *transformou-se* num simples diletante, como o promissor Whitehead, que não poderia ser acusado de não ter partido do lógico, e aonde ele chegou, então, aonde, a isso era melhor não responder, observou resignadamente, porque não vale a pena gastar tempo com leis universais, com nenhuma lei universal, só vale a pena lidar com o cérebro que consegue se elevar acima de Ravasz László, para compreender como ele compreendeu, ou seja, no nosso caso agora, como ele acreditou que a realidade, e agora deve-se considerar aquilo que você entende como bom, ocorre no infinito, quando ele próprio é um ser capaz de compreender *apenas* o finito, o que dizer sobre isso, devo dizer alguma coisa mais a respeito disso, perguntou, e então novamente virou seu outro lado para o aquecedor, deixe-me apenas dizer, vamos agora retomar a questão das dimensões, e dizer que existem unicamente quantidades finitas, já que dimensões infinitas não existem, que existem unicamente quantidades finitas, que existem apenas qualidades finitas, uma vez que qualidade infinita é um nonsense, que todos os processos, eventos, ocorrências no chamado universo, tudo o que acontece é exclusivamente finito, tem um começo e tem um fim, pelo menos para uma mente como a do ser humano, é isso que acontece, e não importa em qual dos vários níveis de observabilidade estamos posicionados no momento, só existe o que está em curso, não dá para articular isso de outra forma, evidentemente essa é uma escolha de palavras arbitrária, mas todas as escolhas de palavras o são, no sentido amplo do termo, se é que existe alguma coisa, então vamos denominá-la de fluxo, então o fluxo é, de fato, simplesmente a palavra para nada, ou de fato não, melhor dizendo, a frase "não existe nada" não faz sentido, pois só pode ser denominado o que existe, mas o que existe, isso nunca existe, pois nada existe, somente aquilo que flui, e em seu fluir não existe nada além de si mesmo, e — isso é essencial — nem dentro de si mesmo!!! —, por isso não temos sucesso quando queremos resultados em experimentos, é por isso que estamos sempre percorrendo becos sem saída, e não porque tenhamos perdido a direção correta da pesquisa, já que não existe uma direção certa, mas isso já foi falado, e por isso podemos dizer, melhor dizendo, por isso podemos *unicamente* dizer que, sim, já que somente o SIM existe, ele porém não é extensível, a extensão é um processo mental, eu diria mais uma vez, pois não paro de repetir isso mais uma vez e de novo, e afinal, como talvez já tenha sido notado, gosto de repetições, porque a repetição entorpece, e o entorpecimento é muito necessário para que a intuição se manifeste, ou para o seu surgimento, dê-lhe o nome que quiser, tanto faz, deixemos isso de lado, fez um aceno para aquele alguém, portanto estamos simplesmente diante de um processo que, se seguirmos pelo caminho autorizado por ele, levará imediatamente a um resultado, mas esse resultado é deplorável, e desde o princípio do início levou ao que levou, ou seja, a essa Grande Suposição e a essa Grande Tribo da Humanidade, que tem, que existe, que expulsa, que não exista tal elemento da realidade que esteja fora da realidade, que não exista além dela, por assim dizer, acima dela, de novo isso, a questão espacial junto com os muitos erros quantitativos, de modo que no Princípio do Início já existe Deus e o divino, e toda essa BAGUNÇADOSDIABOS, essa é a única fatalidade, é a única verdade, esse é o único, um vírus que leva toda a humanidade a uma doença incurável da qual realmente, de verdade, nunca podemos nos livrar, em vão o esforço para aniquilar o pensamento, a atenção constante, assombrosa e intensa com a qual estamos constantemente nos impedindo de chegar a algum lugar com o pensamento, nunca, nem por um segundo, a mente conseguiu se libertar disso, pois não vale a pena nem falar sobre aquelas épocas em que ela surgiu pela primeira vez, mas principalmente não dessa chamada modernidade, que alguns dizem reside no conhecimento sem fé, na obviedade da existência sem Deus, e assim por diante, que, embora triunfante, embora avassaladora, embora vitoriosa, no fundo essa época foi uma história vergonhosa, não uma libertação, os ateus mais uma vez chegaram a algum lugar, e isso é lamentável, pois eles nunca haviam chegado a lugar nenhum porque tinham medo da coragem, pois foi isso que sempre faltou aos ateus, a coragem, para seguir adiante e avaliar o que eles inventaram *com* essa história da inexistência de Deus, foram acusados, e talvez até hoje ainda sejam acusados, de falta de coerência, pois então, não, eu digo o que faltou, pois foi a coragem, todo ateu era covarde e continuou sendo covarde, de modo que até agora não surgiram os verdadeiros ateus, mas ainda podem aparecer, é claro, em todo caso, esses mendigos deploráveis, esses ateus de ontem e de hoje, eles proferiram a grande frase e imediatamente deixaram se enganar pelo que haviam dito, sem necessidade, pois não perceberam quão significativo, quão incrivelmente importante era o que haviam descoberto, portanto, não vale a pena gastar tempo com eles, fez um aceno na sala de espera, porque o problema com eles começou quando nem mesmo os mais inteligentes sabiam o que fazer com a intuição elementar, quando você acha algo, quando percebe algo, você ainda nem tem palavras para a coisa, nem os conceitos são adequados para usá-la, mas você a encontrou, está aí na sua mão, você a agarra compulsivamente, tem medo que escorra, então é claro que escorre, até que abra a mão, para espiar, já não está em nenhum lugar, é isso que acontece, é assim que funciona, mas, se não tivessem aberto aquela mão, teriam consciência da existência da semente daquele problema naquela mão, se me perdoa a expressão esdrúxula, lá eles poderiam saber e compreender a totalidade da coisa, acrescentou, porque não, nem pensar, mas vamos deixar a negaçãodaexistênciadedeus, é simplesmente a cela dos condenados à morte, surge da ira, do orgulho, do vislumbre da grandiosidade, e a inveja dessa grandiosidade se esconde atrás dela, é ridículo, mesmo vendo com clareza, pois mesmo o próprio desejo de ver claramente, esse desejo é munido inteiramente por um mal-entendido, pois, o que faríamos com a nossa tarefa com relação ao desejo de ver claramente, o quê?, eu digo, é perceber quão interessante é estar errado, que erro extremamente interessante é querer ver com clareza, pois se pudéssemos ver com clareza em qualquer tipo de questão, seja com relação ao infinito ou com relação à questão da transcendência, já que essas não são questões, são a verdadeira irrealidade, e que delas se ocupem a psicologia e a neopsicologia, apesar de que seria melhor que essas duas sumissem de vez, como obras superficiais da estupidez humana, com as quais de qualquer forma temos de lidar aqui, portanto com Cantor e seu Deus, porque se nos ocuparmos com isso estaremos pelo menos nos ocupando com *alguma coisa*, porque estamos lidando com o medo, e por isso, por termos que nos ocupar com isso, se Cantor e seu Deus são temas interessantes, e são interessantes, também é necessário direcionar a atenção para esse tema, neste momento, pois o medo determina a existência humana em sua totalidade, e pode-se dizer que isso não passa de uma emoção que podemos controlar com facilidade, bem, não exatamente, não controlamos nem com facilidade nem com dificuldade, pois o medo é uma questão fulcral do nosso questionamento, para Cantor e para o Deus dele, torna-se, pois, inevitável descobrir o que é aquilo que não é tão difícil, já que nossa única tarefa é observar, de forma abrangente, todos os domínios do medo, e o que isso significa, é claro, que examinemos o medo e suas consequências de todos os ângulos, e com isso quero dizer observar o ser humano, não, vou falar de outra coisa, veja por exemplo que absolutamente todos os seres vivos do planeta Terra, mas isso também não serve, vou dar outro exemplo, observe que tudo o que existe na Terra, sejam seres humanos da esquerda ou da direita, ou pertençam ao mundo animado ou inanimado, e verá que o medo é a emoção mais profunda que pode existir no mundo animado e inanimado, nada mais além do medo, nenhuma força é tão assustadoramente grande, pois afora ele, nenhuma outra coisa consegue determinar nada no universo dos seres animados e inanimados, somente é possível derivar do medo, todavia dizer que isto ou aquilo pode ser atribuído ao medo, isso é impossível, por esse motivo não vamos continuar lidando com esse assunto aqui, senão dizemos, chega de subterfúgios travessos, vamos concentrar nossa atenção no medo, e então chegamos ao ponto em que o medo se configura como a essência da existência, quase me precipito, eu havia lhe dito que não iríamos mais falar de existência, unicamente que ela é comandada pelo medo, porque József Attila, e é bom você gravar bem esse nome na sua memória, de uma maneira bem curiosa, encontrou uma expressão, para a qual praticamente é indiferente, será que ele refletiu sobre a enorme área que iluminou com esta fórmula, em qualquer caso, sua mente brilhante cometeu um erro, porque o medo de que não haverá existência, e essa não existência será sempre em um caso específico, esse é o poder mais profundo que conhecemos, mesmo que não possamos de fato trancá-lo numa caixinha bacana, para colocá-lo na cápsula que contém nosso conhecimento mais significativo e lançá-lo para Marte, se finalmente nos decidirmos a deixar este planeta, que não merecemos de forma nenhuma, embora quem sabe o que está me motivando, bem, aqui estamos nós novamente, de volta ao medo, pois sobre isso deveriam ser escritos livros imensos, novas bíblias, novos testamentos, mas ninguém escreveu ainda, aparece alguma coisa aqui e ali, de forma aleatória, como em geral acontece com ideias que marcam época, mas essas grandes obras fundamentais, um novo *Princípios matemáticos da filosofia natural*, uma nova *Divina comédia*, e assim por diante, sinto muita falta, pois precisamos estranhar sua falta, já que não é apenas irresponsabilidade passar este conceito para a psicologia, o que, como já deve ter ficado claro para você pelas minhas palavras, detesto profundamente, mas é um erro, mas tal, que de fato o é, uma negligência que desvia da essência, pense nisso, o que significa que o medo, se o considerarmos um poder criativo, um centro gerador de poder de onde os deuses emanam, finalmente o próprio Deus, e, sim, o Deus de Cantor também, pois o medo da extinção da existência é uma força tão imensa que não podemos nem mensurar, pois não temos e nunca teremos um instrumento com o qual sejamos capazes de demonstrar um poder tão assombroso, ele, o medo da não existência impede que a não existência exista, o medo possibilita que tudo o que surge da não existência permaneça na existência, você pergunta por que é possível que os deuses e também Deus tenham aparecido em todas as culturas, até mesmo nas quais nunca poderiam se encontrar, pois ou o espaço ou o tempo tornaram isso impossível, então, o que será, o que você acha, então, evidentemente o medo coletivo, porque manteve cativos todos os seres de todas as culturas, e digo mais, não somente os seres humanos, todos os animais também, você já viu animal com medo, não?, e digo mais, esperando não ser acusado de esotérico confuso, está presente também na existência inorgânica, evidentemente eu não lhe daria essa denominação, se pudesse, mas não posso, talvez com alguma outra palavra, tanto faz, isso agora não faz diferença, o essencial aqui é que o medo é a Lei Fundamental, o medo é a base da Constituição da Existência, ou seja, vamos retomar tudo de novo, proponho isto, já que, o que dissermos agora, aliás, o que é significativamente mais importante do que o que pensarmos agora, o que sentirmos em meio ao nosso pensamento, requer uma confirmação cada vez maior do que já dissemos sobre o medo, quer dizer, pensamos com mais precisão, aliás, com mais precisão ainda do que sentimos, e o que isso seria, você pergunta, e pergunta com razão, porque para isso, antes de mais nada, precisamos esclarecer que naquele conceito auxiliar da realidade ou da existência temos que ver somente acontecimentos e nada mais, já que é fácil constatar que o mundo é uma mera confusão de eventos, uma confusão de bilhões e bilhões de acontecimentos, e nada é fixo, nada é limitado, nada mais pode ser compreendido, tudo que queremos agarrar escapa, pois não temos tempo, e isso também deve ser entendido desse modo, que não existe tempo para agarrar alguma coisa, já que essa coisa constantemente escapa, essa é sua função, pois não passam de acontecimentos, apenas bilhões de acontecimentos, são eles que existem, e também não existem, vamos supor o chamado horizonte de eventos, e nesse horizonte, como já dissemos, só existem acontecimentos, que desaparecem no mesmo momento irreal em que apareceram, acontecimentos no horizonte dos acontecimentos, é isso que existe, e isso não é abstração, finalmente temos algo, mas que não é, mas é tanto não, que é a única coisa cuja existência podemos realmente afirmar antes de descartá-la, peço-lhe, mas peço de fato, pense no universo e então verá como é esse universo em que eventos acontecem numa louca sucessão e coincidem entre si, os acontecimentos acontecem de qualquer maneira, essa é a expressão correta, e um é a causa do outro, mas que tipo de causa é essa que não desencadeia o outro acontecimento por sua natureza intrínseca, mas porque *aconteceu* daquela maneira, pois qual evento desencadeia qual outro evento, isso depende profundamente da casualidade, e teremos que lidar com isso novamente em mais detalhes, isto é, essa casualidade nada mais é do que a existência necessária para que essa condição exista, mas voltando ao horizonte dos eventos e os eventos são inconcebivelmente numerosos, mas peloamordosantodeus, não são infinitos, apenas um conjunto incompreensivelmente *grande*, e aqui temos que afirmar que, ao sermos nós mesmos parte do universo, uma grande volta aqui, nós também somos um conjunto de acontecimentos, em que a nossa permanência ligeiramente variável ou a nossa sustentabilidade temporária não pode ser atribuída a outra coisa senão ao fato de que os próprios eventos também são capazes de criar eventos semelhantes, aliás, da mesma forma a replicação, quando for o caso, que deve existir se necessário, espero que você não entenda mal esse se necessário, realmente espero, pois agora vem uma parte difícil, isto é, se refletirmos sobre nós mesmos, na mônada humana, então também poderemos expressar a incerteza da nossa convicção sobre a questão de que o medo em nós e a alegria da vida em nós, isto é, que esses dois *são a mesma coisa*, que são os dois lados da mesma moeda, porque somos uma tal rede de acontecimentos que quer manter uma, aquela permanência, que chamaríamos de momentânea se houvesse um momento, que, porém, não existe, porque nada acontece no tempo, o tempo, novamente, é apenas um conceito auxiliar que vivenciamos como realidade, tá bem, tanto faz, de modo que um conjunto incontável de eventos é realmente um conjunto, se olharmos para ele daqui, da nossa perspectiva, e estamos de fato olhando a partir daqui, que outro lugar poderia ser, que não de onde o semelhante ama o semelhante, deseja-o, é louco por ele, por suas feições, não é o dissemelhante, mas é pelo semelhante que enlouquecemos nesta semelhança de eventos, e o que resulta disso é que novamente temos que nos engajar naquela discussão em que quem manda é o medo, mas não é só nisso que ele manda, aqui se trata de algo bem mais básico, de uma questão muito mais impactante, e é aí que quero chegar agora com você, para que entenda que o medo nesse sistema, que não é naturalmente o medo, mas, sim, o caos, que também contém aqueles tipos de elementos que agora chamamos de acontecimentos, horizontes e assim por diante, portanto o medo é verdadeiramente uma força atroz, e é isso que está profundamente encrustado em nós, num lugar onde a profundidade é demasiada para que um dia possamos realmente entender quão profunda é, bem, tanto faz, pois o que quero dizer para você, que a cultura surge devido ao tremendo poder do medo, talvez isso não seja novidade para você à luz do que foi dito anteriormente, com base no que você precisa entender que o berço da cultura não é o vale do Rio Amarelo, nem o Egito ou a Mesopotâmia, e não é Creta e nem as antigas cidades-Estados gregas nem a Terra Santa, e assim por diante, mas o medo, e isso é tão importante que estou disposto a repetir, estou brincando, pois o tempo todo estou repetindo alguma coisa, portanto, todas as culturas são geradas pelo medo, e a ordem das ideias surge a partir dele, se é que você me entende, mas deixe-me relembrá-lo da alegria de viver, pois espero que não se surpreenda se eu disser que estamos falando da mesma e uma coisa só, se você pronunciar medo, ou se disser alegria de viver, mas é claro que eu não saberia dizer qual seria a palavra da qual medo e alegria de viver derivam, cada um, um dos dois lados, mas não vou me aventurar nesse objetivo porque, e agora estou brincando de novo, não quero formular isso de maneira imprecisa, porque sinto que estou chegando perto disso, então, rogo-lhe, voltemos nossa atenção ao valor de Cantor, e o Deus de Cantor também vale a pena ser examinado, porque, então, como dissemos, pelo menos estamos lidando com algo e como, bem, como negamos, isto é, afirmamos a negação desse Deus, e destruímos questões, ou seja, nos esforçamos para tentar o impossível que é eliminar as próprias questões, porque perguntas são aquelas cujas respostas permitem um leque limitado de opções, e nesse sentido não precisamos de perguntas para podermos dar continuidade à grande extinção, que, claro, não é outra coisa senão o resultado de atenção continuada, temos que aceitar, afirmou no minúsculo prédio da estação de Bicere, pois estamos convencidos de que em um universo finito não existe nenhum tipo de deus, ou Deus, de modo que, se eu digo que estamos vivendo em um mundo sem Deus, e com isso me coloco numa situação arriscada, mas de outra forma não consigo partir do ponto em que, avaliando bem a situação arriscada, eu possa afirmar no final que, na realidade, *nenhum tipo* de Deus existe, qualquer que seja nosso entendimento sobre a realidade, em que, claro, para nós, mentes pensantes, o mais terrível será se compreendermos que isso também significa que tudo, toda a cultura humana, foi construída sobre fundamentos falsos, obras-primas foram elaboradas, desde os princípios de Newton até as epopeias de Homero, passando pela *Divina comédia*, desde a Atenas de Fídias até os anjos de Fra Angelico e a base da teoria geral da relatividade, desde o Cânone Pāli, passando pela Bíblia até o Universo Criado como o conhecemos, e não vou continuar, pois estou deixando Bach de fora, estou deixando Zeami Motokiyo de fora, e Heráclito e os inúmeros gênios da engenharia, e que lista é essa em que eles não estão, mas isso não é o mais relevante, porém que um colapso imenso acontecerá, meu deus do céu, balançou a cabeça, sorrindo ao lado do aquecedor, quando entendermos, quando realmente entendermos que toda a cultura humana é falsa em seus fundamentos, mas como tudo isso parece desolador se visto desta forma, abaixou a cabeça, porque pelo menos isso é preciso admitir, que tudo o que for capaz de nos entusiasmar e que toda a criação inimitável da criativa mente humana repousa sobre uma imaginação e surgiu a partir dela, isto é, que tal realização decerto tem um poder bastante destrutivo, segundo o qual esse conhecimento que recebemos daquele Deus definitivamente não existe, é igualmente desagradável, talvez diretamente devastador, quando estamos tão condicionados de que existe, então, mesmo que o neguemos, ainda assim existe, mesmo que o afirmemos, e nós afirmamos a negação, por isso ao mesmo tempo afirmamos e negamos, por isso é triste, triste é aquele mundo que sabe com certeza que não existe Deus, e nunca existiu, e agora definitivamente parece que *nunca haverá*, é de fato horrivelmente triste, colocou mais um ou dois pedaços de madeira no fogo e de novo se sentou no banco na minúscula sala de espera da estação de Bicere, e olhou nos olhos úmidos de amor daquele alguém, um par de olhos, escondidos dentro de uma bola de pelos, e lá do outro lado da bola também havia um rabo, que agora era abanado com entusiasmo, talvez nem exista nada mais triste que isso reservado para nós, Pirralho, acho eu. Olhou para seu relógio. Cinco e um. Pode ser que hoje já não passe nenhum trem por aqui.

HMMM

Cuidado, se vier o…

O que não entendo não é por que temos que morrer, mas por que temos que viver, o barão Béla Wenckheim se perguntava, e virou a cabeça na direção da janela, mas não queria olhar para fora, simplesmente não queria ver nada, e esse era seu jeito, apesar de que da cidade nem poderia ter visto muita coisa, pois lá fora estava tudo cinza, e a janela do lado dele também estava toda embaçada, perguntaram-lhe se ele queria ver o ginásio e o poço do Lenon, ao que ele fez um sinal negativo com a cabeça, se queria ver a casa de seus pais, outro sinal negativo com a cabeça, se queria ser levado para Szabadgyíkos para ver o castelo Krisztina, onde agora funcionava uma escola de formação industrial que fora razoavelmente reformada, não, gesticulou o barão do banco de trás, ou talvez as celebrações divertidas, por exemplo no Budrio, ou no Clube dos Aposentados, mas o barão voltou a dizer que não, não queria nada, mas então, sr. Barão, o prefeito insistiu, o encontro com o presidente da câmara municipal o senhor não vai querer cancelar, ao que o barão mudo fez um sinal com a cabeça que sim, que queria cancelar, mas, então, o prefeito olhou para ele espantado, e as negociações, pois o senhor sabe que o representante do governo viria aqui, porque ele está agindo nesse caso, cuja essência é que o governo, sr. Barão, o próprio governo húngaro!, quer firmar uma parceria estratégica com a sua pessoa, e ele está sondando o terreno, não, não, acenou o barão, sentado no carro, cabisbaixo, enquanto o prefeito, desesperado, falava sem parar, cada vez mais incoerente, do jeito que as coisas vinham na sua cabeça, porque não entendia nada, não entendia o que havia acontecido, ou o que deveria ter acontecido, não entendia o que deixara o barão tão insatisfeito, o que o teria feito mergulhar numa depressão "tão profunda", ele já não entendia nada, apesar de ter se dedicado tanto, mas não queria, porque não aguentava, porque não poderia desistir, não poderia se deixar abater por essa "mudança repentina de humor" do barão e que ele simplesmente anulasse tudo enquanto ainda estavam no ar as celebrações organizadas em seu nome, e as duas TVs locais transmitem *Evita* todas as noites, por favor, ouviu-se de repente a voz do barão, mas falava tão baixinho que ele teve que se inclinar para trás no espaço entre os dois bancos, por favor, murmurou o nobre benfeitor da cidade, como todos os jornais, rádios e televisões o chamavam agora, leve-me de volta ao hotel, diante do que ele não poderia fazer nada além de pedir ao motorista que voltasse para o hotel, e o levaram de volta, e o barão, sem pronunciar palavra, subiu para o andar dos quartos, e trancou a porta atrás de si, e não dirigiu a palavra nem para o Dante, que, cochilando numa das poltronas, esperava o retorno dele, para poderem finalmente começar as já inadiáveis negociações, ademais não tinha nem certeza de que o barão ao menos percebeu sua presença ali no quarto, de modo que esfregou os olhos, esticou as pernas e saiu da sala, foi até o lavabo "tirar água do joelho", e o barão entrou no quarto e se sentou na cama, mas de modo nenhum parecia alguém que não tinha percebido a presença do Dante, ou que mais cedo não tivesse entendido as perguntas que lhe foram feitas no carro, suas feições estavam claras, sentado na cama, costas eretas, mas cabisbaixo, pois olhava seus sapatos quando Dante fez mais uma tentativa, e deu uma espiada pela porta para perguntar se ele iria chorar de novo, não, o barão respondeu atencioso, acho que não, na verdade, ele acha que nunca mais vai chorar, de forma que Dante poderia ficar sossegado, e acenou para ele com a cabeça, um aceno que continha tanto uma instrução como um pedido para que ele o deixasse naquele momento, deixasse-o em paz, porque tinha coisa para fazer, o que fez com que Dante sumisse da porta, e ele novamente abaixou a cabeça, gostava de ficar sentado daquele jeito, muitas vezes ficava assim por horas, ainda em Buenos Aires, só sentado na beira da cama, essas eram suas pacíficas ilhas de tranquilidade, podia ficar sentado na cama, as luzes já tinham sido desligadas, ou ele mesmo poderia desligá-las, dependia se estava livre ou se tinha que estar no La Borda, nesses momentos se sentia totalmente livre de obrigações, as preocupações, até os pensamentos o deixavam livre, e esse final de tarde tinha somente essa diferença daqueles finais de tarde, que agora tinha pensamentos na cabeça, mas lembranças não havia nenhuma, nem dos últimos dias, e principalmente nada, absolutamente nada, da manhã do dia anterior, essas de alguma forma se apagaram de sua mente, apesar de ter ficado alguma coisa ali, e ele queria ficar só com aquilo, algo sobre a morte, mais precisamente sobre a vida, ou seja, se ele entende que acabou, e que a despedida do mundo de onde se originou não teve sucesso, pois esse mundo não estava em seu devido lugar, parecia estar no lugar, mas não, só dava essa aparência, como se tudo estivesse no lugar, ou seja, continuou, e sentia cada vez mais definitivamente que estava no caminho certo ao pensar daquela maneira, não restou nada daquele mundo que existia ali, apesar de que poderia ver as coisas do lado engraçado, se pudesse ver qualquer coisa engraçada, que no lugar da estação existe de fato uma estação, que no lugar da avenida principal que leva o nome de seus antepassados realmente tem uma avenida, no lugar da fortificação tem uma fortificação, no lugar do castelo tem um castelo, e poderia continuar a listar, só que esses não são os mesmos, não é a mesma estação, a mesma avenida, o mesmo hospital, a mesma fortificação e o mesmo castelo, só estão exatamente no mesmo lugar onde ficavam os antigos, não, são novos, outros, estranhos, que, agora que ele se deu conta do engano, deixam-no totalmente indiferente, e isso é compreensível por si só, concluiu sem qualquer comoção em particular, pois o que ele teria a ver com essas estações, avenidas, hospitais, fortificações e castelos, uma vez que não são aqueles no lugar de quem estão, de modo que não tinha problema algum com isso, existe um deserto no lugar da cidade que um dia deixou ali, está bem, e ele não tem nada a fazer nesse deserto, isso também está bem, de modo que nas últimas horas, quando aquele homem baixinho de aparência nervosa circulou com ele pela cidade, ora oferecendo uma coisa para ele, ora outra, nem viu o que tinha sido apontado, porque só viu os lugares gélidos de tudo o que um dia *já esteve lá*, mas agora *não estava mais*, por exemplo a estação, como a avenida, como o hospital, como a fortificação e o castelo, ora, ora, pensou, e em tudo isso só viu algum sinal da dádiva celestial, não a perda, porque quando será, quando poderia tê-lo perdido, como dizem, e na cama o barão sorriu, o que talvez nem fosse verdade, talvez nem fosse, abaixou--se na direção do seu sapato esquerdo e desamarrou o cadarço que havia afrouxado, e amarrou-o novamente, e agora observava como foram inteligentes ao fazer com que o laço da amarração caísse para um lado, o outro laço para o outro lado, achou bonito o sapato que ele tinha acabado de amarrar daquele jeito, então desamarrou também o cadarço do outro pé para que o laço ficasse igual, e ali também ficou muito bacana, então ficou olhando os dois sapatos lindos com laços belamente amarrados e simétricos, e uma nova sensação de calma tomou conta dele, em seguida chamou o Dante, que estava na sala, e lhe pediu que, se suas outras funções não o impedissem de fazê-lo, que lhe fizesse o favor de levá-lo incógnito na Floresta da Cidade, para um passeio de uns quinze a vinte minutos, não lhe tomaria muito tempo, assegurou para Dante, e este, já que as coisas finalmente pareciam sair daquele marasmo, demonstrou grande entusiasmo, sorriu para o barão e apenas lhe disse, enquanto o outro estava vestindo seu casaco no hall de entrada, "será um grande prazer", vai levá--lo aonde ele quiser, e talvez durante o caminho poderiam acertar, disse para ele já na escadaria de trás do hotel, por onde se esgueiraram, o que já não é mais possível postergar.

Você andou bebendo, disse o chefe da estação ao telefone, e o chefe da equipe de manutenção reuniu todas as suas forças para conseguir responder que não poderia ter bebido, chefe, pois eu sei que você andou bebendo, repetiu este, do outro lado da linha, num tom de voz que deixava clara a sua decepção por ele ser assim, esperava muito mais dele, as coisas não são bem assim, o chefe da manutenção continuava contestando, estou de serviço e nessas ocasiões eu não bebo nem um gole, mas ouço na sua voz, você está dizendo cada palavra separada e eu o conheço muito bem, você sempre faz isso quando bebe, tenta pronunciar cada palavra separada, e agora também está fazendo isso, não preciso nem vê-lo pessoalmente, para mim basta ouvi-lo, conforme tenta pronunciar suas palavras em separado, portanto, sei, ouço que está tentando forçar, não me venha com esse papo-furado, chateado, o chefe controlou o tom de voz, mas se estou dizendo que eu, quando de serviço, não tomo uma gota, nem agora nem nunca, tentou reverter o rumo da situação, uma situação que não prometia nada de bom, e afastou o fone de si, por um instante cobriu o microfone e chamou a atenção dos outros, que queria silêncio, senão vai dar merda, se o barulho da zoeira deles entrar no telefone, mas eles não deram a mínima, continuaram a zoar na oficina de manutenção, porque o velho Halics Júnior, como os colegas o chamavam, estava ainda mais bêbado que os outros, e lhes comunicou que, se quisessem, agora lhes mostraria quem ele era de fato, e na barulheira da concordância forçou passagem para se colocar no meio do grupo, que, verdade, não foi tão fácil de primeira, porque os outros também já estavam muito bêbados por causa do vinho, e levou tempo para descobrirem se conseguiriam manter o equilíbrio, ainda por cima juntos, mas eles se agarraram uns nos outros, e conseguiram, por isso o circo com o velho Halics Júnior poderia começar, a custo, conseguiram formar um círculo, e o Halics Júnior se colocou ali no meio, mas só ficou parado, cambaleante, sem se mover, ergueu e depois abriu os dois braços, como quem vai sair voando do alto de alguma montanha, como se estivesse à beira de algum tremendo precipício, de tirar o fôlego, os braços abertos e prestes a saltar e a voar, mas não se mexeu, como quem está esperando ter atenção total, pois só está disposto a demonstrar se tiver atenção total, e com essa espera ele demonstrou quem era o verdadeiro Halics, aos poucos os outros foram sacando que se quisessem tirar algum proveito dessa bagunça tinham que sossegar, então começaram a fazer psiu uns para os outros, silêncio, gente, silêncio, pois o velho Halics agora vai demonstrar, assim aos poucos eles foram se acalmando, mas, para a grande surpresa de todos, Halics Júnior não saiu voando daquele pico da montanha, porém fechou os olhos, e então, ao ritmo de uma música feroz que só ele conseguia ouvir, de repente, saiu de sua imobilidade anterior numa velocidade muito alta, deu quatro passos à frente e estancou, com as mãos ainda na posição de voo, ao que os colegas reagiram com grande apreço, mas então, de repente, ele deu meia-volta, jogou a cabeça para cima, como quem, mesmo com os olhos fechados, estivesse olhando para cima, mas não para o alto, mas para dentro de si mesmo, e começou a dar quatro passos para trás sem se virar, e isso já foi muito para ele, o vinho o sufocou, para que conseguisse realizar um desafio tão arriscado, quase acrobático, de dar os mesmos quatro passos que havia dado para a frente, agora para trás, isso já não deu certo, assim, no segundo passo, ele começou a inclinar, ou seja, saiu do ritmo, e já sob sua nefasta pressão deu um passo para o lado para apoiar esse corpo que estava prestes a cair, mas na ausência de qualquer obstáculo infelizmente o corpo continuou caindo, por isso teve que apoiar o corpo com mais um passo e seus olhos ainda estavam fechados, recusava-se a abri-los porque tentava de tudo para aquele corpo não desmoronar, pois ainda não sentia dentro de si aquela vontade clara de mantê-lo com mais apoio, o que infelizmente não foi possível, foi quando ele começou a fragmentar a coisa, ou seja, numa sucessão incrivelmente rápida começou a fazer movimentos de apoio num ritmo cada vez mais acelerado, mas todo o esforço foi em vão, pois em vão aquelas pernas multiplicaram os movimentos, o corpo simplesmente cedeu, pois só se inclinava e inclinava, e o velho Halics se esparramou no assoalho como se fosse um tipo envelhecido e trêmulo de dançarino de tango, que não tem forças nem mesmo para dar seu último suspiro, assim chega aquele momento em que não há mais nada para ele, acabou, desmorona, e aqui, na oficina de manutenção, em Sarkad, foi exatamente esse momento que chegou para ele, ao que os colegas, é claro, recomeçaram a gritaria, e o encorajavam muito para que se levantasse e continuasse, pois queriam saber, afinal, quem era o verdadeiro Halics, porém em vão gritavam com a cara vermelha sobre o Halics Júnior imóvel no chão, só conseguiram entender que o chefe do grupo voltou a fazer psiu, e ele continuava tentando convencer o chefe da estação do outro lado da linha que ele, quando estava de plantão, nunca bebia, mas o outro já nem respondia no telefone pois estava decepcionado, exasperado, e depois, mesmo com decepção e exasperação, numa voz muito séria, disse que não lhe interessava em que estado eles estavam em Sarkad, eles estão escalados e naquele momento tinham que sair, tinham que sair com o Lencse, a locomotiva de inspeção, até o 1041, porque na noite anterior eles receberam um relatório de que o 1041 parece estar novamente com folga, eles têm que sair, e não estou brincando, repetiu o chefe da estação pelo telefone, sem qualquer empatia, ele não se importa com quanto cada um bebeu, todos têm que sair, pois esse é o trabalho deles e estão em horário de serviço, pois estão de plantão, prestem bem atenção nisso, portanto, no 1041, e quando voltarem quero relatório por escrito, porque evidentemente tudo terá consequências, porque ele vai iniciar uma investigação, pois não vai deixar por isso mesmo, porque sabe que ele bebeu, foi isso que o chefe da estação disse, mas ele mal conseguia ouvir o que o homem dizia, e infelizmente teve que ficar perguntando várias vezes em qual linha, onde exatamente, para que sair com o Lencse, pois os outros já estavam fazendo tanto barulho que certamente o outro ouviu tudo pelo telefone, já que eles não paravam de tentar incutir alguma vida no velho, mas foi tudo em vão, o velho Halics Júnior nem se mexeu, em vez disso começou a se encolher todo, sobre o assoalho recolheu os joelhos e assumiu a posição fetal em que ele mais gostava de dormir, então mesmo que gritassem ao mais não poder ao seu redor para que ele se levantasse naquela noite eles não iriam ficar sabendo quem era o verdadeiro Halics, pois esse Halics guardou o segredo para si mesmo e adormeceu profundamente, e por outro lado eles que fossem para o inferno com o Lencse, que o homem vá apodrecer no inferno, xingaram o chefe da estação, que num tempo horrível como aquele mandou-os sair, sempre eles, a equipe de Sarkad, por que não os de Csaba, lá é a central, por que sempre Sarkad, por que não Csaba, que o diabo o carregue, e ainda por cima para onde, é claro, justamente para o 1041, que era o que eles mais odiavam, porque esse 1041 estava sempre dando problemas, era impossível consertar. O grupo inteiro saiu meio cambaleando para o Lencse, com custo subiram na locomotiva e deram a partida, e assim que deixaram a estação para trás apagaram as luzes. Porque vamos caçar cervo, rapaziada, o líder do grupo se agarrava na barra de comando, já que foderam com a gente nesse tempo maldito, então vamos pegar algum cervo, e pronto, avisou a turma para se segurar, pois vai acelerar o máximo que der.

No lugar da ponte lá estava a ponte, e ao seu pé ele fez parar o carro, explicou ao seu acompanhante a finalidade de sua ida até lá, isto é, como já faz algum tempo que não chove, ele gostaria de dar um longo passeio, exatamente naquele local, a Floresta da Cidade, porque era o único local, o local central, das suas excursões juvenis, mas a ele, Dante, pede que volte tranquilo para a cidade e o espere no hotel, pois com certeza o trem de Sarkad ainda passa no meio da floresta e tem uma parada chamada Sanatório, onde ele vai tomar o trem para descer na cidade e de lá pega um táxi para chegar no hotel, e então, e lançou um olhar tranquilizador para ele, podem discutir o assunto que o outro acha que não vale mais a pena adiar, mas o Dante, apesar de ter gostado do que foi dito no final, por um tempo tentou forçar a coisa, argumentando que naquele momento não tinha nenhuma outra coisa para fazer, que poderia ir tranquilo, que as lembranças lhe renovem as energias, que ele ficaria ali, com prazer esperando seu retorno, mas não, o barão se manteve inflexível, que aquilo não teria sentido algum, pois o trem passa pelo meio da floresta, e, ora bolas, para que ele andaria de volta, principalmente depois de uma longa caminhada, só para retornar com o carro do Dante, não fazia sentido, disse o barão, você é um jovem muito gentil, e eu sou extremamente grato pela sua oferta, mas não, e se despediu dele, depois, quando Dante, hesitante, sentou-se no carro ao lado do taxista, ainda o chamou outra vez, pegou sua carteira e a estendeu pela janela do táxi para ele, dizendo que tem algum trocado consigo para a passagem de volta, mas que ele guardasse aquilo em segurança na sua suíte, pois ele sempre se esquece de tirar quando deixa o hotel, e tem receio de perder em algum lugar, que esse tipo de descuido facilmente resulta num azar desnecessário, de modo que a carteira foi parar no bolso interno de Dante, o táxi deu meia-volta e partiu em direção à cidade, e ele — como quem se movimenta não guiado pelas lembranças, mas pelo hábito — sem hesitação saiu da estrada, desceu pelo barranco e então, de forma deliberada, embora no seu modo errático habitual, com sua técnica de passos às vezes instáveis, começou a trilhar o caminho que levava para o interior da floresta.

Não se trata de dizer que tenha sido desnecessário, pensou, como poderia julgar isso, mas que não sabia para que serviu que tivesse existido, pois algum sentido deve ter tido até mesmo aquela vida que é minha, mas em vão se perguntava qual sentido teria, as árvores não respondiam, os arbustos não respondiam, nem a trilha lhe deu resposta, de forma que só ficou seguindo aquela trilha, escorregando aqui e ali naquele solo encharcado pela chuva, para onde o mais adequado teria sido vir com outro calçado diferente do sapato social, era evidente, mas era o que tinha para o momento, só quando estava amarrando o cadarço do sapato foi que se decidiu pelo que iria fazer, e aquela decisão foi tal que, no caso, tanto fazia se a pessoa estava de sapato social ou qualquer outro calçado, o importante seria, decidiu no quarto do hotel, e exatamente naquele instante em que terminou de amarrar o sapato, tomar a dianteira da morte, já que não pode mais ficar esperando, porque não pode mais se expor a um novo fracasso, ele não pode se dar ao luxo de, no inevitável final de sua vida, se permitir ser retido por algo inapropriado, muito menos nesta cidade que se transformou num deserto, com todos esses personagens extremamente estranhos, havia uma chance de que a sua disposição se dissipasse, e ele tinha que evitar isso a todo custo, por isso quer antecipar-se antes que aconteça, pois um barão de disposição anuviada não é senhor de si, mas ele desejava ser seu próprio senhor, foi o que decidiu, quando os vienenses, de uma forma por que jamais poderá agradecer o suficiente, no último momento lhe jogaram a corda salva-vidas, já naquele momento decidiu, que por sua própria vontade e neste lugar, que era o de sua origem, iria se despedir, isto é, iria esperar a morte aqui, porque era chegada a sua hora de fazê-lo, aguardar ali, esse era o plano, só que, bem naquele momento que amarrou o sapato, de repente teve uma visão clara, que na verdade esse novo mundo no lugar do antigo é tão original que pode surpreendê-lo a qualquer momento, e de fato o surpreendeu, pois desde que chegou aqui só teve surpresas, e as surpresas não ajudaram muito para que as coisas acontecessem tal como ele havia planejado, pois já não havia mais, e já não há mais, do que se despedir, já que chegou em um espaço falso, onde ele se tornou uma vítima estúpida de uma "realidade ilusória", clara vítima de uma realidade ilusória pela qual, naturalmente, ninguém é responsável, de qualquer forma é chegado o momento, e para esse momento, sorriu de novo, ele está totalmente pronto, pois aí está, está caminhando no mesmo lugar onde havia aquela trilha em que, durante sua juventude, passou tantas horas só consigo mesmo, já que no lugar desta floresta havia uma floresta "de fato" onde ele poderia sonhar acordado e fazer planos para o futuro, e chegava a se sentir um aventureiro, pois sozinho nunca poderia se aventurar em nenhum outro lugar, com exceção da Floresta da Cidade, ali lhe era permitido ir, com o pretexto de que o ciclismo era bom para sua musculatura magra, para seu sistema nervoso fraco e sua ossatura fraca, ninguém na família em casa contestava suas idas para a Floresta da Cidade, que teriam o melhor efeito possível para um jovem, assim ele, em troca daquele equívoco, ganhou uma floresta inteira onde poderia ficar sozinho e onde poderia desfrutar dos doces sabores da solidão, e agora pode estar novamente aqui, pode caminhar por essa trilha mais uma vez, nas últimas horas de sua vida, isso é um presente, pensou o barão com o coração pleno de gratidão, mas com tristeza percebeu que infelizmente seus olhos começaram a chorar, apesar de tudo, apesar daquilo não ser o que o fez sofrer durante sua vida adulta, para o que não havia explicação, pois as lágrimas que corriam em seu rosto nesse momento o faziam de fato por gratidão, *não por correrem apenas*, tinha certeza disso, por isso nem se desesperou achando que seus sintomas haviam voltado, não voltaram, sacudiu a cabeça, e por um minuto ficou paralisado pois viu a casa do guarda-florestal, e no lugar da casa do guarda-florestal havia uma casa de guarda-florestal, e como não queria ser visto, com cuidado deu a volta, isto é, procurou uma nova trilha pela qual pudesse fazer um grande arco ao redor da casa, mas em seguida retornou para a sua própria trilha, pois só através dela teria certeza de chegar nos trilhos, espantoso, observou para si mesmo, como tudo está no mesmo lugar, como se fosse a mesma coisa, embora nada fosse a mesma coisa, pois esta trilha serpenteia exatamente como serpenteava aquela que estava aqui, há cinquenta ou sessenta anos, espantoso, pensou, e sentiu uma gratidão ainda mais profunda pelo destino que o trouxe de volta para ali, pois lhe permitiu que chegasse até ali e terminasse exatamente na mesma trilha aquilo que havia começado, e novamente sozinho, era grato pelo sapato social que o fazia escorregar aqui e ali, mas em essência continuou e continuou, basicamente ele já havia deixado a área da casa do guarda-florestal para trás, portanto em breve deve estar chegando aos trilhos, e de fato chegou, e então virou para a esquerda e começou a caminhar entre os trilhos na direção da parada Sanatório József, isto é, na direção de Sarkad.

De repente alguém o chamou de trás, inesperadamente, pôde ouvir com clareza até a voz da pessoa, mas quando se virou não viu ninguém atrás de si, e claro que não viu por uma simples razão, pois não havia ninguém ali, já que nem poderia haver, em todo caso, o incidente, que superou de imediato, e o fez recordar uma lembrança, na qual, muitos anos antes, com a mesma voz e da mesma forma, chamaram por ele na rua, um homem grandalhão, só cerca de meia cabeça mais baixo que ele, mas de ossos largos, ombros largos, tórax forte, e assim por diante, ele estava indo para casa apressado, na cidade vazia, vindo do Casino, poderia ser entre quatro ou cinco horas, e naquele momento o grandalhão o alcançou por trás, um homem alegre, simpático e simples, no primeiro instante me assustei com ele, agora lembra com clareza conforme seguia entre os dormentes, e viu esse homem à sua esquerda, mas só por um instante, pois naquele instante parou de chofre, abriu os braços e perguntou a si mesmo, mas o que é que está acontecendo comigo, será que fiquei confuso novamente, porque que diabos é isso agora, por que eu deveria me ocupar com isso agora, pois eu de fato tenho que tomar uma decisão sobre algo sério, e não ficar perdendo tempo com lembranças, e essa era a voz sensata dentro dele, e sabia que com isso poderia retomar o caminho correto, só que aquela lembrança e dentro dela aquele homem grandalhão, de ombros largos e tórax forte, não o deixavam em paz, e caminhavam junto com ele quando partiu de novo entre os dormentes, e o que poderia dizer sobre aquilo, então que venham, lhe disse o barão, e deixou que, já que de repente foi surpreendido a partir de sua mente oca, que o quadro se iluminasse por completo, de forma que se iluminou, e viu toda a cena de novo com clareza, o jeito com que aquele homem grandalhão o alcançou, o chamou, realmente ele era muito gentil, e simples, e o susto que lhe pregou com a sua chegada repentina, por trás, numa noite mal iluminada, e se colocou do lado dele, a sua gentileza quase imediatamente fez o mal-estar se dissipar, pois não demorou nem um minuto para perceber que se preocupar com aquele homem não tinha razão de ser, pois ele não quer machucá-lo, não era um ladrão, nem um vigarista, ele está simplesmente indo para casa também, tal como você, disse, então ele pensou, na cidade inteira todo mundo já está dormindo, não tem ninguém nas ruas, transporte não tem, já estava pensando que teria que caminhar até em casa sozinho, e então o viu, espero que não se zangue, se ele se juntar, enquanto nossos caminhos forem o mesmo, e ele se juntou, e foram conversando, e essa conversa, segundo sua impressão, não foi sobre nada em especial, apesar de que mais tarde esse companheiro repentino, do meio da noite, reconheceu que num primeiro momento ele se posicionou na sua sombra, pois queria sem falta conversar com alguém com quem pudesse discutir algo que o estava atormentando muito naquele momento, e dito só entre eles um pensamento "herético ao extremo", ou seja, como é possível que, resumidamente, só a essência da coisa, "se *um* bom não é suficiente para o bem, então como é possível que *um* ruim seja suficiente para o mal", mas, acrescentou a título de explicação, agora ao lado dele, passeando junto nesta belíssima e enorme cidade silenciosa, perdeu totalmente o interesse pela coisa, por discutir essa questão tão problemática, aliás, é como se a coisa já nem tivesse tanta importância, acrescentou rindo, assim, começou a contar algumas historietas, e dali em diante a conversa deles não passou daquilo, de pequenas coisas, mesmo assim sentia que estava conversando com ele sobre o mais importante, o foco não era o assunto da conversa, mas esse bate-papo amigável e honesto, pelo fato de a própria conversa, pelo tom de sua voz, pelos temas leves, cotidianos, que se sucediam um após o outro, portanto, lembranças, ocorreu-lhe agora, bem, quer dizer que existem lembranças que de novo afloram, como se quisessem alertá-lo para não ficar se atormentando com perguntas pesadas, ou que observe bem o que está acontecendo, se aquela conversa não aconteceu de fato, aquele bate-papo leve, descontraído, mas então também lhe ocorreu que, então não, já no outro dia não lembrava mais quais teriam sido aqueles temas do cotidiano, somente que toda aquela coisa lhe proporcionou uma enorme alegria, se pensava nela novamente, talvez as folhas de grama na beira da calçada, as flores do campo, que descobriram um pouco mais tarde do que ambos gostavam, será que falaram sobre qual seria o segredo da *parrillada*, mas não lembra direito, ou sobre a razão das calçadas serem tão ruins, não lembra em qual parte escura e não lembra em que rua, pode ser, uma coisa é certa, era alguma coisa muito simples, mas um tópico talvez deveras importante, que podia estar relacionado com as flores do campo ou a *parrillada* ou as calçadas deploráveis, na verdade, nem lembra onde tinha acontecido, o barão continuou caminhando sobre os dormentes, tropeçando de vez em quando, por quais ruas passaram juntos, talvez primeiro pela avenida Brasil e depois pela avenida Nueve de Julio?, e depois pela rua Venezuela?, talvez, mas também tanto faz, o importante é que durou um tempo, aliás, como agora lembra, parece que teriam caminhado a noite toda e apenas teriam se apartado já no alvorecer, o que, evidentemente não era possível, sacudiu de novo a cabeça, mesmo assim é estranho, mas foi a sensação que guardou, que o outro só lhe disse que havia sido uma grande alegria caminhar até em casa com ele, e se despedir de verdade, e ainda disse para que eu não me assustasse, mas o nome dele era Jorge Mario Bergoglio e que ele seria o arcebispo da cidade, e abriu um pouco o casaco e deu para ver que era realmente uma pessoa que pertencia à Igreja, mas tudo aquilo não dizia muito para o barão, só muitos, mas muitos anos mais tarde, quando estava na cadeia, alguns meses atrás, ficou sabendo que aquele seu arcebispo da madrugada acabou virando o papa, em Roma, ora, vejam só, pensou na época, e agora pensou de novo, que pena que eu não sabia com quem caminhava, senão poderia ter lhe perguntado por que eu precisava viver, porque naquela época da mesma forma que hoje não sabia, assim como hoje não sei, já que a morte é simples, retomou o trem dos pensamentos, pois a minha vida, a razão por que precisei existir, por que foi necessária, para isso não há explicação.

Não deveria deixar que seus pensamentos o distraíssem, repreendeu-se, e ficou contente quando olhou para a esquerda e viu que esse Bergoglio já não estava em lugar nenhum, para que ele pudesse retornar à única coisa que acreditava que deveria e devia se ater, tentava se convencer, porque não lhe resta muito tempo, e neste pouco tempo deveria de alguma forma conseguir chegar ao fim daquilo que começou, portanto naquele objetivo concentrou-se intensamente, a causa de sua existência, pois essa é aquela pergunta que é digna da última hora, e para a qual de bom grado pediria explicação, enquanto estava ali, observou adiante entre os dois trilhos, as coisas se encerram, ou seja, todo mundo tem uma carga, então qual foi a carga dele nesta longa existência, por que foi necessário nascer e viver ao longo de sua vida, em outras palavras, por que isso teve que acontecer, parou, como já havia feito algumas vezes antes, porque era como se tivesse ouvido o trem vindo diretamente na sua direção, bem de frente, mas não, apenas imaginou que ouvia algo, de modo que continuou, e não era só que não sentia medo, não sentia um pingo de medo, ao contrário, sentia-se absolutamente livre, como se não fosse a morte que estivesse vindo ao seu encontro, mas que estivesse só caminhando para a frente, pensativo, no meio do solitário par de trilhos que passava em meio à floresta agora totalmente escura, e apenas andava e andava, e o trem da estação Sanatório József não vinha, isto é, não vinha do sentido Sarkad, e àquela altura ele já estava invocando o bomdeus, coisa que havia praticamente deixado de fazer nas últimas décadas, porque de alguma forma ele não via esse bomdeus comandando as coisas, então se sentia desajeitado e incompetente, por só às vezes o invocar, de modo que parou — e de fato um bom par de décadas atrás — com essas invocações, apesar de, naquele momento, não achar tão inadequado invocá-lo novamente e lhe pedir, já que foi necessário que ele existisse, então, nos últimos minutos, que ilumine sua mente, roga-lhe encarecidamente, e explique qual foi o sentido de ele ter sido trazido à vida, e mantido vivo, considerando que sua vida tornou-se tão, mas tão inútil, pois afinal, que tipo de vida foi a sua, ele se perguntou, mas interiormente, bem alto, para que o bomdeus também pudesse ouvir com clareza lá em cima, então, que tipo de vida é essa, na qual não acontece absolutamente nada, afora que existe um mundo e existe um amor nesse mundo, um amor em um mundo, cuja natureza ilusória só foi revelada no final do último ato de sua vida, que na realidade foi ilusória, que não existe, e talvez nunca tenha existido, porque não existiu, pois o objeto de sua afeição não poderia ter sido real, pois o que existiu e o que existe agora no seu lugar é estéril e desolado e vazio e enganoso, isso serviu para quê, diante da morte, o barão faça a pergunta ao bomdeus, agora *afinal* ela poderia chegar, pensou enquanto caminhava entre os dormentes, mas ela não queria vir, apesar de ter, mais uma vez, com o chapéu nas mãos, abaixado ora de um lado ora do outro e encostado seu ouvido a um ou outro trilho, para ver se conseguia ouvir a composição se aproximando, vinda da estação Sanatório József, isto é, da linha de Sarkad, mas não ouvia, por isso continuou caminhando, quantos quilômetros já devo ter feito, olhou para trás, mas claro, devido às muitas curvas, não poderia sequer ser determinado, para poder verificar que distância caminhou, pois naturalmente não tinha a mínima ideia, não adiantava nada estar usando relógio, para verificar a hora quando iniciou a caminhada na passagem de nível, e não conseguia avaliar nem mesmo o tempo que havia decorrido, pode ter sido alguns minutos, ou talvez já se passou uma hora desde que deixou aquele ponto inicial, o mais importante, sacudia a cabeça nesses momentos, é que ainda não vem vindo nada, apesar de quê, quando se informou junto do porteiro do hotel — o fez jurar de pé junto que a coisa iria ficar só entre os dois — e ele furtivamente apareceu com os dados, quando ninguém via, e ficou sabendo do horário do trem de passageiros entre Sarkad e Csaba, ele deduziu que poderia pegar o das cinco e trinta e dois, ou das seis e trinta e dois, ou das sete e trinta e dois, e por último o das oito e vinte e seis, esses são os horários possíveis, dificilmente se passa mais de uma hora entre uma linha e outra, o que também significava que ou o horário não estava correto ou havia algum atraso, é isso, atraso, o barão balançou a cabeça novamente e deu uma paradinha para reunir forças, e apoiado nos joelhos, fez várias respirações profundas, expirando e inspirando o ar cortante da floresta, então recomeçou a andar, e tentou se aproximar do bomdeus lá em cima por outro ângulo, dizendo que de bom grado e com paciência pode esperar pela resposta, pois parece que em algum lugar apareceu um obstáculo e está havendo algum atraso no horário do trem, de modo que ainda tem algum tempo, mas o fato de estar esperando com paciência não significa que não esteja confiante de que haverá resposta, uma tal resposta para a sua pergunta, com a qual, nas profundezas de sua alma, já pode se entregar tranquilamente para a morte, sobre a qual não tinha nenhuma ideia em particular, o que pensou foi que iria de encontro a essa determinada figura, e iria caminhando até que essa determinada figura chegasse numa curva qualquer, vinda da parada Sanatório József, mas basicamente vindo de Sarkad, e então ele já não teria nada mais a fazer do que ficar parado, parado entre os dois trilhos, já que um trem como aquele, presumivelmente, e ele presumiu, não vai parar por algum motivo antes de uma curva, e é claro que não vai, o barão falava para si mesmo, e se considerarmos que a ordem natural das coisas é que depois de uma curva o veículo que aparecer repentinamente já estará próximo demais para frear, portanto, vai atropelá-lo, e pode ser que *faça picadinho* dele, mas o que isso interessa agora, pensou, o importante é se apressar ao encontro daquilo que veio esperar aqui, e enquanto isso vai ficar aguardando por uma resposta, para que descubra qual foi a razão de tudo isso.

Já estava tão escuro, e ainda mais aqui, no meio da floresta, que se olhava para trás era exatamente igual como se estivesse olhando para a frente, e se olhava para a frente então era como se estivesse olhando para trás, só via os dormentes diante de seus pés, por isso acontecia com frequência que tropeçasse aqui e acolá, às vezes nas pedras de lastro, às vezes na beirada de um dormente que por acaso estivesse mais saliente do que esperava, e estava cansado, muito cansado, ainda por cima, cada vez mais parecia que aquele trem não viria, olhou seu relógio, que mostrava sete e trinta e sete, e de repente poderia esperar a resposta para duas perguntas, por um lado, lá de cima, a resposta do bomdeus, por outro lado, de Sarkad, afinal, por que não vem aquilo que deveria vir, mas é claro, não adiantava estar demasiado cansado agora, continuava matutando sobre a pergunta, talvez o problema estivesse no fato de não ter feito a pergunta corretamente, talvez o senhordeus só responda às perguntas bem formuladas, então pensou quem sabe se tentasse orar, mas infelizmente havia tanto tempo não rezava que não se lembrava de nenhuma palavra, nenhum tipo de reza com que pudesse se apresentar ao bomdeus, para que formulasse a sua pergunta de uma maneira mais gentil, para aquilo que queria resposta, foi nisso que pensou em primeiro lugar, que não havia nenhum tato na sua pergunta, só estou atropelando o bomdeus, no entanto ele tem muito com que se preocupar, já que, me pergunto, quantas pessoas, mas quantas, agem assim e outras assado, e bem agora e por uma razão bem semelhante estão esperando pelo seu próprio trem, e todo mundo está fazendo perguntas, com certeza nessa hora todo mundo está perguntando *ao mesmo tempo*, não é de admirar, internamente o barão escusava o bomdeus, que não consiga dizer nada, talvez seja só uma questão de entrar na fila, pensou agora, e mais uma vez se abaixou até os trilhos, de novo nada, só percebeu que cerca de dez a quinze metros na sua frente havia um grupo de cervos parados sobre os trilhos, apercebeu-se deles de repente, devido à escuridão só dava para percebê-los de repente, e isso foi bem estranho, que eles não quisessem atravessar os trilhos e depois seguir pela floresta, não, talvez esse tenha sido seu objetivo inicial, mas quando chegaram aos trilhos por alguma razão já não quiseram continuar sua jornada, ele parou para não os assustar, e lhe ocorreu que talvez eles também parassem com uma intenção parecida, tal como ele, mas é claro, isso era uma idiotice, pois estava claro que simplesmente pararam sobre os trilhos, pode ser que esse seja o seu hábito, pode ser que gostem dos trilhos, quem sabe, de qualquer forma, o barão pensou, e só ficou observando os bichos, eles estão em casa, ficou só observando naquele crepúsculo escuro, como eles abaixavam e depois levantavam a cabeça, não deram a mínima para ele, apesar de evidentemente o estarem vendo, mas isso não os incomodava, enquanto não se mexer, pensou, tudo vai ficar assim, e como já estava bem esgotado lhe fazia bem agora uma pequena pausa na caminhada, assim, com os pulmões ofegantes, deixou-se ficar parado a observar o bando de cervos, e novamente se lembrou da sua pergunta, bem naquele instante em que os cervos retesaram os músculos, tomaram impulso e num segundo saltaram dos trilhos para a floresta, a ele também lhe ocorreu que, na verdade, perguntar o quê, se ele próprio sabe a resposta, só precisa assentar os pés no chão com a tal pergunta e não ficar incomodando o bomdeus lá em cima com uma coisa dessas, aquela debandada dos cervos foi suficiente, como eles de repente cruzaram os trilhos depressa, e a floresta até já os engoliu, como se quisessem acordá-lo, ou como se quisessem libertá-lo do peso dessa pergunta, mas que nada, o que estou dizendo, sacudiu a cabeça, e continuou sem se mover, não é o peso, pois que peso poderia ter uma pergunta desse tipo diante do bomdeus, a quem tantas pessoas também perguntavam, mas, na verdade, não tem nem pergunta, isto é, a sua pergunta é sem sentido, já que sua pergunta, isto é, para que ele foi necessário, e assim por diante, simplesmente não é uma pergunta, *mas é a própria resposta*, esta é a resposta para a sua pergunta, o barão pensou, sua pergunta é a própria resposta, mas, nesse caso, olhou ao redor no escuro da noite, que diabos ele está fazendo ali, já que o que importa não é o que ele quer, isso não importa absolutamente nada, ó são Pantaleão, que enorme besta que eu sou, ora, um idiota mesmo, na verdade não tenho que ficar aqui esperando o trem, para ver se de fato vem lá da Sanatório József, isto é, de Sarkad, em vez disso tenho que retornar imediatamente para a cidade, claro, e ir procurá-la, e lhe pedir perdão, isto sim é necessário que eu faça, não ficar pensando em me jogar na frente de um trem, que ainda por cima nem está vindo, deu meia-volta, tenho que pedir perdão a ela, pensou com determinação, e começou a ver bem claramente por que magoou alguém, que dele não esperava outra coisa que não um pouco de gentileza, já que ambos estavam mergulhados na mesma ilusão, e ele saiu correndo, e não disse palavra, só pegou de volta a foto que tinha ficado sobre a cama, e saiu correndo, ó meu Deus, suspirou profundamente, e de repente enxergou com total clareza no meio da escuridão, deu meia-volta, e buscando vencer o cansaço se apressou a voltar, vai pedir ajuda lá na casa do guarda-florestal, para que pudesse chegar na cidade, vai acontecer de alguma forma, pensou com mais ânimo, e foi caminhando, agora na direção contrária, isto é, de volta, pois então que tipo de pergunta era a sua, é claro que ele mesmo sabe a resposta, para isso não precisa incomodar o bomdeus, até os cervos sabem explicar isso com uma debandada, que afinal a razão de ele viver era para que no fim fosse pedir desculpas para a Marietta, pobre Marietta, como ele a havia humilhado, e apalpou o bolso interno do paletó, o envelope estava lá, no lugar, e ele caminhava de volta, já quase nem sentia mais o cansaço, pois a verdadeira trilha havia se aberto para ele, pela qual vai chegar de volta onde deveria estar naquele momento, e andou e andou, e pensava, até mesmo fazer perguntas, até mesmo respostas, até mesmo me fazer matar por um trem, meu Deus, que maluco que sou! Mesmo mergulhado em seu grande entusiasmo, teria sido melhor se ele tivesse prestado atenção. Deveria ter descido do talude em vez de continuar caminhando entre os trilhos ao retornar.

RÁ RI RÁ

Perdedores /arrependida/

Papai está me dizendo que, considerando o quanto eu estava desinteressada pela coisa toda, acenei com entusiasmo demais etc., mas, papai, disse Dóra lá da agência de turismo, e pude perceber pela sua expressão que está ressentido comigo, porque às vezes o senhor consegue ser injusto e até mesmo muito duro comigo, devo dizer agora que na estação eu estava empolgada devido à minha felicidade de poder empurrar o meu papai até lá e vi o quanto o senhor ficou feliz, devo dizer isso agora, então vou dizer, não fui eu quem quis, disse Dóra, e sacudiu a cabeça, para enfatizar bem suas palavras, que fôssemos até lá, papai deve lembrar, pois não aconteceu há tanto tempo assim, o senhor disse que gostaria muito de estar lá quando ele chegasse, e tudo mais, então agora eu nem falaria mais nada a esse respeito, porque na minha opinião não vale mais a pena continuar discutindo, aliás, do jeito que as coisas estão por aqui, o senhor não acha que quando uma tragédia tão terrível como essa acontece, se observarmos de outro ângulo, pelo menos eu acho, podemos observar também dali, do ângulo que esse circo todo foi revelado, e fico contente, digo com sinceridade, porque entrar nessa coisa assim, sem refletir, sem medir as consequências dessa coisa toda, que devido a um par de jornalistas, que não conferiram nenhuma informação, só ficaram repetindo, como estudantes diligentes, aquilo que escreveram lá em Budapeste, que a fortuna isso, que a fortuna aquilo, que uma doação desse tamanho, quer que eu mostre agora, papai, o tamanho daquela doação, está bem, não estou gritando, e Dóra baixou o volume, porque sentado na cadeira de rodas o pai gesticulava com os dedos que achava o volume muito alto, e o tom de voz que Dóra usava, está bem, verdade, não preciso aumentar tanto o volume, reconheço, está bem, não vou, tudo bem, mas do jeito que as coisas aconteceram significa uma pequena vingança para mim, principalmente quando o prefeito entrou lá no escritório e disse que eu deixasse tudo de lado e começasse a organizar o programa, naquele momento havia uma leve esperança de que, de toda aquela história, iria sobrar algum para o turismo também, não, eu estava errada, falando sério, embora talvez não estivesse tão errada, de fato era aceitável contar que, da doação destinada para a cidade, sobraria uma parte para dar um sopro de vida ao turismo local, porque o que há agora é absolutamente nada, papai, o senhor nem pode imaginar o que tenho de aguentar todos os dias, fico sentada lá, num escritório vazio, ninguém abre a porta daquele lugar para nada, o telefone nunca toca, pois simplesmente não existe turismo na cidade, está morto, finito, mas eu avisei, por favor, coma o seu jantar, que não valia a pena assumir aquele escritório, eu disse, já naquela época, que teria sido melhor tentar o Matadouro, aquela posição de secretária da diretoria, mas o papai insistiu que isso e aquilo, que no turismo sempre havia futuro, mas na minha opinião o futuro está no Matadouro, mas agora tanto faz, pois ouvi dizer que o cargo já foi ocupado, aquela magrela da Cincike Kráner conseguiu a posição, quer dizer, não tenho total certeza, ouvi falar, do jeito que contaram, mas agora tanto faz, tenho que ficar lá se não quiser ir parar no olho da rua, porque no fim é isso que vai acontecer, o senhor vai ver, vou sair todas as manhãs, mas não para trabalhar, não, para ir à agência de empregos, e vou ficar lá horas a fio, parada na fila, mas não vai ter nada para mim, e meu único consolo em toda essa história é que a Marika não teve melhor sorte do que nós, aliás, no frigir dos ovos, coube a ela a pior porção, porque chegou até a fazer um papel ridículo dizendo que isso e aquilo, que agora é Marietta, então, aí está, Marietta, seu cavaleiro findou, e toda aquela arrogância, eu não estou me vangloriando, pois o senhor sabe, papai, que não, mas isso é uma pequena satisfação para todos aqui, que ela tenha ficado tão envergonhada, pois não adianta o papai dizer que devemos a ela esse emprego, pois então eu digo que não, não a ela, porém ao fato de o turismo não existir mais, e ela sabia disso, e por isso passou o emprego para nós, esta é a minha opinião, e os fatos, papai, os fatos confirmam a minha posição, de modo que agora que o Matadouro está fora de cogitação, como dizem, estamos totalmente fodidos, pois não há nada no horizonte, porque com esse escritório entramos pelo cano, papai, vamos lá, por favor termine de comer seu jantar, será que estou falando com as paredes, comer ainda é necessário.

Para você ficar em posição de sentido é isso, repreendeu o cabo que está na sua frente, alinhe-se direito de uma vez, por isso que as coisas estão desse jeito por aqui, porque não sabem nem se perfilar direito, onde você foi treinado, me diga, onde, numa fazenda de criação de porcos, é lá que a gente tem que se abaixar para não bater a cabeça no chiqueiro, estique as costas, barriga para dentro, peito para fora, porra, não posso acreditar, cara, isso não pode estar acontecendo, por que eu tenho que ensinar, e bem agora, a postura física correta para o meu cabo quando estou esperando o relatório dele, por que o destino me faz sofrer desse jeito com os meus próprios homens que não sabem nem ficar de pé direito, não bata continência, não lhe pedi que batesse, gritou novamente para o cabo atrapalhado, mandei que ficasse de pé, espero que saiba que a minha ideia era que ficasse ereto, mas isso você não entende, baixou o tom de voz, pois ele não foi ensinado, e eu, porra, simplesmente não estou a fim, comece tudo desde o início, como se deve, e agora seu rosto já acusava cansaço, depois ergueu esse rosto e com um olhar de desespero perguntou o que o homem estava fazendo, bem, foi essa ordem que ele recebeu, o cabo disse, e de novo se colocou em posição de sentido, mas completamente confuso, que saísse e entrasse de novo, ao que o Comissário empurrou o chapéu para o alto da cabeça, enterrou o rosto no meio das duas palmas e lhe disse, não me faça ficar nervoso, cabo, pois é evidente que não foi isso que pensei, pô, não posso nem esperar que meus homens compreendam o que eu quero, desde quando você está comigo, há três anos, o outro retrucou, então, não faça planos muito logos, o Comissário recostou-se para trás em sua cadeira, arrumou a risca do cabelo embaixo do chapéu, o qual ajustou sobre a cabeça, parou de olhar para a figura que tinha diante de si, só lhe deu ordem para descansar e para que finalmente fizesse seu relatório, peloamordedeus, bem, eles não sabem o que o homem fazia ali, e não sabiam se tinha planejado a coisa ou foi um imprevisto, ou seja, um acidente, ou uma tentativa de suicídio, pois as pessoas interrogadas forneceram informações completamente contraditórias, a partir das quais não é possível dar uma resposta clara para essa pergunta, de qualquer modo ele não foi atropelado por nenhuma pessoa da agenda regular, que estava atrasada, ou seja, também pode ser afirmado desta forma, mas na realidade ele não foi liberado para partir, pois não tinha ninguém, quer dizer, explicou o cabo, não havia passageiro para aquele horário noturno, e não havia pois até Csaba não costumava haver, de forma que eles não mandaram sair trem às oito e dezenove, que, aliás, já não parte de Vésztő, porque essa é a verdadeira estação de partida, não Sarkad, deixa para lá os detalhes, o Comissário acenou para que acelerasse, portanto não foi a pessoa escalada na tabela que o atropelou, e esquartejou, mas um veículo chamado, e olhou para o pequeno bloco de anotações que tinha nas mãos, mas um tipo de locomotiva Lencse, equipada com grua universal, que a chefia da estação de Csaba mandou para um trabalho de manutenção dos trilhos, o horário exato foi vinte horas e trinta minutos, portanto a mencionada locomotiva deve ter chegado à curva fatal entre vinte horas e quarenta e oito e vinte horas e cinquenta minutos, e apesar de o condutor encarregado negar, e confessar estar numa velocidade entre vinte e vinte e cinco quilômetros por hora, segundo demonstrado pelo exame das marcas dos freios, porque o armazenamento de dados técnicos do controle automático de velocidade não estava funcionando, então foi constatado que a curva foi feita a trinta e cinco, mas o mais provável é que tenha sido feita à velocidade máxima de quarenta quilômetros por hora, o que, ainda por cima, é irregular, mas o nível de álcool no sangue do condutor era de 1826 mg/L, de forma que isso naturalmente explica tudo, ou seja, que não era ele quem conduzia o Lencse, ao contrário, ele era conduzido pelo Lencse, e toda a equipe estava bêbada, e também eles desligaram as luzes do Lencse, pois, como um deles reconheceu, queriam caçar cervos com a locomotiva, e esse foi um dos aspectos, e o outro, cuja causa desconhecemos, a vítima, de acordo com os depoimentos, não ouviu que alguma coisa se aproximava de trás, isso por um lado, e por outro houve ainda mais uma circunstância fatal, sr. Comissário, o cabo disse, então, diga, o Comissário o encorajou secamente, mas não o olhou nem nesse momento, só ficou mexendo num estojo de caneta dourado falso, que certa vez recebeu de presente do comandante de uma organização romena coirmã, então a vítima deveria estar muito perto da curva, e talvez tivesse acabado de passar pela curva, isso não dá para confirmar com certeza, mas provavelmente foi assim que aconteceu, e quando a locomotiva apareceu, quando de repente apareceu na curva, isto é, deixou a curva, a vítima já estava muito próxima, e segundo o depoimento de um dos funcionários de manutenção que estava na locomotiva o sujeito tropeçou quando tentou sair correndo dos trilhos, pois todas as testemunhas afirmam categoricamente que o indivíduo tentou, mas tropeçou, e ficou estirado atravessado, ou seja, estavam tão próximos um do outro que em vão o condutor da locomotiva freou imediatamente, se é que se pode falar de imediatamente no estado em que ele se encontrava, a distância de frenagem naquela velocidade, e essa velocidade poderia ser de quarenta quilômetros por hora, continua, o Comissário acenou, cansado, então ele foi atingido, e deu tanto azar com o jeito que estava atravessado sobre os trilhos que a locomotiva o retalhou em três pedaços, cortou fora a cabeça, cortou bem no meio de ambas as pernas, e assim ficou o resto do tronco separado, portanto, dividido em três partes, o Comissário perguntou sem erguer o olhar, sim, senhor, informo que foi cortado em três partes, e a locomotiva continuou empurrando a vítima adiante, por cerca de oitenta, talvez cem metros, até que conseguiu parar, portanto, oitenta *talvez* cem metros, o Comissário repetiu, resignado, olhou para fora pela janela, ficou murmurando por um tempinho, depois virou novamente a cabeça, suspirou e já não gritava, mas assim era ainda mais ameaçador, quando chamou a atenção do cabo para que tentasse ao menos por um minuto ficar numa posição digna de um soldado, ou seja, estica esse corpo, que postura você tem em casa, não quero nem imaginar, mas em casa você faz o que bem entende, no entanto aqui é o comissariado, aqui não pode ter essa postura indolente, insegura, como quem tem culpa no cartório, quero tudo relatado por escrito, e anexado ao relatório, todas as páginas dos inquéritos, e pode se retirar, o Comissário ordenou, e quase com tristeza olhou para o cabo conforme este ficava em posição de sentido e de novo batia continência, depois virou-se e, antes que saísse da sala e fechasse a porta atrás de si, algo que tanto desejava, ainda ouviu que lhe disseram que mandasse chamar o sargento lá nos arquivos, que o sargento estivesse ali dentro de cinco minutos caso ele não quisesse que as porteiras do inferno fossem abertas.

Levantou o fone, mas não disse palavra, só ficou ouvindo enquanto alguém lhe falava, por um tempo não disse palavra, só no final, que então, preste atenção, tire o cavalinho da chuva, uma vez já havia lhe dito que aquele caso estava encerrado, que colocaram um ponto-final naquele caso, sua voz era séria, e não há mais evidências dignas de nota, e não há mais provas do Bicere, nem as outras "teorias conspiratórias" tiradas da cartola, porque não há "teorias" aqui, só aquilo que ele aceita como tal, e ele não aceita essas teorias, porque são teorias, e era melhor deixar as teorias para os especialistas cuidarem, que ele apenas, disse para seu interlocutor ao telefone, lide com os motores a diesel e as últimas marcas de capacetes e os motores de ignição e os mais recentes tipos de Kawasaki, e pare e pare seu pessoal também, que haja ordem nas ruas, compreendeu?, o Comissário levantou a voz, é sua única tarefa, nem mais nem menos, depois ficou ouvindo por um tempo o que lhe diziam ao telefone, mas ficava visivelmente cada vez mais impaciente, e que prestasse atenção, o processo tinha sido arquivado, e isso significa que não tem mais nenhum tipo de questão pessoal e babaquices do gênero, está entendendo, perguntou em tom ameaçador, e, depois, que tipo de cooperação, mas isso já disse gritando, e levantou-se da cadeira com raiva, e que tipo de cooperação ele ousa falar com sua pessoa, se não calar a boca vai trancar ele com todo o seu bando no xilindró, entendeu, ao que esperou a resposta, que foi curta, mas parece que o deixou satisfeito, então, tá vendo?, disse várias vezes, é claro que é só em teoria, e vale o mesmo tanto, você com seus homens façam, sim, respondeu já mais calmo, isso vocês fazem bem, por isso você sempre ganha o reconhecimento do comissariado, então está bem, chega de papo, ah, só mais uma coisa, e já estava quase desligando o aparelho, mas agora o levou até a orelha novamente, ainda está me ouvindo?, bem, passe os meus cumprimentos para o Seu Béla, e diga-lhe que vou dar um pulo na oficina dele para uma cerveja, assim que tiver um tempinho.

Colocou o fone no gancho, mas se via que precisou de todo o seu autocontrole para não bater o aparelho, de modo que levou cerca de um minuto para que chegasse a um estado mais ou menos calmo, não disse nada, estendeu a mão para pegar sua cerveja, deu um gole, pensava em alguma coisa, em seguida o Totó entrou pela porta do BIKER e com um gesto indicou que estava pronto, à vista do que ele também começou a balançar a cabeça, e aquele ar de compaixão que dominava o rosto de todos desde a manhã voltou ao seu rosto, pois não estavam se preparando para qualquer coisa, a essência daquilo para o que tinham se preparado e estavam se preparando era a dignidade, disse para eles na noite anterior, pois a cerimônia final deve ser realizada com dignidade, e não como se apenas uma pessoa tivesse falecido, porque o Estrelinha não era apenas uma pessoa, e não apenas seu irmão mais novo, mas um membro dessa irmandade construída com sangue e honra, foi um irmão, e um irmão de verdade, que eles perderam, um ser que se ofereceu em sacrifício, de quem devem se despedir com os mais sagrados sentimentos, por isso mesmo, amanhã, isto é, hoje, os membros da irmandade se entreolharam respeitosamente lá no BIKER, a essência desse dia é despedir-se dele de forma digna, estava tudo pronto, o Totó disse, isso sem pronunciar palavra, e foi assim que todos foram saindo, sem palavras, e todos estavam diferentes do habitual, todos vestiam terno preto, mas quem não vestia, e tinha gente assim, esses tentaram colocar tudo preto, calça, pulôver, bota ou sapato, só as motos se mantiveram coloridas, amarela, vermelha, azul, cada uma com sua cor, mas pensaram nisso também, pois no guidão de todas havia uma fita preta, e foi assim que partiram, com dignidade, saíram lentamente do quintal de trás do BIKER, e com velocidade reduzida continuaram na direção do cemitério Szentháromság, onde um beato de aparência reverente e terno preto já os esperava no portão e mostrou o caminho para o Totó, porque achava que ele era o chefe, já que todos os detalhes oficiais haviam sido negociados com ele, então o Totó foi obrigado a apontar para o líder, que era ele que deveria ser reverenciado, e junto com ele todos deveriam ser encaminhados para o velório, onde o caixão do Estrelinha já estava posicionado sobre um suporte de ferro, em alguns rostos se percebeu a surpresa, não estavam acostumados com uma coisa como aquela num velório, mas ali certamente os costumes eram diferentes, ali usavam suporte de ferro, pode até ser, é claro, que foi ideia do Totó, que o próprio suporte fosse de ferro, era muito bem-feito, na cabeceira do caixão fizeram a figura de um guidão curvo enorme, confeccionado com flores, até as duas manoplas podiam ser tiradas, porque ele foi feito para parecer uma flor do prado com pétalas escuras, e em cima do caixão, na frente, na altura da cabeça, com muito bom gosto, sobre uma almofada forrada com seda preta, foi posicionado o capacete amarelo do Estrelinha, de modo que quem coube entrou no velório, quem não, ficou lá fora enfileirado, em seguida alguém, certamente de novo foi o Totó, tocou uma trombeta, o que claramente estava combinado, e com esse som o padre entrou do lado direito e começou a queimação de incenso e o canto de orações, pois em vão o Totó tentou explicar ao padre, como ficaram sabendo mais tarde, que eles não queriam as orações, pois tinham as suas próprias, o padre fincou pé e fez questão dos costumes, como ele expressou, então tanto faz, aquela tremenda ladainha começou, mas ninguém acompanhava, isto é, ninguém demonstrou, todos mantiveram sua dignidade e compaixão, só o padre continuava a ladainha e balançava o incensário, já estavam achando que ele nunca iria parar, ficavam alternando os pés de apoio, impacientes, quando finalmente os quatro coveiros entraram, eles também estavam mais ou menos vestidos de preto, embora todos estivessem de jardineira, mas era uma jardineira cerimonial, de modo que não destoavam muito do ambiente, e num segundo já tinham enfiado o capacete dentro do caixão, mas tão rápido que muitos nem perceberam quando ergueram a tampa do caixão e a colocaram no lugar, só viram que estavam pregando a tampa, depois ergueram o caixão, com capacete e tudo, eles se posicionaram atrás e assim partiram sob o céu cinza do cemitério, no meio da lama, o padre ainda cantava sua ladainha, o carro fúnebre ia bem devagar na frente, tudo aquilo era incomum para eles, e dava para deduzir pelas feições de um e de outro que estavam meio de saco cheio dessa parte da coisa, mas, é claro, todos se mantiveram firmes, caminhavam lentamente um do lado do outro e atrás do outro, tantos quantos havia, mas só eles, essa é a irmandade, apesar de ter sido aventada a possibilidade de que iriam convidar pessoas da cidade que consideravam importantes para eles, não veio ninguém mais, mas isso foi o suficiente dessa forma, pensou o grupo enlutado, já que sempre foi assim e permanecerá assim para sempre, que eles são a verdadeira família e o verdadeiro pertencimento um do outro, conforme o líder sempre articulou para eles, de forma tão bela, e assim chegaram até o túmulo, que provocou a primeira surpresa desagradável, já que só quando os quatro coveiros largaram o caixão no chão, a cerca de dois metros de distância do buraco, e eles se posicionaram em volta daquele buraco, é que perceberam que ele ainda não estava devidamente escavado, mas ninguém demonstrou nenhuma surpresa, nem o líder deixou transparecer nada, somente aqueles dois músculos embaixo da orelha dele saltaram de novo, lá onde a barba já começava a rarear, conforme observava os quatro coveiros, então isso continuou por um tempo, ficaram olhando aqueles que entraram no buraco e cavavam e jogavam para fora a terra encharcada, não estavam muito felizes, é necessário que seja dito, já que a terra era uma lama só, e tinha tanta argila que a coisa toda era uma verdadeira tortura, eles de pé, olhando os quatro dentro do buraco, olhando como eles tinham que toda hora raspar a lama das pás e das enxadas, mas dali a uns vinte minutos eles terminaram, e ficaram bem extenuados, não só aqueles que estavam lá embaixo na cova, porque o suor pingava deles, e era visível que estavam bem cansados, mal conseguiam levantar o caixão de novo para enfiar as duas pranchas embaixo, isso também eles não fizeram direito, porque aqueles que estavam de pé, mais próximos, achavam que primeiro eles teriam que ter posto as duas pranchas por cima da sepultura e em cima delas o caixão, não daquele jeito, que dois levantaram o caixão sobre o buraco e os outros dois enfiaram as tábuas embaixo dele, tá, tanto faz, pensaram, e suas feições ainda não se abalaram, finalmente o caixão estava sobre as duas pranchas, os quatro coveiros acabados, sem forças, se afastaram para dar passagem para o padre, pois de alguma forma não conseguiram fazer ele ir embora, e de novo, pensaram alguns, ele se achegou com sua cara de pau e recomeçou a gesticular e a orar, e parecia que isso estava combinado, pois nem o Totó nem o líder deram a entender que deveria ser diferente, de modo que eles também continuaram parados ali, olhando o caixão, o padre não parava com sua ladainha, mas todo mundo já estava bem cansado, só o líder que não, porque ele, de repente, empurrou o padre para o lado e disse que naquele momento iriam cantar o hino, o que criou um pouco de confusão, pois não sabiam em qual hino ele estava pensando, o nacional ou o deles, assim uma parte do grupo começou a cantar o Hino Nacional e outra o hino deles, mas depois de alguns compassos pararam e o líder avisou baixinho, mas alto o suficiente para que todos ouvissem, o nosso hino, então começaram, e agora já foi mais fácil seguir, daí em diante não aconteceu mais nenhuma gafe, tudo funcionou, todos eles jogaram um pedaço de terra sobre a tampa do caixão, quando então os quatro coveiros exaustos o abaixaram no buraco, o líder esperou que os coveiros empurrassem a terra de volta para a sepultura, na medida do possível, a terra enlameada, mas assim que chegaram no nível do chão eles pararam, não amontoaram acima do nível do chão, de tanto que já estavam esgotados, o suor escorria deles, Totó enfiou um envelope no bolso de um deles, ao que eles se mandaram dali, mas não antes de enfiar uma cruz de madeira para o Estrelinha, no lado da cabeça, nesse momento o líder foi até ali, apoiou a mão esquerda sobre a cruz, deu um suspiro, abaixou a cabeça para em seguida erguê-la e fez um discurso, tão, mas tão bonito, como nunca antes, concluíram mais tarde no BIKER, já que paralelamente aos temas já conhecidos, como a irmandade e o ideal e o homem verdadeiro e a perda, também falou de temas como a pátria, e falou tão, mas tão lindamente sobre essa pátria, sério, o Dzsé-Ti disse no BIKER, pensei que iria começar a chorar lá mesmo, e os outros concordaram balançando a cabeça, *ahã*, cantarolaram e ergueram suas canecas lá no BIKER, pois era tão bonita aquela parte sobre a pátria que eles balançaram a cabeça em aprovação, mas não conseguiram dizer muito mais a respeito, assim mais cedo ou mais tarde todo mundo olhou para o canto acima da entrada, pois na TV estava passando *Na Real* no canal 2, é verdade que só estavam reprisando, mas de alguma forma chamou a atenção de todo mundo, apesar de já terem visto, alguns mais de uma vez.

Em geral eles não se encontravam pessoalmente, pois os casos não exigiam isso, então sempre foi suficiente usar o telefone, mas dessa vez o caso era outro, e não era o tipo de situação que se pudesse resolver por telefone, por isso ele estava sentado no escritório do Comissário, e veio pessoalmente junto com o vice-prefeito, uma vez que ele afirmou que é dever da oposição se fazer representar em um assunto tão delicado, então lá estavam eles, sentados no escritório do Comissário, e a coisa toda começou muito tensa, pois o Comissário recomeçou sua rotina habitual, enquanto sugestivamente segurava seus óculos de leitura na mão, dando a entender que, caso contrário, estaria trabalhando, que ele não tem tempo assim e assado, porque ele nem entende o que mais eles teriam que discutir, considerando que tudo já havia sido esclarecido, pelo menos para ele, mas o prefeito tomou a palavra e no seu estilo escorregadio disse que precisava discordar, pois a coisa não era bem assim, porque é absolutamente necessário saber se existe ou não, e esta é, como ele próprio se expressou, uma questão cardinal, e nisso o vice-prefeito também concordava claramente, já que em vão todo mundo sabe, em vão todos têm isso muito claro, tanto na Prefeitura como todos os dirigentes da cidade, que a fortuna naturalmente pertence à cidade e a ordem é a essência de tudo, e ele, o prefeito, não gostaria que mais adiante surgissem complicações, por exemplo, quem sabe, e abriu os braços, se aparecer aqui algum parente, a família é extensa, e nunca se sabe, mas a essas alturas o Comissário estava farto daquela enxurrada de palavras e não queria continuar ouvindo, já que, se havia alguma voz que ele conseguia ouvir era a sua própria, e muitas vezes contava isso para seus funcionários como uma piada, mas o que ele particularmente não suportava era o prefeito, a voz do prefeito, os discursos do prefeito, toda a sua empáfia, quando ele chega aqui, senta aquele traseiro gordo na cadeira e se recusa a levantar, mas ele teria mil e uma coisas para fazer, de modo que disse que ali não havia questão, gostaria de começar com isso, pois absolutamente nada foi encontrado, eles revistaram, já que isso é uma investigação criminal, por favor, senhores, e ergueu um pouco o tom da voz, neste caso é a mão de especialistas que tem que orientar as coisas, e esses especialistas concluíram que não sobrou nada, revistaram o hotel, revistaram todas as peças de roupa, ele próprio, e apontou para a sua pessoa, depois foi até o necrotério, quando os colegas já haviam terminado, para mais uma vez montar o quebra-cabeça, quer dizer, o morto, para ver se não descobria uma pista mínima que fosse, em algum lugar, que os levasse ao testamento que tanto procuram, mas não, então juntou as coisas e a vítima, e no final teve que enfiar tudo de volta no tabuleiro, e este no morgue, porque ele também não encontrou nada, embora tenha vinte anos de experiência nas costas, de modo que, se houvesse alguma coisa, ele imediatamente farejaria, podem acreditar em mim, mas não há, por favor, senhores, a vítima simplesmente não deixou nenhum testamento, isso já pode ser declarado, e se por acaso a investigação criminal demorar ainda um pouco, dado que o nível de álcool encontrado no sangue do maquinista indicava um nível que lhe permitiria, no máximo, transportar um rebanho de vacas do celeiro para o estábulo, e ainda tem algumas outras coisinhas, assim, o essencial é que não existe testamento, contudo, o prefeito aproveitou o gancho, já muito impaciente, pois não aguentava quando outros falavam esse tanto, contudo, ergueu seu tom de voz, declaração final *de vontade* isso existe, não é?, não pode haver dúvida diante de ninguém de que, por um lado, existe o testamento, que pelo visto não existe, e, por outro lado, existe a declaração final *de vontade*, que obviamente existiu e existe, porque continua em vigor, de acordo com a qual a fortuna é herdada pela cidade, naturalmente, para ele tanto faz, o Comissário retomou a palavra, porque em geral ele não gostava desse tipo de voz que o prefeito tinha, mas hoje de alguma forma ele gostava menos ainda, por isso teve que interromper, que para ele tanto fazia se chamavam de testamento ou declaração final de vontade, o importante é que não existe nenhum dos dois, mas que o sr. Comissário lhe escusasse, o prefeito retomou a palavra, mas até hoje nunca tinha ouvido falar de tal coisa, que não existisse declaração final de vontade, de onde o sr. Comissário tirou essa ideia, já que todo mundo sabe que existe declaração final de vontade, já que também é possível saber qual é essa declaração final de vontade, porque a fortuna, tal como existe, e desenhou uma grande curva no papel com sua mão rechonchuda, isso está fora de qualquer discussão, é da prefeitura, mas, retrucou o Comissário, já meio bravo, é assunto para discussão, ou talvez nem seja, pois percebo que parece que é em vão que afirmo, então vou repetir, pois vejo que é necessário, não encontramos nada, entenda, sr. prefeito, nada, nenhuma porcariazinha de centavo, nenhuma porcariazinha de moeda, ou qualquer tipo de moeda corrente: nada, simplesmente nada, apesar de que tenho uma pessoa na equipe, o melhor, com quem eu posso contar nesse tipo de situação, pois a cultura dele é latina, que, no momento em que a pergunta foi feita, e na primeira sílaba da palavra o Comissário elevou a voz para um tom muito alto, botou a mão na massa e começou a rastrear os parentes para descobrir onde poderia estar essa fortuna de que vocês tanto falam, em que conta, em que banco, e assim por diante, e como se poderia ter acesso a ela, mas suas investigações resultaram numa notícia triste, para mim foi bastante deprimente, e não resta mais nada a fazer, isto é, NÃO EXISTE FORTUNA, por favor, senhores, esse barão não deixou legado, e apontou com os óculos nas mãos que não, não encontramos nenhum centavo perdido, e digo mais, nesse momento o Comissário fez uma pausa de efeito, ao que os dois visitantes se inclinaram para a frente, inquietos, para ouvirem melhor o que viria a seguir, mesmo com toda a dúvida que paira sobre a questão, até mesmo uma séria descrença, de que NUNCA houve nenhum tipo de fortuna, por favor, senhores, a coisa toda é uma grande fraude, esse barão, esse nosso barão, sr. prefeito, não era outra coisa senão um grande vigarista, que chegou aqui literalmente sem um centavo no bolso, pois não encontramos com ele nem aqueles míseros euros que a família de Viena lhe deu de presente para as despesas de viagem, espero que me entenda, não encontramos com ele sua carteira, nem no local dos acontecimentos, nem no hotel, mesmo tendo revirado tudo à sua procura, pode acreditar, pois nós também não somos indiferentes à... à... à verdade, mas nesse momento, de repente parou, apesar de que dava para perceber que em princípio não era onde queria terminar, mas parou, como quem de repente teve uma ideia, uma ideia repentina, mas que queria guardar para si, de qualquer forma daí em diante não disse mais nada, só ficou olhando pensativo para o prefeito, conforme este mais uma vez inundava seu escritório com seu discurso irritante, interminável, mas apenas olhava para ele, não ouvia o que dizia, não só porque não lhe interessasse, mas aquela ideia repentina ainda estava ocupando seus pensamentos, em razão disso só deixava, por um tempo, é claro, que o prefeito falasse à exaustão tudo o que tinha que dizer sem falta, mas depois com a desculpa de que tinha que voltar para seu trabalho inadiável mandou-os embora, e quando o prefeito não demonstrou nenhuma intenção de se afastar, pois achava que o assunto ainda não tinha se encerrado, então adotou sua técnica de tratamento mais severa, que às vezes tinha que usar com esse gorducho, e ordenou que ele saísse de vez do seu escritório, e de toda base de comando, pois ali se trabalhava, e não havia mais o que discutir sobre um caso completamente encerrado depois daquela audiência que também pode ser declarada encerrada, e certamente conseguiu se livrar deles, e começou a empurrá-los para fora, mas o prefeito, bastante surpreso, apenas recuava, recuava na direção da porta, assim como fez o vice-prefeito, cujas feições também pareciam bastante alarmadas, mas, enquanto este apenas ouvia, o prefeito não conseguia parar e continuou falando e falando, e avisou que não poderia aceitar um tratamento desse tipo, então que não aceite, porra, respondeu finalmente o Comissário, com indiferença, e fechou a porta atrás deles.

Não a reconheci, a Irén contou, ainda devastada, estava sentada na cozinha, a família na sua frente, e eles a olhavam do mesmo jeito que ela a eles, rosto abatido, pois imaginem só o que estava me esperando quando finalmente me decidi, custasse o que custasse, já não vou mais deixá-la sozinha, comendo o pão que o diabo amassou, e se for preciso, pensei, vou arrombar a porta, pois isso não pode mais continuar, já se passaram três dias, hoje já é o quarto dia, e simplesmente não sai de casa, isso não pode ser normal, pois o que quer que esteja acontecendo, independente do tamanho da tragédia e independente do que aconteceu entre eles por conta dos fatos, não está certo que ela não somente não deixe entrar a sua melhor amiga, mas se comporte como se nem estivesse em casa, mas que diabos, onde mais ela poderia estar se não em casa, contava na mesa da cozinha, assim comecei a bater na porta dela, e fiquei batendo sem parar, até que ela abrisse, mas foi quando ela abriu que a surpresa aconteceu, pois vocês sabem o que eu esperava encontrar, uma pessoa alquebrada, infeliz, enlutada, mas, pelo contrário, diante de mim vi uma Marika completamente transformada, a boca dela era fina como uma gilete, não tinha nem batom, sem o que seus lábios eram sempre assim, de forma que somente de batom ela fica bonita, portanto, nem isso, só aquela boca fina, e o jeito com que ela falou comigo, meus filhos, do jeito que aquele olhar gelado me fitava, ainda na porta, e falou, para a sua melhor amiga, "então, e você, quer o que aqui", surpresa total, entendem, fico só olhando para ela, o que será que está acontecendo com ela, sabem, pensei que estivesse confusa, minha alma é muito sensível, como uma mimosa, e tem essa coisa de luto, vocês sabem, quando as pessoas ficam em choque porque não conseguem lidar com a perda, vocês entendem, foi nisso que pensei, e ainda não suspeitava de nada, do que estava acontecendo ali, quais eram os fatos, mas fiquei sabendo rapidinho, pois ela me deixou entrar pela porta, pois eu não me entreguei e simplesmente a empurrei para o lado e entrei na sala de estar, e sentei na poltrona, mas ela não se sentou, só veio atrás de mim, parou na porta da sala, como quem está esperando o momento em que eu me levante para ir embora, só que eu disse para ela, minha Marika, você não pode fazer isso, e com isso eu queria dizer que ela não pode ficar trancada entre quatro paredes, precisa sair, aliás, vai sair comigo, mas, a resposta que recebi, e vindo dela, isso não consigo entender até agora, pois como quem não é a mesma pessoa, como alguém de quem o véu foi arrancado, e mostra sua face verdadeira, está ali parada na porta da sala na minha frente, e diz, o que havia não existe mais, o que aconteceu é um assunto pessoal meu, não é de domínio público, de forma que lhe peço encarecidamente, assim mesmo, contou para os seus, e chegou a imitar o jeito dela, como falou de modo cínico, "vá-se embora da minha casa agora mesmo" e continuava ali parada na porta da sala, realmente esperando que eu me levantasse e fosse embora, mas fiquei ali sentada, como alguém atingido por um raio, entendem, não conseguia crer nos meus ouvidos, nem nos meus olhos, pois a Marika passou por uma transformação tal que, é sério, eu quase não a reconheci, porque suas feições estavam duras, como se uma rocha estivesse me olhando, mas cruel, desapiedada, verdade, não era a mesma pessoa, e ela fez isso comigo, era comigo que ela falava daquele jeito, e eu realmente não sou aquele tipo de pessoa de coração sensível como ela, quer dizer, como ela já foi um dia, então me ocorreu levantar-me e bater a porta, e deixar que ela se exploda, pois fazer aquilo com sua melhor amiga, quantas vezes ela não chorou no meu ombro até cansar, quantas vezes entrou em crise, e onde ela foi procurar consolo se não comigo, e eu nunca lhe disse sequer uma única palavra amarga, e na verdade, para mim também ela era a melhor, quer dizer, e começou a procurar as palavras, e a família em volta da mesa só ficava olhando para ela, pois nunca a tinham visto assim, nem eles podiam acreditar no que seus olhos viam, pois diante de seus olhos de repente Irén começou a chorar.

A corrida de obstáculo para mães com carrinhos de bebê ainda está acontecendo, por favor, acabei de chegar de Budrió e está acontecendo, então eu só gostaria de gentilmente, por enquanto gentilmente, perguntar quem é o responsável por isso, ou seja, quem foi encarregado pelo encerramento e não encerrou, disse, e olhou ao redor, para as pessoas sentadas em volta da mesa, e tinha o que olhar porque em volta da mesa no grande salão de conferências praticamente todo mundo que fora convocado estava sentado, pois eles foram literalmente ameaçados de que, se um dos destinatários do convite não comparecesse, haveria consequências sérias e, pior, em alguns casos até imprevisíveis, e principalmente com esta última observação as pessoas ficaram sobremaneira assustadas, pois de alguma forma todo mundo tomou para si, ou seja, sentiu que essa nota e exatamente essa nota era dirigida para a sua pessoa, de modo que ainda não eram nem dez horas e todos já estavam sentados ao redor da mesa, no grande salão de conferências, e observavam os fartos seios da secretária-executiva, que por sua vez não olhava para ninguém, e não disse mais uma palavra, apenas ficou arrumando, meio sorridente, as pastas de arquivos que havia levado consigo, primeiro do lado direito, depois do lado esquerdo, e sorria, concluíram as pessoas sentadas ao redor, ela está sorrindo, deve saber de alguma coisa, apesar de estar tão por fora de tudo quanto os outros, a não ser uma coisa, e isso sabia bem, como era difícil fazer essa turma se sentar a uma mesa, todo mundo achava algum pretexto, mas tem gente que nem procura um pretexto, simplesmente não aparece e pronto, agora porém estão todos ali, a secretária-executiva sorriu, e ela sabia o porquê, por causa da nota, principalmente aquele "e pior, em alguns casos" — uma nota que partiu dela, assim, agora, por causa do orgulho, seus favores estavam um pouco mais redondos e decotados, e, mostrando-os ora para um lado e ora para o outro, estava silenciosa e esperava pacientemente a chegada do prefeito e que ele ocupasse seu lugar, mas quando isso aconteceu ela não se interessou muito pelo que ele dizia, o que a interessava era sempre a mesma coisa, a ordem, a organização, que as coisas fluíssem, como costumava dizer, por isso, dessa vez também não estava interessada no conteúdo, isso não lhe interessava, mas se tudo estava fluindo na direção certa, já que todos compareceram e, assim, há chances de surgirem soluções para os itens da pauta, especialmente para aquele específico, isto é, o que acontecerá com a gente depois dessa inacreditável e dramática reviravolta dos eventos.

Afinal de contas, o que as pessoas estão pensando, levantou a questão, dessa vez dirigindo sua pergunta ao grande público em geral, pois agora ela não estava enfrentando a Irén ou as pessoas semelhantes a ela, mas o grande público, no caso ela considerava toda a cidade, o que estão pensando, até quando ela vai aguentar, já que teve que aguentar durante uma vida inteira, pois qual foi o papel dela nisso que chamava de, e fez uma careta zombeteira, sua "cidadezinha mágica", o que ela recebeu dessa "cidadezinha mágica" ao longo de toda uma vida, nada além de tortura, escárnio, zombaria, até mesmo desprezo, para no final, como fazem com um cachorro, ser chutada e escorraçada, foi isso que ela recebeu de sua amada cidadezinha depois de uma vida inteira, ali está, aos sessenta e sete anos, ainda em boa forma, percebe isso diariamente, já que uma mulher percebe isso, exatamente isso, balançou a cabeça para afastar todas as objeções, ela vê isso no espelho com precisão, ainda por cima todas as manhãs, tá, ela viveu uma vida simples e pacata, e era bom como era, já tinha renunciado aos grandes sonhos, talvez não exatamente renunciado, mas eles foram reprimidos dentro de si, até que aquele miserável sem-teto se atirou sobre ela lá do desconhecido, porque como chamar um homem que brinca com as emoções das pessoas como se não passassem de um brinquedo, para ela tanto faz se ele tinha demência, ou qualquer outra coisa, pode ser muito perturbador quando, em nome disso, alguém é relevado como isso e aquilo, que tais e tais coisas devam ser levadas em consideração, e no final é absolvido, mas ela não, e ainda bateu o pé com o chinelinho que costumava usar dentro de casa, ela é incapaz de fazer isso, mas depois de tudo o que aconteceu jogaria alguém como aquele homem direto para os cães, ou o que quer que fosse, porque aquele ser, que a tirou do sério, exigiu o que não poderia ter exigido, pois quantos, mas quantos homens existiram na vida dela, e teve que se frustrar com todos eles, ora por uma coisa, ora por outra, mas o final sempre foi o mesmo, jogavam-na fora, como um artigo de prazer que já não tinha utilidade, pois, como dizer isso, essa é a verdade, os homens só precisavam dela para fazê-la acreditar em falsas promessas, para lisonjeá-la, para deixá-la sem chão, e ela teve que se desiludir de cada um deles, um por um, porém nunca, em nenhuma ocasião fizeram com ela o que aquele homem fez, pois ninguém a humilhou em sua própria feminilidade, porque esse homem, como chamá-lo de homem, a nocauteou em sua essência feminina, e se ergueu nervosa da poltrona, então ele ainda se deu o direito de ficar indignado, de sair correndo, sem mais nem menos me deixar falando sozinha, de sair correndo mundo afora, carregando seu fardo de tristeza, e muito ofendida, parada no meio da sala, Marika estendeu esse "tristeeeeza", mas não, ele não correu mundo afora, mas correu contra ela, indicou sua pessoa, foi contra ela que esse mundo hipócrita se voltou, pois o que havia acontecido um par de dias antes, ela havia sido tratada como uma rainha, mas agora, se saísse na rua, em todos os lugares *somente aqueles olhares*, e a palavra "olhares" a fez estremecer, como se ela fosse culpada de alguma coisa, ainda bem que pelo menos não dizem ter sido ela a empurrar o homem na frente do trem, só lhe faltava essa, que a acusassem, pois, tem certeza, conhece bem essa "cidadezinha mágica", sabe exatamente o que pode esperar, se colocar os pés para fora, vão acusá-la, não dirão direto na cara dela, pois ó, olho no olho não, isso nunca, mas pelas costas já pode ouvir, já aqui em casa, que estão cochichando, não pode sair nem para comprar um pedaço de pão, ainda bem que há poucos dias fez uma compra maior, e ainda tem um pouco de pão, leite, manteiga, um pouco de tomate, ela não precisa de muita coisa, na sua idade e com sua aposentadoria, o que pode realmente querer comer, principalmente se ainda quer cuidar da linha, pois, é claro, envelheceu, e tudo o mais, porém por que isso tem que significar que ela vai se largar, ela não, nunca verão isso dela, que vai se sentar na frente da TV e ficar mordiscando uma coisinha aqui, outra ali, e pronto, a maldita balança começa a subir, não, não esperem isso dela, que nunca foi indisciplinada, isso ninguém pode afirmar sobre ela, e qualquer coisa que afirmarem sobre ela agora é obra da inveja, é isso que emana das pessoas, porque é exatamente disso que se trata agora, e que outra razão teriam para falar dela, a não ser por inveja, porque é claro que ficaram doidos quando se descobriu que o "grande sr. Barão", e foi incapaz de pronunciar isso de outra forma que não com o mais profundo desprezo, que ela, de quem meio mundo está falando, que se autodenomina habitante dessa "cidadezinha mágica", como aquela por quem é possível viajar meio mundo, e ele teve que viajar meio mundo por ela, saber o que é de fato verdade nessa história é outra questão, mas pode imaginar o que as pessoas da cidade sentiram, pois, sinceramente, sentou-se de novo na poltrona concha, mas ainda não ligou a TV, quem aqui teria alguém que viajaria pela sua pessoa, que fosse da cidade vizinha, que dirá do outro lado do mundo, é claro que ficaram com inveja, é claro que ficaram cochichando pelos cantos, é claro que rolou fofoca e zum-zum-zum de tudo quanto é lado, e tudo o mais, consegue imaginar, não precisou ouvir com seus próprios ouvidos, ela tinha ciência, como agora também tem, de como sua "cidadezinha mágica" se deleita ao rir da desgraça alheia, como todo mundo está feliz agora, com a sua desventura, depois do grande entusiasmo, das grandes esperanças, do grande sonho, foi deixada para trás, sem a mínima cerimônia, mas ela detesta esta expressão, sem a mínima cerimônia, ó meu Deus, mas fazer o quê, não consegue nem conversar sobre isso com ninguém, afinal quem poderá ser sua amiga, talvez a Irén, com suas pernas grossas e seu senso prático, mas detesta essa palavra também, "prático", portanto, muito menos ela, a Irén, imagina, com seu senso prático e seu olhar inquiridor, do jeito que sempre vê a maluca nela, a pequena ingênua, que ela sempre precisa proteger, não, definitivamente não, chegou a dizer isso para ela, quando veio arrombar sua porta, literalmente, a porta, isso não vai mais acontecer que ela venha aqui e arrombe a porta, e cobre uma explicação, então, quem é ela e quem é aquela Irén, ora bolas, por que acha que pode cobrar explicações dela, e para quê, já que ela nem sabe o que aconteceu, e nem vai ficar sabendo, aliás, não vai contar para ninguém, Marika decidiu, sentada na poltrona concha, aqui não, mas que barulho é esse, santo Deus, de novo aquela mulher, mas por que será que não me deixa em paz, mas, quem quer que fosse, ficou batendo na porta sem parar, por isso sabia que era novamente a Irén, então tá, tanto faz, observou para si mesma, e se levantou, vou até lá, mas só para pôr os pingos nos *is*, e vou lhe dizer isso, de uma vez por todas, que acabou, não há mais amizade, ela não precisa de uma amiga daquele tipo, e colocou a mão na chave, virou-a, mas, é claro, a corrente nunca, só quando tivesse certeza, como desta vez, de quem era o visitante.

Não foi muito amigável, mas que outra coisa poderia esperar, confessou para o dono do bar em Krinolin, a gente tem que escolher direito os amigos, pois nem esperou eu terminar de pronunciar os cumprimentos, já que não nos víamos fazia anos, ele já veio gritando comigo, estou falando sério, não dá para acreditar, mas foi assim, em vão eu falava com o meu amigo, ele cortava a minha palavra, e começou a falar comigo de um jeito, como se eu fosse seu empregado, cheguei a dizer para ele depois, ei, que negócio é esse, não fale assim comigo, não sou seu subordinado, só seu amigo, coisa que o dono do bar não podia deixar passar sem comentário, e meio incrédulo, meio admirando o seu cliente, perguntou com cautela, e ele, quero dizer, você, apenas se atreveu a dizer isso para ele, vocês têm um relacionamento desse nível, mas agora, falando sério, olhou sério para ele, já que a resposta não o tranquilizou, pois o Dante não disse mais nada além de um sim curto e grosso, e continuou de onde tinha parado, que assim e assado, que ele vai mandar me trancafiar aqui e ali, mas antes disso ainda vai mandar me darem uma surra, isso ele promete de cara, pois ele não pode ser ludibriado sem mais nem menos, sem consequências, mas então eu lhe pergunto, olhando para o dono do bar com a cara mais deslavada do mundo, quando foi que eu ludibriei qualquer pessoa, me diga, você é realmente meu amigo, quando foi que nessa vida eu lhe fiz mal, e olhou para ele, mas agora, conforme o dono do bar olhou de volta, e mais uma vez percebeu como o Dante estava todo fodido, apanhou muito, perdeu a vontade de mencionar que sim, que você me ludibriou, até mesmo a mim, porque você nunca paga suas contas, mas o seu dinheiro das duas máquinas você sempre pega, como um sanhaço, mas tá, tanto faz agora, pensou, e olhava horrorizado para a cara toda ferrada do Dante, não era hora para isso, então lhe disse, só tem uma coisa que não entendo, se vocês são tão bons amigos, então por que ele mandou te dar essa surra, comigo não é assim, se alguém é meu amigo, então eu não somente não bato nele, ou mando bater nele, mas tal coisa nem me passa pela cabeça, mesmo que esteja em dívida comigo, apesar de, comigo, você sabe, você me conhece, esse é o maior pecado que amigo pode cometer contra amigo, se não paga em dia, pois a amizade é uma questão de confiança, e isso quer dizer que, tá, tanto faz, Dante o cortou, e fez um sinal na direção do balcão para que lhe desse algo para beber, por causa das feridas, e por causa de seu bom coração, lhe trouxe uma dose de cachaça, a melhor que tinha, colocou o copo diante dele, que Dante virou de um gole só, e depois começou a procurar alguma coisa com a língua dentro da própria boca, mas não encontrou, pois perguntou para o dono do bar se ele tinha Unicum, pois nele vem indicado os tipos de ervas medicinais e tudo mais, e ele, visivelmente, agora está precisando de erva medicinal de verdade, assim trouxe um copo de Unicum para o Dante, que ele também virou de um gole só, sem ao menos engolir, simplesmente abriu a "torneira da goela", como costumava dizer, e mandou tudo para dentro, boa, isso me fez bem, espero que ajude, resmungou o dono do bar, voltou para trás do balcão e anotou as duas bebidas numa caderneta encardida, do lado dos copos lavados, mas agora você já poderia me contar, levantou o olhar da caderneta, o que deixou o Comissário tão insatisfeito, ora bolas, o quê, Dante explodiu, se eu soubesse, pois ele não disse nada, só me jogou dentro de uma cela vazia, depois entraram dois brutamontes e começaram, você pode imaginar como me senti, vou para fazer uma visita para um amigo que não vejo há muito tempo e é isso que ganho em troca, no pescoço, quer dizer, na cabeça, depois me largaram lá, fiquei deitado no chão, um frio dos diabos, e só me levaram de volta para ele depois de uma hora, nem sei quanto tempo fiquei deitado lá, cheguei a dizer para ele, presta atenção, meu amigo, acredito que esteja bravo por algum motivo, mas depois de tudo isso você poderia ao menos dizer qual é o seu problema comigo, e isso fez a raiva dele explodir, gritou muito comigo, dava para ver as veias do seu pescoço inchadas, e as veias daquele pescoço, mostrou o tamanho, eram desse tamanho, então achei melhor deixar quieto, fiquei pianinho, pois percebi que peguei o cara num dia ruim, e ainda por cima o tempo todo ficou repetindo se eu sabia alguma coisa sobre certa quantia de dinheiro em euros, mas eu não sabia, só ficou me olhando, e eu lhe disse, presta atenção, se soubesse eu lhe diria, afinal você é meu amigo, pelo menos foi, ao que ele continuou gritando que ia acontecer isso e aquilo, que eu apresentasse, mas eu não só nunca tinha visto aquilo como também nunca tinha ouvido falar a respeito, não entendo, o dono do bar sacudiu a cabeça, condoído, o que ele queria, o que era aquilo, tanto faz, Dante respondeu, e naquela cara toda arrebentada por um instante um lampejo de vida voltou a brilhar, e perguntou se por acaso ele poderia dar alguma coisa para um amigo frustrado, quem sabe ele conseguiria comer, pois sinto que, e apontou na direção da cozinha, o seu almoço já está pronto, em vista do que um amigo de verdade faz o quê, vai até a cozinha e traz para esse amigo uma travessa de guisado, esse, por sua vez, inclinou a cabeça para o lado e com muito cuidado foi derramando e pingando a sopa para dentro, e o que tinha para ser mastigado ele mastigou com muito cuidado, mas só do lado esquerdo, o que não deixou margem a dúvidas de que ele realmente levou uma baita duma surra, mas não se preocupe, disse o dono do bar, como os clientes que costumam vir almoçar ainda não chegaram, se sentou, só por um minuto, disse, de frente para o Dante, no outro lado da mesa, e simplesmente perguntou baixinho, se por acaso não deu para descobrir quando ele vai ter as máquinas de volta.

Fecharam as portas de ambas as redações, sem falar dos dois estúdios de TV, pois foram eles que fecharam — temporariamente — o mais rápido possível, assim o editor-chefe resolveu o que era necessário a partir de casa, pelo telefone, primeiro falou com o outro editor-chefe, depois com sua secretária, e em seguida começou a chamar as pessoas de todos os tipos que tinham uma característica em comum, a saber, o fato de terem feito um discurso ou na estação ou nos diferentes locais dos eventos festivos, e também que foi tanto ele como algum dos seus colegas que escreveram o discurso, e agora se ofereceu para deletar os discursos em questão dos computadores da redação e eliminar quaisquer vestígios que pudessem levar a esses discursos, e os tranquilizou, disse para todos, um após o outro, que costumava fazer um trabalho perfeito e completo, coisa que talvez eles já tinham constatado no jornal, que é a prova viva de que o que ele diz tem fundamento, quando promete que ninguém jamais conseguirá encontrar esses discursos novamente, não importa se algumas pessoas apareçam agitando as páginas impressas, ele garante que nesses prováveis mas indesejáveis casos afirmará que as possíveis citações de certos discursos são simplesmente inventadas do nada, ele testemunhará sob juramento que segundo seu conhecimento nenhum discurso foi proferido, e, se uma ou duas frases com relação ao barão viciado em cartas chegaram a ser incluídas em alguma das reportagens da época, elas foram inventadas por funcionários que já deixaram o jornal, e assim por diante, pois ele pensa em tudo, disse para eles, e a pessoa do telefonema em questão, desde o diretor da escola até o prefeito, ficava simplesmente impressionada, por exemplo, o diretor do ginásio chegou ao ponto de mencionar que, caso acontecesse o improvável, o editor-chefe pode pedir qualquer coisa para ele, à exceção de seu certificado de pequena nobreza, qualquer coisa, ah, está bem, respondeu por sua vez o editor-chefe, mas não acha que deseja extorquir favores monetários de excelências, por exemplo, do diretor do ginásio, ou dele, do prefeito, e assim por diante, pois essa foi a primeira reação de todo mundo ao ouvir a oferta, quanto, quanto?!, como assim, dinheiro?!, nem por sonho lhes ocorra tal ideia, quem acham que ele é, o editor-chefe perguntava, indignado, por acaso ele é médico para aceitar dinheiro por baixo do pano de pessoas indefesas, de forma nenhuma, para ele basta que anotem o incidente em sua memória, e agora ao telefone basta um agradecimento, pois sempre podemos nos encontrar em situações em que a empatia humana é necessária, e agora, aqui, é só disso que se trata, que para ele esta cidade é importante, e não existe nada que deseje mais do que o desenvolvimento desta cidade, e mesmo que de pouco em pouco, mas é com esse objetivo que ele trabalha e continuará trabalhando, contanto que na próxima votação na Prefeitura todo mundo vote nele para elegê-lo editor-chefe por mais quatro anos, para ele isso é suficiente, pois ele só precisa de confiança, que confiem nele tanto do lado do governo, quanto do lado da oposição, sem isso não existe imprensa livre, da qual, ele, desde que se lembre, tem sido um apoiador incondicional, fato esse que é do conhecimento de todos. Desligou o telefone e ligou para o próximo.

Ele é o fotógrafo oficial da cidade, e se o pé de um fotógrafo profissional realmente se desgastasse, tanto tempo tem que ficar de pé, então ele já não estaria andando sobre os próprios pés, mas só sobre cotos, por favor, disse para a barista diante de um cafezinho fumegante, não vai acreditar, vou acreditar sim, resmungou ranzinza a barista, pois ela já conhecia aquele tipo, e estava de saco cheio dele, e dos caras parecidos com ele, porque esses caras não bebem nada, só a droga de um cafezinho simples, e pronto, não dá para viver daquilo, só ficar ouvindo o papo ruim deles, como desse aqui agora, que nem terminou a frase, só continuou de qualquer jeito, que a senhorita não vai nem acreditar no que está acontecendo, porque as coisas realmente deram uma acelerada vertiginosa, embora, essa fosse a sua locução preferida quando falava, embora ele nunca tenha pensado que um dia ganharia rolos de dinheiro, não tirando fotos, mas destruindo fotos, pois é isso que está rolando, senhorita, há dias não faço outra coisa, só vendo aquelas memórias gravadas, então eles vêm, me procuram, de repente todo mundo sabe o número do meu celular, pois então, antes ninguém me ligava, e me pedem para fazer o favor, um superfavor, rogam que eu lhes faça o favor, e assim por diante, e todas as fórmulas que a senhorita possa imaginar, ouço de tudo, para eu apagar, e preciso lhe dizer, isso está me dando tanto trabalho, e para esses ingênuos eu apago a foto, o que quiserem, da estação ou dos programas de entretenimento, diante dos olhos deles, localizo o cartão de memória, abro, junto com eles procuro aquelas fotos que querem eliminar sem falta e apago, deleto na frente deles, e me perguntam, quer dizer que nunca mais ninguém vai ver, e eu lhes digo que não, é claro, nunca mais, ninguém, pode ficar tranquilo, pois tenho tanto trabalho que simplesmente não venço, e é difícil conseguir memória para a minha máquina, pois uso uma Canon EOS, a versão mais profissional, e o preço do cartão de memória dessa máquina, é provável que a senhorita saiba, é meio salgado, então com esses caras foi o que aconteceu, mas depois vêm os peixes graúdos, é claro, para eles não é suficiente eu mostrar que apaguei, eles conhecem o negócio, e querem o cartão, tá, só que o preço dele é meio salgado, e, claro, tem os direitos autorais, e o trabalho, e tudo isso junto já dá um belo montante, mas eles pagam, senhorita, esses pagam, como uns anjinhos, santodeus, o fotógrafo deu um gole no café, se eu soubesse disso antes, não teria levado uma vida tão fodida, eu não tinha nem o suficiente para vir numa cafeteria para tomar um café expresso com calma, e veja, estou aqui, estou aqui no seu espaço, e estou tomando um café, e sabe o que mais, o quê?, cheio de felicidade ele se inclinou um pouco mais para a frente, estou em paz, pela primeira vez na vida não estou nervoso, pois teria que estar em vários lugares ao mesmo tempo, porque aqui o vice-prefeito está inaugurando os novos banheiros do jardim de infância de Németváros, e ali o vice-presidente do conselho da Fábrica de Leite em Pó está cortando a fita na festa da inauguração do novo campo de futebol, e não vou continuar, você não pode imaginar o que era o corre-corre do meu dia, quão desgastante era correr atrás de tudo o que eu tinha para fazer, o meu pé chato já estava chateado, e nenhum lucro, nadica de nada, só a correria, o nervosismo da expectativa, será que vou chegar ou vou me atrasar, porque sempre foi assim, ter que estar aqui e ali ao mesmo tempo, eles me arrastavam para lá e para cá, e todo mundo só ficava me dando ordens, mas agora, sabe o que mais, quero outro café, senhorita, agora é como se eu estivesse dando ordens para todo mundo.

Deviam estar a uma distância de cem a cento e cinquenta metros da estação, mas podiam se esconder tão bem entre as pilhas de toras de madeira que dali ninguém os via, primeiro, é claro, tiveram que afugentar o Zé Bobinho, que foi capaz de ir atrás deles até ali, ele tem um faro excelente, precisaram reconhecer, mas para que perdesse o costume agora lhe disseram que se ousasse segui-los de novo iriam capá-lo e fazer churrasquinho da sua salsichinha, ou vice-versa, e isso ele entendeu, e se mandou para os lados da Caixa-d'Água, rápido como um raio, então finalmente ascenderam um cigarro, e só de vez em quando diziam alguma coisa, pois conheciam até mesmo os pensamentos um do outro, e em geral não tinha muito para falar, menos ainda agora que precisavam, quando as pessoas têm que refletir bem direitinho sobre aquilo que vão dizer, mas não havia o que dizer, só ficaram assoprando a fumaça, e olhavam para trás para ver se o trem de Sarkad vinha ou não, mas não, então o careca apagou a bituca na ponta de um dos dormentes, e apesar de tudo começou um monólogo, que num tem motivo pra pânico, ficar com esses cara não ia ser manero, teriam mandado a gente pra puta que o pariu, por isso, papo reto, e se forem procurar um bando mais sério, pô, esses caras daqui são uns babacas provincianos, dizem com ares de importância, lutam um pouco, é isso aí, pô, não vamos conseguir nada porreta por aqui, tinha que ser uma coisa maior, uma sociedade de alto padrão, disse o careca, e sorriu pro crista de galo, quer dizer, um *business*, que não fosse devagar quase parando como essas lesmas, virar empreendedor, o outro ficou saboreando a palavra, pra mim é foda, não tô dizendo, e escuta aqui, o careca pegou a palavra de volta, e se, papo reto, a gente fosse pra Pest, o que cê acha, hummm, seria porreta, o crista de galo respondeu, mas pra Pest, puta merda, como vamos chegar lá, eles derruba a gente num piscar de olho, porque tão procurando a gente, certeza, sei não, num tenho certeza, o careca declarou, por quê, cê acha mesmo que aqui tem alguém interessado na gente, pra mim nem perceberam ainda que num tamo lá, no meio de tanta confusão, porra, que eles ainda nem desconfiaram que não tamo por ali, então vamo aproveitar, entendeu, entendi, disse o outro, depois ficaram quietos por mais um tempinho, acenderam mais um cigarro, então tá, o careca disse depois, mas a gente precisava de grana, porque esse pacote tá acabano, e sem grana a coisa não funciona legal, por que não, perguntou o crista de galo, onde cê quer paga, num precisa paga em lugar nenhum, vou te mostrá, claro, cê vai me mostrá, tá certo, o careca respondeu, tá certo, vou mesmo, interrompeu o crista de galo, cê me segue e aprende, porra, cê precisa de cigarro, vai ter cigarro, cê tem que subir num trem, vamo subir num trem, cê precisa de rango, vai ter rango, precisa de pó, de erva, de ouro, vai ter de tudo, só presta atenção, seu porra, e olha como eu faço, porque não quero grana, nem um tostão, só uma gatinha e tá tudo bão, dizia no ritmo, e começou a dançar rap no meio das toras, pois nisso ele era craque, já criança, todo mundo reconhecia que ele devia ser rapper, mas pra isso precisava de equipamento adequado, essas coisa que não tinha lá no orfanato, mas ele fazia rap numa boa, sem nenhuma tralha, só assim, quando lhe dava na telha, mas agora, disse, lá em Pest vai tentar uma coisa, porque, e soprou uma longa baforada para fora, e com um olhar sonhador, de quem visualiza o que está dizendo, vou simplesmente entrar no primeiro lugar, entendeu, vou subir no palco, que nem o Eminem, e aí todo mundo vai ficar de queixo caído, quem é aquele porra-louca, não vão mais dizer que é um filho duma égua da província que nem mãe tem, tá entendendo, vão ficar só ouvindo e olhando, de queixo caído, porque vou fazer fortuna com isso, tá entendendo, então tá, disse pro careca, vou te levar comigo, sem bronca, você vai segurar o microfone, porra, sem bronca, merda, essa droga desse trem já podia chegar, não tô ouvindo nada, porque se estivesse vindo a próxima parada seria Csaba e depois Pest, putamerda, e se for Pest, e para lhe dar mais confiança deu um tapão nas costas do parceiro, então aqui é o Canaã.

Como havia feito uma declaração para o canal Körös1 ainda recentemente, e como todos certamente o ouviram *naquele momento*, talvez nem seja necessário que ele entre em muitos detalhes *agora*, o prefeito começou, quando finalmente também tomou seu lugar no grande salão de conferências, mas antes de iniciar a discussão sobre o assunto que levou à convocação do comitê social ampliado para a reunião de hoje ele gostaria muito que todos os que estão aqui sentados vejam a situação exatamente como ela se apresenta, porque essa questão tem um aspecto pessoal, qual seja, aquele sobre quem, há poucos dias, foi dito que seria a alma da cidade, a alma, e essa expressão foi usada pelos concidadãos nas ruas, paravam-no por toda parte e lhe apertavam a mão, mas hoje todos dão as costas se o veem, e por quê, o prefeito perguntou em voz alta, por acaso ele é um camaleão ou o quê, para num par de dias se transformar em alguma outra coisa, nããããooo, sacudiu a cabeça muito decididamente, ele é a mesma pessoa que sempre foi, não se modificou, ele ainda, se quiserem, e pede encarecidamente para que naquele momento a oposição não o interrompa, ele ainda é a alma desta cidade, pois sem ele, e consegue afirmar isso sem falsa modéstia, esta cidade desmoronaria, já aconteceu, interrompeu um dos representantes do partido de oposição, de modo irônico, mas para que isso não acontecesse, para isso, de uma parte está ele ali, e de outra parte estão os senhores, e o prefeito se dirigiu aos presentes, lentamente encarando os presentes, já que juntos, se estiverem irmanados, somente então poderão ser senhores da situação que se apresentou, pois existe uma situação, como diria o sr. Comissário e imagino que ele usaria essa expressão, olhou para o Comissário, que ouvia entediado ao extremo, mas não reagiu, portanto aguarda apartes, disse, mas antes que qualquer pessoa fizesse um aparte, ainda acrescentou ao que havia dito anteriormente que, para concluir sua reflexão prévia sobre o aspecto pessoal, ele gostaria de declarar aos presentes, com muita determinação, que não havia nenhuma evidência de que ele tivesse feito qualquer discurso na estação, e ele informou isso também para o noticiário do canal Körös1, quando ainda estava funcionando, mas mesmo que tenha proferido algumas poucas palavras, mesmo nesse caso ninguém poderia afirmar que de sua boca saiu qualquer coisa que ele não pudesse assumir "agora e para sempre", e com isso ele não quer dizer que qualquer discurso que tivesse sido proferido ali, de sua parte, pois digam com sinceridade, não é verdade que ele tem razão quando afirma que naquela confusão não dava para ouvir uma única voz, muito menos uma voz como a que ele tem, e não quer agora fazer piada consigo mesmo, ainda mais quando não está para brincadeiras, mas com essa sua voz um discurso nem se faria ouvir naquela situação caótica que irrompeu ali, quando o barão chegou no trem, e uma situação se estabeleceu ali, que ele não consegue definir de outra maneira senão como uma verdadeira desordem, e sim, repete, caos, e acrescentaria imediatamente, para esclarecer melhor a situação, que houve uma balbúrdia sonora também, e naquela balbúrdia sonora que se apresente alguém que entendeu alguma coisa dos discursos, e o que lhe comentaram seus colegas de trabalho mais próximos, e aqui ele dirigiu um olhar significativo para a secretária-executiva, que eles não ouviram nada, nadica de nada, apesar de estarem ali perto dele, a Jucika por exemplo, estava a menos de um metro de distância, olhou novamente para a secretária-executiva, que desta vez presenteou o chefe com uma ampla visão de seu colo, virou-se para ele e acenou com a cabeça em aprovação, e lhe disse que não tinha ouvido absolutamente nada daquele discurso, pois então, e agora a secretária-executiva tomou a palavra e dirigiu aqueles vastos seios para a fileira do lado direito, apesar de estar certa de que o discurso do sr. Prefeito foi excelente, então, estão vendo, o prefeito continuou com uma expressão meio irritada, pois não considerou que o aparte da secretária tivesse sido particularmente feliz, e ainda o perturbou um pouco, como sempre, quando a Jucika comparecia com essa "aparência" favorável para a exibição de seus seios, ela também não ouviu nada, então as pessoas só puderam saber o que foi dito e o que não foi dito através da nossa imprensa, e o mais importante aqui é que somente a partir dali, só a partir dos jornais e dos noticiários, ainda assim até mesmo aqueles colegas não ouviram nada da palestra dele, cuja qualidade, evidentemente, ele não deseja comentar, que isso seja privilégio de outros, mas que resultou em um monte de disparates escritos e reportados, e naquela ocasião estava lendo um relatório quando ouviu o noticiário, e diz, sinceramente, ficou pasmo diante do monte de baboseira que atribuíram a ele, de acordo com o que ele era muito grato ao barão, que estaria presenteando isso e aquilo à cidade, e coisas do tipo, bem, só rindo, e mesmo agora sorriria, se estivesse de bom humor, a coisa toda era tamanha baboseira, pois imagina se ele diria coisas assim, a sua fala só se ateve a acolher o visitante, que depois de longas décadas retornou à cidade, e só isso, o prefeito inclinou-se para a frente, e qualquer pessoa poderia constatar isso se aquelas edições de jornais e aqueles noticiários ainda existissem, ele mesmo tentou consegui-los para apresentá-los ao comitê social, mas imaginem só, disse, e devido à surpresa suas feições como que desmoronaram, nenhum deles existe, de modo que a respeitável congregação será forçada a acreditar nas suas palavras, pois suas palavras, como sempre, contêm apenas a verdade, portanto era isso que queria dizer do meu ponto de vista pessoal, e agora eu gostaria de passar a palavra, por favor, e empurrou o microfone sobre a mesa para o Comissário, mas ele fez um sinal que não tinha nada a dizer, e empurrou o microfone adiante, e a coisa foi assim até que desse a volta em toda a longa mesa de conferências, quando então o prefeito o pegou novamente e disse para a congregação que é nosso dever, depois do terrível desastre que ocorreu, declarar que o que aconteceu abalou os habitantes solidários da cidade, mas o fato não pode ser considerado outra coisa que não o acidente pessoal de um infeliz idoso, depois do que a cidade deve enfrentar o seu próprio destino, as suas próprias tarefas de modificação desse destino, com os empregos, o desenvolvimento, as aposentadorias, aumentar a motivação para se ter mais filhos, a questão não resolvida da limpeza pública, manutenção da segurança pública, a monitoração constante das condições higiênicas dos alimentos distribuídos, querem que diga mais? — e com relação a essas questões no momento só tem uma coisa a comunicar, e isso é realmente um pouco desanimador, admite, na verdade, ele mesmo sente isso como um fracasso pessoal, mas tem que anunciar que uma das ideias mais encantadoras do plano de embelezamento urbano que a cidade há muito deseja é que, principalmente ao longo do Körös, entre as duas grandes pontes, se instalem um chafariz a aproximadamente cada cinquenta, talvez a cada vinte e cinco metros, que nas noites de verão elevariam o ânimo dos cidadãos trabalhadores com seu aspergir delicado, que o merecem, pois bem, este é o sonho, e infelizmente foi definitivamente decidido, devido ao contexto financeiro não resolvido, esse plano não se concretizará num futuro próximo.

Passou quase na ponta dos pés pela sala de empréstimos, depois virou no corredor, onde já sentia o nervosismo tomar conta do estômago, e quando bateu com muita delicadeza na porta do sr. diretor sentiu como sempre que precisava entrar por causa de algum assunto urgente, ou seja, como alguém que não conseguiria pronunciar uma única palavra, conforme a potente voz de barítono do diretor soasse lá dentro, ela abaixou a maçaneta e entrou, mas apenas enfiou a cabeça, enquanto segurava a porta, na qual, na verdade, estava se segurando, e disse que não sabia se o diretor estava interessado em saber, mas hoje toda a biblioteca, todos os usuários que fizeram empréstimos, assim como todo o departamento de atendimento ao leitor, parecia ter enlouquecido, faça o favor de entrar, Eszter, o diretor lhe disse naquela voz potente de barítono, sim, sr. Diretor, e deu um passo para dentro da sala, mas não ousou se afastar da porta mais do que um metro, e a fechou tão baixinho atrás de si que ninguém poderia tê-la ouvido, pois o que está acontecendo, sr. Diretor, por favor, que estão trazendo, melhor dizendo, estão descarregando os livros que haviam levado, em outras ocasiões levava meses e muitos alertas de nossa parte até que reagissem, mas agora, sem nenhum aviso, mais ainda, os prazos de retorno nem venceram ainda, e eles estão trazendo de volta os livros, estão lá, pilhas e mais pilhas sobre a minha mesa, e mal consigo dar conta, sr. Diretor, mas eu não o incomodaria por causa disso, pois se é assim, que seja, a questão é, diga, Eszter, o olhar sério do diretor voltou-se novamente para o documento que vinha estudando antes e que estava à sua frente sobre a mesa, indicando que ou não estava interessado no assunto ou já sabia de tudo havia muito tempo, talvez este último fosse o certo, seu olhar passou por Eszter e apenas continuou, porque agora tinha que contar tudo sobre como a estavam xingando, e aqui abaixou a voz, o que eles estavam repreendendo, perguntou o diretor sem levantar o olhar sério, bem, o barão, pois então, sr. Diretor, do jeito que o entusiasmo era grande, o senhor deve se lembrar do que estava acontecendo aqui durante toda a semana, pois é, mas agora estão falando sobre o assunto com tanta grosseria, que assim e assado, e um deles diz que não foi para si mesmo que emprestou aquele guia de turismo argentino, mas para a sua avó, e o outro diz que pegou sem querer, pois não era aquilo que queria levar, mas outra coisa, só agora lembrou, algo mais agradável de ler, disse aquela pessoa, sr. Diretor, a coisa toda é um verdadeiro circo, pois é, tem razão, observou o diretor, e perguntou se tinha mais alguma coisa, mas não ergueu o olhar, e com isso Eszter deduziu que sua conversa seria breve, assim rapidamente comentou que, por exemplo, teve até quem xingasse os gaúchos, a pessoa que trouxe de volta o livro *Dom Segundo Sombra* de Martín Fierro, chamou eles de gaúchos desgraçados, imagine sr. Diretor, alguém se pronunciar dessa forma sobre esse romance excelente, como gaúchos desgraçados, eu não consigo entender os homens, eu, ao contrário, entendo, Eszter, o diretor ergueu a cabeça e endireitou os óculos, cujo alto grau de dioptria dobrava o tamanho de suas íris, pois para ele fica claro, disse, com um sorriso sugestivo, afinal o que temos que começar aqui na Biblioteca Municipal, Eszter, você se lembra do que eu disse, embora eu não goste de ficar citando a mim mesmo, mas você se lembra, sim, sr. Diretor, então, o que foi, o que foi que eu lhes chamei a atenção, perguntou, e agora chegou até a estalar a língua e olhou para a sua funcionária do setor de empréstimos como se estivesse esperando uma resposta, mas ela sabia que ele não esperava uma resposta, apenas fazia uma pausa para dar a formulação mais precisa possível sobre uma questão que havia surgido, uma espécie de organização, era assim que a Eszter, do setor de empréstimos, sempre guardava tais declarações do diretor, eu disse, se você se lembra, sim, me lembro, sr. Diretor, eu disse que nós, aqui na Biblioteca Municipal, devemos partir da natureza humana, que ela depende sim das últimas notícias, dos diz que me diz, dos modismos, das manipulações, e que essa natureza humana é fraca, Eszter, disse o diretor, tirando os óculos para massagear a ponte do nariz, onde se via uma pequena marca vermelha, marca essa que

Eszter particularmente respeitava naquele rosto, de modo que mal conseguiu continuar prestando atenção no que estava sendo dito, o diretor continuou, porque há poucos dias os nossos leitores ouviram e leram que o salvador da pátria estava chegando, sobre o que, é claro, nós aqui na sobriedade fria da biblioteca tínhamos uma opinião um pouco diferente, se lembra, mas Eszter não lembrava, mesmo assim ela assentiu prontamente, para evitar interromper o discurso, pois queria ouvir o argumento todo, que os nossos leitores, respeitando as exceções, às vezes, e principalmente em situações tão exacerbadas, se comportam como crianças, não acha, Eszter, perguntou para ela, que outra vez acenou com a cabeça concordando, porque agora eles querem negar que tenham tido alguma coisa a ver com essa situação agravada, e vamos concordar, não tiveram, talvez possamos nos permitir isso no ambiente sóbrio desta biblioteca, não, mas, sim, Eszter sussurrou, aliás, se você de fato quer saber o que aconteceu com os nossos leitores, bem, então vou lhe dizer o que aconteceu, com tudo isso que aconteceu eles descobriram que *não sabiam nada sobre a Argentina*, e é isso que nós, pois são adultos que trabalham nesta biblioteca, e não crianças, temos que aprender com esta situação, que quando os ânimos se acalmarem temos que iniciar um programa especial, por exemplo um programa que foque no continente sul-americano sob a mirada atual, ou algo semelhante, sugestão sensacional, murmurou Eszter na frente da porta, e atrás de suas costas ainda segurava a maçaneta, já que nosso único dever, como Biblioteca Municipal, é a disseminação de informação, do conhecimento, elevar o conhecimento da comunidade, nós não nos ocupamos, e o diretor tirou um lenço do bolso lateral e começou a esfregar as lentes grossas com ele, primeiro a esquerda, depois a direita, era essa a ordem de que ele gostava, ou com que estava acostumado, Eszter não conseguia se decidir sobre isso, nós não nos interessamos por aquilo com que eles ludibriam as pessoas, porque de vez em quando eles ludibriam as pessoas por aqui, nós depositamos nossa proposta para o concurso musical Erkel, e por causa disso podemos ficar tranquilos, porque sou da opinião de que temos uma grande chance de sair vitoriosos do concurso, e aí poderemos continuar ampliando nossos materiais de musicologia, não acha, Eszter, e isso seria maravilhoso, pessoalmente estou muito feliz com isso, porque sou o único e exclusivo responsável por esta instituição, e não lido com política, nem mesmo localmente, não interferimos nas questões políticas, está me entendendo, Eszter, só com conhecimento, ou dito com outras palavras: ver, mas não ser visto, minha *ars poetica* foi sempre essa, e assim continuará, agora o diretor colocou os óculos de volta na ponte do nariz, um gesto que indicava que de sua parte essa conversa oportuna com sua excelente funcionária do setor de empréstimos estava concluída, porque, evidentemente, ele não tinha ideia, e Eszter assumia isso como certo, dos sentimentos dela com relação a ele, porque "ela é tão, mas tão ingênua e está completamente mergulhada no trabalho", então ela empurrou a maçaneta, que de qualquer forma já estava segurando, e com um comentário do tipo "sim, sr. Diretor, concordo plenamente com isso" saiu pela porta andando de costas, enquanto soltava a maçaneta do lado de dentro, e no maior silêncio possível saiu do escritório, fechou a porta com delicadeza, no final, ainda segurando a respiração por alguns instantes, em absoluto silêncio soltou também a maçaneta do lado de fora.

Pois, então, a vida começa a voltar ao seu ritmo normal, digo-lhe, disse o chefe interino do Departamento de Serviços Municipais, só mais um ou dois dias e as pessoas terão superado a coisa toda, daqui uma semana com certeza, mas daqui um mês não terá sobrado nem sombra dessa confusão danada, só a lembrança de um sonho ruim, estavam os dois parados na esquina do poço do Lenon enquanto observavam dois funcionários descarregarem, de um de seus caminhões, uma máquina caça-níqueis, cujo transporte de volta ele mesmo decidiu, isto é, depois que o próprio comissário ligou e pediu confidencialmente que o assunto ficasse entre eles, o que o deixou, admite, particularmente satisfeito, porque não era todo dia que ele pedia para fazer uma coisa "dessa maneira e dessa forma", mas dessa vez aconteceu, e ainda por cima lhe parecia muito convincente, se a opinião pública pudesse ser apaziguada, *por exemplo*, fazendo com que as máquinas caça-níqueis regressassem silenciosamente ao seu lugar habitual, então por que é que aqueles que podem fazê-lo não o fariam, já que a verdade é que, disse o Comissário, é assim que a vida sempre volta ao seu curso habitual, e é exatamente assim que as coisas perturbadoras são acalmadas, já que é necessário, terminou o Comissário, que a vida continue sem cessar, as coisas desagradáveis têm que ser encerradas, em vista dessa opinião, ele tomou a decisão e começou a trabalhar, pois deve-se trabalhar, disse de manhã aos trabalhadores sonolentos, que piscavam devido ao vento frio nas instalações dos Serviços Municipais, que assim foram obrigados a trabalhar, e começaram por ir até o vestiário do campo de futebol, onde poucos dias antes haviam guardado as máquinas recolhidas e começaram a transportá-las de volta, e agora o diretor responsável queria ver como estava indo o trabalho, assim foi com o carro de serviço até os devidos locais, por isso agora estava parado diante do poço do Lenon, junto com seu suplente, e estavam observando quando os dois funcionários deixaram cair a máquina caça-níqueis, por sorte de uma altura pequena, assim só fizeram um sinal para o chefe que ficasse calmo, segundo eles nada da grave aconteceu, ergueram um dos lados da máquina e empurraram um carrinho de carga de duas rodas para debaixo dela, e com sua ajuda a levaram para a sala de jogos, depois trouxeram a outra, e com isso terminaram, acenaram para os chefes e subiram no caminhão, e já estavam seguindo adiante, enquanto os dois voltaram para o carro de serviço, o suplente perguntou qual seria o próximo passo, vamos dar uma volta na cidade, respondeu o diretor responsável, ao que o suplente acenou com a cabeça, acelerou e partiram do poço do Lenon na direção da avenida principal, ali seguiram direto até o antigo prédio do Sistema de Água, então o diretor disse para virarem à esquerda, até a estátua do Petőfi, e ele apenas observava como de fato a vida estava começando a retornar ao seu ritmo normal, porque os sem-teto já tinham aparecido nas ruas, embora os mendigos crianças, de origem albanesa, ainda não podiam ser vistos, mas os sem-teto foram liberados, o suplente os mostrava para o seu chefe, que aqui e também ali, veja, por todos os lados, eles realmente tomaram as ruas de novo, com certeza foi o prefeito quem os deixou sair, porque não podiam manter esse bando imundo no Lar de Idosos, junto com os nossos idosos, por tempo indeterminado, o diretor pensou, aquilo com certeza não poderia ser sustentado por muito tempo, mas no calor da hora não tiveram nenhuma outra ideia, só que também tiveram que lidar com as reclamações, porque pouco depois nossos idosos começaram a reclamar do mau cheiro que o bando tinha, e que eles estavam roubandodo, todo tipo de reclamação, só que naquele momento não havia ninguém que pudesse lidar com essas questões, havia tanta coisa a ser feita, devido às celebrações e tudo mais, o diretor estava se lembrando, mas agora já acabou, e deu um suspiro quando fizeram a volta na estátua do Petőfi, na frente da loja de ferragens na avenida principal, o suplente olhou para ele com ar de interrogação, então, para onde agora, mas o diretor ficou um pouco inseguro naquele momento, porque na verdade não havia nada a ser feito, as coisas agora estavam funcionando bem por si só, então vamos voltar para o nosso local, ou vamos continuar supervisionando como eles estão lidando com as entregas, não, que horas são, perguntou ao suplente, faltam dez minutos para o meio-dia, bem, nesse caso, respondeu o diretor, já vão tocar o sino, então vamos para o Komló, disse ao suplente, até chegarmos lá, até estacionarmos o carro, até que entremos, já será meio-dia e estarão começando a distribuir o cardápio, de minha parte os sinos já estão tocando, olhou alegremente para o seu suplente, para você ainda não?

Se não me pagarem então não esperem nada de mim também, e o marceneiro foi soltando os parafusos da cama lá no quarto do castelo, e mesmo assim ainda estão me devendo a diária, as despesas com o transporte, tem também o breu, pois como vou tirar essas drogas de parafusos, e com raiva deu uma pancada no beiral da cama enorme com a chave de fenda, posso tirar, mas esses parafusos já não são os mesmos, são usados, de qualquer jeito que eu os desparafuse dá para ver que já não são os mesmos de quando foram colocados, aqui está, levantou um novo contra a luz, e este é o que está um pouco torto, o que acham que eu sou, um mágico, um parafuso não pode simplesmente ser endireitado de modo que não fique nenhuma marca de que já foi usado antes, e a raiva tomou conta dele novamente, e deu um baita chute na caixa de ferramentas que foi parar longe, no outro canto do quarto do castelo, e ainda por cima virou tudo, o que fez ele ficar mais zangado ainda, pois teve que ir até lá e teve que colocar tudo de volta, não somente os parafusos, um por um, que o diabo os carregue, mas todas as ferramentas que havia lá dentro, e ficou tão, mas tão zangado que no fim, em vez de guardar, foi jogando as ferramentas na direção da caixa de ferramentas, o que, é claro, fez com que se espalhassem de novo, agora podia catar tudo de novo, mas também, não é de estranhar, continuou falando em voz alta, acostumou-se a falar sozinho ao longo de todos aqueles anos, já que não tinha ajudante, como poderia se dar ao luxo de ter um ajudante naquelas circunstâncias, ainda mais um ajudante, resmungou, e agora já estava tentando se acalmar um pouco, para finalmente conseguir arrumar suas coisas, ele tem que trampar sozinho, e aí está, por nada, e agora pode desparafusar os parafusos, porque não vai deixar ali para eles, osfilhosdeumaputa, que o chamam, ele vem, ficam prometendo Deus e o mundo, que ele vai ganhar uma recompensa, e tudo mais, e depois aí está, informam a ele, como se estivessem falando com um joão-ninguém, que não havia nenhuma necessidade do trabalho dele, foi um engano terem encomendado, e que o caixa da cidade está tão vazio que no momento lhe pedem paciência, a minha paciência!, o marceneiro gritou para as paredes vazias no salão do castelo, ainda por cima eu tenho que ter paciência, eles estão pensando que a cegonha me trouxe ontem ou o quê, ainda querem minha paciência, esses caras nunca vão pagar a minha diária, então tá legal, vou tirar meu último parafuso, não vou deixar nenhuma droga de parafuso para esses caras, que toda essa droga de velhacaria se arrebente, pois é isso que vai acontecer, que eu vou tirar todos os meus parafusos, vou arrumar minhas coisas e é isso, mas antes ainda vou arrebentar toda essa merda, já que nunca vou ver a cor do meu dinheiro, porra, estão pensando que trabalho de graça, não, de graça não, eu trabalho pela minha sobrevivência, mas não para gente sem-vergonha, gente trapaceira, ainda querem paciência, e chutou novamente a caixa de ferramentas, que dessa vez não virou, só foi parar no canto novamente, não foi buscá-la, só ficou tirando os parafusos da cama, roxo de raiva, sem parar de falar, mas em vão, ninguém o ouvia, apesar do tamanho do barulho que fez, pois estavam trazendo os fedelhos de volta, e a gritaria que eles faziam, pareciam índios, com isso ele ficou com mais raiva ainda, que alguém pudesse estar de tamanho bom humor, e ainda tinham um castelo só para eles, pois não queriam gastar dinheiro na reforma, e chegou a um estado que já não dava mais para consertar, quando um desses grandalhões inteligentes, porque esses caras são todos uns grandalhões inteligentes, inventou que ele ainda servia, mesmo naquele estado, para os órfãos, que até então só haviam tido lugar no Reformatório, lá perto da rua Sardak, e foram capazes de trazê-los para cá, num castelo, e agora que acabou toda a farsa em torno do barão são capazes de trazer todo esse bando de volta, e para quê, para que se preocupar com eles se nem a mãe deles se preocupou, para que gastar dinheiro com eles, trabalho e tudo o mais, para quê, bem, porque a sociedade precisa dessa ralé, e já estava chegando ao fim da desparafusação, pois o que vai ser deles, vão se tornar criminosos, assim que forem mandados embora daqui, já vão sair roubando, trapaceando, brigando, assaltando, é para isso que eles precisam de um castelo, uma bosta de castelo, deviam ser trancafiados imediatamente na prisão, desde pequenos, e com isso a coisa iria se resolver, porque não haveria tanto arruaceiro, e sem-teto e mendigo, pois aí está, pois é, os mendigos são esses, de onde vêm esses caras, então, eu respondo, e soltou o último parafuso, e trancou a tampa da caixa de ferramentas, daqui, nós mesmos estamos criando eles, para que depois possam roubar e assaltar, enquanto isso a gente fica trampando dia e noite, para chegar aonde, para que eles não nos paguem, é nisso que dá, pois é disso que se trata, para o trabalho honesto um belo de um vá se foder, é isso, agarrou sua caixa de ferramentas e saiu pela porta, e para os inúteis, um castelo, foi nisso que chegamos nesse país, mas nem merecemos outra coisa, bateu a porta com tanta força que ela se abriu novamente, só isso. E se mandou do Orfanato.

Só estava faltando a mala grande, cinza, mas essa não conseguia alcançar, teve que pegar a escada lá no banheiro, subir nela para poder tirar, o resto já estava aberto sobre a cama e as roupas e outras coisas bem dobradas e embrulhadas, agora só tinha essa mala grandona, já estava com tudo pronto, pois chegou nesse ponto, que sua única possibilidade era ir embora, primeiro tirou as coisas do armário onde guardava a lingerie, pois aquilo tudo tinha que levar consigo, a lingerie, pelo menos a de boa qualidade, e nesse caso era uma regra básica, sua lingerie era sempre da melhor qualidade, assim, lingerie é uma coisa cara, portanto não vai deixar para trás nenhuma peça, por isso começou por elas, dobrou tudo novamente, pois ao tirar das gavetas do armário elas bagunçaram um pouco, mesmo tendo tomado cuidado, em seguida arrumou direitinho nas maletas menores, e com elas organizadas era a hora das blusas, camisas e miudezas, como os xales, as meias de náilon e as meias curtas, as combinações, esses não ocupavam muito lugar, é claro que estava um pouco ansiosa sobre o resto, como caberiam, em seguida foi a vez das saias e dos tailleurs e dos vestidos, mas nesse ponto ficou indecisa, pois teve a ideia de só fazer malas para o inverno, ou talvez fique até a primavera, e isso foi muito difícil decidir, o mais razoável, é claro, empacotar também as coisas para a primavera, mas, ao mesmo tempo, sabe que não tem tanto espaço, então em vez de colocar as coisas de primavera na mala começou a deixá-las sobre a cama, assim seria mais fácil rever as coisas depois que tivesse empacotado as peças mais necessárias, aí então vai saber quanto lugar lhe sobra, ou se ainda terá algum lugar, porque, se não, então tudo será em vão, nesse caso, as peças mais leves podem voltar para o armário, tá bom, tanto faz, e umedeceu os lábios com a língua, conforme parou pensativa diante da mala grande, por enquanto vou me concentrar naquilo que é mais urgente e foram entrando na mala grande uma após a outra as coisas de lã, e os pulôveres tricotados, mas quando chegou nos casacos também ficou insegura, pois quem sabe como será o inverno, pesado, ou como no ano passado, e nesse caso talvez nem precisaria levar o casaco de pele, suspirou, preocupada, de qualquer forma só seria possível levar o casaco de pele se fosse vestida com ele, mas para isso ainda não está frio o suficiente, mas então o que fazer, não pode sair pelo mundo afora quando tem um inverno prestes a começar, e sem o seu casaco de pele, então por enquanto o casaco também foi deixado de lado, sobre a cama, depois vai se decidir, e continuou empacotando e empacotando, mas infelizmente sua mala grande também ficou cheia muito rapidamente, e lá estava, parada entre a mala grande e o armário, ora olhando para um, ora para o outro, e agora, fazer o quê, meudeus, suspirou, que lástima não ter ninguém por perto que pudesse me aconselhar, a essas alturas da vida ter que passar por isso, pensou, e se via pelo movimento de sua boca que estava prestes a chorar, estou aqui no meio da sala de estar, absolutamente sozinha, sobre a cama cinco maletas pequenas mais a grandona, e está tudo cheio, e eu aqui a olhá-las, o armário ainda meio cheio, o que vou fazer, o quê, parada entre o armário e as malas sem conseguir tomar uma decisão, aquilo tudo junto era coisa demais para ela, pois lá estava a questão do casaco de pele, lá estava a questão das roupas de primavera, e lá estava ainda metade do armário cheio de coisas, as prateleiras, então, que agora alguém lhe diga, e ergueu o olhar para o teto baixo da sala de estar, com uma expressão de desespero verdadeiro naquele rosto envelhecido e torturado, será que merecia isso no ocaso de sua vida, isso?

Estava lá fora, no ponto de ônibus de Bicere, e com o olhar escaneou a cena em seus menores elementos, porque realmente achava que os motoqueiros exageraram nas suspeitas, ainda assim o assunto não o deixava totalmente sossegado, porque é assim que essas coisas são com ele, explicou certa vez ao seu sargento que ele examina e reexamina tudo até o mínimo detalhe e com isso junta as peças dos quebra-cabeças, por isso o comissariado tem tanto sucesso, e era isso que estava fazendo agora, entrou no pequeno prédio da estação para ver o que havia por ali, um aquecedor frio, de ferro, com cinzas frias, fósforo não se via em lugar algum, havia um lenço de papel, isto é, dois lenços de papel usados no chão, e fora isso mais nada, absolutamente mais nada, só alguns pelos de cachorro, e umas sujeiras na parede e no chão, e então, se perguntou, o que isso significa, o que a cinza significa, que um dia alguém usou esse aquecedor, mas quem e quando, pode ter sido há um ano, dessa cinza fria não dá para deduzir nada, ou então aí está a questão do lenço de papel, tinha aquela bruxa velhaca, que assava aquelas tortas, não sabia de nada, ainda por cima estava tão assustada que mal conseguia falar, mas disse que não tinha a mínima ideia, será que o lenço de papel tem alguma conexão com isso, de modo que com ele não vai a lugar algum, então me deixa ver o pelo de cachorro, ah, deixa pra lá, o Comissário virou a cabeça para o lado, uma bola de pelo como aquela pode ter aparecido aqui em qualquer momento, de qualquer cachorro, ainda por cima, quem disse que ele tinha um cachorro foi um pinguço nem um pouco confiável, um medroso cagão, cuja palavra não vale o que come, e aí está, nesta estação, que fica no meio do nada, antigamente as pessoas da cooperativa agrícola deveriam tomar o trem aqui, mas a cooperativa não existe mais, lá isso é verdade, o cara da moto falou a verdade, mas, de novo, por isso mesmo, por este lugar estar no meio do nada, qualquer pessoa pode entrar aqui, a porta não é trancada, não tem sinal de nenhum estrago, nem a pilha de madeira foi derrubada, só parece que tiraram alguns pedaços da pilha, e então, e o Comissário abriu os braços, isso não é pista, isso é merda, e com isso saiu da pequena estação de Bicere, e repetiu para o cabo que estava ali aguardando, que o trouxe até o local, que ali não havia pista alguma, isso é um pedaço de bosta, nada, podemos ir, vamos finalmente esquecer, e entrou no jipe, e já estavam a caminho da cidade, para o comissariado, onde uma nova notícia o aguardava, que alguma coisa aconteceu, que é surpreendente, foi assim que recebeu o relatório, pois no hotel, qual hotel, o Comissário questionou gritando para o informante, no hotel Otthon, chegou um serviço de courier, uma espécie que não tem sido muito vista por aqui, sim, então, não, gemeu o Comissário, e se deixou cair atrás de sua escrivaninha, uma espécie de serviço estrangeiro, que se ocupa de fazer entrega de pessoa para pessoa, e levaram para um endereço errado, já que o endereço não estava totalmente correto, e aparentemente fizeram o possível e o impossível para descobrir o endereço correto, e conseguiram, e agora já estão aqui, então tá, mas o que foi que trouxeram e para quem, o Comissário gritou com o funcionário, nove malas caras, para o barão, o quê?, perguntou ele de um salto, e já estava dentro do jipe chegando no hotel, e uma pessoa que se identificou como o gerente do hotel já estava diante dele, alguém que não conhecia, e pela sua cara o outro pôde deduzir que nem queria conhecer, diga, disse para ele, e ouviu tudo novamente, palavra por palavra, aquilo que lhe foi relatado lá no comissariado, quero ver, o Comissário interrompeu o relato do gerente do hotel logo no início, e o conduziram para uma cabine do lado do correio do hotel, onde havia de fato nove malas, e então, o que tem de interessante nisso, perguntou para o cabo parado atrás dele, que havia trazido junto, que isso chegou para o barão, e talvez tenha alguma coisa dentro delas, que..., mas o Comissário o interrompeu, e o que haveria dentro delas, bem, talvez alguns documentos, o cabo disse, gemendo, documento sobre o quê, quem sabe sobre aquilo que o barão estava planejando, ou, ou o quê?!, e ele teve que usar de todo o seu autocontrole de novo, se seus subordinados foram capazes de chegar até esse ponto, porque sempre só chegavam nesse ponto, só até o ponto de informar alguma coisa, mas não pensavam, por que seus subordinados não raciocinam, por que não se atrevem a tirar uma conclusão ou algo assim, mas não disse palavra, e o subordinado não sabia se dizia mais alguma coisa ou não, então preferiu não dizer nada, só ficou parado em posição de sentido atrás dele, e ficou olhando para as malas, por cima do ombro de seu superior, Prada, disse o Comissário sem se virar para trás, sim, o cabo bateu os calcanhares, digo, disse o Comissário mais uma vez, as malas são Prada, e por um tempo não disse mais nada, só ficou olhando para elas, não mexeram nelas, não é mesmo, perguntou ao gerente do hotel, que estava mais atrás e que não entendia do que se tratava, ou do que deveria se tratar, bem, meu senhor, trouxemos para dentro, e desde então, disse depois, está bem, vocês têm algum lugar em que pudéssemos abri-las, virou-se para ele, mas me entenda, quero abrir uma do lado da outra, todas as nove, se é que me entende, uma do lado da outra, e abri-las, se é que isso é possível para vocês, ao que o gerente do hotel foi obrigado a dizer sim, e estava um pouco assustado por causa do policial, de modo que só fez um sinal com a sobrancelha para as pessoas de sua equipe que estavam atrás dele, para que tomassem providência, e eles tomaram providência e abriram um quarto no andar térreo, para onde, em um minuto, levaram todas as nove malas para o Comissário, este por sua vez parou diante delas, conforme estavam dispostas no chão, caminhou pausadamente entre elas, primeiro da esquerda para a direita, depois da direita para a esquerda, examinando tudo em detalhes, no final fez um sinal para o cabo, indicando que ele poderia abrir os fechos, e ele mesmo, com suas próprias mãos, vasculhou tudo dentro das nove malas, mas viu que além de roupas não havia absolutamente mais nada dentro delas, então olhou para o cabo, fez-lhe um sinal para que desse um passo adiante, que ele também examinasse tudo, e quando ele terminou, não tirou mais os olhos do cabo, só ficou esperando que ele dissesse alguma coisa, com uma cara de interrogação, e ainda esperava com as mãos cruzadas atrás das costas, mas o cabo não tinha certeza do que queria dele, por isso só ficou pigarreando, foi até uma das malas, remexeu lá dentro, depois deu um passo para o lado, quero saber, o Comissário disse por fim, o que você está vendo, se é que me entende, e seu olhar faiscou ameaçadoramente, não espero que me diga o que pensa, minha simples e humilde pergunta é, que diga o que *vê*, roupas, ternos, então tá, é isso mesmo, o Comissário ficou de pé, os seus olhos estão funcionando bem, e o que é tão especial nessas nove malas, bem, essa já é uma pergunta delicada, bem, que não há nada de pessoal dentro delas, respondeu o cabo assustado, ao que o Comissário fez uma cara de surpresa, olhou para o subordinado e acenou para que ele se aproximasse, há quanto tempo você está servindo sob meu comando, perguntou, enquanto lá fora, em volta da porta aberta, praticamente todo o pessoal de serviço do hotel se aglomerava, tentando entender o que estava acontecendo ali dentro, sete anos, o subordinado respondeu, então é chegada a hora, disse o Comissário, de que eu preste mais atenção na sua pessoa, pois você vê, e isso é muito apreciado no meu comissariado, e sabe tirar conclusões, o que fez a cara do subordinado ficar ainda mais assustada, pois achou que depois disso logo viria a bronca de sempre, como costumava acontecer com o Comissário, mas dessa vez a bronca não aconteceu, ao contrário, lhe disse que era exatamente disso que se tratava, que naquelas malas não havia nada que pudesse ser pessoalmente conectado ao barão, portanto alguém mandou isso tudo para ele, e deduzindo a partir da nota de expedição com certeza somente poderia ter sido sua família de Viena, que nós já conhecemos, verdade, verdade, concordou militarmente o subordinado, o que nos faz crer que essas nove malas não significam nada, pois para nós elas são irrelevantes, isso mesmo, sim, senhor, o subordinado repetiu, mas não sei exatamente o que devemos fazer, o subordinado respondeu, mas naquele momento o Comissário já tinha saído pela porta, tinha saído do hotel, o subordinado quase não conseguiu alcançá-lo, vamos embora, o Comissário deu a ordem, depois só ficou olhando pela janela para as casas cinza e deprimentes da avenida Béke e comentou, bem, é isso que temos para hoje, cabo, nosso trabalho é só isso, vamos em busca de todas as pistas possíveis, e quantas dessas pistas terão algum valor, perguntou cabisbaixo, e ele mesmo respondeu, dizendo que, em geral, nenhuma, sargento, essas nove malas, por exemplo, podem ser jogadas na merda fedorenta.

Não tirou a corrente de segurança da porta, e fez muito bem de não tê-lo feito, pensou, quando percebeu de relance duas caras desconhecidas, perguntou quem estavam procurando, e o que queriam, mas só por hábito, pois não esperava resposta, já que um dentre os dois estava com a cara muito desfigurada devido a um grande ferimento recente, de modo que quis fechar a porta imediatamente, porém a pessoa da cara machucada começou a falar que havia trazido uma explicação final que ele deveria sem falta transmitir, uma mensagem do barão, que morreu em circunstâncias tão trágicas, e como naquele instante o homem mostrou seu próprio rosto machucado como prova de suas palavras, como se ele mesmo tivesse tomado parte da tragédia, além disso, a menção ao nome do barão e da palavra "tragédia", tudo isso a desequilibrou por um momento, e não fechou a porta imediatamente, e apesar da corrente de segurança ter ficado lá onde estava, através da estreita abertura, disse para ele que dissesse qual era a mensagem, pode lhe transmitir daquele jeito mesmo, e com isso ela queria dizer que ele poderia transmitir a mensagem sem que ela abrisse a porta nem mais um centímetro, ao que o homem começou a falar sem parar, mas o problema foi que algumas das suas palavras começaram a reverberar, começaram a fazê-la refletir, enquanto estava com as malas prontas para ir embora, por isso a porta ficou entreaberta e ela só ficou ouvindo as palavras daquele homem baixo, gordo, troncudo, com uma vasta cabeleira redonda e o rosto ferido, que na verdade ele acompanhou, acompanhou o quê, foi ele que trouxe o barão até aqui no outro dia, e embora tenham acontecido com ele os fatos que eclodiram naquele triste episódio, que ele, o homem de cabeça redonda, considera "imensuravelmente lamentável", ele tem certeza de que deve ter havido algum tipo de mal-entendido, e é esse o teor da mensagem que, agora que o barão já não existe mais, ele deve sem falta transmitir para a destinatária, isto é, para ela, a senhora, comparada a quem, Dulcineia de Toboso, do conhecido romance, não passa de uma pálida cópia, pois imagine só a senhora, disse o homem pela fresta da porta, a mensagem que alguns dias atrás não passava de uma "mensagem emocional" agora representa um testamento, e um testamento para ele, apontou para si mesmo, apesar de que, pela fresta da porta, a Marika só pôde deduzir esse movimento, pois pela fresta em si não conseguia ver, de qualquer forma "tem que deduzir", ele não pode ir embora da cidade, pois é exatamente isso que vai acontecer, que ele encerrou suas coisas ali e de qualquer forma vai deixar a cidade, mas não pode se afastar dali sem antes transmitir a "declaração final de vontade" para a sua destinatária, por isso pede encarecidamente para a senhora que o perdoe ter se apresentado ali na sua porta como completo desconhecido, e naquele estado, e novamente apontou para o próprio rosto, mas lhe implora veementemente que supere a sua natural desconfiança, aliás completamente justificada nos dias de hoje, e o permita dizer, em circunstâncias mais dignas, o que o barão lhe confiou, isto é, que o permita entrar, ao que ela, depois de alguma hesitação, tirou a corrente de segurança e os deixou entrar, embora acrescentasse que ela própria estava "prestes a partir" e, portanto, o pedido dela era que o cavalheiro, foi assim que se dirigiu ao visitante inesperado enquanto lhe indicava o caminho da sala de estar, que o cavalheiro tenha consideração e a poupe de uma conversa mais longa, por favor, para que lhe transmitisse "o que trouxe", isto é, só o essencial, somente o essencial dessa tal de declaração final de vontade, se pudesse fazer o favor, e que depois lhe permitisse, que ela, já que seu tempo disponível já está se esgotando, pudesse chamar um táxi e finalmente pudesse se pôr a caminho, que é o que ela mais deseja nesse momento, pois seja uma doação ou uma mensagem, ela não deseja nada além de partir.

Tinha certeza de que o dinheiro existia e estava em algum lugar, e, se não pudesse detalhar exatamente o que entendia pelo termo "dinheiro", estava convencido de que ele não poderia estar em outro lugar senão com essa mulher a quem aquele velhaco tolo, com sua mente depravada, veio ver neste apartamento aqui, não poderia estar com outra pessoa, e quanto mais revolvia o assunto na sua cachola, mais encontrava evidências reais de que não estava enganado, de que está na pista certa e o assunto não pode ser adiado, porque a situação neste lugar está ficando cada vez mais tensa, explicou para o seu mais novo sócio, o homem que inicialmente se apresentou como Mr. Leslie Bolton, e usava um chapéu-coco antiquado, quem, porém, ficou sabendo depois, não sabe uma única palavra em inglês, então deixou de ser o sr. Bolton, e se apresentou como Olteanu László, e no fim, quando viu pela cara do Dante que nem isso o convenceu, informou que para os amigos ele é o Lenyó, então ficaram nisso, e como as coisas neste lugar estão indo de mal a pior, ele olhou para seu novo sócio, a sede da empresa talvez devesse ser transferida de volta para Szolnok, e para isso ele, o Lenyó, é a melhor escolha para a mudança, não apenas porque tem um ótimo senso de administração para o negócio das máquinas de jogo, mas também porque Szolnok tem, até onde sabe, um extraordinário potencial de desenvolvimento, portanto ele só sugere isso, Szolnok, lhe disse, e é só uma sugestão, não quer forçar o negócio já que a partir dali eles acertaram os termos do contrato de propriedade e, após algum pagamento adiantado, ele, Lenyó, é agora o novo proprietário dessa inesgotável operação econômica e cultural, mas também comercialmente sólida, e aqui ele sempre levantava o dedo indicador para o alto, acima do cabelo encaracolado, não importava quantas vezes repetisse que *comercialmente também* era um império de máquinas de jogo lucrativo, porque aquilo caiu no colo do outro como um acordo do império-do-negócio-de--máquinas-de-jogo, isso ele garante, já que também lhe trouxe resultados contínuos e realmente excelentes em todos os aspectos, só que, agora, mas isso ele já estava explicando para a mulher, sentado num sofá-cama dobrável, o lugar que ela lhes indicou, ele está visando o futuro, e com isso ele quer dizer, no futuro, quer testar as suas competências num novo campo dos direitos humanos, porque para ele a inovação diz respeito principalmente a si mesmo, por ser uma pessoa que não olha apenas para a rentabilidade, mas principalmente para o que é do interesse dos seus semelhantes, e é nesse sentido que está direcionando seus novos empreendimentos, dessa vez passa para a chamada comunicação cultural, porque, para ele, se até agora a tarefa de criar e disponibilizar jogos era claramente a oferta de liberdade, então a partir de agora será a promoção do contato entre pessoas, ou seja, provavelmente investirá em um negócio de telefonia móvel com matriz em Arad, dentro de algumas horas, embora não tenha notícias muito promissoras sobre o transporte ferroviário devido ao fluxo habitual e contínuo de refugiados, de vez em quando ainda é possível tomar a linha Budapeste-Bucareste na estação de Csaba, e se chegar do outro lado, de lá até Arad será apenas um pulinho, portanto é isso que está planejando, e com isso considera que a apresentação já foi feita, e agora, mudou de posição sobre as molas do sofá-cama, não lhe resta outra coisa senão passar para ela a mensagem, cuja transmissão lhe foi confiada, e a dona de casa já começava a ficar irrequieta, olhava com impaciência para o relógio de parede acima das visitas não convidadas, e mais uma vez lembrou que talvez o visitante poderia encurtar a questão, se a permite, então, claro, minha senhora, já vou dizer à sua senhoria a mensagem da declaração de vontade final do sr. Barão, mas primeiro preciso me desculpar, disse, pois nesse assunto eu sou apenas um coadjuvante, um verdadeiro mas mero coadjuvante que não deseja assumir nenhum papel de protagonista, mas está bem, isso é o suficiente sobre ele mesmo, de modo que sim, a mensagem, então, a mensagem é composta de duas partes, a primeira, e aqui Dante, mudando para um tom um pouco mais confidencial, inclinou-se para mais perto de Marika e lhe pediu que aquela *alguma coisa* que o sr. Barão confiou a ela para que guardasse, Marika deveria entregar para ele, pois evidentemente o sr. Barão deixou ali um pedaço de papel, ou um envelope, ou um outro envelope com um cartão, ou uma caixinha, ou talvez aquilo que se chama pochete, ele não sabe exatamente do que se trata, mas agora ela precisa entregar para ele, pois foi a vontade explícita do sr. Barão que esse pedaço de papel, ou envelope, ou pacotinho, ou caixinha, ou pochete, ficasse com ele, Dante, pois a ele foi confiada a missão de cuidar do conteúdo deste envelope, ou pacote ou caixa ou pochete de acordo com a última vontade do sr. Barão, então a pessoa que bateu na sua porta hoje, senhora, é uma espécie de testamenteiro, e Dante, sentado no sofá-cama, marcando suas palavras com movimentos de cabeça, à guisa de esclarecimento, reforça que não sabe exatamente o que seria esse pacotinho-caixinha, pois o sr. Barão só disse que fosse procurar com a Marika, pois a Marika saberia imediatamente do que se tratava, e espera que ela não a tenha empacotado muito no fundo da mala, disse ao vislumbrar as malas que estavam sobre a cama e ao redor dela no quarto, não, não empacotou muito no fundo, finalmente ela conseguiu se pronunciar, tanto que não tem a mínima ideia do que o cavalheiro está falando, já que o sr. Barão não deixou nada com ela, sem considerar a mágoa incomensurável, que nenhuma mulher deveria passar, mas ela está passando, principalmente não ali, na cidade, disse com amargura, onde, devido à atitude do sr. Barão, ela já não tem mais lugar, por isso, apontou involuntariamente para o quarto, pretende deixar o local na próxima hora, onde passou sua longa vida, então lhe peço que seja breve, acrescentou com uma expressão mais séria ainda do que aquela que tinha sustentado o tempo todo, e considerando que entendeu que ali não vai conseguir nenhum tipo de "benefício", ao contrário, estavam esperando alguma coisa dela, o que é mais do que revoltante, levantou-se, com isso obrigando os visitantes não convidados a encerrarem a visita, ao que Dante, embora tenha se erguido de um pulo e puxado Lenyó, que estava sentado ao lado dele com uma cara de quem, visivelmente, não entendia nada do que estava acontecendo ali, disse, minha senhora, se a senhora diz que o barão não lhe confiou nada aqui para ser entregue a mim, para a pessoa que viria buscar, então aceito isso, e de forma alguma desejo incomodá-la ou detê-la, de nenhum modo e em nenhum sentido, diante das emoções da viagem, porém ainda estou em dívida com a senhora com a segunda parte da mensagem, de acordo com a qual o sr. Barão, preocupado com a sua pessoa, pede que, o que quer que tenha deixado aqui, caso a senhora não o entregue a mim, então que permaneça na sua posse e seja usado para o bem que o sr. Barão lhe dedicou a vida toda, ao que, e ele próprio se moveu lentamente atrás de Marika, que já havia dado alguns passos em direção à porta, indicando novamente a direção da saída, já que, para ela, a discussão estava encerrada, ele, Dante, só queria acrescentar que a preocupação a que o sr. Barão se referia também incluía ajudá-la em tudo o que fosse necessário, e se, indicou as malas, a senhora está planejando deixar a cidade, e se a direção da viagem leva para Budapeste, permita que, também de acordo com o desejo do sr. Barão, este senhor aqui se coloque à sua disposição para ajudá-la, para carregar suas malas, e como o destino da viagem dele o levará para o mesmo lugar que ela, embora originalmente só tivesse planejado ir até a metade do caminho, mas agora ele mudou de ideia, olhou para o Lenyó, que não sabia nem queria muito esconder sua surpresa, e vai acompanhá-la até onde a senhora desembarcar e vai continuar ao seu serviço, ao que Marika, já com a maçaneta na mão, depois de refletir por um momento, respondeu que este último presente, acentuando a palavra "presente" com certo escárnio, ela aceita, já que está precisando de alguém, e esse alguém poderia *até ser* alguém do antigo círculo de conhecidos do sr. Barão, alguém que a ajude com as malas, tanto aqui como em Budapeste, para onde está se preparando para ir, pois em vão passou toda a sua vida naquela cidade, mas isso ela estava contando para o seu acompanhante de viagem surpresa, já dentro do trem, agora teve que abandonar aquela vida, não deseja contar muita coisa a respeito, pois toda palavra relacionada com aquela história lhe causa enorme dor, só que está triste, infinitamente triste, que aos sessenta e sete anos de idade tenha que procurar uma vida nova na capital, ao que Lenyó não conseguiu responder absolutamente nada, tal como geralmente não conseguia muito, pois ainda não estava claro para ele quem era quem, pois se, considerando que ele, mediante um pequeno adiantamento, assumiu parte de um negócio de máquinas caça-níqueis, o que o torna também o chefe de um empreendimento com sede em Szolnok, que abrange a região do rio Tisza até a fronteira, como o Dante lhe explicou quando estavam se despedindo na estação, então por que era necessário acompanhar uma senhora até Budapeste e não se separar dela até que consiga descobrir onde guarda algum dinheiro, cuja magnitude Dante só lhe deu a entender com uma careta, além do quê, na medida em que ele tiver sucesso nessa missão, a metade do valor será destinado a ele, o novo chefe do império de caça-níqueis de Szolnok, e não estava claro para ele por que entrou nesse negócio, talvez porque aquela careta o confundiu, pois ela poderia significar mais de um milhão, presumiu, e enquanto pensava nesses milhõezinhos, olhava para o rosto da mulher no trem que partia preguiçosamente depois de uma hora inteira de espera, no final ele se perguntava se deveria ir, ou não, se aqueles pares de milhões existiam, ou não, ou se tudo não passava de uma invenção do Dante, difícil, Lenyó se debatia com seus pensamentos enquanto estava sentado no banco do trem, sim, é difícil, e não conseguiu chegar a nenhuma conclusão, de modo que no momento de fazer a baldeação em Csaba ele carregava aquele montão de malas da mulher até o trem de passageiros que levava a Budapeste, onde mais uma vez se sentou na frente dela, depois pediu ao inspetor que estendesse sua passagem até Budapeste por uma quantia simbólica, e assim foi, porque de Szolnok ele só viu a enorme estação com seu emaranhado de trilhos, e o trem já estava a toda a velocidade a caminho de Budapeste, mas nem durante o trajeto nem quando hospedou a mulher no hotel que ela escolheu na praça Blaha Lujza, que foi muito difícil de acessar por causa dos refugiados espalhados a torto e a direito em tudo quanto é lugar, e ainda sentou com ela para um café para tentar tirar dela aquilo que até então não tinha conseguido, não ficou sabendo de nada sobre os milhões, nem a mais mínima alusão, pois, depois de se ocupar dela durante aquele tempo e trajeto, sentia cada vez com mais certeza que a mulher tinha alguma coisa, prometeu para ela que continuaria ao seu dispor, coisa que a Marika aceitou, pois, embora estivesse longe de ter esse tipo de relacionamento, a convivência que estabeleceu com aquele homem totalmente desconhecido, os tempos mudaram, ela suspirou e olhou para fora, para a movimentação agitada da praça Blaha Lujza, da janela levemente embaçada do quarto de solteiro, e chorou um pouco, por se sentir tão só, depois enfiou o lenço na bolsa, vestiu-se, ligou para o número que recebeu e em meia hora o Lenyó já estava ali, e partiram para ver um apartamento que Marika queria alugar, cujo anúncio tinha visto no *BLIKK*, no quinto distrito, perto do Parlamento, que não poderia ser ruim, pensou, e chegou a circular o anúncio três vezes, depois partiram com um táxi até a estação Nyugati, mas lá o motorista do táxi disse que seria melhor eles descerem pois a pé chegariam mais rápido já que a partir dali está tudo "muito confuso" por causa de alguma passeata, tem ruas interditadas, o motorista explicou, depois agradeceu pelo dinheiro da corrida, e eles desceram bem nervosos, pois para eles, pessoas do interior, considerar que havia uma passeata e darem justamente de cara com uma tiveram um efeito particularmente assustador, mas tinham que alcançar seu objetivo, por isso seguiram a pé, porém, não deram a volta que o taxista tinha sugerido, já que ambos eram do interior, só confiavam em seguir uma única direção, que no caso passava pela praça Kossuth, tinham que atravessá-la, só que infelizmente, bem ali, havia uma tremenda multidão que teria que ser atravessada, o que não seria "tarefa para amadores", de forma que tentaram contornar pelas bordas onde a multidão não era tão densa, mas mesmo ali, nessa borda menos cheia, estava difícil de andar, principalmente porque aqui, afinal estava numa capital, Marika achou que o calçado mais adequado para usar na rua seria o seu sapato vermelho de salto alto, que até então havia usado muito pouco, no qual, depois dos primeiros cem metros de caminhada, seu calcanhar já estava começando a doer muito, de modo que só conseguiam ir devagar, ela mancando, e se desviando aqui e ali dos manifestantes, que gritavam muito devido a alguma coisa, caminhando na beira da praça na direção do seu objetivo final, para dali enfim alcançarem a rua Kálmán Imre, que era seu destino, mas naquele momento, mais ou menos no meio da praça, onde estava um pouco menos abarrotado de gente, a Marika fez uma parada brusca, pois percebeu alguma coisa conhecida no meio daquela multidão, mas não foi uma pessoa que ela achou conhecida, mas um casaco, pois esse casaco, e Marika se arrepiou, era conhecido, aliás, era muito conhecido para ela, já que esse casaco não era de ninguém menos do que do sr. Professor, lá de sua cidade, e ela ficou tão espantada com essa visão que parou de repente, mas então, como veio parar ali aquele tão famoso casaco do sr. Professor, será que se enganou, perguntou a si mesma, não, respondeu imediatamente, aqui não há engano algum, é aquele mesmo casaco, ela o reconheceria no meio de outros cem casacos, pois ele é único, o tecido, sua gola de veludo, o talhe, o cinto feito com o mesmo tecido, o comprimento, a largura, não há engano, concluiu, pois ela nunca se enganou em questões de roupa, por isso ficou só olhando, e tentava descobrir quem estava usando esse casaco famoso e de que maneira aquela pessoa teve acesso a esse casaco que pertenceu àquela celebridade enlouquecida, que, segundo rumores, havia morrido recentemente num incêndio no Roseiral Selvagem antes dos grandes acontecimentos, tentou deduzir, quem poderá ser aquela pessoa que estava de costas para ela, seria impossível dar a volta para ver o rosto de outro ângulo, e só conseguiu ver que se tratava de um completo desconhecido quando a própria pessoa de repente se virou para o seu lado, por um instante, um completo desconhecido, Marika olhou para o homem, em quem nada mais era conhecido, olhou para os pés, mas estava de bota, e na sua cabeça, em vez do chapéu que o sr. Professor sempre usava, tinha um gorro de orelhas estilo russo, ainda por cima a cara desse homem estava coberta com uma barba tão grandona que quase não se via nada daquele rosto, de modo que ela não permitia que se tirasse qualquer conclusão dos traços invisíveis daquele rosto, sem mencionar que havia um cachorrinho vira-lata se esfregando nas suas pernas, e era de conhecimento público, se lembrou Marika, que o sr. Professor sempre detestou cachorros, mesmo assim é esquisito, pensou, enquanto estava de pé a alguns passos atrás do homem, no meio da multidão, e por alguma razão não conseguia tirar os olhos daquele casaco, era intrigante pensar em como teria vindo parar ali em Budapeste, na praça Kossuth, Marika ficou por um instante absorta nessa pergunta, ela mesma não queria admitir o porquê, pois por um segundo esperava encontrar naquele homem um conhecido, porque de fato não confiava muito nesse sr. Lenyó, e por outro lado o casaco evocou nela algo que fez seu coração tremer, pois na verdade havia um lugar a que ela pertencia, e era de lá que esse casaco se originava, mas já não tinha mais tempo para devaneios, pois a multidão de repente se moveu, e muitos deles voltaram a gritar, e na frente dela Lenyó já não fazia nenhum segredo de que a sua paciência havia terminado e de modo algum a olhava com a gentileza que ela, Marika, esperava dele, mas para ela agora tanto fazia, ele podia olhar com impaciência que ela não se importava, por causa do sapato aquela paradinha caiu dos céus e ela pôde descansar um pouquinho, enquanto observava aquele casaco e tentava adivinhar que convergência de coincidências tinha sido necessária para que ela viesse parar num lugar totalmente estranho e visse aquele casaco, então ela própria se virou para onde o homem estava olhando e notou que ele estava ouvindo um orador à distância, e parecia ter um ligeiro sorriso no rosto, mas por causa daquela barba espessa e do ângulo de onde o observava, não sabia bem, só tinha uma certeza, que ele prestava atenção no orador, uma mulher jovem, mas devido ao local onde ela estava não conseguia ver mais nenhum detalhe, só uma coisa, algo conhecido, e Marika apertou os olhos, na beira da multidão um pouco mais descansada, ah, sim, o xale no pescoço dela, havia um xale grosso enrolado no pescoço da oradora, não conseguiu ver mais nada, mas ela, que era tão boa em questões de roupa, tinha certeza de ter visto aquele xale em algum lugar, e ainda por cima do mesmo jeito, enrolado duas vezes em volta do pescoço, mas onde, isso não sabia, apesar de ter certeza de que..., e hesitou, mas em seguida decidiu que já tinha se ocupado demais com coisas totalmente irrelevantes para ela, por isso decidiu que iria seguir adiante, apesar daquele sapato de salto alto estar machucando tanto o seu calcanhar que mesmo ficar parada de pé já significava dor, sem mencionar que o tal Lenyó, a essa altura, já nem disfarçava que a estava apressando, ou que já estava de saco cheio de tudo aquilo, e realmente estava de saco cheio, pois havia perdido completamente a confiança naquela mulher no trajeto entre o hotel e aquele lugar, e estava a fim de voltar para Szolnok, pois ele não apenas tinha dúvidas como não tinha a mínima esperança de que aquela velha histérica e manca tivesse algum dinheiro de verdade, e no que ele definitivamente não acreditava era que, mesmo que ela tivesse, no final, a título de recompensa pelos seus serviços, ou vai saber como o Dante havia imaginado, ele veria a cor do dinheiro. Deixou a mulher, que continuasse seu caminho mancando sozinha, e sumiu no meio da multidão sem lhe dar uma palavra nem olhar para trás. E em vão Marika decidiu continuar, ficou onde estava, parada na beira da multidão, ouvindo a moça, apesar de não entender patavina por causa dos alto-falantes, mas a essas alturas tanto fazia, ficou ouvindo por um tempo, olhava o casaco, voltou a pensar na sua casa, que, meudeusdocéu, se aqui está essa confusão toda o que será que está acontecendo agora em casa. Pois aquilo era de fato uma ilha da paz, de calma, de sossego, de tudo o que ela tanto gostava. E seu coração bateu forte.

Nunca tinham ouvido falar de Savile Row, e nunca ouvirão, nem sobre Mr. Darren Beaman, muito menos sobre Mr. Donoghue, portanto nem tentaram adivinhar de onde se originariam aquelas peças, e quem teria produzido com tecidos tão refinados coisas tão horrorosas, pois estragar uma calça desse jeito, e errar as medidas de um casaco, arruinar um casaco longo feito com um tecido tão delicado, isso era um escândalo a olhos vistos, e tentaram não demonstrar o que pensavam sobre aquilo, conforme rodeavam a pilha de roupas que os dois voluntários lhes atiraram da caminhonete que atendia aos sem-teto, eles simplesmente deixaram cair, porque dessa vez não queriam parar, e não queriam porque, para falar a verdade, não gostavam dos sem-teto, e se não se tratava de distribuição de comida, mas, como naquele caso, de distribuição de roupa, então na maioria das vezes eles preferiam passar, diminuir a velocidade, jogar-lhes aquilo que tinham que entregar e sair acelerando, para seguir viagem, pois se tivessem que escolher um único motivo, dentre todos, que explicasse porque não gostavam deles, então eles imediatamente responderiam, porque são fedidos, mas é um fedor, explicavam, que nunca haviam sentido, não poderiam lhes acreditar, pois simplesmente não dá para aguentar aquilo, nem se acostumar com aquele cheiro azedo, uma combinação de urina e fezes e vômito e em muitos casos vários anos de porra acumulada, e não se tratava do fato de serem pobres, os voluntários se defendiam de possíveis acusações de indiferença, e do fato de não terem casa, e de morar na rua, e de passar frio quando o tempo está congelante, e coisas do tipo, mas aquele fedor, e sempre que possível, eles evitam até mesmo cheirar, quando chegam perto daquele bando que fica no pequeno terreno ao lado da Prefeitura, onde um desses grupos sempre se reúne, e com o resultado de mais uma arrecadação de donativos foi necessário, porque era necessário, principalmente antes do Natal, "tornar felizes esses moradores de rua", como se expressou o chefe da distribuição, um jovem católico que presta serviço comunitário, então eles simplesmente desaceleraram e jogaram os pacotes para eles, mas por um tempo os "sem-teto" praticamente não reagiram, e primeiro um deles virou lentamente a cabeça, depois mais outro, mas não saíram correndo para ver do que se tratava, não houve nenhum tipo de disparada precipitada, pois, como uma daquelas pessoas, uma mulher de aparência atemporal que usava um gorro de pelo branco como a neve, costumava comentar entre eles, quando esse tipo de assunto entrava na pauta, "existe dignidade humana no mundo, e eles não são aqueles tipos de *sikhs* famintos que se atiram atrás dos pacotes de alimentos jogados para o outro lado da fronteira", de forma que agora, também, eles simplesmente olharam para ver do que se tratava, o que poderia ser aquilo, depois meio sem jeito, um após o outro, como quem não está nem aí para a coisa, fizeram uma roda e por um tempo só ficaram olhado aquele "pacote de presente" amarrado em lençol, até que um deles, um homem, que vestia um casaco de pele que chegava até o chão, ficou de cócoras e começou a desfazer os nós do lençol, mas os outros continuaram de pé sem participar, como quem acha melhor esperar para ver que merda jogaram para eles ali, *de novo*, e mais tarde eles vão decidir se o assunto lhes interessa de alguma forma, mas depois ficaram surpresos quando o cara do casaco de pele preto tirou uma das várias calças do pacote de roupas, e ficou puxando e puxando, como se aquilo nunca chegasse ao fim, e ficou visível quando os rostos das pessoas na roda ficaram um pouco curiosos ao perceber que aquele não-sei-o-quê comprido deveria ser uma calça, depois o cara do casaco de pele preto pegou outro e começou a puxá-lo para fora do bolo, e esse também ele só ficou puxando e puxando, e esse também, só no final ficou claro que se tratava de uma calça, e essa agora, que piada é essa, que merda é essa, um dos caras da roda torceu o nariz, um homem alto com a cara cheia de verrugas, mas o resto continuou parado, só olhando tudo aquilo, por enquanto com cara de visível indiferença, pois não conseguiam acreditar que só umas coisas assim absurdas apareciam do pacote, afinal aquilo era para ser uma cesta de presente, e afinal era época de Natal e essa droga toda, de modo que ficaram esperando que o cara do gorro de pele preto, que continuava diligentemente remexendo no bolo de roupas, que agora nem estava olhando para o pacote, mas ergueu o olhar para a mulher de gorro de pele branco, enquanto agarrou uma das peças segundo seu tato e começou a puxar também aquela peça, mas à visão daquilo todo o grupo esfriou, pois era um paletó, mas com mangas e cauda tão compridas, e um corte tão estreito nos ombros e tudo o mais, que quando o homem do gorro de pele preto o exibiu como uma espécie de sinal de culpa, alguém deixou escapar que um ser humano como aquele não existe, ao que todo o bando chegou mais perto e se agachou e começou a ver o que valeria a pena eles olharem, e não queriam crer no que viam seus olhos, conforme as peças superdimensionadas iam sendo tiradas da pilha, de modo que a revolta começou a crescer, e rapidamente se transformou em raiva, e quando viram o tamanho dos sapatos, e descobriram que não teriam nenhuma serventia para eles, e que todas as peças de roupa, que haviam escolhido para si, eram completamente inúteis, então primeiro um deles, depois o outro, um após o outro começaram a sair da posição de cócoras e se levantaram, mas não foram embora dali imediatamente, ficaram parados na beirada do lençol, olhando os outros que ainda tentavam experimentar uma nova camisa com uma jaqueta ou calça, mas no final não tinha mais ninguém de cócoras, só ficaram de pé, no pequeno terreno do lado da Prefeitura, na beirada do lençol, e procuravam as palavras, sem muito sucesso, pois era muito difícil decidir qual seria o significado daquilo, quem se atreve a zombar do infortúnio deles, quem se atreve a ridicularizá-los e a ferir sua autoestima, não havia dúvida alguma de que com aquele pacote queriam zombar deles, e queriam ferir sua autoestima, mas isso não vai ficar assim, o cara do gorro de pele preto olhou ao redor, haveria alguém olhando para eles, é claro que os caras da caminhonete já se arrancaram faz tempo, mas as janelas da Prefeitura também estão trancadas a sete chaves e pregadas, para que lá de baixo as vidraças não possam ser quebradas, como muitas vezes já aconteceu, uma coisa que agora eles teriam feito com satisfação, se fizesse sentido, mas não fazia sentido, porque não teriam acertado nenhuma vidraça, porque estavam todas fechadas com tábuas, todas cobertas, de modo que a raiva cresceu em vão, pois por enquanto não pode se manifestar, e em vão a mulher resmungou, "tá, foda-se", ou o cara com verrugas disse, "por essa vocês vão pagar caro", e assim por diante, nesses caras não havia nenhum tipo de liderança que pudesse juntar os outros à sua volta, o que às vezes acontecia era que uma palavra bem escolhida alcançava as suas almas, e nessas ocasiões era uma quebradeira danada por um tempo, e era bom, porque "desopilavam o fígado", como diziam para os guardas, que nessas ocasiões os pegavam, mas logo soltavam, de vez em quando precisa, explicavam, ou não dá pra aguentar, observavam, mas no momento estavam todos inconsoláveis, esperavam uma solução, uns dos outros, ou seja, "que porra vamos fazer com tudo isso", mas bem naquele momento um garotão que estava ali, que eles só chamavam de Garotão, mas até então ninguém sabia como tinha vindo parar no meio deles, mais uma vez ficou de cócoras, e com um casaco na mão começou a acariciar o tecido, olhou para os outros, e disse "um tecido como esse não existe", e o que ele quis dizer com isso era que estava encantado porque esse tecido era excepcionalmente fino, e o jeito que encontrou para expressar isso foi "nobre, esse tecido é muito, muito nobre, pode crê", ao que a mulher também se agachou na frente dele, do outro lado, e começou a pesar as coisas desse ponto de vista, e acariciou o tecido da peça que foi parar na sua mão, e depois levantou uma jaqueta e disse "acho que isso daqui vale mais de mil pilas", e ouvindo isso o cara do gorro de pele preto também agachou ao lado dela, em seguida todos eles, e começaram a acariciar e sentir o tecido das calças, dos paletós, os casacos e as camisas, até os sapatos, e de repente, como se todo caso tivesse adquirido um novo sentido, começaram a acariciar não somente uma ou outra peça, mas a agarrar mais uma e mais outra, e ainda mais outra do monte, e ninguém mais estava falando, pararam as especulações e estimativas sobre quanta grana poderiam conseguir no mercado chinês atrás do campo de futebol, apenas colecionavam as peças como uma onda geral, pois descobriu-se que essa pessoa e aquela e aquela outra também haviam chegado ali precisamente por esta razão, para obter o quanto conseguissem pegar da pilha e levar embora consigo, só que a intenção rapidamente começou a se opor à pessoa do seu lado, e uma batalha se estabeleceu, e já estavam arrancando as calças, os casacos, as camisas etc. das mãos uns dos outros, e já que aquelas calças e casacos e camisas etc. não foram feitos de qualquer tecido, isso mostrou, então, por exemplo, quando uma batalha começou por causa de uma camisa, e eles tentavam tirá-la de dois lados da mão do outro, só com muita dificuldade ela rasgava, tecido bom, grunhiam um para o outro, mas, na verdade, mais para si mesmos, e a briga continuou, e ficavam arrancando as peças das mãos uns dos outros e se empurrando para que o outro perdesse o equilíbrio e a peça fosse parar nesta ou naquela mão, e teria continuado assim até a pancadaria e a vitória final se o cara do gorro de pele preto não tivesse parado em determinado momento, levantado e dito em voz alta, "pessoal, vamos parar com isso, essa coisa toda não vale bosta nenhuma", não é possível reformar essas peças, não dá para usá-las, não dá nem para vender, no fim nós é que seríamos considerados estúpidos por tentar convencer alguém a comprar um conjunto de circo como esse, não temos necessidade de cobertores, acenou no final, e virando ainda acrescentou, já que não servem para outra coisa, assim, o cara das verrugas foi o primeiro a parar de brigar por causa de um novo sapato, em seguida foi o Garotão que se levantou e jogou de volta no monte aquilo que estava na sua mão, no final todos se levantaram e, num ato de concordância, jogaram de volta essas peças de acabamento tão fino, ficaram ali por um tempo, observando e se lamentando que era uma pena que fosse daquele jeito, que era verdade que a coisa toda não valia bosta nenhuma, e só então voltaram para os bancos da praça atrás da Prefeitura, que era seu lugar para aquele dia e talvez aquela noite, quando o cara do gorro de pele preto tirou um isqueiro, pegou uma camisa de corte excepcional do monte, botou fogo nela e a jogou de volta, e de repente o monte todo estava pegando fogo, e quando as labaredas subiram, ficou até agradável curtir o fogo, já que forneceu um pouco de calor, mas depois, tão rápido como as labaredas subiram elas se extinguiram, e com elas toda aquela confusão, de modo que a brincadeira acabou, e eles estavam novamente sentados nos bancos, quem tinha acendeu um cigarro, outros buscaram uma garrafa de um litro, ficaram em silêncio por um tempinho, e esse silêncio por sua vez acabou numa tremenda gargalhada, que aconteceu graças à mulher de gorro de pele branco, que deu uma última olhada no monte de presente que tinha virado cinza e deu um grito para o alto, como os lobos, "seus malditos, vão se foder com o seu Natal!".

As risadas estavam em vias de se extinguir quando todos os que estavam na pequena praça atrás da Prefeitura de repente enrijeceram, porque algo aconteceu, eles só não sabiam o que era, apenas sentiram o estômago se contrair, um ardor intenso tomar conta deles e um medo cada vez mais profundo, um temor cuja causa, razão e explicação permaneceram obscuros, mas quem estava fumando e se encontrava prestes a levar o cigarro à boca parou a mão no meio do caminho, e também a fumaça parou enquanto subia, quem estava bebendo da garrafa parou com a garrafa na mão, e a mão no ar, na garrafa o vinho estancou, tudo paralisou, imóvel, seus olhos se arregalaram como se de repente tivessem avistado algo surpreendente, mas não avistaram nada, pois não poderiam ver nada, pois o que estava acontecendo não era visível para eles, da mesma forma como não o era para ninguém desde a estação até a Fábrica de Leite em Pó, desde o jardim de infância do castelo até a igreja de Kisrománváros, desde o Krinolin até a rua Csókos, interrompeu tudo o que poderia estar livre até então, e o que antes era livre não o é mais, pois exatamente o livre fluxo das coisas e dos seres, a possibilidade de movimentos livres e impulsos livres de uma vez só se tornaram impossíveis, o possível e o real não são mais o possível e o real, havia tanta coisa acontecendo, porque o comboio aparentemente interminável apareceu, e novamente ele estava sentado no comboio, na frente dele incontáveis Mercedes pretas e BMWs e Rolls-Royces e Bentleys e atrás dele incontáveis Mercedes e BMWs e Rolls-Royces e Bentleys, e praticamente só atravessaram a cidade, tão rapidamente, desta vez no sentido contrário, exatamente na direção e no sentido opostos, pois desta vez apareceram na passagem da fronteira da Romênia, e se tivesse alguém ali para ver os teria perdido de vista na saída da estrada de Csaba, se tivesse alguém andando nas ruas naquele instante quebrado, bem naquele lugar onde a rodovia 44 a encontra, só que naqueles lados bem naquele momento não havia ninguém *fora*, pois, tirando aqueles que ficavam nos bancos da pequena praça atrás da Prefeitura, toda a população da cidade estava *dentro*, em algum lugar, não se via nada, nem um carro, uma moto, uma bicicleta, ou mesmo uma charrete, nada, ninguém, vivalma fora, nenhuma testemunha viva nas ruas, nenhum transeunte, nenhum motorista, ninguém andando de bicicleta, nenhum carro, conforme eles zarparam sem som, como se os pneus nem tocassem o asfalto, passaram direto pela rodovia 44, pois nessa ocasião eles não escolheram a rua Temesvár, nem a rua Szent István, nem o balão da praça Eszperantó e a rua Vértanúk, nem escolheram a rua Csaba, mas o desvio, a rodovia 44, foi por ela que deslizaram pela cidade, e desta vez nem pararam, nem ele saiu do carro em algum lugar, para lentamente dar uma olhada ao redor e depois entrar novamente no carro e seguir adiante, desta feita não, porque desta vez parecia evidente que seguia num ritmo ainda mais frenético, havia algum negócio de grande importância ocupando-o, ou como se a aposta tivesse aumentado, e isso poderia ter sido percebido por qualquer pessoa que os tivesse visto, mas ninguém os viu, deveria estar atuando em alguma coisa excepcionalmente grande, gigantesca, em algum assunto inacreditavelmente descomunal, isso foi confirmado pela dignidade do excesso de velocidade silencioso conforme o comboio passava pela cidade, e se existisse alguém que o tivesse de fato visto teria percebido que essa forma extraordinária e gigantesca, essa coisa incrivelmente grande, não tem sentido, e que nem carrega consigo um sentido, não, daquele negócio o sentido foi excluído, como se não tivesse causa também, pois desse negócio que o apressava tanto no meio do comboio a causa também havia sido excluída, da mesma forma que qualquer objetivo, de modo que não tem sentido, nem causa, nem objetivo, essa poderia ser a essência daquele negócio, caso as palavras não tivessem deixado de servir na mente de uma testemunha que, por sinal, nem sequer está presente, pois até as palavras teriam parado naquela mente, e não teriam continuado a dar voltas, pelo anúncio do poder sobrenatural com que se movia, transformou tudo o que existia em nulidade, e tornou impossível também a própria nulidade, pois tornou impossível tudo o que foi ou poderia ter sido, já que aquele anúncio com o qual surgiu, já não almejava objetivo, somente ele existia, e enquanto ele mesmo, no meio do comboio, no instante quebrado, com esses incontáveis Mercedes e BMWs e Rolls-Royces e Bentleys, se enraizou na existência humana quase ao ponto do ridículo, a ela não se rendeu, e o anúncio do seu poder descomunal surgiu sem um objeto, e desapareceu, pois não disse a que se referia, porque não se referia a nada, pois não havia nada mais que um aviso terrível, virei, pois poderei vir novamente e então o aviso terá um objeto no momento, mesmo que não tenha sentido, razão e objetivo, pois era como se aquele rosto morto, que uma vez já apareceu aqui, tivesse dito, através de uma janela perfeitamente escurecida, *é um engano me dividir em dois, pois eu sou um só, sou o seu senhor, além de mim não há outro, pois não crio nem destruo, na existência o lugar que ocupo é mais profundo, inatingível, por todos os séculos dos séculos — e isso vocês já não podem terminar com amém.*

A superfície do vinho foi o que primeiro estremeceu na garrafa, só uma vez, mas funcionou como um aviso, agora os outros já podem ser conectados, então a mão continuou seu trajeto e o gole já pôde ser sentido na boca e na garganta, e o primeiro foi seguido de mais um e ainda outro, até que o cara sentado do lado não lhe tirasse a garrafa e desse um bom trago ele mesmo, e então tudo ganhou vida novamente, a fumaça do cigarro continuou serpenteando no ar, e houve outra baforada, e a fumaça pôde subir por outro caminho, por outro motivo, e entre as pilhas de lixo as cinzas dos inúteis presentes da caridade ganharam vida acima das brasas apagadas, para depois, sem suspeitar do que tinha lhe acontecido havia pouco, o Garotão também se levantasse de seu lugar e, para a ovação dos outros, mijasse por todo o monte de cinzas, e assim tudo o mais passou despercebido na existência contínua, percebida como ininterrupta, e do lado esquerdo dos bancos um casal de velhos saiu pelo portão da casa que ficava do lado do Stréber, para aproveitar que fazia um tempinho que não chovia, e foram fazer uma caminhada saudável sob as castanheiras que ladeavam a avenida Béke, até o Tóni apareceu na porta do correio, carregando a desproporcionalmente imensa bolsa do correio, para, segundo sua vontade, enfiar nos vãos das portas uma meia dúzia de belos cartões-postais que vieram parar ali, só os dois órfãos não estavam muito felizes, pois embora tivessem chegado até a estação de Csaba, e lá tivessem conseguido saltar do trem sem serem notados, agora estavam voltando em outro trem com dois policiais taciturnos sentados na frente deles, exaustos, famintos, sóbrios e, portanto, bastante irritados, olhando para eles, perguntando-se o que poderiam achar de censurável no comportamento dos dois procurados, para que pudessem lhes dar um tapa bem dado, pois não suportavam olhar para eles, principalmente para o crista de galo, de modo que a vida recomeçou com a parada imperceptível em direção à cidade aqui, e ali na cidade o dono do restaurante do Krinolin começou a servir o cardápio de hoje, e este, infelizmente, como os aposentados discretamente observaram, outra vez consistia em sopa de batata e uma tigela de macarrão de sêmola com geleia, e "há três dias ele está servindo isso", e no cemitério ortodoxo do Kisrománváros, onde, como resultado de décadas de êxodo silencioso dos residentes romenos a prática que se estabeleceu foi enterrar apenas os miseráveis pelos quais ninguém pagava, em vão o padre esperou, apesar da hora anunciada, isto é, treze horas, já ter passado havia muito tempo e que ele observasse com um desânimo crescente pela janela do escritório do coveiro, junto com os quatro coveiros silenciosos, que tinham recebido permissão para aparecer apenas no final do serviço funerário, quem sabe aparece alguém, já que ninguém tinha vindo se despedir do falecido e ninguém do lado oficial iria vir, lhe informaram na Prefeitura, quando ele foi perguntar sobre a religião do falecido, que ninguém tinha a mínima ideia de qual seria, por isso mesmo vamos deixar o assunto para o senhor cuidar, disseram, porque o senhor é "um grande economista", e não explicaram o que queriam dizer com aquilo, apenas acrescentaram que os gastos usuais desses casos poderiam ser cobrados da Prefeitura, mas lhe rogaram encarecidamente que se esforçassem para realizar apenas a cerimônia mais simples, como tem sido a prática, porque, na verdade, prefeririam colocá-lo na cova dos indigentes, mas isso seria demais, e na Prefeitura lançaram um olhar rígido para o padre, para onde ele havia sido convocado alguns dias antes, e para o padre aquilo significava exatamente o que sempre significou, isto é, que seria um "enterro de pobre", pois isso — e por esse tanto! — nem a igreja ortodoxa Szentháromság nem a calvinista

Újreformátus nunca aceitaram fazer, só eles, porque eles, o padre falava consigo mesmo, nunca deixavam que uma única alma fosse enterrada sem "a encomendação do corpo", mas agora já olhava para seu relógio agoniado, e então, já são duas e quarenta e cinco, assim não tem o que fazer, pensou, levantou-se, vestiu sua casula, pegou o incensário na mão, na outra o Livro dos Livros, e saiu do calor de sua sala para o ar congelante do velório, pois lá não era permitido usar o aquecimento, porém ele era muito friorento, mas como sempre, quando o Senhor queria que servisse, reforçou a roupa que tinha por baixo, no entanto de alguma forma nunca conseguia se vestir adequadamente, ou, como dizia, o suficiente, enfim, não se vestia de maneira adequada para o clima e sentia frio, mas não afirma que a sua causa não poderia ser parcialmente psicológica, já que ele mesmo admitiu para algumas senhoras idosas que já eram quase patrimônio da paróquia, quando o assunto surgiu, na verdade ele mesmo fala sobre a questão sempre que a ocasião se apresenta, que na verdade a pessoa começa a ficar com frio só de pensar que vai ficar com frio, mas vá lá, trata-se de um enterro, isso é outra coisa, nessa época do ano, e se essa estação é assim como esta agora, só fica chovendo, chuviscando, e o vento é congelante, e ele tem que ficar de pé atrás do caixão, não importa se chove, se venta, e encomendar o corpo segundo as normas da Igreja para qualquer pessoa, até para esse pobre-diabo, a quem vivalma veio acompanhar, para se despedir dele, mas também ficou sabendo que há alguns dias, talvez uma semana ou quem sabe até duas semanas atrás, em torno do homem aconteceu um enorme alvoroço, apesar de que, para ele, isso nunca teve importância, nem agora tinha, pois sacrificou sua vida ao Senhor, e não é fácil sair da casa paroquial, portanto um enterro, isso é realmente outra coisa, quando chega no local do velório por ocasião de um enterro, e assume seu lugar atrás do caixão, já sente que não conseguiu se vestir adequadamente, e sim, nunca, conforme entrou na sala do velório, foi extremamente estranho, nunca havia lhe acontecido enfrentar uma situação como aquela, tão sozinho, nem canto fúnebre, nem *hora mortului*, mas, fazer o quê, o Senhor diz, ele obedece ao comando do Senhor, posicionou-se atrás do caixão e imediatamente sentiu que, mesmo que o frio não o abatesse, sentiu-se tocado por ele, mesmo tendo vestido por baixo tudo o que podia, os dois pares de meias grossas, uma delas inclusive até o joelho, depois a roupa de baixo comprida, para usar no gelo, a calça de lã grossa, depois duas camisetas grossas, a camisa xadrez de lã, por cima dela um suéter mais fino, por cima dele um pulôver grosso de tricô, e parou de enumerar, pois agora tinha que se dedicar ao Senhor e pensar no falecido, mas, assim que se posicionou atrás do caixão e estava prestes a dar início, sentiu que aquele frio penetrava suas entranhas, o que fazer agora, pensava, enquanto, de cabeça abaixada, repetia o salmo 119 para si mesmo, será que deveria voltar para pegar mais uma camada de roupa, mas enquanto isso o que vai acontecer aqui com a cerimônia fúnebre, já que teria que começar, mesmo a cerimônia sendo "econômica", consolando as pessoas enlutadas, a quem o falecido deixou para trás, mas ali não havia ninguém, a quem deveria consolar já que não apareceu vivalma, nem um parente, ninguém próximo a ele, ou pelo menos alguém daquela multidão entusiasmada, pelo menos uma pessoa que necessitasse de consolo, era nisso que estava pensando ao mesmo tempo que procurava expulsar o demônio que ficava só o tentando e não o deixava rezar em paz, porque tinha outra camisa branca de manga comprida na sacola que havia deixado no agente funerário, que também era de lã, quem sabe pudesse voltar lá, mas resistiu, e começou interiormente, pois foi isso que decidiu, que iria celebrar a cerimônia dentro de si, não iria falar em voz alta, já que não havia ninguém para ouvir, embora a Oração a São João de Damasceno, as Bem-Aventuranças e o Sermão, ele vai omitir, e omitiu mesmo, pois só deve ser dito durante a vigília, mas aqui, nessas circunstâncias, não será questionado, o Senhor depois vai me perdoar, mas então que mundo triste, mas estava falando consigo mesmo sobre suas últimas horas edificantes neste mundo, como sempre fazia nessas ocasiões, mas então rapidamente deu um salto adiante e começou a parte habitual do Evangelho, porque lembrou que dentro do caixão o falecido estava cortado em três pedaços, então é melhor não insistir na última hora, pensou, e deu mais um salto, pois teve a impressão de que o frio passou por ele penetrante, que coisa, só lhe faltava pegar um daqueles baita resfriados e ficar dias acamado, que o Nosso Senhor Jesus Cristo lhe perdoe, pensou, enquanto dava a bênção da despedida e dizia a última encomendação, mas essa cerimônia está muito curta, tão curta que na verdade já terminou, pelo menos no funeral, e em vez de iniciar o cortejo fúnebre, que agora não tem muito sentido, simplesmente saiu e fez sinal na direção da janela dos assistentes do cemitério, que viessem, mas por um tempo não viu nenhuma movimentação, só quando perdeu a paciência e começou a ir naquela direção, como quem quer ir buscá-los, só então a porta se abriu e os quatro beberrões apareceram, mas o servo do Senhor cozinha com o que tem, pensou, e partiram na direção da cova, ele cantava, balançava o incensário, os quatro só ficavam gemendo, como quem está fazendo algo muito difícil, apesar de três deles só precisarem puxar o carro de mão, e o quarto cuidar para que o caixão não caísse do carrinho durante a caminhada, mas esses caras, de vez em quando o padre olhava para eles ressabiado, nem isso eles conseguem fazer direito, pois o caixão ficava deslizando para tudo quanto é lado no carrinho de mão, e ou esse quarto homem era provavelmente a pessoa mais desajeitada do mundo ou os outros três não se importavam com nada, talvez devessem ter um pouco mais de cuidado, eles só puxavam que nem loucos, eles não se importavam com nada, que buracos ou obstáculos aquele carrinho de mão tem que atravessar, o caixão ficava escorregando o tempo todo de um lado para outro, o homem de trás ficava só pulando como podia e segurava como dava, para que não escorregasse para baixo, mas escorregava, às vezes de maneira tão perigosa que esse quarto homem teve que gritar com os outros, STOP!, STOP!, então ele arrumou o caixão e continuaram andando, mas a coisa toda voltou a acontecer, os três cachaceiros lá na frente não estavam nem aí para nada, só queriam chegar na cova o quanto antes, o cara de trás ficava pulando de um lado para outro, e nos últimos cinquenta metros só ficava gritando sem parar, STOP! STOP!, apesar disso, no túmulo tudo correu dentro da normalidade, os coveiros não se preocupavam com nada além de fazer tudo o mais rápido possível, e ele mesmo também agiu assim, cantou mais uma ou duas orações, depois abençoou com a água benta mais duas ou três vezes, finalmente o incensário, e já estava fechando o Livro dos Livros, e os deixou lá para fazer o seu trabalho, não vai ficar esperando eles terminarem, não é estúpido a ponto de esperar que eles baixem o caixão na cova, e depois a muito custo joguem aquele chão barrento e lamacento e enfiem a cruz no túmulo, não mesmo, apressou-se para voltar para a casa do agente funerário, rapidamente entrou no calor do aquecimento, sentou-se do lado do aquecedor, juntou as mãos, fechou os olhos, e pediu perdão pelos seus pecados e pelo falecido, e por todas as criaturas, especialmente aquelas que têm necessidades, que estão abandonadas, que estão sozinhas na terra, mas não no céu, o sacerdote disse a si mesmo, nunca no céu, pois lá o Senhor está com elas. Então colocou mais lenha no fogo.

RI

Para os húngaros

Para ele a imprensa livre é tudo, disse diante da grande mesa de escritório do editor-chefe, sentado na poltrona, para ele nada é tão importante, e sempre foi assim desde que foi eleito, como a imprensa livre, pois a liberdade da imprensa representa a liberdade dos cidadãos, e consequentemente a sua própria, ou seja, explicava com veemência, pois não achava que o editor-chefe, do outro lado da mesa, estivesse realmente convencido de que a liberdade de imprensa e ele, apontou para si mesmo, são um e o mesmo, se não tem imprensa livre então ele também não é livre, e vice-versa, espera que o sr. editor-chefe entenda o que quer dizer com aquilo, por isso o documento que chegou ao jornal, como chamar aquilo, porque não passa de garatujas, um ataque abjeto contra tudo o que ainda é importante para eles, nesta cidade, e para eles, neste país, digamos assim, disse, abrindo os braços, um monte de lixo, portanto segundo sua opinião o lugar daquilo é a lata de lixo, e só pode lamentar, sinceramente, que o editor-chefe e a cidade e o órgão mais prudente da cidade, e que em primeiro lugar tem em mente os interesses dos cidadãos, não pensem assim, isso deve ser mudado, e enquanto isso não acontece lhe rogo encarecidamente que reserve um lugar para esse documento naquela lixeira, porque tem certeza de que no final é lá que vai parar, pois não consegue, sacudiu a cabeça, simplesmente não consegue imaginar, pior, nem está a fim de pensar no que aconteceria se toda essa bagunça caísse na boca do povo, ele realmente aprecia que, devido ao desenrolar dos acontecimentos, os dois canais de TV foram fechados, mais ainda, que os porta-vozes das forças governamentais, somente eles, o órgão que não carece de pensamento crítico, são os únicos que ainda perseveram, apesar das dificuldades, isso é algo a que ele realmente dá valor, mas o que não entende é como eles se transformaram, não consegue entender, não mesmo, pois quem simplesmente passa por cima, e aqui ele elevaria o tom da voz se não levasse em consideração o fato de que aquela é uma editoria onde um trabalho sério e sólido está sendo realizado, mesmo quem der só uma passada de olhos rápida também verá que um trabalho chinfrim como esse não merece outra coisa além da extinção, mas está bem, ele entende que existem opiniões contrárias, e ele, como o fiel defensor da imprensa livre, entende que alguém também pode ter uma visão divergente da dele "com relação àquilo", qual deverá ser o destino desse ataque grosseiro contra tudo o que é sagrado, mas o que o editor-chefe acaba de propor ele não pode aceitar de forma nenhuma, e garante que o comitê social ampliado, se tiver quórum, irá votar contra, em especial considerando que, excepcionalmente, o próprio padre católico honrará a nossa reunião com a sua presença, mas não irá impedir, pois nesse ponto ele dá o braço a torcer, para que discutam essas chamadas objeções, assim o editor-chefe tem o direito de nomear, bem, não exatamente os seus assistentes, hehehe, o prefeito riu, mas o dia e o horário, só peço que terminem o assunto o mais rápido possível, quando esta comissão tomar uma decisão sobre a referida provocação de lei, hoje, retrucou o editor-chefe, às duas da tarde, mas isso é impossível, objetou o prefeito, certamente não terá tempo suficiente para convocar os membros do comitê, então que seja às três horas, mas nem um minuto a mais, porque o lugar para esta matéria foi reservado na edição da noite, e como todos sabem esta é uma redação séria e importante, onde as coisas têm uma ordem e as edições têm horário para ir para a prensa, portanto, no máximo três, e o prefeito viu pela sua expressão que a hipótese de postergar pelo menos até o dia seguinte estava fora de questão, tinha que concordar, está bem, franziu os lábios e se inclinou para a frente na poltrona, como quem já está prestes a se levantar, como quem já está de partida, pois agora cada minuto é precioso, e lhe disse, está bem, mas então cada minuto aqui é precioso, portanto tem que ir, pois esta é a sua vida, suspirou e se ergueu da poltrona de um salto, enquanto o editor-chefe, com um meio-sorriso sarcástico na boca, nem se moveu de sua cadeira atrás da mesa desde que assumiu, e gostaria de destacar esse trabalho de cunho social, essa tarefa honrosa de representar o que ele representa, liderar, dirigir, manter ativa a vida desta pequena cidade, que à sua maneira é maravilhosa, é isso que acontece, ele tem que correr a torto e a direito o tempo todo, assim, se lhe derem licença, e foi em direção à porta, saiu da sala para o corredor enquanto o editor-chefe continuava sem se mover na sua cadeira, e nem ao menos se despediu dele, e a esse respeito, o prefeito observou para si mesmo, tinha sua opinião, porque podem ser adeptos de duas visões políticas diferentes, mas é para isso que ainda existe um acordo de cavalheiros, de acordo com o qual se agradece a figuras como aquele escrevinhador, que no entanto não se digna nem a aceitar o cumprimento de seu adversário, isso é o cúmulo, e se até ali teve que reprimir sua raiva, então aqui, na escadaria do prédio da editora, deixou que corresse solta, porque qualquer um que lhe dissesse agora que esse foi o problema, impor essas vozes, essas figuras, no cenário político, ele estaria certo. E lá embaixo bateu o portão com toda a força. Pensou, quem sabe aquele filho de uma égua lá em cima ouve isso. Soou como um trovão.

Porque simplesmente está com um mau pressentimento, mas não poderia explicar do que e por quê, mas seu pressentimento é definitivamente ruim, e o sr. prefeito sabe muito bem, tem certeza disso, já que se conhecem, bem, há uns doze anos, que quando diz que tem um mau pressentimento isso significa que tem alguma coisa no ar, o que é exatamente essa coisa que levantou a lebre não saberia dizer, pode até repetir três vezes, mas que é ruim, isso é certeza, de alguma forma algo lhe sugere que existe uma razão para alguém, no caso ela mesma, ter um mau pressentimento, ela não destacaria alguns detalhes pequenos que de outra forma seriam insignificantes, por exemplo, ao contrário de outros elementos, todos os vagabundos e mendigos e aqueles ciganos da Albânia, ou de onde quer que sejam, todos eles desapareceram, não sobrou nenhum pra contar a história, não podem mais ser vistos pelas ruas, embora já pertencessem ao cenário das ruas, e o senhor sabe como são essas coisas, sr. prefeito, e se até agora já estava de pé, bem perto dele, atrás de sua cadeira, agora, por trás, se inclinou na direção de seu chefe, e seus seios notáveis *quase* roçaram o ombro do prefeito, que *quase* podia senti-los até mesmo através da jaqueta, embora ela tivesse ombreiras, ou seja, quanto e por que e para quê, isso ela não saberia informar, mas mesmo que seja insignificante não parece esquisito, que alguém lhe explique, e lá está o Orfanato, para onde levaram de volta os filhotes pobres dos ciganos, aqueles órfãos sem pai nem mãe, pobrezinhos, e eles também, onde foram parar, quem os levou embora, e para onde e por que e para quê, ela perguntaria com todo o respeito, e sua voz já era um gemido, e o prefeito já não conseguia se encolher mais em sua cadeira, assim escorregou um pouco para a esquerda, pois havia ali talvez meio centímetro de espaço, enquanto foi possível, sr. prefeito, não vai continuar, a secretária-executiva sussurrou no ouvido dele, e sabe que essas coisas são miudezas, mesmo assim, como é possível que esteja andando pela rua e seus mendigos de costume e os sem-teto e no lugar de vai saber quem mais vê pessoas completamente desconhecidas vindo na direção contrária pela calçada, sr. prefeito, a cidade está tomada de pessoas completamente desconhecidas, quem são eles, por que vieram e para quê, ela pergunta com todo o respeito, o que vai acontecer aqui, o que está para acontecer, ela não quer, não deseja alarmá-lo, longe dela fazer isso, mas, diz com sinceridade, está com um sentimento ruim, uma premonição ruim de que alguma coisa vai acontecer aqui, não sabe o que exatamente, mas algo vai acontecer, algo que ninguém está esperando, seu sétimo sentido está sugerindo, já que ninguém nunca duvidou de que, no seu caso, seu sétimo sentido ainda é o mesmo de quando começou nesse campo, e esse seu sétimo sentido está dizendo que era necessário se preparar para esse algo, que ela não tem a mínima ideia do que seja, só que vai acontecer, sua sétima premonição, ou como chamá-la, está o tempo todo dizendo isso para ela, conforme vem caminhando pela calçada na direção da Prefeitura, porque, por exemplo, onde foram parar os veículos que circulavam nas ruas, não tem quase nenhum, sr. Prefeito, isso não é normal, por que, ele pergunta, será que o normal é que não haja nenhum veículo nas ruas, e em vista disso não seria normal ver qualquer pedestre, se não considerarmos aqueles totalmente estranhos, nada de bom pode advir dessa situação, é sua intuição que diz isso, o que pode ser é que tenha se enganado, em outras ocasiões, mas agora, quando os detalhes são inúmeros, sr. Prefeito, disse a secretária-executiva, e endireitou sua postura, e o prefeito, por sua vez, se vendo livre daquela posição assaz desconfortável deu um suspiro profundo, como quem fazia vários minutos não ousava nem respirar, para evitar que aqueles dois peitos enormes afinal se apoiassem em seu ombro, ficou tão ofegante que a secretária teve que lhe oferecer um copo d'água, e o fez com tanta rapidez como se já esperasse que, ali, um copo d'água fosse repentinamente necessário.

Não sabemos quem escreveu, nem adianta perguntar para ele, e agora não estamos falando sobre o que normalmente falamos, que não vamos acobertar a fonte e coisas do gênero, porque esse texto, que de acordo com sua humilde opinião é o material mais significativo dos últimos tempos, não só na vida da redação, como também na vida da cidade, chegou num envelope sem remetente, e no final do texto apenas diz, datilografado, de forma claramente irônica, "o seu barão", que obviamente não é a mesma pessoa que morreu em circunstâncias tão trágicas, cuja história tumultuou toda cidade nos últimos dias, e que receberá um capítulo à parte na sua história, e nesse caso ele, e o editor-chefe apontou para si mesmo, tem total certeza, não, não ele, isso é bastante evidente, por um lado porque foi datilografado, e o falecido, como talvez não seja de conhecimento geral, escrevia à mão, ou seja, nunca usou uma máquina de escrever, mas de qualquer forma, o editor-chefe balançou a cabeça, a coisa toda seria uma impossibilidade total, não, o autor aqui é outra pessoa, e pode ser que um dia se descubra quem é, ou talvez nunca, no entanto, ele gostaria de chamar a atenção dos presentes para o fato de que isso simplesmente não é relevante para o significado do texto, que afinal o texto em si é o relevante, é o que importa, ele vai direto ao cerne da questão, isto é, o que esta cidade está sofrendo desde que os senhores são os únicos que estão no poder, e nesse instante nem olhou para o prefeito, apenas acenou na sua direção com um gesto de menosprezo, já que está falando do essencial, não está tergiversando, é afiado como um bisturi, ei, pode parar com isso, o prefeito se levantou, mas não apenas se ergueu da cadeira como também aumentou o tom de voz, como quem não quer mais ouvir aquela história, já que não se reuniram ali, principalmente na honrada presença do senhor pároco, para ficar ouvindo um discurso político, o que, para ser sincero, e sejamos sinceros, pelo menos ali, nesta sala, já está saindo pelo cotovelo de todos os presentes, mas se reuniram para, prezado sr. editor-chefe, discutir qual será o destino daquela, segundo sua opinião, e não está sozinho, e balançou o dedo indicador direito no ar, daquela sujeira de documento, daquela garatuja que quer enlamear todos eles, o que ele não consegue entender desde o início é como chegaram ao ponto de lidar com um texto anônimo, que o sr. editor-chefe deveria ter imediatamente, entende, por favor, imediatamente, sem firulas, jogado no lixo, por que estão reunidos aqui, e por que eles, os principais cidadãos dirigentes da cidade, devem se rebaixar a um padrão tão baixo, por quê, se pergunta, o prefeito perguntou, e olhou abertamente nos olhos do editor-chefe, que sustentou seu olhar, e como ele ainda estava de pé, já que o prefeito acabara de interrompê-lo, continuou do mesmo ponto onde fora interrompido, isto é, estamos falando de um texto de extraordinária importância, que arranca o véu e revela quem somos, ora bolas, só faltava essa, os convidados se entreolharam, desde o diretor do ginásio até o chefe da administração da cidade, enquanto o senhor pároco visivelmente ainda não havia expressado opinião, e por enquanto não era possível deduzir o que ele pensava, vamos votar contra, sua expressão revelava, só que nesse momento o editor-chefe, entendendo o que o prefeito esperava e sem ao menos terminar a frase anterior, declarou, para que não se enganassem, eles estão sentados aqui juntos sobre o assunto deste texto fora do comum, porque o lado da oposição, e junto com eles, e sorriu para o prefeito, os verdadeiros democratas da cidade, ou seja, os verdadeiros cidadãos da cidade, a comunidade responsável desta localidade, ou seja, o único meio de comunicação da maioria, ou seja, nós: somos liberais, por favor, e o editor-chefe fez uma pequena pausa, depois acrescentou que ele também é mencionado de forma muito embaraçosa no texto, mas mesmo assim, e exatamente pelo mesmo motivo, não pode dizer não para aquele texto, não posso negar a divulgação dele, por isso é preciso que diga que ele e toda a equipe editorial são muito liberais e têm uma visão de longo alcance, ou seja, não tomam decisões dentro do âmbito de sua competência, coisa que poderiam, e é precisamente devido a essa extraordinária complacência tão abrangente, que é o caso em questão, não, em vez disso, concordaram que era esse comitê social ampliado que deveria discutir o assunto, mas peço respeitosamente, o editor-chefe pediu, não se trata de decidir se *deve* ser publicado, os editores nem vão ouvir proposta em sentido contrário, por favor, não é disso que se trata, mas de que forma, esta é a questão, sr. prefeito, e não aquilo para o que está tentando enfurecer o comitê, porque o que o senhor deseja é que votemos se um jornal livre pode publicar um artigo, e isso significa o próprio absurdo, um óbvio tapa na cara da liberdade de imprensa, e eu não acredito, buscou novamente o olhar do prefeito, que ele, a personificação da defesa da imprensa livre, estaria disposto a fazer isso, não, não quer dar um tapa na cara da liberdade de imprensa, sr. prefeito, nos traços do prefeito se notava sua intensa agonia, mas ainda não interrompeu, só se preparava para fazer isso, pois mais cedo ou mais tarde teria que interromper, pois não podia deixar, que bem ali, exatamente naquele salão, na Prefeitura, onde afinal ele era o mandachuva, outra pessoa segurasse as rédeas, só que, infelizmente, as coisas não iam bem, e ainda não estava pronto para contra-atacar, pois seu contra-argumento ainda não estava pronto, ainda estava de pé, pois não queria voltar a sentar, ao mesmo tempo não conseguia tomar a palavra, só continuou a ouvir conforme o editor-chefe falava sobre possíveis discussões de eventuais mudanças, o que para ele seria um fracasso, fracasso, porque tudo o que estava sendo dito era o que ele não queria trazer à tona, que o artigo não deveria ser publicado, só ficava de pé, e as palavras do editor-chefe o atacavam como pedras que atingiam um condenado apedrejado, pois sentia que, quanto mais demorasse para pegar a palavra de volta, mais evidente seria que teria que aceitar a derrota, e essa derrota, na sua opinião, já havia ocorrido, dessa forma, com um comitê como aquele, ele não poderia evitar o mais importante, que daquela garatuja desprezível *todas* as chamadas revelações sobre cada indivíduo em pessoa fossem omitidas, pois, ao passar o olhar pelas pessoas ali reunidas, não viu em nenhum semblante o menor sinal da resistência que esperava, todo mundo que ele conhecia, e ele conhecia todo mundo, teria interferido em qualquer coisa, contanto que pudesse opinar na redação do texto que se aplicava a *ele*, o prefeito viu que foi com isso que eles foram pegos e, admitindo a derrota, sentou-se e ficou ouvindo sem dizer uma só palavra até o fim, enquanto o assunto em pauta era aquele, o que fazer com os comentários pessoais, como eles agora chamam as difamações, mas ainda assim não conseguiu apresentar nenhuma proposta aniquiladora, mesmo quando o editor-chefe, agitando o texto acima das cabeças, propôs que, tudo bem, nos comentários pessoais vão deixar de fora os nomes verdadeiros e as descrições muito típicas, isto é, vão reformular a redação, mas insiste que neste caso a parte geral, que ele chama de "contaminação de valores", a parte da garatuja que era inaceitável para todos os cidadãos, deve permanecer intacta tal e qual, nesse momento ele sentiu que precisava fazer algo, mas sua cabeça simplesmente desligou e não conseguia ligá-la, parece que, pensou, e só sacudia a cabeça, e massageava os olhos, e com a totalidade do fracasso admitido em seu rosto, sentava-se cada vez mais curvado em sua cadeira, pelo visto a semana passada cobrou seu preço, pensou, desafia até mesmo um organismo como o meu, o que aconteceu por aqui nos últimos tempos, e se sentiu muito cansado, e começou a não compreender o que diziam à sua volta, as palavras, como se estivesse sentado numa redoma de vidro, chegavam aos seus ouvidos de alguma forma abafada, zumbindo, em seguida sua caixa torácica começou a apertar, em algum lugar no meio, como aperta, dói, e cada vez mais forte, mas então já estava no chão, a cadeira caiu de lado num baque surdo, e ele só viu a quantidade de pó que havia do lado das paredes, pilhas inteiras de poeira acumuladas nas paredes, nos rodapés, em vista do que seu último pensamento foi que precisava avisar a faxineira, porque tamanho desleixo não pode ser permitido, que na grande sala de conferências coisas assim, que haja montinhos de pó nos rodapés e em toda a lateral das paredes, isso não pode numa grande sala de conferências.

A Terra nunca carregou nas costas um povo tão detestável como vocês, mesmo não podendo estar muito extasiados com o que em geral vemos nesta Terra, mas pessoas mais abomináveis que vocês nunca encontrei, e considerando que sou parte de vocês, portanto estou muito próximo de vocês, em primeiro lugar é difícil encontrar palavras exatas para descrever essa característica repulsiva que torna vocês subservientes a todas as nações, pois é difícil encontrar palavras para descrever em que hierarquia imaginamos o repositório de qualidades humanas abomináveis que se usa para repelir o mundo que os conhece, pois, se eu começar com o fato de ser húngaro, isso não significa pertencer a um povo, porém uma doença, uma doença incurável e desanimadora, uma doença epidêmica, uma enfermidade que faz qualquer observador ter vontade de vomitar, então não estou partindo pelo caminho certo, não, não é isso, não é uma doença, porém no que consiste essa doença, articular isso será a dificuldade que se apresenta aqui, neste texto que escrevo para um gene, para persuadi-lo a parar de levar esse povo ao incompreensível impulso da vida, escrevo para um gene, para que não apareça mais, que retraia as moléculas de DNA, que retraia as sequências de nucleotídeos no cromossomo dos núcleos, que retraia com todos os seus fosfatos de açúcar, suas bases pareadas e aminoácidos, esse húngaro não deu certo, diga-o abertamente, e se retire da ordem maluca das proteínas, pois como é possível começar qualquer coisa aqui, é difícil encontrar a propriedade básica à qual todas as outras podem ser vinculadas, pois se começarmos com a má vontade desleixada isso é bom, mas não vai fundo, se dissermos, você, seu húngaro maldito, você, a sua inveja personificada, a mesquinhez, a tacanhez, a indolência, a velhacaria sorrateira, a covardia descarada, a desonestidade, a constante disposição para trair e, ao mesmo tempo, sua própria ignorância, o seu próprio analfabetismo, responsável pela sua própria insensibilidade orgulhosa, sujeitos excepcionalmente nojentos com um hálito destruído por linguiça e conhaque, ou salmão e champanhe, que reage com um soco na mesa quando lhe atiram na cara, e é com a síndrome da bestialidade pretensiosa que ele responde com a agressividade de um idiota grosseiro, ou é tomado por um desejo de vingança ardilosa contra quem o confronta com suas verdadeiras características, coisa que jamais esquece, e na primeira oportunidade pisoteia esse confrontador, estropia sua reputação, o humilha, não, tudo isso não é suficiente, porque não atinge a essência do seu caráter, pois a verdade sobre a essência do seu caráter é que você faz isso não só com aqueles que te confrontam com a sua própria vil realidade, mas com qualquer um que se interponha no seu caminho, e a quem você não consegue explorar, usar, desvirtuar para realizar seus desejos, e você não tem caráter, é um duas caras, um covarde sorrateiro, um bastardo mentiroso até a medula, porque até com aquele de quem você se aproveitou você faz a mesma coisa, porque você o trai, joga-o fora, cospe na sua cara, já que ele não lhe serve para mais nada, porque você é primitivo, seu maldito húngaro, um bronco primitivo, que a qualquer momento é capaz de humilhar até a si mesmo, só para alcançar uma posição vantajosa, mas, não, isso também não ajuda, parece que agarrar o húngaro pela raiz está além das minhas habilidades, eu só seria capaz de arrancar essa raiz depois de agarrá-la, mas não posso agarrá-la, pois tudo o que foi escrito neste texto até agora forma a base do caráter húngaro, tudo de uma vez, simultaneamente, por isso não consigo encontrar o mistério do húngaro, porque toda a fragilidade que é humana não só está presente nele como nele se acumula, e não só está presente como tudo ao mesmo tempo, e cada um em separado, dá a sua essência, de modo que, se você disser, é invejoso, então pense que é húngaro, se disser que é hipócrita, novamente pense no húngaro, se disser agressividade reprimida, às vezes manifestada em arrogância, às vezes em covardia sorrateira, então lá está o húngaro, já que, qualquer coisa ruim que você pense, lá está o húngaro, mas a maior probabilidade de chegar lá, se você quiser pegar o húngaro na curva, diga simplesmente que o húngaro é um idiota, então acertou na mosca, só que não é indiferente a quem diga, porque para ele é inútil, porque para ele isso é apenas um xingamento de boteco, que leva você ou a ter que dar uns tabefes nele ou sair de fininho, colado na parede, e esperar o agressor lá fora, no escuro, onde você pode ficar à espreita, em vão, pois nada o machuca o suficiente, embora seja capaz de uma autopiedade insana, e não lhe diga como ele é, pois é inútil, ele não vai entender, não vai perceber, não vai aceitar, pois para que entenda, para que perceba, para que aceite, é necessário que você não seja húngaro, mas você é húngaro, você é e será por todos os séculos, um húngaro, insuportavelmente, e não me venham falar das exceções, pois as exceções me enojam, pois na verdade exceções não existem, quem é húngaro há de concordar comigo, pois quem é húngaro vem da mesma linhagem, quem é húngaro é um simples e perigoso pateta que pensa que é um rei, mas não é rei, que está sempre furioso, mas assim que gritam com ele sai com o rabo no meio das pernas, acreditem, então tá, chega disso, por favor, não continue, pare por aí, não aguento mais, o diretor do ginásio se ergueu de um salto, essa voz, que não para de blasfemar, cheia de ódio, eu não, eu me recuso a tolerar isso, disse, e chegou a fechar os olhos para maior ênfase, quando, depois da infeliz intercorrência em que o prefeito teve de ser levado ao hospital, e a comissão voltou aos seus lugares e continuaram de onde tinham parado, não, entenda-me, sr. editor-chefe, é completamente inútil que continue lendo, pois não, ainda por cima mal posso acreditar, esse era seu contra-argumento favorito, mal posso acreditar que alguém não conheça essa injúria, assim, sinceramente, não vejo razão para ler isso agora, portanto, data venia, peço que pare por aí, e com isso voltou a se sentar, mas o editor-chefe não parou, em vez disso comunicou que já que o persuadiram a liberar este material para discussão, antes da publicação, mesmo isso indo contra a ética jornalística, então não tem escapatória, vão ter que digerir esse gosto amargo e examinar todo o texto, isso é um trabalho profissional, sr. diretor, não podemos engambelar, isso não funciona e não funcionará conosco, então, por favor, apenas me ouçam, porque eu ainda publicaria esse trecho sem quaisquer alterações e gostaria de ter sua concordância, onde está escrito que, então, vamos ver, o que o húngaro imagina ser, porque na coisa toda isso é o mais hilário, ou se você é húngaro, como eu, então isso é o mais deprimente, pois ele faz parte de mim e eu faço parte dele, já que, por exemplo, o húngaro se considera católico, mais ainda, e, por cima do papel, o editor-chefe lançou um olhar para o pároco, um católico generoso que está sempre pronto a ajudar, quando se trata de pessoas desafortunadas, o húngaro é capaz de passar por cima de qualquer coisa, com coragem, vai e ajuda, mas de preferência irromperia em lágrimas à vista de todos, tanta comoção sente por si mesmo, por ser tão prestativo e altruísta, enquanto nada pode estar mais distante dele do que a índole de prestativo e o sacrifício, porque não dá nem para imaginar um povo tão indiferente quanto o húngaro, quando havia uma guerra suja acontecendo ali perto, a uma distância de apenas vinte ou trinta quilômetros, entre os húngaros a vida transcorria alegremente, como se nada estivesse acontecendo além daquela fronteira que ficava a apenas vinte ou trinta quilômetros de distância, eles passam do lado do desafortunado com total indiferença, mas se algum deles vence a própria covardia enraizada na indiferença, vai até lá e tenta ajudar, então ele se emociona tanto, mas tanto, com sua própria atitude, que de verdade, mas muito verdadeiramente mesmo, acredita que é um grande herói, apesar de no seu íntimo saber que de herói ele não tem nada, é uma ratazana, uma criatura jogando pela sobrevivência, mas, não, ele não vai continuar ouvindo isso, nesse momento o diretor do Departamento de Serviços Municipais se levantou, ele também conhece o teor do texto, reconhece, mas não, é totalmente desnecessário ler em voz alta, e não apenas ler é desnecessário como também não deve ser permitido que seja publicado, essa é a sua opinião, e não é possível nem editar esse texto, pois ele, apesar do que diz o sr. Editor-Chefe, é ineditável, todas as linhas desse texto, todas as suas palavras, são ignóbeis, ele por exemplo se considera um católico, e não é exatamente uma pessoa orgulhosa, mas agora está profundamente indignado, embora ainda nem tenham decidido se o texto será publicado, ou não, como assim, *se* o texto será ou não publicado, o editor-chefe deu um grito, e lançou um olhar furioso no diretor do Departamento de Serviços Municipais, como assim, isso aqui, por favor, isso não é o que está sendo discutido aqui, como já comentei, a questão aqui é de que forma, se é que o diretor me entende, com que edição, esta é a questão, nada mais, pois a impressão do texto está decidida, o conselho editorial apoia isso unanimemente, pois nunca foi mais necessário ouvir uma voz crítica do que agora que as coisas, bem, como posso expressar isso, disse hesitante, parece que deram errado, quando, pergunta ao sr. Diretor, quando de fato uma voz límpida pode se erguer na imprensa livre, se não agora, já que não se pode duvidar de que o autor do texto, seja ele quem for, fala tanto de si mesmo quanto dos outros, desta mesma cidade, como também de todo este país, em que devemos finalmente acabar com a ociosidade desenfreada, porque ele acredita, e seu conselho editorial concorda, que chegou a hora de agir, a cidade está, sejamos honestos, disse o editor-chefe, à beira de um precipício, e isso, como o autor do texto declara aqui, é o resultado de uma perda total de caráter, embora ninguém esteja questionando isso aqui, já que estamos lutando exatamente contra isso, cada um por seus próprios meios, pois quem pode duvidar disso, e desse ponto em diante estou citando, e ergueu o documento até os olhos e leu como se fosse o próprio autor, e apesar do "profundo envolvimento pessoal" repetidas vezes expresso, gostou do tom e do ritmo, quem pode questionar, caso consideremos o húngaro uma doença, uma enfermidade crônica e uma epidemia incurável, então vamos tentar dar um nome para a causa dessa doença e dessa enfermidade crônica e dessa epidemia, o que não é nada difícil, já que é evidente que a causa está na degradação moral, que os húngaros chegaram ao fundo do poço do ponto de vista moral, e isso é tudo, porque isso mais do que basta, o grau mais baixo da degradação moral é equivalente ao húngaro, essa fórmula, claro, é necessário ter muito cuidado aqui, pois com facilidade se pode cair no equívoco de afirmar que houve de onde cair, mas não, não é disso que se trata, não existe um passado que possa parecer mais brilhante, pois, sem nos aprofundarmos nos detalhes da história, chamemos toda a história húngara, o passado glorioso que nossos pais tanto exaltaram, a história da vergonha, pois nela existe muito mais traições, apostasias, intrigas enganosas, derrotas humilhantes, fracassos merecidos, a vingança enganosa, a retaliação cruel, brutalidade que não pode ser oculta nem pela hipocrisia, como dizer, e o editor-chefe lia com deleite visível, do que os milhares de chumbinhos que impregnam a carne de uma corça abatida com uma arma de chumbinho, de modo que vamos deixar o passado glorioso de lado, vamos deixá-lo em paz, não vamos ficar pensando nas vergonhas e nas mentiras contadas sobre as glórias do passado, para nós agora é suficiente de alguma forma permanecer na superfície desse pântano que, se isso for possível, as condições morais de hoje significam, mas, então, qual é o problema do sr. Chefe e do sr. Diretor com isso, o editor-chefe abaixou o texto, bem, o autor não estará afirmando alguma coisa aqui, levantou a voz e deu um tapa veemente no texto, e, como se estivesse defendendo algo seu, por acaso ele não está afirmando aqui algo que secretamente todos nós pensamos, não, e o diretor levantou-se de um salto, o que fez os outros presentes à volta da grande mesa de reunião também se mexerem, não, não concordo com nada disso, e não está nem um pouco claro para mim o que acontece aqui, não entendo o que o senhor quer, olhou para o editor-chefe com a cara desfigurada pelo ódio, quer emporcalhar a cidade, emporcalhar tudo o que é sagrado, pois aqui esse sujeito já está remexendo na nossa história, por favor, e digo isso como tendo sido originalmente professor de história, e pelo menos devido a isso não posso deixar, uma coisa é uma crítica sobre o presente, e outra coisa é pisar na honrada história secular do povo húngaro, e a coisa continuou assim, já se passaram quatro horas, e depois cinco, e a reunião ainda estava em andamento, e o Comissário, de quem tinha sido a ideia original, quando o editor-chefe pediu a opinião, como sempre, quando começava uma ação escorregadia, ele só escutava, mas já fazia um bom tempo que não estava mais nem ouvindo, pois algo lhe sugeria que toda aquela coisa não fazia sentido, que a sua ideia de que deveríamos verificar o efeito desse artigo de jornal sobre os líderes da cidade, se quisermos saber o que ele causaria na própria cidade, estava errada, porque há coisas muito maiores sendo engendradas por aqui, maiores se comparadas com questões como se este artigo vai ou não aparecer na edição de amanhã de manhã, isso acaba sendo totalmente irrelevante, uma voz interior lhe sussurrava isso sem parar, sugerindo que ele não deveria estar gastando seu tempo ali, ouvindo aquela tremenda lenga-lenga, porque algo aconteceu ou está acontecendo lá fora, não sabe o que é, mas algo está acontecendo, não tem a mínima ideia do que seja, mas cuja essência, exatamente ele, já que afinal é o verdadeiro controlador dos destinos desta cidade, e não esses tresloucados, deveria saber o que está acontecendo.

Estava de pé lá fora no quintal e não estava dando a mínima para a chuva que o molhava, não chegou nem a vestir a jaqueta, foi assim que falou ao telefone, que não quer incomodar, e perguntou se estava telefonando numa hora adequada, mas é importante, e fez uma pequena pausa, para ver se do outro lado da linha ele dizia alguma coisa, então continuou com as seguintes palavras, *não sabe o que está acontecendo, mas tem algo no ar*, e um novo silêncio se seguiu, agora não sabia se continuava, pois, na realidade, era só isso que tinha para dizer, não tinha detalhes, informou de modo militar, para que aquilo que dizia tivesse algum formato, a menos que consideremos as coisas estranhas acontecendo aqui e ali, coisas que nunca haviam acontecido antes, ele não está afirmando que se trata de coisas grandes, mas, sim, que nenhuma delas aconteceu antes, o que dizer, disse ainda mais baixinho, por exemplo, que no Csigakert, na madrugada de quinta-feira, algumas pessoas derrubaram a estátua do busto da baronesa Krisztina Wenckheim, quer dizer nem é exatamente isso, mas que estraçalharam o rosto dela com um machado, por que estraçalharam o rosto dela e como sabem que com um machado, encontramos o machado, mas não entendemos, e o principal é que não ouvimos nada, apesar de termos multiplicado a vigilância por toda a cidade há vários dias, não fica tagarelando tanto sobre o mais importante, nesse momento a pessoa do outro lado da linha se pronunciou, está certo, então é mais ou menos isso, e então se calou, ficou esperando a pessoa do outro lado se pronunciar, mas nada, e ele não ousou perguntar se ainda estava na linha, pois ouvia sua respiração, portanto estava lá, mas depois não aguentou mais e recomeçou a falar, por exemplo, na praça Maróti, todas as estátuas também foram derrubadas, quem é você, o outro perguntou no telefone do outro lado da linha, um amigo das estátuas, por que te interessam tanto as estátuas, não se trata de me interessarem, ele respondeu, e se encolheu um pouco mais perto da parede, embaixo dos beirais bastante estreitos, pois a chuva estava apertando, mas a coisa toda não tem sentido algum, não estou me referindo à derrubada, isso até entendo, explicou, mas nesses casos também os rostos foram esmigalhados, mas nesse caso não encontramos nenhum martelo, ou machado, ou qualquer coisa do gênero, então é isso, e nova pausa, o outro não se pronunciou novamente, só se ouvia de vez em quando um suspiro, como quem está ocupado fazendo alguma outra coisa também, enquanto fala ao telefone, talvez esteja folheando alguma coisa, pois parecia que ouvia o farfalhar de papéis ao fundo, é isso, repetiu, está bem, tem mais alguma coisa a relatar, o outro perguntou, pois então, que no Matadouro, no estábulo grande onde eles costumam trancar os animais durante a noite, para que no dia seguinte sejam mortos, então, pois é, ali, um dos meus homens que faz trabalho de guarda-noturno para eles, na noite de quarta-feira encontrou duas vacas congeladas em sangue, elas também tinham as cabeças completamente esmigalhadas, provavelmente seguraram suas cabeças quando as mataram, ou como dizer, ambas foram espancadas até a morte, *ahã*, a voz observou, como se o caso não lhe interessasse de forma alguma, mais alguma coisa, bem, só coisas desse tipo, e que por alguma razão nas ruas não se vê ninguém do pessoal daqui, nem durante o dia, só um monte de gente de fora, e não é que os moradores tenham medo, ou coisa assim, apesar de que pode ser que agora já sintam, mas os carros, nem eles são daqui, só aquele monte de gente de fora, não dá para entender, e também, diga, a voz o encorajava, o sino da igreja Nagyromán foi arrancado na quarta-feira de madrugada e ninguém ouviu nada, só o pessoal do sapateiro, que limpa a igreja, como assim foi arrancado, o outro perguntou, então provavelmente foi algum bastardo com uma serra motorizada, ou eles serraram tudo até o sino despencar, e é claro que desceu rasgando tudo, e foi esse homem que o encontrou, não lembro o nome dele agora, esse sapateiro, quando foi fazer a limpeza, estava lá embaixo virado para o lado, qual o sentido disso, nenhum, o outro respondeu do outro lado da linha e desligou o telefone.

Todos eles, sem exceção, são subservientes, Dóra leu à mesa de jantar, porque um dos elementos mais profundos dessa repugnante alma húngara é a subserviência, ela se curva diante da força, e não importa a que tipo de força nos referimos, também pode ser, só para dar alguns exemplos, a grandiosidade, a genialidade, a soberba, seja lá o que for, tanto faz, abaixa a cabeça, mas na verdade a coisa toda só dura até ele sentir que pode morder como um cachorro louco, e então dá uma mordida, morde principalmente o que é grande, o que é incomensuravelmente grande, o que é imenso, o que é genial, o que é gigantesco, o que se eleva sobre ele, porque não consegue suportar suas dimensões, e não consegue aceitar suas dimensões, por isso atropelaria tudo caso não fosse covarde, é por isso que ele se apequena diante da grandeza, da genialidade e do gigantesco, mas só até conseguir atacá-lo, pois não consegue suportar o que se eleva acima dele, aquilo que o ultrapassa, aquilo que excede sua compreensão, o escopo de sua mente estreita e alma doentia, e a subserviência, que podemos examinar nos exemplos mais óbvios possíveis nesta cidade, especialmente nesta cidade, porque não há outro lugar como o nosso, neste país que não para de definhar, onde possamos olhar com tanta clareza nas profundezas infinitas da alma húngara deste país, neste abismo, que é escuro e vazio, e aqui se seguem nomes, Eszter explicou e mostrou o jornal para seu marido e para a avó, na sala de estar, diante da TV ligada, mas ninguém olhava a TV, ambos ouviam a Eszter conforme ela lia o jornal, e a cada nome se entreolhavam com caras espantadas, e a toda informação que vinha junto com esses nomes estremeciam, e a própria Eszter em um ou outro trecho mais escandaloso olhava para eles mais incrédula, querendo dizer O QUE É ISSO?!, porque era totalmente chocante o que ela lia em voz alta, e o que seu marido e a avó agora ouviam, porque não somente pessoas conhecidas foram desmascaradas no artigo, ainda por cima com histórias que acabaram de ouvir pela primeira vez, e que nunca poderiam imaginar justamente com relação àquelas pessoas, mas tinham escrito também sobre pessoas desconhecidas que cometeram todo tipo de atos, do horrível ao nojento e ao vergonhoso, se for possível acreditar no artigo, disse Eszter, e a mesma coisa foi comentada pela garçonete atrás do balcão do bar da rua Nagyvárad, que continuou lendo em voz alta para seu único ouvinte, que, como sempre, estava de pé encostado a um balcão, sobre o copo vazio, enquanto coçava este e aquele ponto de sua cara machucada, desfigurada, mas agora já começando a sarar, porque as feridas coçavam, e os três ajudantes de cavalariço também observaram a mesma coisa enfaticamente lá no estábulo, mas desde o garçom do BIKER até o gerente do hotel, o cara do posto de gasolina, o chefe da estação, a barista, o carteiro Tóni, o guarda-florestal e todos os cidadãos dentro e perto da cidade, já que as histórias eram tão escandalosas que parecia absurdo imaginá-las verdadeiras, tanto quanto era impossível duvidar da sua credibilidade, pois, escuta só essa, continuou o marceneiro, quando, segundo seu costume, ao chegar em casa do trabalho, depois de lavar as mãos bem lavadas, se sentou diante do canal de TV RTL e pegou o jornal do dia, o jornal da oposição, evidentemente, porque sempre dizia que sabia exatamente quem eram aqueles a quem devia esse sofrimento miserável chamado vida, e então naturalmente era contra eles, de modo que é difícil decidir se a covardia ou essa loucura desenfreada é que é o mais assustador neles, está ouvindo, chamou a atenção da esposa, que estava pescando na frente da RTL, estão escrevendo sobre os húngaros, pois é realmente difícil escolher, principalmente se descobrirmos, e descobrimos, que em qualquer característica com que possamos definir os húngaros há uma argamassa, uma espécie de meleca sebosa, que liga a subserviência manhosa à arrogância bárbara, a inveja gritante com a aptidão para a vilania oportunista, e isso é um composto particularmente abominável do atrevimento, que somente aqueles que a nós pertencem conhecem e compreendem de fato, esses grilhões eternos de afinidade animalesca, que têm um cheiro de suor mordaz e azedo, um tipo de evaporação que conecta húngaro com húngaro, e que afugenta todo mundo para longe da gente, quem tem sorte de não o ser, essa camaradagem terrível que só conhece o tratamento na segunda pessoa, não há nada mais terrível do que isso, eu digo, você ao menos está ouvindo, chamou a atenção da esposa, pois ela parecia ter novamente cochilado no meio da leitura, mas depois não a incomodou mais, deixou que ela ronquejasse diante da RTL, e ele ficou lendo e lendo, mas que tipo mais abominável é o húngaro e como ele mesmo era de origem eslovaca por um tempo ficou curtindo a coisa, mas depois ele também foi tomado pelo sono mesmo sentado na cadeira, o jornal lentamente escorregou para o seu colo, de lá até o chão, então teria se abaixado para pegá-lo, mas o sono, o cansaço do trabalho foram mais fortes, de modo que a mão parou a meio caminho, o jornal finalmente se espalhou perto de seus pés no chão, só a RTL continuou transmitindo, que fazia uma hora que algo terrível acontecera em Veszprém, infelizmente, a repórter informava que um bebê elefante de três dias tinha morrido no jardim zoológico, para a tristeza das crianças que gostavam tanto dele.

Sabemos que vai explodir, ou será que não, perguntou sorrindo para os três gerentes do jornal sentados à sua frente, por isso a minha opinião é que, e não sei o que vocês acham disso, além das correções estilísticas, deveria simplesmente ficar como está, tudo bem?, o que foi recebido por um silêncio, os três editores não quiseram expressar uma opinião, por um lado porque era sempre o chefe quem decidia tudo, e por outro porque sentiram que nesse caso de alguma forma a coisa toda já havia sido organizada de antemão, e aconteceria do jeito que ele desejava, só queria ouvir a opinião deles, que mais tarde pode usar contra eles, como costumava, de modo que, obrigado, não, não vou pronunciar palavra, era isso que estava escrito na testa dos três na sala do editor-chefe alguns minutos antes das oito da noite, mas alguma observação estilística vocês devem ter, então, por exemplo, em vez de eles serem bons em alguma coisa, e essa é a mentira, podem ir em duas direções ao mesmo tempo, por um lado, para fora, direcionado para os outros, e por outro lado, para dentro, para si mesmos, e eles fazem isso muito bem, são verdadeiros mestres nisso, então, aqui eu, disse um dos três, e sorveu o resto do seu cafezinho, porque não está ruim, mesmo assim eu, claro, sei disso, como você vê a coisa, mas eu colocaria, quer dizer, isso seria só um palpite, caso você também achar, não estou impondo, só se você estiver dizendo que, então, diga, o editor-chefe o encorajava, e sorriu para ele amigavelmente, o que fez com que a vontade do editor desaparecesse por completo, mas não tinha o que fazer, agora teria que dizer alguma coisa, então, que em vez daquilo, que, por um lado e por outro, de alguma forma eu tentaria solucionar a coisa de modo mais simples, disse, pois falando no geral não gosto quando se escreve, e você entende, em qualquer lugar, qualquer pessoa, ou você, ou esse escritor desconhecido, mas assim no geral, essa coisa de por um lado e por outro, ou em parte isso e em parte aquilo, até quando eu mesmo escrevo assim sem querer, substituo, porque até comigo pode acontecer, você sabe, já que você me conhece, você já corrigiu coisas assim nos meus textos, então, como, sei lá, o editor continuava a titubear, poderia ser, quem sabe, ao mesmo tempo poderia encarar duas direções, para fora e para dentro, e assim por diante, se é que me entende, deixaria de fora o por um lado e por outro, entende, mas não faço questão, isso é só uma sugestão mesmo, está certo, o editor-chefe respondeu, e não fez segredo do fato de não ter gostado da sugestão, pois de alguma forma faz uma incisão na sua essência, mas vamos ouvir os outros, vocês conhecem o texto, encorajava-os, e se inclinou para trás em sua cadeira, e começou a tamborilar sobre a escrivaninha, então, o segundo começou a falar, o responsável pela seção cultural, porque era necessário, pois é assim que a coisa funciona, se ele mandou chamar os três, então todos têm que dizer alguma coisa, isso já é um refinamento, quando escreve que um húngaro fica constantemente adiando o seu presente e o substitui por um futuro que nunca chega, porque assim não tem nem presente nem futuro, porque em nome do presente renuncia ao seu futuro, então o seu futuro não é um futuro verdadeiro, somente um adiamento, a circunscrição da referência à procrastinação, ou seja, você pega o húngaro na curva se estiver procurando alguém que não tem presente nem futuro, mas, eu já acrescentaria, e me refiro ao que já foi mencionado anteriormente, ele também não tem passado, pois ele mente tanto, a torto e a direito, que na essência o anula, então, claro que sim, pois não há nada mais aterrorizante para ele do que confrontar o que já foi, porque nesse caso teria que confrontar o que ele é agora, e com o que será amanhã, e tudo isso é tão desesperador e, consequentemente, assustador que ele prefere ficar mentindo para si mesmo e para o mundo, apenas para escapar de ter que se confrontar, então, está aí, descarregou com dificuldade o segundo, que estava sentado no meio, na minha opinião é assim, ter que escapar do confronto, isso não existe, não falamos uma coisa assim, não usamos, a língua húngara não permite essa ligação entre esse verbo e essa conjunção, sem mencionar que, o segundo editor desandou a falar, esse monte de, esse monte de porquês injustificados, e porque, e em vista de, e por causa de, e em razão de, acho que deveríamos exterminar isso como pulgas no chiqueiro, sim, e levantou a sobrancelha, e com isso o editor-chefe franziu a testa, o que fez os outros dois, parece, entenderem que o que estava rolando ali já não era uma conversa editorial, nem mais a correção do texto sinistramente escandaloso que estava em jogo, mas eles próprios, esse cara quer dar um chute no nosso traseiro, pensaram os dois praticamente ao mesmo tempo, enquanto o segundo, que estava sentado no meio, disse depressa que tudo aquilo era só um detalhe sem importância, e já que o conjunto como era estava bem será um sucesso e sem dúvida uma bomba, pelo menos de acordo com ele, não está muito comprido nesse formato, o editor-chefe perguntou buscando o olhar dos outros dois em vão, pois o olhar deles se direcionava a qualquer direção que não a do chefe, e por causa disso um silêncio momentâneo caiu sobre eles, que no final o editor-chefe quebrou, dizendo que, segundo ele, poderiam, talvez, dar uma esticada no início, por exemplo na parte em que indivíduos são citados, sem falar desse diretor da Fábrica de Leite em Pó, esse desgraçado que tem menos cérebro que o pó que ele fabrica, e sua criatura frouxa, preguiçosa e burra, a personificação de tudo o que a própria ideia de leite em pó implica, não existe ideia mais horrorosa do que fazer leite de um pó, e não tem figura mais horrível em toda a fabricação do leite em pó do que esse bando chique, e assim por diante e etc., então, eu deixaria isso de fora até essa parte aqui, o editor-chefe disse, até o Comissário, inclusive, o que vocês acham, muito bom, os três responderam ao mesmo tempo na frente da escrivaninha, estava pensando exatamente nisso, um deles disse, que essa parte, acrescentou o segundo, poderia sair, terminou o terceiro, está bem, então vamos cortar, respondeu o editor-chefe, e abriu diante de si as páginas em questão, e pegou uma caneta esferográfica e cortou desde onde havia a menção ao diretor da Fábrica de Leite em Pó até incluindo o Comissário. Mas, para evitar que falem da gente, vamos deixar a calúnia sobre nós, porque a veracidade é mais importante. Pessoalmente, não me importo nada com o que leem sobre mim ou sobre nós, a única coisa que importa para mim, colegas, é essa coisa da sensação, e há anos que espero por isso, que um dia possamos produzir uma coisa como essa, porque isso é sensacional, vai cair como uma bomba na primeira página. Tudo certo? Os três assentiram com a cabeça ao mesmo tempo. Vai ser uma bomba.

Qualquer pessoa poderia dizer que essas generalizações absurdamente exageradas, que tudo isso tem o propósito, poderia dizer, de pegar todas as fraquezas humanas e com elas atacar um povo, uma nação inteira, mas não parece nada mais do que uma mágoa pessoal oculta, que quer vingança, sangue, a secretária-executiva lia na penumbra da sala da UTI do hospital, segurando o jornal próximo à luz de uma lâmpada, sim, que isso não se pode aceitar, e há algo de podre no reino da Dinamarca, poderia dizer, pois desse jeito parece transparente em demasia, não pode ser outra coisa senão a fúria de alguém ferido, que não conseguiu dar vazão ao seu descontentamento de outra forma que não descarregando na sua própria gente, poderia dizer, se assim fosse, só que não é bem assim, infelizmente, não mesmo, escrevo para o gene, é para ele que escrevo tudo isso, pois imagine, de forma nenhuma é devido a ofensa pessoal, o que me motiva não é uma ofensa pessoal, nem a sombra de uma vingança está presente em mim, trata-se simplesmente da oportunidade de me sentar e começar a bater um papo com um gene, aquele responsável pelos húngaros, e o que posso dizer, *sine ira et studio, quorum causas procul habeo*,* e não preciso dar

* "Sem raiva e zelo, cujas causas removi há tempos", em latim no original. (N. T.)

explicação ou comprovação, que não, não é pessoal, e não há mágoa ou vingança, não preciso disso, só tem esse papinho, acreditem, meus irmãos húngaros, que *sine ira* tenho asco daquilo que dentro de mim revela o húngaro, e que, examinei cuidadosamente em mim, o que revela, pois sou húngaro, e nesse momento a secretária-executiva teve que virar a página sob a luz fraca, mas com cuidado, pois não queria perturbar os infelizes corpos moribundos, deitados nus sobre as camas da UTI, com o barulho do jornal, mas principalmente não queria incomodar aquele que estava na cama, do lado de quem se sentou, depois de ter mandado a esposa ir dormir, já que até então ela havia ficado em vigília, devido ao esforço esticou um pouco a língua para o lado esquerdo, segurou a respiração e virou a página lentamente, uma folha sobre a outra, e encontrei tudo dentro de mim mesmo, isso que relatei até agora, e quando falo de vocês, estou falando de mim, mas não se trata de ter ódio de mim mesmo, eu não me odeio, de jeito nenhum, só queria sentar e bater um papinho com o gene, aquele que é responsável pelos húngaros, e vou contar para ele, um após o outro, como estamos com os húngaros, e é assim que estamos, e que tudo é verdade, da primeira à última palavra, você saberá melhor se este escrito, contra a minha vontade, um dia cair em suas mãos, já que na verdade só juntei o que juntei, para o gene, mas se vocês também estão lendo, bem, isso não me interessa de forma alguma, é claro que não posso dizer que não fico amargurado quando penso em tudo aquilo que usei para nos descrever, mas eu preferia não ter usado a palavra "amargura", a verdade é que estou triste, imensamente triste por causa de vocês e por minha causa também, por ser quem eu sou e por vocês serem quem são, por eu ser assim e por vocês serem como são, irmãos húngaros, nós, que estamos unidos nessa nossa repugnância intransponível, e agora estou falando diretamente com vocês através do gene, nós, que representamos a raça mais abjeta da Terra, sugiro que deixemos a decisão sobre nós mesmos para o gene, para quem, aliás, anotei tudo, portanto, que o gene julgue, deixemos o negócio com ele, que seja ele o juiz que a tudo e a todos julga, enquanto, é claro, desejo dele que não seja simplesmente o juiz, mas o próprio carrasco, e nos faça desaparecer, recuar, de qualquer forma ainda vão sobrar tantas espécies repulsivas na raça humana, apague-nos, os mais repulsivos, da evolução, que nos considere defeituosos, tanto faz, faça o que quiser, só nos elimine da lista, quanto custa isso para um gene, vamos lá, e agora estou me dirigindo diretamente ao gene de novo, para que exclua tudo o que é húngaro, ouça o que digo, o sabre está com você, eu lhe imploro, nos abata com ele, não fica enrolando, não hesite, não pondere e, acima de tudo, não demore, pois somos perigosos para toda a raça humana, por isso, levante, vamos, erga esse sabre ainda mais alto e abata essa nação miserável. Que coisa, ele nunca vai poder ler isso, a secretária-executiva pensou, dobrou o jornal com cuidado, depois segurando-o no colo ergueu seu olhar pesaroso para o doente, cujos únicos sinais vitais eram um bipe e uma linha ondulada verde, fininha e pontiaguda, que se movia para cima e para baixo no monitor próximo à sua cabeça.

Veja, Eszter, o diretor da biblioteca disse categoricamente, você, e eu nunca neguei isso, é a minha bibliotecária mais fiel e confiável há anos, mas não posso permitir isso, sei que com isso estou violando seus direitos pessoais, mas, me perdoe, não posso permitir isso, assim como eu não tinha nada a ver com a reunião de ontem, convocada pela prefeitura, em que eles queriam tomar uma decisão exatamente sobre esse assunto, e você não pode ler esse lixo, uma coisa é mantê-lo na prateleira dos jornais, porque há uma demanda dos leitores por ele, mas os funcionários da biblioteca, ao lerem abertamente um texto tão imundo como esse na frente de nossos leitores, estarão diminuindo a própria biblioteca e, a partir daí, não se trata mais de seus direitos pessoais, mas da minha biblioteca, e eu não permitirei isso, e não me leve a mal pelo fato de ser tão direto, mas a essa altura você já deve estar acostumada que eu fale diretamente o que penso, por outro lado, esse é um caso excepcional, pois, caso contrário, por que uma bibliotecária não poderia ler um artigo, qualquer artigo, se seu trabalho permitisse que uma bibliotecária o faça em seu local de trabalho na biblioteca, embora eu observaria, em tom de brincadeira, o diretor da biblioteca observou, por exemplo, que não a pago para ficar lendo, mas deixemos isso de lado, o assunto aqui é outro, estou falando desse artigo, sobre o qual estão todos falando, Eszter, e olhou fundo nos olhos da mulher que estava visivelmente trêmula, essa é uma provocação desprezível, você deveria ter percebido, e não está dando um bom exemplo se o estiver lendo abertamente, porque ele é um incêndio mental proposital, e nós, essa biblioteca, não queremos incentivar ninguém a atear fogo aqui livremente, em sentido figurado, é claro, obviamente entende o que quero dizer, que não, por favor, coloque o jornal de volta em seu lugar, e nunca mais toque nele, aliás, meu conselho é, mas isso é só um conselho pessoal, isto é, agora não falo como seu superior, no seu lugar nem em casa eu leria, pois, creia-me, esse é um ataque maldoso à cidade, e não estou falando isso porque ele ousou dizer a meu respeito que sou uma bexiga murcha, de forma nenhuma permito que minhas decisões sejam influenciadas por questões pessoais, por isso, não, e não interessa quem o cometeu, apesar de eu ter suspeitas a esse respeito, e nesse momento ele escondeu algo no seu habitual sorriso onisciente, algo que queria ali esconder, mas vamos deixar isso de lado também, o que importa, disse, é que o jornal deve voltar para o seu lugar e você não o leia, em vez disso volte para a sua posição atendendo aos leitores, e continue o seu trabalho, e com isso aguardou enquanto a mulher, tremendo e temendo que o diretor ainda lhe dissesse algo, deixou sua sala, e depois ele se inclinou para trás em sua cadeira, tirou os óculos, massageou a ponte do nariz, depois os músculos em torno dos olhos, e no fim deixou as mãos ficarem ali e afundou o rosto nelas, já que a decisão foi muito difícil, já que não poderia falar sobre o que o estava pressionando de fato, pois não era aquele ataque estúpido e vil que o preocupava, mas uma questão cem vezes mais relevante, o fato é que ocorreram mudanças graves na cidade, e embora ele, que, de acordo consigo mesmo, costumava ter uma boa compreensão da situação, visto ser um pensador, de fato um pensador bastante lúcido, de fato se considerava uma pessoa de raciocínio particularmente lógico, apesar disso não tinha uma opinião totalmente formada sobre o que era aquilo, o que pode ser apreendido dessas mudanças, mas a mudança em si não era uma questão para ele, ou seja, resumiu para si mesmo, com os cotovelos sobre a escrivaninha, com o rosto entre as mãos, a situação se tornou perigosa, e ele ali, naquela posição de responsabilidade, pois é responsável não somente pelos seus companheiros de trabalho e pela comunidade de leitores, mas pela sua própria pessoa, e naquele momento era o que mais o preocupava, não podia expor nem seus companheiros de trabalho nem a comunidade de leitores e principalmente nem a si mesmo àquele perigo, que aqui na biblioteca algum mal imprevisível acontecesse com alguém, talvez até com ele mesmo, bastava que entrasse na biblioteca esta manhã, porque a rua por onde costumava trafegar até agora simplesmente não era a mesma rua que deveria ser, na verdade a rua pela qual ele dirigiu seu Ford Escort de oito anos, cuidadosamente conservado, incluindo esta manhã, estava diferente, mas não somente por não ter visto um único pedestre na calçada, além de alguns sujeitos desconhecidos, e por não ter cruzado com nenhum carro durante o percurso até chegar ao portão da biblioteca, não, não saberia dizer exatamente o que foi aquilo que o fez estranhar, mas algo havia, e apesar de ter algumas ideias do que poderia ser a causa, mas talvez fossem demasiadas, e elas ficavam girando em sua cabeça, e dessa vez, para a sua própria surpresa, não conseguiu escolher a certa entre elas, embora, até então, julgasse suas habilidades como sendo de primeira linha no desempenho de suas funções, mas agora não, agora não estava funcionando, agora, excepcionalmente, ainda não percebeu qual seria aquele detalhe dos acontecimentos que daria a explicação, para que com isso pudesse nomear a raiz do problema, pois, naturalmente, o famoso barão e seu fim trágico poderiam ser o pano de fundo dos acontecimentos, mas o pano de fundo poderia ser, vamos, lembre-se, lembrava-se a si mesmo, o próprio sr. Professor, de quem nos esquecemos completamente devido ao sensacionalismo em torno do barão, aquele ato criminoso, louco e ao mesmo tempo incompreensível e inexplicavelmente misterioso, a natureza quase enigmática de toda a história do sr. Professor, gostava dessa palavra, enigmática, em resumo, compreensivelmente lhe ocorreram pelo menos essas duas histórias extraordinárias como pano de fundo, mas não era exatamente assim, nem de manhã quando acordou e começou a se perguntar o que deveria fazer nessa situação, nem agora, quando ainda segurava o rosto entre as mãos e olhava fixamente um ponto no escritório, porque era assim que em geral pensava, não, isso não o levaria até o ponto de finalmente compreender o que ele precisava compreender, pois ele queria, já que isso nunca lhe havia ocorrido, de acordo consigo mesmo, que ele, justamente ele, que está sempre no meio do caos dos acontecimentos, quando algo semelhante acontecia, não tivesse chegado a uma conexão lógica e, portanto, a uma explicação, mas agora simplesmente não conseguia, e isso o surpreendeu, não estava acostumado com isso, que uma explicação lhe demandasse tanto tempo, poder-se-ia dizer que se orgulhava do fato de ter um intelecto tão sagaz quanto sua visão, quer dizer, no sentido metafórico, pois com sua vista mesmo desde tenra idade teve vários problemas, que pouco a pouco se tornaram mais sérios, e finalmente o levaram a óculos tão fortes que ele nem deveria dirigir, de modo que tinha que resolver o assunto constantemente com as autoridades competentes, porque além de ler livros tinha outra paixão, dirigir, o que ele simplesmente adorava, era difícil de explicar, mas na direção encontrou uma paixão profunda, que de outra forma lhe faltava, como com as mulheres, dirigir era tudo para ele, é claro, junto com a leitura, pois passou sua vida inteira lendo muito, e isso claramente o levou a refletir, sobre si mesmo, que segundo sua própria opinião, sem qualquer falsa modéstia, era um homem razoavelmente inteligente, bem informado e sensato, exceto que agora esse homem inteligente, bem informado e sensato parecia um tanto perplexo, olhando fixo aquele ponto no escritório, como sempre, quando mergulhava fundo em seus pensamentos, agora estava hesitante, e um pouco exasperado, pois sentia que a desgraça, cujo conteúdo, causa, essência e até mesmo sintomas eram completamente obscuros, lá fora só fazia crescer, e nesta situação ele só pode fazer uma coisa, e o fará, decidiu, não desafiar de frente, mas se organizar para a defesa, foi essa decisão que surgiu dentro dele, assim, chamou um dos colegas do lado de fora de seu escritório e o mandou convocar todos os funcionários da Biblioteca Municipal para uma reunião imediata, e quando a equipe se reuniu no escritório informou-os que devido a acontecimentos incalculáveis e imprevisíveis, sobre os quais não consegue dar informações precisas por enquanto, a biblioteca será fechada imediatamente, portanto pede, disse com um olhar muito austero e sério, que eles desocupassem os salões sem mais delongas, e no espaço de tempo mais breve possível, e ele quer ser notificado sobre o resultado da operação, de que sua ordem fora cumprida, de modo que começou uma grande lufa-lufa na Biblioteca Municipal, e aquelas poucas pessoas que tinham vindo para retirar uma ou outra obra de Danielle Steel, ou Magda Szabó ou Albert Wass para os dias mais difíceis foram rapidamente encaminhadas para fora do edifício — na opinião deles, de forma espirituosa —, com explicações sobre problemas técnicos repentinos, então eles também pegaram depressa seus casacos e guarda-chuvas e saíram da biblioteca, de modo que só restou ao próprio diretor fazer o mesmo e fechar o pesado portão da Biblioteca Municipal, pois mesmo nesse momento grave ele fazia questão de, tal como o capitão de um navio atingido por uma densa tempestade em alto-mar, ser o último a deixar o convés. Antes de entrar no carro na rua principal deserta, olhou para o seu relógio, que mostrava exatas onze horas e quarenta minutos da manhã.

Fortaleceu as patrulhas por toda a cidade, mas não porque tivesse acontecido alguma coisa, senão porque não estava acontecendo nada, e ele não estava gostando disso, o Comissário disse para o líder, quando se sentaram um diante do outro no BIKER, enquanto os outros, cientes do respeito devido, se afastaram para o canto mais distante, erguendo o olhar para a TV, então ele só estaria curioso para saber se o outro percebeu alguma coisa, mas a ele, ao Comissário, o que lhe interessam são aqueles detalhes mínimos, que não venha novamente falar de derrubada de estátuas e coisas do tipo, que se concentrasse naquilo que parece ser inteiramente sem importância, ele só tem uma coisa a destacar, que ainda não o encontrou, o rastro do sr. Professor foi totalmente perdido de vista, retrucou o líder sem pensar, pois entendeu que estava lhe sendo pedido para que não pensasse, que respondesse de pronto aquilo que lhe viesse à mente em primeiro lugar, por outro lado, se voltar a falar sobre esse assunto, o Comissário atirou longe o primeiro fruto da falta de reflexão imediata, e já se pôs de pé, pois não tem tempo para desperdiçar, e o desperdício de tempo, para com esse assunto, já lhe disse centena de vezes, está bem, certo, o líder respondeu, então vou lhe contar que está vazando óleo de todas as motos, é mesmo, e o Comissário levantou a cabeça, sim, o líder assentiu com a cabeça, nunca aconteceu nada semelhante, todas ao mesmo tempo, porque é claro que o tempo todo vaza ora de uma moto ou de outra, isso é absolutamente natural, mas que vaze de todas, ao mesmo tempo, isso nunca aconteceu, e ainda por cima a causa é exatamente a mesma em todos os casos, determinada junta que apodreceu, entendo, e o Comissário deu um gole na sua cerveja e fez um sinal para o líder não continuar, não era significativo saber o motivo, então fez sinal para que continuasse com a lista, porque ele está interessado na lista, está bem, disse o líder, então lhe digo que aquele cara ali atrás do balcão, que está ali hoje, quando cheguei aqui, me recebeu com a notícia de que o carregamento de cerveja de hoje havia desaparecido, na empresa onde eles encomendam não atendem o telefone, e quando foram à tarde até o local o portão estava arrombado, como se alguém o tivesse trancado antes, pois havia um enorme cadeado no chão, quebrado e derrubado, e lá dentro não havia vivalma, mas os barris estavam lá, em ordem e, continue, o Comissário lhe fez um sinal, e novamente deu um gole na sua cerveja, então, não sei, por exemplo, o fato de naquela praça gramada diante da Fortaleza, sabe, aquele jardim que tem lá, então, um dos meus homens, aquele que está ali, indicou o Totó, que estava no canto, encontrou uma espada, que pegaram na Fortaleza, cem por cento de certeza que foi de lá da exposição que pegaram, e estava enfiada até a metade na terra, como uma espécie de sinal, até a metade, o líder repetiu, ao que o Comissário olhou para ele, mas não pronunciou palavra, e o líder continuou, e ele nem tocou na sua cerveja, pois estava embaraçado pelo fato de o Comissário estar ali sentado no BIKER, onde nunca estivera até então, e com isso ele sentia que o assunto deveria ser excepcionalmente importante, só não entendia o que poderia ser, e o cara do posto de gasolina simplesmente desapareceu sem deixar rastro, isto é, não voltou de Sarkadkereszt, onde aliás nem chegou, como descobriram, portanto na verdade não foi esse porcalhão que trouxe o material da Romênia, como a gente pensou no começo, mas de alguma forma aqueles dois safados estavam de conluio, pois o cara do turno da noite também sumiu, aquele com quem ele tinha esse esquema havia pelo menos uns vinte anos, por isso tiveram que contratar outra pessoa, para que tivesse alguém ali, apesar de não terem mercadoria disponível, como sabe, quer dizer, oficialmente, continue, disse o Comissário, não sei de mais nada, o líder respondeu, sabe, sim, bote a cachola para funcionar, bem, eu não sei, o líder respondeu, nervoso, será que isso importa ou não, tem, por exemplo, esses caras desconhecidos, eles só ficam vagando por aí, não fazem nada, para mim eles não parecem ter nada a ver com nada, em vão ficamos perguntado o que eles queriam aqui, não conseguiam dar nenhuma explicação razoável, exceto que vieram no balneário, ou que estão procurando um parente, ou que vieram de Sarkad ou Vésztő, ou de Elek, como disse um deles, que lá não tem nada nos postos de gasolina e que talvez aqui tenha, sim, sim, já sei disso, continua, não me lembro de mais nada, o líder sacudiu a cabeça, e olhava para sua caneca, cuja espuma tinha se desfeito, podia jogar tudo fora, ah, ergueu a cabeça de repente, e eles também estupraram uma mulher na agência de turismo, quando, perguntou o Comissário, ontem à noite, e por que não fui informado sobre isso, pois ela aparentemente não denunciou, eu também só fiquei sabendo por acaso, notícia passada de boca em boca, sabe o nome dela, o Comissário perguntou, não, não sei, mas perguntei para ela, no hospital, quem havia sido, e ela disse que nunca vira o cara, não lembra nem o rosto dele, só que tinha barba, e que tinha um sinal de nascença embaixo do canto direito da boca, tá, isso ajuda, gosto disso, pois indica que presta atenção, e nesse momento o Comissário se levantou, afinal para que cargas-d'água eu mantenho vocês senão para prestarem atenção, só que agora tem uma situação, e agora a coisa toda tem que ser feita de outro jeito, se é que entende no que estou pensando, porque as coisas estão mais sérias do que antes, ou seja, para ser mais claro, gostaria muito que vocês redobrassem a atenção, fale sobre isso com o seu pessoal, para que eles façam as motos roncar por aí, pipocar, fazer barulho, e fiquem rondando e circulando o tempo todo, estou pedindo, e não me ligue, não importa o que aconteça, disse já na porta do BIKER, eu te ligo se precisar de alguma coisa.

O ser humano é um monstro, espero não estar dando o aviso tarde demais, leu ao chegar no final da linha, onde já tinha que virar a página, um monstro, ergueu a cabeça para ler a primeira linha na próxima página, e arrumou os óculos no nariz, com o que ele também está plenamente de acordo, em vão tenta se enganar constantemente de tudo quanto é jeito, sem restrições, ainda por cima, um verdadeiro monstro, mesmo que às vezes depare com boas intenções em si mesmo, ele tem momentos de maldade, em que rapidamente esquece os bons, que viram meras lembranças que depois vai elaborar, pois ele é tamanho monstro que está convencido de que, na verdade, o destino o escolheu para o bem, ou pelo menos para agenciar a verdade, seja para si mesmo ou através de outros para si mesmo, e desta forma está muito próximo do chamado beato, que é exatamente a mesma coisa, só que pior, pois este continuamente apela para uma aliança especial com o seu Deus, através da qual ele se eleva cada vez mais e mais até que se liberte de todos os horrores em meio aos quais vive, e mente, pois é disso que se trata com ele, viver e mentir, para ele são dois lados da mesma moeda, por isso esse beato é tão repugnante, mas principalmente o beato húngaro, isso é mesmo o fundo do poço, porque o húngaro descrito até agora, mesmo que se autodenomine religioso, às suas qualidades originais deve-se acrescentar o mais baixo servilismo e a pior arrogância, porque isto é realmente o cúmulo de tudo, quando, digamos, o húngaro beato abençoa a bandeira dos soldados antes da batalha sangrenta, ou quando o húngaro beato se esconde em algum canto protegido, quando a chamada dignidade humana é ameaçada no seu ambiente, ou quando o húngaro beato, esse patife disfarçado, faz a cara mais piedosa e vai compartilhar do poder e dos benefícios, e tudo o que acontece numa igreja depois disso é um sacrilégio, digamos assim, ou melhor, isto é de fato o verdadeiro sacrilégio, e onde quer que entre, e só o fato de entrar, isso já equivale por um autojulgamento, e ele sai como se nada tivesse acontecido, mafioso entre mafiosos, essa é a essência da relação entre um padre e um beato numa igreja húngara, eles resolvem a questão entre si, qualquer que seja a problemática, um legitima o outro, e o outro, em troca, depois de conjurar algumas palavras, novamente libera o primeiro para o mundo, então tá, é isso que acontece na Hungria, ou na antiga terra dos hunos, seus antepassados, é isso que acontece no meio dos patifes velhacos embaixo da cruz, e suas caras de pau não ficam nem chamuscadas, ao contrário, são parte integrante da sociedade, mas o mais degradante é que fazem tudo isso em nome de Deus, autodenominando-se o único refúgio da inocência, dos marginalizados, dos explorados, dos indefesos, e pelo fato de seu pecado não clamar aos Céus, para usar a frase deles, o fato de as igrejas, de Körmend a Létavértes, de Drégelypalánk a Hercegszántó, não desabarem sobre eles comprova que eles não têm Deus, que sua fé é um julgamento pérfido, que eles não estão nem mesmo perdidos no grande temor, comum ao ser humano, são meros moleques sonsos, e foi lendo até o final da frase, chegando ao de..., mas não continuou, lentamente dobrou o jornal e largou no colo, e não levantou a cabeça, tirou os óculos e também largou no colo, e, quando ergueu o olhar acima da estante de livros do seu quarto, dirigiu-o à bela cruz pregada ali na parede, que era tão cara ao seu coração, e começou a rezar para o Senhor de uma forma automática, rogava pelo seu perdão, roga pelo seu perdão, roga pelo seu perdão, mas como se ele mesmo não soubesse para quem, e para quê, para aqueles a quem aquele longo artigo dizia respeito, ou para aquele que colocou tudo aquilo no papel, olhou a pequena cruz de madeira lá em cima na parede, de frente para a poltrona de veludo onde estava sentado, e depois de terminar a reza, pensou, que aí estava, que essa é a palavra dele, que agora virá o castigo que ele há tanto tempo temia. Olhou para o seu relógio, que mostrava seis e quinze. Era melhor se aprontar, pensou, não demora tem que ir para a igreja. Tem que começar a missa das seis e meia.

Por que foi tudo esquecido, perguntava-se a secretária-executiva, e enquanto esperava o retorno da mulher do prefeito, já deve estar chegando, deu uma olhada no seu relógio, estava de fato pensando que apenas poucos dias se passaram e tudo virou de cabeça para baixo, e nem é que tudo virou de cabeça para baixo, simplesmente as coisas se misturaram, porque até então também aconteciam coisas, aqui e ali, já que sempre tem algo acontecendo, essa era sua frase favorita, que sempre tem algo acontecendo, mas o que ocorreu no último par de dias, isso simplesmente não dá para explicar, porque quando se recorda, pensou, e tudo aquilo que aconteceu com o sr. Professor, por exemplo, aquela história horrível, sobre a qual o público em geral nada sabe até hoje, que supostamente aconteceu depois da rua Csókos, naquele terrível Roseiral Selvagem, e depois naquele incêndio enorme, *quem se lembra disso*, ninguém, foi tudo varrido, o que aconteceu depois, e aconteceu bastante coisa depois, pois quem ainda lembra que a filha dele esteve aqui e armou todo aquele banzé que aquela moça armou por aqui, quem, ela se pergunta, ninguém, porque aconteceu a grande confusão com a chegada do barão, e aquela imensa quantidade de trabalho de preparação em torno do barão, depois a grande decepção, quero dizer, disse rapidamente para si mesma, aquele desastre, aquela catástrofe inimaginável nos trilhos do trem da Floresta da Cidade, alguém por acaso teve tempo de digerir tudo isso, perguntava-se, não teve, respondeu de imediato, e novamente olhou para o seu relógio, e ainda nem sombra da esposa, onde estará a essas horas, que deixa esse pobre homem, que mesmo que tenha sido um velhaco, sacudiu a cabeça de leve quando pensou no assunto, mesmo assim é um homem bonito, e a coisa toda é sem dúvida uma catástrofe, mas a gente nem teve tempo de entender, compreender, lá estava o próximo acontecimento, e o próximo, pois desde ontem o correio não chega, e já não se consegue fazer contato com as centrais da comarca, pois é muito provável que as estações de transmissão tenham sido desligadas, para que a conexão via telefonia também seja desfeita assim como com a internet, e o tráfego ferroviário e de ônibus entre eles e Csaba foi totalmente interrompido, quer dizer, entre eles e o mundo, e ainda por cima já não conseguem acessar os canais centrais também, e isso só é a "cereja do bolo", que a nossa pequena TV local também deixou de transmitir, sem mencionar o importante funcionamento da imprensa, que também parou de funcionar, de modo que não nos sobrou outra coisa senão a porcaria do jornal da oposição, mas tudo isso é nada comparado com as coisas que aconteceram durante e depois, é assustador, e ela tem um mau pressentimento, mas o pior é que as pessoas esqueceram tudo o que aconteceu aqui nos últimos dias, e a velocidade de tudo é parecida com a de uma inundação quando rompe a represa, os acontecimentos vêm rolando um após o outro, as notícias que aqui isso, ali aquilo, do outro lado alguma outra coisa, a gente não sabe para onde se virar primeiro, não é de estranhar que o chefe, esse pobre homem, que sempre a impressionou com a sua energia, que obviamente nasceu para ser um verdadeiro líder desta cidade nos moldes dos valores cívicos, não é de admirar que ele esteja ali estirado, pobre, e sem chances, antes de deixarem o hospital os médicos disseram, pois ainda tem mais essa, que os médicos escaparam, isso só ficou sabendo por acaso, quando ouviu a conversa das enfermeiras agorinha mesmo, sem querer, quando deu uma saidinha rápida para ir ao toalete, que os médicos estão fugindo, e agora elas estão ali, uma, duas enfermeiras?!, nem sinal de médico?!, numa UTI?!, a gente não sabe nem o que pensar, a secretária-executiva olhou novamente para o seu relógio e não conseguia entender onde estaria a esposa, pois já eram seis e meia, quando se despediram, elas haviam combinado no mais tardar seis horas, a esposa havia dito do lado da cama do doente, no mais tardar às seis horas estaria ali, só vai dar um pulinho em casa por uma hora, para cozinhar alguma coisa, pois aquela comida de hospital, bem, ambas sabemos, olhou para a Jucika, cuja lealdade só agora apreciou de fato, e o modo como queria ficar do lado do marido deixou-a emocionada, de verdade, deu-lhe um chacoalhão, pois até agora só conseguia pensar nela com raiva, quando repetidas vezes se lembrava que seu marido passava oito ou dez horas por dia com ela na prefeitura, e ela frequentemente se comportava de maneira tão desafiadora com ele, como se não se tratasse de um homem casado, mas de um adolescente qualquer, nessas horas a gente perde a cabeça, em casa ela se mordia de raiva, mas, agora, seus olhos se encheram de lágrimas quando trouxeram o doente e depois o transferiram para a UTI, e a Jucika informou que ficaria, enquanto fosse necessário, em prantos, pois não esperava isso dela, e já estava muito arrependida, mas não daquele jeito, agora com a gratidão mais sincera, que de fato, de fato, as pessoas de bem só se revelam nos momentos difíceis, e com a Jucika, pensou a esposa, era justamente esse o caso, de modo que lhe disse que daria um pulinho em casa, vai cozinhar alguma coisa rapidinho, volta em seguida e a substitui junto à cama do doente, no mais tardar às seis horas, e estaria novamente aqui, e era quinze para as sete e nada, a secretária-executiva agora já olhava para seu relógio a cada minuto, não podia entender, algo deve ter acontecido, mas o quê, queimou a carne, e afinal de contas, porque raios deixou-a ir cozinhar, afinal esse homem está num estado, estirado ali, só coberto com um lençol, inconsciente, por acaso num estado que vai permiti-lo sentar-se e comer carne, ou o que quer que seja, pois então, não está nem consciente, a secretária-executiva pensou, e saiu para o corredor para ver se a esposa já vinha chegando, pois ela, por sua vez, estava com fome, desde as três e meia da tarde, quando o chefe desmoronou, sua boca não viu sinal de comida, é claro, por um bom tempo nem pensou no assunto, tamanho foi o seu susto, mas agora que há horas não acontece nada, só aquela máquina fica soltando um bipe acima da cama, e aquela linha ondulada verde, fininha e pontiaguda, fica correndo para a frente, sempre para a frente, nada, só tinha o jornal do dia consigo, coisa que ela não poderia comer, pois a essas alturas, e chegou a sentir vergonha na frente do doente, mas seu estômago já roncava de fome, o corredor estava vazio, e agora nem na sala das enfermeiras havia alguém, e a esposa definitivamente não vinha, agora que droga dos diabos vai fazer, não poderia deixá-lo ali, quer dizer, e voltou a se sentar em seu lugar no quarto do doente, e ficou olhando aquele rosto acinzentado, o corpo inerte, como estava deitado de costas sobre a cama, só sua barriga se erguia, mesmo ela só um tiquinho, embaixo do lençol, e bem de vez em quando, ela vai para casa, decidiu de repente, pois a mulher vai acabar chegando, agora já não deve faltar muito, talvez se encontrem na escadaria, ou no portão do hospital, ela vai, decidiu, e já estava fora do prédio, e caminhava apressada, não tinha nem guarda-chuva, nem isso tenho comigo, pensou com raiva, quando chegou ao nível da rua e descobriu que aquele vento gelado e forte praticamente jogava a chuva dentro de seus olhos, e foi para casa, curvada para a frente, com a cabeça meio virada para o lado, para não receber o golpe de frente, a rua completamente deserta, as janelas e os portões das casas trancados, e tudo no seu trajeto fechado, na mercearia as grades abaixadas, as venezianas da cabeleireira com cadeados, mas, mas que horas são, que tudo esteja tão, mas afinal ainda são sete e quinze, o que está acontecendo aqui, por acaso é o Juízo Final?

A morte terrível da Irén, do jeito que a encontraram na calçada, o confronto com aquele rosto humano despedaçado, que, aliás, caiu sobre a família com um peso cruel e devastador, de modo que o filho, órfão devido àquela circunstância trágica, e a nora adorada, que estavam entre as poucas pessoas que os acontecimentos ainda não haviam afetado, mesmo o filho não sendo naturalmente muito falante, desde que voltaram do necrotério onde tinha ido identificar a própria mãe, ele definitivamente não falou mais, apenas se sentou à mesa da cozinha, em vão seus dois filhos ficaram rondando o pai, e em vão a esposa lhe disse que o jantar ainda não estava pronto, ele teimou em não se mover dali, e ficou vendo a Zsuzsánka comer, e o jeito como ela o incentivava a comer também, mas ele só ficou sentado durante todo o jantar, sem dar uma garfada, mas é preciso comer, meu querido, Zsuzsánka o incentivava, bem agora que precisamos de nossas forças, porque temos que aguentar, se não for possível nos resignarmos, se não for possível aceitar, mas as forças são necessárias, porque é necessário suportar, simplesmente não podemos fazer outra coisa, disse para o marido, que havia desmoronado por dentro, sentado no seu lugar de costume, na mesma cadeira onde sempre se sentava quando a mãe chegava em casa e relatava os acontecimentos do dia para as "crianças", como ela os chamava, sempre assim, no plural, e Zsuzsánka tentou de tudo, também naquele dia, assim como no dia seguinte, conforme chegavam e chegavam notícias cada vez mais horripilantes e horrendas de mais um e mais outro assassinato, mas nem isso foi capaz de convencê-lo a se levantar de sua cadeira e se deitar do lado dela na cama, ele ficava na cadeira e olhava fixamente para um ponto na mesa da cozinha, e foi ali que desmoronou quando não aguentou mais ficar acordado, sobre a mesa da cozinha, e foi naquela mesma posição que acordou no dia seguinte, quando novamente as duas crianças o ficaram rodeando, mas não ousaram acordá-lo, e ela lhe acariciou o rosto gentilmente, para que se levantasse e finalmente fosse se deitar na cama, mas não, ele ficou no mesmo lugar, estava fora de si, enquanto por alguma razão aquele ponto na mesa da cozinha foi assumindo uma importância cada vez maior para o seu olhar, pois não conseguia tirar sua atenção dali, de qualquer forma Zsuzsánka já estava pensando em chamar um médico, mas depois se lembrou de que, segundo as fofocas que ouviu, não havia mais médicos na cidade, e não havia ninguém, nessa situação trágica, que ela pudesse avisar que havia ficado sozinha com aquele fardo múltiplo, sua querida sogra e seu ainda mais querido marido, e aquela catástrofe cada dia mais ameaçadora que se abateu sobre suas vidas, a pressão era incalculável, havia minutos, horas, em que sentia que aquilo tudo era demasiado para ela, ali estavam aquelas duas crianças para quem não poderia fazer segredo eternamente, e ela não era do tipo durona, como a Irén, ela é só uma cópia fraca da Irén, ela não consegue suportar tamanho fardo, que não a sobrecarreguem com tanto, mas em vão suplicava por dentro, ainda por cima esse colapso imprevisível do marido que a transformou no chefe da família, assim, agora, ao se ver em meio aos acontecimentos mais horripilantes, de repente não se lembrou de se perguntar o que iria acontecer com eles, mas no que a Irén pensaria, numa situação como aquela, e soube imediatamente no quê, o que teria acontecido com a Marika, com aquela flor de não-me-toques, como ela, em segredo e dentro da família chamava aquela sombra de gente, mas nunca se referia daquela forma à mulher diante da sua sogra, pois para ela essa Marika era a santa em pessoa, a quem ela, a Irén, tinha que proteger e apoiar contra tudo e todos, portanto, de fato, a Zsuzsánka se lembrou de repente, enquanto da porta do quarto observava as costas imóveis do marido, em meio a tantos horrores e acontecimentos pavorosos, por que não perguntar o que terá acontecido com ela, como será que ela aguentou tudo aquilo, que de um momento para o outro, em poucos dias, o mundo virou de pernas para o ar também no entorno dela, principalmente em torno dela, a quem o redemoinho envolvendo os acontecimentos trágicos do barão deve ter provocado uma reviravolta ainda maior, e arrancado de sua natureza anterior, e enquanto só ficava olhando e olhando para as costas imóveis do marido já sabia o que ela faria, a pobre Irén, se estivesse viva, iria lá imediatamente, apesar de tudo, apesar da maneira surpreendente como essa Marika literalmente lhe indicou a porta da rua na última vez em que se encontraram, e porque ela faria isso também, Zsuzsánka sentiu que faria isso por eles também, como se fosse uma espécie de último desejo, é necessário satisfazer o desejo dela, mesmo que à distância, portanto disse para aquelas costas imóveis que na verdade ainda tem algo para cuidar, sem falta, e não se trata de outra coisa que não a Marika, explicou, o que terá acontecido com ela, já que faz dias não sabem nada sobre ela, apesar de terem sido dias muito, muito difíceis, para essa Marika também, mas nem nesse momento o marido se mexeu, continuou olhando fixo para um ponto sobre a mesa da cozinha, e apenas levantou a cabeça e olhou para ela quando Zsuzsánka começou a falar sobre como deveriam pensar na Irén, lá em cima onde está, o que estará esperando deles, pois certamente ela está lá com..., disse, onde somente os melhores vão, o que ela pediria para eles, o quê, perguntou o marido, falando pela primeira vez em dias, que pelo menos a gente se dirija até a porta dela, a esposa respondeu, e lhe contemos o que aconteceu, pois pode ser que ela não tenha a mínima ideia de nada, e que ao menos lhe perguntemos como está e se está precisando de alguma coisa nesses tempos difíceis, está bem, o marido disse, arrumaram alguma comida na antiga cesta trançada da Irén, deram ordens para que as crianças se comportassem, e depois, sem se preocupar com o que poderia lhes acontecer lá fora, em silêncio partiram pela cidade, para bater à porta dela e lhe perguntar como vai e se precisa de alguma coisa nesses tempos difíceis. Mas foi em vão.

Tirou os óculos e, segundo seu hábito, massageou a ponte do nariz, pois, depois de usar os óculos por um dia inteiro, ele já a estava machucando, apesar de usar a melhor armação, para ele é essencial, ficava dizendo, que a armação de seus óculos fosse da maior qualidade possível, pois com uma armação de óculos, principalmente se a lente é de grau tão elevado como a dele, não se pode economizar, e independente de qualquer coisa ele gostava de coisas de qualidade, mesmo não tendo muitas coisas, pois além de seus livros, em casa, ele só tinha um aparelho de som, uma enorme TV de tela plana, uma poltrona ampla feita sob medida para o seu físico "corpulento" e algumas garrafas de bom vinho tinto, um solteirão não tem necessidade da muitas coisas, dizia, para ele é suficiente ter aqueles livros, pois são tudo para ele, era um maníaco por livros, de onde se originou sua autoconfiança, ele quase poderia ter dito, contou a alguns conhecidos próximos, quando ele ainda os tinha, só que não mais nos últimos anos, mas quando ainda existiam, naquela época, a sua autoconfiança foi elevada pelo fato de ter podido plantar seus pés firmemente no mundo, em um mundo confuso, levantou o dedo indicador, isso lhe é permitido pela consciência quando está pensando nos livros de sua própria casa, é curioso que não pense na Biblioteca Municipal, com seus mais de dez mil volumes, isso é outra coisa, pensava sempre, aquilo é a Biblioteca Municipal, obra dele, não deve negar, mesmo assim, o que fez minha autoconfiança se ampliar foi a coleção de casa, aquela pequena biblioteca particular com seus milhares de volumes em que ele tinha tudo o que era importante, desde os escritores clássicos até os modernos, desde a filosofia até a história e o campo da indústria automobilística, naturalmente, salientava, caso o assunto fosse mencionado, evidentemente o campo da indústria automobilística, pois o campo da indústria automobilística ficava mais próximo, como poderia ser diferente, pois nele encontrava tudo o que valia a pena ser lido, no sentido mais profundo do termo, de modo que tinha todas as grandes coleções e suas particularidades, das questões do TESTE do exame de motorista, a *Nova técnica*, a *Biblioteca de técnica automotiva especializada* e, claro, a famosa série AUTO-MOTOR até *Equipamentos elétricos de veículos automotores*, de László Hodvogner, *Estruturas modernas de veículos, Garagens, serviços, oficinas do tipo Ábrahám-Haris-Müller-Soltész* até os seus favoritos, *Equipamento de frenagem*, do dr. Sidó, e as edições publicadas entre 1981 e 1988 do *Faça você mesmo*, de Etzold, e ainda não tinha mencionado, mencionava às vezes, caso apresentasse a alguém os tesouros de sua biblioteca, o *Special Car Engines*, *Car Diagnostics*, do tipo Flamisch, e a raridade *Wartburg: Como continuar?*, até as raridades tipo Ihling, pois naturalmente, diminuía a intensidade da voz, caso o relato tivesse chegado até esse ponto, de toda a literatura disponível sobre a Ford, neste campo ele tinha tudo, ou, corrigindo, pois "correção" era uma de suas palavras favoritas, *já que* todas as peças mais significativas, e também as menos significativas, e caso não estivesse assistindo TV, então estava lendo, assistia às notícias locais toda noite, enquanto havia uma estação de notícias local, pensou agora, sentado em sua poltrona especial, e ao noticiário nacional, mas não a filmes, preferia esportes, principalmente Fórmula 1, a isso ele nunca deixava de assistir, o único problema era que ultimamente não só não pegava nenhum canal de esportes bom como não pegava nenhum canal, de modo que só podia falar sobre isso no passado, quando, ainda à mercê do acaso e dos caprichos dos grandes canais estatais, conseguia assistir a uma corrida mais interessante, nesses casos ele ficava sempre sentado na frente da TV e acompanhava os acontecimentos aos brados, mas fora isso estava sempre lendo, especialmente na cama, depois de se deitar, mas também em sua poltrona, quando tinha terminado o jantar, nisso não era especialmente exigente, pode-se até dizer que não era nem um pouco exigente, pois na comida não era a qualidade, mas a quantidade que importava para ele, e devorava, pois precisava devorar, nunca questionava o que era isso ali dentro, tinha vergonha, por isso ninguém sabia, mas à noite mandava para dentro uma quantidade abominável de derivados de carne de porco com leite e pão, preferia não comer de manhã, quando tinha que se apressar para chegar a tempo, ou ao meio-dia, quando todo mundo poderia ver, em compensação à noite comia morcelas enormes, engolia linguiças e salames, e comia tão rápido que nem mastigava direito, só engolia e engolia, depois da morcela vinha a linguiça, depois da linguiça, o salame, e por cima o leite, ou, nos dias festivos, vinho tinto, chegava a tomar dois litros de leite, ou duas garrafas de vinho, em seus jantares secretos para uma pessoa, sempre esperava chegar do trabalho em casa, ficava enrolando por um tempo, pois tinha vergonha até de si mesmo, e depois corria até a cozinha, tirava a comida da geladeira, carregava tudo numa bandeja para a sala de estar e começava, mas depois, quando terminava, e se inclinava para trás na poltrona, só ficava sentado, esperando se acalmar, peidava, já que finalmente ninguém o ouvia, e ficava olhando para o vazio com seus olhos ampliados pelas lentes de grau alto, e gostava de ficar sentado daquele jeito sem fazer nada nesses momentos, na verdade, nem estava presente, como diria, passava um tempinho num estado desligado, e na verdade era realmente este o caso, se desligava, e ficava só sentado, e não pensava naquilo que havia aprontado um pouco antes com a comida, não pensava em nada, tirava os óculos pesados, massageava a ponte do nariz, depois colocava os óculos de volta no nariz, e continuava sem se mover, às vezes passava até meia hora nisso, e nada, a não ser agora, porque agora, conforme chegou em casa, começou a devorar a comida imediatamente, mas ainda de pé, de frente para a geladeira, depois foi para a sala de estar, com seu enorme corpanzil desmoronou na poltrona, e pegou o jornal no colo, coisa que até aquele momento não pudera fazer, nem dentro de seu escritório, já que proibiu os funcionários de fazê-lo, de modo que definitivamente não podia se permitir fazer o mesmo, mas em casa é diferente, queria ver com clareza, por isso ainda na biblioteca tinha decidido que quando chegasse em casa iria examinar frase por frase aquele artigo sinistro, e com isso descobrir quem foi que o escreveu, pois, de acordo com ele, essa era a principal pergunta, porque acredita que tudo pode ser claramente entendido a partir de quem seja o autor, e então algo poderá ser feito, apesar de que aquilo já não será o seu problema, o que cabe a ele é descobrir, pois ele é um tipo de homem que, por sua educação, seu preparo e sua sensibilidade humana natural, que ele nunca perdeu, quem seria a pessoa, porque, se isso acontecer, e vai acontecer, tem certeza disso, então ficará mais tranquilo, pois até ele mesmo estava inquieto, como todo mundo com quem encontrou, fosse na biblioteca, fosse mais cedo, quando ainda havia gente nas ruas, aquele mesmo nervosismo tomou conta dele também na rua, o nervosismo com que as pessoas reagiram à mudança ocasionada pelos acontecimentos, por mais comentários maliciosos que tenham sido feitos sobre tais receios ainda há poucos dias, dizendo que a coisa toda não passava de mera histeria vazia, embora ele reconheça tais coisas imediatamente, e não participe, mesmo que a cidade o perdoe, ele se recusa a usar o bom senso e tudo o mais, e tudo o mais, mas agora a situação mudou até para ele, não porque tenha sido influenciado pelo comportamento das pessoas, não, o comportamento das pessoas nunca representou um modelo para ele, e lembrava disso com orgulho, quando acontecia de se lembrar disso, mas porque realmente aconteceu alguma coisa na cidade, mais precisamente, o que o afetou foi o fato de não ter acontecido nada, apenas se podia sentir que algo poderia acontecer, ou que já havia acontecido, só a notícia ainda não havia chegado a eles, teria prestado atenção às notícias nos canais de transmissão da rádio ou da TV, mas acontece que nenhum canal central de rádio ou TV estava funcionando, de modo que hoje, antes de ter tomado a decisão de fechar as portas da biblioteca imediatamente e mandar o pessoal para casa, na hora decidiu que, assim que chegasse em casa, ele mesmo iria descobrir o que ali fosse possível, ou seja, analisaria minuciosamente o artigo, aquele escrito infame, porque acreditava que encontraria a explicação ali mesmo, ou, mais precisamente, descobriria quem cometeu tudo isso, e tinha dois suspeitos, mas teve seus próprios problemas com ambos, pois em ambos encontrou algumas qualidades que, no entanto, excluíam um e lançavam suspeitas sobre o outro, mas aconteceu a mesma coisa com o outro também, então agora começou a ler todo o texto desde o início, e foi fazendo análise estilística em cada frase, pois considerava que com esse método descobriria o autor, mas não, leu cuidadosamente desde o início até a última frase e não conseguiu descobrir qual dos dois poderia ser, mas se num deles não se presumia a qualidade estilística que estava presente no artigo, no outro as circunstâncias o descartaram, de modo que quando, depois de uma hora, ele ainda estava no mesmo lugar do início e percebeu que continuamente voltava para a parte que tratava dele, onde era descrito como uma bexiga murcha, "um verdadeiro e típico húngaro bundão e covarde do interior", rapidamente fechou o jornal, depois abriu no mesmo lugar, e voltou a ler, e outra vez, e ainda outra o que dizia sobre ele, e não poderia negar como aquilo lhe doeu, pois doía ler o que lia sobre si mesmo, mas nem tanto doía quanto o ofendia, pois o atingiu em seu ponto mais sensível, e o considerou injusto, acima de tudo e cruelmente injusto, bem ele, um bundão, que em toda sua vida esteve convencido, e em sua opinião, com razão, que se em algo ele é inatacável é em sua postura intelectual bem refletida, clara e não influenciada, baseada na razão, na experiência, no conhecimento e numa espécie de sobriedade sábia, e agora esse alguém vem e diz que ele é um bundão covarde, e tudo isso na frente de toda a cidade, que ele, ainda por cima, que ele é um covarde, e um bundão, bem ele, isso é mesmo o cúmulo. Juntou o jornal e o jogou no chão. Mais tarde, vou simplesmente levar para fora, pensou, e foda-se, vai enfiar no lixo. Bem naquele momento pareceu que lá fora alguém batia à sua porta.

Ocorreu que Tácito disse: *Noctem minacem et in scelus erupturam fors lenivit: nam luna claro repente caelo visa languescere. id miles rationis ignarus omen praesentium accepit, suis laboribus defectionem sideris adsimulans, prospereque cessura qua pergerent si fulgor et claritudo deae redderetur. igitur aeris sono, tubarum cornuumque concentu strepere; prout splendidior obscuriorve laetari aut maerere; et postquam ortae nubes offecere visui creditumque conditam tenebris, ut sunt mobiles ad superstitionem perculsae semel mentes, sibi aeternum laborem portendi, sua facinora aversari deos lamentantur,** mas não pôde continuar a leitura, pois novamente estava sendo chamado, nesse mesmo dia já era a quarta vez, então ele fe-

* "O acaso acalmou uma noite ameaçadora que estava prestes a explodir em crime: pois a lua parecia escurecer num céu claro. Os soldados, sem saber o motivo, interpretaram isso como um presságio de suas circunstâncias atuais, comparando o fracasso da lua aos seus próprios esforços e acreditando que as coisas com as quais estavam lidando terminariam como sucesso se o brilho e a luminosidade fossem restaurados à deusa. E assim eles começaram a fazer barulho com o som de bronze e um coro de trombetas e cornetas, e conforme a lua ficava mais brilhante ou mais escura, eles se alegravam ou se entristeciam; e depois que uma nuvem apareceu e bloqueou a visão da lua e acreditou-se que havia sido enterrada nas sombras, da mesma forma que as mentes, uma vez em estado de choque, são suscetíveis à superstição, eles lamentaram que uma árdua labuta eterna estava prevista para eles, e os deuses, desgostosos, estavam lhes dando as costas devido aos seus crimes", em latim no original. Citação dos *Anais*, de Tácito, livro I, cap. 28. Tradução minha. (N. T.)

chou os *Anais*, deixou-os de lado e quando no escritório do comando lhe perguntaram nem conseguia entender o que queriam dele, pois que diabos poderia dizer, se alguma vez já deparou com algo semelhante nos autores que conhece sobre casos em que possa haver uma ligação entre o estupro de cinco mulheres, uma na agência de turismo, antes de ontem, a outra no Köröspart, ao pé do Dugóhíd, a terceira numa cafeteria, a quarta num bar na rua Nagyvárad, e a quinta na rua, quando ia apressada para casa, vinda do hospital, todos os casos no início da noite passada, e que tem homens desaparecendo sem deixar rastro, e que estão destruindo cabeças de estátuas, e sinos estão despencando de suas torres, e estão matando gado arrebentando suas cabeças, e depois, que da Caixa-d'Água da cidade, alguém ou alguéns estão drenando várias toneladas cúbicas de água numa única noite, e a água inunda toda a rua Doboz, e com uma escavadeira, ou qualquer outra coisa do tipo, estão rasgando o asfalto em diversos trechos mais largos na rua Jókai, na rua Semmelweis, na Csaba, e atrás do Castelo, na rua Eminescu, não há testemunhas oculares, e os nove assassinatos recém-acontecidos, e não vou continuar, por enquanto, lhe disse o Comissário, pois só quero que pense, quem sabe aqueles seus famosos escritores romanos já depararam com algo semelhante, para mim tanto faz quais fatos, mas entre os fatos mencionados, você, disse-lhe o Comissário, que estava visivelmente nervoso, já viu qualquer tipo, se me entende, *qualquer tipo* de conexão, não, respondeu curto e grosso, bateu continência e pediu licença para se retirar, e enquanto descia as escadas de dois em dois degraus, segundo seu hábito, para chegar mais rápido no depósito, ficou pensando por que cargas-d'água todo mundo parecia ter perdido o bom senso, por que até o seu comandante fica perguntando coisas desse tipo para ele, o que acham que ele é, um visionário, ou adivinho, ele é um simples chefe de seção, que sabe latim, que sonha em tirar alguns dias de férias não remuneradas, mas em vão, e a pessoa que vive em meio a seus livros preferidos, pressionado de cima por aquelas lâmpadas fluorescentes assassinas, e detrás de suas costas por aquele fedor intragável de mofo penetrante, e principalmente Tácito, e principalmente César, e principalmente Cícero, o que eles têm a ver com mulheres sendo estupradas, antigamente também estupraram mulheres, bem, e os vândalos espancaram fulano de tal, outras vezes os vândalos espancaram fulano de tal, o que é que ele tem a ver com essas coisas ali no seu porão, ele se perguntou, mas principalmente, o que Tácito, ou César, ou mais ainda Cícero, o que eles têm a ver com isso, não sei nem o que pensar, sério, ele se sentou em seu lugar atrás da escrivaninha, pegou os *Anais*, ajustou seus óculos SZTK gigantes, depois abriu no capítulo 29 do primeiro livro e, com a cabeça profundamente inclinada sobre as linhas, continuou lendo.

De alguma forma as coisas estão desmoronando, o pároco escreveu para o seu bispo, não se consegue perceber as conexões, não no sentido de que elas sempre existiram mas agora não existem mais, ouve-se falar de diferentes acontecimentos terríveis, mas não se tem certeza de nada, não se tem certeza se eles realmente aconteceram, pois todas as notícias desse tipo são tão terríveis que é difícil acreditar nelas e não há nada que as sustente, nossos fiéis não falam por experiência própria, mas se referem ao que ouviram de outros, e aqueles que poderiam falar ficam em silêncio, por exemplo, hoje pela manhã um homem, uma mulher e duas crianças vieram para a missa, cuja mãe, isto é, a sogra, quer dizer, a avó, supostamente, e saliento que houve um suposto estupro antes que ela fosse morta, mas não se pronunciaram depois da cerimônia, quando eu quis conversar com eles, sabia o que as pessoas estavam falando sobre o acontecido, mas eles apenas disseram que a mãe, isto é, a sogra, ou seja, a avó das crianças não professava nenhuma fé, foi por isso que eles vieram esta manhã, e depois mais nada, não abriram a boca, só ficaram ali sentados na minha frente, e não responderam a nenhuma das minhas perguntas, aparentemente estavam em choque, de modo que o exmo. sr. Bispo pode imaginar que não os fiquei atormentando, apenas me despedi deles com uma bênção, mas a mesma coisa aconteceu com aquele pobre homem que só visita a beleza local da nossa paróquia por ocasião dos feriados importantes, melhor dizendo, empurram sua cadeira de rodas entre os bancos, e agora corre o boato de que no caso dele foi a filha que foi estuprada, aquela que até agora era a cuidadora dele, graças a quem essa pobre alma conseguia aparecer em sua cadeira de rodas, como já mencionado, nos feriados religiosos, no caso desse homem fui visitá-lo, pois eu temia que, caso a notícia fosse verdadeira, talvez ele estivesse abandonado à sua própria sorte, e foi isso mesmo, minha filha está no hospital, ele gritou atrás da porta quando toquei a campainha, e ele não quis dizer mais nada, talvez nem tenha entendido, ou nem sabia o que lhe havia acontecido de fato, da mesma forma que eu não sei, pois ele não me deixou entrar, ou ele não sabia como me deixar entrar, portanto eu o deixei sob os cuidados de um de nossos fiéis que mora perto e que prometeu que assim que possível irá cuidar dele, e assim por diante, Sua Excelência, as notícias que estão chegando na paróquia são mais que horríveis, e não somente são horripilantes, mas não têm sentido algum, e permita-me explicar tudo isso mais claramente, já que aqui, de alguma forma, trata-se dos acontecimentos subjacentes aos eventos das notícias que chegam, independentemente de terem sido boatos ou terem de fato ocorrido, em si mesmos não fazem sentido algum, e o que é surpreendente é que mesmo entre nós eles não fazem nenhum sentido, se é que me entende, quem sabe com um exemplo, se me permite, pois imagine só, revmo. sr. Bispo, vamos considerar que se trata de boatos e vamos tomar três casos entre os muitos, na bela igreja romena da praça Marót, durante a madrugada alguém serrou as barras de ferro que seguravam o sino, e o sino arrancou o teto da torre, foi rasgando tudo ao cair, e na entrada da igreja quebrou a pia batismal, pois a Igreja Ortodoxa a mantém aproximadamente no mesmo lugar que nós, sr. Bispo, ou tomemos o caso dos trilhos da via férrea vinda da direção de Csaba, que antes de ontem os funcionários da estação encontraram todos fora dos dormentes, simplesmente assim, caso a notícia seja verdadeira, como se uma máquina enorme, ou como os fofoqueiros contam, como se algum monstro ameaçador tivesse arrancado os trilhos e espalhado por tudo quanto é lugar, ou, o que é ainda mais assustador, sr. Bispo, que no hospital só estão os doentes, pois tanto os médicos como as enfermeiras, com a exceção de duas, que são evidentemente fiéis devotas de nossa santa Igreja católica, e não consigo conceber isso em meu juízo perfeito, todos os outros deixaram os doentes, que agora estão sob os cuidados dessas duas únicas enfermeiras, e isso já não é simplesmente boataria, pois esta manhã ouvi com meus próprios ouvidos de uma das pessoas envolvidas, que, com medo de tudo o que, como ela expressou, está acontecendo por aqui, para uma breve oração diante de Nosso Senhor Cristo, ela veio correndo até nós e nos encontrou, então nos contou, mas de uma maneira tão assustadora, tão perturbada, tão trêmula que sem sombra de dúvida seria impossível não crer que todas as suas palavras eram verdadeiras, além do mais, nossa paróquia está cheia de pessoas que desapareceram nos últimos dias, sem dar notícias aos seus familiares ou qualquer outra pessoa, para onde foram ou por quê, e vossa excelência me perdoe por estar escrevendo isso, mas eu mesmo estou tremendo só de imaginar que qualquer uma dessas notícias terríveis possa ser verdadeira, rezo para o Senhor Nosso Deus todo santo dia e todo santo meio-dia e toda santa noite em nossa igreja vazia, diante das fileiras de bancos vazios, e de madrugada também rezo, e incessantemente, nos últimos três dias, porque o sono não me vem, só mantenho vigília e rezo pelas almas confiadas aos nossos cuidados, e não posso fazer outra coisa senão rezar, porque o que mais posso fazer para impedir que tudo desabe sem obstáculos na direção de algo ainda pior, não vou ceder à mesquinhez, vossa eminência, mas tenho que reconhecer que eu mesmo estou com medo, da mesma forma que os outros fiéis e mesmo as pessoas equivocadas daqui, tenho medo pois não sei o que está acontecendo conosco, porque como direcionar a minha oração contra este algo que nem sei o que é, responda-me, sr. Bispo, o que devo fazer, não por mim, mas pelos nossos fiéis, por todos os queridos moradores da nossa paróquia, o quê, Sua Excelência, para que não tenham mais medo, e que eu também não tenha medo, para que possa lhes oferecer conforto e assim eu mesmo receba conforto, prezado sr. Bispo, rogo-lhe, responda a esta minha carta o mais rápido possível. Datado no dia tal, horário tal, em tal e tal lugar.

Ele só está temporariamente atrás do balcão, explicou trêmulo, pediram para fazer o trabalho enquanto Laci e seu colega, porque eles são os verdadeiros funcionários do posto de gasolina, estão fora, ele não tem nada, nadica de nada, mas de fato absolutamente nada a ver com o posto de gasolina, nem com a própria gasolina, absolutamente nada, para ele todo o local ali, do jeito que é, é completamente desconhecido, só está ali por acaso, caiu naquilo como no conto do vigário, ainda por cima nem entende para quê, pois ali não tem nem gasolina, segundo saiba, um litro de gasolina não é muito, mas nem isso tem, e disseram para ele que se viesse alguém do Comissariado ou da Prefeitura, ou dos Serviços Municipais, ou, e em algum lugar tem uma lista sobre isso, se quiserem ele vai procurar imediatamente, que para eles pode dar do estoque de segurança, assim como óleo diesel, mas ele não tem nada a ver com aquilo, por favor compreendam, ele é um simples gerente de escola de planadores, e nada mais, ao que gostaria de imediatamente acrescentar que a escola de planadores já não existe há muito tempo, foi liquidada, fechada, os aviões estão no hangar, os dois que havia, mas eles também já estragaram, disso tem quase certeza, pois uma máquina pequena como aquela simplesmente não aguenta ficar trancada num hangar, sem manutenção, não que esteja largada lá num hangar, que nem um cachorro sem dono, ao deus-dará, somente ele, sozinho, por conta própria, ia lá, enquanto ainda recebia combustível, mas agora nem recebe, pois exatamente dali, do posto de gasolina, ele foi banido com toda a sua escola, como se fazer sair do chão aqueles dois aviões pequenos tão especiais com o guincho exigisse tanto óleo diesel, ah por favor, claro que não, além disso, a maior parte do combustível não era nem para isso, mas para a sua motocicleta, porque ele a usava para ir para a escola de planadores depois da rua Csaba, já quase em Csaba, porque ele certamente não está naquela lista, se quiserem ele vai imediatamente procurá-la, que aqueles poucos litros para a sua moto, e não, ele não recebeu a autorização, de modo que ele também abaixou as cortinas, como costumam dizer, e desde então, diz sinceramente, está em licença médica por motivos de saúde mental, pois no estado em que se encontrava não podia continuar, que vivesse sem a escola de planadores, foi ele quem fundou a escola, conseguiu financiamento, promoveu-a e fez o que foi necessário para que ao menos começasse a funcionar, de modo que não é de estranhar que devido ao fato de ter que encerrar as atividades por causa das autoridades a sua vida foi arruinada, e ele tem estado assim estressado desde então, por isso mesmo lhe pediram, com certeza, que fosse ficar no lugar do cara do posto, ele mora ali perto, pode mostrar onde, se estiverem interessados, é um simples quarto e cozinha, mas para ele é suficiente, para ele não é a família, respeita quem tem família, mas para ele era a escola de planadores que representava tudo na vida, e agora ficou sem nada, com esse posto de gasolina, por exemplo, ele não tem nada a ver, e ele pode repetir quantas vezes quiserem, e não tem a mínima ideia de quanto óleo diesel tem ali no não-sei-o-quê, ele pode mostrar, se quiserem, pois ali fora, à esquerda, tem duas chapas de ferro, tem que abrir elas, aqui está a chave, essas duas, pois tem uma chave separada para cada uma delas, daí lá embaixo tem uma tampa, aquela também abre com uma chave separada, que está aqui, pode ver, depois, de trás para a frente, tem que puxar esse tubo grosso como uma lagarta, ele pode mostrar como, se quiserem, a ponta tem que ser parafusada no tanque de óleo, ou sei lá como são chamados, bem, na tampa daquilo, eles apenas mostraram mais ou menos como tudo funciona, depois tem que girar uma alavanca ou algo assim, e a gasolina já sai, porque a bomba, que está embutida em ambos, funciona automaticamente, não precisa fazer nada, só deixar que funcione, e pronto, a coisa toda já funciona, se precisar pode explicar tudinho de novo, só parem de bater nele, olhem só, seu nariz já está sangrando, sua boca, então para que tudo aquilo, pergunta, para quê, se ele mesmo explica tudo, enquanto ainda consegue falar.

Tem alguma coisa aqui que não está certa, meus irmãos, disse para eles no BIKER, Totó, Dzsé-Ti, Dódi, em vocês eu posso confiar, pois os outros, porque agora a situação estranhíssima é que temos que recuar, com o que entendo que, e espero que vocês também, agora saímos de fininho para o quintal, subimos nas máquinas, tão silenciosamente, em trios, tão silenciosamente quanto pudermos, todo mundo se manda para casa e lá procura o cantinho mais escondido, se abriga e se arranja por ali, porque a grande lição é, meus irmãos, que é sempre a circunstância que dita o que deve ser feito, e agora ela está dizendo que é isso, temos que nos esconder, pois não está totalmente claro o que vai acontecer, e, se esta é a situação, quer dizer não totalmente claro, então temos que tirar o corpo fora, é isso que aconselha Sun Tzu, meus irmãos, e é isso que diz o antigo instinto da águia húngara que existe em mim, porque o mesmo aconteceu com os nossos santos antepassados, quando percebiam que um grande perigo se aproximava, então agiam com sabedoria, estão entendendo, com sabedoria, não com covardia, mas com sabedoria, porque há uma diferença muito, muito grande entre uma decisão sábia e uma decisão covarde, e agora digo que temos que tomar uma decisão sábia, e não atabalhoada, ou seja, não é para deixar a cidade, isto é, sair de fininho como um covarde, mas se retirar para casa na maciota, porque essa é a decisão mais sensata, pois podem precisar de nós a qualquer momento, mas até lá, até que isso aconteça, temos que ficar em casa aguardando o sinal, estão me entendendo, por isso terminem suas cervejas, paguem e depois, como eu disse, sem alarido, na maciota, tiramos o corpo fora, para casa, e com isso se virou para o balcão e procurou o garçom, pediu a conta, pagou, mas enquanto pagava perguntou para ele, baixinho, para que os irmãos não ouvissem, e então, como estamos, ao que o outro só franziu os lábios em desprezo e disse que eles também estão fechando, pois não tem cerveja, o que vocês beberam foi o que restava, e ademais, disse tão baixinho como o líder, não estou gostando disso, também vou fazer o que você está dizendo, vou tirar o corpo fora bem pianinho, para o diabo que o carregue, pois não estou gostando nem um pouco do que está rolando por aqui, pois ou não está rolando nada, ou alguma coisa está, e eu estou de saco cheio de ambos, e não gosto de lutar caratê no escuro, porque ainda não sou muito bom em caratê, só quando o Bruce Lee, você sabe, quando ele vier, vou ficar na sombra dele, mas sem ele nada, se é que me entende, líder, nada, vou pegar o caixa, guardar a feira do dia e depois disso já vou embora, vou abaixar rolo, cadeado, fechadura, chave, me entende, né, e depois desapareço rapidinho, ninguém mais vai me ver por aqui, que tudo isso vá pra puta que o pariu, porque não gosto de ficar no escuro, isso não é caratê, líder, isso é jogo de fantasmas, e eu não curto o teatro, nunca curti, e agora tem alguém brincando com a gente, e alguma coisa está me sussurrando muito claramente que nessa história só há perdedores, e eu não sou daquele tipo de lutador de caratê que, você me entende, portanto, estou tirando o corpo fora para o cu do mundo, não gosto desse lance, porra, aqui está a conta, líder, pague você também, e vamos tirar o corpo fora, digo o mesmo que você. Seis mil e quinhentos, por favor.

Quantas vítimas, foi isso que perguntou, e pergunta de novo, e ele tem paciência, por que raios não teria, e começou a bater na mesa com o seu chapéu, é para isto que está aqui, para esperar pacientemente até que alguém, se é que entendem, alguém entre vocês possa entender o que lhes é perguntado, por isso ele poderá repetir, se alguém pudesse lhe dizer exatamente, fez uma careta zombeteira, mas apesar disso aquela boca tremia de nervoso, quantas novas vítimas existem, doze, repetiu o cabo, recolocando-se em posição de sentido, ao que o sargento de plantão imediatamente retrucou, catorze, então agora façam o favor de decidir, eu tenho paciência, posso ficar aqui ouvindo vocês pela eternidade, e a cabeça do Comissário estava vermelha, e a risca do cabelo toda bagunçada, eu me sento aqui junto à minha mesa, me tragam um café, e eu fico esperando, quanto é exatamente, mas nesse momento nenhum dos dois ousou abrir a boca, o cabo olhou para o sargento e o sargento para o cabo, então o Comissário se inclinou para a frente na sua cadeira, tem a mulher da rua Semmelweis, tem o cara que estava de substituto no posto de gasolina, tem a mulher do hospital, que era da agência de turismo, que morreu devido ao ocorrido, tem a mulher do prefeito na rua Damjanich, tem o diretor da biblioteca, e tem os três médicos na estação, isso, disse o cabo e de sua testa começou a escorrer uma gota de suor, por enquanto são oito, então tem o carteiro Tóni, depois tem as duas crianças que fugiram do orfanato, e ainda tem os dois forasteiros do hotel Komló, e isso soma treze, e ainda tem, e o sargento ficou em posição de sentido, apertando muito firme suas mãos, tem o chefe da estação e sua família, isto é, as duas crianças, isso totaliza, disse, dezesseis, ele não sabia, informou o cabo, ainda não tinha recebido o relatório, porque ainda não o escrevi, o sargento respondeu, descansar, disse o Comissário, e ora olhava para um, ora para outro, motivo, perguntou em seguida, mas não esperava obter resposta, isto estava escrito na sua cara, assim os dois policiais nem insistiram, a pergunta foi mecânica, pois ele sabia que motivo, motivo mesmo não havia, todos foram assassinados de forma completamente diferente, e entre as vítimas, a não ser sua existência neste mundo de Deus, não havia nenhum tipo de ligação, a não ser se se considerar que quase todos eram residentes locais, essa situação é de enlouquecer qualquer um, explicou mais tarde para o chefe de seção, que hoje também mandou chamar lá do porão, pois era o único no comissariado em quem ele confiava totalmente, que tinha em alta conta, com quem conseguia conversar sobre várias coisas, e a única razão disso tudo era que esse chefe de seção era um leitor assíduo, ainda por cima, e isso ele sempre repetia diante de sua equipe, lia em latim, e ele lia com seus óculos grandes, no porão, quando acontecia de ninguém descer lá com algum pedido, pois nessas ocasiões ele tinha que levantar, pesquisar no programa a resposta para a solicitação, depois se levantar e pesquisar na prateleira adequada a pasta correspondente e editar, administrar, o que não lhe ocupava muito tempo, daí a pouco já estava novamente com o livro na mão, ou algum de seus preferidos, ou um novo que tenha acabado de conseguir no antiquário de Csaba, à exceção dos últimos meses, pois ultimamente ele já não ia muito a Csaba, os trens estavam circulando em horários completamente imprevisíveis, e nunca sabia a que horas estaria de volta, e há alguns dias já nem tem nenhum tipo de transporte público, nem para sair da cidade, e não tem de fora para a cidade, como se o mundo lá fora houvesse sido extinto, constatou, de modo que ficou, e se satisfazia com o que tinha, realmente não tinha do que reclamar, pois ao longo da vida até agora tudo o que conseguia economizar do seu salário ele gastava com livros, por isso mesmo tinha praticamente tudo o que havia ansiado, uma coleção de clássicos praticamente completa, como chamava sua pequena biblioteca de casa, quase tudo, pois colecionou os gregos por um tempo, mas sem muito afinco, preferia explicá-lo, explicou, quando ocasionalmente o Comissário tratava de assuntos confidenciais com ele, que acontecia, às vezes, de um Homero, ou um Tucídides ou um Xenofonte entrarem na sua coleção, mas em termos gerais seus três principais favoritos eram Cícero, César e Tácito, esses ele podia ler sem parar, e lia de fato, mas não encontrou nada neles, relatou agora que foi novamente chamado ao gabinete de comando, tentou ler *sob tal* perspectiva como solicitado pelo sr. Comissário, mas nada, não localizou neles nenhum lugar que pudesse ser relacionado com os acontecimentos atuais, esses não são acontecimentos, o Comissário o interrompeu com raiva, é uma série de eventos correlacionados, deve haver alguma correlação, só não estou vendo que porra poderia ser, em geral evitava usar palavrões no comissariado, até exigia que seus subordinados os evitassem, pois, como explicou, quer um ambiente amigável para o cidadão ou, como explicar, quer ver ali uma organização de segurança interna voltada para o cidadão, e nisso não cabem palavras como "porra" e "foda-se", e assim por diante, então agora o uso dessa palavra nos permitiu concluir, e o sargento concluiu exatamente isso, que o Comissário está prestes a entrar em colapso, porque é visível que ele não sabe como proceder com a sequência de acontecimentos, como ele estava chamando as coisas, apenas ficava olhando para ele com o cabelo emaranhado no topo da cabeça, o que ele poderia dizer agora, ficou ali parado, trocando o peso de uma perna para outra, de um jeito não muito militar, mas no caso dele o Comissário deixava passar, pois sempre achou que quando isso acontecia era porque ele estava pensando, só que ele não estava pensando, estava encabulado, não sabia o que dizer, então o sargento de plantão entrou na sala e, ao bater continência, suas únicas palavras foram, vinte e quatro, senhor.

Tem um homem aqui, o seu Pista, o sapateiro de Nagyrománváros, que estava limpando a igreja, todo assustado, deu a informação na casa do pároco, e então abriu a porta para alguém, e deixou entrar um senhor idoso, elegantemente vestido, que inclinou de leve a cabeça para ele, e disse ao sr. reverendo, sou fulano de tal e estou procurando o túmulo onde meu querido parente, o barão Béla Wenckheim, foi enterrado, em suas mãos havia uma grande maço de flores vivas, e ele ficou tão atrapalhado com a situação que seu primeiro pensamento foi com relação às flores, onde será que esse homem arranjou esse buquê de flores tão grande, no clima que faz no momento é impossível conseguir uma coisa dessas na cidade, principalmente rosas, conseguir rosas naquela época do ano, foi a primeira coisa que lhe veio à mente, enquanto oferecia um lugar para o cavalheiro que estava visivelmente muito nervoso por algum motivo e que declinou o convite, dizendo que de forma alguma queria causar algum incômodo com a sua recusa ao convite, mas está ali devido a uma causa urgente, o que significa que não tem tempo a perder, pois só queria mesmo ver o túmulo, e depositar ali a mensagem da família, aquele buquê de flores, e em seguida deve viajar imediatamente de volta para Viena, de onde veio, Viena, perguntou o padre surpreso, sim, vim de Viena, e para lá deve retornar assim que alguém tiver a gentileza de lhe mostrar onde está localizado o túmulo, mesmo assim sente-se, insistiu o padre, como se de repente tivesse caído em si, sente-se aqui por um minuto que seja para que eu possa lhe contar em que circunstâncias tudo aconteceu, mas a isso o homem apenas respondeu, ainda de pé na entrada da sala, não, não, isso realmente não seria possível, apreciaria muito poder se sentar com ele por um minuto para ouvi-lo, mas não poderá atender a esse pedido porque está com pressa, é sério, de modo que o padre não teve o que fazer, senão rapidamente vestir a capa que costumava usar para ir para a igreja, guarda-chuva agora não precisava, porque a chuva tinha parado completamente havia um dia, só estava ventando, um vento muito forte que de repente secou tudo, então ele entrou na limusine preta em que o visitante chegou e o conduziu através do cemitério, quase não aguentou a velocidade, pois para a sua idade era muito alta, e era ditada pelo convidado, enquanto ele mostrava o caminho dentro do cemitério, entre os túmulos, onde já não havia nem lama, até isso a ventania repentina havia secado, de modo que puderam seguir sem preocupação na direção do túmulo, então, ei-lo aqui, disse, um pouco envergonhado, pois a terra não havia sido elevada sobre o local, quando chegaram lá, o convidado, diante da cruz inclinada para o lado, parou, abaixou a cabeça e ficou imóvel, e ele ouviu algo lhe sussurrando que talvez o mais correto a fazer era deixar o homem sozinho, quem sabe está rezando, o homem só ficou parado ali, defronte da cruz do túmulo, com a cabeça ainda inclinada, em suas mãos o grande buquê de rosas frescas, e ele só disse, muito baixinho antes de se apressar a voltar na direção da entrada do cemitério, que o cavalheiro não se preocupasse, porque segundo o regulamento da Santa Igreja, por assim dizer, lhe promoveram as condições para que fosse elevado ao Céu, então, pigarreou e finalmente deixou o convidado sozinho, o sr. barão teve um funeral muito bonito.

Serviu chá para eles, começou pela esquerda, ofereceu ao taxista, depois em fila para os sem-teto, finalmente também para aquele sem-fim de crianças mendigas, que também buscaram refúgio ali, pois foi isso que procuraram, refúgio, e de alguma forma a sua pessoa estava associada à crença de que consegue manter afastados os maus espíritos, e apesar de individualmente nenhum deles acreditar muito nessa história, eles não tinham para onde fugir, nem os sem-teto, compreensivelmente, nem as crianças mendigas, que de qualquer forma dormiam ali todas as noites, pagando entre cinquenta e vinte, o que dava direito a apenas uma faixa estreita de um metro entre dois fardos na varanda, e o taxista de alguma forma descobriu que os antigos chineses tinham uma espécie de oráculo que revelava o que iria acontecer amanhã e depois de amanhã, e ao mesmo tempo proporcionava certa proteção, claro para aqueles que acreditavam nessas coisas, não ele, pois como dizem naquela piada, ele não acreditava em crendices, pois significava coisa ruim, só achava que era preferível nessa noite ele também vir para cá, o telefone está com ele, então, no improvável caso de aquele telefone começar a tocar de repente e alguém pedir um carro, ele pode ser encontrado aqui também, mas isso não vai acontecer de jeito nenhum, já faz vários dias que ninguém se atreve a sair na rua, nem mesmo de carro, e o mais engraçado de tudo isso, explicou para o velho, é que nesse meio-tempo ninguém sabe porque não ousa sair aquele que não ouviu nada, apesar de ele também não ter ouvido nada, o que de modo concreto, explicou o taxista para o velho chinês, que só ficava inclinando a cabeça após cada palavra, mas era evidente que não entendia, ou talvez, de qualquer forma não ficou claro se sim ou não, mesmo assim, depois de cada xícara cheia ele contabilizava duas moedas, e recolhia no ato, estendia seu cofrinho para todos, que era uma lata vazia de peixe, e piscava alegremente para a pessoa que acabara de jogar duas moedas lá dentro, e os ouvia, e a serenidade nem por um minuto desaparecia de seu rosto, ou alguma coisa que lembrava a serenidade, e isso acalmava os presentes, como a sua própria personalidade tinha um efeito de acalmar todos aqueles que regularmente dormiam ali, as crianças mendigas, ou aqueles que só de vez em quando, como um ou outro sem-teto, se estivessem com muito frio lá fora, raramente o velho falava, mesmo assim criava uma impressão como se estivesse o tempo todo dizendo algo, principalmente que em breve tudo estaria em ordem, só é necessário ter paciência e paciência e paciência, esse é o remédio, e de vez em quando chegava a explicar em sua própria língua que de fato um pouquinho de paciência, e um pouquinho de paciência, e está bem, como alguém que diz um mais um é dois, pois sua língua materna era fazer contas, por isso, tudo o que tentava dizer sempre correspondia a uma operação matemática, e sempre no final de tais operações ele piscava com o olho direito para a pessoa que por acaso estava na sua frente, e bem, era exatamente isso que era necessário agora, que alguém transmitisse tal improbabilidade, que iria melhorar, já que todos sabiam que não iria melhorar, ao contrário, ia ficar pior, mais ainda, muito pior, mais ainda, vai haver uma desgraça, uma grande desgraça, a qualquer momento, o velhinho chinês oferecia uma espécie de refúgio, as crianças gostavam dele pois entendiam aquela língua materna das contas, em que o ato de contar e a soma são a operação mais importante, e os sem-teto confiavam nele, pelo menos até certo ponto, porque eles sempre tinham um limite, mesmo agora, nestes tempos difíceis, de modo que, ainda que estivessem dormindo no caos de muitos pacotes, sacos, caixas e fardos apinhados, faziam-no pela metade, neles uma metade sempre permanecia acordada mesmo em seus sonhos mais profundos, através de uma fresta dos seus olhos nunca perdiam de vista o que o velho fazia, voavam como os pássaros lá em cima, bem no alto, acima das nuvens, com os braços abertos, felizes, confiando sua pessoa às suaves correntes de ar, e ali em cima não havia acima, e ali em cima não havia embaixo, voavam em um espaço especial e celestial sem obstáculos, sozinhos, apenas os acolchoados fofos das nuvens em algum lugar embaixo de seus braços, apenas o azul-claro e vazio acima de seus braços, e por todo o redor, apenas o silêncio, não se ouvia nem o piar de pássaros, só o silêncio infinito, apenas desciam levemente para em seguida subir, com os braços bem abertos, como se quisessem abraçar esse vazio, esse silêncio celestial, esse gigante azul que finalmente cedeu, apenas pela fresta dos olhos, enquanto o chinezinho pegava a caixa de folhas de chá no colo, debruçava-se sobre ela, levantava a tampa e inclinava a caixa de um lado para outro a fim de verificar quanto chá fora consumido naquela noite.

DAFs e MANs e Tatras e Mercedes e Scanias e Kenworths e uma quantidade incrível de Freightliners, tantos que, se tivesse alguém na rua, à uma e quinze da madrugada, mas não havia, não teria acreditado em seus olhos, pois eles vinham pela estrada de Csaba e vinham pela estrada de Doboz, e vinham pelo lado da fronteira e vinham da estrada de Elek, roncavam em todas as direções, os freios chiavam por todos os lados, depois o acelerador, depois os freios de novo, vinham um atrás do outro em fila, em menos de uma hora a cidade inteira foi tomada por esses gigantescos caminhões de combustível, e parecia que eles tinham se enganado ao entrar ali, era como se seu destino fosse outro, mas por causa de um GPS defeituoso essa quantidade incrível de caminhões-tanque chegou aqui no meio da madrugada, pois havia certa perplexidade entre eles, já que a partir de determinado momento não conseguiam seguir em frente, e os freios novamente chiavam e faziam muito barulho, e pararam em fila, um atrás do outro, bem lá onde estavam, e foi aí que estacionaram, todos pararam onde já não conseguiam continuar seguindo caminho, ninguém saiu das cabines de direção, não apareceu ninguém de nenhum lugar para lhes dizer algo e com isso dar sentido ao seu engano de vir parar ali, não, não aconteceu nada, chegou um momento em que todas as ruas maiores, a estrada de Csaba até o final, a Elek, a Doboz até o final, a estrada de Nagyvárad também até o final, tudo, mas tudo ficou absolutamente repleto deles, simplesmente parecia que até viria mais deles, mas já não tinha mais lugar, pois em volta do poço do Lenon todas as ruas da cidade estavam cheias, e estava completamente tomada, até o final, a avenida Béke, cheios o jardim Göndöcs, o jardim Csiga, a rua principal, ao redor da grande Igreja Católica e toda a Nagyrománváros, a Németváros tomada, toda a Kisrománváros, e a Magyarváros, também cheias, todas as ruazinhas que levavam até a Fortaleza, e tudo ficou completamente entupido com eles, e depois do último barulho dos freios eles pararam, e não se mexeram mais, ficaram lá parados em todas as ruas e praças da cidade, essa quantidade infinita de caminhões transportadores, mas dentro e ao redor deles tudo estava mudo, nenhum movimento em nenhum lugar, os faróis às escuras, nesse momento, de repente, como se tudo dependesse de um único botão, uma escuridão absoluta recaiu sobre a cidade, porque a iluminação pública, que de qualquer forma era apenas parcial e aleatória, apagou-se completamente naquele momento, nem nas vitrines havia luz, nada de letreiros de neon, nem o pisca-pisca que havia sido montado no topo da torre da Fortaleza devido a um suposto tráfego aéreo que provocava uma espécie de orgulho local piscava mais, apenas o vento uivava através da cidade, agitava tudo o que podia, apenas o vento gelado, que varria o espaço entre os incontáveis caminhões de transporte repetidas vezes, mas de um jeito que fazia com que cada porta de cada casa, todas as janelas nas paredes, todas as lâmpadas das ruas, sacudissem de um lado para outro, só esses terríveis caminhões que não, eles nem estremeceram com a presença do vento que os atacava, apenas continuaram inabaláveis, mas sem rumo, estúpida e assustadoramente, como um equívoco terrível.

ROM

Quem se escondeu se escondeu

Teria sido difícil dizer o que os surpreendeu mais, o fato de terem acordado de manhã com a cidade tomada por caminhões-tanque, mesmo até a última rua, em qualquer lugar onde coubessem, ou o fato de que até a hora do amanhecer total eles estavam simplesmente parados próximos, um ao lado do outro, e apertados um atrás do outro, e nada acontecia, isto é, nenhum deles se movia, as horas passavam e nada, por muito tempo ninguém se atreveu a pôr os pés para fora de casa, apenas tentavam pensar, embora fosse quase impossível usar a razão para entender, e isso agora, *o que é isso*, ou coisa do gênero, nem mesmo os pés, pois aquilo era, por assim dizer, o corolário do que, à primeira vista, tinha acontecido nos últimos tempos, todos já viviam tomados por um medo profundo, se saíssem seriam as próximas vítimas a ser assassinadas, estupradas, difamadas, a desaparecer sem deixar o mínimo rastro, de modo que não, ninguém, vivalma nenhuma se atreveu a sair de casa, só ficaram espiando detrás das janelas, pelas dobras das cortinas, para ver o que acontecia lá fora, por isso deve ter sido bem difícil explicar, porque, afinal de contas, acabaram saindo, mas não aconteceu naturalmente com todos, ainda não estavam alquebrados o suficiente para isso, mas justamente por causa do medo, quando viram que um dos moradores da cidade apareceu de repente na cena lá fora, por causa disso, por sentir tanto medo que o segundo também saiu, e pelo fato de que já eram dois lá fora, o terceiro também saiu, também devido ao medo, e assim por diante, o quarto também saiu, o quinto e assim por diante, mais tarde, depois das dez horas metade da cidade estava lá fora, circulando ao redor, e entre os caminhões-tanque, mas, ou como lá de baixo não enxergavam dentro das cabines devido aos vidros filmados, ou se subiam nos degraus do lado do motorista, coisa que alguns ousavam fazer, e olhassem lá dentro, não viam outra coisa além de um homem desconhecido ao volante, em quem não notavam nada de extraordinário, acenavam como que perguntando, e então, o que acontece, ao que o tal motorista lentamente virava o rosto e ficava olhando para eles, com ar de interrogação, então, o que há, e tudo ficou igual tanto ao meio-dia quanto à tarde, ficaram lá parados, ocupando todas as ruas e praças, e no final da tarde, naquela região da cidade em que esse estranho medo foi expulso, as pessoas queriam vê-los de perto, cada vez mais de perto, para descobrir se, por exemplo, tinham trazido alguma coisa, ou mesmo o que queriam, então começou um grande tumulto entre os caminhões-tanque, mesmo com o vento invariavelmente gelado e cortante, alguns foram de Nagyrománváros até Kisrománváros, e alguns foram da rua Csókos à bifurcação oriental, para ver se entendem o que eles vieram fazer aqui, o que eles estão fazendo aqui e, principalmente, o que estavam esperando, mas não entenderam, ninguém entendeu, porém o mais esquisito de tudo é que os representantes oficiais ou as instituições oficiais não estavam saindo às ruas, nem o prefeito, nem o vice-prefeito, a secretária-executiva, ninguém era visto em lugar algum, ninguém dos Serviços Municipais e nem mesmo pessoas do comissariado apareceram, quem estava andando pela avenida Béke via que até o portão do comissariado estava trancado e não se notava nenhum movimento diante do local nem lá dentro, o prédio parecia completamente abandonado, nem as luzes fluorescentes estavam acesas lá dentro, aquelas que até de dia normalmente eram vistas acesas, nada, silêncio total, como se não tivesse sobrado um único policial no edifício, e eles ficaram um pouco perplexos ao descobrir que nem as forças locais estavam visíveis em lugar algum, ao contrário deles, que ficaram vagando até o anoitecer, mesmo assim nada foi descoberto, e nada se moveu, de modo que quando a escuridão realmente começou a se instalar, porque nenhum cidadão desejava aguardar a escuridão total ainda nas ruas, os últimos moradores da cidade foram desaparecendo e trancando bem direitinho a porta de suas casas, e teve gente que só lá dentro, na segurança do lar, é que entendeu, conforme se colocou imediatamente diante da janela, para, pela fresta lateral da cortina, continuar espiando, que não só era incompreensível o que aquela imensidão de caminhões transportadores de combustível estavam fazendo ali, que era como eles os chamavam, mas parece que seria até melhor que não soubessem o porquê da sua presença, pois foi nesse momento que realmente começaram a refletir sobre a coisa, que aquilo tudo era uma total impossibilidade, pois não era possível que uma quantidade daquela de caminhões ao menos existisse, e que eles simplesmente entrassem na cidade certa noite, vindos sabe-se lá de onde, e, por que não dizer, tomassem conta da cidade, e finalmente, depois de terem entrado na cidade, nada acontecesse durante todo um dia, nada, absolutamente nada, só estão ali parados muito próximos um do lado do outro e muito próximos um atrás do outro, e os motoristas simplesmente não fazem nada, não dizem nada, não dão nenhuma indicação de que aqueles que moravam aqui podiam contar com alguma coisa, de alguma forma essa era a opinião geral, cada um com a sua versão, mas consistentes com uma opinião geral de que esses motoristas estão esperando por alguma coisa, por isso não saem dos caminhões, só ficam sentados atrás do volante, nem ao menos comem, todos eles só ficam segurando o volante, como quem está esperando receber algum sinal que poderá vir a qualquer minuto, e por isso não soltam o volante, só ficam sentados olhando para a frente, seguram o volante e esperam — de fato não é surpresa que os moradores locais, por trás das cortinas, conforme ficaram olhando por mais um tempo aquele pedaço de rua que a fresta de sua cortina permitia, não, o medo de fato não passou, só fez crescer, e eles já consideravam a coisa toda particularmente sinistra, como se tivessem entrado em uma história aterrorizante que só poderia ter um final muito ruim. Mas tudo tem um limite, inclusive o desempenho físico, então entre nove da noite e, no mais tardar, meia-noite, lentamente todos foram sendo vencidos pelo cansaço atrás das cortinas, porque não estavam acostumados a noitadas, cinturas e pernas e joelhos foram ficando cansados, pálpebras foram fechando, cabeças começaram a pender, em suma, nenhum morador aguentou depois de certo tempo, e finalmente em todo mundo surgiu a decisão, não tem o que fazer, é deitar e dormir, pois não há outra coisa a ser feita, no outro dia pela manhã vão ver do que se trata, pois alguns confiavam que aquilo não era uma história fantasmagórica, já que histórias fantasmagóricas não existem, o que existe é a realidade, existe o mundo real e com razão podem esperar que nele, por mais terrível que seja, haverá algum tipo de explicação para tudo isso — amanhã, pensaram, completamente exaustos de ansiedade e do cansaço do corpo preparado para dormir, alguns deixaram até de escovar os dentes e do jeito que estavam caíram na cama e dormiram até de manhã. Amanhã, pensaram, e numa velocidade incrível adormeceram, com certeza amanhã tudo será esclarecido.

Teve gente que já estava acordada aos primeiros sinais do novo dia, mas também teve gente que, mais tarde confessou, fazia anos que não dormia tão bem, sem interrupções, chegou a babar, de qualquer forma, cada um no seu momento, mas ao acordar imediatamente se lembrou do dia anterior, e seu primeiro movimento foi na direção da janela, e tentaram espiar lá fora não somente pela fresta da cortina, para ver o que acontecia, mas, ó, surpresa, chegaram a escancarar aquelas cortinas, mais ainda, teve até quem abrisse a própria janela e se inclinasse para fora, e todos viram a mesma coisa, que a rua estava completamente vazia, então se vestiram depressa, todo o medo já praticamente superado: foram lá para fora e começaram a perambular para lá e para cá pela vizinhança, mas tiveram que acreditar em seus olhos, pois em vão os esfregavam, massageavam, como quem não quer acreditar neles, o que mostravam era que não somente da sua rua, mas de todas as ruas, aqueles caminhões-tanque haviam desaparecido, não estavam apertados um do lado do outro, nem um atrás do outro, o vazio ecoava pelas ruas de Nagyrománváros e em volta da Fortaleza, ecoava pelo Krinolin e na direção da fronteira, ecoava em Nagymagyarváros e na avenida Béke assim como em Németváros e Kisrománváros, ao redor da estação e na rua Csókos, e além da rua Csókos ao longo de toda a rua Nagyvárad, em ambos os lados, esbugalhavam os olhos, pois se ver o que viram ontem era impossível, que a cidade estava cheia deles, agora parecia uma impossibilidade ainda maior que aquelas mesmas pessoas, desapercebidas, tivessem deixado a cidade, então ficaram vagando por aqui e acolá, e nada em lugar algum, nem o mínimo rastro de que ontem estiveram parados ali, se um par deles tivesse ficado em algum lugar, mas nem isso, não ficou nenhum vestígio de que ontem estiveram parados ali, uma quimera, o diretor do ginásio disse para a dona Ibolyka, eles estavam entre os primeiros a acordar nas casas do centro da cidade, impressionante, o olhar do marceneiro cruzava com o olhar dos vizinhos na rua Erdélyi Sándor, simplesmente não posso acreditar nos meus próprios olhos, disseram bem baixinho as famílias vestidas de luto que achavam que por muito tempo nada lhes tiraria do luto, mas aquilo fez até elas saírem ontem, e principalmente hoje, olhavam pasmos uns para os outros, como quem espera uma explicação, caminhavam rua acima, caminhavam rua abaixo, caminharam por locais em que não andavam havia anos, mas só encontraram olhares perplexos na cidade deserta, e aí por volta das oito, quando realmente havia muitos moradores nas ruas, o choque se transformou em raiva, porque aqui finalmente alguém tem que se manifestar, afirmou o diretor do ginásio com um olhar transtornado, por favor, isto não está certo, dizia de modo geral para as pessoas paradas à sua volta, que aconteçam *coisas*, e nós, que afinal de contas somos os cidadãos locais, não somos orientados sobre nada, vamos e venhamos, isso é chutar o pau da barraca de todos os acordos de cooperação civil, cuja promessa nos fez eleger os nossos dirigentes, exigimos explicações, afirmou com voz decidida, ao que o editor-chefe do único jornal que restou, que acabara de topar com o grupo, acrescentou que aquela era a história de apenas dois dias, mas eles têm de prestar contas de cada caso semelhante dos últimos dez ou mesmo vinte e cinco anos, quando nos deixaram sem a mínima explicação, e por causa disso, eu, disse, e se aproximou um pouco mais do diretor, sou de opinião de que a administração da cidade deve renunciar, ainda hoje, isso mesmo, as pessoas ao redor se revoltaram, e com isso, ao ouvir suas próprias vozes, mas juntas, as pessoas se sentiram encorajadas e, depois de um minuto, cada vez mais determinadas olhavam ao redor, primeiro com determinação, depois com mais determinação, mas isso aconteceu em outros lugares também, por exemplo, na frente do açougue Stréber, onde buscavam primeiro uma explicação para superar os eventos de ontem e depois os de hoje, os eventos lamentáveis, disse um deles, ainda mais, eu acrescentaria, outro acrescentou, que esses lamentáveis eventos incomuns, é isso aí, grunhiram em coro os que estavam ao redor, porque, se deixarem de lado, o primeiro tomou a palavra de volta, que os acontecimentos de ontem, mas principalmente os de hoje, foi assim que ele chamou, acontecimentos, e com isso todos os que estavam no local ficaram visivelmente satisfeitos, foram e são, essa pessoa também gostou disso, esse foram e são o faz lembrar de um filme de terror, mas ele não acha que o que acontece aqui seja algo parecido com o início de um filme de terror, ele é muito mais pragmático, com o que não quer negar que não esteja, não receia pronunciar a palavra, *assustado* com o que aconteceu nos últimos tempos, especialmente com o que ocorreu ontem, e com o fato de hoje não haver sinal do ocorrido, ele não nega isso, o que ele se recusa a aceitar é o fato de ninguém ter conseguido lhes dar orientações claras sobre isso, mas de minha parte eu só não sei, interrompeu outra pessoa, onde estão os responsáveis por isso, porque não há dúvida de que alguém é responsável por isso, na verdade, e uma terceira pessoa na frente do Stréber tomou a palavra, eu acho que alguém tinha que assumir a responsabilidade imediatamente pelo fato de termos estado aqui ontem, como os animais na fila do Matadouro, e ficamos esperando, em vão, e aqui estamos também hoje, que nem aqueles mesmos animais, e não há responsável em lugar algum, então ele se pergunta, novamente o primeiro perguntou, por que é que esses chamados líderes, por assim dizer, disse, só aparecem quando uma fita tem de ser cortada ou um discurso tem de ser feito em alguma cerimônia festiva, por favor me digam por que é que agora não tem nem sinal de um único desses chamados líderes, então, por quê, o outro tomou a palavra, e dava para ver claramente que ele estava com raiva, porque estão morrendo de medo, por favor, desculpe-me pelas palavras talvez um pouco bruscas, mas eu, apontou para si mesmo, e dava para ver que ele também estava se cagando de medo, estou disposto a dizer abertamente que isso é um escândalo, por favor, e os outros no grupo um a um começaram a concordar com um aceno de cabeça, principalmente porque não estava plenamente claro para eles o significado exato da palavra "escândalo", mas muito rapidamente se desenvolveu a convicção entre eles de que queriam responsáveis e queriam informações, e isenção de responsabilidade e instruções, e isso acabou se transformando na base do clima geral em toda a cidade, pois, por mais difícil que fosse admitir, achavam que o dia de ontem foi absolutamente fantasmagórico, e o de hoje, tirando o choque da manhã, caso se leve tudo em consideração, não deixou de ser o início da calmaria, pois as ruas vazias lhes devolveram sua cidade, desde o aparecimento e desaparecimento dos caminhões-tanque, e, absolutamente, os próprios caminhões-tanque com seus respectivos motoristas, em comparação com o pesadelo inicial de sua visão, agora meio que simbolizam o retorno à normalidade para eles, como se para eles — incluindo a sua estranha aparência, essa estranha ocupação da cidade, depois o seu desaparecimento — o próprio normal tivesse real e casualmente surgido, e de novo, e seguindo nessa mesma toada, depois de um tempo ele começou a pensar sobre aquilo tudo, e então o que é que há, e se os caminhões-tanque e sua história não estivessem anunciando o rumo definitivamente ruim das coisas, mas se estivessem tentando nos salvar, pode ser, cada um dos presentes pensou para si, ocultando dos outros que estão pensando nisso mesmo, que aqui já depararam com a primeira parte do processo de *salvação*, só que eles ainda não conseguiram interpretá-la, presumiram, diante desse caldo mágico entre o surgimento de algum *cuidado superior* com a diabólica mistura do medo imutável e da ausência de explicação, foi assim que todos sentiram, mesmo aqueles que no Krinolin e também aqueles que nas imediações da igreja católica seguiam de perto a explicação mais rápida e extenuante.

Já havia acontecido antes de ter ficado preso, mas então a Dóra de alguma forma conseguia resolver, verdade, até mesmo ele já tinha lutado com isso toda vez que deu errado, mas tudo o que ele não precisava agora que está sozinho, pensou desesperado, e embora se sentisse infinitamente exausto, tentou de novo, com sua mão esquerda saudável, de alguma forma liberar a alavanca do freio que havia ficado presa no lado direito, mas não dava certo, e cada vez menos, e fazia muito, muito tempo, um tempo inacreditavelmente longo, e agora ele realmente tinha que fazer alguma coisa, não podia mais ficar assim, e tudo isso aconteceu na manhã de ontem quando acidentalmente não prestou atenção direito, tinha acabado de sair com sua cadeira no piso inclinado para pegar um pote de geleia de maçã na borda do armário, mas infelizmente durante o trajeto se distraiu com um pensamento, estava pensando na mesma coisa que agora, por que será que a Dóra não veio para casa à noite, e nesse meio-tempo a cadeira acelerou e já não conseguiu parar antes da parede, e claro que já foi tarde demais quando puxou a alavanca, o que acabou fazendo com muita força, e ela quebrou e ficou presa, travou, não conseguia mais mover a cadeira nem por Deus, por isso estava pensando, onde será que ela está, foi nesse ponto que havia começado a pensar, ela não veio para casa do escritório no horário de costume, depois não apareceu nem para dormir, mas nem no dia seguinte, e no dia de hoje também não, o dia inteiro, e o pior, esse segundo dia também já está quase acabando, daqui a pouco, olhou de esguelha para o relógio que estava sobre o armário, já são seis da tarde, será que ela não viajou para Kötegyán, para visitar a dona Piroska, afinal não estava fora de questão, quer dizer, estava fora de questão, pois como ela poderia ter ido viajar, especialmente a Dóra, que sempre foi tão, tão cuidadosa, impossível, balançou a cabeça, deixá-lo aqui sozinho por dois dias, sem nada, nem comida nem bebida, claro, resmungava, deve ter pensado que ele se viraria sozinho, porque ele sempre pode se cuidar sozinho caso precise de alguma coisa, a Dóra organizou a casa de tal maneira anos atrás, quando ele foi forçado a usar cadeira de rodas, em quase todos os ambientes ela mandou instalar um piso com uma inclinação leve, mas definitivamente inclinado, um que se inclinava para cima, e do outro lado da sala, quando saía, um outro que se inclinava na direção oposta, de modo que quando ele estava sozinho, pois a Dóra começou a trabalhar na agência de turismo, ele conseguia acessar tudo o que precisava com o mínimo esforço, qualquer coisa que precisasse, pois só precisava pegar na roda grande e sair rolando na direção que queria, pois a sua filha, essa Dóra, sempre foi uma garota tão prática, até hoje tão cuidadosa, verdade, ela transformou as dificuldades dele em quase inexistentes depois que foi forçado a usar a cadeira de rodas, com a qual, geralmente, não tinha maiores problemas, só coisinhas sem importância, até com a barra estabilizadora ou o freio só de vez em quando, o que, como este último, causava problemas também para a Dóra, mas ela sempre consertava, nunca foi necessário chamar um mecânico, ela pegava a caixa de ferramentas, tirava alguma coisa da caixa e ficava resmungando e torcendo e apertando aquela maldita placa de freio ou essa droga de alavanca, ou o que quer que fosse preciso consertar, e no final ela sempre conseguia, ele não tinha elogio que bastasse às suas aptidões, a quão, mas quão apta ela era, e a única coisa que nenhum dos dois jamais pensou foi que um dia ele teria que resolver sozinho um azar daquele tamanho, e de fato ele não conseguiu resolver, já fazia dois dias, de modo que quando ficou evidente pela primeira vez ele deixou de ficar tentando, e decidiu que não iria estragar sua mão boa sacudindo e sacudindo aquela droga de alavanca, era melhor esperar pela Dóra, pois agora ela já deve certamente estar chegando, bem, uma coisa como essa nunca havia acontecido, pensou ontem pela manhã, depois da primeira noite, mas com certeza ela terá alguma explicação, é evidente que deve ter sido por algum motivo inesperado que ela teve que viajar, talvez um grupo inesperado de turistas chineses, e ela não pôde nem informá-lo, pois entendia como certo que ela teve que viajar, como também que nem ela esperava por aquilo, a própria Dóra também não, que não chegaria em casa no horário devido, e provavelmente não teve condições de pensar que ele poderia eventualmente ter que enfrentar algum problema em casa, sozinho, já que nunca tinha lhe ocorrido nenhum problema, só agora, justo agora, quando uma situação tão inesperada acontece, que ela teve que viajar, e pior ainda, por dois dias, apesar de tudo, deu mais uma sacudida na alavanca do freio, nada, um de seus lados começou novamente a formigar, aquele com o qual mantinha o corpo afastado da parede, essa em que tinha batido de frente quando a droga da cadeira de rodas começou a acelerar no piso inclinado da cozinha e o impulso o levou diretamente para a parede do lado do armário, ele se apoiou sobre a mão boa e ergueu novamente a bunda entorpecida, porque não aguentava mais aquela posição, e segurou-se assim por um tempo, o máximo que pôde, para que o sangue voltasse aos músculos, depois abaixou de novo, mesmo assim simplesmente não conseguia ao menos virar a cabeça, pois deu um baita azar ao rolar sobre a cadeira, até bem defronte à parede do lado do armário, de um jeito que seu corpo ficou completamente preso ali, pode-se dizer, ele ficou esmagado contra a parede, e para onde quer que virasse a cabeça seu pescoço ficava rijo, por isso mudava constantemente de lado, de modo que ou olhava para o canto do armário a poucos centímetros de distância ou para a moldura da janela que dava para a escada a poucos metros de distância, simplesmente não consigo acreditar, disse para si mesmo, não dá nem para imaginar uma situação como essa, que a pessoa tenha ficado prensada ali sem nenhuma perspectiva, nem para fora nem para dentro, nem para um lado nem para o outro, de alguma forma queria virar as duas rodas planetárias dianteiras, a cadeira parou de um jeito entre o armário e a parede que nem por Deus queria sair daqui, claro, pode ser que ele seja um pai excepcionalmente desajeitado, não como a Dóra, ela vai rir dessa situação, e novamente vão se sentar juntos à mesa e ele vai receber seu jantar, e vão dar boas gargalhadas com a história, com certeza é isso que vai acontecer, pensou, e imediatamente se sentiu um pouco mais leve, apenas se sentia exausto, pois é claro que naquela condição não se consegue dormir, a todo momento despertava e levava tempo até conseguir entender onde havia tentado dormir, e qual era a sua situação ali entre o armário e a quina da parede, a coisa toda tão absurda que por muito tempo não conseguia acreditar que o freio não só se recusava a funcionar, mas que quebrou definitivamente, assim por horas a fio, conforme recomeçava na sua tentativa depois de um ou outro período curto de descanso, mais uma vez tentava resolver a questão, sacudia e sacudia, mas em vão, e não era só isso, ele teve tanto azar no modo como ficou prensado à parede que a alavanca do freio direito saltou para a frente e travou a roda, seu azar foi tão, mas tão grande que com o impacto nem a outra roda se movia, ela meio que se dobrou, pelo menos era o que conseguia perceber a partir da posição prensada na parede em que se encontrava, e para piorar o botão de remoção da roda também não estava funcionando, e ele próprio se machucou com a batida na parede, e agora lhe ocorreu que de fato não será capaz de contar a história direito quando finalmente ela chegar, sobre o que aconteceu, porque não é possível explicar um caso tão fatal, pois não bastou que um homem fosse forçado a ficar preso a uma cadeira de rodas por causa das pernas e metade do corpo paralisados, sem mencionar o braço esquerdo que também ficou paralisado, cinco anos e meio atrás, junto com o tronco, quando teve um derrame, não é suficiente a própria condição, ainda teve que dar de frente com a parede da cozinha a toda a velocidade justamente quando está sozinho, ao deus-dará, isso não existe, a Dóra simplesmente não vai acreditar nisso quando ela chegar, e mais uma vez sacudiu a alavanca do freio, nada, claro, a placa do freio grudou tanto na roda que nem consegue se mover, não existe outro homem tão azarado na face da Terra como eu, vai argumentar quando ela finalmente chegar, sou uma perfeita catástrofe, minha filhinha, é isso que vai dizer a ela, é assim que vai começar a contar, antes de relatar como aquilo tudo começou e como decorreu, em todo caso, não estava longe, e agora, suspirou, perdendo completamente as forças, seria muito bom se ela chegasse, ou se a pessoa que bateu há três dias batesse de novo, ou se algum dos vizinhos batesse, pois isso também é muito esquisito, pensou ontem várias vezes, e hoje também, que não se ouve nenhum movimento no corredor, não ouviu os passos de nenhum vizinho, então ele poderia gritar para que a pessoa entrasse de alguma forma para libertá-lo, isso é muito torturante, afinal de contas essa cadeira de rodas tem duas rodas grandes e duas pequenas, e só numa das rodas grande a droga do freio ficou presa, mas o que pode fazer se não consegue mover nem uma nem a outra, quando bateu ficou totalmente prensado, e bem do lado onde não consegue se virar, ali no armário, loucura total, dizia pelo menos pela centésima vez, e este já é o segundo dia, e daqui a pouco será noite novamente, não se trata de fome, ele nunca sente fome, ou que esteja com sede, isso também não é tão trágico, por enquanto, mas que, passados dois dias, ele tem que reconhecer que sozinho não vai conseguir resolver a situação, de modo que a Dóra precisa voltar para casa, por um tempo até parou de tentar sacudir a alavanca do freio, preferiu descansar, pois esses dois dias e duas noites, em todo caso, ela não devia estar longe agora, suspirou, perdendo completamente as forças, seria muito bom se ela viesse, ou se a pessoa que bateu há três dias batesse de novo, espremido entre o armário e a parede, nesta situação completamente estúpida, mas agora desesperadora, quando nem a rede telefônica está funcionando há dias, pelo menos poderia ouvir Dóra tentando ligar, é claro que ele não conseguiria atender por total incapacidade de se mover até o telefone, que, por sinal, ficou no quarto, sobre a cama, e não no seu bolso, e, por sinal, agora tanto faz se está funcionando ou não, está sem linha, o aparelho lá no quarto está completamente mudo, e agora já está passando dos limites do que consegue aguentar, mais do que nunca ela precisa chegar, com certeza ela não vai permitir que alguma coisa lhe aconteça, sem dizer que está sem comer, sem beber, sua boca está seca, esfolou a testa e metade do rosto, sente formigamento por todo o corpo, já não consegue nem se sentar nem se virar nem ao menos virar a cadeira de alguma forma, com ele junto, e rastejar até a cama, ou até o aquecedor, ou seja, nada, está ali nessa situação, imprensado contra a parede, portanto ela tem que vir, que não postergue mais, qualquer coisa que tenha lhe acontecido, e sim, virou a cabeça na direção da porta de entrada, sim, ouvia atentamente o silêncio geral e congelado aqui dentro e lá fora, como se alguém, como se alguém estivesse vindo pelo corredor. Ah, não, percebeu em seguida, um dos moradores veio pela escada e trancou sua porta por dentro.

Na madrugada não apareceu um só pássaro nas árvores, pois àquela altura já estavam longe, e dos cantos escuros das moradias foram os gatos que desapareceram, nos pátios foram os cães que ficaram alvoroçados e depois de arrebentarem suas correntes fugiram para algum lugar, e completamente confusos em seus poleiros e nos chiqueiros, na periferia da cidade, as galinhas e os porcos corriam para todos os lados, sem falar nos animais selvagens que habitavam a Floresta da Cidade e a faixa de mata ao redor da cidade, que pisoteando uns aos outros fugiram em louca debandada, e não foi o caso de todos irem na mesma direção, digamos norte ou oeste, não, mas a torto e a direito começavam a correr numa direção então paravam e mudavam de rumo imediatamente, para que essa corrida frenética de um lado para outro, dali para aqui, continuasse assim, porque parecia que já nenhuma direção servia, porém ninguém estava interessado nisso tudo, os humanos tinham problemas maiores do que prestar atenção nos animais, portanto, além da inconveniência, quase ninguém deu importância especial ao fato de sapos invadirem a cidade, eram sapos imensos, de pele marrom, viscosa e enrugada, só o diabo sabia de onde tinham aparecido, talvez do nada, onde viviam até então, um ou outro morador os olhou de relance, mas quem os olhava de fato pelas calçadas os chutava para os lados, para que deixassem a passagem livre, de onde, talvez de debaixo da terra, e sim, essa era a situação, tinham vindo de debaixo da terra, foi de lá que surgiram, e se eles fossem conhecidos teria chamado a atenção como estavam todos loucos, os sapos que surgiram de debaixo da terra estão enlouquecidos, pois já embaixo, no escuro da terra, eles haviam enlouquecido, e foi assim que eles perfuraram o solo e saíram de lá, primeiro também começaram a pular para tudo quanto é lugar, quem poderia imaginar que existiriam tantos sapos repugnantes embaixo da terra, olhavam para eles aqueles poucos moradores que se deram ao trabalho de chutá-los para fora do caminho, mas depois já não dava para dizer que eles iam nesta ou naquela direção, primeiro porque na verdade eles não estavam seguindo nenhuma direção, mas ficavam pulando para cima, completamente ensandecidos, para cima, no ar, como se não fosse nem na terra que estivessem procurando a direção para onde ir, era como se quisessem ir para cima, para o ar, na direção do céu, pulavam cada vez mais alto, e tentavam mais alto ainda, e claro, não conseguiam alcançar a altura que queriam, pois aquela altura que queriam alcançar de forma nenhuma era alta o suficiente, jogavam-se para cima, enquanto davam voltas em torno de seu próprio eixo, seus olhos esbugalhados, e de vez em quando liberavam um líquido amarelo do corpo, e todas as ruas e praças ficaram cheias deles, desde o norte até o sul, do leste até o oeste, tudo, mas agora os humanos já os observavam, horrorizados, a maioria deles de dentro, novamente por trás das cortinas, mas alguns aventureiros que caminhavam pela rua em direção a algum objetivo agora já completamente sem sentido, que no entanto havia parecido significativo um pouco antes, notaram essas hordas repulsivas aos seus pés, e se não haviam tido sucesso em chutá-los para os lados agora já nem conseguiam, pois já havia muitos deles pelas calçadas, então lentamente tentava encontrar um espaço do tamanho do seu pé em meio àquela massa contígua onde ainda pudessem pisar e avançar sem maiores acidentes, claro, sem sucesso, então logo pisavam sobre um e outro, escorregavam, quase caíam, mas recuperavam o equilíbrio, e depois caíam mesmo assim, porque já era impossível recuperar o equilíbrio, então esmagavam um ou outro sapo com a mão que tentava se apoiar, e se levantavam enojados, e tentavam limpar a mão no próprio casaco enquanto rogavam praga, e continuavam em frente na direção do objetivo sem sentido, que a princípio parecia ter sentido, portanto já não se podia não tomar ciência de que sapos haviam tomado conta da cidade, e não era mais possível ignorá-los, então se o dia havia começado com a presença do medo agora não conseguiam realmente encontrar uma expressão para o que sentiam diante daquela visão, olhavam para os sapos ali embaixo, ou se equilibravam entre eles, e todos começaram a pensar no futuro, qual será a decorrência disso e o que vai *haver*, mas teriam feito melhor se tivessem pensado naquele exato momento, no momento que já havia começado para eles, já os havia atraído, cercado, rodeado, grudado em seus corpos — e já não havia como escapar.

Tomar a decisão de mandar para casa todo mundo que estava de plantão foi a coisa mais difícil que ele teve que fazer, mas não lhe restava outra opção, pensou em tudo, considerou tudo, ficou na porta do escritório, que na verdade era só uma gaiola de vidro em meio ao salão aberto do andar, estava ali parado olhando seus homens mais próximos, depois pensou naqueles do andar de baixo e considerou todos eles, depois pensou naqueles do andar de cima e levou todos eles em consideração, percorreu mentalmente os depósitos, as oficinas de manutenção, os depósitos de munição e os estacionamentos internos, então se decidiu e emitiu a ordem, que seus homens imediatamente executaram, para ser sincero, ficou surpreso com a velocidade, pois todos os policiais deixaram o comissariado em poucos minutos, teve a sensação de que eles esperavam aquele comando, já haviam arrumado tudo, mas o que o surpreendeu mais foi que todo mundo vestiu roupas civis antes de deixar o edifício, portanto eles sabiam, compreendeu, cada um dos homens sabia que tanto para ele como para o comissariado a missão havia terminado, e com isso acabou para ele também, e agora, pode ficar ali sentado como o capitão de um navio que está afundando, e não como o líder de um comissariado, e agora o que vai escrever para o comandante do condado, não tem correio, as moto-patrulhas que entregariam mensagens pessoalmente desapareceram sem deixar rastros, ou será que liga para a central, qual central e em que linha, porque há dias nada funciona normalmente, não tem telefone, não tem internet, nada, o mundo lá fora desapareceu, ou melhor, é como se devido ao mesmo tipo de medo todas as conexões dos condados e das cidades e dos distritos do país inteiro tivessem se fechado sobre si mesmas, tentou o SMS, tentou o e-mail, tentou o Tetra, tentou todos os meios possíveis, mas não houve resposta de nenhum lugar, de vez em quando tinha a sensação de que era ouvido, que sabiam que alguém chama, está procurando por eles, mas não querem saber, um pequeno clique e a linha é cortada, tanto o SMS como o e-mail voltam, então já estava a ponto de enviar uma nova patrulha para Csaba, por exemplo, em última análise ele teria se entregado, mas, se por um lado, todas as patrulhas existentes haviam desaparecido, por outro, as viaturas que restaram também ficaram todas sem combustível, nem ousou pensar na causa, em suma, tudo o que tentou para entrar em contato com o mundo falhou completamente, e a partir de então todas as impossibilidades pareciam possíveis, quando ele não tinha a mínima ideia de qual comando havia tomado qual decisão, mas achava possível que todos os comandos do país tivessem mantido segredo dos outros, e que no mais tardar até à tarde teriam dado a mesma ordem que ele tinha dado, mesmo isso não sendo uma retirada, concluiu com amargor, era uma derrota sem precedentes, uma debandada, tinha que encarar a questão, como pode ser que todo mundo no país esteja na mesma posição com relação a ele, porém uma coisa é certa, que a sua cidade, esta aqui, fosse qual fosse a questão, foi deixada entregue à sua própria sorte, ou seja, ele e toda esta comunidade aqui foram "isolados" do mundo, estavam numa quarentena, foi isso que ficou claro para ele nas últimas horas, e se esquecendo do seu trem de pensamentos anterior, de que talvez em outros lugares a situação poderia ser a mesma, considerou que não se importava com a situação nos outros lugares, que ali uma coisa era certa, eles haviam sido "cercados", e já não ficou mais parado na sua porta, e não olhou mais para a sala vazia, pois não suportava a ideia de que o que havia feito tinha que ter sido feito, afinal não poderia ter mandado seus homens para as ruas vazias para darem o alerta, o que poderia lhes dizer, que agitassem seus revólveres e submetralhadoras quem sabe conseguissem uma revelação, mas nada é revelado, concluiu ele, assim como nada foi revelado antes, pois não havia inimigo, foi isso que compreendeu nesta tarde, que lá fora alguma coisa está destruindo, ou está se preparando para tal, mas não poderia ser chamado de inimigo, pois essa coisa simplesmente não está em lugar algum, em casa ele havia sido criado dessa forma assim como mais tarde no curso de formação para Comissário, que sempre, em todas as circunstâncias, iria deparar com um inimigo, mas, aqui, se sair lá fora e ele também começar a sacudir os braços não vai encontrar ninguém, não há vivalma com quem possa se enfrentar, mesmo que sozinho, pois mesmo que enfrentasse sozinho não lhe interessava nada além da luta, e nisso ele era bom, mas aqui não tem quem enfrentar, pois não tem ninguém em lugar algum e não tem nada, sentou-se atrás de sua escrivaninha, tirou seu chapéu e arrumou a risca no topo da cabeça, depois pegou um cigarro do pacote egípcio e acendeu, e naquele instante em que extinguiu a chama do isqueiro, e já ia dar uma tragada profunda naquele cigarro, quando a pressão de uma explosão hedionda atingiu o corredor além de sua porta e ergueu seu escritório e o jogou contra a parede do grande salão, mas isso não durou mais do que um instante, não deu nem tempo de reconhecer nada do que havia acontecido, pois a enorme labareda do fogo causada pela explosão destruiu tudo, até o emaranhado em que ele se transformou, no meio daquele mesmo instante já não havia nem emaranhado algum, não restou nada, os corredores que levavam ao salão, as escadarias e os andares foram tomados ao mesmo tempo pela explosão, como se todo o edifício do comissariado tivesse sido engolfado por um vórtice de fogo muito maior que o próprio edifício, que chegou a se erguer e foi todo sacudido por aquela força terrível, como se no final daquele instante quisesse mantê-lo no alto, mas não dá para saber se isso aconteceu de fato, pois a coisa toda aconteceu numa velocidade incrível, e o edifício ficou todo despedaçado, transformando-se numa coisa incandescente, em labaredas, apenas para ser atingido por outro ataque e desaparecer, para que nada sobrasse dele, nada mesmo, além de cinzas e brasas, nem mesmo fumaça, pois não soltou nem fumaça, apenas labaredas, e a combustão provou ser totalmente perfeita.

O incêndio alcançou o Stréber, e o prédio da estação, e a igreja Nagyromán, o poço da Prekup, o bar Aranyháromszög, a prefeitura, assim como a biblioteca, e o Matadouro junto com a Fábrica de Leite em Pó, a Fortaleza, o Banho Público, o Orfanato e os parques e as ruas e os jardins, porém, ao mesmo tempo, descrever a coisa dessa forma é equivocado, pois a gente poderia pensar que tem alguém dizendo isso, que alguém está contando, que alguém está colocando em palavras, que de repente o Sréber pegou fogo, que o prédio da estação pegou fogo, e a igreja Nagyromán, o poço da Prekup, o bar Aranyháromszög, a prefeitura, a biblioteca e os parques e as ruas e os jardins, mas, não, não se pode falar dessa forma, nessa sequência, pois não houve nenhuma sequência, já que as coisas não pegaram fogo uma após a outra, mas exatamente no mesmo instante, já a própria escolha do verbo traz preocupação, pois se houvesse alguém que pudesse relatar, e não havia ninguém, certamente teria dito que pegou fogo, ou que foi tomado pelas chamas, ou que se transformou em um pasto de chamas, e a lista poderia continuar, só que nesse caso em especial os predicados já teriam falhado na sua serventia com o argumento de que estão sugerindo uma sequência, quer os predicados quisessem ou não, só que o que aconteceu foi algo parecido com aquele incêndio inconcebivelmente grande e monumental que atingiu a cidade, *significativamente maior do que a própria cidade*, e sobre isso é que se poderia falar, exceto pelo fato de que não sobrou ninguém para contar o que aconteceu, apenas as palavras se alinhariam, uma após a outra, mecanicamente, e ainda estão alinhadas ordenadamente em fila indiana no espaço, mas não há mais ninguém para pronunciá-las, as palavras só ficaram enfileiradas uma após a outra, que o fogo varreu desde os lados da estrada de Csaba e da estrada de Csókos, e vindo da estrada de Nagyvárad, e dos lados da fronteira e da estrada de Elek, e num instante consumiu a cidade, e a velocidade com que tomou conta foi tão desmedida, tão incomensurável que essas palavras, que já não existe ninguém mais para pronunciar, nem existiram, porque não tiveram tempo nem de surgir para descrever a história da devastação, pois tal como na história de terror, em que tinha, mas já não tem, desapareceu, foi assim que aconteceu tudo, e já não existia prefeitura, não existia mais avenida Béke, e não havia mais Nagyrománváros e Kisrománváros e Nagymagyarváros e o Krinolin, nem o centro da cidade, nem nada, e já não havia mais nenhum morador na cidade, porque com aquele ataque a cidade deixou de existir, quando, por mais estranho que pareça, apenas nas redondezas da cidade, na direção de Doboz, a gigante Caixa-d'Água de concreto ainda estava de pé, ela também bastante chamuscada, mas ainda de pé, mesmo que balançasse, o que significava que ela também talvez desabasse, e bem no alto dela, de uma das janelas do outrora lendário Observatório, cujos vidros foram imediatamente estilhaçados pela onda de calor, o Zé Bobinho se encontrava com os pés pendurados do lado de fora, o Zé Bobinho do Orfanato, a quem o capricho do acaso e a vontade confusa de seu próprio cérebro haviam trazido aqui já na noite anterior, ele balançava os pés, sem tocar na estrutura de ferro, porque achou que estava muito quente, então apoiou as duas mãos no peitoril de concreto, depois chutou e balançou primeiro a perna esquerda, depois a direita, mas se cansou, e agora só balançava um pouquinho, e olhou para as cinzas do que havia pouco tempo era sua cidade, e começou a cantarolar e a cantarolar

Arde a cidade, a casa também,
Não uma, mas cem,
Queima! Queima! Queima! Queima!
Que pena, que pena, o canal, que longe, que longe.

E começou novamente,

Arde a cidade, a casa também,
Não uma, mas cem,
Queima! Queima! Queima! Queima!
Que pena, que pena, o canal, que longe, que longe.

E já não parava mais, agora já não se apoiava nas duas mãos, ficava sentado, balançando o corpo para a frente e para trás na janela vazia, olhava o lugar em cinzas lá do alto, e de novo, e sempre do começo, do jeito que a melodia e a letra queriam,

Arde a cidade, a casa também,
Não uma, mas cem,
Queima! Queima! Queima! Queima!
Que pena, que pena, o canal, que longe, que longe.

No final olhou para o céu, aquele céu que escurecia, ergueu ambas as mãos, e certamente como um dia viu alguém fazer, como um maestro, marcando o ritmo para uma audiência invisível, enquanto gritava o chamado com entusiasmo,

Agora todo mundo.

ACERVO DE PARTITURAS

MATERIAIS USADOS E DESAPARECIDOS:

sr. Professor
o Pirralho
Georg Cantor
casaco de lã marrom com gola de veludo preto
a filha do sr. Professor
xale xadrez
Marika
Dante Szolnok e carteira de couro com 713 euros
Lenyó
Zé Bobinho
o Laci e seu substituto noturno
PENSAMENTO PURO ponto HU

MATERIAIS USADOS E DESTRUÍDOS:

os sem-teto
o cadáver do prefeito e da esposa

o vice-prefeito e sua família
o diretor dos Serviços Municipais e seus funcionários
a arma do sr. Professor
as crianças mendigas
o cavalariço e seus três ajudantes
os cavalos: Ábránd, Mágus, Fagyöngy e Aída
a parelha
o diretor do ginásio
o batom vermelho-papoula
o gerente do hotel
o porteiro do hotel
os funcionários do hotel
as nove malas Prada feitas de pele de avestruz
o jardim de infância do castelo
os aposentados do restaurante no Krinolin (assinatura)
os funcionários do hotel e do restaurante do Komló
os guardas da Fortaleza
Na Real, segunda temporada
a motocicleta Csepel
a secretária do diretor do Matadouro
os animais do Matadouro
a Floresta da Cidade
o alto-falante
sacolas de plástico
a ponte na estrada de Sarkad
o Reformatório na estrada de Sarkad
a estação de Bicere com um aquecedor de ferro
as cinzas do aquecedor de ferro de Bicere
os palitos de fósforo em volta do aquecedor de Bicere
o pelo de cachorro na estação de Bicere
o balde no abrigo temporário contra inundações em Köröspart
as cinzas frias no buraco no Roseiral Selvagem
as máquinas caça-níqueis
o cemitério Szentháromság

os restos de doações de roupas de Natal na praça atrás da Prefeitura
o cemitério Újreformátus
Turguêniev
o cemitério ortodoxo de Kisrománváros
a pilha de ossos descartados atrás do cemitério Újreformátus
a caneca de chope vazia no bar 47
a revista *Sztármagazin* com Claudia Schiffer (sem maquiagem)
o professor de física e as garotas interessadas em xadrez
o vento
o padre no cemitério ortodoxo de Kisrománváros
os coveiros no cemitério ortodoxo de Kisrománváros
o padre e os coveiros no cemitério Szentháromság
funcionários públicos do cemitério Újreformátus (que está sendo liquidado)
o médico de família do comitê social ampliado
a secretária-executiva
o colo da secretária-executiva
o cartão-postal com o castelo e o lago para passeios de barco
os dois dobermanns
o chefe dos bombeiros e seus subordinados
quatro carros de bombeiro
o sátántangó
o vigário
o Kuvasz
o bispo da diocese
Eszter e sua família
as canecas de cerveja sem lavar no BIKER
os chorões na beira do Köröspart
o gabinete do procurador
o Casino (salão de bilhar)
o cadáver do diretor da biblioteca e seus óculos (11,5 graus de miopia)
os bibliotecários
os livros da biblioteca (desde D. Steel até Albert Wass)
o Seu Béla
o reboque ZIL

o Comissário
14 maços de cigarro egípcio da marca Cleópatra (mais um aberto)
King Kong, Dzsé-Ti, Totó, Dódi e a Associação da Verdade
o cadáver do Estrelinha no túmulo
a pele de raposa (crua)
a armadilha para raposa
o estoquista e a balconista na loja ao lado da igreja Kisreformátus
o cadáver do barão no túmulo
o Penny Market (liquidação constante)
são Pantaleão
as Kawasakis, Hondas, Yamahas, Suzukis etc.
os anéis de cerveja seca no balcão e nas mesas do BIKER
os jornalistas e seus companheiros de trabalho da TV e do rádio
uma lata de feijão com linguiça
os princípios de Newton, as epopeias de Homero, a Atenas de Fídias, os anjos de Fra Angelico, a base da teoria geral da relatividade de Einstein, o cânone paulino, a Bíblia, Bach, Zeami, Heráclito
o cabo, o comandante de pelotão, o sargento, o sargento e demais funcionários do comissariado
a equipe de manutenção de Sardak e seu chefe
o chefe da estação de Sarkad
a bolsa de primavera de Marika, bege-clara com fivela dourada
Halics Júnior
o Lencse (invenção de József Lencse)
o guarda-florestal e sua família, os animais de criação
os animais selvagens da Floresta da Cidade
o cadáver da Irén
os cervos
os óculos SZTK (de leitura)
Tucídides, Xenofonte
buzinas musicadas
a máquina de escrever Continental
o dono do restaurante no Krinolin
os dois envelopes de formato pequeno com uma carta cada (letra cursiva)

o taxista de Dante Szolnok

o velho chinês e suas ervas para chá, cuecas, regatas, roupas casuais para homens e mulheres, roupões, meias, roupas íntimas femininas, sapatos para ambos os sexos, brinquedos infantis de plástico, enfeites para árvores de Natal, velas, lustres, utensílios de cozinha, louças, conjuntos de chaves de fenda, caixas de ferramentas, utensílios de cozinha, cinzeiros com o Templo do Céu, incensários, saca-rolhas, amuletos da sorte feitos de plástico pintado

dona Ibolyka

o conjunto habitacional Budrió

o médico de família

o filme *Evita*, estrelado por Madonna

a partitura e a letra da música "Não chore por mim, Argentina" (20 exemplares)

o coral cívico completo com o maestro

o camponês

Feri

o cadáver do gerente da escola de planadores

o marceneiro e a esposa

três membros da delegação de Szabadgyíkos

o novo proprietário da casa do sr. Professor, que remexendo no sótão encontra documentos antigos

os editores-chefes, os gerentes de departamento

casa de repouso com aposentados

o filho de Irén e sua família

a casa de veraneio Szot

Dzsenifer

o BIKER

torta de geleia (com semolina)

os *Manuscritos econômico-filosóficos* de Marx

o garçom do BIKER

os dois funcionários que cuidam dos sem-teto e o servo do amor

o maquinista da locomotiva Hörgő de Csaba, o substituto com sua bolsa

os cadáveres do chefe da estação e de sua família

os distintivos e as insígnias do chefe da estação
a barista
a garçonete do bar 47
as obras de Tácito, Cícero e César
o cliente com uma perna só na cafeteria
as TVs de tela grande por toda a cidade
as duas enfermeiras do hospital
o fotógrafo da cidade
Dom Segundo Sombra
o Ford Escort (bem cuidado)
o cadáver do carteiro Tóni
as crianças órfãs e seus cuidadores
o cadáver dos órfãos crista de galo e do careca (os que fugiram)
o caixa da mercearia ao lado da igreja reformada
os 79 bares
as 30 gravatas-borboletas
os vendedores da loja de tecidos
o aparelho de TV no BIKER, com armação de ferro
a poltrona concha e o sofá-cama, assim como os guarda-roupas da Marika
as sobras das placas de isopor
o Aladddin com as armas
o cadáver de Dóra
o pai de Dóra
a cadeira de rodas
o freio quebrado da cadeira de rodas
a torta de geleia da dona Ibolyka, duas fôrmas, a cesta e a toalha xadrez
o castelo de Almásy
o pó no salão de conferências da prefeitura
a vitrine da loja de roupas
Nagymagyarváros, Kisrománváros, Nagyrománváros, Németváros, Belváros, Stréber, rua Erdélyi Sándor, rua principal, rua Nefelejts, a rodovia 44, a estrada de Csaba, a estrada de Doboz, a estrada de Nagyvárad, a estrada

de Csókos, a rua Jókai, a avenida Béke, o Açougue, a Fábrica de Leite em Pó, a estrada de Elek

o hospital, a UTI

os desconhecidos

o envelope com uma foto (garota jovem)

o Comissariado

a estação

o guisado de porco

e muitos outros mais

ESTA OBRA FOI COMPOSTA PELO ACQUA ESTÚDIO EM ELECTRA
E IMPRESSA EM OFSETE PELA LIS GRÁFICA SOBRE PAPEL PÓLEN NATURAL
DA SUZANO S.A. PARA A EDITORA SCHWARCZ EM DEZEMBRO DE 2025